해방기 남북한 극문학 선집
III

해방기 남북한
극문학 선집
III

박경창

이재명 엮음 백문환

서만일 송영

윤두헌 신고송

평민사

책 머 리 에

해방기 남북한 극문학 선집(Ⅰ~Ⅳ)은 한국연구재단의 연구과제 KRF 2007-327-A00473 (연구과제명 "해방기 남북한 극작품의 데이터베이스화 및 공연문화사 연구")를 수행하면서 기획되었다. 2009년 연구과제를 마무리하면서 온라인상의 자료센터를 개설하려 하였으나, 여러 가지 여건이 마땅치 못한 상황이 되고 말았다. 궁리 끝에 지난번 연구과제의 성과물인 근대 희곡·시나리오 선집(해방전 공연희곡집 외 10권)의 사례를 계승하는 차원에서 2권 분량의 극문학 선집을 출판하기로 하였다.

수많은 자료를 여러 차례 검토한 끝에 2권으로는 귀중한 자료를 다 담아내기 어렵다고 판단하여, 사비를 들여서라도 추가로 2권 더 출판하기로 하였다. 하지만 연구원도 제대로 확보되지 않은 상태에서 혼자서 자료를 검토하고 수록 작품을 선정하는 작업에 상당한 시일이 걸리고 말았다. 선집 4권에 수록될 작품 선정이 마무리될 무렵, 뜻하지 않은 눈수술로 출판 작업은 더욱 더뎌질 수밖에 없게 되었다. 최종 원고와 원문 대조 작업 및 교열 작업과 사투를 벌인 결과, 해방기 남북한 극문학 선집 Ⅰ·Ⅱ 2권을 1차분으로 먼저 출판하기에 이르렀다.

1945년 8·15 해방 이후 1950년 한국전쟁이 일어나기 이전까지 남한에서 발표된 극작품으로는 80여 편을 확인할 수 있었다. 같은 시기 북한에서 발표된 극작품은 100여 편에 이르는데, 국립중앙도서관과 명지대 도서관, 미국 국립문서보존소(한국전쟁 중 북한지역에서 노획한 자료들 상당수는 최근 국립중앙도서관 해외수집기록물 자료실에 D/B로 확인 가능), 중국 연변대 도서관 및 러시아 국립도서관에서 60여 편의 극작품과 13권의 희곡집을 수집할 수 있었다. 이들 중에서 대략 40여 편의 작품을 추려, 해방기 남북한 극문학 선집으로 묶게 되었다.

해방기 남북한 극문학 선집에 수록된 작품을 선정한 기준은 일차적으로 작품성이 뛰어난 것으로, 당대 극문학의 수준을 가늠할 만한 작품을 우선적으로 골랐다. 그 다음으로 그동안 발굴되지 않아 연구가 미흡했던 극작가와 그의 작품을 소개하려는 취지로 미공개 극작품 위주로 선정하였다. 그러다 보니 해방기 남북한 극문학 선집에 북한쪽 작품이 많아지게 된 요인이 되었다. 또한 탄생 100주년을 맞이한 문인들을 기념하고 작품세계를 재조명하려는 취지에서 최근 10여 년 사이에 각종 작품전집류들이 홍수를 이루게 되었다. 유치진과 오영진, 김영수, 함세덕, 신고송, 이주홍, 진우촌 등의 작품집이 대표적인데, 여기에 소개된 극작품 역시 수록대상 목록에서 제외하다 보니 남북한 작품 사이의 균형이 맞지 않게 되고 말았다. (수집한 작품과 게재 지면 및 공연 사항 등에 대한 자료와 작가별 작품 현황 등의 자료는 내년 초에 발행될 해방기 남북한 극문학 선집 Ⅲ, Ⅳ에 수록할 예정이다)

한국연구재단 연구과제를 수행하는 과정에서 연구원으로 도움을 준 양수근 선생과 우미옥 선생에게 감사드리며, 그동안 연구실에서 함께 애쓴 윤성훈, 권오경, 박소희, 배나은, 신다혜, 정지혜 조교에게도 감사의 인사를 전한다. 특별히 이번 연구과제 수행과 선집 발간에 있어서 윤성훈의 역할은 자료 수집과 정리 및 연구의 모든 방면에서 절대적이었다.

이들 명지대 문예창작학과 관련인들과 별도로, 혜화동1번지 5기 동인들과 혜화동1번지 2012 봄 페스티벌 기획진과 같은 젊은 연극인들에게도 감사드린다. 이들은 다소 무겁고 재미없을 주제인 "해방공간"을 젊은 감각으로 새롭게 재조명함으로써 이번에 출판하는 선집의 의의를 확인시켜 주었다. 6,70년 전에 발표된 김사량의 「호접」을 비롯한 이동규의 「두루쇠」 등 5편의 희곡작품을 새롭게 무대화한 혜화동1번지 5기 동인들의 열정에 다시 한 번 감사드린다.

또한 극예술학회의 젊은 연구자 여러분이 본 선집에 수록될 자료를 검토하고 앞으로의 연구 방향 검토를 위한 "해방기 세미나"에 열의를 갖고 진행해 준 것에 감사드린다. 매서운 겨울 방학과 무더운 여름 방학이라는 악조건 속에 전개된 세미나에서 백소연, 전지니, 양근애, 문경연, 권두현, 김남석, 우수진, 서재길, 김정수, 백승숙, 김향, 백선애, 조보라미 선생(무순!)이 애써 주셨다.

끝으로 한국 연극과 극문학 발전을 위해 애쓰시며 어려운 출판 환경 속에서도 본 선집의 출판을 떠맡아 주신 평민사에 더 없는 감사를 드린다. 지지부진한 작업을 지켜보면서 격려와 성원을 아끼지 않은 가족에게도 감사한다. 계속되는 시련과 고통 속에서도 연구할 수 있는 체력과 여건을 허락해 주신 하나님의 은혜에 다시금 감사하지 않을 수 없다.

앞으로 이루어야 할 연구와 남은 생애가 더 나은 내일과 임재하는 하나님 나라의 건설에 유용하게 쓰일 수 있게 되길 간절히 기원해 본다.

2012년 10월 금토산 자락에서
이재명

머리말에 덧붙여

2012년 가을『해방기 남북한 극문학 선집』Ⅰ, Ⅱ를 펴내고 나서, Ⅲ, Ⅳ권은 1~2년 안에 마무리할 예정이었다. 하지만 불가피한 사정들이 연이어 발생하고, 급기야 치명적인 눈수술을 세 차례 치르면서 오늘에 이르게 되었다. 하여튼『해방기 남북한 극문학 선집』Ⅲ, Ⅳ권을 준비하는 과정 속에 북한 시나리오 2편을 새롭게 발굴하게 되어, 새 자료를 포함하여 Ⅴ권까지 확대하게 되었다.

2008년 미국에서 안식년을 보낸 워싱턴대학(U.W.) 한국학과를 통해 해방기 북한 영상자료를 확보하게 해 준 바 있는 필자는 같은 해 가을 워싱턴대학 구내에서 그 영상자료 중에서 유일한 극영화 <용광로>(김영근 작, 민정식 감독, 문예봉·박학 주연)의 시사회를 가진 바 있다. 〈용광로〉는 북한의 두 번째 예술영화로 전쟁 발발 직전인 1950년에 북한 전역에 보급된 작품으로, 1949년에 제작된 북한 최초의 예술영화 <내 고향>(김승구 작, 강홍식 연출, 문예봉·유원준 주연)과 함께 전쟁 전 북한의 대표적인 예술영화였다. 북한 초창기 영화 및 대본 입수에 대한 관심을 키워가던 중,『조선영화문학선집』1 (문학예술종합출판사, 1990)을 입수하여 이 두 편의 영화문학(시나리오)을 확인한 필자는 이 두 자료가 남북한 극문학 및 영화문학 비교 연구에 필수적이라 여겨 선집에 추가하기로 하였다.

이와 별도로, 한예종의 김석만 교수님으로부터 함세덕의 <산적> 자료를 제공받아 정리하던 중, 2013년 출판된 아단문고 미공개 자료 총서 3권에 소장된 <산적>과 비교하면서 자료를 정리하였다. 또한 같은 자료 총서 5권에 수록된 전창근 작 <자유만세>의 경우도 비교·정리하였다. 하지만 아단문고 총서에 수록된 시나리오 <삼타홍>(이경선 작), 희곡 <임진왜란>(김태진 작), <당대놀부전>(함세덕 작), <에밀레종>(서항석 각색), <숙향전>(윤지혁 작 악극) 등은 이번 선집에 수록하지는 않았다. 이들은 모두 1945년부터 1950년 사이에 발표되었지만, 이들 자료를 발굴한 관계자들과 협의를 하지 않은 작품들이기 때문이다.

이렇게 해서 애초에 예정된 4권으로는 분량상 문제가 있어서, 경제적

어려움을 감수하고 5권으로 재편집하게 되었다. 새로 수집·정리한 작품들과 함께 5권 편집상에 여유(?)가 있다고 판단하여, 몇 가지 자료를 덧붙이기로 하였다. 예정된 해방기 공연·상연물 목록 엑셀 작업을 5권 부록으로 덧붙이고, 해방기 관련 필자의 논문 2편을 3권과 4권에 나눠 실었다.

끝으로 본 추가 작업에 도움을 주신 여러분들께 감사의 인사를 전한다. <산적> 자료를 제공해 주신 김석만 교수님, 자료 엑셀 작업을 맡아준 김종훈, 김건 조교, 마지막 교정 작업을 도와준 정재춘 선생에게 감사를 드린다. 어려운 출판 환경에서도 돈이 안 되는(?) 작업을 기꺼이 맡아 주신 평민사에도 무한한 감사를 드린다.

2019. 4.
이재명

[목차]

일 러 두 기

1. 수록된 작품은 원문 그대로 게재하는 것을 원칙으로 한다. 다만 의미 전달의 효율성을 높이기 위해 띄어쓰기는 현대 방식을 적용하였다. 그러나 작품 전체가 일본어로 발표된 경우는 번역하는 과정에서 띄어쓰기와 맞춤 법 모두 현대 문법을 적용하고, 일본어 원문은 별도로 영인하였다.

2. 한자(漢字)의 경우 역시 원문 그대로 표기하는 것을 원칙으로 한다. 따라서 '한자(한글)' 혹은 '한글(한자)', '한자'의 경우나 '정자·약자·간자'의 경우 가급적 원문 그대로 표기하였다.

3. 문장 부호는 가로 조판 방식에 맞게 현대적으로 변형하였다. 또한 '◇ ○ ◎ ( )' 등 원문의 독립 지문 표시 기호는 현대 방식에 맞게 모두 생략 하고 위아래로 한 줄씩 띄워 독립된 지문 표시를 하였다. 다만 시나리오의 경우, '씬(scene)' 앞에 '#' 기호를 붙여 표시하였다.

4. 단어가 반복될 때 '〈 '이나 '〃' 기호로 표시하거나 일본어 '々'를 사용하는 경우, '〈 '이나 '〃'는 현행 가로쓰기 체계에 맞지 않기 때문에 앞의 단어나 구의 반복을 그대로 살려주는 방식으로 표기하였다(예 : 떨어질 듯이〈 → 떨어질 듯이 떨어질 듯이). 다만 일본어 '々'를 사용한 경우는 당시 표기법을 살리기 위해 원문 그대로 표기하였다.

5. 일본어 번역의 경우, 한자로 되어 있는 일본 사람의 이름은 한자 그대로 표기하였고 일본 지명은 일본식으로 읽어주었다. 그리고 일본어 원문의 경우, 한글 문장에 일본어 발음으로 읽은 한글이 들어갈 경우는 번역을 해서 주석 처리하였다. 그러나 한글 문장 안에 단어나 구가 일본어 표기로 들어간 경우는 번역을 해서 본문 중에 '[ ]' 표시하였다. 전체가 일본어 문장으로 되어 있는 경우도 번역을 해서 '[ ]' 표시하였다. 다만 'の、さん、はぃ (ハィ)'와 같이 자주 쓰이는 단어들은 처음 나왔을 경우에만 번역 처리하고 이후에는 생략하였다.

6. 문맥상 오자(誤字)임이 분명한 것이라 할지라도 본문에서 수정하지 않고 주석 처리를 하였다. 또한 의미 해석이 필요한 단어나 구, 절에 대해서도 주석 처리를 하였다.

7. 원문 판독이 불가능한 글자의 경우, 가능한 그 숫자만큼 '□' '＊' 표시를 하였다.

우박소리

(1막2장)

박경창

때

1945년 12월 말일경

곳

어느 지방의 소항구

나오는 사람들

최중기 58세, 아조 무식한 노동자
김씨 50세, 인정이 많은 분이다
최복만 28세, 중기 장남, 화가, 신경질인 얼굴, 영양 불량과 끄칠 새 없는 심노(心勞)[1]로 인하야 육체나 정신이 몹시 상해 보인 다
박씨 50세,
이철봉 24세, 박씨 장남, 전 마차 끌든 사람,
이명순 21세, 철봉 누이동생, 우남실의 셋째첩, 살이 찌고 키가 크며 상당한 미인이다
(우남실)[2]

무대

쪼고만한 함석집이 정면으로부터 우편으로 보인다. 좌편에는 판자로 만든 초라한 대문이 보이고, 그 후로는 초가집들이 보인다. 이 집 좌편에 붙어 있는 것이 문칸방, 중앙은 대청이며 그 우편으로 큰방인데, 이 방 내부는 보이지 않고 전등불만 대청방문으로 비칠 뿐이다. 대청에는 선반에 식기 가 놔 있으며, 벽에는 총이 걸려 있다.

문칸방 내부는 전부 보인다. 방벽에는 여자 나체를 그린 그림과 기타 여 러 가지 그림이 그려있다. 방안에는 헌 앞다지[3]가 구석에 놔 있으며, 얇 은 이불이 그 우에 놔 있을 뿐이다. 큰 방 부엌은 우측으로 있는데, 그것 은 무대에사 보이지 않으므로 부엌에 갈 때는 우편으로 등장하게 된다. 문칸방 부엌은 방앞에 보인다. 솥이 걸려 있고 좁은 선반 우에 식기가 약 간 놔 있을 뿐이다.

막이 열리면, 문칸방에 중기, 김씨 고구마를 먹고 있다.

---

1) 마음을 병들게 하는 걱정.
2) 이명순의 남편으로 등장하는데, 인물표에 누락되었음.
3) 선반과 서랍이 있는 가구.

우박소리.
사이.

중 기 (물을 마신 후 담배를 마라 피면서)… 아 그래. 이 고구마 먹기가
     싫지도 않냐 말이야…
김 씨 그걸 누구한테 원망하는 거요?
중 기 그놈이 쪼끔만 벌어 보래도, 이렇게 날마다 고구마로 끼니를 때우
     겠오!
김 씨 그놈만 나물할 수도 없지 뭐요! 남의 부모들도 그렇게 고구마만 자
     식들 먹여 킵띠까! 남의 부모들을 보세요…
중 기 남의 자식들을 봐요!…
김 씨 호호… 그러니 마찬가지가 아니요. 당신도 그렇고, 그놈도 그렇
     고…
중 기 그래, 늙은 애비는 지게벌이 시켜놓고 날마다 자빠져서 (벽 그림을
     가르키며) 이놈으 노릇만 하는데, 그놈 보고 내가 말을 못할 건 뭐
     있오!
김 씨 … 당신이 지게벌이 하는 거나 그애가 그림만 그리게 된 것이 모
     다 누가 시켜서 하는 것도 아니고, 다아 팔짜 소견이겠지요…
중 기 소이 공부 했다는 젊은 사람들은 모다아 이 통에 좋은 자리에 앉
     아 뱄뱄 일을 다하고 있는데, 이놈은 집에서 낮잠이나 퍼 자고 밤
     이면 뭘 허루 돌아 다니는 거야!
김 씨 그놈인들 아무 생각이 없어 그리겠오. 열 살 때부터 그림을 좋아해
     서 지금 스물여덟이 되도록 그림에 미친 놈이 다른 일을 어떻게 해
     지겠소. 그애 말대로 쪼끔만 참으면 그애가 그린 그림 한 장에 천
     원 이상에 팔린다고 장담을 하니, 어디 좀 두고 봅시다 그려…
중 기 그런 줄 아닌까 난들 전전 다른 방면으로 가라는 게 아니야. 그 간
     판쟁이 집에서 사람을 구하고 있으니 그런데서 일 보면서는 어찌
     그림을 못 그리냐 말이야…
김 씨 그애 말 듣지 않었오! 간판에 그림 그리는 사람은 그 예술가가 아
     니고 머 가짜예술가고, 그래도 그애가 그린 그림은 아조 진짜 그림
     이라, 상당한 사람들이 아니면 그애 그림을 이해 못한다고 하지 안
     합니까!
중 기 제-길헐, 돈 나오는 게 진짜지, 그래 동전 한 잎 나오지 않은 그림
     이 뭐가 진짜는 진짜야.

　　　　이러는 중에 우측에서 박씨 손을 털며 등장,

박　씨　(중기 방 앞으로와 서) 저놈으 연탄불 살르기에 내 애간정이 다아
　　　　썩어…
김　씨　추운데 좀 들어 오시요!
박　씨　아들은 또 나갔소?
김　씨　집에 있으면 (중기를 가르키며) 이 양반이 가만이 둬야지요…
박　씨　(들어가 않는다) 글세요. 아 이런 통에 뭐든지 하지 않고 왜 노는
　　　　지 모르겠습니다
김　씨　(그 말은 들은 체 만 체) 딸은 어디 갔소?
박　씨　서방하고 모욕 갔다요!
중　기　… 부자 사위 얻어 참 좋겠소…
박　씨　좋운 지 뭔지 모르겠소. 처음에는 집도 사고 또 무엇도 사고 한다
　　　　고 말만 떠드러 놓고는, 요새는 집에 와도 낮에는 총질이나 댕기지.
　　　　그런데 다는 쪼꼼도 정신이 없는 것입데다.
중　기　허물없으니 말하지만은, 이왕 첩으로 주는 바에야 집 뿐이며 그까
　　　　짓 돈 뿐이요. 돈도 몇 만원 달라고 해서, 아들이 돌아오면 장사도
　　　　시키고 당신도 좀 편히 살아야지…
박　씨　말 맛쇼. 한달에 요새 돈 오백 원을 찟그러 주며 그걸로 살라고 하
　　　　니, 그까짓 껏 가지고는 그애 화장값도 모자란다우!
김　씨　아이구! 무슨 화장을 한달에 오백원 씩이나 한단 말이요.
박　씨　아 그 구리무 한 갑에 하꾸라이4)는 오십 원씩이나 한다요 그려.
　　　　그러니 구리무네, 불근 연지네, 분이네, 입살에 발으는 것, 눈썹에
　　　　발으는 것, 밤에 잘 때 발으는 고루도 구리무5), 아이구, 말도 맛쇼.
　　　　하도 잘 발으는 것도 많으니…

　　　　모-다 웃는다.

중　기　그러면 오백 원을 화장값으로 써바리면, 뭘 가지고 생활한단 말이
　　　　요.
박　씨　그러니 항상 골란이라우. 소문은 부자 덩어러를 얻어 호강 할꺼라
　　　　고들 하지만, 잘 못 앵겼어요, 잘 못 앵겼어…

---

4) 일본어 '舶來', '배로 온', 혹은 '해외에서 수입한' 것을 뜻함.
5) cold cream.

중 기 (우스며) 아, 그 사람으로 말하면, 저 해남서 제일 가는 부자요, 돈 만 원, 이 만 원 같은 건 우리네 돈 십 원만도 여기지 않을 텐데, 거 무슨 말이요…

박 씨 말 맞쇼. 난 그런 줄 몰랐드니… 우리 아들이 거 말 구루마 끌지 않았오! 그래, 우리 명순이와 만날 때는 말도 사주고 구루마도 사서 남의 말을 끌지 않게 하겠다드니만, 명순이와 살아본 뒤로는 웬걸 차일피일하고 사주어야지요. 그러다가 그놈으 징용에 걸려 우리 아들은 나가게 되고 말지 않았오.

김 씨 (좀 조소한 표정으로) 그때 한참 말 구루마를 사네, 큰 집을 사네 하고…

중 기 그것뿐인가. 날마다 소고기가 들어온다, 술 들어온다, 언간에 나도 술 잘 얻어 먹지…

박 씨 그런데 말 들으니 첩이 서울에도 있다요 그려. 목포에서 며칠 있다 뉘 나면 서울에 갔다, 서울에 네려 와서든 해남으로 갔다 이런다니, 우리 딸인들 특별히 생각하겠오. 그래, 요새는 명순이도 집 때문에 퍽 졸으는 모양입네다만…

김 씨 졸라야지. 아들도 인제 나오면 뭘 하든지 해야 하고 있을 때도 준비해야지요.

박 씨 그래서 나도 늘 일으요. 징용 간 사람들이 모다 돌아오니 언제 우리 아들도 나올지 모르는데 잠 잘 때도 없으 그려…

중 기 당신이 잘못하요, 잘못해. 이왕 그럴 바에야 그게 무슨 꼴이요.

박 씨 지금 잘 생각하면 내가 내 발등을 찟고 싶소. 그만한 인물 가지면 어떤 데다가는 못 여우겠오…

김 씨 거 보세요. 돈보다 사람 보고 딸을 여워야지요… 오늘밤엔 또 다른 데로 잘어(자러) 가야겠오 그려…

박 씨 할 수 있오… 그런데 왜 이애가 안 들어오네…

김 씨 모욕하고 중국 요리집이나 들어간 게지요.

박 씨 … (이러나면서) 불이 타는지 좀 봐야지… (나와서 우측으로 퇴장)

중 기 착실하고 얌전한 딸을 망할 놈의 예펜네가 그런데다 주고서, 이제 와서 무슨 말이야…

김 씨 명순이는 우리 복만이에게 마음이 있는 모양입네다만, 저놈으 늙으니가…

중 기 그러니 돈 버러야 하는 거야. 그놈이 돈 벌이만 했어봐, 됐을지도 모르지…

김 씨 흥. 즈이들이 단번에 벼락부자 될 꿈을 꾸어지마는, 그렇게 마음대
          로 안 되는거요. 다아 머가 있어서 사람의 운명을 인도하는 게 있
          어요, 있어…

중 기 쓸데없는 소리… 가만이 놀고 운이 돌아오기만 기둘려 보오. 생전
          좋은 일이 있는가. 부지런해야 되(돼). 뭐시든지 그렇지 부지런만
          하면 해결 안 되는 게 없어…

김 씨 … 당신이 게을러서 항상 지게꾼 노릇만하시오 그려…

중 기 내 손으로 버러 내 혼자만 산다면야 많이 모았을께야. 그놈이 내
          팔자를 이 모양으로 만들지 뭐야…

김 씨 그 말도 말이라고 하시오. 그래도 모-든 책임은 아들한테만 미루
          요 그려… 그만하고 주무세요. 당신 말은 하나도 옳은 말이 없오!

중 기 당신이나 빨리 무슨 말을 하면 한번이라도 그렇다고 해 봐야지…

김 씨 옳지 않는 말을 어찌 그렇다고 하겠오…

          우박은 여전히 나린다. 중기 긴 한숨을 쉬며 두러눈다. 김씨 이불을 끄네
          덮어주고 전등불을 끄며 자기도 드러눈다.
          사이.
          좌측에서 명순 모욕주머니를 들고 등장. 마루 앞으로 온다.

명 순 (뚤래뚤래 돌아보며)… 어머니 계세요?…

박 씨 (우편에서 나오며)… 혼자 오니?

명 순 오다가 동모 만나 술 마시고 오겠대요!

박 씨 또 술 마시고 와서 술주정 하겠구나…

명 순 (얼굴을 두 손으로 만지며)… 모욕하고 나면 아무리 치운 날도 퍽
          다수와…

박 씨 그래도 감기드는데 어여 들어가거라.

명 순 괜찮어요. 불은 다 뗐오?

김 씨 오냐. 곧 다수울 께다. 난 잘어(자러) 가겠다.

명 순 어머니! 이번에는 자기 집에 갔다 와서 틀림없이 집을 사겠대요.
          그러니 쪼곰만 더 고생하세요…

김 씨 올 때마다 그 소리니 그 말을 어디 믿겠느냐마는, 이제 와서야 할
          수 있니…

명 순 (좀 감상적으로)… 인제는 집을 사주나 안 사주나 할 수 없지요.

김 씨 (역시 감상적으로) 내가 그저… (좌편으로 퇴장하면서)… 추운데
          어서 들어가거라!

명　순　(대청 우에 신을 버서 놓고 방으로 들어간다)

　　　사이
　　　우박소리
　　　바람소리
　　　좌측에서 복만 좀 술이 취하야 등장.

복　만　(獨自言調6))… 나더러 뭐? 정당에 가입하라고… 호호호. 그림쟁이
　　　는 그림만 그리고 있는 게 옳은 일이야. 괜시… (혼자 말하고 비꼰
　　　얼골을 했다 우섰다 한다)
명　순　(이 말소리에 문을 열고 대청으로 나온다)
복　만　(대청으로 와서 명순이 자태를 힐끗 본다)
명　순　(좀 조용하게)… 왜 그렇게 보세요?…
복　만　… 서방님은 안 계시나요?…
명　순　……
복　만　(역시 쳐다보며)… 당신 무개가 얼마나 나갑니까?…
명　순　그런 걸 무러 뭘 하실 테요?
복　만　글세, 얼마나 나가나요?…
명　순　(우스며) 15관7)…
복　만　… 15관… 15관… (명순이 몸에서 눈을 옮기지 않는다. 잔인한 안
　　　광으로 화가로서의 아름다운 누-드를 본 속크8)와 오래동안 억압당
　　　한 남자로서의 자극이 이렇게 복만이 감정을 만든다)
명　순　(좀 어색한 표정으로) 그렇게 보면 전 싫어요…
복　만　아-참, 하하… (짧게 웃고 두 손으로 얼굴을 싼다)… 실례했오…
명　순　… 뭘 그렇게 생각하세요?
복　만　뭐요. 아 지금 내가 뭘 생각하고 있는지 알겠오?…
명　순　남의 속에 먹은 마음을 지가 어떻게 알겠어요.
복　만　(길게 한숨을 쉬며) 나는 살고 싶은 생각이 쪼곰도 없습니다.
명　순　(좀 놀래며)… 아이구, 기분 나뻐. 왜 그런 말씀을 하세요.
복　만　기분 나뻐?… (하늘을 쳐다봤다 명순이를 봤다 하면서)… 인간은
　　　일각일각 죽어가고 있어요. 쪼곰씩 쪼곰씩 자기도 모르는 사이에

---

6) 독백조.
7) 1관은 3.750g. 대략 56Kg.
8) 쇼크?

죽어 가고 있습니다. 그래 이 지면은 인간의 사체로 충만하고 있지요. 아니 지면, 그 사체가 모다 살고 있는 것들의 사체지요. 그렇지 않소? 인간의 신체 역시 매일매일 죽어가는 새포의 묘장[9])이요. 새 새포는 묘장 우에 아니면 탄생하지 않을 겁니다… 당신이 인제 어린애를 난다, 그러고 나서 당신은 죽어요. 하하하, 내가 말하고 내가 무슨 말을 했는지 알 수 없오 그려. 하하하하… (좀 취한 게 정신을 잊은 듯이 비틀하며, 역시 명순이 얼굴을 자세히 본다)

명   순   (멍하니 복만이를 쳐다본다. 동정하는 표정이다)…

복   만   아름답소. 나는 그림 그리는 사람이라 아름다운 건 보여요. 아름다워. 그런데 당신 가운데서 언제나 뭐시 주거(죽어) 있는 것이 있어 보여요…

명   순   (언제나 복만이와 두리(둘이) 대할 땐 여자다웁 게 수동적이고 소직(素直)[10])하다. 獨自言調로)… 죽어 있는 것이…

복   만   (고게와 두 손을 흔들며 곧 넘어질 듯하다)… 하하하하…

명   순   (맨발로 네러와 복만이를 잡으며) 왜 이러세요. 너머지면 어떻게 해요…

복   만   뭐요? (이상한 얼굴로 명순이 얼굴을 쳐다본다)…

명   순   (잡었든 손을 노며)… 몸조심하세요…

복   만   몸?… (어린애처럼 고게를 흔들며 명순이 가슴이나 어깨를 봤다, 눈을 감았다 한다)… 왜 그런 말을 합니까?

명   순   … 그렇지만…

복   만   왜?…

명   순   요샌 복만씨 얼굴이나 몸이 아조 못 쓰게 됐어요.

복   만   … 내 몸, 내 얼굴… 명순이 나를 좋아하지 않소?…

명   순   (이 말에는 깜작 놀래 복만이를 본다)…

복   만   네에? 저를 좋아합니까? 싫어합니까?

명   순   … 그런 말은… 왜 그런 말씀을 하세요?…

복   만   좋아하느냐고 묻고 있어요.

복만이 말이 끝나자, 두 손으로 명순이 두 팔을 꽉 쥔다.

명   순   (넋이 떠러진 사람처럼 우둑허니 복만이를 쳐다보며 덜덜 떨고 있

---

9) 墓場?, 묘지?
10) '솔직'의 의미?

　　　　　다. 갑짝이 이 여자가 무력하고 적은 부드러운 여자처럼 보인다)…
　　　　　아퍼! 아퍼요 그렇게 꽉 쥐면…
복　만　……
명　순　(홀짝 울기 시작한다. 아퍼서 우는 것도 아니고, 슬퍼서 우는 것도
　　　　　아닌 상 부르다)
복　만　에잇… (꽉 쥐었던 명순이 두 팔을 놓는다)…
명　순　(서서 있지 못하고 대청에 걸터앉아 고개를 수그리고 뭘 생각한다)

　복만이는 잠간 명순이를 보고 있다가 비참한 표정을 하며 자기 방으로 들
어가 불을 쯔며 앉는다. 명순이 눈물은 달콤한 눈물이다.

　사이
　좌편에서 우남실 좀 취했다. 콧노래를 부르며 등장.

남　실　(문 안으로 들어와 명순이를 보고) 왜 거가 앉았어…
명　순　(지금까지의 사건은 다 잊어버린 듯이)… 혼자 심심해서, 그리고
　　　　　더워요…
남　실　뭐? 덥다니, 이렇게 우박이 나리고 추운데. (고개를 끄덕어리며) 하
　　　　　하하. 자, 들어가자고…

　남실 구두를 버서 명순이 흰 고무신 옆에 나란이 놓고 들어간다. 명순 길
게 한숨을 쉬며 따라 들어간다.
　사이
　여전히 우박소리. 바람소리.
　복만이 뭘 한참이나 고개를 수구리고 생각하다가 급작이 이러서서 뭘 찾
는다. 이러는 바람에 중기 놀래 이러난다.

중　기　아, 이놈아!…
김　씨　(이 말소리에 놀래 이러난다)
복　만　(깜짝 놀래 우둑허니 아버지 얼굴만 본다)
중　기　뭘 허루 밤늦게까지 돌아다니는 거냐, 응?
복　만　(무서하며) 네에, 동모 집에서 놀다왔어요.
중　기　뭐시 어째, 이놈아. 놀다왔어. 어디서 그런 말이 나오냐…
김　씨　왜 아들 하나 있는 걸 보기만 하면 이렇게 못 살게 야단이오…
중　기　이 예편네 또 나스네. 그래 날은 추운데 애비는 지게버러나 시켜놓

고, 동모 집에 놀러 나다니는 놈을 가만 두란 말이오!

김 씨 (복만이를 보며 안타까운 표정으로) 너도 이 노릇이 당할 노릇이
　　　냐… (운다)

중 기 이런 망할 노므 예편네 좀 봐…

복 만 어머니, 우시지 마십시오. 어머니께서 우시면 저는…

중 기 당장 나가, 이놈아. 너도 그만치 버러 먹여 키어놨으면 너데로 버
　　　러 먹고 살아. 이 자식아…

김 씨 (중기를 보며) 그만하시오. 그만 좀 해요. 내가 죽어 없어야 이런
　　　꼴을 안 보지. 이 꼴을 보고 어떻게 살겠오, 어떻게 살어.

큰방에서 남실 웃음소리.
우박소리. 바람소리.

중 기 (흥분하며) 이런 망할 년…

복 만 어머니, 모다 저의 죄가 많아 아버지께서 그러시겠지요.

중 기 그런 줄 아는 놈이 왜 날마다 자빠져서 노는 거냐, 왜 놀아!

김 씨 그만하고 주무세요. 그만 했으면 속도 푸러지겠오.

중 기 오날 밤은 결말내자. 그 간판 그리는데 들어갈 테냐, 안 들어가고
　　　집에 자빠져서 놀테냐. 응? 시원하게 말해라, 말해!

복 만 (한참이나 뭘 생각하다가) 아버지! 저도 아버지와 같이 노동벌이
　　　하겠어요.

중 기 (이 말을 듣고 뿔떡 이러나서 복만이를 갈긴다) 소이 공부했다는
　　　놈이 뭐시 어째…

복 만 (맞고 있다)…

김 씨 (중기를 붓잡으며) 이 영감이 미쳤오. 이게 밤중에 무슨 꼴이오. 어
　　　서 좀 (복만이를 보며)…저리 좀 나가거라…

복만이 바깥으로 나와 우둑허니 서있다. 김씨 운다…

중 기 (앉이면서) 죽어라, 죽어. 너까진 놈이 뭘 한다고 건방지게 노는 거
　　　냐!

김 씨 (큰소리로) 여서 자요, 자…

억지로 중기를 두러 눞인다.

중　기 (억지로 두러 누면서) 이게, 이게 왜 이러는 거야…

　　　우박소리. 바람소리.
　　　사이
　　　복만이는 비참한 얼굴로 대청에 보인 남자화(男子靴)와 힌 여자 고무신을
　　　한참이나 보면서 있다.

김　씨 울음소리
김　씨 애야! 어서 들어와 자거라…

　　　이러는 중에 암(暗)

2장

　　　동 무대
　　　오전 4시경

　　　우박은 몹시 싸게 나려 대단히 요란스럽다.
　　　멀리서 닭 우는 소리.
　　　큰방에서는 대청에 전등불만 비칠 따름이며, 중기 방에는 불이 꺼저 있으
　　　나, 중기 김씨 복만 두러 누어 있는 것이 큰방 불에 비쳐 보인다.
　　　사이
　　　左측에서 붓다리를 든 철봉이 등장. 문을 열라 하나, 여러지지 않으므로
　　　어물하다가…

철　봉　… 명순아! 명순아!…

　　　아무 대답이 없다.
　　　우박소리. 바람소리.

철　봉　여 명순아, 문 좀 여러라. 문 좀 여러…

사이

철　봉　(아무 대답이 없으므로 더 큰 소리로) 명순아, 명순아. 문 좀 여러라. 문 좀 여러…
김　씨　(이러나면서) 누구요?
철　봉　아, 철봉이요. 명순이 오라버니 철봉이요. 문 좀…
김　씨　(깜짝 놀래며 나온다. 문을 열며) 아니, 어쩐 일인가?…
철　봉　(인사하며) 안녕하셋습니까?
김　씨　어이, 그런데 어데로 해서 오는데 이렇게 새벽에…

이런 말이 계속되는 중에 복만이 일어난다.

철　봉　(대청 앞으로 와서) 차가 연착을 해서 세시 반에 도착했지요.
김　씨　고생 많이 했네. 자, 우리 방으로 좀 들어가세. 응?
철　봉　아니, 머 좋습니다. 우리 어머니를 좀 봐야지요.

복만이는 고개를 수구리고 뭘 생각하고 있다. 철봉이는 한참이나 대청에 놔 있는 남자화와 흰 고무신을 보고 있다.

김　씨　이 사람아, 좀 추운데 들어가세, 응. 에려할11) 껀 뭐 있나!
철　봉　(큰소리로) 명순아, 명순아. 나 왔다. 나 왔어…
명　순　(한참 있다가 목소리만) 누구요? 누구…
철　봉　나다, 나여. 오라버니…
명　순　(눈을 부비며 나온다) 아이구, 오라버님.
철　봉　명순아…

사이

철　봉　어머니는 어디 계시니?
명　순　(추와 떨며)… 이 아래 길수 집에서 주무세요.
철　봉　머! 길수 집에서?…
명　순　얼마나 고생하셋서요.
철　봉　내 고생이야 말할 껏도 없다만 어머니께서는 무사하셋니?

---

11) 어려워할?

22

명　순　네에.

철　봉　응… (좋아 고개를 끈덕이며)… 아, 이제 내 걱정은…

명　순　좀 들어가세요.

김　씨　아니, 철봉이 좀 우리 방으로 들어가세. 응?

철　봉　… 괜찮습니다… (명순이를 보며) 인제는 안심하겠다. 어머니께서
　　　　그동안 돌아가시지나 않았나 하고, 그게 제일 나를 괴로웁게 하였
　　　　는데, 무사하시다니 인제는 아무 걱정없이…

이러는 중에 복만이 대청 있는 데로 나온다.

복　만　철봉이!

철　봉　아, 선생님!

복　만　얼마나 고생했는가.

철　봉　머 저 고생이야. 그런데 그간 별 다른 일은 없었습니까?

복　만　응, 없었네. 좀 추운데, 들어가세!

철　봉　괜찮습니다. 저는 어머니만 좀 보면 또 떠나야겠어요.

명　순　(이 말에 놀래여) 또 떠나시다니요…

철　봉　선생님!… 선생님은 우리 집 사정을 잘 알으시겠지요… 내가 내 어
　　　　머니나 내 하나밖에 없는 누이동생을 차자 와서, 그것도 한달이나
　　　　두 달 만에 온 것도 아니고 몇 년 만에 차자 와서 (쓸쓸한 웃음)…
　　　　하하하, 아닙니다. 선생님, 저는 부산에 상륙하였을 때 또 이곳을
　　　　떠날 결심을 하였습니다. 그래 어디던지 가서 내 어머니나 누이동
　　　　생과 같이 편히 살 수 있는 곳을 생각했지요.

복　만　……

김　씨　이제 어머니와 가치 살아야지, 그게 무슨 말인가!

명　순　(고개를 수구리고 뭘 생각한다)

큰방에서는 남실이 기침소리.

복　만　… 아니, 그러면 자네는 이 길로 떠나겠다는 말인가?

철　봉　돈 없이 맨손 쥐고 와 봤자 무슨 소용이 있습니까? 그래 부산서
　　　　그대로 타지로 떠날랴고 했지만, 어짠지 이 길로만 발이 돌려지서
　　　　왔지요. 그러나 이대로 떠나야겠어요.

복　만　(하날을 처다보며 감상적으로) 운명이야, 운명…

철　봉　선생님, 그 운명이 우리를 이 모양을 만든다면, 저는 그 운명과 싸
　　　우겠습니다.
복　만　(이 말에 깜짝 놀래 철봉이를 한참이나 본다)

　　　사이

복　만　그래 가면 어디로 간단 말인가?
철　봉　… 저- 북쪽으로 가겠습니다.
복　만　… 북쪽으로…
철　봉　(명순이를 보고) 추운데 어서 들어가거라… 할머님도 들어가세요…

복만이는 하날을 처다보며 뭘 생각하고 있고, 명순이와 김씨는 불안과 추
움에 덜덜 떨면서 여쩔 줄을 모른다.

명　순　오빠! 그대로 떠나시다니요. 어머니를 어떻거시고…
철　봉　… 생각하니 어머니를 뵈이지 않고 이대로 떠나는 게 좋을 것 같
　　　다. 그래야 어머니께서 지금까지와 같이 아무 지장이 없이 평화스
　　　럽게 계실 수가 있을 것이다. 언제가 됐든지 내가 안주12)의 터를
　　　닦아놓고 어머니를 모시러 올 때까지는 네게 부탁하니, 어머니를
　　　잘 모셔다우. 그리고 철봉이는 몸이 튼튼하니 아무 걱정하지 마시
　　　고 될 수 있는 대로 오래오래 사시라고 전해다우!
김　씨　그러치만 이 사람아, 오랜만에 와서 어머니를 안 보고 떠나다니 그
　　　래 쓸 것인가… 여서 나하고 가치 어머니한테 가세, 가!
철　봉　고맙쓰다만, 이대로 가야겠어요. 만일 어머니 얼굴을 보면 저는
　　　떠나지 못할 것만 같습니다.

철봉이 비참한 얼굴하며 문 있는 대로 온다. 복만이는 뭘 생각하고 서
있다.
우박소리는 더한층 요란스럽다.

복　만　(우박을 마지며 대청을 봤다 하날을 봤다 철봉이를 봤다 하면서
　　　반 미친 사람처럼 큰 소리를 지른다) 이놈들아…

---

12) 安住, 자리를 잡아 편안하게 삶.

24

이 소리에 중기 깜짝 놀래 이러난다. 철봉 김씨 명순 역시 깜짝 놀래 복만이를 본다.

복　만　… 어머니, 저도 철봉이와 같이 이 부자연한 속에서 떠나겠습니다. 아무 말도 마시고 저를 웃는 낯으로 보내주십시오.

중　기　나가면 좋게 나가지 못하고, 무슨 개소리냐…

김　씨　(좀 놀래며) 아니 그게 무슨 소리냐. 네가 떠나다니?

명순이도 좀 놀랜다. 철봉 무슨 영문인지 우둑허니 서서 이 광경을 보고 있다.

복　만　어머니 저도 아까 철봉이가 말하든 안주의 땅을 닦아놓고, 어머니나 아버님을 모시러오겠어요.

김　씨　그건 안 된다. 너는 그림쟁이가 아니냐. 그림 그리는 놈이 무슨 그런 쓸데없는 소리를 한단 말이냐…

복　만　어머니, 저는 그림쟁입니다. 좀 자유스런 곳에서 마음을 턱 펴놓고 마음대로 좋은 그림을 그려보고 싶습니다.

이러고 방에 뛰어 들어가 헌 의복과 에도구 상자를 쪼곰안 가방에 뭉뚱뭉뚱 집어넣는다. 김씨 명순이는 덜덜 떨고 있으며, 중기 철봉이는 뭘 생각하고 있다.

복　만　아버지…

중　기　……

복　만　안녕히 계십시오. 반드시, 반드시 아버님을 편히 모실 때가 돌아올 것입니다.

방에서 나와 김씨와 명순이를 보다가

복　만　철봉이 나하고 같이 가세, 가…

김　씨　(큰소리로 울며) 못 간다, 못 가. (복만이를 잡으며)… 너 할차13) 없으면 나는 어떻게 산단 말이냐…

명순이도 큰소리로 운다.

---

13) '조차'의 전라방언.

복　만　어머니, 저는 죽으로 가는 게 아닙니다. 하하하, 이렇게 웃고 있지 않습니까! 저는 앞으로 걸어갈 길이 퍽 넓습니다. 어머니, 그렇게 우실 건 없어요.

김　씨　(중기를 보며) 여보, 그러고 앉아만 있을 게요. 이 애를 이대로 보낸단 말이오… (운다)

중　기　……

복　만　(철봉이를 보며)… 자, 가세… (대문으로 나온다)

　　울음소리는 더 한층 요란스러우나 우박소리와 바람소리에 잘 들리지 않는다. 김씨 명순 대문으로 나오며 어쩔 줄을 모르고 울고 있다.

복　만　어머니, 우시지 마시고 들어가세요. (명순이를 보며)… 명순이, 잘 있오…

　　명순 울음소리는 더 크게 들린다.

철　봉　어서 들어가십시오. (명순이를 보며)… 너도 어서 들어가거라.

　　좌측으로 복만 철봉 퇴장. 명순 운다. 김씨 큰소리로 우박을 마즈며 땅바닥에 앉아 운다.

중　기　(뿔떡 일어나 방에서 뛰어나오며) 복만아! 복만아… (하고 대문으로 나온다. 중기도 눈에 손이 올라간다)

명　순　(김씨를 이르키며) 들어가십시다.

　　이러는 중에 막(幕)

- 건국 2년 1월 13일
《예술문화》1946년 1월

성 장

(3막5장)

백문환

평북예술극단 초연 8월9일

때

1945년 8월 하순경

곧

북조선 어느 농촌 우덕삼의 집

인물

우덕삼
최씨   그의 처
금녀   그의 맛딸
금순   그의 차녀
황만섭   금순의 약혼자
국보   동리 장정
목수
만섭모
성호   과거 소작쟁의에 참가했든 동지
치옥   과거 소작쟁의에 참가했든 동지
거북   동리 청년
박노인   거북 조부
말똥 어머니
황만하   과거 지주 겸 소작조합장
철보   동리 노인
기타 농민 다수

무대

상수 쪽에 간반(間半)쯤 되는 방 하나에 부엌이 달린 다 쓰려져 가는 초가 한 채가 비스틈이 놓여 있다. 방문과 부엌 사이에는 봉창도 없는 들창 하나. 지붕에 이영은 몇 해나 됐는지 썩어서 풀석 말라 붙었다. 상수 쪽을 향해서 뒤길로 통하는 길. 하수 뜰 안에는 잎새 욱어진 오동나무 한 그루. 오동나무 아래는 네발 등상 하나 놓여 있다. 나무 뒤에는 집 뒤로 도라간 토담. 토담 우에 벗집 이영도 썩어서 말라붙고 말았다. 토담 뒤로는 이 집과 같은 모양을 한 이웃 농가 집웅이 가로 세로 바라보인다. 하늘이 맑게 개인 해방되는 해 가을 어느 날. 오동나무 잎은 벌서 눌하게 물들기 시작했다.
막이 올으면 무대는 뷔인 채로 잠시 조용하다. 이웃집 아이들이 '동해물과 백두산이' 애국가를 불으는 소리 들려온다. 이윽고 금녀 힘없는 거름으로 등장하여 방으로 들어간다. 뒤니여 거북 뷘 지게를 지고 등장.

거 북[1] 게신가요

금 녀 (방에서 나오면서) 어서 와. 거북이 왠일이야?

거 북 난 여길 오면 않 되나요?

금 녀 아니, 그런 것은 아니지만…

거 북 어머니 란[2] 게신가요?

금 녀 다들 어데 나가셨나봐…

거 북 아져씬 몸이 좀 더 쓱쓱해졌나 보군. 밖앝엘 다 나단니구.

금 녀 (가늘게 한숨 집흐며) 쓱쓱이 다 뭐야!

거 북 (금녀의 좋지 않은 안색을 보고) 아니, 누님. 왜 그러우. 어데 편찮
은 데라두 있어오?

금 녀 편치 않기는… 난 아무러치도 않어!

거 북 모두들 해방이 되었다구 집어서 날뛰는 판인데, 그리 수심스러울 일
이 뭐람!

금 녀 정말 해방이 되여서 좋기는 해. 그러치만

거 북 그러치만은 뭐에요? 그레 아버지는 뉘 덕에 도라왔단 말이오?

금 녀 그건 그렇지만, 내게는 해방이 도리어 근심꾸레기 같에!

거 북 그건 또?

금 녀 너두 생각해 보렴. 일본놈 대신에 어떤 사람이 지주로 드리앉겠는
지는 모르지만, 우리를 내쫓겠는지 그냥 해먹으라구 두어두겠는지
알 수 없는 일 아니냐!

거 북 어이구 참, 걱정도 팔자요! 내쫓기울 사람게 무러보지도 않구…

금 녀 그레, 거북은 해방된 것이 집으니?

거 북 일본놈한대 놓여 났는대 기뿌지 않구요! 그러치만 아닌게 아니라,
좀 게름직한 데기 있는 것 같에!

금 녀 왜?

거 북 우리 나라야 해방이 되었지만, 나하구 우리 하라버지야 어디 해방
이 됐어요? 난 아직도 황만하네 머슴꾼이니까…

금 녀 글세, 그렇다니까. 어느 때나 작인사리, 머슴사리 해먹기야 메일반
아니야?

거 북 그러기에 난 이전 머슴사릴 그만둘 생각이예요?

금 녀 이번엔 그레, 그동안 밀린 싹전을 다 회계해 줄라구? 그놈이!

거 북 이번에두 않해 주겟다면 한태해 볼 작정이야. 여태까지야 그놈의

---

1) 원문에 거북이, 거부기, 거북 등으로 표기된 것을 거북으로 통일함.
2) '안'의 오식인 듯.

주제소 순사놈들이 무서워서 옴쭉 못했지, 이제야 무서울 것이 뭐예요!

금 녀 그러치 않구. 하여튼 너 하라버지도 그렇구, 너도 그렇구 다 별고 집들이다. 열세핸 동안식이나 싹전 한푼 받지 못 하구두, 꾸준이 개천댈 받으면서 종사릴 해온 수가…

거 북 누님두 참, 그럼 별 수 없지 않아요? 아직까지 우리 두 식구가 살아있는 것이 원수같은 일이지. (사이 두고) 애초에 내가 없었드라면, 우리 하라버지는 어떤 곤난이 있었드레도 별거숭이 나를 업구 그놈의 집으로 머슴꾼으로 드러가지도 않았을 거이구. 또 우리 하라버지만 없었든들, 난 그놈이 집을 나온 지가 넷적일 거에요

금 녀 그렇기야 했지. 그저 구복이 원수지3)!

이때 황만하 등장해서 보고 섰다.

거 북 (받을 싹전을 환상해 보면서) 그놈만 다 회게해서 받기만 하면 우리 두 식구가 한 반년 살기는 염여없겠는데.

금 녀 모두 얼마나 되는대?

거 북 1년에 벼 닷말하고 의복 두 불4)식, 13년 동안이면 얼마에요?

금 녀 의복이 수물여섯 불하고 어이구, 당장 부자되겟네.

거 북 그것만 다 받아내면 새 살림 밑천은 넉넉한데, 그놈이 어디 주어야 말이지…

만 하 (드러서면서) 너 이놈.

금녀 내퇴.

거 북 (감작 놀내여 만하를 본다)

만 하 이놈, 일은 않 하구 거기서 무슨 수작을 떠버리구 있어?

거 북 (말없다)

만 하 썩 나가지 못해, 이놈!

거 북 누가 어쳤다구 그레요?

만 하 이놈, 누구 앞에서 말대답이가?

---

3) 입으로 먹고 배를 채우는 일이 원수 같다는 뜻으로, 먹고살기 위하여 괴로운 일이나 아니꼬운 일도 참고 견뎌야 한다는 의미의 속담.
4) 벌.

거	북	흥, 이거 왜 이래요? 해방이에요, 해방!
만	하	뭐시라구, 이놈아. (당장5)으로 거북 허리를 갈긴다)
거	북	(재빠르게 다라나가다가 다시 도라서 만하를 향해서 무엇이라 말을 할려다가, 그냥 다라나 버린다)
만	하	해방이다 하니까, 머슴놈의 자식들이 다 대가릴 들먹거린단 말이야! (사이 두고, 문 앞에 오며) 덕삼씨 게십니까?
금	녀	(나오면서) 낳 게서요.
만	하	아니, 벌서 밖앝 출입을 다하시나요. 아직 몸이 추세도 못 하셨을 터인데. 하여튼 얼마나 기쁘시오? 다 죽으나 다름없었든 아버지가 사라도라 왔으니, 이집에도 이전 대운(大運)이 뻗었나 보오. 외놈들이 우리 조선 땅에서 물러가게 되자, 죽었든 아버지가 사라 도라오구. 허…
금	녀	(아무 말 없다)
만	하	참 벌서 나와서 아버질 찾아볼려구 했지만, 이 통에 어디 손이 돌아야지요.
금	녀	무슨 일로 나오섰나요?
만	하	나말인가?
금	녀	그전에 떠러진 체금6) 때문에 나오셨나요?
만	하	이거 무슨 그런 섭섭한 소릴 하우. 내 언제 돈에 그렇게 감질나 하는 것을 봤오.
금	녀	그렇지 않아도 이제 추수하면 금년엔 다 갑하 드리겟서요.
만	하	지금 말하는 그 돈 끄드레기7)만 해도, 어디 한푼 내 이자나 처맷소?
금	녀	그럼 무슨 일로 나오셨어요?
만	하	댁 아버질 좀 만나 볼려구 왔다니까.
금	녀	우리 아버질요?
만	하	아버질 만나서 위선 오핼 풀어야겠소.
금	녀	무슨 오해요?
만	하	옛날 그때 일에 대해서 모두들 오해를 하는 모양이요. 참, 말이 났으니 말이지, 그때 일이야 금녀도 잘 아는 일 아니요? 모두들 날더러 소작조합을 지주들게 파라 멋었다, '후지이'란 놈의 앞재비로다,

---

5) 단장(短杖), 짧은 지팡이.
6) 연체금?
7) 끄트러기, 쓰고 남은 자질구레한 조각.

허지만 사실 내막을 캐 보면, 소위 황가네 패를 놀려 버리고 대신 자리를 잡아보겠다는 백가네 패들의 취김[8]들이였지요

금 녀 (증오에 찬 눈을 흘긴다)

만 하 글세, 생각해 보면 누구나 다 알 수 있는 일이 아니요? 내가 소작 조합을 지주에게 팔아먹을 고약한 놈이라면, 애당초 소작인들이 나를 조합장을 내새우질 않았을거요. 또 내가 '후지이'의 앞재비라니, 내가 웨 일본놈의 앞재비란 말이요. 나도 조선사람이요.

금 녀 그런 말은 아버질 만나거든 말하세요. 제게다 암만 말했됐쟈 소용 있어요.

만 하 하… 참 그렇군. 금녀야 흥미가 없을 테지, 참.

금 녀 전 딴 대 좀 가 봐야겟어요. (나가려고 한다)

만 하 참, 저 금녀 당신의 그 꼬장이 같은 성미는 이렇게 해방이 되었어도 여전하구려. 허…

금 녀 대채 무슨 말을 하실려고 그러세요?

만 하 금녀! 내 말을 좀 들어보시오. 난 무슨 일이나 해보겠다구 결심한 일은 못 해본 일은 아직 한번도 없소. 그렇지만 15년이라눈 긴 새월을 두고 힘을 쓰고 정성을 드려도 되지 않는 일이 꼭 한가지 있소. 그것이 무엇인지 금녀는 알겠구려.

금 녀 알긴 내가 무엇을 안다구 또 이러세요.

만 하 너머 고집을 세우지 말어요. 너머 고집을 쓰면 나를 멸시하는 일이 되니까. 허… 해방이 되었다구 해서 땅이 올려 붙고, 하늘이 내려 닷지는 않었으니까, 황만하는 이렇게 땅 우엘 서서 단니고 있지 않소?

금 녀 (처밀러 올라오는 격분을 입술을 깨물고 참는다)

만 하 앞으로 또 금녀가 내 신세를 빌게될 지는 뉘가 알겠소? 허허… 그럼 난 가겠소. 있다가 아버질 만나러 또 오지요. (나가려다가 다시 도라서면서) 참, 금녀와 나와는 이전 사둔지간이 되었지? 그러나 사둔이란 부처님 팔촌만도 못한 것이니까. 하… (나간다)

이때 거북 비장한 결심을 띠운 얼굴을 하고 당당하게 드러온다.

거 북 (광채 나는 눈으로 쏘아보면서) 황주사 영감, 난 정말 이 이상 더 당신의 학대를 받고 일할 수는 없어요. 오늘로서 당신네 머슴사리

---

8) ??

　　　　　를 그만둘 터이니까 다 계산해 주시오.

만　하　뭐시라구, 이놈이 이거 환장을 허지 않았어?

거　북　내가 왜 환장을 해요. 13년간 일 쌌전을 다 계산해 달란 말이요!

만　하　이놈아, 쌌전은 왠 터진 놈의 쌌전 말이가!

거　북　그럼, 당신네 집을 그만둔데도 꿋꿋내 쌌전을 않 주겠단 말이지요?

만　하　좋다, 이놈. 오늘 당장 내 집을 나가거라! 그대신 너 한애비 맥여
　　　　　준 밥값은 다 해놓구 나가!

거　북　(대들 기세를 하면서) 무엇이 어째서요?

만　하　야, 이 당돌한 놈아!

거　북　다시 한번 말해 봐요.

만　하　이놈아. (단쟝으로 억게쪽지를 내려 갈긴다) 눈을 바르 뜨고 맛서
　　　　　면 어떻걸 터이가, 이놈. (다시 칠려구 단쟝을 높이 든다)

금　녀　(거북의 앞을 막아서면서) 왜 이러세요? 당신이 그렇게 사람을 잘
　　　　　치오? 자, 체 봐요?

거　북　누님, 비키세요. 황주사 매도 오늘이 마즈막이요. 얼마나 치나 보게.

금　녀　거북아? 왜 이레, 네가 지럼.

거　북　자, 비껴요. (금녀를 밀친다) 자, 당신 맘대루 싫건 쳐보시오!

금　녀　거북아!

만　하　야, 이 어른도 몰라보는 알망란이[9] 색기야! (다시 단쟝을 높이 든
　　　　　다)

거　북　(내려오는 단쟝을 날세게 거더 잡아 빼앗아 쥔다) 자, 맘대루 해보
　　　　　시오.

만　하　너 이놈! 너 이 고약한 놈, 이거 무슨 버릇이가? (단쟝을 빼앗기고
　　　　　쩔쩔맨다)

금　녀　거북아, 네가 참구 집으로 나리가럼으나!

거　북　(단쟝을 부러쥐고 살이 선 눈으로 만하를 노려보기만 한다)

만　하　원 져런 놈이! 이 단쟝을 건내지 못 할가?

거　북　당신은 내가 당신에 집으로 드러가는 날부터 오늘까지 닷새가 멀
　　　　　다 하고 이 단쟝으로 나를 때렸지요? 우리 할아버지가 안뜰을 쓰러
　　　　　내다가 국화풀을 잡풀로 알구 잘못 뽑아냈다구, 당신은 이 단쟝으
　　　　　로 우리 하라버지 귀통을 찔러서 그 자리에서 귀멍어리가 되게 했
　　　　　지요? (두 눈에는 눈물이 어리운다) 그렇지요? 대답해 봐요? (원한
　　　　　과 격분에 처밀려 오는 감정을 억제하면서) 생각하면 난 당장 이

---

9) 알망나니, 아주 심한 망나니.

집팽이로 당신 뱃통을 뚜루고 그놈의 창자를 끄러내 보아도 시원할 것이 없을 것 같소. 난 단지 그동안 밀린 쌂견만 주면 딴 생각은 다 씨서버릴 터이예요.

만 하 야, 이 뻔뻔한 놈아. 네 한애비 하나 멕여준 것도 고마운 일인대, 거기다 또 돈까지 달라구?

거 북 애초에 우리 두 식구가 얻어먹기로 하구 그렇게 준다구 먼져 말을 꺼낸 것은 누구요? 바로 이 자리요. 난 아직 잘 기억하고 있어요.

만 하 난 그런 말을 한 기억도 없고, 할 리도 없다. 냉큼 그 단쟝을 건네지 못 할가?

금 녀 황주산 너머 하지 않아요? 거북이…

만 하 금녀가 나설 마당은 아니오.

거 북 자, 빨리 당신에 집으로 내려가서 회게를 해 주시요! (앞서 나가면서) 오늘 중으로 않 해주면 난 정말 당신을 그냥 두지 않을 터이요. (퇴장)

만 하 야 이놈, 거북아. (쫓아 나가면서) 거북아, 그 단쟝을, 그 단쟝! (따라 퇴장)

금 녀 (그들 나간 뒤를 멍하니 바라보다가 도라드러 오면서) 해방이 돼도 저런 강도같은 놈의 자식이 아직 사라 있고… (내퇴)

최씨, 만모 등장.

최 씨 (드러오면서) 어서 드러오시우.

만 모 (따라 드러오면서) 네.

최 씨 방으로 좀 드러가십다.

만 모 웬걸요, 아직 서늘한 것이 밖앝이 좋아요. 난 여기 않겠소. (나무 아레 가 앉는다)

최 씨 (방을 향하고) 여보, 방에 있소?

금 녀 (방에서 나오면서) 아버진 않 게세요. (만모에게) 내려오셨어요?

만 모 네!

최 씨 어델 또 갔노. 그레 갔다 왓니?

금 녀 네, 의사의 말이 그 병에는 신통한 약이 별로 없구, 그져 맛있는 음식을 자주 먹구, 가만 누워 있는 것이 제일 좋은 치료방식이라는 군요.

최 씨 맛있는 음식을 자주 먹구, 가만 누어 있어라?

금 녀 그리구 오늘부터라도 병자가 싫여할 때까지 닭을 잡아 대접해 보
　　　라구 해요.
최 씨 그런데 이 영감은 뻔질나게 나도라 다니나 글세. 속상해 죽겠어요.
　　　몸이 좀 추셀 때까지 방애 가만 좀 누어 게시레두, 뉘 말을 들어야
　　　지요. 집에만 도라오신 날부터 한 대엿새 동안은 가만히 게시는가
　　　보드니, 그저께부터는 무슨 일이 그리 다사스러운지[10] 하로도 몇
　　　번식 나가시는군요.
금 녀 무슨 일이 있어 나가시나요. 논뚝에 나가서 공연히 않았다 느려섰
　　　다 하시면서, 먼 하늘만 쳐다보시는 걸, 뭐.
만 모 이댁 사둔영감이야 성미가 좀 괴벽한 어른이지요, 뭐.
최 씨 허긴 전에도 병은 일을 하면 나았다고 하시면서, 앞서서 자리에
　　　누어본 길이 있었나요? 어디.
만 모 그래도 당신 몸이 그럴 만하시기에 그르시는 게지.
최 씨 닭은 또 어데 가서 구하노.
만 모 참, 저 오늘 웃마을서 소추념[11]을 한답디다. 닭대신에 소고긴 못
　　　쓰겠소? 한 깃[12]을 어더다가 대접해 보시구려.
최 씨 글세, 소니 닭이니 어디 원, 돈이 있어야지요.
만 모 앗다, 누군 돈이 있어서 소를 잡는 답디까. 그저 해방이 되서 기뿌
　　　니 덮어놓고 오래간 만에 고기나 좀 먹어 보자는 것이지. 그리고
　　　고기값은 이제 추수해서 벼로 내도 좋다니까요.
금 녀 어머니, 값은 하여간 하고 닭 사다 대접하는 줄 알고, 좀 사다가
　　　아버지 대접해요. 아버지 도라오신 지가 벌서 보름경이나 되어 와
　　　도, 언제 고깃국 한번 대접했어요?
최 씨 그레, 아 그까진 베 몇 근 안 버른 줄 알작구나.
금 녀 (기둥이 걸린 다락기[13]를 벳겨 들고 나선다) 그럼 갔다 오겟서요.
만 모 어서 갔다 오너라.
금 녀 (퇴장)
최 씨 방으로 좀 들어가시제두.
만 모 여기가 좋다니까요. 참 사둔영감께서 그렇게 편치 못한 몸으로 도

---

10) 다사(多事)스럽다, 보기에 바쁜 데가 있다. 혹은 보기에 쓸데없는 일에 간섭을 잘하는 데가
　　있다.
11) 추렴, 모임이나 놀이, 잔치 따위의 비용으로 여럿이 각각 얼마씩의 돈을 내어 거둠. 여기서
　　는 소를 잡아서 여럿이 나눔의 뜻인 듯.
12) 무엇을 나눌 때, 각자에게 돌아오는 한몫.
13) 다래끼, 아가리는 좁고 바닥은 넓은 바구니.

라오서서 얼마나 걱정이 되십니까.

최 씨 (토방 끝에 앉으면서) 사라 나올 줄은 꿈에도 생각지 않든 사람이 도라왔는데, 그까진 병쯤이야 무슨 근심걱정 되겠소! (가늘게 한숨 짚고) 이러나 저러나 우리 맏사위도 죽지 않았던들 얼마나 좋겠소? 글세.

만 모 글세 말이지요. 참 아까운 사람이 죽었지.

최 씨 같이 한때에 잡혀간 사람이 다 돌아오고 보니 몹시 생각이 나는군요.

만 모 참 그렇지오. 사둔님하고 한날 한시에 순사녀석들한테 잡혀갔다, 사둔영감은 나왔는데…

최 씨 지나간 일을 말해서 무엇하겠소만, 성사도 못하고 소작쟁의인가 따문에 사위네와 우리 집안이 이 꼴이 되지 않았소. 글세, 이것 보시구려. 그때 딸년은 열일굽살, 제 새서방 나히는… 가만있자… 그렇지 수무살 때에 서로 혼인을 맺고나서 그해 가을에 잔칠했는데, 글세 한달도 못 되어 그런 일이 나지 않았겠소.

만 모 옥사나 하지 않고 살아 있었던들 이 통에 풀려 나왔을 건데…

최 씨 그 사람이 잡혀가던 날 그애 시어머니는 순사놈 발길에 채워서 죽고, 그 사람마저 감옥사리 삼년만에 두들겨 맞은 것이 탈이 되여서 옥사를 했지… 나 어린 것이 그레, 할 수 없이 그때부터 세 모녀가 한데 모여서 지금까지 사라온 것이 아니예요?

만 모 참 다들 용하시외다. 금녀는 금녀대로 오늘까지 수절을 해왔군요?

최 씨 그앤 나와 같이 늙어 죽을 작정인가 바요.

만 모 참 단단한 고집이요.

최 씨 그런대 한때에 잡혀갔던 사람들도 이제는 다 돌아오고, 심지어 진용갔던 사람, 병정갔든 사람들까지 다 도라오니, 이렇다 저렇다 저야 말은 하지 않지마는, 제 가슴이야 얼마나 져러 오겠소, 글세.

만 모 그렇구 말구요. 설음 중에도 제 서방 없는 설음이 제일 설다는데.

최 씨 어미된 나로서는 참 그 꼴은 못 보겠서요.

만 모 참, 져 여보 사둔. 이애들의 날자가 났어요.

최 씨 (눈물을 씻으면서) 날자가 났어요?

만 모 왜 져 정교사 영감이 날받이14)를 잘하지 않어요. 그레 그 영감더러 좀 봐달랫더니, 날이 이렇게 납디다레!

최 씨 그 영감이 날을 받았으면, 틀림없겠지요.

---

14) 이사나 결혼 따위의 큰일을 치르기 위하여 길흉을 따져 날을 가려 정하는 일.

만 모   내장15) 보내는 날은 이제 오는 십월 수무날, 잔치는 오는 겨울 쯤
         가서 하는 것이 길하겠다는군요

최 씨   허긴 그렇게 해도 무방할 것같애요. 누가 지주가 되서 타작을 해
         가겠는지는 몰으지만, 일본놈들처럼 그렇게 몽땅 다야 뺏어가겠소?
         금년 추수나 하구 더 보테 천천히 하는 것이 도리혀 양 집이 다 대
         사 치루기가 헐할 겁니다.

만 모   혼사는 벼락 가치 해놨지만 대사 치를 일을 생각하면, 아닌 게 아
         니라 걱정이에요. 그렇지만 겨울에 가서 례를 이루운다면, 우리 만
         섭이란 놈은 까무러칠 거에요. 혼사를 맺은 그날 밤부터 빨리 해치
         우자구 졸으는 판인데, 그때까지 참아내자구 하겠소?

최 씨   참 요지음 애들은 말할 수 없어요. 우리 금순이 넌두 그저 만섭 이
         야길하기만 하면, 무엇이 그리 좋은지 싱글벙글 웃고 야단이랍니다.
         마주 앉으면 그저 신랑자랑 뿐이랍니다. 신통들 해요.

만 모   글세, 그렇다니까요. 호호호…

최 씨   다 젊어서 한때인데, 왜들 안 그르겠소?

만 모   이건 다 지나간 일이니까 말하지만, 우리 만섭이란 놈은 이집 금순
         이와 혼인을 못 하면 죽어버린다고가지 지랄를 했답니다. 여간 아
         니 다랐댓나요!

최 씨   눈치가 그런 모양입디다. 사실 그때 댁 만섭이와 혼사 말이 있었을
         때 거북이와도 말이 있었다우. 그레 차례차례 물어보질 않았겠소?
         "너 거북이 어떠냐?" 하니까, "멀 어떠요, 그까진 돌파우16)같은
         것" "그럼 너 만섭이는 어떠냐?" 하니까, 별안간 얼골이 빨게지면
         서 "난 몰라요? 그런건…" 하고 다라나 버렸답니다.

만 모   그럭기에 연분이란 따로 있는가 봐요. 허기야 아무런들 금순이를
         머슴사리하는 거북이한데야 줄 수 있었겠소.

최 씨   아니 저게 만섭이 아니유!?

만 모   만섭이가요? (이러서 내다본다)

만 섭   (드러오면서) 어머니, 여기 와 계셨어요?

만 모   오늘이야 오느냐?

만 섭   (최씨에게) 어머님, 안령하셨어요?

최 씨   꾀 오래 있었군 그레.

만 섭   네, 친구들과 같이 갔었더니, 나 혼자만 먼저 훌적 올 수가 있어야

---

15) 예장(禮狀), 혼서(婚書)(혼인할 때에 신랑 집에서 예단과 함께 신부 집에 보내는 편지).
16) 바위의 평안도 방언. 돌바위.

지요.

만　모　공연히 놀기가 좋와서 그러치 혼잔 못 오나.

만　섭　저, (최에게) 금순이 있어요?

최　씨　어데 나간나 보군.

만　섭　어데 나갔어요? (가만히) 아버님은?

최　씨　아부님도 안 게시구.

만　섭　후- 안심했어. (나무 아래 앉는다)

만　모　왜 장인영감이 게시면 어떻드냐?

만　섭　장인 영감과 마주 앉으면 어쩐지 작구만 가슴이 답답해 오는 것같
　　　　에서…

최　씨　참 우수은 소릴 다 허네.

만　모　어른과 애들이 마주 앉으면 그런 법이란다.

최　씨　그레, 신의주도 해방이 되었다구들 벅짝 뒤끌든가?17)

만　섭　어이구, 말마십시우. 해방이라 하니까 사람이란 사람은 모두 신의
　　　　주로 쓰러드렸는대, 게다가 만주 가 있든 귀환동포들이 하루에 몇
　　　　천명씩 내밀리여 놓니까, 신의주 거리는 그저 우굴우굴하겠지요.
　　　　게다가 물건 값은 날마다 천정부지로 올라가기만 매련인데도, 있는
　　　　놈 없는 놈 할것없이 모주리 먹어라 마시어라 하는 판이니, 그야말
　　　　로 신의주 거리는 오구룩구탕18)이 아니라, 한참 뒤끌 펼데죽가
　　　　마19)라니까요 글세.

최　씨　그러게 뒤북구는 판에 임잔 그래 가만히 보구만 왔나?

만　섭　사실은 우리들도 한수 떠볼까 하구 갔섰는데, 어디 맘대루 되야지
　　　　요.

만　모　누가 너한데 띠우겠다구 청을 대는 사람이래도 있던?

만　섭　정말은 내가 청을 델 번 했어요 기는 놈이 있으면 나는 놈이 있다
　　　　구, 우리 같은 촌바우20)들은 어림도 없습디다.

만　모　야, 너 장인 영감 도라오신다… (덕삼 등장) 편찬으실 터인데 어델
　　　　가셨드렛습니까?

덕　삼　내려오셨습니까?

만　섭　그간 아버님 안녕하셨습니까?

---

17) 뒤끓다. 한데 마구 섞여서 몹시 끓다. 혹은 많은 사람이나 동물 따위가 한데 섞여서 마구
　　움직이다.
18) 음식의 종류인 듯.
19) 음식의 종류인 듯.
20) 도시에 비하여 문화 수준이 뒤떨어진 농촌에 사는 사람을 낮잡아 이르는 북한말.

덕　삼　신의주에 갔다드니.

만　섭　지금 막 나오는 길입니다.

최　씨　가만 좀 더 누어 게시라는데, 왜 참질 못하구 나단니는거요, 글세.

덕　삼　성호네 집엘 좀 갔댔소. 금순인 아직 않 도라왔소? (토방에 앉는다)

최　씨　어델 갔는지 아직 안 왔군요. 저기 옵니다.

　　　금순 등장

금　순　(만모에게) 어머니, 내려오셨어요.

만　모　오냐! 어델 갔다가 이렇게!

만　섭　금순이!

금　순　(얼굴을 붉이면서) 오늘 나오셨서요?

만　섭　지금 오는 길이야.

최　씨　너 집을 뷔우구 어델 갔댔니?

금　순　(덕삼에게) 저 철보 영감은 게시질 않아서 만내질 못하구, 그밖에 사람들은 다들 맛냈는데 이제 곧 오신다구들 해요.

덕　삼　철보 영감은 어데 갔다든?

금　순　읍엘 갔나 봐요.

　　　금순 부억으로 퇴장

덕　삼　(만섭에게) 그래 신의주는 어떻든가?

만　섭　굉장하지요. 그전엔 머리도 못 들고 단니든 친구들이 이전 살 문이 열렸다구 모두 이마를 번쩍 들고 네 활게를 치면서 거러가는 폼이, 아닌 게 아니라 해방은 확실한 해방인 것같애요!

덕　삼　해방이 확실해!?

만　섭　그럼요, 참. (만모에게) 어머니. (최에게) 어머니, 정말 우리 집들도 살 문이 열리는가 봅니다.

만　모　남들도 다 살 길이 열린다는데, 우리 따라 못 살란 법이야 있겠니?

최　씨　정말이예요!

만　섭　어머니들도 참! 제 말이 그런 뜻인줄 아세요. 지금 오다가 저 아랫 국수집에서 자치위원회 사람들과 형님을 만나지 않았겠서요.

만　모　참, 아까 형이 널 찾아왔드라. 받을 돈들은 다들 독촉을 했는지 모르겠다구 하면서.

만　섭　지금 만나고 왔다니까요. (덕삼에게) 아부님, 제 말을 좀 들어보세요.

덕　삼　어서 말을 허게나.

만　섭　이 농장의 지주이든 일본놈이 꺼구러졌으니까, 대신 지주 노릇할 사람이 없지 않아요? 그래서 앞으로 조선정부가 설 때까지 이 농장을 관리하기 위해서 농장 임시관리위원회를 조직한다나요.

덕　삼　누가?

만　섭　우리 형님께서 말씀이지요. 그랫다가 조선정부가 생긴 후에 적당한 값을 내서 나라에다가 땅값을 바치고 이 농장을 전부 다 매수할 게획이레요.

덕　삼　(별안간 안색이 달러지며 심각한 표정을 한다)

만　모　그렇구말구. 호박이 쿵 하는 이런 통에 그 사람이 왜 가만이 있을라구. 아, 수단이 좀 좋은가.

만　섭　가만, 제 말슴을 다 드리시라니까요. (최씨에게) 어머니, 우리 형님 일이 그렇게만 되는 날이면, 우리 집들은 어떻게 되는지 아십니까?

최　씨　난 모르겠네, 무슨 말인지.

만　섭　하… 제 말을 좀 들어보세요. 사실 어머님네나 우리나 돈이야 어디 있습니까? 그러니까 밭을 사는 대는 한묵 끼올 수는 없지만, 그대신 마름노릇이야 한통 들 수 있지 않아요. 만일 그것도 손에 닷지 않으면, 밭이래도 지금 몇 곱절 더 많이 어더서 농살 좀 크게 할 수 있지 않습니까? (덕삼에게) 그러치요, 아버님?

이때 금순이 토방 한구석에 나와 앉아서 뜨개질을 하기 시작한다.

덕　삼　(아무 대답 없이 먼 하늘만 바라보고 앉았다)

만　섭　그 형님은 일가친척간의 의리를 몰으는 이가 아니니까요!

만　모　아니, 애야. 형이 정말 그렇게 해주겠다든?

만　섭　아직 형님과 직접 언약을 한 것은 아니지만, 지금까지 형님이 우리들께 해 준 일을 생각하면 다 짐작할 수 있는 일이 아니예요. 보통 사람들은 단 한평 밭도 얻기 힘든데, 다섯 정보나 가까이 그 많은 밭을 얻어준 것은 누구 덕분이예요? 그리구, 이댁…

최　씨　당신에 일가집뿐인가? 생판 남의 일두 잘 봐주는 어른인데.

덕　삼　몇 정보라구 했지?

만　모　네 정보는 채 못 되구 세 정보 팔 단이지요.

만　섭　암만 생각해 봐도, 금순이허구 나허군 금년에 막혔든 운수가 한꺼
　　　번에 쏟어져 나오는 모양이야. 금순이와 혼사를 맺자마자 우리 조
　　　선이 해방이 되구, 해방이 되자 우리 장인 영감이 도라오시구, 그
　　　우에다가 형님 일이 척척 벌려지구. 어머니들, 그렇지 않어요?
만모·최씨　정말 그런가 보다.
만　섭　금순이, 그렇지 않어?
금　순　전 몰라요.
만　섭　하…
덕　삼　자네 형이란 대체 누군가?
만　섭　아버님, 기역나지 않으십니까? 황조합장.
덕　삼　황만하 말인가?
만　섭　네. 그이가 바루 내 팔촌형 버릇21)이 되지요.
덕　삼　황만하… (지난 날의 기억의 한 토막이 번개처럼 지나간다) 이 농
　　　장을 다치겠다는 놈이 황만하란 놈이지.

　　　이때 금녀 고기 넣은 다락기를 들고 등장. 심상치 않은 이 분위기를 삶이
　　　자 재빠르게 다락기를 부엌에 가져두고 나와 선다.

만　섭　아니, 외 그러십니까?
덕　삼　(적개심과 복수심이 가슴속을 치밀고 올러옴을 늦긴다) 이놈, 황가
　　　란 놈. (벌덕 이러서면서) 그놈이 지금 어데 있다구 그랬서. (따라
　　　나갈 기세를 보인다)
만　섭　아니, 저 (어찌할 바를 모른다) 마츰 만하 형님이 져기 오십니다!
최　씨　여보, 별안간 외 이러우. 글세!

　　　이때 만하 당장을 집고 등장! 만하와 덕삼의 시선은 서로 마조친다. 모두
　　　가슴을 조이면서 침묵을 지킨다. 무대는 잠시 찢어질 듯이 긴장된다. 누
　　　구나 먼저 입을 열지 않는다. 덕삼과 만하는 서로 마주 거러간다.

만　하　(진심을 가장하고) 덕삼씨! 그레 얼마나 고생했오? (손을 잡으려고
　　　한다)
덕　삼　(손대신 만하의 멱살을 단단히 부러쥔다)
일　동　(눈을 둥그레 뜨고 감이 누가 손을 대지 못한다)

---

21) '그런 관계'의 뜻을 더하는 접미사로 다른 표현은 '뻘'.

만　하　(무슨 영문을 몰으고 덕삼의 하는 대로 가만 있다!) 덕삼씨! 난 그
　　　동안 참 미안한 일이 많었오!
덕　삼　이놈, 네가 아직 사라 있었구나!
만　하　(무엇을 깨다랐는지 상냥스럽게) 덕삼씨! 이것 놓구…
금　순　어머니!
최　씨　여보, 영감!
덕　삼　이놈, 아직도 무엇이 부족해서 또 다시 우리 농사꾼의 핏땀을 빨아
　　　먹겠다구. (목을 트러 쥐일러구 하지만 기운이 맘대로 되지 않는다)
만　하　이건 놓구 말합시다.
일　동　(드러 부터서) 아버지 놓세요. 놓구 말슴하세요.

　　　억지로 떼어 놓는다.

만　하　(능청스럽게) 난 무슨 일이지 몰으겠는 걸요.
최　씨　황주사, 노여워하지 마르시유. 영감. 글세, 이게 무슨 망령이요. 글
　　　세.
덕　삼　(숨이 하늘에 다을 듯이 씩은거리면서) 이놈, 농장 밭을 어떻게 하
　　　겠다구, 다시 한번 말해 보라!
만　섭　아부님, 참으세요.
만　하　덕삼씨는 아직도 꿈을 꾸시는 모양이로군.
덕　삼　무엇이 어째?
만　섭　형님은 이 자리를 피해 주세요. 도라가세요. (떠민다)
최　씨　황주사, 참 미안하우. 역건 오섰는데.
덕　삼　너 이놈, 농장 밭을 네맘대로 어떻게?
만　하　그레, 이 농장을 우리들이 살 작정이요. 못 사기는 허구요. (퇴장)
덕　삼　그놈을 붓잡아라! 이놈을 그냥 둘 수 없다. 놔라.
금　순　(팔을 붓잡고) 아버지!
금　녀　아버지, 참으세요. 이렇게 격분하면 좋지 않다구 의사가 말하지 않
　　　었어요.
만　모　만섭아, 이거 어떻게 된 일이가?
덕　삼　이놈, 너 이놈. (숨만 벌덕인다)
최　씨　제발 좀 이러지 말라구, 영감은 외 그렇게 참을 줄을 몰우, 글세.
금　녀　아버지, 진정하세요. 저리 가 앉으세요. (금순이와 같이 아버지를
　　　토방에 떠미러다 앉히운다)

만 모 여보, 사둔. 난 무슨 영문인지 도무지 알 수가 없소.

최 씨 그저 이 영감은 울컷 하는 성미가 좀 있어서.

덕 삼 듯기 실여.

만 섭 아버님, 진정하세요.

덕 삼 (사이 두고) 이 동내 놈들이 실구두 썩어빠진 놈들이야. 져런 원수 놈을 오늘까지⋯ 제대로 도라다니게 내버려 둬.

만 섭 아부님, 제 이견을 한번 들어주시겠어요?

덕 삼 (말없다)

만 섭 소작쟁의 당시엔 황가네니 백가네 패니 해가지고, 서로 정말 원수 지간으로 서로 싸웠다는 말은 저도 대략 들은 바 있어요. 그때 아 버님께서는 백가네 패였지요? 그렇지만 그 일은 벌서 15년이라는 과거 일이 아니예요? 과거는 과거요, 현재는 현재가 아닙니까? 가 사 그 당시에 서로 감정 나는 일이 있었드라도, 관대하게 서로 양 해하고 새로 손잡고 나가야할 때가 오지 않았어요.

덕 삼 잘 몰으는 일이면 자넨 가만이 있어.

만 모 참, 져도 잘 몰으는 소견이지만, 지나간 일을 일일이 다 가슴속에 색여두고 살려다가야 열도 못 살고 끄텍이22)가 세서 죽을 거예 요. 이렇게 참 다 깁으게 해방이 되구 했는데, 서로 좋게 지내 갑 시다.

최 씨 그럼은요. 무슨 칼 끝에 피뭇은 원한이 있겠어요.

덕 삼 사둔께서도 잘 모르시는 말슴이오. 지난간 날이 없었다면, 내가 (양 손을 들어 보이면서) 이런 꼴이 되질 않았겠소. 그래 이제 또 다시 지나간 날을 되푸리하야 옳단 말이요? (만섭에게) 어디 자네, 대답 좀 해보게⋯ 무슨 소리들이야.

만 섭 글세, 그것은 그렇다 하드래도, 사실 내놓고 말이지, 아버님께서는 아시는지 몰으시는지는 알 수 없지만, 아닌 게 아니라 아버님 안 게실 때 수년간을 그 형님의 신세를 앉 졌다구는 말할 수 없지요. (최씨에게) 그러지 않어요? 어머니.

최 씨 암, 두 말 이를 말인가, 원.

만 섭 그런 점을 생각해서라두.

덕 삼 무엇이라구?

최 씨 하여튼 간에 우리는 황주사를 괄시 못해요.

덕 삼 아니, 황가 놈에 신세를 졌다니, 무슨 소리야? (다시 격해서) 누가

---

22) '끄덩이'의 방언, 머리털이나 실 따위의 뭉친 끝의 뜻으로, 여기서는 머리털의 의미인 듯.

　　　　　황가 놈의 신셀졌단 말이야? 응. 야, 금녀야.
금　녀　아버지, 왜 또 이러시유. 글세, 좀 참으시라는데.
덕　삼　(격분한 끝에 목이 메이구 기를 쓰기 시작한다)
만　모　만섭아, 우린 올러가자. 아무래도 무슨 일이 버러지고야 말겟다.
만　섭　(조심스럽게) 금순이.
금　순　(듣지 못한다)

　　　　만모, 만섭 비슬비슬 나가버린다.

금　녀　(덕삼을 부축하면서) 금순아, 물.

　　　　금순이 물 뜨려 부엌으로 간다.

최　씨　별치 않은 일을 가지고 왜 고함을 지르며 그럴가. 글세… 내 참.
금　순　(물 가지고 와서) 아버지, 물 좀 잡수세요. (덕삼 물 마신다)
금　녀　방에 들어가 좀 누으세요.
최　씨　사둔님은 어느새 가버렸군.
금　순　아버지, 방으로 들어가 좀 누우세요, 네.
덕　삼　이 늙은 거사. 뭐, 황주사를 괄시 못한다구.
최　씨　영감도 생각해 보면 알꺼 아니예요. 영감이 그리로 끌려간 다음에
　　　　밭도 떼우지 않고, 경관 놈께도 쪼겨 나지 않고, 지금까지 우리 세
　　　　식구가 죽물이래도 우려먹고 사라온 것이 뉘 덕인 줄 아라요? 영감
　　　　은 그때 분을 썩이지 못하고, 원수다 뭐다 하시지만, 급할 때마다
　　　　쌀이로다 돈이로다, 서슴치 않고 돌려쓰게 해준 것두 황주사밖에
　　　　누가 또 있는 줄 아라요? 그것도 남들처럼 이자 한푼 받았나.
금　녀　어머닌 아직까지도 황가가 우리 세 모녀 사라가는 꼴이 정말 불상
　　　　해서 그렇게 해준 줄로 알고 게서요?
최　씨　난들 왜 몰으겟니. 그렇지만 남의 고마운 것은 고마운 것으로 알아
　　　　야 하지 않느냐?
금　녀　목구녁이 원수가 되서 황가 놈의 빚을 당겨 쓰기는 했지만…
덕　삼　아, 듣기들 싫다. 못난 것들, 웨 진작 죽어버리지들 못했어… 원수
　　　　놈의 발바당을 할타주면서까지 그렇게들 살구 싶었어?

　　　　금녀 머리를 숙이구, 부엌으로 퇴장.

최 씨 허기는 금녀도 황주사 신세를 질 작정이면, 차라리 뿔뿔히 헤저서 구걸을 떠나자고 했지만, 참아 그렇게 못하겠습디다. (눈물을 씻는 다)

덕 삼 잘했다, 잘했어. 금순아.

금 순 네.

덕 삼 너 바른대로 대답해라. 너 만섭이를 어떻게 생각하느냐?

최 씨 별안간 그건 또 무슨 말이요?

금 순 (얼굴이 빩에지면서) 아버지두 참.

덕 삼 만섭이를 똑똑한 사람으로 보느냐 말이다.

금 순 저더러 어떻게 그런 걸 대답하라구 그르세요. (쫓겨가듯이 방으로 드러간다)

최 씨 아니, 당신 눈으로 보시면 몰으겠소?? 그애가 제 맘에 들지 않은 일이면 가만두는 성민 줄 아시유.

덕 삼 속속 드리 황가 놈한테 굴복을 당했구나.

최 씨 납으면 황주사나 납벗지, 소곱동진23) 바오래기24)만도 못한 친척까 지야 건드릴 건 뭐예요.

덕 삼 난 다 좋지 않어.

이때 성호, 국보, 치옥 등장.

최 씨 어서들 오십시오.

들어오는사람일동 안녕하십니까

최 씨 (토방에 까라놓은 거적 한 잎을 나무 아래다 깔아놓으면서) 자, 여기가 서늘해요. 앉으시유.

성 호 고맙습니다.

최씨 방으로 퇴장. 모두 적당히 자리를 잡는다. 덕삼이는 여전히 집 앞만 내다보고 앉았다.
사이

치 옥 아니, 왜 그러구 앉았나. 몸은 좀 더 나은 줄이 없나 그레?

덕 삼 임자네들이 썩어 무주러진 도제채25) 자치위원회엔 어떤 놈이 들어

---

23) 소곱지, 쇠고삐?
24) 바(밧줄) 도막.
25) 도대체?

치　옥　아니, 자네 왜 그러나. 그게 무슨 소리야. 아님 밤중에 홍두게 내 밀듯이.

덕　삼　황만하란 놈이 지금 이 자리에 왔다갔다면 그만 아니야?

국　보　네, 황조합장 말이지요. 그놈이 아직 사라있기는 하지만, 그까진 목 숨이 멫을 붙어 있을라구요.

성　호　멀지 않아서 인민의 공정한 심판이 내릴 것이니까, 급하게 서둘을 것 없어요.

덕　삼　성급히 서두를 필요가 없어? 지금 그놈이 또 무슨 음모를 꾸미려 단니는지 자네들 알기나 하고 하는 소리들인가?

국　보　음모라니요?

치　옥　무슨 음모를?

덕　삼　참, 기가 맥히는 일이네.

성　호　무슨 일인지 빨리 말슴해 보세요.

덕　삼　그놈이 일본놈 대신에 농장주인 노릇을 좀 해보겠다구, 조선정부가 세면은 이 농장을 전부 저놈들이 수중에 넣을라구, 지금부터 계획 을 꾸미고 있다나!

성　호　하하하.

국　보　그놈은 수단꾸레기니까 그럼즉도 하지!

덕　삼　임자들은 그게 우수운 일로 밖에는 생각되지 않나? 그레?

성　호　그놈이 꿈같은 수작을 허다가, 헷물을 켈 생각을 하니 우습지 않어 요.

치　옥　어리석은 놈이야.

석양이 뽥아케 동리를 물들린다. 이 집에서는 저녁이 시작되는 모양이다. 금순은 물동이를 이고 물을 기려 드리기 시작한다. 금녀는 물함지를 들고 부엌 모통이로 들락날락 한다.

덕　삼　그렇게 우습게 생각할 일이 아니야.

성　호　아저씨, 지금도 기억하고 게십니까? 옛날 우리들을 지도해 주시는 백상구 선생님께서 무엇이라고 말슴하셨습니까? 일본놈의 토지니 조선놈의 토지니 할 것 없이, 지주놈들의 전부 몰수해서 이 양손으 로 밭가리하는 농민들에게 분배해 주어야 한다고 말씀하지 않었습 니까.

덕　삼　그렇지. 기억하다 뿐이겠나.

46

성 호 그때는 그 말이 암만 해도 귀에 잘 드러오지 않았지만, 오늘에 와서는 그 말대로 실지에 해볼 수 있는 때가 왔다구 생각합니다. 여러분, 다들 생각해 보십시오. 그렇지 않은가?

덕 삼 어서 말을 해 보게.

성 호 지주놈 땅에다가 우리 농민들을 꽁꽁 얽어매 놓고, 등 뒤에는 총칼을 갖다대고, 지주놈들은 우리 농민들의 피와 땀을 제 마음껏 빠라먹게 하든 일본놈들이 물러가게 되지 않았습니까.

일 동 그렇지.

성 호 그러니까 이제는 무서울 무엇이 있습니까. 우리들은 일본놈이 한참 승이 세어 갈 때도 죽엄을 내걸고 놈들과 싸우지 않았소. 춘길이와 춘길 어머니는 왜 죽었습니까. 아젓씨는 왜 무기진역을 받았고, 자네는 (치옥에게) 왜 2년식이나 감옥사리를 했었나? 이거 다 우리 농민들의 생명과도 박굴 수 없는 땅을 위해서, 일본 지주놈들과 피와 죽엄으로 싸운 생생한 투쟁기록이 아니겟습니까? 이러한 우리들의 일본놈이 꺼구러진 이판에 두려울 것이 하나도 없습니다. 우리들은 자유로운 몸이 되었습니다. 맘대로 말하고, 앞으로 싫으면 싫다 웨칠 수도 있습니다. 앞으면 앞으다, 싫으면 싫다고 내댈 수도 있습니다.

치 옥 그렇구 말구.

성 호 이런 판국이 버러졌는데 황가란 놈이 음모, 어째서요? 가사 땅 뜨는 재줄 피우는 음모를 헌다 합시다. 그레, 이 농장 밭을 가라먹고 사는 농민들이 가만 있을 줄 아십니까.

치 옥 어림없지.

덕 삼 (답답한 가슴이 열린 듯한 쾌감을 늦기면서) 여보게, 자네도 그렇게 생각하고 있나?

성 호 어디 나뿐인 줄 아십니까. 이자도 이 사람과 (치옥을 가르친다) 가치 저- 서면 마을서 땅에 대한 토론을 허다가 오기는 했지만, 동릴 좀 단녀 보세요. 무엇이라고들 떠들고 있나?

덕 삼 그레, 결론이 무엇이든가?

성 호 '땅은 어떻게 되어야 하느냐? 땅은 핏땀을 흘러가면서 제 손으로 밭가리하는 우리 농민에게 달라.'이것이 모두 통합된 결론입니다.

덕 삼 그렇지, 됐어.

국 보 참, 저 의주 어데선가는 농민들이 모두 떠들고 일어나서, '땅을 달라, 친일파는 잡아 죽여라'라는 구호를 부르면서, 지주놈의 집과 면

장 놈의 집을 습격하는 등, 아주 큰 난리가 났었다구 합디다. 여기 서두 그렇게 한번 들구 이러나야 해요.

성　호　저도 그 말을 들었어요. 다 이렇게 되니까 황가 놈의 계획이 우슴 거리밖에 될 것이지 무엇입니까?

덕　삼　여보게들, 자네들 의견도 잘 알았네. 지금 자네들을 와 달라고 한 것은 다름 아니고, 사실은 그 이야길 좀 해보자는 걸세. 밭 이애기 말이야.

일　동　네, 그렇습니까?

국　보　저 아저씨는 도라가신 다음에 제사상에 밭 귀떼기라도 한 쪼각 떼 다 놓지 않으면 제살 않 받을 거야! 허허…

치　옥　정말 그럴 거야!

국　보　그런 죽을 고생을 하시구도 밭을 못 잊는담!

덕　삼　이 사람들, 그렇지 않은가. 생각해 보란 말이야. 애초에 소곰이 부 걱부걱하는 그 황무지 갈판을 뒤집어 엎구, 씨를 뿌리고 곡식을 거 두어 먹게 논을 풀어 놓은 것은 대체 누구의 힘인 줄 알어? 일본놈 인 줄 아나?

국　보　그걸 누가 몰을라구요. 일본놈이야 축동26)을 할 때, 인부 공전이라 고 몇푼씩 주구선 그후에는 동전 한푼 받지 못하구, 다 우리들 힘 으로 거저 해주지 않았소.

덕　삼　그런 줄 알지. 우리들 부모가 아니면, 우리들 자신의 피땀으로 되 어진 것이 이 농장이 아닌가 말일세.

일　동　암, 여부 있는 말슴이라구.

이때 최씨 방으로 나오다가 거름을 멈추고 귀를 기우린다.

덕　삼　그러니까 내 의견은 이렇네.

치　옥　말슴하세요.

덕　삼　이번에 우리들은 황만하, 아니야 황만하 할아버지 같은 녀석들이 와서 수작을 해도, 우리가 가라먹든 이 농장 밭은 그놈들게 내주어 서는 않 되네. 대가리가 열두 쪼각이 나도 없네. 내 밭으로 맨드러 야 한단 말이야.

성　호　그렇습니다. 이번 통에 우리들은 토지에 얼거매 놓은 철쇄를 끊고, 완전한 자유스러운 농민이 되어야 합니다.

---

26) 축동(築垌), 물을 막기 위하여 크게 둑을 쌓음.

최　씨　여보. (덕삼에게) 무슨 또 까마귀 꿩 잡아먹을[27] 꿍꿍이를 꾸미유. 아직도 무엇이 모잘해서 또 변을 칠려구 그레요, 글세.

덕　삼　멀 안다구 나와 이 창견이야, 창견이.

최　씨　이번엔 날 아주 잡아 죽이구 궐[28] 맘대루 할려면 해보우.

치　옥　아주머니, 염녀 마세요.

최　씨　여보, 제발 이번만은 이 영감을 끌어넣지 말라구. 제발 비러요.

덕　삼　썩 드러 가지 못해.

성　호　일본놈이 꺼꾸러졌는데, 우리들을 무어라구 할 놈이 하나도 없지 않습니까? 근심 마시고 저녁이나 지으세요.

최　씨　에구, 그저 내 속을 마즈막까지 폭폭 썩어주지 않고는 못 죽나. (퇴장)

국　보　그런데 난 하나 의문나는 점이 있는 걸요?

덕　삼　무슨 의문?

국　보　그놈의 '후지이'이란 놈이 우리들의 피땀을 뽑아낸 것은, 그놈 자신이야 무슨 힘이 있어서 그러겠어요. 그것은 말하자면, 무엇이라구 할가요. 저 나라 정부 등을 믿고 그랬을 게 아니요.

일　동　그야 그렇지요.

국　보　그렇다면 그 황가란 놈은 이 농장을 조선 정부에서 사갖이고 정부 등을 대고 우리들을 또 못 살게 그르면, 우리들은 또 어데 가서 말이나 해볼 곳이 있어요. 고생들이나 또 하지.

치　옥　그것도 그렇듯 해. 화가 복이 된다구, 국보는 징용을 나갔다 오드니 식견이 좀 달러졌는 걸…

덕　삼　이사람들아, 애초부터 우리 농민에게 토지를 논아주지 않는 정부는 물론하고 반대해서, 그따우 개똥같은 놈의 정부는 세우지 못하게 하구 우리 인민의 정부를 세우면 그만 아니야.

성　호　참 옳은 말씀입니다. 지주를 옹호하고 농민을 착취하는 정부, 토지를 밭가리하는 농민에게 논나주지 않는 정부는 반대하고 배격하면 그만일 것이요.

국　보　그것 참 그렇군. 아무래도 덕삼 아저씬 우리와는 다르단 말이야.

치　옥　그러치. 우리들의 그전 경험에 의하면, 단결처럼 무서운 것은 없었어! 우리 백성들이 모두 단결해서 내대면, 아닌 게 아니라 성공할 수 있을 거야.

---

27) 까마귀 꿩 잡을 계교, 어리석은 잔꾀를 비웃어 이르는 북한말.
28) 2인칭 '당신'의 평안도 방언.

성 호　성공하구 말고. 여보게들, 그럼 어떻걸가요?

성 호　여기서 우리들 모여서 이러구 있을 것이 아니라, 위선 농민조합으
　　　로 올려가 자세히 한번 더 토론하고, 일을 조직적으로 진행시키도
　　　록 하는 것이 어떤가?

일 동　그것이 좋소.

덕 삼　좋은 일은 빨리 하렛다구, 그럼 조합으로 빨리 올려들 가세나.

일 동　네.

치 옥　임자, 그렇게 나단녀도 상관없을가?

덕 삼　염녀 말게. 금순아, 내 주이29) 좀 내오거라.

금 순　(나온다) 또 어데 가실려구 그르세요.

덕 삼　어데 멀리 않 간다. 어서 좀 내오너라.

　　　금순 들어간다. 이때 철보 영감 등장.

일 동　어서 오십시오.

철 보　여기들 있었군. 그래, 덕삼이 날 불렀나.

　　　금순 나와 주위를 잊인다.

덕 삼　음, 읍에 갔다 지금 오나.

철 보　오는 길이야. 그런데 지금 읍내는 굉장하데. 거리를 쓸고 물을 뿌
　　　리고.

국 보　왜 무슨 일이 났서요?

철 보　내일 쏘련군이 들어온대.

성 호　쏘련군이요?

　　　최씨, 금녀 나와 듣는다.

일 동　쏘련군.

철 보　왜 그 일본을 항복시키구, 우리 조선을 해방시켜 줬다는 군대 말이
　　　지.

덕 삼　여보게들. 됐네, 됐어. 쏘련은 전세계에서 단 하나밖에 없는 로동자
　　　농민 근로 인민을 잘 살게 해주는 나라라고 하지 않든가?

---

29) 주의(周衣), 두루마기.

국　보　아저씨, 져도 징용갔을 때 드른 말인데, 쏘련은 정말 살기도 좋은
　　　　나라래요.
덕　삼　그러니까 말일세. (신이 나서) 쏘련군은 우리 조선나라 근로 인민
　　　　은 누구나 다 잘 살 수 있게 도와 줄 것은 틀림없는 일일세!
일　동　정말이에요! (희망과 기쁨이 가슴에 꽉 찬다)
금　순　어머니.

2장

　　　곧 전장(前場)과 같음.
　　　때 전장(前場)에서 3일이 지난 어느 날 새벽.

　　　무대
　　　달밤, 낮처럼 밝다. 오동나무 아래는 어숭쿠레하게 그람자가 졌다. 토방
　　　우에는 덕삼이와 금순이가 마주 앉아서 기빨을 부치고 있다. 토방 아래는
　　　금녀가 등장불 밑에 앉아서 기빨을 집어 꼬매고 있다. 그외 사람들은 나
　　　무 앞에 거적을 갈고 앉았다. 거북과 국보은 선기와 횡기[30]를 달아매는
　　　등 일을 도웁고 있다. 성호는 횡기와 선기에 글을 쓰고, 치옥은 그것을
　　　잡아주고 있다. 부엌문에는 히미한 불빛이 어리우고, 굴뚝에서는 연기가
　　　솟고 있다. 여기저기 벌서 다 맨든 깃대를 세워 놓은 것이 보인다.
　　　막이 올으면, 모두 일에만 열중하다. 무대는 고요하다. 귀뜨라미 소래만이
　　　유란한다.

금　녀　(사이 두고) 다들 졸리지 않으세요.
치　옥　하로밤쯤 못 자구서야 멀 그리 졸리겟어요.
금　녀　글세, 너무 조용들 해서 모두 조는 것같군요.
거　북　아닌 게 아니라, 좀 졸려오는 걸.
금　순　거북이는 볼래 잠 많기로 유명하지 않어.
거　북　좀 고지[31] 말어. 흠, 참 만섭이는 잘 때 입도 않 벌리고, 코도 안
　　　　굴고, 입빨도 빠드륵빠드륵 않 갈구, 잘 때에는 잠이 넘어 없어서
　　　　눈을 뚝 부러뜨고 자는 걸.

---

30) 깃발의 종류?
31) 고다, 큰 소리로 시끄럽게 떠들다.

금　순 아이 참, 누가 그 사람 애길했나. 뭐…

덕　삼 잠 잘 자는 것은 흠이 아니야. 일을 많이 하는 사람이 잠은 많이 자는 법이니까.

거　북 꼭 그러치요, 아저씨.

덕　삼 그렇구 말구.

국　보 이제야 속이 좀 시원하다…

일　동 하… (또 잠시 무대는 고요해진다)

성　호 (사이 두고) 예라, 또 한나 섰다. 글자도 점점 졸리우는 모양인데, 점점 꼬불꼬불 해지는 것이. 어디 높이 좀 드러라!

치　옥 (높이 든다) 잘 되는데, 왜 그래.

성　호 (바라보면서) 지주를 숙청하고, 땅을 밭가리하는 농민에게 논아주는 정부를 수립하자.

국　보 (옆에 와 디려다 보다가) 난 언제나 이렇게 한번 써본담.

성　호 너무 놀리지 말게. 한석봉이가 못 된 것이 한이야. (사이 두고, 금녀에게) 어떻게 되었어요. 이렇게 밀리면 않 되겠는 걸.

금　녀 다 되었어요. 잠간만 기대리세요…

성　호 그럼, 소인들은 좀 휴식해 볼까. (담배를 부친다. 또 **32)이 지나간다. 치옥은 마당에서 아래와 같은 노래를 부르기 시작한다)
　　　　황무지 갈판을 논 풀어놓고
　　　　호미쌀 계죽이 어굴하구나.
　　　　때려 부셔라, 우리들의 원수를.
　　　　일본놈과 지주놈을 때려 부셔라.
　　　　×　×　×
　　　　해마다 나는 쌀 다 어데 가고
　　　　해마다 남는 건 빗만이구나.
　　　　때려부셔라, 우리들의 원수를.
　　　　일본놈과 지주놈을 때려 부셔라.

성　호 (노래가 끝난 다음, 사이 두고) 여보게, 치옥이. 생각나지 않나, 15년전 어느 날 밤 일이.

치　옥 마즈막 해 쟁의를 준비하든 날 밤일이 말이지? 나도 지금 그때 일을 생각해 보는 참일세.

성　호 그날 밤도 이렇게 달 밝고 고요하게 귀드라미 소리만 들려오는 가을날 밤이었어. 사방에는 파수를 세우고 저 세욱 영감네 집을 안나

---

32) 2글자 탈락.

무 밑에 숨어서, 이렇게 밤을 밝혀가면서 삐라외 구호를 쓰든 일이 지금 눈에 선해. (덕삼에게) 아저씬 그날 밤 일이 생각나지 않으세요.

덕　삼　왜 생각이 나지 않겠나. 죽기 전에야 하루 한시간이라도 잊겠나!

거　북　그때 아저씬 무슨 일을 보셨나요. 그때도 그렇게 기빨을 부첫나요?

덕　삼　아니, 난 그때 철보 영감과 같이 파수를 봤지.

치　옥　지금은 덕삼인 몸이 저렇게 말라꿍이가 되서 형편없지만, 그때에야 저렇나 어디. 그때는 몸이 이렇게 뚱뚱하고 40이 넘었드래서두 힘은 아주 달구지 황소처럼 세구, 장사였지. 그래서 황가네패 놈이 오든지 경관 놈이 오든지 간에, 단번에 까넘길 작정으로 저쪽 길 어구에 나가 앉아서 파수를 봤단다.

거　북　네에, 그래섰군요.

성　호　그런데 오늘 밤은 어찌된 셈인가? 꺼릴 것도, 무서울 것도 없이 우리들 맘대로 이렇게 모여서 일할 수 있으니, 세상이 이렇게도 변하는 수도 있을가?

치　옥　(이러나면서) 이것만 보드라도 우리들이 주장하고 요구하는 목적지가 점점 가까워온다는 징자[33]임에는 틀림없네!

성　호　글세 말이야!

덕　삼　그러기에 그때 백상구 선생이 말해주지 않든가? 사람 사는 세상은 언제나 사람들이 살기 좋은 세상을 향해서 한거름 한거름 나아가고 있다구. 우리들의 목적지가 가까워오는 것은 정한 일이지.

치　옥　그 백선생이 가르치는 것은 하나도 거즛말이 없었으니까.

금　순　그날 밤 우리 형부는 무슨 일을 맡아보셨나요.

치　옥　춘길이 말이지?

금　순　(누구도 대답하지 않음으로) 언닌 몰나요?

금　녀　따라가 봤어야 일지?

덕　삼　너 형부는 그날 밤 열락 책임을 지고 천여 집이 넘는 이 부근 부락을 밤새도록 뛰여 단였단다.

금　순　뛰기도 잘 하셨든 모양이지.

금　녀　지금이니 말이지, 생각하면 참…

국　보　춘길이는 참 아까운 사람이, 그만.

금　녀　난 그런 줄도 몰고 밤새도록 시어머니께 들킬가 봐서 가슴을 쪼려가면서 집앞 논뚝길을 오르내리면서 밤을 새우든 일을 생각하

---

33) 징조?

면… (땅이 꺼질 듯한 한숨)

금 순 그 이튼 날은 도라왔어요?

금 녀 도라와. 그 이튼날 그 일이 생기지 않었니?

금 순 그 이튼날… 그럼…

덕 삼 말마라. 생각하면 지금도 몸서리가 쳐진다.

거 북 그때 참 어떻게 되었어요?

치 옥 너들은 보지 못했나?

성 호 그날 우리들 몇 사람은 순사놈 항복받는 것을 보구서는 곧 24호 탈곡장으로 갔기 때문에 직접 보지 못했지!

덕 삼 그때 순사 몇 놈 나온 것은 모주리 뛰드람주고 차주고 해서, 마즈막엔 전부 꽁져 놓고 도장을 받고 항복을 받지 않었겠나. 그러구나서 한 뒤 시간 있으니까 사방에서 총소리가 나겠지. 그래, 삺어보니 수십 대의 도락구에서 경관 놈들이 색깜하게 내리더니, 총을 막 놓으면서 달려들더군.

거 북 그래, 어쩨서요?

덕 삼 그래, 거기 있는 군중들은 모두 벳가마니를 모주리 한나식 타구 앉었네. 죽어두 타작을 못 주겠다구.

거 북 총을 막 쏘는대두요?

국 보 그럼, 나도 잘 봐서.

덕 삼 경관놈들도 진작 가까이 와서는 직대고는 총을 못 놓구 위험34)만 하겠지. 그래, 그때부터는 대판 싸움이 버러졌는데, 차구, 밧구, 쏘구, 야단낫지.

거 북 그래서요.

덕 삼 그래, 나두 뎀벼드는 놈만 있으면 해치울려고 지금 볏가마니를 타고 앉았네. 그러자 순사 한 놈이 달려오드니 내 옆에 있던 저에 시어머니, 춘길의 어머니 말일세. 그 로친네를 발길로 거더차서 입에서 피를 토하고 대번에 쓰러지게 하고 말겟지.

거 북 저런, 고약한 놈이 자식.

덕 삼 이걸 보구서야 가만히 있을 놈이 천하에 어데 있겠나.

일 동 그러치요.

덕 삼 그래 그놈의 순사놈을 쫓어가서 붓들어 가지고 공중으로 한참 쳐들었다가, 탈곡기 있는데 갖여다가 칵 구겨 박았지.

거 북 그래서 그 다음엔 어떻게 되었어요

─────────────

34) 위협?

54

덕　삼　그러자 어데선가 춘길 녀석이 뛰어나오더니, 제판 깔구 앉아서 한
　　　　참 뚜디려 주었지.

거　북　에있, 씨원허다. 참 잘 했어요.

국　보　말만 들어두 시원하지. 난 그때 너무 기뻐서 고함을 너무 쳐서, 목
　　　　이 다 쉬였댔어!

거　북　그 다음엔요?

덕　삼　(침울해진 어조로) 그 자리에서 다 붓잡히고 말었지.

거　북　그 순사놈은 즉사하고 말었나요?

치　옥　그 자리에서 죽었으면 사형집행을 받은지 오랬을라구!

성　호　그 순사놈이 알타가 죽지만 앉어서두, 무기징역까지는 않 갔을 거
　　　　야.

금　녀　(기빨 접은 것을 내밀면서, 울음 섞인 소리로) 여기 마자 글이나
　　　　쓰세요.

　　　금녀 눈물을 씻으면서 부엌으로 드러간다. 모두 금녀 드러가는 뒷모양을
　　　말없이 바라본다. 멀리서 개 짓는 소리.

금　순　언니? (대답없이 도라가는 금녀를 따라 부엌으로 드러간다)

성　호　공연한 이야길 꺼집어냈나 보군요. (다시 붓을 잡는다)

국　보　죽은 사람을 생각한들 소용 있소! 속이나 상했지!

덕　삼　(점점 괴로워 오는 감정을 참지 못하고) 세상에, 젊은 놈을 앞세우
　　　　는 놈처럼 궁박한 놈의 신세는 없다더니!

　　　이때 부엌에서 최씨 나온다.

최　씨　밤새도록 수고들 하십니다. 들어들 갑시다. 채린 것은 없지만, 요기
　　　　들을 좀 하야지.

성　호　아주머니 즘 하시지 못하고 미안합니다.

최　씨　딴 소리 말구 어서 들어가시기나 하시유.

치　옥　그런데 밤참이요, 조반이요?

최　씨　밤참 겸 조반인가 보오.

치　옥　그럼 조반을 건너 뛰시란 말슴인가요?

최　씨　다리가 길면 건너 뛰여도 좋지요. 호… (치옥이 따라 웃는다)

덕　삼　어서 들어들 가지.

거　북　그럼 전 집에 좀 갔다 오겟어요.

치 옥 집엔?

거 북 하라버지 조반 한 술 지어드리고 올게요.

최 씨 그런 근심은 말아라. (부엌으로 들어간다)

거 북 그리구 황가란 놈이 준다든 못 둔다든 오늘 아츰 꼭 대답해 주마
　　　했으니까, 잠깐 맛나 보고 오야겟서요.

　　　최씨 밥그릇을 들고 나온다.

일 동 그럼 어서 갔다 와!

국 보 거북아, 오늘 아츰에도 딴 수작을 하면, 그까진 놈 아야35) 들부쉬
　　　고 마러라!

거 북 나두 이번에 정말 가만 않 둘 터이야.

최 씨 이제 가서 언제 조반을 짓겟니. 아무 밥이나 대접하렴. (밥그릇을
　　　내준다)

거 북 어머니, 그만둬요. 여러분, 그럼 갔다 오겟서요!

치 옥 빨리 갔다 와. (거북 퇴장) 자, 그럼 드러들 갑시다.

　　　덕삼이만 남구 일동 방으로 들어간다. 최씨는 등잔을 방에 들어다 놓고
　　　나와서 부엌으로 들어간다.

덕 삼 금순아!

금 순 네. (나온다)

덕 삼 이제 오래지 않아 사람들이 모일 터이니까, 저 부친 기빨을 차근차
　　　근 휘묶어라.

금 순 네.

　　　덕삼이 방으로 들어가고, 금순 기빨을 추기36) 시작한다. 무대는 잠시 고
　　　요해진다. 연해서 멀리 닭 우는 소리, 가까이서 별안간 개 짓는 소리 난
　　　다음, 만섭 등장. 담밖에 서서 어물어물 뜰 안을 삷이다가, 금순일 발견하
　　　고 숙 들어간다. 금순이 도라앉아 기빨을 춘다.

만 섭 (가만가만 들어와 나무 아래 숨으며 나즉히) 금… 순… 이…!

금 순 (깜짝 놀래여 벌덕 일어서 몇 거름 나오며) 엄마야!

─────────────
35) '아예(일시적이거나 부분적이 아니라 전적으로)'의 평안도 방언.
36) 추리다?

56

만 섭 쉿, 나야. 금순이, 헤

금 순 (만섭을 바라보고) 아이구, 깜짝이야. 어쩌문 사람을 그렇게 놀래게
     해요. 아이구, 가슴이야.

만 섭 허허허. (금순이 손을 잡으려 한다) 금순이.

금 순 아이, 술냄새야. (휙 비켜선다) 또 술먹었군요.

만 섭 허허허. 응, 술 조금 먹었지. 사람이 원 그렇게 잘 놀낸담.

금 순 놀래지 않구요. 그런데 웬일이예요. 이렇게 꼭두새벽에…

만 섭 아니 참, 금순인 대체 웬일이야. (사방을 살여보면서) 이것들은 다
     뭐야. 사람이 죽었나, 만장을 다 맨들구. 이건 또 뭐야. (기를 하나
     쳐들어 본다) 긔빨! 이건 다 뭣에 쓸려는 것들이야? 응?

금 순 (상량한 어조로) 아이 참, 몰으세요. 당신은 맨들지 않었어요?

만 섭 내가 이런 것을 무엇하러 맨들어. (횡기를 하나 읽어본다) 무어, 토
     지는… 밭가리… 하는… 농민… 에게… 달라… 하하하.

금 순 아이 참, 웃지만 말고 당신이 좀 와서 써주시지요. 그만치 썼으면
     누구나 다 알아볼 수 있지 않어요.

만 섭 이건 동문서답이로군. 그래서 웃는 것이 아니라, 정신들이 좀 잘못
     된 것같에서 웃는 거야. 알겟서, 금순이.

금 순 누가 정신이 잘못되요?

만 섭 흥, 농민조합에 모여서들 떠드러 내드니, 그여코 한번 해보고야 그
     만둘 작정인 게로군!

금 순 (불만한 어조로) 아이 참, 무슨 말을 그렇게 하세요?

만 섭 무슨 말이라니. 내가 그래 경우에 틀린 말을 하나, 금순이. (허리를
     잡을려고 한다)

금 순 이거 웨 이래요, 숭하게. (비껴 선다) 요새 웬 술을 그렇게 잡수구
     단니세요. 어머니께서도 걱정하시든데.

만 섭 그건 팔자에 타구난 걱정이구. 글세, 금순이와 나와 약혼을 허군난
     뒤부터는 기쁜 일만 자꾸 생기는대, 이거야 깁버서 사내자식이 한
     잔 않 먹고 어디 견디겟나 말이야. 견물생심이라구, 고놈들이 망해
     갈 때는 하나두 볼 수 없든 물건들이 자꾸 나와 도라가는데, 이거
     야 어디 보구야 참을 수 있어야지.

금 순 잡숴도 한두 번이지, 매일같이 술은 누가 거저 잡수라구 해요.

만 섭 그러치, 그러야지, 허허… 여자란 그렇게 깍쟁일 부려야 살림을 잘
     하지. 여자가 맘이 헐하면 아무데도 못 쓴다고 그러지 않어. 그러
     치만 금순이, 염려말라구. 누을 자릴 보구서 다릴 펴얀다구, 내가

그렇게 누을 자리도 못 보는 거북이같은 바본 줄 알어?

금 순 당신은 남을 잘 건들더라! 씨

만 섭 건들긴 누가 먼저 건들었는데. 금순이는 거북이허구 나허구 져을질을 했다면서!

금 순 아이, 숭해라. 그런 말하면 난 싫어요.

만 섭 싫어도 할 수 없어. 다 아는 일이니까.

금 순 그거야 뭐 우리 어머니께서 물으시니까, 난 맘 먹은 대루 대답한 것이 그러치, 뭐…

만 섭 뭐라구 대답했어, 만섭이가 좋다구. 허허허. 하여간 근심말라구. 친구를 만나서 술탁 댓번 냈다기로서니 자리에 물고기게 할 내가 아니니까.

금 순 쓸데없이 써버리는 것두 어굴하기도 하지만, 그버다도 남부끄러운 일 아니에요? 남들은 지금 무슨 회니 무슨 조합이니 하고 건국을 위한다구 분주해 도라가는데, 혼자 술만 잡수구 도라다니구.

만 섭 아니, 남이 죽으면 따라 죽겠나. 이러는 사람도 있고, 저러는 사람도 있는 것이지. 난 나대로 할 일이 있을 게 아니야. 금년엔 삼칠제를 한다는 소문이 확실한 모양이니까, 그렇게 되면 우리 수입은 어떻게 되지. 그저 나만 믿으라니까 그레.

금 순 그레, 당신만 믿을 테이니까, 어서 방으로 들어가요. 네?

만 섭 아니, 난 안 들어가. 내가 여길 온 것은 방에 들어갈려구 온 것도 아니구, 딴 사람을 만나려 온 것은 아니니까. 지나가는 길에 금순일 만나려 왔으니까.

금 순 아이 참, 그런 농담은 그만 두시구 빨리 들어가세요, 네.

만 섭 아니, 그냥 집으로 갈 터이야.

금 순 집에 가시면 뭘 해요. 여기서 조반 잡수시구 읍에 같이 가세요.

만 섭 읍에? 읍엔 왜!

금 순 아이 참, 저 정신 보지. 오늘이 읍에까지 시위행진해 가는 날이 아니애요.

만 섭 음, 이것들 말이지. 땅을 달라구.

금 순 아이, 속상해. 사람이 어쩌면 그렇게 빈정거리기만 할까.

만 섭 빈정대기는 누가 빈정댄다구 그레. 난 솔직하게 내 속을 터러놓는다면, 나 그런 쓸때 없는 일은 하고 싶지 않단 말이야.

금 순 아이 참, 져이 봐!

만 섭 왜 놀래? 그럼 자, 금순이. 나는 가겟어.

금 순 못 가요. 말하시구 가세요.

만 섭 무슨 말.

금 순 당신은 이 부근 부락에 있는 수천명 사람들이 다 일치가 되어서 하는 일을 반대하신단 말이지요.

만 섭 반대, 내가 왜 반댈해. 나도 농민이구 나도 농민조합원인데, 그런 좋은 일을 반대할 리가 있어?

금 순 그럼 왜 시위행진에 나가지 않겠다고 그르세요. 남자 여자 할 것 없이 매집마다 다 떠러나서 참가하는데, 왜 당신 혼자만 빠지려구 그래요. 글세, 난 섭섭해요.

만 섭 금순이, 노했어. 내 말을 좀 들어보란 말이야. 사람이란 똑똑하게 사러 가야해. 이래서 좋을까 저래서 좋을까, 그것을 잘 분간할 수가 없으니까, 언제나 제게 손해란 말이야. 그렇지 않은가 생각해 보지. 그전에 소작쟁의 사건도 머란 말이야. 개척빌 달라, 물세는 너 지주가 물어라, 소작료는 못 물겠다. 아니, 일본놈들이 어떤 놈들이라구, 이거 글세 될 일인가 말이야. 되지도 않을 일을 꾸미다가 징역을 진다, 쪼겨난다, 병신이 된다, 죽는다 하는 변을 당했으니, 결국 누구에게 손핸가 말이야. 아버지께서 15년씩이나 고생을 하고 나오셨지만, 결국 얻은 것은 무엇이야? 마찬가지로 말이야, 금순이도 생각해 보란 말이야. 밭가리하는 농인에게 땅을 달라, 그것은 좋아. 대장쟁이가 대장질을 해 먹을려면 제 망치가 필요하고 제 모루가 필요한 것과 같이, 우리 농사꾼이 농사를 해먹을려면 제 밭이 필요한 것은 사실이야. 그러치만 필요하다구 해서 덮어놓구 달레기만 하면, 누구 보구 달내는 거냐 말이야. 땅을 줄 사람은 누구구, 주겠다는 사람은 어데 있느냐 말이야. 떡 줄 사람은 생각도 않는데 김치꾹부터 먼저 마신다는 격으로, 땅을 줄 사람은 그림자도 얼신 안 하는데 손부터 내밀고 떠들어대자구 하니, 그게 그레, 무슨 일이… 될 것같애?

금 순 난 무슨 일이 꼭 있으리라고 생각해요. 수천명 사람이 한데 뭉처서 땅을 달라구 소리를 치는데, 그래 아무런 대답이 없을 리 없지 않어요. 땅을 준다든 못 준다든, 꼭 대답이 있을 꺼예요. 어서 방으로 들어가서 조반 먹구 가치 가요, 네.

만 섭 이 꿈같은 소린 고만 두고, 우리 형님의 계획이 하루 바삐 실현되기만 빌기나 해.

개 짓는 소리, 사람 말소리 들려온다.

금 순 그러지 말구, 네? 당신이 안 가면 나도 안 가겠어요.
만 섭 누가 오는가 보군. 그럼 난 가보겠어. (나간다)
금 순 있다 갈 때 집에 들릴 터이니까, 준비하고 있다가 같이 가요. 네?

금순이 만섭이 나간 곧을 멍하니 바라보고 섰다. 동트기 시작한다. 철보 영감 등장. 단단히 길채빌 채렸다. 손에는 기빨.

금 순 어서 오십시오. 일즉부터 수고하십니다.
철 보 여기선 어떻게 되었니, 준비는?
금 순 다 되었어요. 지금 조반 잡수시는 중이예요. (이때 방에서 사람들 나온다)
철 보 (일동에게) 어떻게들 되였어?
일 동 (나오면서) 수고하십니다. (금순 퇴장)
성 호 준비는 다 됐습니다. 이제 곧 출발해도 좋습니다.
철 보 우리 패에선 벌서부터 모두 모여서 기다리다 못해서 이리로 오라 구 했네.
치 옥 그르세요. 수고했습니다.
성 호 자, 그럼 우리들도 빨리 준비하세.

멀리서 노래 소리, 구호 부르는 소리 들려온다. 금녀 나온다. 신들매를 매 고 허리에는 점심보따리를 둘러멧다. 다른 사람들도 떠날 준비를 한다.

금 녀 여러분, 저 그럼 먼저 나가서 부인네들을 데리고 조합 마당으로 가 겠어요.
일 동 어서 그렇게 하시오. (금녀 퇴장)

이윽고 남녀노소 다수 '소작쟁이가'를 부르면서 등장한다. 철보 영감 나가 서 맞아드린다. 그들은 횡기와 선기를 들고, 기빨에는 "친일파 민족반역 자를 숙청하자", "토지는 밭가리하는 농민에게로", "토지를 농민에게 논 아주는 정부를 수립하자" 등 구호를 썼다. 일동 적당히 자리를 잡고 정돈 해 선다.

성 호 여러분, 다 준비되었습니까.

일 동 네.

성 호 그러면 이제부터 출발하겠습니다. 우리 분대는 농민조합 마당에,
      다른 분대와 같치 해가지고 곧 읍으로 행진하겠습니다. 그럼 곧 출
      발하겠습니다.

치 옥 우리 다같이 구호 몇 가지 부르고 떠납시다.

일 동 좋습니다.

치 옥 밭가리하는 농민에게 땅을 달라.

일 동 땅을 달라.

치 옥 토지를 농민에게 논아주는 정부를 수립하자!

일 동 수립하자.

치 옥 우리 조선을 해방시켜준 영웅적 쏘련 군대 만세.

일 동 만세.

성 호 일동 출발.

일 동 (노래를 부르면서 집 뒤로 사라진다)

     이때 덕삼 차빌하고 나온다. 부엌에서 금순, 최씨 나온다.

최 씨 여보, 제발 고집 좀 부리지 말구 말을 들어주.

금 순 아버지, 어떻게 가신다구 글으세요, 글세.

덕 삼 내 염려는 말구 늙은이는 집이나 잘 보고, 넌 빨리 언닐 따라가서
      부인네들이나 데리구 나오너라.

최 씨 아이구, 이 영감. 글세, 어쩔라구 그려우. 글세 길가에서 무슨 일을
      치를라구.

금 순 아버지, 정말 집에 게세요.

덕 삼 내 일생 소원을 드러달라구 고함을 치는 날인데, 내가 안 나가다니
      말이 되나. 자, 가라. (나간다)

금 순 그럼 어머니, 갔다 오겟서요. (나간다)

     이때 집 뒤에서 별안간 왁자지걸이는 소리가 들려온다.

소 리 아이구, 아이구, 이놈아. 니는 무슨 상관이냐?

소 리 이놈아, 잔소리 말고 빨리 가자.

     국보가 황만하의 뒷꽂떼기를 낙꾸고, 거북은 팔목을 틀어쥐고 끌고 들어
온다.

만 하 야 이놈, 국보야. 네놈이 무슨 상관이기에 이러니.

국 보 흥, 무슨 상관이냐고! 이놈아, 질해 징용으로 나(가)게 꼬자 바친 놈이 누군데!

만 하 아니, 그건 또 무슨 말이야.

거 북 네 쌌전을 거저 패먹을라구. 내놔, 당장 내놔.

만 하 이놈이 환장을 했나.

국 보 (발길로 거더차며) 이 자식이 그래도 잔소리야. 거북 쌌전을 당장 내놀 테냐, 않 내놀 테냐!

만 하 아이구! 나는 그런 걸 모른다. 약속한 일도 없다.

거 북 이런 멀정한 도적놈 보지.

국 보 야, 이놈아. 세상 사람이 다 아는 걸 딱 잡아뗄라구!

만 하 약속한 일도 없는 쌌전을 나는 줄 수 없다.

국 보 오냐. 그럼 네 말대로 약속한 일이 없다고 하자. 그래도 이놈아, 이 거북이를 8살 때부터 부려 먹었지. 거북 할아버지는 5년이나 부려 먹고 귀막어리까지 만들어 놨지… 그만침 부려 먹였으면 내놔야지.

거 북 내놀 테냐, 안 내놀 테냐. (팔을 비튼다)

만 하 아이구, 아이구!

국 보 죽기 전에 내놔라.

이때 최씨 안에서 나온다.

최 씨 아니, 웨들 그러니?

만 하 (최씨를 보고 반가워서) 아이구, 사둔마님! 날 좀.

최 씨 (국보를 떠더 말리며) 이걸 놓구 말하려무나.

국 보 이 도적놈을 그냥 둬선 안 돼요.

최 씨 … 놓구두 말하면 돼지… 자! 놓게. (손으로 뗀다)

만하는 겨우 풀려서 최씨의 뒤에 피한다.

거 북 그래, 이놈아. 쌌전을 낼 테냐, 안 낼 테냐?

만 하 아이구, 사둔마님. 저놈의 억지 소리를 보세요. 약속도 않 한 쌌전을 내라고 저 야단입니다.

거 북 이놈아, 바로 이 마당에서 약속했다. 이 집 어머니도 아는 일이다.

어머니도 알지요.

최　씨　……

만　하　그건 생거짓말이다.

국　보　이놈의 자식이 그래도 거짓말을 하고 있어. (칠려고 덤빈다)

최씨가 막는 사품에 만하는 기회를 얻어 뺑손이를 친다. 국보와 거북이 뛰어 따라 나간다. 최씨 혀를 차며 사람들이 나간 곳을 바라본다.

막.

제2막

때 1946년 4월초
곳 동 전막(同 前幕)

막이 오르면, 등허리를 내리쪼이는 어느 날 정오경, 최씨와 금순이 뜰에 서 종자 벼를 골르고 있다.

최　씨　참, 오늘은 꼭 네 언니 소견을 들어봐야겠다… 그렇지만 애 금순 아, 나보담 네가 따져보는 게 낫지 않겠니?

금　순　왜? 그래도 이런 일야 어머니가 할 거지, 내가 어떻게?

최　씨　그렇기야 하지만… 어째 좀 야속한 생각이 드는구나… 해방이 되 고 아버지가 도라오시고 많은 땅을 받어 제법 살림이 탁지게 되자, 아술 때만 싫건 부려 먹다가 이제는 제가 없어져도 괜찮으니까 내 쫓는 거라고, 이렇게 생각을 하문 어떻기니, 글세!

금　순　아이, 어머니두 참. 언니를 무슨 바보루 아시나 봐. 좋은 혼처가 있으니 시집가라고 권하는 게 뭣이 야속하우? 언니도 자기를 생각 해서 하는 말인 줄 왜 몰을려구?

최　씨　그렇지만… 허긴 애, 욕심 같아선 언니만은 아무데두 보내고 싶지 않다. 이제 올 가을엔 너두 잔치를 해야지. 게다가 언니꺼정 보내 구 나면 이집에 두 늙은이들만 소복히 남아있을 걸 생각하니…

금　순　오라, 그러니까 어머닌 언니가 가버리는 게 정말 무서워서 그러는 구려. 응, 그러우?

최　씨　그렇다구 젊으나 젊은 것을 저대루 늙으라구 할 수도 없잖니?

금　순　그러니까 말예요. 오늘은 국보 아저씨헌테 된다든가 안 된다든가 결말을 맺어 주어야겠으니까, 어머니가 언니에게 단판을 해보란 말에요.

최　씨　… 글세.

　　　만하 등장.

만　하　아즈머니, 안녕하셨소?

최　씨　누구신지?

만　하　만하요, 만하…

최　씨　아니, 이게 누구요?

만　하　원 참, 해방 덕에 세상 물정이 아무리 변했기로 사람까지 몰러 본단 말이요…

최　씨　아니, 옷을 그렇게 채리니까.

만　하　옷? 핫핫핫핫. 딴은 해방전 지주의 껍대기를 벗어 제끼고 이렇게 나두 밭가리하는 농사꾼 입성으로 갈어부치니 정말 어정쩡한 모양이지요… 허지만 금녀 어머니, 지주가 따루 있구 밭가리꾼이 따루 있나요. 보시오, 나두 인젠 덕삼 동무의 지시대로 땅을낭 죄 나라에 바치고, 한 개 밭가리꾼으로 이렇게 발벗구 나섰거든요!

최　씨　에그, 참말이십니까?

만　하　허, 죄들 이렇단 말이야. 나를 이래도 여전히 색안경으로들 본단 말이야. 나깐엔 열성껏 해방 조국을… 에 아니, 해방된 우리 새동네를 위해서 열성껏 저거 하는데두…

최　씨　에그, 잘못됐습니다. 얘, 금순아. 저 말슴 들엇느냐. 얼마나 훌륭하시냐. 자, 어서 좀 이리 걸치십이오.

만　하　원 천만에, 눈코 뜰 새 없이 바쁜데 가 봐야겟는데…

최　씨　그럼?

만　하　쥔어른 어디 가셨나요? 덕삼 동무.

최　씨　왜 그러세요? 곳 오실 겁니다.

만　하　아니, 저 토지분배에 대해서… 아니, 농민동맹에 대해서 잠간…

최　씨　그럼 조곰만 앉어 기다리세요.

만　하　웬걸… 참, 금순이도 올엔 성례를 올리야지요.

최　씨　네, 가을 쯤은…

만　하　우리 동생 만섭이란 놈도 이젠 땅도 받고 했으니, 그놈이 워낙… 자랑은 아니지만 괜찮습니다, 제법 똑똑한 것이…

최　씨　아, 그럼요… 그나마 저이들끼리 좋아하는지라 누가 뭐라겠습니까.

금　순　(최씨를 흘겨보며 비켜슨다)

만　하　암, 그렇다마다요… 그리고 저애 언니 금녀씨는 인전 어디다가 보내지 않습니까. 참 얌전한 색신데.

최　씨　왜요. 모두덜 임자를 찾어 맽겨 줘야지요. 딸자식이란 그러게 마련이니까.

만　하　그렇지오… 참 얌전한 색신데… 인전 할 수 없지…

최　씨　네? 뭐가요?

만　하　아, 아니올시다.

　　　금녀 등장.

최　씨　인제 오니?

금　순　언니, 수고했소… 그래, 어찌들 됐었어요.

금　녀　큰일났다. 벌서 기경(起耕)37)까지 한 사람이 있겠지.

금　순　에그머니나, 그럼 우린 사뭇 늦었네…

만　하　금녀씨, 원 어쩌면 사람을 보고도 몰은척 하시오.

금　녀　……

만　하　어쨌든 에전 지주 황만하가 아니니깐, 이것만 알아주시오.

금　녀　누가 뭐랬어요?

만　하　일테면 말이지…

금　녀　변명두 말고 점잔케 들어 앉으세요. 쓸데없이 무지한 사람들을 충동이질도 말고…

만　하　충동이질이라니?

금　녀　우리 사둔댁 마나님을낭 왜 충동이질했어요. 인젠 발악을 썻다고 당신네 세상이 다시 도라오긴 틀렸으니까.

만　하　아니, 이런 끔직끔직한 소리라니. 내가 누굴 충동이질하며, 무슨 발악을 쓴다는 말인가? 나도 새조선을 위해서 나깐엔 발벗고 힘썼는데. 흥, 올챙이적 생각을 못하고 언제부터 이러기요. 괜히 잠든 승

---

37) 논밭을 갊.

량이를 건디리구, 재미가 없어. (급퇴)

금 순 잠든 승냥이? 무슨 소리우, 언니?

최 씨 원, 무슨 성미가 저렇게 갈팡질팡하느냐?

금 순 언니, 충동이질이란 또 뭐요? 빨리 이얘기 좀 해? 갑갑해구려.

금 녀 너이 싀어머니하구, 그밖에도 토지 빼앗긴 지주들 뒤꾸녕을 쑤시면
서, 고약한 조작을 꾸민다나 보드라.

최 씨 아니, 이게 무슨 소리냐.

금 녀 아주 흉측한 놈이야. 제 말대로 정말 승냥이야.

이때에 덕삼, 거북. 국보. 농민들 등장. 마루에 둘러 앉는다. 다소 긴급했
다.

덕 삼 누가 오지 않었소?

최 씨 만하가 당신을 찾어 왔었요

덕 삼 (최씨를 들려보며) 그래 뭐랍디까?

최 씨 무슨 토지분배니, 농민동맹이니, 이런 것에 대해서 당신허구 상의
할 것이 있누라구 하면서…

덕 삼 그러구, 또?

최 씨 그러군… 금순이 이야기, 금녀의 이얘기 하든 소리 하구 가드군요.

국 보 언제 갔습니까?

최 씨 이제 막 저기 나갔는데, 못 봤소?

거 북 확실합니다. 이놈을 내버려둘 수가 없습니다. 여러분, 지금 곳 붓잡
아야지 그러다간… (하고 내닫는다)

덕 삼 거북아. (거북 멈춰 선다) 머 그러잖으면 제가 어쩌겠나. 괜이 소란
스럽개들 굴지 마시오.

농 민 아니오. 위험하오. 첫째 그놈이…

국 보 그렇소. 그놈이 이 동네 소를 없세는 거라든가, 또는 얼결에 들리
는 소문에 이놈이 끝까지 우리들허구 한번 해 본다든데요.

덕 삼 동무들, 침착합시다. 항상 자신이 없는 사람들만이 초조하고 덤벙
대는 법이요. 만하가 무기를 가졌다기로, 그게 무슨 그리 대스러운
일이요. 그야 우리가 하찮은 반동분자들의 테로에서 그 생명을 보
위할 권리는 있지 말어야겠지오만은, 우리의 힘은 크오. 아무 놈도
건드리지 못하오. 보담 긴급한 대책은 빨리 농민동맹의 창고를 직
힙시다. 그 속엔 농구가 있고, 종자가 있고, 비료가 있고, 토지개혁

첫해를 당하야 생산고를 높이기 위한 귀중한 물자가 들어 있소. 그
것부터 지킵시다.

거　북　네, 제가 나가 지키겠습니다. 엥이, 고약한 놈. 왜놈의 시책에 부터
서 우리들의 피땀을 싫건 빨아먹고도 아직도 모자래서. 만하 놈은
내게 맡겨주십시오.

덕　삼　아여 덤벙대지 말게. 그럼 수고해 주게.

국　보　나두 함께 나갈까?

거　북　괜찮소… 그깐 놈들 나 혼자서도 넉넉하오. (급퇴)

농　민　어쨌든 만하 놈은 죽일 놈이오.

국　보　죽일 놈이다마다… 내가 중용 나간 게 어느 놈 때문인데. 만하란
놈때문이오. 그놈이 나를 꽂어 넣었었소. 그때 일을 생각하문 이가
갈리고 치가 떨이오. 그런 놈이 지주들을 살살 꾀어서 무슨 흉계를
꾸미고 있나 보우. 엥이, 당장 나가서 때려 죽여 버릴가 부다.

덕　삼　그러나 동무들, 자중합시다. 인민들의 감시가 있소. 결코 경고망
동38)을 맙시다. 감정으로 나가는 것이 제일 나뿐 일이오.

농민, 국보　네…

박노인 등장. 이목(耳目)이 몽롱(朦朧)한 90대의 박노인 지팽이에 의지하
야 그림자같이 오들오들 떨며 나타난다.

최　씨　에이, 저이가 누구신가?

금　순　에그머니나… 거북 하라버지께서… 어떻게 밖같 출입을 하셨어?

덕　삼　뭐, 거북 하라버지께서 밖앝 출입이시다니. (내려슨다)

최　씨　(따라가서 부축하며) 이 저 웬일이예요. 어서 여기 좀 않으세요.

박노인　(사방을 살펴보며) 예가 옳소?

최　씨　무슨 말슴이여요?

박노인　예가 덕삼이네 집이 옳소?

덕　삼　네, 제가 바로 덕삼이올시다.

박노인　다른 사람은 소용이 없어. 꼭 덕삼이허구만 할 이애기야. 또 덕삼
이만이 알 이애기지. 다른 사람은 몰으는 이애기가 돼설랑 내가 못
처럼 찾어왔는데, 그 덕삼이가 어데 갔단 말인고?

덕　삼　접니다. 제가 덕삼이예요.

박노인　뭐라구?

---

38) 경거망동(輕擧妄動).

덕 삼 저예요. 저를 똑똑히 보세요. 덕삼이가 예 있지 않습니까?

박노인 엉?··· (한참 익히 보다가 파안미[39]하며) 옳지. 바로 왔군 그래. 보게, 덕삼?

덕 삼 네?

박노인 여보게 덕삼이? 자네는 사람이 대체 어째서 그리도 에전한가, 응?

덕 삼 네?

박노인 그래, 자네는 작년인가 감옥에서 살아 나왔누라고 꼭 한번 인사로 찾어오군, 그 후 다시는 만날 수가 없어. 헌즉 그래 앉은뱅이 같은 이 늙은 귀신이 이같이 찾어 나와야겠나.

덕 삼 죄송합니다. 해방 통에 너무도 총망해[40]설낭, 용서하십시오. 자, 저리 좀 올라가십시다··· 에그그, 너머지겠습니다. 동무들, 하라버지를 좀··· (농민과 국보, 박노인을 떠들고 마루로)

덕 삼 그런데 웬일이십니까. 생전 안 하시든 외출을 다 하시고, 네?

박노인 덕삼이, 자네 여기 좀 밧삭 가까이 앉게.

덕 삼 네, 어서 말슴하세요.

박노인 자네들도 우리 집 내력은 알겠네만은··· 난 말일세.

덕 삼 네.

박노인 난 본래 우리 어머니께서 나를 낳기를, 오판서네 밭김을 매시다가 그 밭고랑에서 나셨단 말이야.

덕 삼 그래, 말슴하세요.

박노인 내 애명을 고랑쇠라고 불른 연유도, 내가 그렇게 밭고랑에서 태낳다고 해서 그런 거란 말이야.

덕 삼 네.

박노인 그후로 나도 우리 어머니와 같이 밭고랑에서만 살었다네.

덕 삼 네.

박노인 밭고랑에 태나서, 밭고랑에서 커서, 밭고랑에서 자라났으니, 보고 듣고 밴 재주도 그저 농사밖엔 아무것도 없었드란 말일세.

덕 삼 그렇습죠.

박노인 그러다가 세월은 여러 고비를 흘르고 흘러서, 내 나이가 인전 90 객을 넘었겠지?

덕 삼 네.

박노인 그래서 나는 수없는 주인의 밭을 번가라 붙여 왔드라네.

---

39) 파안미소(破顔微笑)?
40) 총망(悤忙)하다, 매우 급하고 바쁘다.

덕 삼 어서 말슴하셔요.

박노인 날시가 가물 때는 우물을 파서 물을 대어 주었네. 비가 지나칠 때는 혹시나 큰물이 지면 어쩌나 밤잠을 못 잣드라네… 거름이 모자란 때는 그 거름을 차하기[41] 위해서, 에이구 닭이똥, 개똥을 줍느라고 달밤마다 한데를 헤매며 밤을 새기가 몇 백번 몇 천번이었겠나.

덕 삼 네, 잘 압니다.

박노인 뭐야?

덕 삼 잘 안다구 그랬어요.

박노인 잘 알아? 자네가 알긴 뭘을 알아? 하늘도 땅도 몰라주든 일을 자네가 뭣을 어떻게 알겠나… 90 평생을 그렇게 땅하고 씨름을 하였건만, 한뼘만큼 한 땅도 내 차례는 오지를 않드라네. 한뼘 땅이라도 좋다, 내 땅이라고 가져보고 내 땅에서 내 농사를 부쳐보자, 오매불망하든 평생 소원도 종시 보람없이. 여보게, 이제 나는 오늘 멀하는 귀신이 다 되어버렸네.

덕 삼 … 이제는 소원을 푸셨습니다.

박노인 이제는 아주 틀렸지? 한평생 내 땅 내 농살낭 그에 못 져보고 죽누나, 인제 다 틀렸구나 그랬는데, 여 여보, 덕삼이? 뭐 뭣이 어째, 그렇든 땅을 누가 막 그저 주드라구? 응, 그저 주드라구?

덕 삼 네.

박노인 (고집이 세다) 허 허페[42]에 바람든 놈같으니, 해방이 되면서부텀 만세를 고래고래 불으며, 무슨 회의에 댕김네 한시를 집에 붙어 있잖구 싸다니면서 하는 소리가, 뭐 땅을 거저 준다네, 거저 언는다네. 정신 나간 놈같이 서둘르드니만, 이번에 인민위원회에서 농사짓는 우리 농민에게 농토를 뭉척뭉척 버여서 한 무데기씩 그저 노놔주었습니다. 그통에 우리 집에서도 논 1천 5백 예슨 평을 그저 얻어 받었습니다. 아, 이러구 멀정한 헛소리를 치잖겠나. 그래서 욕을 좀 퍼무었드니 제 말을 못 믿으시면, 덕삼 아저씨허구 물어보셔요 하길레, 덕삼이란 소리에 끼가 벗적 티워서 내려왔네만…

덕 삼 아저씨? 거북의 그 말이…

박노인 거북이 거짓말을 했지? 아무럼, 도제 있음즉한 일이 아니라고, 나두 그렇게 짐작했어. 그렇기로니 여보게, 덕삼.

---

41) 채우기?
42) 허파.

덕 삼　네, 아저씨…

박노인　자넨 무슨 심사로 그런 거짓말루 어린애들을 바람을 마치며, 나까지 이런 미친 거름을 걷게 만드나, 응.

　　　　일동 웃우나, 웃지 못한다.

덕 삼　아저씨, 꼭 거짓말같지요?

박노인　엑기, 싱거운 사람. 그럼 정녕 자네가 터문이없는 소리로… 원, 내 90 평생에 듣지도 못하든 그런 일이 세상에 있을 수 있을라구…

국 보　아이구, 갑갑해라.

농 민　아저씨, 거북이 이얘기가 정말이예요. 거북이 말을 믿으세요.

박노인　뭘 믿어. 하늘을 못 믿는 나더러 이제 누굴 믿으라구?

덕 삼　아저씨, 정말입니다.

박노인　뭐라구?

금 순　하라버지, 거짓말이 아니애요. (목청을 돈구어) 정말예요.

박노인　뭐? 덕삼이 어덨나. 덕삼이가 말하게.

덕 삼　(고성으로) 참말입니다. 아저씨 댁에서도 참말 땅을 거저 갖었어요…

박노인　뭐, 참말? 그럼 참말 우리가 저, 1천 5백…

덕 삼　네, 1560평을 공으로 가졌습니다.

최 씨　(소리쳐) 거짓말이 아네요.

박노인　(도사리고 앉으며) 허, 희한한 일두… 그래, 대체 누가 그놈을 우리에게 주었단 말인고?

덕 삼　네, 확실이 거저 주었습니다.

박노인　그래 누가? 누가 주었단 말인고

덕 삼　네, 우리 김일성장군께서 영도하시는 북조선 인민위원회에서 주신 거랍니다.

박노인　김 누구야.

덕 삼　김일성장군님이오.

박노인　김일성장군? 저, 저. 한 15년 전부터 왜놈들을 감질나게 구섰구, 그래서 그이를 잡으면 수십만금의 상까지 준다고 떠들던 그 김일성장군 말인가.

덕 삼　네, 바루 그 어른이 주셨습니다.

박노인　이게 모두 정말인가, 사실인가?

일　동　네, 사실입니다.

덕　삼　김일성장군은 해방 전에도 조선독립을 위해서 왜놈들하고 목숨을 걸고 싸와온 분이지만, 해방 후 오늘에도 조선의 완전독립과 우리 백성의 행복을 생각해서 그렇게 좋은 일을 해주시는 훌륭한 분입니다.

박노인　그래, 그분이 우리에게 그 땅을 아준가? 아주 가지라구 주셨단 말인가?

일　동　그렇습니다.

박노인　덕삼이, 진정 참말이렸다? (일어슨다)

덕　삼　네, 제 말을 믿어 주십시오.

박노인　(떨리는 목소리로) 그럼 난 누구보다도 자네 말을 믿겠네. 거북이 녀석이 하든 그 말이 90 평생에 꿈도 못 꾸든… 덕삼이… (목메어 불은다)

덕　삼　(목메어 대답한다) 네…

박노인　내가 이 나이까지 죽지 않구 살아온 보람이 있었네 그려.

덕　삼　더 오래 사십시오. 더 좋은 일이 많이 옵니다.

박노인　허, 생각사룩 참… 덕삼이, 인제 나는 정말 죽지 말구, 죽지 말구 한바탕 살아봐야겠다. (소리쳐 울며 부르짖으나 그 얼굴은 화창하다)… 이게 꿈도 아닌… 이… 꿈도 아닌 사실이다? 핫, 그래 여보게. 그 김장군님은 어디 김씨인가? 우리 어머니는 연안 김씬데, 그분은 어디 김씨신가, 응. 하 (눈물 고인 얼굴에 빛난 웃음으로 어깨를 들먹어리며 웃는다)

　　　거북 급등(急登).

거　북　아저씨. 에구, 하라버지, 웬일이예요. 네, 하라버지?

박노인　응? 오냐, 거북이냐. 이 녀석 이리 좀 오너라. (거북이 올러가 조부를 부축한다. 그것을 껴안으며) 이 녀석아, 하래비가 망녕이 나서 너를 괜이 꾸짖었었구나…

거　북　하라버지, 그만 빨라 도라가세요… (하고 덕삼 등에게 귓속한다)

국　보　뭐? 응… 저런 흉측한 자식… 나가봅시다.

농　민　그놈이 내 필시 뭣을 저질을 줄 알았지.

덕　삼　농민동맹 창고 뒤곁이란 말인가.

거　북　네… (덕삼과 농민 급퇴한다)

국 보 그럼, 아즈머니, 금녀 동무. 댕겨 오겠소. 그놈을 그때 못 죽인 것이 한이야.

금 녀 어디를 이렇게들?

국 보 나중에 아시오. (급퇴)

거 북 하라버지, 빨리 제 잔등에…

박노인 뭐? 엎이라니. 오기도 했을라니 가지 못할까 봐서, 저리 비켜라.

거 북 그러지 말고 빨리 엎이세요.

박노인 허, 그녀석 참. (거북이게 엎이어 나갈 때)

금 순 거북 동무, 뭐요. 응?

거 북 곳 댕겨 와서 얘기하지요.

최 씨 뭔지 궁금하구나.

금 녀 그놈일 거예요. 만하란 놈이 무슨…

금 순 내 가보구 올까?

최 씨 이거나 빨리 골라두자…

금 녀 참, 얼른 골르자. 우리가 젤 늦었다.

최 씨 해방이 되니까 왜덜 이렇게 덤비느냐. 아직 밭가리할 날이 멀었는데…

금 순 어머니두 인전 모두덜 제 농산데, 한 알이라도 더 빨리, 더 많이 심어서 한 알이라도 더 빨리, 더 많이 걷을 생각을 해야 하오.

최 씨 그야 그렇지만… 새벽에 가니 애저녁43)에 온 놈이 있다드니, 거참, 소때메 큰일났구나. 그집 소는 그럼 기대릴 수가 없으니. 애, 금녀야. 딴 데서 어디 얻을 수가 없겠니.

금 녀 그집보담 더 가까운 집 소야 어디 있어요.

금 순 언닌 락선이네 소가 어떨까요.

최 씨 그집 소두 해방 통에 없어졌단다.

금 녀 금순아, 참 너의 싀댁 소가 있겠구나!

금 순 그 소도 벌서 잡아 먹었드라오.

금 녀 정말? 어느새? 누가?

최 씨 누군 누구겠니? 저 만하란 놈이지. 해방 후 그놈들 입에 들어간 소만도 아마 이 동내에서도 수십 마리는 될 거란다.

금 녀 어쩌면 골그루 이뿐 짓만 하는군 그래.

최 씨 그건 그렇구. 애, 금녀야.

금 녀 네…

---

43) 초저녁의 북한말.

최　씨　아버지가 안 게시고 네 서방까지 없는 동안, 이집에서 아들 맏잡이[44]로 고생만 시켰는데, 이제 와서 이런 소리하는 건 나도 말내키는 일은 아니다만은, 너두 이제는 해방된 좋은 세월에 자기 세상을 찾어 재미나게 살어 바야 할 게 아니냐. 국보가 은근히 너를 좋아하는 모양인데, 어떠냐. 난 진정 네 전정[45]을 생각해 하는 말이다. 이 말을 웃가게[46] 알지 마라. 응.

금　순　참, 어떤 집에도 언니같은 아드님은 없을 거야.

최　씨　그 사람은 마츰 오래도록 머슴사리를 하다가 증용에서 도라온 사람이지만, 인전 의젓이 토지를 받은 떳떳한 제 살림꾼이고, 또 사람이 시언시언한 게 그만하면 무던한 편이구, 너만 좋다면.

금　녀　그이가 그런 사람인 줄은 나도 알어. 그렇지만 별안간에 이런 이야기를 들으니, 덮어놓고 이 집에서 날 몰아낼려구 그러는군요.

최　씨　원, 망할 것. 어머니 속도 몰으고 무슨 그 따위 소리냐?

금　순　언니, 무슨 그런 죄될 소리를 하세요. 정말 너무 하는 소리야.

최　씨　하늘이 내려와 본다, 이것아.

금　녀　금순아, 어머니. 제가 잘못했어요. (웃으며) 그렇지만 첫 시집에서 실패한 것이 이제 어데 간들 씨언한 금사가 있을가… 또 제가[47] 할 생각이 있었다면, 벌서 갔지 여태껏 어머니에게 있었겠수? 오래 잖어서 금순이는 벌서 작정한 것이라 그리로 가얄게고, 어머니허구 아버지는 날이 갈수록 년로하실 것, 게다가 이번에 김장군께서 우리 농민들이 요구대로 귀한 땅을 주셨는데, 이걸 년로하신 노인들끼리만… 그나마 옛날 지주의 땅 부치는 것보담 천평이나 더 받어, 삼천구백여 평 돼두 단 두 부처서야 어찌 부치겠어요. 접때 군중대회에서도 면위원장님 말씀이, 땅을 얻어가진 농민들은 벼 한 알이라도 더 많이 소출하는 사람이 김장군의 은혜에 보답하는 사람이라고 하지 않었어요. 이런 것 저런 것을 생각해서 아직 이 집에 좀 더 아버지 어머니 모시고 살게 내버려 주세요.

최　씨　말은 고맙다만은, (눈물지며) 그렇기로니 젊으나 젊은 것이 늙은 부모나 지키며 늙는 법은 없단다. 여자란 건 그저 시집가서 아들딸을 많이 낳고, 또 그 후손을 끼치고 살어야 제격이지. 잘 생각해

---

44) 맏잡이, '맏아들'이나 '맏며느리'를 속되게 이르는 말.
45) 전정(前程), 앞길.
46) ??
47) 재가(再嫁).

봐라.

금 순 언니, 나두 어머니 의견에 동의해요. 그러구 난 결혼이 좀 늦어두 괜찮으니까, 언니부텀 가요. 응.

최 씨 아버지 그걸 바라고 게신단다.

금 녀 글세, 내 일은 내가 알어 갈 때면 어련이 가잖을가 봐, 이 야단들 이예요?

만 모 (등장하며) 사둔영감, 게신가요?

최 씨 어서 오십시오.

금 순 어머니, 내려 오셨어요.

만 모 … 사둔영감은 어디 게시오. 애, 너이 아버님 어데 가셨니. 응?

금 순 이제 잠간… 왜 그르세요, 예.

만 모 좀 따질 일이 있어 그런다.

최 씨 뭔데, 의론 좋게 합시다 그려. 자 이리 좀 걸터 앉으시오.

만 모 괜찮아요… 원 세상에 이런 법이 어디 있을고? (때마침 덕삼이 등장한다) 옳지, 마침 들어오시는군. 사둔영감, 난 한가지 따져볼 게 있어서 내려왔쉬다.

덕 삼 따져볼 거요? 뭣인데요?

최 씨 어서 좀 저리 올라가시오.

만 모 이번에 사둔영감께서 농촌위원인가 뭔가, 거 땅 노나주는 일을 맡어 보셨다지요.

덕 삼 네, 말하자면 그런 심인데?

만 모 그럼 모두가 사둔영감의 요술이 적실하구먼 그래. 그래, 다른 사람 아닌 사둔께서 그것을 맡어보면서, 내 집을 요렇게 폭삭 망해 놓을 법이 어딧어요. 세상에 이런 인정머리가 어딨느냐 말예요?

덕 삼 ?… 아니, 망해 놓다니오. 누가 어떻게 망해 놓았단 말슴이오.

만 모 원 이런, 시침일 뗀다고 될 일 같습니까. 너무합니다, 너무해요.

덕 삼 여보슈, 사둔노인. 무슨 말인지 차근차근이 사연을 말해 보시오. 벙 어리 냉가슴 앓듯이 혼자서 화만 내지 말구요.

만 모 기가 맥혀 그래요, 기가 맥혀서. 사둔 간에 동량은 못 줘도 쪽박은 깨트리지 말랬다구, 한 평 더 부쳐주진 못 하나마 볼래 부치는 땅 까지 홀낭 빼여가는 경우가 어딨단 말예요. 응?

금 순 어머니, 고종하시고 찬찬이 첨부터 말슴을 여쭈세요. 네, 어머니.

최 씨 필경 뭣이 잘못 됐나보웨다 그려.

만 모 안사둔까지 왜 이러서요. 잘못되긴 뭐가 잘못됐단 말이오. 어린애들인가?

덕　삼　… 이번 토지분배에 대해서 무슨 불만이 있나 본데, 그래 불만이 있는 대로 이얘기를 해 보십시오.

만　모　내 땅이 볼래 얼만지 아서요. 3정보 8단이였어요. 그걸 몽땅 빼앗고, 겨우 1정보 2단만 주고 마니. 그래 이놈의 집안이 이에서 더 망하면 어떻게 망한단 말이오. 응?

덕　삼　전에 한 평을 부첬든, 다섯 정보를 부첬든, 왜놈의 땅을 소작해 오든 것과 이번 토지분여허구는 아무 상관이 없쉐다.

만　모　흥, 그건 누가 낸 제도예요?

덕　삼　말슴을 삼가하시오.

금　녀　저 잠간, 사둔님. 금년에 여순셋이시지요. 그러냐, 금순아. (금순 그덕그덕) 그럼 댁 세 식구에 (손을 곱아본다)

만　모　두점 7부라니, 맞긴 맞어요.

금　순　어머니, (손을 곱다가) 틀림없는 두점 7부예요. 꼭 맞습니다.

만　모　점수나 많으면 뭘 해. 굶어죽게 될 판인데.

최　씨　어이구, 그저 땅이 하늘만침 넓었으면 좀 좋겠누…

덕　삼　두점 칠부에 1정보 2단, 꼭 맞는 게 대관절 뭣이 어찌됐다구…

금　순　어머니, 평수도 꼭 맞어요. 한 점에 일천백 평씩 도라가니까, 두점 칠부 1정보 2단 틀림없어요.

만　모　너 좀 잠자고 있어. 짬새에도 용수가 있다[48]구, 난 분하구 억울해요. 그렇게 못 하는 법이예요, 음.

덕　삼　사둔님, 나라의 규측을 난들 어떻게 맘대로 할 수가 있겠어요. 네…

만　모　듣기 싫여. 아무려면 한정보 2단이오? 남의 3정보 8단씩 빼앗고.

덕　삼　거 참, 답답두 하시군요.

만　모　답답한 건 나외다. 그전에 그 많은 땅을 부치고도 죽이야 밥이야 했는데, 베룩의 뜸자리만도 못한 밭되기를 가지고 어찌 살란 말이예요?

덕　삼　(불끈하는 것을 참으며) 무슨 말슴을 함부로 막하시오. 김장군께서 우리 불상한 농민에 땅을 노놔주실 때, 굶어죽으라 주셨겠소. 내 말슴을 삼가시래도, 종시?

---

48) 유사한 속담은
　　① '사침에도 용수가 있다' (바쁘게 찧는 방아에도 손 놀 큼이 있다)와
　　② '바디구멍(바위 속)에도 용수가 있다' (굳은 바위 속에도 비집고 들어갈 틈이 있다)가
　　있는데, 여기서는 ②와 유사한 뜻인 듯.

만 모 그만 두시오, 그만둬요. 그게 어떤 땅인데… 바루 몇해 전이오. 요
새 붓들려 갔든 만하 조카놈이 중간에 나서서 일본놈에게 벨에 별
까막까치 소리를 다 해가며, 겨우 그만 땅을 얻어 부치든 것을…
이건 누구나 다 아는 사실이오.

덕 삼 잠간 한마디 물어봅시다. 그래, 사둔께서 전에 부치는 그 밭을 그
대로 다 주면 손수 부쳐낼 수가 있나요?

만 모 (신이 나서) 아니, 여태까지 부쳐오든 건데, 왜 뭣 때문에 못 부치
겠어요.

덕 삼 그럼, 남자 두 사람, 여자 한 사람, 합이 세 식구서 세정보 팔단식
부쳐낼 방법을 한번 말슴해 보시오.

만 모 아니, 방법이라니? 밭을 가지고 남야 바루 부치든 거꾸루 부치든
그런 것꺼징 산관하실거야 뭔가요.

덕 삼 그게 무슨 막된 말슴이오. 그래, 그전에 어떻게 부쳤지요?

만 모 아니, 이건 누굴 반편[49]으로 아서요. 아, 설은세 살에 과부로 나서
아들 둘 다리고 이날 입대까지 혼자 늙어온 넌이 그만 물게[50]를
몰을까 봐서 이러시오. 아, 1년에 쌀 가마니만 주면, 데굴데굴 굴러
다니는 품싹이 얼마든지 있지 않소. 응?

덕 삼 고작 그런 방법이겠지요. 그러나 그건 안 되요. 남에 등에 놀고 이
밥 먹고 찰밥 먹자는 그런…

만 모 왜 남의 등이오. 의젓한 품싹을 주고 부리는데도 남의 등이오. 게
다가 나도 찰거머리에게 정강이를 물어 뜻기면서 한께 나가서 거드
는 데도, 아 이게 남의 덕이예요.

덕 삼 품싹을낭 열섬 벌으면, 열섬 다 내어 주겠나요. 다 내주진 않겠지
오.

만 모 품싹꾼에게 다 주면, 쥐은 뭘 먹구 살란 말이요. 허, 이거 참?

덕 삼 도대체 (증오에 찬 어조로) 그, 그런 생각부터 틀렸다는 거예요.

만 모 왜 틀려요?

덕 삼 이제부터 저마다 제 맘대로 땅을 많이 가지고, 적게 가지고 하는
제도를 없샌 리유를 아직도 몰으셨소. 그야 땅을 많이 얻어서 부지
런이 농사를 지어서 남보다 잘 살려는 히망은 좋아요. 그런 히망은
저마다 가져도 좋겠지오만, 그렇다고 남의 등에 놀고 배 불으고 놀
고 부자가 돼겠다는 욕심은 용납되지 않아요. 토지개혁은 오직 제

---

49) 지능이 보통 사람보다 모자라는 사람을 낮잡아 이르는 말
50) 물계, 어떤 일의 처지나 속내.

　　　　　손으로 밭가리하는 사람을 위해서만 실시된 것이오.

만　모　우리는 오늘까지 다 나대로 살아왔쉐다. 무슨 발바닥을 하눌을 다
　　　　　고추고 살아왔답디까. 그렇게 사는 수밖에 무슨 뾰죽한 도리가 있
　　　　　나요?

덕　삼　(격하면서) 뭐요? 뾰죽한 도리가 없어요? 들어 보시오. 남의 등잔불
　　　　　에 게잽이할래든51) 세상은 뒤집어진 지가 오래오. 두 주먹으로써
　　　　　부지런이 일하는 사람만이 잘 살 수 있는 세상이 온 줄 몰으시오?

최　씨　참, 세상이야 골고루 잘 살게 됐지오. 저만 바지런하면…

금　녀　1정보에 그저 팔십 개만 내보세요. 부자 부럽쟌치오.

만　모　1정보에 팔십개라니? 원 참, 하늘에 별따는 재주라도 있나 보군.

금　녀　팔십 개쯤야 뭣이 어려워요. 또 그만큼은 내도록 힘을 쓰세야지오.

만　모　난 못해요. 여짓껏 해온 거루 보면, 기껏 많아야 난 1정보에 오십
　　　　　개를 낸 게 태산이였으니까.

덕　삼　… 엥이, 도무지 말 못 할 노인이로군. 노인은 일본놈이오.

　　　　　때에 만섭이 등장.

만　모　뭐가 어째요. 내가 일본놈이라구요. (맞장구치며) 그 말 다시 한번
　　　　　해봐요. 아이구 맙소서, 나중에 못 해 보는 소리가 없네 그레. 애,
　　　　　금순아. 너의 아버지가 나에게 이럴 수가 있느냐. 이럴 수가 있어.

만　섭　어머니, 내려오시지 말랬는데 어쩌라구 여긴 뿔이 내려오셨어요.

만　모　너두 뵈기 싫여… 그래 강도 일본 놈이라는데, 내가 어째서 강도란
　　　　　말이오. 여보, 말 좀 해봅시다.

덕　삼　편안히 놀구 잘 살자는 게 강도가 아니구 뭐요,

금　녀　아이, 아버지…

최　씨　여보, 남도 아닌 사둔님 보고 이게 무슨 주책이오, 주책이. 제발
　　　　　저기 좀 들어가시오. 그만 좀 들어가요.

금　순　아버지…

덕　삼　…… (방으로 퇴장)

만　모　아이구, 하느님. 아이구, 가슴이야. 분통이 치밀어 못 살겠세요.

만　섭　어머니, 좀 참으세요. 글새, 왜 내려오셨어요. 원…

---

51) 남의 불에 게 잡는다, 남의 덕택으로 거저 이익을 보게 됨을 비유적으로 이르는 말.
　　비슷한 속담으로, 남의 떡으로 조상 제 지낸다, 남의 바지 입고 새 벤다, 남의 바지 입고
　　춤추기, 남의 팔매에 밤 줍는다, 남 지은 글로 과거한다, 남의 떡에 설 쉰다, 남의 군불
　에　　밥 짓는다 등이 있음.

금　순　어머니, 고정하고 올러가세요.

덕　삼　(방안에서 방을 비죽이 열고 내다보며) 당신은 머니머니해도 밭을 얻어 가질 자격이 없소, 밭을 도루 내놓시오. (문을 탁 닫는다)

만　섭　이건 어디다 하는 소리요. 응, 누굴 어린애로 여기남. 김장군께서 주신 밭을 당신이 맘대로 내라 말라 할 궐리가 뭐람. 뭐야, 응.

만　섭　어머니, 이게 무슨 챙피예요. 글세, 자 어서 올러가세요.

금　순　어머니, 가만이 생각해보면 아버지께서 좀 지나친 데는 있지만, 그래두 원칙은 옳은 말씀이오니, 오해 마시고 어서 올러가세요. 네.

만　모　뭣이 어째? 너까지 이러기냐. 넌 아직 잔치는 안 했어도 내 집 사람이야. 래일이라고 당장 잔치 해줄 테니, 이런데 더 있지 말구 빨리 올려와. 여기 있다간 너까지 사람 버리겠다.

만　섭　어머니, 원 이거 참.

만　모　(나가면서) 홍, 만하를 친일파로 몰드니만, 이번에 나를 또 친일파로 몰려구? 에이 참, 꿈자리가 사나웁드니만…

만　섭　어머니… (이끌고 나간다)

만　모　(소리만) 금순아, 너 이리 좀 나오너라. (금순 퇴장)

최　씨　에이그, 성미라니. 사둔 간에 이게 무슨 챙피요. 응. 차근차근 알아듣게 잘 타일러줘두 될 것을, 그예 노음[52]을 하구 가게 할게 뭐요, 글세.

덕　삼　(문을 닫고 나오며) 시끄러. 개는 개를 낳고, 범은 범을 낳는다[53]드니, 신통허게도 닮었지, 신통하게도.

최　씨　아니, 이건 또 무슨 소리요. 응?

덕　삼　좋은 사둔두 골라 잡았으니 말야… 당장 그 례장 보따리를 도루 갔다주고 파혼을 해요, 파혼을.

최　씨　이이가 정녕 실성을 하셨나.

덕　삼　… 홍, 누가 할 소리야. 임자가 누깔이 무덧지, 누깔이 무덧어.

최　씨　눈이 무디지 않으면, 영감은 별 수가 있었을 상 싶소? 젊은 놈이란 젊은 놈은 모조리 뽑아가고, 나중엔 처녀들가지 뽑아가는 판에. 그래, 집구석에 처박아 두엇다가 뺏겼으면 좋았겠소? 그렇다구 닥치는 대로 아무 놈에게나 줄 수도 없고, 나더런 어찌란 말이오.

덕　삼　…

---

52) 노여움?
53) 호랑이가 호랑이를 낳고 개가 개를 낳는다, 근본에 따라 거기에 합당한 결과가 이루어짐을 비유적으로 이르는 말.

최　씨 그래도 그날까지 북지니, 남양이니. 허는 데루 뺏기지도 않았을 분더러, 밥술을 제대로 먹게 된 것도, 뭐니뭐니 해두 만섭이 덕인 줄이나 아시오. 잘났네 못났네 해두, 이리 치구 저리 치고 하면서 징용을 벗어난 건 만섭이밖엔 없었다오.

덕　삼 시끄러워. 만섭이가 똑똑해서 그런 줄 알어?

최　씨 그것도 재주지, 뭐유… 게다가 금순 년도 농산 싫지 않은 눈치였구…

덕　삼 아주 판에 박은 건달 놈더러 뭐라 그래. 응? 이 천치야, 건달 놈이 똑똑해 뵈고 건달 놈이 출세하든 시절은 벌서 옛날이야. 지내간 옛날이야. 알았어?

최　씨 누가 세월이 이렇게 온통 변할 줄야 알었남.

덕　삼 그러니까 천치란 밖에… 그만 세월도 내다볼 줄 몰으니…

최　씨 여보, 어째든 금순에게는 그런 소리 좀 들려주지 마세요. 그러잖아도 요새 와서는 그 사람이 왜 점점 그 모양이냐구, 탈만 잡으면서 씨무루루해 있는 판인데, 이왕 이마를 맞대준 이상 잘 살구 못 살구야 복꿀복54)이 아니겠소?

덕　삼 복 불 복?

최　씨 글세, 좀 그만큼 해두어요, 글세. 쉿, 저기 들어오나 보.

금　순 (등장)

최　씨 모두덜 도라 가셨니.

금　순 ……

만　섭 (때에 만섭 등장)

덕　삼 만섭이, 모두가 다 자네 탓이야. 알겠나?

만　섭 네? 제가요?

덕　삼 그래, 완고한 노인에게 네가 진작 비사55)에 잘 일깨워 올려 리해를 시켜 더렸으면야 그러실 리가 있느냐?

만　섭 오랫동안 절은 생각이 하루이틀에 개변56)이 돼겠습니까. 또 그만큼 저의 어머니께선들 철석같이 믿었든 소원이 수포로서 겄으니, 그 맘에 환장이 안 되겠어요.

덕　삼 엔정, 자네까지 이건 또 무슨 무식한 소리야. 응? (날카롭게 소리 질른다)

---

54) 복불복(福不福), 복분(福分)의 좋고 좋지 않음이라는 뜻으로, 사람의 운수를 이르는 말.
55) 비사(非事), 일이 아님.
56) 개변(改變), 생각 따위를 고쳐 바꿈.

만 섭 (뭐라구 할려고 한다)

최 씨 아니, 왜 또 이러서우. 이거 오늘 필경 무슨 변이 생기게구면 그래.

덕 삼 공연이 빈둥빈둥 하지 말구 동내 일 좀 열성적으로 나와 보게. 자네가 선봉을 차고 열심한다면, 자네 어머니도 자연이 자네를 따라 갈 게 아닌가.

만 섭 ……

최 씨 아무래도 우리 집에 오늘은 무슨 살이 섰나부다.57) 만나는 사람마다 서로 서슬이 딩딩해서 덤비니.

만 섭 장모님, 미안합니다.

최 씨 자네만 가지고 허는 말은 아니로세.

만 섭 금순이도 노했군 그래.

금 순 제가 되려 미안했어요. 어머니를 성나 가시게 했서요…

만 섭 워낙 변통없는 고집쟁이가 되서 탈이라오. 이따금식 좀 그래 두는 것두 어머닐 위해서 약이 될 게구, 또 오늘 아침만 해두 왜 그전에 부치든 밭을 다 부치게 못 했느냐고, 날 붓잡고 노말대말58)이드니. 종시 장인헌테까지 챙피하게 그 몰난을 일으켰으니. 엥이, 참 장인, 용서하십시오.

최 씨 그저 나처럼 몰으면 몰은 체하고 따라가는 게 숨제 상책이건만.

금 순 그런데 어저께 회의에는 왜 나오지 않었어요. 토지개혁의 혜택을 받은 우리 민청원이 어떻게 사업할 것인가 하는 중대한 토론이었는데. 난 꼭 나오실 줄 알었어요.

만 섭 … 꼭 나갈려구 했었는데… 어제 밤에도 갑자기 몸이 불편해설낭…

금 순 무슨 몸이 회의 때마다 불편해져요?

만 섭 뭐가 회의 때마다라구 그래?

금 녀 남들은 몇 십대를 두고도 가져보지 못 하든 땅이 생겼다구, 너무도 기뿌고 반가워 울고 불고 미칠듯 매사의 열성것 덤비는데, 왠간이 아푸드라도 나가 보는 게 좋찮아요. 남의 눈도 있구.

만 섭 제 속을… 제 속을, 왜 그리도 몰러들 주세요. 전 만하 형 데(문)에, 친일파로 지목을 받은 그이때메… 은근히 탁격59)이 오직한 지 아십니까.

---

57) 살(煞)이 서다, 살이 끼다. 사람이나 물건 따위를 해치는 불길한 기운이 들러붙다.
58) 노발대발.
59) 타격?

금 녀 친형제라도 그런 사람에겐 냉정하세요.

덕 삼 뭣이 타격이야. 응? 그걸 말해 보게?

만 섭 아무리 팔촌이라기로 아주 남입니껴 어디? 그래도 핏줄은 닷거던
       요. 이게 괴로워요

덕 삼 듣기 싫어… 이 바쁜 춘경(春耕)에 지금 이 동내에서 밭가리가 뒤
       늦게 된 게 뉘때문인지 아니? 그 사람은 일부러 토지개혁 후의 농
       사를 방해하누라고 소를 걷어 모아 가지고는 만판 고기로 장사하
       고, 가죽을 팔아 넝구고, 심지어 여깃 소를 타 고장에 수출할려는
       흉측 반동 친일분잔데, 그 사람 때문에 타격이다? 괴롭다?

       국보 등장.

국 보 … 아저씨, 어저씨는 역시 용하시오. 그때 바루 나가 보잖었드면,
       농민동맹 창고는 그만 만 하 놈의 손에 타버렸을 갭니다.

일 동 무엇? 그럼, 그놈이 정말루?

덕 삼 그래, 그놈을 어째나?

국 보 지금 거북이하고 다른 동무들이 붓잡어 옵니다.

덕 삼 엥이, 딱한 놈도 있구나.

만 섭 우리 팔촌이… 설마 허니 네가 잘못 봤지. 설마 그렇게가지야.

덕 삼 (급히 내닫는다)

국 보 뭣이 어째. 내 눈으로 방금 보구 방금 붓잡아 오는데, 그럴 리가
       없다니. 넌 첫재 그 말버릇이 뭐냐. 네라니, 누구데러 너야. 응?

만 섭 이 자식아, 넌 언제부터 이렇게 건방저었어.

국 보 왜? 옛날 머슴으로 아느냐? 넌 황가 놈의 농장에서 언제까지나 거
       드럭거렸으면 좋겠니. (웃는다) 그렇지?

만 섭 이 자식, 내가 아무턴 네가 무슨 상관야? 세상이 뒤집어지니가 망
       둥이가 잉어 뜀을 한다구,[60] 이따위 자식이 다 사람을 없임이 보겠
       지. (하고 따구를 올려부친다)

국 보 허… 이놈아, 난 그럼 줄창 황가 놈의 머슴사리만 허다 죽으란 말
       이냐. (만섭의 멱살을 조인다) 이 똥물에 텅겨 죽일 자식아. 말해
       봐라, 말해 봐.

최 씨 에그, 왜들 이러나.

---

60) 잉어가 뛰니까 망둥이도 뛴다. 같은 속담으로, 숭어가 뛰니까 망둥이도 뛴다.
    남이 한다고 하니까 분별없이 덩달아 나섬을 비유적으로 이르는 말.

금 녀 놓세요. 놓구 말하세요, 글세.
만 섭 놔라. 이 거지같은 자식아.
국 보 거지? 흥, 이제부터 두구 보아라, 이 자식아. (하고 내갈린다)

밖에 왁작 고와때린다61).

거 북 (소리) 여러분, 이런 놈은 죽여야 해요.
농 민 (소리만) 그렇소. 우리드래 농사를 못 하게 우리 목숨보다도 중한 농구와 종자와 비료가 든 곡간을 태버릴려고 조작한 이놈은 당장 용서할 수가 없소.
군중들 (소리만) 그렇소.

집안 사람들 놀라 쫓어 나간다.
"죽여라, 죽여라, 죽여라." 하는 분은62) 함성들.

만 하 (소리만) 아이구… 아이구, 덕삼 선생님. 나는 아닙니다. 살려, 살려 주십시오. 살려주시면, 사실을 죄대 고백하겠습니다…
군중들 (소리만) 거짓말이다. 죽여라. 죽여라. 죽여라.
덕 삼 여러분, 동무들 폭력은 안 됩니다. 우리들은 무지한 폭력은 삼가야 합니다. 인민위원회의 심판애 넘깁시다. 공명정대한 민주법령이 있습니다. 이렇게 무질서하게 사사로 처단하는 건 가장 옳지 않습니다.
군중들 옳소. 옳소. (소리만)
만 섭 (뛰어든다) 형, 내 말은 하지 마라… 나도 한목꼈다는 비밀을낭 아여 말어야해. 응… 그럼 난 금순이를 잃어버려… 금순이를 잃어버리문… 난… 난 못 살아. 내 말은 제발 숨겨 줘요. 응… (땀을 절절 흘린다)

밖에서 군중들의 웅성거리는 소리.

막.

---

61) 왁작거리다. 여럿이 매우 어수선하게 떠들거나 웃다.
62) 본문에는 墳悶이라는 한자가 표기되어 있는데, 여기서는 '분노한'의 뜻인 듯.

82

제3막 1장

때 1946년 10월 초순
곧 전막과 같은 곳

무대
집은 그 자리에 깨끗하고 아담한 3칸 기와집으로 변했다. 집 뒤로 돌아간
토담은 판장으로 변하였고, 두쪽 대문도 달렸다. 처마 끝에는 뚱딴지63)가
달렸고, 전선도 들어왔다. 하수 쪽에는 도야지 우리도 지어졌다. 상수의
부엌은 곡간으로 되었다. 그외에도 새 집에 적당한 살림살이, 세간들이
배치되어 있다.
  막이 오르면, 잠간 무대는 비었고, 앞마당에서는 사람들이 지껄이는 소
리, 탈곡기 선풍기 돌아가는 소리, 한데 버불이어 들려온다. 지금 앞마당
에서는 덕삼이네 마당질64)이 한참이다. 이윽고 덕삼이 외출 채림으로 돌
아온다. 그때 밖에서 키를 들고 나오는 금순이와 맞우친다.

금 순 벌써 단녀오세요.
덕 삼 오냐…
금 순 회의가 빨랐군요.
덕 삼 (두루마기를 벗으며) 응, 모두 바쁜덴데 어디 회의만 하고 있겠나.
       어떻게 됐나. 마당질을 벌려놓구 나는 회의 때문에 돌아단이기만
       해서…
금 순 에, 다 됐어요. 동네사람들이 모두 와서 거두러 주는 걸요. 아버진
       동네 일로 중요한 면인민위원회의 회의에 참가해야 되니, 마당질은
       우리가 거두러 줘야 한다고 모두들 열성으로 해줘요.
덕 삼 참 고마운 일들이야. 그럼 마당에 나가 보자.

  금순이 앞서고, 상수편 앞마당으로 나가려할 제 목수 들어온다.

목 수 위원장님, 안녕하십니까.
덕 삼 (돌아보며) 아! 어서 오십시오. 오래간만이외다.
목 수 그새 벌써 전기가 다 들어왔군요.

---

63) 전선을 지탱하고 절연하기 위하여 전봇대에 다는 기구.
64) 곡식을 떨어 알곡을 거두는 일.

덕　삼　예! 한 1주일 전부터 불이 오기 시작했지요. 좀 앉으시지요.

목　수　예. (걸처 앉으며) 집이 기우는 데는 없나요. (처마 끝을 이리저리 삷힌다)

덕　삼　집이 왜 찌글겠오. 그렇게도 알들하게 단단히 지어 주셨는데.

목　수　천, 천만예요 저보다도 위원장 영감이 얼마나 애를 쓰시었다구, 마당질이 한참이로군요.

덕　삼　예! 그렇답니다. 참 그 남아지 공전 때문에 오셨지요. 염려마시우. 마당질이 끝나면 약속대로

목　수　(말을 막으며) 아니, 그 때문에 온 것이 아닙니다. 실상은 위원장님께 부탁이 하나 있어 왔는데요…

덕　삼　무슨 부탁이요.

목　수　아, 요지음 집을 세워 달라는 이가 어떻게 많은지 혼자서 당해낼 수가 없어요. 그 왜… 언젠가 말씀하신 사람 말이예요. 목수 일에 경험이 좀 있는 사람이 이 동네에 하나 있다고 하셨지요.

덕　삼　아! 창식이 말이로군.

목　수　예, 그 사람을 좀 나한테 부처 달라구 왔습니다.

덕　삼　아! 늦었군요. 창식이는 벌써 다른 데로 가고, 이 동네에는 없습니다.

목　수　예. (실망하면서) 어데로 갔을까요.

덕　삼　읍내 농민동맹에서 일을 보게 되여 거기로 갔습니다.

목　수　그래요. 달리는 없을가요.

덕　삼　인제는 없는데요.

목　수　야단 났는것… 이걸 어떻거나…

덕　삼　일이 그렇게 많은가요.

목　수　많기만 해요. 농촌에서는 지금 새 집들을 세우노라구, 목수, 목수 허구 목수 팔다리를 갈라갈 판이지요.

덕　삼　참, 그렇겠군.

목　수　그럼, 나는 딴 델 가봐야겠습니다.

덕　삼　그럼 잘 단녀가시오.

　　　목수 퇴장하고, 금순이 벼를 한 오큼 쥐고 들어온다.

금　순　아버지, 이만하면 됐지요. (벼를 보인다)

덕　삼　(벼를 받아 쏟아보며) 몇 번 부첫느냐?

금　순　세 번이나 부첫어요

덕　삼　골고루 부첫지, 석인 게 없어.

금　순　아이, 아버지도. 제가 어런이 할 게라구요.

덕　삼　그럼 됐다. 애, 금순아…

금　순　예?

덕　삼　우리 집 현물세가 설흔세 개로 판정됐지.

금　순　그래요.

안에서 최씨 나온다.

덕　삼　그럼 오늘 바칠 때, 수무 개만 더 밧치갓구나.

금　순　예?

덕　삼　우리가 뉘 덕에 이렇게 백서른 개나 되는 많은 곡식을 거두고, 당
대 처음으로 활기를 페고 잘 살게 됐는지 알지.

금　순　예, 알었어요. 아버진 참 잘 생각하셨어요.

최　씨　아니, 여보. 김장군님 은혜를 생각하면 수무 개 아니라, 몽땅 다
밧처도 하나 아까울 게 있겠오만은. 기와 값이나 재목 값, 공전 남
는 것. 다 쌀루 물어야 하지 않소. 그런 걸 수무 개나 더 바치고나
면, 뭘루 다 물라구 그러시오.

덕　삼　누가 그런 걸 다 걱정하래나. 다 짐작이 있어 하는 일인데.

금녀도 나온다.

최　씨　한 열 개만 더 바치도록 해요.

덕　삼　……

금　순　아버지, 제 의견도 하나 들어주세요. 언니도 아마 내 의견에 반대
하지는 않을 거예요

덕　삼　뭐냐고?

금　순　에, 수무 개도 좋지만 우리들의 정성을 표시하는 데는 어쩐지 좀
모자랄 것같예요. 그러니까 제 목과 언니 목으로 다섰 개식, 열 개
만 더 받치도록 하세요.

금　녀　저도 찬성이예요.

최　씨　아니, 애들아. 무슨 정신없는 소리를 하고 있어. 난 수무 가마니도
많아서 그러는데, 열 가마니나 더…

금　순　어머니, 너무 욕심부리지 마세요. 애국미를 바치는데…

덕　삼　너이들 의견도 좋기도 하지만, 열 개를 더 내는 것이 마찬가지가 아니라 금년에는 긴요하게 쓸 곳이 많다. 괜히 분에 넘치는 열성을 피었다간 우리 집 영농 경리에 지장이라도 생기면, 그것은 도리어 나라에 죄송스러운 일이다. 좀 부족한 감이야 있지만은, 금년엔 수무 개가 적당하다고 생각한다.

금　녀　그럼, 래년에 더 많이 바치기로 하고, 금년에는 아버지 말대로 하잣구나.

금　순　그럼 그래요. 어머니 미안해요… 호…

최　씨　언제나 내 말이야 귓등으로나 듣나. (안으로 들어간다)

　　　금순도 앞마당에를 들어간다.

덕　삼　다 됐으면 실고 가야지.

금　녀　소가 와야지요.

덕　삼　아니, 소는 아침에 가서 말해두지 않았니.

금　녀　아까 실어달라구 가니까, 거북이 잠간 쓰고 갔다 준다고 술래65)채 끌고 갔습니다.

덕　삼　아니 거북인 베란간 술래 무엇에 쓸려구… 오늘 중으로 다 바처얄 텐데.

금　순　거북이 곧 가져온댔으니까, 가저오면 실어준다구 했어요.

　　　금순 뛰어 나온다.

금　순　아버지 큰일났어요?

덕　삼　큰일?

금　순　거북이는 벌서 현물세를 다 해바치고, 애국미까지 열 가마니 해바첬다구 그래요.

덕　삼　그건 누가 그러든?

금　순　지금 거북이가 소달구질 끌구, 우리집 현물세 실은 것을 도와준다고 앞마당에 왔어요

소　리　우리 면에서 제일착으로 현물세를 납부한 박거북이 만세!

소　리　만세! 만세!

---

65) 수레?

금　순　저것 좀 들어 보세요.
소　리　우리들은 박거북이 뒤를 따라 기한 전에 현물세를 완납할 것을 맹
　　　　서한다, 맹서한다…
덕　삼　그게 무슨 큰일난 거냐.
금　순　큰일보다도 분한 일이예요. 우리 면에선 우리 집이 제일 선참인 줄
　　　　알구 있었는데, 남헌테 떨어지는 게 뭐예요. 아이, 분해.
덕　삼　아니, 그녀석이 언제 그렇게 부즈런을 피었다고. 아닌 게 아니라
　　　　거북인 큰일을 다했다.
금　순　용하긴 용해요.

　　　　이때 벼가마니를 등에 지고 거북이 등장.

거　북　(내려놓고) 위원장 아저씨, 그간 안녕하셨어요.
덕　삼　응, 그건 뭐야.
거　북　지나간 여름에 비료 사누라구 꾸어간 것이에요.
덕　삼　그동안 몇일 꼭박하지66) 않드니 참 용한 일을 했구나.
거　북　아저씨도 제가 뭘 했기에.
금　순　분해… 난 거북이 동무한테 떠러진 것이 분해…
거　북　떠러지긴 뭘 떠러졌다구 그래. 오늘 바치기만 하면 다 처매놓은 첫
　　　　짼데!
덕　삼　거북이는 정말 훌륭한 일을 했다. 애, 금순아. 마당질꾼을 좀 여기
　　　　로 모이라고 그래라
금　순　네! (밖에 나가서) 아버지가 모두들 들어오시래요.

　　　　성호, 치옥, 철보 영감, 농민 갑, 을 모두들 들어온다, 최씨도.

덕　삼　동무들, 수고하오.
치　옥　벌서 다녀왔나.
덕　삼　지금 돌아왔네. 그런데 오늘은 기쁜 일만 생기는 날인가 보다.
치　옥　무슨 기쁜 일. 먼저 임자는 거북이에게 무릎을 꾸러야하게 됐네.
철　보　그렇게 됐어.
덕　삼　무릎을 꿀었네. 그런데 오늘 일이 우리 면에서만 일착인 줄 아나.
치　옥　그럼, 군(郡)에서까지 일착인가.

_____

66) 꼼짝하지?

덕 삼 군이 뭐야. 도(道) 내적으로 단연 일착이야. 시기적으로 봐서 딴 곳
　　　엔 없을 것이요.
일 동 도 내적으로 일착이야?
금 녀 그럼 거북동무는 더 훌륭한데요.
덕 삼 훌륭하구 말구. 우리 도내에서, 우리 군내에서, 우리 인민위원회 정
　　　책을 가장 신속히, 가장 옳게 자발적으로 실천한 사람이 박거북이
　　　란 말이요. 이 얼마나 명예스러운 일입니까.
일 동 (박수하며) 거북이 만세!
덕 삼 그러니까 우리들은 가장 선진적이며 모범적인 박거북 동무를 따라
　　　서, 기한 전으로 한 사람도 낙후되는 사람이 없이 현물세를 완납해
　　　야 되겠습니다.
일 동 옳소.
거 북 (숙스럽고 서투르게) 여러분, 저 말 한마디 하겠어요. 우리 동위원
　　　회 영감은 우리 농민들을 잘 살게 할려구 일본놈들과 싸우다가 감
　　　옥에 가서 오래 고생을 하고, 가슴에 병, 허리에 병, 다리에 병, 이
　　　렇게 여러 가지 병까지 얻어가지고 나오셨어요. 성하지 못한 몸으
　　　로 농민동맹 일, 우리 동네 일을 다 맡아 보시면서 잠시도 쉬지 않
　　　고 농사일을 하는 것을 저는 봤어요. 전 그때마다 왜 그런지 눈물
　　　이 나올려고 했어요. 그래서 나도 우리 동위원장에게 지지 않을려
　　　고 열심히 일했습지요. 그랬드니 무슨 일이든지 술술 잘 풀리고 소
　　　출도 많이 나던군요. 그러니까 나같은 놈을 본받지 말구, 우리 동
　　　위원장을 본받아야 되겠다구 생각합니다. 나보다 몇 배 더 되는 현
　　　물세를 오늘 다 바치게 되지 않았어요?
몇사람 옳소.
철 보 그것두 옳은 말이다.
성 호 거북 동무 말도 옳습니다. 우리 다시 한번 맹서합니다. (구호를 부
　　　른다) 덕삼 영감과 우리들은 박거북 동무의 모범을 받아, 현물세를
　　　기일 전에 완납할 것을 맹서한다.
일 동 맹서한다.
덕 삼 그럼, 그럼. 나두 기쁜 소식을 하나 전하겠소.
치 옥 무슨 기쁜 소린가?
덕 삼 있다가 천천히 알릴려고 했는데, 기쁜 통에 근양 참고 있을 수가
　　　없네.
치 옥 무슨 말인가.

88

일 동 (초조히 덕삼이 입만 쳐다본다)
덕 삼 그동안 여러분들이 중학교를 하나 세워달라고 진정했던 것을, 오늘 면위원회의에서는 우리 면에도 여러분의 의견대로 중학교를 세우기로 결정했습니다.
일 동 좋소! 만세! (박수를 치며 좋아한다)
치 옥 거 정말인가?
덕 삼 아니, 저 사람이 내 말을 그렇게도 못 믿겠나?
철 보 됐어, 이전 우리 손자놈두 중학교엘 가게 됐다.

   일 각기 우리 아들, 우리 손자, 우리 딸, 중학교에 가게 되었다고 좋아서 한마디식 한다.

덕 삼 그런데 그 중학교를 세울려면, 여러분들이 힘을 도와야 된다는 것을 각오하십니까?
일 동 예, 얼마든지.
덕 삼 그럼, 좋습니다. 더 자서한 것은 후에 다시 의론하기로 합시다.
농민을 우리 면내 중학교 설립 만세. (일동 만세)
성 호 여러분, 그럼 힘든 일을 마자 해치웁시다.
일 동 네. (나간다)

   금순, 거북 남는다.

금 순 (나가려다 정신없이 앉아 있는 거북을 보고) 거북 동무, 왜 그러구 앉어서.
거 북 제길 참.
금 순 왜 그래?
거 북 아무 것도 아니야.
금 순 그럼, 왜 시무룩하고 있어.
거 북 학교라는 말을 들으니, 속이 상해서 그렇다…
금 순 학교가 웨 속상해.
거 북 (벌컥 일어나며) 애, 우리 집에도 살림 사는 사람이 하나 있어야 되겠어.
금 순 뭐?
소 리 거북아, 다 실었다.
거 북 (나간다)

금 순 (따라 나가면서) 거북 동무, 그게 무슨 말이야.

두 사람 퇴장과 동시에, 벼가마니 져드리기 시작한다.

성 호 어데 쌓을까요? (최씨 들어온다)
최 씨 저기 곡간에 넣어두시오.
금 녀 (들어오면서) 어머니, 저 달구질 따라 면에 갔다 오겠어요. (방에 들어가 치마를 바꿔 입고 나와서) 올 때 여맹회의에 참가했다 올 터이니까 좀 늦겠어요.
최 씨 또 회의 가?
금 녀 (나간다)

마루와 굴뚝 옆에도 벼가마니가 쌓였다. 최씨 뜰 앞에 벼알을 쓰러 모은다.

소 리 자, 갑시다. (달구지 가는 소리) 갔다 오겠소.
최 씨 (비를 들구 박으로 나간다)

무대 잠시 비다가 만섭이 등장.

만 섭 (조심이 안을 살피고나서) 금순이, 금순이 어델 갔나.
소 리 금순아, 저녁 차빌 해라.
소 리 네.
만 섭 (나가다가 금순이와 마주친다) 거기 있었군. 그래 오늘 마당질했다지?
금 순 언제 오셨어요.
만 섭 오늘 와서.
금 순 집에서는 언제 추수를 할 작정이예요.
만 섭 추술하면 뭘 해. 그까짓 것.
금 순 그건 또 무슨 소리예요.
만 섭 우리 집 밭을 좀 가 보지.
금 순 그 꼴이 된 밭이 누구 탓인가?
만 섭 탓은 뉘 탓이야. 세상이 뒤집어진 탓이지…
금 순 그럼, 남의 밭을 왜정 시대의 사십 개, 오십 개, 팔십 개 나든 밭이 구십 개, 백 개나 내가지고 기와집을 짓는다, 자봉침을 산다 하

고 지금 야단들인데. 그것은 뉘 탓이에요? 한 정보에 마흔 개도 못
　　　되는 판정을 받은 집은 이 동리에선 당신의 집 하나밖에 없다는 것
　　　을 아세요. 우리 동리에는 없을 거예요.

만　섭　당연한 일이지. 제때에 모를 꽂아서 비료를 했나, 물이 충분했나.

금　순　알기두 옳게 아시는군요. 작년에 삼칠제 해서도 종자벼도 비료 남
　　　겨 놓지 않구, 다 뚜두려 없앤 것은 누구예요? 남들은 밤을 밝혀가
　　　면서 팔이 뚱뚱 붓도록 파래67)질을 할 적에, 당신은 그래 무엇을
　　　했어요. 남들은 찰거머리한테 물리어 종다리에 필 줄줄 흘리면서
　　　복닥부릴68) 밀구 논판을 뒤집어, 당신은 읍내에 간다, 신의주엘 간
　　　다, 장살함네 하고 돌아만 다녔지요? 그렇게 길러서 벼가 잘 될 리
　　　가 없어요. 그래 다 자라지도 못 하고 시드러진 벼가 불상해 보이
　　　지도 않아요?

만　섭　이거 왜 또 이래? 그까짓 지나간 일을 백번 되씹어야 소용이 뭐야.
　　　금순인 나만 보면 갈구랑질69)이니, 이거야 살 수 있나. 남의 속두
　　　모르구.

금　순　갈구랑질을 안 받게 처릴하구 단녀, 그래 오늘 아침 난 당신네
　　　집에 올라가 봤어요. 이제 현물세 바칠 날이 림박했는데, 아직 마
　　　당질도 하지 않았지요?

만　섭　돈이면 다 아니냐.

금　순　인민위원회에서도 사바치는 것을 좋아하지 않어요. 그레 현물세 완
　　　납기일이 언제인지 알기나 해요? 당신이 늘 깔보는 박거북이 무슨
　　　일을 했는지 소문이나 들었어요?

만　섭　(대답 없다)

금　순　대체 농사를 할 작정이에요? 그만둘 작정이애요, 네? 난 정말 않다
　　　가우요.

만　섭　(애원하듯이) 금순이, 제발 좀 조르지 말어? 그렇지 않어도 내 속
　　　이 지금 얼마나 타고 있는지 금순이는 몰라. 내가 지금 이 동리에
　　　서 상가집 개노릇70)을 하면서도, 무엇 때문에 이 동리에서 살아보
　　　겠다구 애를 부득부득 쓰는지 알어? 금순이와 나와 부부가 될 도리

---

67) 파레, '용두레(낮은 곳의 물을 높은 곳의 논이나 밭으로 퍼 올리는 데 쓰는 농기구)'의 방
　　언.
68) 복닥불이를?, 복닥불, 떠들썩하고 볶아쳐서 사람들이 정신을 차릴 수 없이 야단스럽게 뒤
　　끓는 상태를 뜻하는 북한말.
69) 갈고랑이, 끝이 뾰족하고 꼬부라진 물건.
70) 먹여 주고 돌봐 줄 주인을 잃은 개와 같은 처지라는 뜻.

가 있었다면, 난 죽어버렸거나 그렇지 않으면 이 동리를 뺑송이쳐 버린 것이 오랫을 것이야. 금순인 이걸 몰라주고, 내 말이면 무엇이나 다 반대만 하니, 내가 얼마나 섭섭하겠는가 말이야?

금 순 그럼, 반대하지 않구요. 당신 말대루 따라가면 우리 조선 나라는 독립도 못 해 보구 흉악한 미국 놈한테 멕히우고 말겠는데, 반댈하질 않겠소?

만 섭 내 말이 왜 나라를 망친다는 말이야? 먼저 내가 잘 살아야, 나라도 잘 될 것 아냐. 아니냐,

금 순 그런 생각이 틀렸다는 거요.

만 섭 금순이는 변했어. 8·15 전에는 내가 하는 일이면, 무엇이든지 찬성하고 칭찬해 주었지. 그렇지?

금 순 그랬어요. 그전엔 정말 난 당신을 이 동리에서 제일 똑똑하고 훌륭한 청년이라고 생각했어요.

만 섭 그런데 지금은 왜 이렇게 변했어.

금 순 그래요. 난 변했어요. 변하지 않구서는 살 수 없는 세상이 아니예요. 어물어물하다간 원수놈들한데 목을 떼이고 말 거얘요. 이러구도 낡은 생각만 가지고 있을땐가요. 낡은 생각 가지고는 약혼도, 결혼도 다 없어요.

만 섭 뭐. 약혼도, 결혼도 다 없다. (사이 두고) 알겠소. 그럼 금순이는 내가 싫어졌다는 말이지? (가슴을 조이면서 대답을 기다린다)

금 순 어쩌면 사람이 그렇게 답답해요? 참. (안타가워한다)

만 섭 그럼?

금 순 난 싫은 사람의 얼굴은 마주 처다보는 것두 싫어하는 사람이애요.

만 섭 (너무 좋아서 부르르 떨면서) 금순이 정말 그렇지. 그러면 그렇지. 사람의 정이 그렇게 변했어야 세상에 누구를 믿겠나. 누구 죽는 것을 볼라구.

금 순 (안타까히 애원한다) 제발 애원이얘요. 정말 정신을 체려야 해요. 무슨 일이 나기 전에. 네?

만 섭 암, 정신채리구 말구. 금순이 이번에 읍에 갔다가, 이런 통분한 일이 있었서…

금 순 (듣기만 한다)

만 섭 하룻밤 사이에 모여 드렀든 오만원이나 되는 돈이 하룻밤 사이에 한푼 없시 다 나러가구 말었으니, 환장을 할 지경이야.

금 순 난 무슨 소린지 모르겠서요.

만　섭　그까지 것 알면 멀 해. 깨깨71) 알면 속이나 더 상했지. 이것이 다 내 운이 나쁜 것을 말하는 것이야. 암만해도 이놈의 고장에서 살지 말라는 거야.

금　순　그건 또 무슨 말이애요.

만　섭　금순이?

금　순　어서 말해요.

만　섭　금순인 내 말이면 무엇이나 다 들어준다구 말했지?

금　순　내 소원을 다 들어주면.

만　섭　그래, 금순이 소원은 다 들어줄 테이니까, 내 부탁을 들어주겠지?

금　순　말해보세요.

만　섭　그럼 됐어. 금순이 우리들이 이러구저러구 이마에 핏뗄 세워 가지구 떠드는 것두 다 잘 살려고 그러는 것이 아니야.

금　순　그건 그래요.

만　섭　그러하면 우린 아무데 가서나 잘 살면 그만 아니냐.

금　순　아무데나 가서 살아요.

만　섭　금순, 난 이 동리와는 아무레도 인연이 없는 것같어서, 이 동네를 떠나고 싶단 말이야.

금　순　당신이 이 동네 떠나 딴 곳에 가서는 맘 편하게 열심히 일하고, 이 동릴 벗어나 잘 살 수 있다면, 전 어데라도 따라가겠어요…

만　섭　그래? 음, 그럼 됐어. 사실 오늘 내가 찾아온 것은 그것을 의론하려 왔어. 난 정말 이 동리가 싫어졌어. 인연이 없어. 우리 가자구,

금　순　어데루?

만　섭　서울이야, 알겠서?

금　순　(벌덕 이러서면서) 뭐, 서울?

만　섭　왜 그리 놀래. 서울로 가자구.

금　순　야, 이 맹추야. (부엌으로 다라 드러간다. 만섭이 부엌 문을 바라보면서 장승처럼 서있다. 최씨 드러온다)

최　씨　(주저주저하다가) 아이구, 왜 그리구 섰나. 또 도랐군 그래.

만　섭　도랐건 말았건, 어머닌 무슨 상관이요. (다라나간다)

최　씨　(어이가 없어) 미친 놈.

　암전.

---

71) 하나도 남김없이 몽땅의 북한말.

2장

때　전장에서 10여 일 후, 어느 날
곳　전장과 동일함

무대
전장과 다른 것은 구석구석 처마를 다을 듯이, 곡식 담울이 쌓인 것이다. 뜰 안에는 길게 줄을 매고 별 보이는 넓은 흰 광목이 뜰 안 가득이 찼다. 막이 오르면, 최씨 도야지 우리에 올라서서 도야지를 디려다 보구 있다. 굴뚝에선 저녁 연기가 난다.

최　씨　야, 이놈아. 좀 오순도순 논아 먹으럼… 두… 두 요건 조꼬만한 것이 까불기는. (손을 훌끈 댄다) 두 큰 놈이 좀 지렴아. (이때 만모 드러온다)

만　모　뭘 그러구 계시우.

최　씨　에구, 사둔님. 내려오셨소. 어서 드러갑시다.

만　모　아직 밖앝이 씨원한 것이 좋군요.

최　씨　(마루에 같이 앉으며) 사둔님네두 가을을 다 했지요.

만　모　가을이 다 뭐요. 이제 허야지요.

최　씨　아이 사둔님, 어쩔라구 그러우. 이전 세월이 그전과 달라서 암만 제 밭이라도 제때에 가서 일을 안 해치우면, 태만분자라구 졸경72)을 치우기도 하고, 동리에서두 가만 안 둔답디다.

만　모　가만 안 두면 어떻게 하겠소. 만섭이 놈은 미친 모양으루 밤낮 도라만 가구, 나 혼자 무슨 재주가 있어야지요.

최　씨　그런 말슴 말으시구 빨리 현물세부터 해 바치도록 하시유. 그러다가 정말 망신당하지 말구, 지난 여름에도 만섭이가 창피를 당한 것을 아시유.

만　모　그까지것 뉘 알어요. 허기는 남과 같이 빨리 해 버리야지요. 그런대 사둔님, 의론할 말이 있어 왔는데.

최　씨　무슨 말씀인대요?

만　모　이애들 잔칠 하루 바삐 해치워야하는가 봐요.

최　씨　잔칠요?

---

72) 몹시 시달리거나 고난을 겪음.

만 모 잔치날을 자꾸 물리치니까 금순이는 화가 나서 저보구 말두 잘 안
       할려구 한다면서, 이번엔 제가 안이 다라서 그러지 않소?
최 씨 지금까지 끄러온 것이야 제가 뭐 평생에 한번밖에 없는 잔칠 어떻
       게 어린애들 소꼽노리하듯 하겠는가 하면서, 제가 끌어온 것이지.
만 모 그렇지요. 잔칠하면 무슨 천하를 다 겪어 내겠소?
최 씨 지나간 겨울에 날도 왜 좋은 날이 낫든 것이 아니에요. 그때 그져
       자그만치 신랑신부상이나 해 놓구 해치웠을 일이지요.
만 모 암, 그려구말구요. 그때 나두 얼마나 일렀겠소.
최 씨 그레, 지금 당장 허자나요.
만 모 말씀 마시유. 오늘 아츰두 이왕 끄으려 오든 것이니까, 잘 됐건 못
       됐건 추수나 해가지고 하자니까, 도리여 제 편에서 화를 내면서 뛰
       여나가던이, 제가 가서 날짜까지 받아 왔지요.
최 씨 날짜까지 받아 왔어?
만 모 오는 수무닷세 날이 좋다는군요.
최 씨 아니, 여름에두 농량 걱정을 하셨다면서, 추수를 안 허구두 차비가
       되나요.
만 모 이 녀석 읍낼 드나들더니, 돈 만원이나 작만해 온 모양이에요. 잔
       치를 치루고 맙시다.
덕 삼 (밖에서 들어와 이야기를 듣고 있다가) 여보, 사둔 노인!
만 모 사둔 영감, 돌아오셨군요!
덕 삼 잔치 바쁘지 않으니까, 있다가 천천히 할 셈치구 내일이라도 빨리
       가을을 해서 현물세부터 빨리 바치도록 하시유. 현물세를 바치는
       일은 나라 일이 아니요?
만 모 그거야 누가 모르겠소. 글세, 이놈은 밤낮 미친 개 모양으로 밤낮
       도라만 가니 나 혼자 어쩝니까.
덕 삼 아니, 어쩔 수 없다면, 그럼 현물세를 모르겠다는 말이요?
만 모 누가 모르겠다구 그랬소? 왜 또 이러시유.
덕 삼 알면 내일이라도 당장 해 바치란 말이요.
만 모 내일이야 어떻게 하겠소. 아직 마당질도 못 하구.
덕 삼 당신은 가마니도 칠 줄 모르구, 가을도 할 줄 모루?
최 씨 가마닌 치기가 아주 재미납니다.
만 모 아니, 사둔 영감은 나만 보면 왜 그렇게 모가지를 배틀지 못해서
       야단이요!
덕 삼 글세, 난 몰을 일이요. 왜 그러우.

최　씨　되수록 헐건 빨리 해치우구, 우리 잔칠 헙시다.

만　모　그러면 그렇다구 말해주면 좋지 않소? 그렇게 내가 밉소. 미울 일이 뭐란 말에요?

덕　삼　밉소, 건땅73)으로 놀고 먹겠다는 당신네들 심뽀가 밉소. (방으로 들어간다)

만　모　미워! 참 별일 다 보겠다. (이러선다)

최　씨　그걸 보시유. 졸경 츤다구 않 그러요. 다 해치워요.

　　　　이때 말똥녀 등장.

말똥녀　마침 잘 맞났소. (만모에게) 여보, 재봉침 물러내시오.

만　모　너 웨 또 이러니?

말똥녀　만섭이란 놈 어데 있어. 이 자식, 날 속여 먹구.

만　모　웨 나보구 성화야. (나간다)

말똥녀　못 가우. 만섭이 내놔요, 내놔. (따라 나간다)

최　씨　모두 큰일났다니까. (부엌으로 들어간다)

　　　　무대 잠간 공허. 이윽고 국보 등장.

국　보　위원장님, 안에 게서요.

덕　삼　(방에서) 누구요.

국　보　국보가 왔어요. 일적 좀 올러오라고 하였습니까.

덕　삼　(나와서) 음! 뭘 좀 의론할 일이 있어. 한 발자욱 먼저 오라고 했지.

국　보　뭔데요?

덕　삼　위선 거기 좀 걸처라.

국　보　(걸처 앉는다)

덕　삼　(안을 향하여) 여보 마누라!

최　씨　(안에서) 웨 그러시오.

덕　삼　이리 좀 나오시오.

최　씨　(나오며) 국보 왔느냐.

국　보　아즈머니, 저녁 잡수셨습니까.

덕　삼　금녀가 안에 있소.

─────────────
73) '공것(힘이나 돈을 들이지 않고 얻은 물건)'의 평안도 방언.

96

최 씨 예!

덕 삼 좀 나오라시오.

최씨, 금녀를 다리고 나온다.

덕 삼 금녀야, 너두 거기 좀 앉거라.

금 녀 (어리둥절하여 앉는다)

덕 삼 국보! 자넬 일지기 오라고 한 건 다름이 아니라, 우리 금녀에게 관게된 이야길세. 우리 금녀는 남편이 감옥에서 죽은 뒤 7년이나 내 집에서 살림을 거들고 살았고, 해방 후에도 오늘까지 같이 살고 있다.

금 녀 (아버지의 말의 행방을 눈치채고) 아버지는 무슨 말씀을 허실 작정이예요.

덕 삼 너는 잠잣고 있거라… 그래서 젊은 게 언제까지나 부모 집에서 홀로 늙을 수 있는가. 저는 죽을 때까지 여기 있겠다고 버티지만은, 그건 다 나리는 생각이고, 여자란 젊었을 때 제 갈 자리를 찾아가야 하는 법이야.

금 녀 아버지!

덕 삼 가만있어- 인젠 나도 몸이 아주 성해졌고, 우리 농민들도 다 제 자리가 잽혀 지낼만 하게 되었으니, 우리 금녀도 제 갈 데로 가야 되겠다. 그래서 자네하구 이야기하려는 것은, 변변치는 못하나 우리 금녀를 자네가 맡아 주겠나!

금녀는 고개를 숙이고 당황해하며 수집어하기도 한다.

국 보 (갑자기 던저진 벼락이라 어쩔 줄을 모른다) 예? 제! 제가요.

덕 삼 그래, 자네도 머슴사리로, 징용사리로 돌아다니누라구, 장가도 못 들고. 그게 됐느냐?

국 보 (황송해서) 제가… 제가, 어찌 금녀 동무같은 훌륭한…

덕 삼 아마 우리 금녀도 과히 싫다고는 않 할 줄 안다. 아 애, 금녀야. 그렇지.

금 녀 (얼골을 가리고 부엌으로 뛰어 들어가며) 전 몰라요!

덕 삼 (싱긋 웃으며) 봐라, 저렇다. 저게 좋다는 뜻이다.

최 씨 국보! 우리는 벌써부터 국보와 우리 금녀를 겨누고 있었지…

국　보　(감격해서) 예! 고맙습니다. 저도 언제까지나 홀애비로 살려구는 하지 않았어요. 그렇지만 금녀 동무는 우리 면에서 여성동맹 부위원장이고! 아주 훌륭한 사람인데, 저같은 아무 것도 모르는 농사꾼에게 당하지 않아요.

덕　삼　그건 낡은 생각이다. 국보는 우리 동리에서 얼마나 열성분자냐. 과히 험할 데 없는 배필이지! (최씨에게) 여보, 그렇지 않소.

최　씨　그렇구말구요.

덕　삼　국보! 우리 금녀를 맡아 주게나!

국　보　(좋기도 하고, 거북하기도 해서) 예! 제! 좀 생각해 보겠어요.

덕　삼　뭘 더 생각할 게 있나.

국　보　그래두.

덕　삼　좋다. 이만하면 자네 속도, 우리 금녀의 속도 알았다. 그댐 일은 모두 내가 만드러 놀 테니, 자네는 날짜만 기대려라. 그럼 자네는 가서 빨리 사람들을 모와 오너라.

국　보　(이러서며) 예!

국보 나간다.

최　씨　국보가 잔득 좋은 모양이지요.

덕　삼　저놈이 벌써부터 생각이 있었거든. (두 사람, 하하하…)

최씨 부엌으로, 덕삼 방으로 각각 들어간다.
금순 등장.

금　순　(대문 밖을 향해서) 드러와요, 거북 동무.

거　북　(들어오며) 드러가면 무슨 수가 있어. 우리 집에 살림 살 사람을 하나 구해 줄 테냐.

금　순　수가 있다니까.

거　북　이전 수가 있대두 틀렸서. 당징 내일인 걸, 뭐…

금　순　거북 동무, 나 아버지에게 말해볼 터이야!

거　북　그만둬, 그만둬. 엉터리 없는 말허다가 꾸지람 듣지 말구.

금　순　글세, 내가 아버지에게 헐 말이 있으니까, 동무는 가만히 듣고만 있어요.

덕　삼　(집안에서) 밖에 누가 왔느냐?

금　순　저예요. 거북 동무도 오구.

98

덕　삼　(소리) 왔으면 들어들 오렴으나.

거　북　여기가 좋아요.

최　씨　(나오면서) 지금이야 끝났니? 언닌 안 오니.

금　순　뒤로 와요, 아버지.

덕　삼　(문을 열고 나온다)

금　순　아버지, 이번 위원 개선에 농사일 잘 하구 여맹일두 잘 본다구, 언니는 부위장이 되어요. 상당하지요.

덕　삼　음!

최　씨　그래, 넌 뭐이 됐니.

금　순　난 몰라요.

거　북　선거부장이 되셨다나요…

덕　삼　선거부장이야! 네가 용하구나.

금　순　그까짓 걸 가지고 뭘 용해요.

최　씨　그만하면 장하지.

금　순　그런데, 아버지. 제가 부탁이 한 가지 있는데 드러 주실 테이예요, 어머니두?

최　씨　말을 하렴으나.

금　순　네, 아버지.

덕　삼　뭘 말이냐?

금　순　저 거북 동무는 조직에서 석달 동안 강습을 받게 추천은 해주겠다는데, 할아버지 때문에 갈 수가 없다는 말이예요.

덕　삼　음, 알었다.

금　순　제 부탁은 이제부터예요. 아버지, 거북 동무 강습받고 도라오게, 석달 동안만 그 할아버질 우리 집에 와 게시게 해요, 네.

거　북　금… 금순아, 난 무슨 말을 허는가 했더니, 그건 무슨 말이야. 위원장 아저씨, 아닙니다, 아닙니다. 금순이 남 식이지 않은 말은 잘 허지.

금　순　네. 아버지, 어머니. 어때요. 석달만! 시중은 다 제가 해드리겠서요.

거　북　아닙니다, 그건…

덕　삼　가만들 있거라… (잠시 생각한다) 좋다! 그렇게 하도록 해라!

금　순　아버지, 정말이지요.

덕　삼　거북아! 달리 생각 말고 그렇게 해라! 임자 생각엔 어떤가?

최　씨　좋지요, 방도 넓은데.

금　순　아버지, 고마워요. 거북 동무.

거 북 위원장 아저씨, 고마워요! (뺨에 눈물이 흘러내린다)
덕 삼 언제 떠나니.
금 순 바루 내일 떠나는 날이예요. 그렇지, 거북 동무.
거 북 내일 새벽에 모두 떠나요.
최 씨 그럼 빨리 서두루야겠구나.
거 북 그럼, 저. 가서 추천서도 써가지고, 하라버지 모시구 올 터이예요.
최 씨 어서 그렇게 해라.
거 북 아저씨, 그럼 갔다 오겠서요. (다라나간다)

     뒤니여 성호 드러온다.

성 호 저녁들 잡수셨어요?
덕 삼 반원들은 다 모였나?
성 호 저녁을 잡수서야지요.
금 순 있다가 먹어두 괜찬아요.
덕 삼 빨리 회의를 시작하게나.

     최씨 부엌으로, 금순 방으로 퇴장.

덕 삼 시작하지.
성 호 그럼 시작하겠습니다. (마당 끝에 나가서 앞마당을 향하여) 회의를
        시작할 터이니까, 다들 들어오시오.
소 리 예!

     농민 남녀 다수들이 온다. 그들은 들어오면서 "동위원장, 안녕하십니까"
     하고 덕삼에게 인사를 각각 하는 것이다. 그들 중에는 철보, 치옥, 말똥녀
     도 섞였다. 농갑, 을도 섞였다.

성 호 (적당히 착석한 것을 보고) 다 착석했습니까.
일 동 예-
성 호 이제부터 중학교 신축기지 다닦이74) 일을 시작하기 전에 어젯밤에
        채 못 끝내인 반회의를 다시 계속하겠습니다.
일 동 (박수)

---

74) 터닦이?

100

성 호 먼저 반원 출석상황을 말해 주시오. (옆에 금순, 최씨도 있다)

국 보 황만섭, 박거북이 두 사람 빠지고는 다 출석입니다.

성 호 알았소. 이제부터 제가 회의를 집행하겠습니다. 다음 순서에 들어
가기 전에 한 가지 광고하겠습니다. 그것은 여러분들이 중학교교사
신축기금으로 써 내준 벼 설은두 가마니는 오늘 아츰 면위원회에
가져다 접수시켰습니다. 광고는 그것뿐입니다… 황만섭 동무, 왔습
니까?

만 섭 여기 옵니다.

성 호 그럼 이제부터 다음 순서로 넘어가겠습니다. 여러분도 아시겠지만,
전번 12차 회의에서 현물세는 이달 27일까지 완납하기로 열열히
토론하고 결정하였든 것입니다. 그후 과연 우리 반원들은 우덕삼,
박거북 두 동무가 도내 일착으로 완납한 것을 선두로 해서 그 기간
에 전부 바첬습니다. 그러나 유감스럽게도 황만섭 동무 한사람만
그 기일을 지키지 못했습니다. 그래서 반장 되는 저는 본인에게 하
루 바삐 완납하기를 여러번 독촉하고 경고를 했음에도 불구하고,
아직 가을도 않 하고 있는 판입니다! 농업 현물세를 제때에 바치는
일은 나라를 사랑하는 우리들의 신성한 의무입니다. 그럼에도 불구
하고, 의무를 태공[75]하고 있는 황만섭 동무의 행동을 그냥 내버려
둘 수 없습니다. 여기에 대한 책임을 추궁해야겠습니다.

일 동 (흥분된 어조로) 옳소, 옳소!

성 호 황만섭 동무, 동무는 무슨 이유로 아직 가을을 해서 현물세 바칠
생각을 안 하고 있는지 대답해 보시오.

만 섭 (이러나서) 그동안 좀 분주한 일이 있어서, 오늘 내일 하고 밀리어
있든 것이요.

성 호 농사꾼이 농사일보다 더 바쁜 일이 어데 있으며, 현물세 바치는 일
보다 더 중대하고 더 바쁜 일은 없는 것이요.

일 동 옳소.

성 호 그 바쁜 일은 무슨 일이요.

만 섭 그것까지는 일일히 말할 수 없소.

국 보 말할 수 없어?

성 호 조용하시요! 동무들, 이제부터 이 동무의 행동에 관해서 의심나는
점이 있으면, 무엇이든지 질문해 주시오.

농 갑 반장.

---

75) 태업(怠業. 일을 게을리 하는 것)의 북한말.

성　호　말하시오.

농　갑　동무는 읍내에 드나들면서 무슨 장사를 한다는데, 대체 무슨 장사요.

만　섭　(시침을 떼고) 난 아무런 장사도 한 일이 없소.

국　보　네 입으로 바로 대라. 안 대면 내가 들어 내놀 테니.

말똥녀　만섭아, 너 나를 속여먹었지. 자봉침을 물려주겠니, 안 물려주겠니. 똑똑히 말해 봐. (어느새 금녀 와 앉았다)

만　섭　그런 건 난 몰라.

말똥녀　무엇이 어째. 이 간나 색기야.

성　호　그런 일은 단 두리서 만나 해결하시오.

말똥녀　여보, 반장. 내 말을 좀 들어보시오. 글세, 자봉침을 하나 사달라고 했드니 쓰지도 못할 것을 한 대 사주구선, 돈을 몇곱절 빗싸게 바다 먹었서요.

국　보　고약한 자식.

성　호　앉으시오.

말똥녀　너 나를 속여먹어. 물어줄 터이냐, 안 물러줄 터이냐. 말해라.

성　호　그 말은 있다 둘이서 하구 앉으시오. 또 딴 동무.

국　보　만섭이, 툭 터러 놓고 요새 뭘 하고 돌아다녔다는 것을 말하지 못하겠나.

만　섭　못 하겠다.

국　보　그럼 내가 말해주마. 임자는 요새 읍내 모리간상배놈들과 밀려다니면서, 투전한 것을 숨기겠느냐,

만　섭　(발끈 성을 내면서) 여보, 여보, 여보, 좀 그만들 두. 날 잡아 먹겠으면 그냥 통째루 잡아 먹을 것이지, 왜 그런 엉터리없는 수작들을 꾸며내는지요.

농　을　야, 이놈아. 증인을 대려와야 알겠니…

만　섭　대려와. 얼마든지 대려오라.

농　을　저 자식을 그저…

성　호　앉으시오. 회의가 이렇게 물란해서 안 되겠습니다. 엄숙하게 합시다.

철　보　임자는 앞으로 농사를 할 작정인가, 그만둘 작정인가?

만　섭　그건 또 무슨 말이요. 제가 농살 안하면 딴 무슨 해먹을 일이 있을라구요.

금　녀　나 하나 뭇겠습니다. 만섭씨는 지금 날마다 무엇이든지 금순이보다

102

		뒤떠러지고 있는 것 같은데, 만섭씨는 그걸 알고 있어요.
만	섭	아즈머니까지도 이러시유. 참 그까짓 걸 누가 안답니까.
성	호	또 질문해 주시.오
국	보	만섭이는 대체 땅 면적은 얼만데, 소출 판정은 얼마냐,
만	섭	삼천이백 마흔 평인데, 판정 쉰다섯 가마니다. 왜?
국	보	썩어 빠진 개깍대기 같은 놈!
만	섭	뭐시야?
농	을	뻔뻔하다. 이놈 쌍통 돌려라, 이놈아!
농	갑	이 댁 동위원장네는 삼천 평에 백두 가마니를 냈다는데, 겨우 쉰몇 가마니야. 하하하하…
일	동	하하…
만	섭	동무들, 왜들 그러우. 글세, 소출을 적게 냈서는 내 논 갗이구 나 못 냈지, 당신네들이 손해가 났단 말이요 그레.
국	보	무엇이 엇쩌?
만	섭	무엇이 뭐이 어쩨. 국보, 생각해 보란 말이야. 소출을 적게 냈으면 내게 손해지, 이다지도 떠들어델 거 없지 않은가 말이야? 우리가 벌서 자유를 얻은 지가 언젠데. 그레 사람들에게 그만한 자유도 없어서야 어떻게 산단 말이야. 거 넘어 그러지 말라우, 좀.
덕	삼	(무슨 말을 할려다가 참는다)
국	보	이놈아, 고 소리 한번 더 해봐라. (닥아선다)
성	호	국보 동무, 앉으시오.
국	보	소출을 많이 내구 안 내는 것두 내 자유야?
만	섭	자유이다 그레. 어쩔 터이야.
성	호	국보 동무, 앉으시오.
국	보	우리 조선 나라가 앞으로 망하느냐 하는 것은 이제부터 우리 농민들이 곡식 한알이라도 더 많이 내구 못 내구 하는데 달렸다는데. (멱살을 잡으며) 그래도 자유가, 이놈아.
일	동	옳소. 그놈 딱아줘라.
성	호	앉으시오.
철	보	이건 놓구 말하게. 이건 놔.
치	옥	국보, 이거 노라구.

두 사람 서로 놓는다.

농 을 이놈아, 어데서 그런 수작이 나와.

철 보 아무레두 자네 정신이 온전한 사람은 아닐세.

성 호 조용해 주시오. 또 질문 없습니까?

잠간 사이 두 사람 씩은벌덕거린다. 공기는 허막(험악)하다.

성 호 이전 질문이 없으면, 몇 사람 토론해 주시오. 토론은 여러분이 질
         문한 것과 본인이 대답한 것을 근거로 해서 해주시오.

여러사람 반장, 저 토론하겠습니다. (손을 들고 서루 하겠다구 청한다)

성 호 치옥 동무, 먼저 해주시오.

치 옥 (이러선다) 난 지금 여러분의 질문에 대해서 본인의 대답이 너무
         기가 맥혀서 무어라구 말이 잘 나오지 않소. 세상에서는 하나밖에
         없는 것은 다 귀하다구 그럽니다. 저 만섭이 같은 사람은 우리 동
         낸 하나 밖에 없습니다. 아니 우리 면, 우리도, 우리 북조선엔 또
         없을 것입니다. 만섭이는 어떻게 북조선에는 하나밖엔 없는 사람입
         니다. 그러나 섭섭하게 그 귀중한 것 우리 동네, 우리 면을 위해서
         귀중한 것이 아니라, 남조선에 와 있는 우리들의 원수인 미제국주
         의 놈들에게 귀중한 것입니다. 그러니까 만섭이는 우리 동내의 하
         나 밖에 없는 원쑤입니다. 원수는 그냥 둘 수 없습니다. 원수는 때
         려 부시고, 정말 우리들게 귀중한 만섭이를 만들기 위해서 이 자리
         에서 만섭의 솔직한 자아반성이 있기를 바랍니다. 그리고 만섭이는
         아직까지도 제일 뒤떠러진 생각을 가지고 부득부득 살아갈려구 애
         를 쓰는데 대해서, 우리들은 웨 좀 더 일찍이 알아내서 고쳐주지
         못했는가 하는 것을 우리들이 잘못으로 알아야 하겠습니다. 내 토
         론은 이것뿐입니다.

농 을 (재빨리 손을 들며) 의장! 제가 토론 좀 하겠습니다.

성 호 말하시오.

농 을 이런 말을 내만 알고 있다가 지금 이야기하는 것부터 내 잘못인
         것을 먼저 자기비판합니다. 내가 읍내에서 들은 이야긴데, 금년 봄
         토지개혁때 그 우리들한테 뭇매를 맞은 황만하가 우리 동리에서 소
         를 빼다가 팔아 먹네, 동맹창고에 불을 놓습네 하고 반동을 꾸밀
         때, 이 만섭이란 놈도 한목 끼웠다고 합니다.

일 동 저런 죽일 놈 바라.

만 섭 아니! 저런 멀정한 말 봐라! 내가 언제!

성　호　가만 있소.

농　을　이 이야기는 우리 면에서 이주해 간 불로 지주가 읍내에서 하고간 말이라 들은 사람이 있습니다. 만섭이란 놈은 황만하와 조곰도 달음없는 파괴분자요, 반동분잡니다.

일　동　옳소.

농　을　내가 이때까지 이 말은 하지 못한 것, 만섭이는 금순 동무와 약혼한 사이고 하니, 금순 동무가 잘 교양을 해서 바로 사람이 되게 할 줄 믿었는데, 오늘 하는 말을 드르니 조곰도 사람이 되지 않았음니다. (앉는다)

여러사람　반장, 제게 시켜 주시오. (손을 든다)

성　호　금순 동무, 토론하시오.

금　순　(이러 서서 가마니 머리를 들며) 여러번, (떨리는 음성으로) 정말 여러분 앞에 나서기가 부끄럽습니다. (고개를 숙이고 눈물을 흘린다. 무대는 긴장되었다) 여러분도 다 아시겠지만, 만섭씨는 앞으로 제 남편될 사람입니다. 그래서 그랬는지 저, 저분은 가장 뒤떠러져 있는, 옳지 못한 생각을 가지구 사라갈려고 하는 것을 그냥 보구만 있을 수 없습니다. 그릇된 생각을 머리에서 뽑아 내주기 위해서 정성을 다해서 별 즛을 다 해봤습니다. 여성동맹이나 민청이나, 혹은 다른 곳에서 제가 학습한 것을 꼭 공책에 적었다가 져이를 만나면 죄다 말해 드리군 했지요. 그래도 안 들면 울어도 보고, 성도 내보구 그랬지요. 그렇지만 져이는 한 가지도 옳지 못한 생각을 버릴려고 하지 않습니다. 저분은 지금도 일본놈이 배와 주고 간 생각을 그냥 옳다구 내세우고 있습니다. 저분은 아직도 내가 먹구 살고난 다음에야, 나라니 독립이니 허는 것이라구 그러구 있습니다. 저분은 이 세상에서 제일 무서운 것은 로력이라구 말합니다. 그래서 저이는 일을 안 허구, 될수록 편하게 놀구 먹구 싶어하는 생각이 지금도 머릿 속에 가득 차 있습니다.

만　섭　금순이!

성　호　조용하시오.

금　순　또 그래서 저분은 금년 봄 토지개혁때 논을 꽤 많이 타기는 했지만, 허리 아프고 다리 쓰구 땀나는 일을 누가 미욱스럽게 하느냐 하면서, 농사 일을 되는 대로 내치우구, 그대신 틈만 있으면 읍내 신의주나 슬슬 드나들면서, 되거리[76] 장사라두 해서 살아갈려구 생

---

76) ‘되넘기(물건을 사서 곧바로 다른 곳으로 넘겨 파는 일)’의 북한말.

각하고 있습니다.

만　섭　금순아, 뭐시 어쩌? 저것이 미쳤나?

몇사람　조용해라.

금　순　여러분, 만섭씨가 그런 식으로 살아오고, 그런 식으로 농사를 한 결과는 어떻게 되었습니까. 여러분들이 다 아는 바와 같이, 한 정보에 쉰 가마니는 못 나는 판정을 맞고, 현물세도 아직 바치지 못하고 있는 것이 아닙니까. 그 다음에 또 어떻게 되었습니까? 동내에서 회의가 열 번 있었다고 치면, 세 번도 잘 안 나갑니다. 민청에서 자아반성을 두 번씩이나 하고도 민청 학습회가 전부 예순네 번이나 있었는데, 전부 출석한 것은 여덟 번밖에 출석하지 않았다고 합니다.

만　섭　이놈의 계집애, 어디 두구 보자.

몇사람　닥쳐라.

금　순　여러분, 그래 이런 사람이 우리나라를 미국제국주의놈들한데 멕히우지 않겠다구, 이를 부득부득 갈면서 증산으로 싸우고 있는 애국 농민입니까?

일　동　아니요.

금　순　(점점 흥분해지면서) 여러분, 이런 사람이 그래, 김장군에게 땅을 받을 북조선 농민입니까.

일　동　아니요.

금　순　그럼 이것은 대체 무엇이겠습니까.

농　을　농촌 건달꾼이요.

일　동　옳소.

최　씨　야, 금순아. 그만해 둬라.

금　순　그렇습니다. 저도 그렇게 생각합니다. 건달꾼은 우리 동리에 필요치 않습니다. (넘우 통북77)을 해서 말소리가 다 메인다)

일　동　옳소.

만　섭　이년, 두고 보자.

　　　만섭이 다라 나간다. 금순이 목소리 내서 운다.

몇사람　그놈 잡아라. (쫓아나간다)

덕　삼　내버려 두시오.

---

77) 통북, 몹시 날카롭고 매섭게 따지고 공격함.

성　호　조용해 주시오. (일동 침묵한다) 여러분, 만섭이를 어떻게 처치를
　　　　해야 좋을른지, 여러분 의견 말해 주시오.
국　보　반장, 그놈은 당장 우리 동리에서 쫓아내기를 제의하우.
일　동　옳소. 찬성이요.
성　호　국보 동무의 의견에 찬성하시는 동무 거수해 보시오.
일　동　(모두 거수)
성　호　좋소.
덕　삼　여러분, 잘했소. 그 다음 일은 내게 매끼고 어서 나가서 밤일을 시
　　　　작합시다. 다댁이 일은 오늘 밤으로 끝내고, 내일부터는 선거선전
　　　　으로 모두 나서야겠소.
일　동　네!
성　호　(침착하고 엄숙한 어조로) 여러분!
일　동　(죽은 듯이 조용해진다)
성　호　우리들은 지금 일부 옳지 못한 분자놈의 갈 곳이 어데라는 것은
　　　　지금 보았습니다. 여러분, 확실히 보았지요!
일　동　네!
성　호　그럼 빨리 나가서 다댁이 일을 시작합시다.
일　동　네!
금　녀　금순아.
최　씨　씨원히 잘 했다. 사람두 원, 넘어 꾀잭이 노릇을 하니깐…

　　　　이때 만섭이 허둥지둥 등장.

만　섭　금순이 정말 그러기야? (최씨에게 향해서) 날 이렇게 망신시켜 주
　　　　야 옳소? 그래.
금　순　여기 잠간만 계셔요. (방안으로 드러가서 례장 봇다리를 들고 나온
　　　　다. 만섭 앞에 내놓으면서) 난 정말 당신같은 사람의 안해는 될 수
　　　　없어요. 이것은 당신네 거요. 갖이고 가시오. 빨리 내 집을 나가 주
　　　　시오.
만　섭　아니, 금순이. 그게 무슨 말이야… (모두 말이 없다. 만섭이는 금순
　　　　의 대답을 기다린다. 최씨에게) 어머니, 이거 어찌된 일이요?
최　씨　자네 일을 자네가 모르면 누가 알겠나?
만　섭　아버님, 정말…
덕　삼　내일 동위원회로 올라오게.

만 섭 (어찌할 바를 모른다. 얼굴이 붉으락푸르락 하더니 례장 보따리를 거머쥔다. 봇다리를 그러안고 다라나간다)

금 순 어머니, 미안해요.

최 씨 잘했다. 그까짓 놈…

덕 삼 지금이야 알았나?

최 씨 이제야 내 눈도 훤해진 것같소.

금 녀 금순이, 너는 정말 용감하다. 나도 찬성이야.

이때 거북이 조부를 업구 등장.

거 북 (조부를 내려놓으며) 할아버지, 여기서 덕삼 아저씨와 같이 석달만 계셔요. 네!

박노인 여기 있으라구.

덕 삼 이리로 올라오십시오.

박노인 거북이가 뭐라구 떠들어대지만, 난 무슨 영문인지 모르겠어.

거 북 위원장 아저씨, 그럼 부탁합니다. 금순 동무, 난 동무만 믿어. 할아 버지, 안녕히 계십시오.

박노인 오냐. 잘 갔다 오너라.

거 북 여러분, 안녕히 계십시오.

일 동 공부 잘 하구 오게. 잘 갔다 오게.

거 북 (금순 앞에 가서 손을 잡으며) 금순 동무!

금 순 거북 동무, 안심하고 공부 잘 하구 와요.

거북과 금순의 두 눈에는 감격과 기쁨에 찬 눈물이 달빛에 반득인다. 그 들은 좀처럼 쥐인 손을 놓을 줄을 모른다.

천천히 막.

좀

(1막)

서만일

무대장치 디자인 있음

이봉수   지방인민위원회 위원
경애   그의 처
장경순   그의 처남, 건달꾼
영희   장의 처, 허영녀
그외 간상배, 보안서원, 행인 등

1947년도 봄철 어떤 저녁 무렵에 생긴 일.

막이 오르면, 일본식 건물을 개수한 양실. 현관문 밖에는 조고마한 정원.
낮은 담장 밖에는 전선주. 그리고 큰 거리로 통하는 행길이 되어 있다.
실내에는 극히 간소한 차림. 객용1) 원탁과 의자 등, 전화와 라듸오, 그리
고 벽에 김장군의 초상화, 20개조 정강 등이 상당히 배치되어 있으면 좋
다.

영희, 총총거름으로 현관문을 열고 들어온다. 궐녀는 나이에 어울리지 않
는 진한 화장에 야비한 색깔의 양장을 했다. 즉, 허영녀의 무성격한 취미
의 차림이다.

---

1) 客用, 손님에게 쓰임. 또는 그런 물건.

영　희　(핸드백을 의자에 아무렇게나 던지며) 누이, 게 있소? (소리친다)

경　애　(안방에서 행주치마에 손을 닦으며 나온다) 어서 오세요. 언니. (상 냥히 웃는다)

영　희　(분에 바르르 떨며) 이게 대체 뭐유? 집안 꼴이 됐소. 그래 누이네 만 잘 살면 고만이요! 벼슬 한자리 못한 오래비넨 죽어야 하오?

경　애　언니, 그게 무슨 말씀예요? 좀 채근채근 조리있게 얘기해야 알 게 아니예요.

영　희　글쎄, 이게 흥분 안하게 됐소. (핸드백에서 종의를 끄집어 내밀며) 자- 누이가 똑똑히 보라구, 제 눈으로…

경　애　이게 뭐유, 언니! (읽는다)

영　희　이 세상두 결국 세도 못 쓰는 사람은 죽게 마련입니다.

경　애　가옥 명도증이구료.

영　희　(이리저리 거닐며)… 이따위 법이 어디 있어… 닷자곳자루 준비할 새도 없이 당장 집을 내라니!

경　애　(종의를 드려다 보며 무언)

영　희　왜 말이 없수. 누이네가 게구[2]를 꾸며서 대책을 세워 줘야 할 게 아니오? 이럴 때 동생끼리 안 돌봐준대면야, 친척은 두어서 뭘해. 그림의 떡이구, 빛좋은 개살구지…

경　애　(근심스러운 낯으로) 새로 오신다는 분은 뭘 하나요.

영　희　무슨 기관에서 일 본다나…

경　애　참 딱하게 됐소만, 어디 딴 대로 집을 얻어 봅시다.

영　희　뭐 집을 딴 대로 얻어 보자구? 진정으로 하는 말이오, 그게. (히스 테리를 부리며) 날 수모하우[3]. 누이마저 날 수모하려 대두는구만…

경　애　형님, 그게 무슨 말씀예요. 제가 누굴 수모할 줄을 아나요.

영　희　알겠수, 그만하면… (토라지며) 흥, 지나구 보면 다 그런가 봅디다. 이래서야 매부가 인민위원이면 뭘 하구, 동생이 대통령이면 뭘 하 겠소… 제 배때기 곯기야…

경　애　쥔이 위원으루 선거받았다구서, 무슨 권리나 세도 쓰는 건가요.

영　희　그럼 뭘 하는 인민위원인고? 죽게 된 동생두 못 도와줄 바에야…

경　애　쥔은 새벽에 나가서 밤늦게 도라오시며, 늘상 입버릇처럼 말해요. 인민위원이란 건 나라의 일꾼이니까, 누구보다도 인민의 시중사리 가 되어야 한다구…

---

2) 계교(計巧), 요리조리 헤아려 보고 생각해 낸 꾀.
3) 受侮하다, 모욕을 주다.

영 희 저 혼자서 일버러지 되면 멀 하노. 그걸 누가 알어줘야 말이지.

경 애 일이야 알어 달라구 하겠소. 우리나라를 위해서 인민의 뜻을 본받어 제 직분을 다할 뿐이죠.

영 희 그래, 누이는 결국 오빠네가 집을 쫓겨 나가든 상관 없단 말이슈?

경 애 당분간 저이 집에 와 계시도록 하죠.

영 희 흥. 말이 쉽지, 성미가 달라서 그건 힘들 게야. 그보다 매부가 좀 얘길해 주면, 낯 무치나4)! 고맛거야 서루서루…

경 애 기관에선들 오죽 발르기5)에 그러겠소. 쥔이 있는 곳에서두 집없는 직원이 태반이라는데요…

영 희 그렇게 발은 집을 우리는 무슨 뾰족한 수로 구하래노?

경 애 그러니 기관에서 일 보시는 이부터 먼저 들게 마련 아니예요. 언니네야 장사하시니까, 그분들보다야 살림두 약간 헐한 데가 있죠만…

영 희 흥. (코웃음)

경 애 이렇게 말하면… (의자에 앉으며) 언니야 저를 주제넘다고 탓하시겠지만, 나라 일꾼에게 솔선해서 내주시구, 보담더 큰일하시게 하는 것도 여간 훌륭한 일이라구요.

영 희 말이 낫으니 말이지, 우리 쥔인들 맨시초에야 작게 일했다구…

경 애 그래두 오빠가 직장 떠난 데가 제들 가깝지 않소.

영회, 경애를 쏘아본다. 두 여인 새에 무료한 침묵이 흐른다.

경 애 (일어서며) 애그머니나, 저녁 밥이 약밥 되겠네. 언니, 그럼 저녁이나 잡숫구 가세요. (부엌으로 나가며, 라듸오에 스위치를 넣는다. 영회 생각난 듯이 담배를 피워 문다)

라듸오 그리하야 1947년 인민경제계획은 조선의 경제적 토대를 튼튼히 함으로써, 조선 완전 자주독립의 기초를 닦는 것입니다. 그러기 때문에 예정 숫자를 넘쳐 실행하여야 하며, 그러기 위해서는 작년보다 수배의 증산을 해야 하며, 매개인은 배전의 노력과 능률을 발휘하여야겠습니다. 그러나 우리 앞에는 적지 않은 곤란과 험로가 놓여져 있음을 인식하여야 합니다. 그리해서만 싸흘 수 있고, 싸홈으로

---

4) 낯을 묻히다, '명예를 더럽히다'의 북한말.
5) 바르다, '흔하지 못하거나 충분할 정도에 이르지 못하다'의 북한말.

써 이길 수 있는 신념 밑에 이 곤란은 발전의 곤란이요, 험로의 험로인 것을 정확히 알고, 우리들은 누구를 물론하고, 부지런이 일하며, 책임지고 일하며, 남이 두 시간 일하면 나는 네 시간, 남이 8시간 일하면 나는 열 시간, 열두 시간 일하는 기풍을 만들어야겠습니다. 또한 모-든 직장에서 뒷골목에서 건달꾼을 일소하여야겠으며, 놀고 먹는 모리배들은 숙청해야겠습니다. 모-든 낭비 현상과 사기 횡령 등 악습과 무자비한 투쟁을 전개하여야 할 것입니다.

영 희   (피우든 담배를 부벼 버리고, 발작적으로 라디오를 끈다)

경 애   (부엌에서 나오며)… 왜 느즈실까… 오늘도 또 회의이신가… (무심 중 스위치를 튼다)

라디오   개인의 생활만 돌보고, 개인의 향락만 꾀하며, 공공생활을 무시하며, 국가 생산을 애호할 줄 모르는 일절 비공민적 개념과 행위와 견결히[6] 투쟁함으로써…

영 희   (다시 라디오를 끈다)

경 애   왜 끄시우?

영 희   귀가 솔과서[7] 견데 먹겠어!

경 애   (의아한 듯이) 예?

영 희   밤낮 판에 박은 듯한 말을 되씹는 걸 가지구… 요샌 막 시끄러워 죽을 지경이야. 이건 뭐 신문을 봐두, 잡지장을 펴두, 고무판 같은 그 소리가 그 소리니… 찟찟겠다가 심지어는 극장에서까지 떠들어 대는 판이니, 내-참…

경 애   (우스며) 참 언니두… 그야 우리따위 위해서야 늘상 되씹구 되풀이 해야죠. 그래야 금싸래기 같은 귀한 말을 귓등으로 흘리지 않고, 마음에 색여두구 잘잘못을 가릴 게 아니에요?

영 희   맛나는 것도 늘 먹으면, 되레 싫증이 난다우.

경 애   우리 조선 사람이 언제 맛나는 걸 먹어봤다구요.

영 희   누이두 좀 생각을 돌리라구… 집안 구석에 백여서 남편 시중만하면 제일인 줄 알어. 누이처럼 죽었소 하구만 있으니까, 남자들이 노상 여자라구 깔보는 거 아냐?

---

6) 堅決히, 굳센 의지나 태도로.
7) 솔다, 시끄러운 소리나 귀찮은 말을 자꾸 들어서 귀가 아프다.

경　애　저야 어디 그럴 줄 아나요?

영　희　여성이 해방됐다면 그걸 실천해야 할 게 아니야. (나갈 준비를 하
　　　　며) 남자 노리개 노릇만 할 게 아니구, 네 활개 펴구 거리두 쏘다
　　　　녀 봐요. 맛이 좀 좋은가. (현관으로 나간다) 그럼 밤에 또 오리다.
　　　　매부 오시거든 좀 부탁해 두시우.

경　애　금방 오시게 되는데, 좀 기다렸으면 좋을 걸… 저녁두 같이 하며…

영　희　애색길 혼자 내버려 두구 왔는데, 좀 가 봐야지…

경　애　(놀라며) 애를 혼자 두구 단이세요?

영　희　그럼 어떻게 애를 엄구 단여, 남 창피하게. (자기 몸매를 돌보며)
　　　　뭐 서양 여자들두 시간 따라서 젖을 먹인다면서.

경　애　그럼 밤에 또 오시우. (바래다 주고 나서, 부엌으로 퇴장)

　　　황혼 갑자기 낙조인 듯 노을이 지며, 어둠의 장막이 몰아온다. 전선주의
　　　불이 켜진다.

장경순　(분주하게 들어오다, 나가는 영희를 보고) 왜 집을 비구 미친개처
　　　　럼 싸단이기만 해?

영　희　(주첨하며) 뭐요?

경　순　주제에 알맞게 야단치란 말야! 이건 도무지 총기 없이 숭어 풍덩
　　　　복아지 풍덩격8)이니.

영　희　(자기 귀를 의심하듯이 놀라며) 머라구요?

경　순　엔간 하면 집에서 바쿠잽이할 줄두 좀 알어야 한단 말야.

영　희　(빈정거리며, 드디어 오열에 떨며) 여보, 머라구요? 언제는 곱게 차
　　　　리구 나단이라구 그러드니… 이제 와선 날더러 되려…

경　순　누가 낮도깨비처럼 하구 나단이라구 그랬어?

영　희　(울다 머즈며 대든다) 그럼 누가 그랬소. 남 숭해서 안하겠다는 걸
　　　　신여성은 빠마를 해야 한다구 졸은 건 누구란 말이요, 예! 에펜네
　　　　망신은 누가 시킨다드니, 당신이 필경…

경　순　닥쳐. 낸들 머 돈을 닭알 낳듯 하는 줄 알어! 낱까리 봐가며 뎀벼
　　　　야지, 이건 그저 막탕 뒤죽박죽이니 도무지…

영　희　내가 그렇게 분수 없단 말이요, 그래.

경　순　분수 있으면 요새 내 얼골색 되먹는즈사리 좀 보라구. 일이 죄다

---

8) 숭어가 뛰니까 망둥이도 뛴다? '남이 한다고 하니까 분별없이 덩달아 나섬'을 비유적으로
　　이르는 말.

뱅뱅 꾀기만 해서 죽을 지경이야. 요전 그 사십만 원짜리두 튀구 말았어.

영　희　그래두 이번 남선에 보내는 쌀은 잘 되가지 않소?

경　순　되긴 머가 되. 소비조합의 쌀은 다 넘어가구 말았어. 약속이나 한 듯이 농민들이 언제 쌀을 팔어줘야지… 누가 시킨 일인지 신통허게 두 애국미운동까지 봐란 듯이 일으키고 있으니. 내 원… (분주히 시계를 내보며) 올 때가 됐군… (영희를 보고) 어서 가보래두.

영　희　가면 멀 해요. 대구 나가라는 집에… 바늘방석에 앉은 것같어서 백여 먹겠습디까.

경　순　(버럭 화를 내며) 입이 없나 혀가 없나, 왜 하필 대꾸두 못하는 거야.

영　희　(토라지며) 난 모르갓수다. 말재간 있는 당신이 말해 보구려.

경　순　내가 분주하게 말연이지, 틈만 있으면 어림이나 있는 일이야. 어쨌든 내 매부한테두 말해두지. (방으로 들어온다)

영　희　흥, 실컷 말해보시지. 보람 있나… (퇴장)

경　순　(연상 시계를 끄집어 내보며) 지금쯤은 올 상두 싶은데… 서울깍쟁이하구야 거래할 수 있나, 너무 빳빳해 놔서… (전화를 건다) 여보, 여보쇼? 신생관이슈? 주인 좀 대 주우. (담배를 피워 물며) … 예? 아니요. 통화 중이외다. 예… 여보, 쥔장이슈? 예. 나우다, 나… 나, 아니 장경순일 몰라보시오? 예… 그렇게 됐나 보우. 그저 무사분주9)란 격이죠… 근데 여보 최상. 오늘 돈푼이나 있는 서울작자 하나 다리구 갈 테니, 좀 먹을 만한 것 주시우. 예? 예… 한 반시간 후에 가리다. 예… 저 그리구 눈안주10)도 부탁하우. 머, 머요? 왜 못 불러요? 법이구 머구, 불러나 주슈… 았다 뒷갈머리11)는 이 장경순이가 책임진대두. 자, 그럼…(전화를 끊는다)

경　애　(부엌에서 나오며) 오빠 오셋세요?

경　순　응, 잘들 있냐!

경　애　참 걱정이시 같드군요.

경　순　멀 말이냐.

경　애　집을 내시게 됐다면서요?

경　순　그렇다두군…

---

9) 無事奔走, 하는 일 없이 공연히 바쁨.

10) 술시중 드는 여성을 뜻하는 듯.

11) 뒷갈무리, 일의 뒤끝을 맡아서 처리함. 뒷갈망, 뒷감당.

경 애 옴해서12) 좀 찾어보시죠.

경 순 어떻게 되갓지.

경 애 참 언니두 오섯드랬죠.

경 순 이자 맛났어.

경 애 퍽 걱정합디다.

경 순 내레 뒈. 걱정하는 게 밤낮 쏘단기만 하겠니… 애, 경애야. 매부 여때 안 도라왔니?

경 애 아직 안 도라왔어요.

경 순 머시 그리 바뿐 게야.

경 애 글세올시다. 일이 많으나 봐요.

경 순 (분주하게 이리저리 거닐며) 그럴 테지… 내가 다 눈코 뜰 새 없는 판인데, 매부야 오죽하리라구… (문득 생각난 듯이) 참, 애 누이야.

경 애 예-

경 순 하나 부탁이 있다.

경 애 먼데요.

경 순 오늘 방 좀 빌려줘야겠다.

경 애 (의아한 듯이) 방을 빌리다니요?

경 순 오늘 여기서 귀한 손님과 맞나게 됐어.

경 애 여기서요?

경 순 왜 여기면 틀리냐? (방안을 휘 돌아보며) 내 집이야 너무 초라해서 말이 되나. 적어두 일류 사업가라면 전화 한 대 없어서야 말이 되느냐 말야. 그렇지, 경애야! (어깨를 툭 치고 나서 멋없이 웃어버린다)

경 애 (근심스러운 듯이) 무슨 일인데요?

경 순 넌 몰라두 좋아. 사업에 관한 일이니까!

경 애 그래두…

경 순 염려말어. 내가 주책없이 매부 일흠이나 팔 줄 아냐.

경 애 오빠!

경 순 왜 그래…

경 애 전 섭섭해요…

경 순 섭섭하다니?

---

12) 옴하다, '열중하다', '골몰하다'의 북한말.

경 애 저를 세난13) 애루 아세요?

경 순 머?

경 애 왜 단 하나 밖에 없는 동생에게 속이려는 거예요?

경 순 (계면적게 우스며) 속이다니?

경 애 오빠는 어릴 적부터 저를 어머니 대신해서 돌보아주섯지요?

경 순 그야 부모님이 일쯕 돌아가신 탓이지…

경 애 그때가 몹시 그리워요.

경 순 건 또 왜?

경 애 이전처럼 동생 치부하구서 위로두 좀 해주섯으면 해요… 다 작구 오빠가 캄캄한 길을 걸으시며, 무서운 함정에 빠질 것만 같애서 두려워요.

경 순 넌 그런 걸 아예 근심할 필요가 없어. 내게두 다 생각이 있으니까.

경 애 생각이야 게시갓지만서두… 장차 어떻거실 작정이세요. 글세…

경 순 염려말라니까.

경 애 (달래듯이) 왜정 때에두 취직했든 오빠가 무엇 때문에 오늘날 일터를 떠나신단 말애요.

경 순 (귀치 않은 듯이) 한 목 보구나선 나두 직장을 골라볼 작정이다.

경 애 한 목 보시다니요?

경 순 결국 요지음두 돈이 있어야 하겠드라. 아직두 돈이 행세하거든…! 알지, 멋있게 한 코 걸려들고 보면 내 단단히 한 턱 내마. (싱겁게 웃어 버린다)

경 애 (울듯이) 오빠! (닥어서며) 이거 좀 보시라요. 돈이야 없으면 없는 대루 덜 쓰고 아껴 쓰면 되잔어요.

경 순 그야 누가 몰으나…

경 애 쓰고 입고 먹고 하는 것보다 요지음 우리들이야 숨은 즐거움이 얼마나 많다구요. 이를 테면 내해 네해 하는 것 대신에 죄다 우리나라니, 우리 인민들이니 해서,

경 순 (초조한 듯이) 애, 경애야. 고만해라. 내라구 온통 철부지겠니? 그게 무순 소리야. 지금 남이 커다란 일을 별르 놨는데 재수 적게스리…

경 애 (드디여 소리를 죽이가며 운다) … 그러면스두 오빠는 굶어 죽어두 옳지 않은 일을 해서는 안 된다구 가리켜 주시더니… 이제 와서… 우리나라를 우리 손에 찾어왔는데… 오빠는 설마…

---

13) 샘난? 세 살 난?

이때 손가방을 들은 간상배가 등장하여 초인종을 울린다.

경 순 (황급하게) 왔다, 왔어. 꿩새끼가 왔어. 이놈을 그저 통채루 집어생
　　　 켜야 하는데… (몸을 단정하고 의자에 앉으며) 애, 어서 나가 봐라.
　　　 어서!
경 애 오빠! (애원하듯이 주시한다)
경 순 어서 이리루 안내하래두. 글세, 괜찮다니까, 어서!
경 애 (주저하다가 할 수 없이 현관문을 열고 안내한다)
간 상 안령합쇼. (손을 내민다)
경 순 (점잔을 빼며 신문을 읽는 척하다가 일어서 마지며) 참 먼데 수고
　　　 로히 오섯습니다.
간 상 천만에 집을 쉬- 못 찾어 헛거름을 했죠만…
경 순 부러 오십사 해서 안 됐습니다. (목소리를 나추며) 사실은, 저 달음
　　　 아니고 요전 건인데… (경애를 획- 도라다본다)
경 애 (불안한 눈초리로 간상배를 주시하다가 단념한 듯이 부엌으로 들어
　　　 간다)
간 상 부인이신가요?
경 순 (우스며) 천만에, 누이 동생이죠.
간 상 매씨도 같이 게시는군요.
경 순 (태연스럽게) 출가한 애인데, 임시 와 있죠. 저애 남편은 인민위원
　　　 회 위원이랍니다.
간 상 네 그래요… (신경질로 손가방을 만지작거리며) 사실은 그것 때문
　　　 에 요새 뜬 눈으로 밤을 새우는뎁죠.
경 순 왜요?
간 상 왜라니요? 거기 내 목숨을 내걸은 건데…
경 순 염녀 마시래두.
간 상 (손을 곱아보며) 벌서 여두래 채나 되지 않소?
경 순 내 하는 일에 틀림없쇠다. 지금쯤은 큰소리치며 술추넘이 한창일거
　　　 요. 오늘은 평양에서만 해두 소두 한 말에 칠백 원을 벗어나니 서
　　　 울서야 뻔-한 일 아니요. 한 말에 더퍼놓고 백 원 하나는 떠러질
　　　 판이니, 그게 여간한 금액이슈.
간 상 어쨌든 남어지 한배마저 실어주시요. 이놈의 거 도무지 을스렁스러
　　　 워서14)…

─────────────

14) 을씨년스럽다, 보기에 날씨나 분위기 따위가 몹시 스산하고 쓸쓸한 데가 있다.

118

경　순　그러기에 말이요. 내친 거름에 성큼성큼 집어치우고 맙시다. 사실
　　　　말이지 이번엔 그럴 듯한 구멍수를 하나 파냈지요. 입 단 김에 먹
　　　　어치웁시다. (은근히) 오늘 내로 돈을 좀 돌려줘야겠소.

간　상　머요? 또 돈…

경　순　(버럭 화를 내며 일어선다) 아니, 그게 무슨 말씀이슈. 돈… 돈 한
　　　　다 그러지만, 내가 언제 남의 돈에 티끗만치나 딴마음 둡디까.

간　상　그런 것은 아닙죠만…

경　순　(분주하게 걸으며) 도대체 서울 양반은 인색해서 탈이라니까.

간　상　(같이 일어서 추종적으로) 햇해해… 평양분들은 성미가 급해서 야
　　　　단이야. 우리 거래가 어제 오늘 시작했다구서, 설마하니 장형을 의
　　　　심하겠소. 그런 마음 먹었다면 천벌 받겠소, 천벌… 그래도 상인이
　　　　란 늘상 자루 재보는 버릇이 있어서…

경　순　당신은 서울서 와서 돈만 내면 만사는 척척 다 되는 줄 알지만, 이
　　　　게 여간 힘드는 일인지나 아시우? 자- 이건 어수룩하든 농민들까
　　　　지 나라니 인민이니 해가지구, 애국미에만 정신이 쏠려가지구 통
　　　　말을 들어 줘야지… 겟다가 서뿔이 다루다간 대뜸 민족반역다니 모
　　　　리배니 대드는 판이니, 제-길.

간　상　그야 누가 장형 수고를 모르나요?

경　순　장사꾼이 제 에미를 잡어 먹었는지… 애년석들암불래15) 눈에 가시
　　　　루 치부하구 간상배니 건달꾼이니, 사실 나두 이 통에 돈푼이나 작
　　　　만해 보겠다구 이 노름이지만. 참 딱할 때 많소.

간　상　누가 몰르로나요? 우리 고만해 둡시다. 근데 얼마나 쓰시려우.

경　순　(퉁명스럽게) 다섯 장만 변통해 주슈.

간　상　(부러) 다섯 장이라뇨?

경　순　오만원 말이외다.

간　상　갑짝이 그런 거액이야 융통되나요.

경　순　그럼 고만두쇼. 그만하면 알만하외다. 나두 생각있는 사람이외다.
　　　　(엇센다16))

간　상　(시위17)를 느낀 듯 달래며) 멀 그러슈. 초면두 아니구 새삼스럽
　　　　게…

---

15) 암불라, '조차'(이미 어떤 것이 포함되고 그 위에 더함의 뜻을 나타내는 보조사)의 평안방
　　언.
16) 엇세다, '엇서다'(양보하거나 수그리지 않고 맞서다)의 평안방언.
17) 示威.

경 순 도대체 서울 양반은 염통이 적어서 학질이야.

간 상 우선 한 두어 장만 먼저 쓰시도록 하시죠. 사실은 제게두…

경 순 반지빨은[18] 회게 고만합시다.

간 상 왜 기분이 언잔어신가요.

경 순 우리 성미는 그렇지 못 하우. 먹을 땐 먹구 쓸 땐 쓰구 볼 일이
     지…

간 상 누가 머랍니까. 사실상 없기두 하거니와…

경 순 (말을 가로채며) 돌다리도 두들겨 보구 건너갈 심뽀이죠?

간 상 천만에… 그랬으면 작히나 좋겠소만-

경 순 그럼 머요? 쌀은 배루 나루면서, 고맛 돈이 없다니 턱있는 말이요.

간 상 알겠소. 우리 고만해 두고 나갑시다. 사실 경우에 따라서야 그 이
     상두 안 될 건 아니지만… (아첨적으로 웃고 나서) 우선 한 잔 난
     위가며 나머지 흥정이나 끝냅시다.

경 순 염려마시래두. 내 하는 일에 언제 틈새 보입디까.

     두 사람 각자 떠버리며 퇴장.
     경애 문을 방싯이 열고, 주위를 살피며 나온다.

경 애 오빠가 어쩌자구 저럴까. 쯧쯧.

     잠간 사이.
     봉수 들어온다.

경 애 늦으셨군요. (가방을 받어들며) 저녁 잡수셔야죠.

봉 수 (의자에 걸터 앉으며) 당신 먼저 하지, 시장할 텐데… 난 항상 일
     에 열중해서 깜박 잊어버렸다가, 네 시에야 점심을 먹었그려 글세.
     하하하.

경 애 애그머니나. 호호호.

봉 수 오늘 무순 별 일 없었죠?

경 애 예! (수심이 만면)

봉 수 왜 그러우. 얼굴색이 좋지 않은데…

경 애 (무언)

---

18) 반지빠르다, 말이나 행동 따위가 어수룩한 맛이 없이 얄미울 정도로 민첩하고 약삭빠르다.
   얄밉게 교만하다. 어중간하여 알맞지 아니하다.

봉　수　무슨 근심이 생겼소?

경　애　별거 아니지만… 저어 오빠 말예요.

봉　수　그 형님이 머라 그럽디까.

경　애　걱정나서요.

봉　수　걱정이라니?

경　애　요새 험한 일에 손 적신 것 같애요.

봉　수　험한 일이라니?

경　애　종래 일은 저질러 놓시나 봐요. 가만히 동정을 살펴보니까, 암만해두 이남에다 쌀을 넘겨다 파는 것 같애요.

봉　수　으음… (생각에 잠긴다)

경　애　어떻거면 좋아요?

봉　수　지금 형님 어디 있소? 우선 맞나 봐야지…

경　애　바루 이남서 넘어온가 싶은 장사꾼하구 밖에 나가시오.

봉　수　그거 큰일났군.

경　애　집 때문에두 골몰하시나 봐요.

봉　수　그야 일터에만 복직하고 보면, 집문제야 진작 해결될 수도 있지. (문듯) 여보-

경　애　예?

봉　수　책임은 되래 내게 있나 바.

경　애　당신 책임이라뇨?

봉　수　아냐. 분명히 내게두 적지 않은 책임이 있어. 내가 좀 더 열성적으로 타일럿드라면, 처남이 지금처럼 그릇된 길을 것지는 않았을 거란말야.

경　애　당신이 한두 번 권고했다구요… 못된 거야 오빠이죠. 글세 채심19) 못하구 그게 무신 짓이겠소.

봉　수　김장군께서 건국사상총동원운동을 호소하면서 말씀하셨지만, 지금 그 처남이 하는 행동은 여지없이 국적20)이야. 그애들 간상배 건달꾼들이 들구 모여 앉아서 물품을 헛된 곳에 흘려 보내구, 가격은 저 마음대루 올려서 인민생활을 좀먹는단 말야… 금년도에 우리 인민들이 제마끔21) 자기 직장에서 자기 기술과 힘을 몽땅 들여서 꼭 해내야만 할 인민경제 발전과 부흥에 있어도, 이네들은 좀노릇 밖

---

19) 採心, 정신을 차리어 가다듬음. 마음속으로 셈하여 생각함.
20) 國賊, 국가의 도적.
21) '제각기'의 북한말.

에 되는 게 없으니까. (엄연해지며) 그렇지, 그네들이야 말로 국가
의 적이구, 인민의 원수란 말야. 그네들은 할 일 없이 정부의 기둥
을 좀 먹는 버러지거든. 그런 반동분자의 앞재비 노릇하는 좀버러
지들을 하로 바삐 몰아내야 해.

경　애　여보, 그럼 오빠는 어떻게 될까요.

봉　수　최후로 한 번 더 다짐을 줘 보구, 그래두 의식을 개변 못한다면 인
민이 요구하는 벌을 받아야 할 것이요.

　　　　두 사람 사이에 침묵이 흐른다
　　　　이때 영희가 행길에 나타난다. 노래조를 읊으며 지나가는 취객이 길을 막
　　　　는다.

영　희　(발을 통통 구르며) 비껴!

취　객　머 비끼라구?

영　희　왜 이 지랄이야. 쳇으면 온전히 구들장 신세나 질 게지.

취　객　흥, 제길… 그렇게 바쁘면 돌아갈 게지, 제 편에 왜 야단이오, 야
단이.

영　희　(비껴 들어오며) 별놈 다 보겠다, 재수없이…

취　객　흥, 낮도깨비 같은 꼴악선이 해가지구. (중얼거리며 퇴장)

　　　　이때 사복한 보안서원이 문 앞에 나타나 주위를 살핀다.

영　희　(실내에 허둥지둥 뛰어 들어오며) 누이! 이거 큰일났구려. (봉수를
보고 주첨하다가) 누이, 어떻거면 좋단 말이요, 이 일을… (수선을
피운다)

경　애　왜 그러우, 갑자기.

영　희　대체 이 일을 어쩌우. 우리 집에 금방 사복한 보안서원이 와서 쥔
을 불으는군요, 글세.

봉　수　(무거운 소리로) 보안서원이 오는데, 그렇게 놀랠 거야 없지 않소.

영　희　그래두 하필 보안서원이 왜 갑자기 쥔을 찾겠소. 그렇잖어두 이모
저모루 조마조마한데. 이게 필경 무슨 곡절이 있나 바…

　　　　보안서원이 드디어 문을 두드린다.

서　원　계십니까. 쥔님 계셔요?

경　애　(문을 열며) 뉘십니까.

서　원　잠간 물어 볼 일이 있어서 왔는데요.

경　애　어서 들어오세요.

서　원　(들어오며) 저 다름이 아니구.

영　희　(깜작 놀라며) 여길 어떻게 알구 왔세요?

서　원　(픽- 웃으며) 미안하지만 뒤를 밟았지요. (봉수를 보고) 실례합니
　　　　다.

봉　수　동무는 누구시드라?

서　원　보안서에서 왔습니다.

봉　수　아- 그렀소. (악수하며) 무슨 일이 생겼소?

서　원　사실은 좀 조사할 일이 있어서요. (영희를 보며) 바로 저 부인의
　　　　남편을 찾든 중입니다.

봉　수　무슨 일인데요.

서　원　해주 보안서에서 조회가 왔죠. 남선22)에 양곡을 밀수하든 배를 붙
　　　　들었는데, 그 장본인이 바로 장경순이라는 게 드러났지요.

봉　수　으음. (암울한 표정)

영　희　누이, 이 일을 어떻거면 좋소. (봉수를 보고) 매부! 매부가 말을 좀
　　　　해보구려. 동생끼리 이런 때나 좀 봐줘야 할 게 아니슈.

봉　수　여보 동무. 이거 우섭지 않소. 동무가 찾는 사람이 바로 내 처남이
　　　　그려.

서　원　(무려해지며23)) 그야 할 수 있나요. 내 친구 가운데는 민족 반역자
　　　　를 아버지로 둔 동무가 있는데요.

　　　　영희 울기 시작.
　　　　잠간 사이
　　　　술에 흐뭇이 취한 경순이가 들어온다.

경　순　에이, 췐다. 쵀… 오늘도 자그만치 오만 원이렸다… 이 폭으로 치
　　　　면, 하나님도 녹두알이렸다… (비틀거리며 방안으로 들어온다) 매부
　　　　있나? 여 매부 나리!

경　애　오빠!

영　희　여보오.

---

22) 南鮮, 남조선.
23) 無慮하다, 믿음직스러워 아무 염려할 것이 없다.

경 순 (제멋대로 봉수의 어깨를 툭 치며) 매부! 나 한 잔 했네. 그래 그것
      두 잘못됐나? 왜 부르퉁해서… 사람이란 항용 명절날처럼 즐겨 살
      게 마련 아닌가… 어쨌든 좋은 세상 아냐? 매부는 일버러지니 좋
      구… 나는 돈버러지니 좋구… 매부, 이 봐. 앞날을 뉘 안데? 지금
      은 자네가 술주정뱅이다구 날 깔보지 말라구. 또 어느 경기 좋은
      세월에 매부가 내 신세 입을지 알어? 흥, 이제래두 좋아. 돈 걱정
      이면, 내 얼마든지 해결해 줄게. 핫하하. (연상 포켓을 친다)

서 원 여보, 당신이 장경순이요?

경 순 그러는 당신은 대체 누구요.

서 원 보안서에서 왔습니다.

경 순 (놀라며) 머, 보안서?… 그래 날더러 어떻거란 말이요.

서 원 저와 같이 동행해야겠소.

경 순 왜요? 머 때문에 말요!

서 원 당신이 보낸 쌀은 남선에 친일주구배들 식찬에 오르기 전에, 우리
      손에 머물게 됐소. 이만하면 알겠죠?

경 순 (펄쩍 뛰며) 멀? 그게 정말이요?

봉 수 동무, 그럼 부탁하우.

서 원 예, 알겠습니다. 자- 어서 갑시다. (재촉한다)

경 순 (끌려 가듯이) 여보게, 매부… 내가 부뚤려가두 좋단 말인가?

영 희 (따라가며) 여보, 어딜 가요. 어딜… 누이, 오래비를 종내 이 꼴로
      만들 테요. 응… (이를 보고) 매부, 정 이러시유? 동생을 교화소에
      몰아 넣을 작정이요? 그게 그렇게 이 집 가문에 영광이 되겠소?

경 순 여보게, 매부… (애소한다24))

봉 수 (힘있게) 형님, 어서 가슈. 어서 가서 지은 죄를 받으시오. 인민이
      요구하는 벌을 받으며, 여때까지의 좀 같은 자기 과거를 되씹구 니
      우치시오…

서 원 어서 갑시다.

경 순 누이야, 네 오래비는… (문밖으로 나간다)

영 희 (따라 나가며) 에그, 내 애당초 이럴 줄 알았어… 너무 제멋대로
      돈을 물 쓰듯 하더니, 결국…

서 원 자- 그럼… (인사하고 나간다)

봉 수 수고하시우.

---

24) 哀訴하다, 슬프게 하소연하다.

경순, 영희, 서원 등 엉키어 퇴장.
경애 탁자에 엎디어 조용히 운다.
잠간 사이

봉　수　(창밖을 내다보며) 여보, 경애!

경　애　(머리를 들며) 예?

봉　수　오빠가 붙들려 갔다구서 섭섭해 마시우. 그로써는 응당 받아야 할 처벌이야.

경　애　예. 알겠어요.

봉　수　지금 해방 우리 조선에서는 무엇보다도 애국자가 필요해. 누구나를 막론하고 죄다 애국자가 되기를 나라는 요구하고 있어. 이래야만 인민 경제의 부흥발전두 줄기차게 실행될 것이구, 또한 근로 인민 모두가 살기 좋은 부강 조선이 튼튼히 설 것이야.

경　애　그럼은요… 단지 서러운 것은 오빠가- 아니, 오빠만이 왜 이런 거룩한 걸 몰랐든가 하는 거예요.

봉　수　그야 나로써도 처남이 옳지 못하고, 경향에 빠지게 된 것이야 말할 수 없이 슬픈 사실이지만…

경　애　환경이란 무서운 거예요.

봉　수　무자각하구 보면, 걸핏 지고 말기 일쑤이지.

경　애　무던하구 착하시던 첫 언니가 죽은 게 곰기게 된 시초였지요. 살림살이 탐탁하게 히든 그 언니만 살어 있드라면, 이런 일이 생겼겠세요.

봉　수　보는 눈이 서지 않았던 탓이지. 안맹[25]하면 못 보는 것처럼, 골이 바로 서지 않으면 해방 조선의 행복된 앞날의 약속도 보지 않을 거야.

경　애　가정이 을스녕스럽든 탓도 있겠지요. 게다가 좋지 못한 데 출신이고 보니, 오빠를 대구 저런 곳으로 몰아넌 게 아니겠어요?

봉　수　과이 상심할 것 없어. 왜정 때와 달리, 없는 범죄를 구성할 리는 없으니까.

경　애　알겠어요…

봉　수　결국 인민경제계획이란 것도 한편에서 증산만 한다구 소기의 목적을 달성될 건 아닐 게요. 국가의 물건을 애호할 줄 몰으고, 소모와 랑비를 일삼는다면 안 될 일이지. 그렇기 때문에 우리 인민들은 모두다 보안서원의 눈을 갖이구서, 일절 불순분자와 견결히 투쟁해서

---

25) 眼盲, 눈이 멂.

서만일 · 좀　125

숙청해야 할 게요. (신념을 갖이구) 그리하여 우리 대렬을 더욱 튼튼히 해야 하우. 비록 이번 일이 우리 집안에서 생긴 것은 자못 섭섭하지만, 이제두 그 처남을 보냄으로써 우리는 벌써 옳지 못한 것을 구축한 셈이지. 알었지. 우리는 항상 사소한 개인감정을 떠나서, 인민의 이익을 파괴하고 인민의 건국을 좀먹는 반동배를 완전히 소멸시켜야 하우.

경 애 (얼굴을 들어 주시한다) 여보오!

봉 수 으응.

경 애 오늘 오빠가 지은 죄를 생각해서라두, 저두 좀 더 보람있는 일을 해야겠세요.

봉 수 옳소. 훌륭한 생각이오. 이걸 한 시각이라도 잊지 말고, 전부를 처서 나라 위해 애써 봅시다… 여보, 경애!

경 애 예!

봉 수 이리 좀 오우…

　　두 젊은 부부, 다정하게 손을 마조 쥘 때 고요히 막이 내린다.

(1947년 1월 1일)

나란히 선 두 집

송 영

때

현대(1949년 봄)

곳

공화국 북반부 어느 공장지대

인물

* 왼편 집에 사는 사람들
  윤성식   52세
  김우순 그의 안해   53세
  오금옥 그들의 며느리   23세
  윤태희 그들의 아들   25세
* 오른편 집에 사는 사람들
  전삼룡 구두고치기   50세
  박삼례 그의 안해   49세
  김교분 그들의 며느리   24세
  전문길 그들의 아들   25세
* 두 집을 찾아오는 사람들
  직맹계 위원장   40세
  공장 민청간부   25세
  공장 녀맹원   32세
  동리 노인   60세
  우편배달부   40대의 중년

무대

흥남주변 릉녕벌 한 모퉁이에 있는 적은 부락. (이 동리는 공장사택거리와 연해 있다)

왼편은 윤성식의 집, 바른편은 전삼룡의 집. 윤의 집은 두 칸 짜리 방 부엌 내부, 전의 집은 부엌편만 보인다. 다같은 일자집 (양철집).

중간 (두 집 사이)은 통로. 통로는 바로 나가면 넘어가는 적은 둔덕이 있고, 위로는 (집 뒤로) 양평으로 통하는 길.

둔덕 넘어로는 멀리 공장의 굴뚝 둘.

제1장

조선 인민군 창립1주년 기념을 앞둔 어느 날 석양. 따뜻한 날새, 멀리 공장의 원경이 붉은 사양에 잠겨있다.

막이 오르면, 전삼룡 자기 집 모퉁이 통로 앞에 구두 고치는 기구와 자료를 벌려놓고 헌 구두를 고치고 있다. 안경을 썼다. 잘해서 웃지 않는 얼굴이다.

전우순[1] 방안에서 낮잠을 자고 있다.

적은 사이.
박삼례 함지(떡가루)를 니고 허둥지둥 등장.

삼 례 아이구, 늦었네. 방아간에 어떻게 사람들이 많은지.
삼 룡 별안간에 떡은 왜 하누. (퉁명스런 목소리다. 언제든지 그렇다)
삼 례 그애가 좋아하니까, 저녁 대신 해주자고-
삼 룡 아주 정성이 하늘에 뻗쳤군.
삼 례 애구 사람도, 왜 이렇게 무뚝뚝할까.
삼 룡 (좀 큰소리로) 내가?
삼 례 그럼, 옛부터 며느리 사랑은 시아버지가 더 한다드구만- 이건 정반대란 말야.
삼 룡 (대드는 목소리로) 아니, 그럼.
삼 례 그럼이나 안 그럼이나 얘기할 것 없소. 금방 파해 올 텐데, 얼른 했다 줘야지! 하루 종일 있다가 나온 걸 끼니를 기다리게 해서는 되나. (부엌으로 들어가려 한다)
삼 룡 여봐-
삼 례 여봔지 저봔지 저 할 일이나 하슈. (부엌으로 내퇴)
삼 룡 저건 어떤 게 시에민지 며누린지 모르겠단 말야. 공장 단긴답시고 젊은 것은 꼼짝 안하고, 늙은 시에미가 해다 바치는 것만 받아먹고. 그렇게 해주는 늙은 것이 글렀지, 에이. (구두징을 탕탕 박는다, 화푸리로)

윤성식 등장. 절룩거리며 한 손에 가제미 한 코를 들었다.

---

1) 김우순? 확인요!

성　식　(삼룡에게) 수고하슈.

삼　룡　그런가 보오. (역시 퉁명스럽다)

성　식　(으레히 그런 사람으로 여기고 아모 대꾸를 않고, 자기 집 뜰로 들
　　　　어서며) 여보! 또 어디를 나갔나? (부엌을 드려다보고) 허허. 저녁
　　　　은 언제 하려누. (더 크게) 여보!

우　순　(그제야 잠이 깨어서 일어나서 기지개를 펴면서) 귀청 떨어지겠소.
　　　　(톡 쏘는 목소리. 언제든지 그렇다)

성　식　소대성[2]인가 밤낮 자기만 하게.

우　순　내가 잔줄 아우? 몸이 아파 들어 눴지. (어깨를 치고 상을 쨍그린
　　　　다)

성　식　죽어도 게르단 소린 안 하는군.

우　순　내가?

성　식　아니, 자금이 몇 신줄 알어? 조곰 있으면 뚜-를 불 텐테. 마침 해
　　　　났다가 쥐야지. 좀 시장하겠소.

우　순　며느리가 아니라 ‘상전’인감.

성　식　아니, 그래 연설 그만하고 어서 시작이나 하오. 애기가 좋아하는
　　　　거 사왔소! 그앤 구운 것을 좋아합디다. 양염장 잘해서 푸짐하게
　　　　좀 먹입시다.

우　순　아니 새파란 젊은 것을, 더군다나 소같은 것을 그냥 앉혀두고, 늙
　　　　은 나만 부려 먹으려우- 이건 집안이 거꾸로 돼도 분수가 있지.

성　식　못 난 소리 좀 작작해. 어디 그애가 놀고 아니 하나. 그애는 당당
　　　　한 공장 여맹위원장이야. 그러니까 그냥 공장 다니는 것보다 더 바
　　　　쁘지 않소.

우　순　그까짓 거 창가나 하고 돌아단기는 거.

삼　룡[3]　예끼, 나도 모르겠다. (가제미를 내동댕이를 치고, 담배를 붙인다)

우　순　흥. 며느리 역성에 열상성이 났군. (성식 담배만 더 뿍뿍 빠다)

삼　룡　(새삼스러히 화가 북바쳐서 부엌을 드려다 보며) 이거 봐.

삼　례　……

삼　룡　떡이고 뭐고 다 걷어 치우. 제 먹고 싶은 건 절더러 해먹으라지.

삼　례　며느리가가 아니라, 무슨 원쑤요.

삼　룡　그럼 이게 뭐야. 하로 이틀두 아니고 정말이지 참.

---

2) 蘇大成, 고전 소설 <소대성전>의 주인공 이름으로, 잠이 몹시 많은 사람을 비유적으로 이르
　　는 말.

3) ‘성식’의 오기인 듯.

삼　례　여보, 왜 그렇게 속이 좁소.

삼　룡　내가?

삼　례　그럼 뭐요. 생각 좀 해보오 그애가 어디 그냥 보통 며누리요. 보통
　　　다른 며누리 같아 보오. 이런 집에 입때까지 붙어 있었겠나.

삼　룡　누가 그따위 소리 하랬어.

삼　례　그래도 바른 소리는 찔리는 데가 있나 보군. 공연히 나 건드리지 말
　　　우. (부엌으로 들어간다)

삼　룡　흥. 그 참. (크게) 고만 걷어치지 못할까.

삼　례　못하겠소.

이하부터는 두 집의 대화가 번갈아 나온다.

성　식　(크게) 얼른 시작하지 못할까.

우　순　못 하겠소.

삼　룡　젊은 애들을 그렇게 버릇 가르키면 못 써.

삼　례　(내다 보면서) 버릇이 아니라 도와주는 거요. 남편의 생사도 모르
　　　는 것이 그야말로 홀어미 생활을 하면서도, 늙은 시부모를 위해서
　　　공장에 단기지 않소. 그애는 보통 며누리가 아뇨.

성　식　아니, 아직까지 사지가 피둥피둥하겠다, 늙은 시에미 노릇만 하고
　　　앉어야 옳단 말이오. 그애는 보통 며누리가 아뇨.

우　순　보통이 아니니까 더 밉살머리가 난단 말요. 그게 뭐요. 공장에를
　　　단기면 단겼지, 단겨와서도 그저 집안일은 나 모르겠소 하고 동내
　　　방내 돌아단기만 하고-

성　식　어디 놀러 단기는 거요. 여맹 일로, 성인학교 일로, 정말 우리 집
　　　엔 꽃이 피었읍데다.

우　순　힝.

성　식　아니, 그러면 며누리 보기 싫다고 나까지 굶길 테야.

우　순　그 유명한 며누님 오시면 어련히 먹게 될라고-.

성　식　정말 이럴 테야. (성이 난다)

우　순　(마지 못해서) 에그. (부엌으로 들어간다)

삼　룡　떡을 했단 봐라. 개굴창에 쏟아 버릴 테니.

삼　례　(내다보며) 맘대로!

삼　룡　그저 이것을. (마치를 든다)

삼　례　구두고치기로 늙더니만, 사람도 헌 구두로 뵈는 모양이지. (들어간

다)

삼　룡　아이구, 저걸. (화가 났으나 할 수 없이 자기 자리로 와서 앉는다)

성　식　(가제미를 부엌에 디리 밀며) 엇소.

우　순　(내다보며) 밥은 해도 이건 안 굽겠소.

성　식　에끼. (가제미를 부엌에다 내던진다)

우　순　사람 치겠네. (부엌으로 내퇴)

성　식　정말 답답하군.

삼　룡　(수선 구두를 주섬주섬 거두며) 다모토리4)라도 한잔 먹어야지. 어
　　　디 살 수 있어야지, 엥이.

성　식　정말 바람이라도 한번 쏘이고 들어오든지 해야지, 속에서 불이 나
　　　서 못 견디겠다. (나오다가) 벌써 걷어치슈.

삼　룡　그런가 보외다. (일어난다)

성　식　또 이게 생각나는 모양이구료. (술 마시는 모양을 한다)

삼　룡　안 먹게 됐소, 제길할 것. (입맛을 다신다)

성　식　또 싸우신 모양이구료. 여보 다 늙어가는 터에 구수하게 지내슈.
　　　그게 뭐요. 툭 하면 티각태각하고.

삼　룡　당신 집에서는 왜 왁자했소.

성　식　쌈한 게 아니라, 늙어갈수록 점점 꽁해 가기만 하는 게 답답해서
　　　그랬소.

삼　룡　그래도 늙어갈 수록 주착만 늘어가는 것보담은 낫소.

성　식　왜 그 아주머니가 주착이요. 속이 탁 트이신 분인데.

삼　룡　그래서 며누리라면 사족을 못 쓰나. (혼자말처럼)

성　식　응당 그래야 옳소. 그게 어떤 며누리인데.

삼　룡　사람이야 나무랄 데가 없지. 그렇지만 우리 집에 대해선 아주 재수
　　　덩어린 걸.

성　식　또 그런 말씀을 하슈.

삼　룡　그런 게 아뇨. 옛부터 사람이 들어가지고 집안이 잘 되기도 하고,
　　　망하기도 한다지 않았소.

성　식　아니, 그럼 며누리를 얻기 때문에 아들이 징병으로 끌려갔단 말요.
　　　그런 동에 닿지5) 않는 소리는 다신 하지 마쇼.

삼　룡　우리 집에 당해선 꼭 그렇지 않소.

성　식　예끼, 여보. 그따위 케케묵은 소리를 어떻게 오늘같은 때에 한단

---

4) 큰 잔으로 소주를 마시는 일. 또는 큰 잔으로 소주를 파는 집.
5) 동이 닿다, 조리가 맞다.

말요.

삼　룡　흥. (코웃음)

성　식　나도 당신의 심정은 아오. 원통하게 왜놈한테 끌려나간 외아들이 이제까지 아무런 소식도 없으니까, 하도 답답해서 나오는 말이지요. 그렇지만 여보. 아무리 그렇다 하더래도 새파란 젊은 녀자로서 남편없는 시부모를 공장에까지 단기면서, 이날 입때까지 극진하게 모시고 있는 며누리한테 그런 말을 해서야 쓰겠소, 못 쓰겠소?

삼　룡　못 쓰면 고만이지. 힝.

성　식　먼저 이것을 (자기 머리를 가르키며) 고쳐야 하오. 정말로 케케 묵었소. 나보담도 당신은 더하오. (길턱에 올라서며 공장 편을 가르키면서) 눈이 없어서 저게 보이질 않소. 저 하늘까지 치받쳐 솟는 굴뚝 연기를. 모두들 우리 공화국을 튼튼하게 하기 위해서 얼마나들 애들을 쓰고 있느냐 말요. 그런데 뭐 어째고 어째? 태고적 생각을 그냥 가지고- (혀를 찬다. 오른편으로 나가려 할 때)

삼　룡　(쫓아 올라가며) 그래도 난 누구처럼 며누리가 벌어오는 것만 얻어 먹고 살지는 않어.

성　식　나도 다리만 성했어봐. 고리탑탑한 구두 고린내만 맡고 앉았겠나. 젊은 애들한테 지지 않고 공장 가서 일을 한단 말야. 해도 모범로동자가 되지. (퇴장)

삼　룡　흥, 그참. (방백) 제가 다리가 성했단들 무슨 모범로동자- 흥, 그럼 난 열 백번 '양화점'을 버리었지. 음, 정말 한 잔 먹어야겠군. (왼편으로 퇴장)

공장 싸이렌 소리.

삼　례　(나오며) 여보, 떡 다 익었소. 어디 개골창에다가 좀 내다 버려보구료. 응, 어딜 또 갔나. 음, 또 한 잔 하러갔군 그래.

우　순　(나오며) 에구, 속상해. 여보, 분탄6)불 또 꺼졌수. 또 어딜 나갔어. 에구, 귀찮어. 또 어떻게 피우나. 나중에는 분탄까지 내 속을 태운단 말야.

삼　례　(이 집 뜰안으로 들어서며) 형님넨 벌서 저녁 다 하셨소.

우　순　속상해 죽겠소. (연기 때문에 난 눈물을 씻는다)

삼　례　형님은 불 꺼티리는 데는 큰 선수시거든. (미소)

---

6) 粉炭, 잘게 부스러져 가루가 된 숯이나 석탄.

우 순 재조가 그만인 걸 어떻가우- 에이 참. (상을 찡그린다)

삼 례 이런 좋은 세상에 웃는 낯으로 지내십시다. 그래 더군다나 형님네 같이 꽃이 핀 댁에서야.

우 순 꽃?

삼 례 그럼 누구나 다 부러워 하며, 버젓하게 자랑할 수 있는 꽃이 피었지 뭐요. 아들은 인민군대, 며누리는 녀맹의 일꾼- 정말이지 모든 것을 생각하면 꿈만 같구료.

우 순 하긴 그렇소.

삼 례 정말이지 형님네 태회는 공장 단길 때에도 모범적 청년이드니만, 이제는 자진해서 인민군대가 되고- 또

우 순 참 전번에 사진이 왔는데 아주 몰라보게 됐습디다. 아조 어깨통이 이렇게 버러진 게 게다가 '다발총'을 비스듬이 겨누고 섰는 것이랑.

삼 례 정말 나도 깜작 놀랬소. 뭣보다도 어쩌면 그 눈이 그렇게도 반짝반짝한단 말요. (좋아 하면서도, 한편으로 쓸쓸함을 느낀다. 한숨) 나도-

우 순 너무 상심치 마슈.

삼 례 안 하우. 우리도 벌써 단념한 지가 오래요. 그 자식은 죽은 자식이요.

우 순 누가 아루, 소식이 있을른지.

삼 례 있을 리도 없고, 기대리지도 않소. 그러나 자꾸자꾸 생각이 나는구료. 정말 분해 죽겠소. 그놈을 왜놈에게 뺏긴 생각을 하면-

우 순 고만둡시다.

삼 례 (다시 마음을 돌리며) 고만두. 지낸 것은 다시 논이기면 멀하겠어요- 형님, 참 우리 떡 했소. 댁의 애기도 떡 좋아하지요.

우 순 내가 아우. (또 신경질을 낸다)

삼 례 그게 어떤 며누린데 그러시는 거요.

우 순 나도 그런 줄은 아루. 그래도 너무 그러니까 보기가 싫단 말요. 글세 새색시다운 데가 손톱 반짝만이라도 있어야지 않소. 몸집이 크다, 그야 할 수 없지, 타고난 체격이니까. 성미가 남자보다도 더 괄괄하다. 그도 할 수 없지, 천성이 그러니까.

삼 례 그런데 왜 그러세요.

우 순 하는 짓이 글렀단 말요.

삼 례 아이고, 큰일날 소리를 다 하시는군. 그만한 나이에 발벗고 나스지 않으면 어느 때에 나스겠소.

134

우 순 그것도 아루. 그러나 너무 나돌아 단기는 게 보기 싫단 말요. 글세 공장 속 여맹일이 바쁠 것은 나도 아오. 그러나 집에 나와서도 그냥 뭉쳐 있지 않고 똑 동리로만 나단긴단 말야- 글세 성인학교는 저 없으면 선생이 없겠소. 그리고 날 제일 비위에 틀리는 게 창가[7] 하는 거야. 게다가 저만 하는 것도 아니고,틀툭하면 동내방내 어른 아이들 모두 모아 놓고 고성대성[8] 가르킨다- 흥, 또 요새는 마주 붙들고 뱅뱅 돌아가는 춤까지 가르키고- 나중엔 별꼴을 다 보겠단 말야

삼 례 형님, 형님이나 나나 이 속을 좀 (자기 머리통을 가르키며) 고쳐야 합넨다.

우 순 완고란 말이지. 좋와. 여북해서 앞에다 치마를 둘렀겠소. (뽀족해진다)

삼 례 이거 보, 형님. 모른다는 것이 장비[9]가 아니라, 알려고 힘을 써야 한단 말에요. 지금이 어느 때인데 이 난박[10]에나 매달리고, 사내들 발밑에만 눌려지내던 태고적 생각을 그냥 가지고 있단 말요.

인민학교 학생들의 노랫소리 들려온다.

삼 례 저 소리도 안 들리슈. 소년단 넥타이를 펄펄 날리며 소리소리 높여서 부르는 저 아이들의 노랫소리를-

우 순 나 같은 멍청이 귀에 무슨 소리를 들릴 수가 있겠소. 아우님같은 유명하게 속이 탁 틴 사람이나 다 알지.

삼 례 그러지 좀 마슈, 형님. (공장의 싸이렌 소리) 에구, 벌써 시간이 됐군. (가면서) 형님, 쓸데없이 며느님 반대 마슈. 보통 며느리도 아닌데. (부엌으로 들어간다)

우 순 흥, 젊은 것들이 날뛰니까 덩달아 꺼떡대는군. 흥. (삼례집 편을 보고 큰 소리로) 여맹없던 세상에서도 아들딸만 잘 낳고 지냈다. 글 안다고 바누질이 더 잘 된다드냐.

---

7) 唱歌.
8) 高聲大聲, 크고 높은 목소리.
9) "모르는 것이 부처"인 듯. 아무것도 모르면 차라리 마음이 편하여 좋으나, 무엇이나 좀 알고 있으면 걱정거리가 많아 도리어 해롭다는 말. (같은 속담) 모르면 약이요, 아는 게 병.
10) 難駁, 비난하고 반박함.

윤성식 등장.

성　식　아니, 왜 혼자 떠들고 섰어.

우　순　글쎄, 저집 늙은이가 날더러 무식하다느니, 며느리한테 잘못한다느니.

성　식　그런 소리 들어 싸지.

우　순　왜?

성　식　그러게 그런 소릴 듣지 않게 하란 말요.

우　순　이건 누가 누구 역성을 하는 셈야.

성　식　역성이 아니라 공평한 재판이지. 임자가 하는 짓이 남한테 눈에 거슬리니까 그렇지 않우.

우　순　그럼 왜 그런 여편네한테 장가를 못 들었소.

성　식　이렇나 저렇나 연분인 걸 할 수 있나. 하기 때문에 속이 상해도 이렇게 그냥 살아 왔지-

우　순　에구, 이날 입때 누가 누구 속을 썩였는데.

성　식　그래도 머리는 내가 더 희어졌어.

우　순　그참.

성　식　아- 참, 저녁 다 됐수.

우　순　분탄이 말을 들어야 말이지.

성　식　또 꺼티렸군 그래. 아니 그런데, 이렇게 섰기만 하면 어떡거는 거야. 부채 가져와, 부채. (부엌으로 들어간다) 아니 입때 쌀도 앉쳐 놓지를 않았어. 어서 들어와 밥을 안쳐요. 내가 불을 피여 줄게.

우　순　(들어가려고 한다)

성식의 소리 부채 가지고 들어와..

우　순　에이, 속상해. (부채가지고 부엌으로 내퇴)

　　　　김고분 분홍저고리에 검정치마 입었다. 오금옥 양복을 입고 손가방을 들었다. 부녀자 언덕길로 이야기들을 하면서 등장, 언덕 위에들 선다.

금　옥　고분동무, 그럼 부탁하오.

고　분　그래도 시장할 텐데, 저녁을 하고 가야지 않애.

금　옥　아냐, 배고프지 않어. 공연히 들어갔다가는 또 나오지 못해. 어쩐 일인지 갈수록 어머님의 신경질은 늘어만 간단 말야. 흐, 그참…

고　분　모른 척하고 나오지. 누가 놀러 단기나.

금　옥　안 되지. 들어가기만 하면 못 나오지. 그렇다고 노인과 다툴 수도

없고-

고　분　왜 그 어른이 점점 더 그러실가.

금　옥　이것때문이지 뭐야. (머리를 가르킨다)

고　분　아니 동무같이 해설사업을 잘 하는 사람이 집안의 어머니 한분 설
　　　　복 못 시킨단 말요.

금　옥　그참, 나도 알 수 없지. 그렇지만 깨달으실 때가 있으시겠지. 그저
　　　　'완고'라고 해서 덮어놓고 맞서기만 해도 안 되거든. 더군다나 나같
　　　　이 여맹일을 맡아보는 삶이 그래 보오. 담박에 여맹일을 하면 시어
　　　　머니 못 알아 보는 모양야, 이런단 말요.

고　분　물론이지. 그렇지만 그렇기 위해서는 적당한 방법을 써야 한단 말
　　　　요. 기계적으로 상대를 무시하는 전술은 도로혀 금물이란 말요.

고　분　알긴 알겠소- 그렇지만 매일 이렇게 속히고만 단길 테요.

금　옥　그야 또 형편 바서 전술을 바꾸어야지, 늘 이러고 살겠소. 저녁 늦
　　　　게 먹는 것도 하루 이틀이지. (웃는다) 그런데 고분동무, 우리 집에
　　　　서 인민군대 들어간 뒤부터는 버썩 우리 어머니의 완고가 발동을
　　　　하거든- 마침 내가 권해서 자기 아들을 군대에다 디려 보낸 듯이-
　　　　호호…

고　분　……

금　옥　내 우리 어머니의 완고를 과학적으로 분석해보리까. 첫째. 아들이
　　　　라면 평생 눈앞에만 놓고 살겠다는 '좋은 모성애' 때문에, 아들이
　　　　인민군대가 된 것을 집안의 영광이란 것보다 혹시 다시 만나보지
　　　　못하면 어떻가나 하는 생각이야. 둘째. 우리 인민군대를 그렇지는
　　　　않은 줄은 알면서도, 그래도 속으로는 왜놈때의 병정과 비슷한 것
　　　　이겠지 하는 생각이 붙어 있는 까닭요.

고　분　그건 우리집 아버지도 매한가지요.

금　옥　그러실 거요. 더군다나 동무는 (무슨 말을 할려다가 급히 말끝을
　　　　돌려서, 더 한층 쾌활하게) 셋째로는 며누리라는 것은 그전같이 집
　　　　안에만 붙어있어서 시부모의 손발 노릇만 하는 것으로 아는 것이
　　　　요. 이것이 우리 어머니의 완고라오. 그러니까 이런 '완고'는 말로
　　　　써만으로 설복이 되는 것이 아니라, 우리들의 실천으로, 즉 사업으
　　　　로써 극복시켜야 된다는 기요.

고　분　옳은 말요. 그럼 어디 좀 봅시다. 우리 여맹위원장님의 완고 타파
　　　　전술을… 호호… 오늘도 늦소?

금　옥　좀 늦을 거요. (가려다가) 가만있자, 동무. 나오지 않아도 좋소. 연

극 연습만 하겠소. 무용연습은 그만하면 됐으니까. 더군다나 동무 같은 천재가 끼어 있으니까. 호호…

고　분　참 나야말로 큰일 났어. 당초에 연습을 할수록 점점 더 서툴러만 가니, 정말 그날 가서는 망신을 하겠는걸.

금　옥　뭘 그만하면 됐지 뭐요. 뭐 우리들이 예술가요. 다만 우리들의 녀맹원들이 진심껏 그들을 하로 위안하겠다는 것뿐이 안요? 자, 그럼 갔다 오겠수. 우리 집에 가서 특히 우리 어머니께서 꼭 속아 넘어가시도록 잘 거짓말 좀 해주우, 미안하지만. (왼편으로 퇴장)

고　분　(손짓을 하며) 수고하오. (자기 집으로 내려오며) 어머니.

삼　례　(나와서 반기며) 오즉 시장하겠니.

고　분　괜찮어요.

삼　례　너 좋아하는 떡 했다.

고　분　아모 거나 먹으면 어때서 그래셨어요.

삼　례　자- 어서 들어가거라.

고　분　저 집에 좀 갔다 오겠어요.

삼　례　왜?

고　분　금옥동무가 좀 늦게 나온다고 좀 일러달라고 그래요.

삼　례　그만 둬라. 내가 가서 일러줄게.

고　분　아냐요. 제가 가야해요. (윤성식의 뜰 안으로 들어선다)

　　　윤성식 부엌에서 나온다. 옷의 먼지를 뗀다.

성　식　빨랑빨랑 하우.

우순의 소리　(억지로) 네-

고　분　저녁 잡셨습니까?

성　식　에구, 고분아씨 오시나. 우리집 애기는?

고　분　저, 회의가 좀 있어서요. 늦게 나오겠다고요.

성　식　저런 그 안됐다. 시장해서 어떻가노.

우　순　(나오며) 아니 뭐? 또 회의야.

고　분　네.

우　순　그런데 매일장천11) 회람.

성　식　할만한 일이면 시시각각인들 못 할까.

우　순　아니 회의에서 금이 쏟아지나.

───────────────
11) 주야장천? 밤낮으로 쉬지 아니하고 연달아.

138

성　식　못난 소리 또 하는군.

　　　두 부부의 음성이 높아감을 보고, 고분이 미소하며 자기 집으로 돌아온
　　　다.

우　순　나 못난 거 처음 알우- 그럼 여보, 집안일은 내가 타고난 일이라
　　　고 하드래도, 제 옷이라도 빨아 입어야 하지 않소.
성　식　밤낮 놀고 들어 앉아 있는 게 좀 해주지, 바쁜 며느리 옷 좀 해주
　　　는 게 무슨 흥되나.
우　순　아니, 내가 놀고만 있단 말요.
성　식　그럼 들어앉아 낮잠 아니면, 동내 나가서 라디오 통노릇 하는 일바
　　　께 더 있어.
우　순　아이구, 저걸 말이라고 하나. 어디 싫건 해보지. 내가 말러 죽는
　　　것을 봐야만 속이 시원할 모양야. (부엌으로 들어간다)
성　식　정말 답답한 노릇이로군. (담배를 피운다)
고　분　아버지 어디 나가셨어요.
삼　례　석양배하러 나가셨나 보다- 어서 저녁이나 먹어라.
고　분　괜찮어요. 들어오시거든 한데 먹죠- 그런데 어머니, 이거 보세요.
　　　(수놓은 손수건들을 꺼내보인다) 이게 인민군대한테 선사보낼 거에
　　　요.
삼　례　어느 틈에 이렇게 났니. 아이구, 이쁘게도 났네- 나는 뭘 할까?
고　분　뭐든지 하시죠. 그런데 어머니, 편지도 한장 써서 한데 보내야겠는
　　　데- 왜 그렇게 말이 안 됩니까?
삼　례　고지 곳대로 쓰면 되지 않니.
고　분　말은 쉬워도 어디 정작 그렇게 돼야 말이죠.

　　　전삼룡 얼큰히 취해서 등장.

삼　례　잘- 취했소.
삼　룡　먹었으니까 취하지.
삼　례　떡 다 됐는데, 개골창에 안 쏟으시오.
고　분　그게 무슨 말씀이세요. (영문을 모른다)
삼　룡　(며느리 앞이라 체면을 차리며) 아니다. 너의 어머니가 미쳤나 보
　　　다. (삼례에게) 먹는 음식 가지고 그따위 소리하면 죄 되는 거요.
　　　작란의 말이라도-

삼　례　흥. (웃으며 유심히 쳐다본다)

고　분　(웃으며) 무슨 영문인 줄을 모르겠네- 아버지, 이거 보세요. (수건을 보인다)

삼　룡　좋구나.

고　분　아버지도 뭐 하나 보내셔야죠. 참, 가죽으로 공민증 주머니나 하나 만들어 보내시지.

삼　룡　집안식구마닥 다 보낸단 말이냐?

고　분　그러믄요.

삼　례　정말이지- (대드는 목소리다)

삼　룡　마음이 내켜야 보내지, 어쩔 테야. 힝-

삼　례　그럼 반대란 말요.

삼　룡　아니지.

삼　례　그런데,

삼　룡　아니 그럼 우리 자식놈이 군대가 됐단 말야! 하다 못해 일가간의 누가 군대로 나갔단 말야. 뭣에 당해서 집안 식구대로 정성을 바친단 말인구? 흥.

고　분　(온화한 목소리로) 아버지, 우리 인민군대란 인민 전체의 아들딸이 아닙니까?

삼　룡　그렇다. 네 말이 옳다. 그래도 나는 싫다.

삼　례　고집 부리는 까닭은 어디 있소.

삼　룡　말해 볼까. 저기 있지. (윤의 집을 가르킨다. 더 크게 노성을 띄워서) 저 집에 있어. (윤의 집을 흘겨본다)

삼　례　에그, 또 주착이 나오는군.

삼　룡　누가 주착인 줄 모르겠다. 아니 눈이 없어 보질 못해. (삼례에게 달겨들며) 글세, 저 집식구들 꼴 좀 보지. 마치 저이 집에서만이 인민군대가 난듯이 기고만장해서 우쭐대는 꼴들을- 그중에도 그 늙은이 말야, 윤성식이 말야. 그야말로 나하고는 어레서부터 한 동리 한 니웃에서 자라나지 않았나. 왜놈시절의 뇌동[12] 버리도 저나 내나 매일반이었지. 아들도 하나씩 똑같이 됐지. 그런데 저는 운수가 좋와서 징병에 안 뽑혀보냈을 뿐-

삼　례　그러니 어쩌란 말요.

삼　룡　(더 흥분이 된다) 그런데 왜 요새 와서는 점점 나를 업심[13]여기느

---

12) 노동.

13) 업신여김, 교만한 마음에서 남을 낮추어 보거나 하찮게 여기는 일.

냐 말야. 마치 내가 못나서 아들녀석을 징병으로 빼앗긴 듯이- 홍.

삼　례　정말 속이 콩짜게[14]만도 못하구료. (허를 찬다)

삼　룡　너는 속이 넓어서 분한 것도 모르느냐? 장하다, 장해. (비틀거리며 나가려한다)

삼　례　어딜 나가우.

삼　룡　(나아며) 홍, 내가 못나서 내 자식 빼앗긴 줄들 아니.

고　분　아버지. (붓잡으며) 그만 저녁이나 잡수세요.

삼　룡　(뿌리치며) 놔라! (나간다)

고　분　어머니, 어떻게요.

삼　례　뭘 어떻게.

고　분　그러게 어머니, 약주 잡순 어른께는 아모 말씀도 마세요.

삼　례　속이 상하니까 그렇지. (다시 화색을 지으며) 애, 우리들이 먼저 먹자. 시장하겠다.

고　분　괜찮어요. (삼례 고분 내퇴)

공장 로동자들 - 직맹계 위원장, 공장 민청원, 공장 여맹원 등장. 그들은 태희와 같은 공장의 로동자로써 지금은 인민군대가 된 동료의 가정을 위안 온 것이다. 약간의 선사품들 가지고왔다.
고분 떡 담은 장반 들고 나온다.

고　분　웬일들이세요.

여맹원　에구, 동무집이 여기요.

고　분　네-

여맹원　금옥동무 집에 위문차로 오는 길들이라오.

고　분　아이구, 애들 쓰십니다.

직맹위원장　동무도 가치 들어갑시다.

여맹원　마침 잘됐소. 여맹원 대표로 나 하나가 돼서. 뭐-뭐- 하는 판에-

고　분　그래지 않어도 저도 마침 저리 가는 길얘요.

위원장　잘됐군.

모두들 윤 집으로 들어선다.

위원장　아저씨 안녕하셨습니까!

---

14) 콩짜개, 두 쪽으로 갈라진 콩의 짜개.

성　식　아이구, 모두들 웬일이슈.

　　　민청원들 목례들을 한다.

위원장　좀 뵈오러들 왔습니다.
성　식　웬일들야, 별안간에- 자- 어서들 올로지-
위원장　아니올시다. 곧 가겠습니다.
우　순　(나오며) 모두들 웬일들이세요.
여맹원　뵈오러들 왔답니다.
우　순　무슨 일들인데요?
위원장　다름이 아니올시다. (정색을 한다) 저희들은 공장 전체의 동무들을
　　　　대표해서 찾어뵈오러 왔습니다. 저희 공장 안의 젊은 동무들중에
　　　　인민군대 들어간 동무들이 많은데요. 그래서 저희들도 그 동무들을
　　　　마음껏 성원하면서, 또 그들에게 지지 않겠다고 증산을 위해서 더
　　　　한층 분발들을 하고 있습니다.
성　식　암, 그렇다 뿐요. 응당 그레야죠. 그렇구 말구.
위원장　그러면서 저희들은 그러한 자제를 잘 키워서 나라의 기둥이 되게
　　　　까지 힘들을 쓰신 그들의 가족에게도 힘있는 대로 도와디리자고들
　　　　맹세들을 했습니다. 그래서 저희들 이렇게 찾어뵈으는 것입니다.
성　식　아이구, 정말 감사하오. 그렇지만 이레지들 않어도 좋지들 않소.
우　순　그러믄요. 바쁘신데들, 공연히-

　　　선물들을 준다.

위원장　이건 변변치 못한 것들이지만, 다만 저희들의 적은 정성일 뿐입니
　　　　다. 노여워마시고 받어주십쇼.
성　식　온 천만에-
여맹원　받으세요.
우　순　미안스럽구료. (받는다)
민청원　아저씨, 받으세요. 저는 바로 태희동무와 한 계에서 일하든 같은
　　　　민청원입니다. 아저씨, 저희 공장 민청원들도 태희동무들이 안심하
　　　　고 싸울 수 있을 만치, 산업건설을 위하여 선봉들을 서고 있습니다.
　　　　민청돌격반을 조직했습니다. 2개년 계획도 넘쳐 완수할 자신들이
　　　　있습니다.

142

성 식 그래, 그래. 악수를 하세. 나도 다리만 성했드면, 자네들 민청원들
        한테 지지 않었네. 어림도 없지, 지긴 왜 저-
우 순 그제 다 마음뿐이라우.
성 식 별소리 말어. 이것 좀 보지. (팔뚝을 들어보인다)

    일동 미소.

여맹원 그리고 아주머니, 더군다나 금옥동무는 그전에도 그랬지만, 태희동
        무가 입대한 뒤로는 더- 열성적으로 일을 하고 있답니다. 정말 며
        누님 한분은 잘 두셨습니다.
성 식 그럼, 말할 거 있소. 정말 우리 자랑 같지만, 그애같이 열성적인
        애는 드문 편일 거요. 허허- 그리고 말요. 그애는 밖의 일뿐이 아
        니요. 집안에서도 정말 본받을 일이 많소. 글쎄, 집에서만 들어스면
        그저 부엌일을 한다, 밤늦게까지 바누질을 한다-
여맹원 그 동무는 워낙 부즈런하니까요.
성 식 너무 지나쳐서 걱정이란 말요- 이건 다 우리 한 집안네 같으니까
        말이지만, 우리 집 이양반이 (우순을 가르킨다) 몸이 약한 편이 돼
        서 늘 아픈 때가 많죠. 그래도 들어눕는 법은 없지만- 그리고 또
        좀 신경질입넨다. 그래서 툭하면 며누리하고 다투는 거라우. 그애
        가 공장에서 나와서 무슨 일이든지 하려고 하면, 자기는 한사코 말
        리면서, "너는 왼종일 피곤했을 텐데, 집안일은 손에 대지마라." 그
        러면 그애는 그애대로, "안됩니다. 어머니 몸도 성치 못하신데 제
        가 하겠습니다." "아니다. 너는 쉬어라." "아닙니다, 어머니." 이래
        서 나중에는 음성까지 높아지지 않소. 마치 누가 보면 며누리를 례
        의 신경질까지 발큰 솟아올라서 볶는 것 같단 말요. 허… 그렇지,
        마누라.
우 순 (어색하게 웃으며) 나종에는 아니할 소리가 없겠네.
위원장 그야말로 아름다운 싸움입니다 그려.
고 분 잡수세요. (떡을 내어놓며) 집에서 좀 하셋어요. 어머니께서 제가
        좋와한다고.
우 순 뭘 이렇게 가저왔소.
여맹원 우리도 가다가 들리까.
고 분 오셔요들, 정말.
성 식 여보, 당신도 그애가 좋와한다고 끼니마다 가제미 만 사오지 말고,

가끔 이렇게 떡이나 좀 해주구료. 암만 좋와하는 것도 자꾸 먹으면 새가 나지15) 않소.

우 순 (남편을 흘겨보다 사색을 감춘다)

여맹원 참 금옥동무는 어디 갔습니까.

성 식 회의가 있어 늦겠다든데.

위원장 아모 회-도 없었는데요.

우 순 (고분에게) 아까 그레지 않었어.

고 분 (당황하며) 네…

여맹원 고분동무, 왜 아까 가치 나오지를 않었수.

고 분 (어름어름하며) 아니,

여맹원 웬 소리야, 내가 봤는데.

위원장 보나마나 뻔하지. 아마 그 동무 성인학교로 바로 간 모양이지.

여맹원 아마 그런 모양이군요. 말 들으니까 요새 그 학교에서 인민군대 위문간다고 연극연습을 한다드니.

우 순 그리로 가도 집 앞은 지내갔을 텐데-

성 식 지내다가 마나지. 그게 무슨 문제요. 제 볼일 보고 들어올 때 되면 어련히 들어올라고.

우 순 성이 났다. 살그머니 뒤로 빠져서 퇴장.

삼례의 목소리 아가, 뭘하고 있니.

고 분 네, 갑니다. 그럼 단겨들 가세요. 수고들 하셨습니다. (자기 집으로 들어간다)

위원장 우러들도 가겠습니다.

성 식 이거 정말 감사들 하오.

위원장 별말씀을 다하세요.

민청원 안녕히 계십쇼.

여맹원 아주머닌 어딜 가셨나-

성 식 편안히들 갑시다.

모두들 나갈 때,

성 식 참 이거 보개. 자넨 좀 천천히 가지.

위원장 네.

---

15) 새나다, 정도가 너무 지나쳐서 진저리가 날 만큼 싫증이 나다, 약비나다의 북한어.

144

여맹원, 민청원 퇴장.

성 식 미안하이, 바쁜데.
위원장 괜찮습니다.
성 식 뭐- 길게 말치 않겠네. 하도 답답해서 하는 소린데, 공장에말야,
       나같은 절름바리도 말야, 뭐 무슨 할일이 없겠나. 나 정말 가만이
       앉아서 손으로만 하는 일이면, 뭐든지 남한테 지지 않고 하겠네.
위원장 알겠습니다.
성 식 (더 열렬한 어조로) 자네는 일제시대부터 나하고 오래동안 가치 있
       어봤으니까 다- 잘 알겠지만, 정말 고놈 밑에서 죽도록 일하다가
       이렇게 다리병신까지 되었어도 치료비 한푼 받지 못하고 그냥 내쫓
       긴 생각을 하면 정말 이에서 신물이 나네16). (침통한 표정)
위원장 그렇지 않아도, 아저씨.
성 식 정말 분해. 그래 고놈들때문에 지금에도 일을 못하게 된 것이 더
       분하단 말야.
위원장 고만 고정하십쇼. 저희들도 아저씨의 심정을 잘 압니다. 그런데 아
       저씨 그러지 않아도 제가 그전부터 아저씨께 대해서 여러 가지로
       생각을 하고 있었고, 실상은 얼마 전에는 공장 관리측과도 구체적
       으로 상의도 해봤습니다. 관리측에서도 첫째는 아저씨의 열성적인
       것도 알고 있고, 더욱이 인민군대의 가족이시니까 될 수만 있으면
       좋은 방도를 생각해본다고 말했습니다.
성 식 응, 그래. (아이처럼 반긴다) 그런데,
위원장 그래 실상인즉, 이런 말씀을 먼저 디리고 싶었으나, 좌우간 결정이
       난 뒤에 말씀을 디리려고 해서…
성 식 아니 그럼, 어찌될 줄 모르겠네 그려.
위원장 염려 맙쇼. 되기는 되는 노릇입니다.
성 식 응, 그래. (위원장 손을 덥썩 잡아 흔들며) 정말 그렇게만 된다면,
       나는 힘껏 일을 해보겠네. 글쎄 여보게, 왜놈때에도 공장에서 자라
       난 내가 정작 내 나라 내 공장이 되었는데, 그리고 모두들 저렇게
       들 애국적으로 일들을 하는데, 정말 나는 멀리 굴뚝의 연기만 쳐다
       보고 가슴을 태웠다네. 어떤 때는 공장문 앞에까지 가서 활기있게
       드나드는 로동자들을 보고 울기까지 하였다네. 여보게, 정말이네

---

16) [속담] 이에 신물이 돈다(난다), 어떤 것이 극도의 싫증을 느낄 정도로 지긋지긋하다. [같
   은 속담] 입에서 신물이 난다.

손으로 하는 일이면, 뛰어다니지않는 일이면, 남한테 지지 않겠네. 월급이 적어도 좋고, 안 받아도 좋겠네. 그저 기계 옆에 앉아 있기만 하면 좋네. 우리 나라를 위하여 호기있게 돌아가는 기계 옆에… 아- 눈에 선하네. 쎈틀17), 쎈틀, 콤페아18), 콤페아.

위원장 알겠습니다.

성 식 정말이지 꼭 정말이 될 테지. 나말일세, 우리 놈이 군대에 들어간 뒤에부터는, 내가 공장 나가고 싶은 마음이 더해졌네. 자드래도 공장 다니는 꿈만 꿨네.

위원장 아저씨, 아모 염려 맙소.

성 식 떡이나 좀 먹고 가지.

위원장 아니올시다. 다른데 갈 데가 좀 있습니다. 가 보겠습니다.

성 식 미안하이. 믿네.

위원장 네. 안녕히 계십쇼. (퇴장)

성 식 평안히 가게. 아- 이건 또 어딜 나갔어. 우리 애기는 왜 안 올까. 이 떡이 웬 떡인가. 야- 쎈틀이 돌아간다.

우순 잔뜩 성이 나 등장.

성 식 이거 보. 내 변또19) 있지. 있든가 없든가. 변또 없으면 대순가. 주먹밥이라도 싸가지고 가지.

우 순 속상해 죽겠는데, 별안간에 변또는 뭐요.

성 식 암만 속이 상해도 공장 가는 남편의 점심밥도 안 싸줄까?

우 순 (말대꾸는 하지도 않고) 글쎄 여보. 아이구, 창피해. 여맹일 보러 당긴답시고 인제는 연극까지 한다. 아니 글쎄, 그게 뭐람. 게집년이 남복20)을 허고, 게다가 영감쟁이 수염까지 부치고… 아이고, 어떻게 얼굴을 들고 당긴단 말요. 모두들 우리들까지 욕들을 할 게 아뇨. 더군다나 군대 나간 제 남편 낯짝을 깎어봐도 분수가 있지.

성 식 뭐든지 할 만한 일이면 해야지.

우 순 아니 그럼,

성 식 이렇게 떠들어 될 것이 아니라, 좀 생각을 해보란 말요. 그애가 하

---

17) center의 북한말?
18) conveyor, 물건을 연속적으로 이동·운반하는 띠 모양의 운반 장치의 북한말.
19) 벤또(辨當), 도시락의 일본말.
20) 男服.

는 노릇이 하나나 그른 게 있소. 징말이지 우리집안에는 과분한 애야. 다른 건 다-그만두드래도 제 남편없는뒤부터, 혼자 벌어서 살림은 해가지 않소.

우　순　그건 누가 모르나.

성　식　그런데 왜 못마땅해 하느냐 말야. 아니 귀도 없나? 입 있는 사람이면, 누구나 다 극구 친찬들을 하는 소리를… 왜 그러느냐 말야. 공장 다니는 게 나뿐가, 여맹일 보는 게 틀렸나, 눈 뜬 장님 깨쳐주는 게 글렀나.

우　순　누가 그런 것 가지고 말인가. 좀 여자다우란 말이지.

성　식　그게 정말 여자다운 거지 뭐야. 아니 그럼 옛날 여자처럼 그중에도 임자처럼 캐캐 묵어야만 한단 말인가? 홍, 세상이 거꾸로 뒷걸음질만 치는 줄 아나 봐.

우　순　아니 그럼, 연극까지 해야 하나.

성　식　나라에 좋은 일이면 다 해야지. 유쾌하게 노래하고, 춤추고, 연극도 하고. 이것이 정말 생활이거든. 아니 그럼, 왜놈때 모양으로 개돼지 노릇만 해야하는 줄 알어. 이것 봐. 연설하는 소리도 못 들었어. 그런 게 예술이란 거야.

우　순　어떻든 내 말이라면 쌍집팽이로군.

성　식　정말 답답하다. 나이깨나 먹었으면 세상살이를 분별이나 좀 할 줄 알어야지. (방으로 들어간다)

우　순　(방백) 그저 덮어놓고 역성이란 말야. 그럼 활양21)굿쟁이로 나서도, 모두 좋다고만 할까.

전삼룡 좀 더 취해서 두런두런하며 등장.

삼　룡　제길할 것, 나중에는 별구경 다하겠군, 홍. 그것도 다 신식인가. (윤의 집을 향하여 헛정 띠어놓고 큰 목소리로) 홍, 며누리 하나 잘 됐드라. 연설 잘 하고, 창가 잘 하드니만, 나중에 산대도감22)까지

---

21) 한량(閑良), 조선 후기에, 무과의 합격자로서 전직이 없던 사람. 혹은 일정한 직사(職事)가 없이 놀고먹던 말단 양반 계층을 이르는 말로, 돈 잘 쓰고 잘 노는 사람을 비유적으로 이　　　르는 말.
　　한량무(閑良舞), 낙방한 한량과 중이 기생을 꾀는 시늉을 하며 춤을 추는 민속 무용극.
22) 山臺都監, 여기서는 산대놀이(탈을 쓰고 큰길가나 빈터에 만든 무대에서 하는 복합적인 구성의 탈놀음)을 뜻함.

논다.

우 순 (내달며) 뭐라고 그랬어요.

삼 룡 댁의 며느님 칭찬을 했죠. 그거 장합디다. 남복을 하고, 수염까지
　　　부치고, 그게 뭐요. 지내가다가 하도 떠들썩하길래 들여다보니까,
　　　온 꼴이란, 그것도 문맹 타판가?

우 순 나라에 좋은 일이면 뭣 못 할까요. 노래하고, 춤추고, 그런 연극도
　　　하고, 그런 것이 정말 생활이 아냐요.

삼 룡 아니 여자로써, 더군다나 남의 며느리로써 그게 뭣야. 여자는 여자
　　　다워야지.

우 순 캐캐 묵은 말씀 좀 그만하세요. 세상이 뒷걸음질치는 줄 아세요.
　　　그게 다 예술이란 거예요.

삼 룡 아니 예술이고 뭐고 간에,

성 식 내다본다.

고 분 내다보며, 삼례 나온다.

삼 례 (삼룡을 붓잡으며) 쥐정 좀 작작하고 들어갑시다.

우 순 아니 글세, 그 어른이 공연히,

삼 례 고만 두세요. 형님 술 취한 사람 탓할 게 뭣 있습니까.

삼 룡 내가 취했어.

삼 례 들어갑시다.

　　　삼룡 투덜거리며 끌려 들어간다.

고 분 미소하고 문을 닫는다.

우 순 (더 기가 올라서) 그참, 아모라 늙어도 세상사는 분별은 해야지. 어
　　　쩌면 예술도 모를까.

성 식 (웃으며) 아까와는 딴판일세.

우 순 딛기 싫어요.

－암전－

148

제2장

무대 전경
때 1장보다 수순[23] 뒤. 인민군대 창립기념일이 지난 뒤 어느 날 석양. 저녁 사이렌이 난 뒤.

전삼룡 1장과 같은 장소에서 장화를 고치고 있다. 무심히 일을 하면서도 가끔 명상에 빠진다. 우순 빨래를 짜면서 널고 있다. 주로 며누리 옷이다. 삼례 저녁준비를 하느라고 부엌에로 가끔 출입한다. 석탄도 퍼 디려가고 개숫물도 내다버린다.
-용명-
저녁노을이 섰다. 로인(보안대원의 아버지, 허리 좀 굽고 흰 수염 났다) 등장.

로 인 애쓰슈.
삼 룡 어서 오십시오. 마침 다 됐습니다. (구두 솔질을 한다)
로 인 (한짝을 들고보며) 참 재조가 백공[24]이시구료. 아주 새 구두가 됐는걸.
삼 룡 네, 인젠 한참동안은 견딜 것입니다.
로 인 (백원 지폐를 주며) 수고했쉬다. (구두 안에다 손을 집어넣어보며) 편할 테죠.
삼 룡 그러믄요. (거스름돈을 헤인다)
로 인 그애들 신는 건 모양보다도 발 편한 게 젤야. 늘 단기는 게 일이니까.
삼 룡 (거스름돈을 주며) 참 자제분이 지금도 그냥 보안댑니까?
로 인 그 자식에 요새 소대장이 됐다우. 그 왜 그런지 집에 들어와서 하룻밤 온전히 자지도 못했다우. 그래야 할 일이지만, 어떤 때는 보기에 너무 딱하거든. (돈을 헤어보다가) 이거 틀리지 않소. 십원이 더 왔구료. (십원을 도루 내준다)
삼 룡 아닙니다. 그게 맞습니다.
로 인 륙십원이면 사십원을 줘야지, 이거 오십원이 아니요.

23) 數旬, 수십일.
24) 백공기예(百工技藝, 온갖 장인의 재주)의 준말인 듯.

삼 룡   오십원이 맞습니다.

로 인   웬 소리요. 저번에 맡길 때는 륙십원이라고 안했소. 그것도 퍽 싸
다고, 우리 애가 그러든데. 엇소, 받소.

삼 룡   그냥 넣어두세요. 그냥이래도 고쳐 드릴 판인데.

로 인   어- 그래서야 쓰우. 받소.

삼 룡   받을 것 받았다니까 그러시네.

로 인   그 이상한 사람이구료. 더 달라는 장사인데, 덜 받겠다고 고집을
쓴단 말요.

삼 룡   (아무 말없이 다른 구두를 고치기 시작한다)

로 인   (고개를 끄덕끄덕하며) 알겠소. 고맙소. 군대의 신발이라고 해서 특
별히 안 받는구료. 그럼 나는 가요.

삼 룡   안녕히 갑쇼.

로 인   (가다 돌아보며) 하긴 그렇지. 우리들을 위한 우리들의 군대이니까,
우리들이 도와주고 위해주는 일은 옳은 일이지. 그렇지만 미안하구
료. 가우.

삼 룡   살펴 가십쇼. (또 다시 구두 고치기에 열중이다)

로인 퇴장.

우순   왜 입때들 아니 나올까? 좀 시장들 할까. 다섯 시 뚜- 분 지가 벌써
언제인데. 몇 분이나 됐나. (방으로 들어간다) 아이구, 벌써 반이
넘었군. 아이구, 이런 정신 봤나. (금옥이의 양복 저고리를 띠어들
고 나오며) 정작 이걸 빠티렸구나. 제가 빨아 입겠다고. 나는 들여
앉어 뭘 하게. (대야에다가 너려다가) 주머니에 든 거나 없나.
(호주머니를 뒤져본다. 속호주머니 속에서 편지봉투 한 장) 응, 편
지. (뒤적이며 보다가) 저번에 온 편지로군 그래. (웃으며) 역시 겁
으로 말은 아니하나, 젊은 것들이라 달르군. 남편 편지라고 몸에다
지니고 다니는군 그래! 암, 하기야 그래야지. (속을 꺼내본다) 응,
두 장이다. 이상하다. 전번에 애가 읽을 때에는 한 장뿐이드니만!
(디려다 보다가) 엥이, 빌어먹을 것. 눈은 뭐 하자구 뚫어놨을까?
내가 괜히 고집을 세우고 한글학교도 안 나갔지. 가만있자, 암만
보니 알 수가 있나. 이거 안 됐다. 부끄러워도 야학 다녀야지. 정말
궁금한데. 이건가, 이건가. 어쨌든 둘 중 하나는 못 본 편진데, 대
관절 뭐라고 썼을까. (전의 집에다가 대고) 아우님.

삼 례 (나오며) 예

우 순 바쁘지 않거든 잠간만 왔다 가슈.

삼 례 네.

우 순 아이구, 찌게가 넘는구나. (부엌으로 내퇴)

삼 룡 (가는 삼례에게) 저녁하다 말고 왜 나가.

삼 례 잠깐 오라지 않소.

삼 룡 가지 말어.

삼 례 무슨 원쑤졌어.

삼 룡 껍죽대는 것들이 뵈기가 싫으니까 그렇지.

삼 례 에그, 당신같은 꼼바리25)는 첨 봤어. 쓸데없는 일로 인민군대 선사
     도 아니하고!

삼 룡 힝.

삼 례 내 걱정 말고 고만 거두고 들어가슈.

삼 룡 내 걱정 말어.

    삼례 윤의 집 뜰에 들어서자, 우순 부엌에서 나온다.

우 순 암만 바뻐도 여기 좀 앉소.

삼 례 (웃으며) 왜 그러세요.

우 순 이거 좀 봐 주.

삼 례 아드님 편지군요. 아이구, 벌써 온 지가 한 달이나 넘었는데, 왜
     못보셨어요.

우 순 아니 우리 애가 읽어 줬지. 그런데 그때에는 한 장바께 없었는데,
     이렇게 두 장이란 말요. 어떤 것을 안 읽어줬는지 모르겠단 말요.

삼 례 가만있자, (읽는다) 아버님 어머님, 그동안 안녕하셨습니까.

우 순 (그걸 뺏으며) 이건 들었소.

삼 례 (또 다른 편지를 읽는다) 금옥이. 이크, 사랑편지구료.

우 순 오라, 그래서 나한테는 숨겼군 그래. 그래서,

삼 례 아무리 아들 메누리 편지라도 본인들의 승낙없이 읽을 수가 있을
     까요.

우 순 딴은 그래. 남의 편지 보는 건 죄가 된다는데. 그렇지만 어떻소.
     궁금하구료. 이번만 보고 담부턴 안 보면 그만이지.

삼 례 나는 모르겠어요. (속으로 읽어보고 웃는다)

─────────────

25) 마음이 좁고 지나치게 인색한 사람.

우　순　아이구, 갑갑해. 왜 웃소.

삼　례　형님 정말 젊었을 때 생각이 납니다 그려.

우　순　좀 크게 웃소. 속 터져 죽겠소.

삼　례　읽으나 마나 아주 꿀보다 더 달구료. (적은 기침) 달밤 나는 어느 초소에 서 있소. 저거 보. 티끌 하나 없는 옥같은 달이, 수정같은 달이 당신의 얼굴로 변하는구료.

우　순　리도령 노름과 같구료. 호호호.

삼룡 수선 도구를 주섬주섬 거둔다.

삼　례　가만있자 그 아래는 모두 그런 소리요. 형님, 우리들은 헛늙었단 말야. 이런 말 한 마디도 주고받지 못하고, 기껏 좋다는 게 툭치고, 눈 흘기고…

우　순　말할 게 있소. 우리도 첫아이 낳기 전까지는 서로 말도 못하고 지냈는데, 완고 소리 들어 싸지.

삼　례　(속으로 내려 읽다가) 이거 보, 형님.

우　순　가르키면 내가 알우. 어서 읽소.

삼　례　나는 기쁘기만 하고, 공장 동무들서껀 모두들 우리 집을 돌보아 주며, 더욱이 당신은 나한테 지지 않고 여맹 사업을 잘하고 있다니, 너무나 마음에 든든해서 용기가 백배 되오. 내 기어코 모범전사가 되어 조국방위에 영웅이 되고 말 테요.

우　순　사랑 이야기 뿐 아니라 사상 이야기도 했구료.

삼　례　(미소) 그런데 나는 항상 한편으로 염려되는 것은 어머님의 신경질이요.

우　순　(웃으며) 망할 녀석 같으니라고.

삼　례　당신은 가끔 어머니께 싫은 소리를 들으리다. 그러나 이건 보통 우리들의 어머니들이 거의 다 가질 수 있는 낡은 봉건사상의 소치요. 그러나 당신의 열성과 진심이 반드시 어느 때나 우리 어머님으로 하여금 다른 어른같이 되시게 할 것이요. 실상 우리 어머님은 자상하고 인자하신 분이요.

우　순　제맘대로 치켜섰다 내렸다 하는군 그래. (미소한다. 좋아한다)

삼　례　실상이지 뭐요. 정말 아드님의 에언이 맞지 않었소. 아니 할 말로 형님같이 메누리 미워하는 분도 없었소.

우　순　누가 정말 미워 그랬소. 괘니 그랬지.

삼 례   그런데 형님같이 이렇게 홱 변한 이도 드물우. 미워하지도 말구 너
         무 유난히도 떨지 말고. 흐흐.
우 순   누가 아니라우. 그런데 아우님, 나도 실상은 그런 메누리는 없다고
         생각은 했소. 그런데 그러면 그럴수록 눈에 거슬리드란 말이요. 건
         방져 보이고, 말광양 같기만 하고. 그런데 아우님도 아다싶이, 저번
         내가 알어 들었을 때 그애가 그 잘나가던 성인학교도 안 나가고,
         꼭 내 곁에 들어 앉어서 친어미 이상으로 몇 밤씩 새워가며, 그때
         나는 속으로 울었소. 나같은 못난 년도 없다. 나같은 완고한 년도
         없다. 내게 대해선 병이 아니라 아주 큰 학교 공부였소.
삼 룡   (크게) 여보, 뭘 하는 거요.
삼 례   또 왜 야단일까. 저이야말로 지독한 병에 한번 걸려 알겠어26).
우 순   어서 가보오. 안 됐소.
삼 례   뭘요. (자기 집으로 오며) 낯 부끄럽지도 않소. 툭하면 악을 쓰게.
삼 룡   그럼 아주 가서 살지.
삼 례   주착 떨지 말고 저녁이나 자슈.
삼 룡   그애도 아니 왔는데.
삼 례   (웃으며 부엌으로 내퇴)

         삼룡도 안으로 들어간다.
         우순 편지를 거두고, 빨래를 시작한다.
         윤성식 기쁨에 차서 콧노래를 부르며 등장. 새로운 공장복을 입었다. 1장
         보다 생기 더 높다.

성 식   여보, 아니 저녁은 안 하고 무슨 빨래야.
우 순   해논 지가 언젠데.
성 식   그런가. (좋아서 못 견뎌하며) 여보, 짐 쌉시다.
우 순   무슨 소리요.
성 식   우리 이사가게 됐소, 오는 공일날.
우 순   알 수가 없군.
성 식   저 복구사택으로 간단 말야. 방이 넷씩이나 있는 제일 큰 벽돌집
         몰라.
우 순   남 정신만 빼놓지 말구, 자세히 말 좀 하구료.
성 식   글세, 이거 보. 첫째. 나 같은 병신을 공장에서 붙이는 것만 해도

---

26) '앓겠어'일 듯.

정말 외람한데, 글세 고급 사택까지 배당이 됐구료. 거긴 누구를 들이는지 알지. 모범노동자, 기술자, 그리고 간부 일꾼들. 그런데 말요, 우리들은 왜 드는지 알어. 인민군대의 가족인 까닭야. 알었소.

우 순 아이구, 저런.

성 식 나 처음에는 거절했지. 그래도 결정된 것이니, 안 된다겠지. 댁으로 말씀하면, 두분씩이나 공장 열성 종업원이고, 더군다나 우리 공장의 모범노동자로써, 인민군대에 영예의 입대한 아드님까지 있고 하니… 글세 이런 고마울 데가 있어. 이거 봐. 이게 우리 공화국이란 말야. 알었어. 어서 짐을 쌉시다.

우 순 사흘 전부터 쌀 건 뭐 있다고.

성 식 그래도 잘디잔 허잡쓰레기는 미리미리 묶어 놔야지.

우 순 그참 우물에 가서 숭늉 달라겠네. 그런데 애기는 왜 안 나오. 좀 시장할까.

성 식 언제부터?

우 순 딛기 싫어요. 정말 내 그때는 그애보다도 당신이 역성드는 게 더 뵈기가 싫어서 그랬어.

성 식 그런데 지금은?

우 순 또 괴니 남의 속을 건드리는군.

성 식 그런가. 그럼 고만 두지. 아, 시장한 걸.

우 순 그럼 애기도 안 나왔는데, 혼자만 자시료.

성 식 정말 딴판이 됐구나. 너무 이러니까 겁이 난다. 다시 뒤집어질가 바. 허.

우 순 (할 수 없이 웃으며) 엥이, 사람도.

성 식 (더 크게) 허.

오금옥 김고분 등장. 매우 유쾌하며 명랑한 걸음거리다. 그러나 고분의 얼굴엔 어딘지 애수가 좀 어리었다.

고 분 이번 1/4분기에도 우리가 이길 거요. 적어도 130%는 자신이 있소.

금 옥 정말이야 이 기세로 나가면 2개년 계획도 문제없거든. 애초부터 자신있게 세워진 계획이기도 하지만, 정말이지 작년보담도 딴판이거던. 기술면으로 보든지, 로동자의 열성면으로 보든지.

고 분 뭐 말할 게 있소.

금 옥   고분동무, 나도 다시 현장으로 내려갈래요. 여맹사업도 하지만, 정
        말 직접 기계 앞에서 싸우고 싶단 말요.
고 분   동무대신 볼 사람이 있어야 말이지.
금 옥   왜 없어. 그리고 있던 말든 나는 꼭 현장으로 내려가려고 결심했
        소. 정말 속에서 불이 난단 말이지. 직접 내 손으로 조곰이라도 더
        생산을 내고 싶어서,
고 분   동무는 욕심도 많소. 세상 일을 혼자 다하려오. (웃는다)

    두 여자 각기 자기 집으로 헤어져 들어간다.
    고분 '단겨왔습니다' 라고 부엌으로 들어간다. 부엌 안에서 두런두런하는
    소리.

성 식   나는 먼저 왔다.
금 옥   어머니, 뭘 하세요. 그냥 두세요. 제가 어련히 할라고요.
우 순   아니다. 내 걱정은 마라. 자, 어서 저녁이나 먹자.
성 식   정말이다. 너때문에 난 허기졌다.
금 옥   왜 먼저 잡수시죠.
성 식   괴니 (우순을 턱으로 가리키며) 저 유난스런 어머니 때문에,
우 순   또 수작.
성 식   히…
우 순   왜 이러고만 섰어. 얼른 먹고 성인학교 가 봐야지. 모두들 네가 가
        르키는 게 제일 좋다고들 그러더라. 정말 열심히 가르켜라, 하다
        못해 편지라도 알어보게들 되어야지.
성 식   자기한테 할 소리를 누구한테 하누.
우 순   왜 나도 단기려면 단길 테야.
성 식   이러다가 비오지 않을까. 허허.

    우편배달부 등장.

배달부   편지 왔습니다.
금 옥   (받으며) 아이구, 수고하셨습니다.

    배달부 퇴장.

우 순   군대에서 왔니.

금 옥 네.

성 식 어디 보자. '금옥 앞'이라, 허허···. 이 자식은 한번도 제 애비 이름
    은 안 쓰거든.

우 순 그건 아모리 편지 껍질이라도 아버지 이름 쓰기가 어려워 그렇지.

성 식 그 이외에도 또 까닭이 있지. 아모래도 내 이름보다는 제 안해 이
    름 쓰는 것이 글씨가 더 잘될 거야. 허허.

금 옥 아이구, 아버지도. (미소)

우 순 어서 뜯어 보.

성 식 네가 뜯어라. 나도 듣는 사람 되겠다.

우 순 에구, 답답해. (편지를 뺏어 뜯어서, 속만을 꺼내 금옥이를 주며)
    어서 좀 읽어라. 낼부터 야학에 안 나가나 봐라, 어서.

금 옥 (읽으려고 할 때)

우 순 가만 있거라. (다름질해서 전의 집쪽으로 가며) 여보, 아우님.

성 식 저건 또 저래.

삼 례 (나오며) 네.

고 분 저도 갈까요.

우 순 그럼.

    우순 삼례를 끌고 가고, 고분 따라간다.

금 옥 엥히, 어머님도.

우 순 어서 크게 읽어라.

성 식 아주머니, 저이는 요새 새 병 생겼답니다.

삼 례 에미의 맘은 다- 그런 것이랍니다.

삼 룡 (나오며) 아니, 밥 먹다들 말고 웬일들야. (건너다 보며) 저런 미친
    것들 봤나. (서서 본다)

금 옥 (편지 읽는다) 아버지, 공장에 다니시게 되셨다죠. 아버님의 열성과
    공장측의 후의에는 고개가 숙으려집니다만은, 로년에 더군다나 편
    치도 않으신 몸에 매우 마음에 불안합니다.

성 식 괜찮다고 그래라. 그 자식 내가 정말 늙었는지 아나 봐.

금 옥 어머니, 동무들의 편지에 뵈서 어머니께서 '새것'에 대한 이해만 시
    작하신 게 아니라, 어느 누구의 어머님보담도 더욱이 며누리에 대
    한 이해와 사랑이, 그리고 지나치게 돌보아 주신다는 소식을 들었
    습니다. 모두 새어머니가 되었다고들 합니다.

우　순　나쁜 녀석, 에미도 새것, 헌것이 있나.

성　식　그 자식, 그런 말은 편지 쓰든 중 제일 잘 썼군.

우　순　듣기 싫어요

금　옥　(웃으며) 저는 정말 저뿐 아니라, 저희들 인민군대는 유쾌하며 행복된 속에서 군무에 힘쓰고, 학습과 교련에 정진하고들 있습니다. 더욱이 전체 인민이 열렬하게 응원하며 격려해주는데 감격하며, 안심하며 모두모두 모범전사로써의 조국의 간성27)이 되려고 전심전력하고들 있습니다.

성식, 고분 손벽친다.

금　옥　더욱이 지난 우리 군대기념일날 가진 선물과 편지와 위문들을 받었습니다. 제게도 편지만 설흔 통, 선사품이 스무 점, 그중에는 시골인민학교 소년단원들의 도화도 있고, 광산로동자가 보낸 석탄 돌뿌리도 있고, 고등녀학교 학생들이 지어보낸 시도 있었습니다.

삼룡 자기도 모르게 차차 가까이 온다.
모두들 고개를 끄덕거린다.

금　옥　(더 크게) 그리고 아버지, 이번 모든 선사품 가운데서 저를 울린 것이 있습니다. 그것은 바로 옆에 사시는 구두 고치시는 아저씨께서 보내주신 가죽지갑 때문이었습니다. 받을 사람을 저로 지정까지 해서 보내주신 것이었습니다.

일동 놀랜다.
삼룡 어색해서 외면한다.

금　옥　아저씨께서는 선물과 가치 손수 편지까지 껴 보내주셨습니다. '나는 내 아들 생각이 나서 선사고 뭐고 아니하려고 했다. 그러나 나는 다시 내 아들을 생각하고 이 선물을 너한테 보낸다. 너는 내 아들이다. 내 아들같은 젊은 인민군대들은 정말 내 아들들이다.'

일동 감격에 잠긴다.

---

27) 干城, '방패와 성', 나라를 지키는 믿음직한 군대나 인물을 이르는 말.

성 식 (삼룡의 손목을 붙잡고) 여보.
삼 례 눈물을 씻는다.

　　　고분 고개를 숙인다.
　　　직맹계 위원장 황급히 등장.

위원장 (삼룡의 집으로 뛰어들어 가려다가, 이편에 모두 있는 것을 보고
　　　삼룡의 앞에 와 서며) 아저씨, 기뻐하십쇼. 대길동무가 살어 왔습니
　　　다.
삼 룡 아니 뭐. (주먹으로 눈물을 씻는다)

　　　삼례, 고분 어릴 듯 취할 듯 된다.

성 식 어찌된 일인가
위원장 왜 며칠 전에 배로 몇 천명이 어디 사람인 줄도 모르는 군대같은
　　　젊은이들이 내리지 않았습니까. 지금 구롱리에 류숙을 하고 있는
　　　사람들입니다. 그 사람들이 바로 왜놈때 징병으로 끌려가서 관동군
　　　에 있다가, 쏘련군대의 정의의 진격으로 일제가 패망하야 일병놈들
　　　이 포로가 되는 통에 쏘련으로 갔던 조선청년들이었습니다.
성 식 아니 뭐?
금 옥 그래 어떻게 알았습니까.
위원장 내 마침 볼 일이 있어서 들어갔다 알았지. 나는 못 알어 봤지. 그
　　　런데 그 사람이 나를…
삼 례 이게 정말이슈.
위원장 아주머니, 그리고 고분동무, 그리고 아저씨. (성식에게, 모두들 돌
　　　아보며) 쏘련 나라가 위대한 것은 정말 약소민족의 해방자인 인류
　　　평화를 위한 정의의 나라인 것을 오늘 새삼스러히 더 느꼈습니다.
　　　나중에 그 사람 만나시면 들으시겠지만, 정말 여간 대우를 잘 받지
　　　않았답니다. 원수편의 포로로 대하는 것이 아니라, 진심으로 맞어
　　　주며, 보호해 주며, 뭐 말할게 없습니다. 글세, 아저씨. 어떻게 잘
　　　먹었는지 얼굴이 통통하고, 두 볼이 붉고, 가슴팍이 쑥 나오고, 팔
　　　다리는 무쇠 골격이오. 그리고 뭣보담도 그 씩씩한 기상, 반짝이는
　　　두 눈, 쿵쿵거리며 걷는 발자국마다 젊은 피가 끌어 넘치는 애국심
　　　이 넘쳐 넘쳐 흐릅니다. 그렇게 변한 것을 볼 때, 오직 감격일 뿐
　　　이었습니다. (삼례에게) 아주머니, 이야말로 전화위복이 아닙니까.

죽을 사지로 나갔다가 제물에[28] 삼년 동안 소련 류학을 하고 나왔
으니.

우 순　아우님, 뭐라고 말할 수가 없구료.

삼 례　(눈물)

　　고분 느껴 운다.

금 옥　동무, 싫건 울우. 정말 기쁜 울음요.

삼 룡　(목매인 소리로 위원장에게) 여보, 지금 좀 가봅시다.

위원장　(온화하게 웃으며) 안 됩니다. 개인 면회는 당분간 어렵습니다. 너
무 초조해들 맙쇼. 메칠 있으면 만나시게 될 것입니다.

삼 룡　(펄쩍 뛰며, 큰 목소리로 윤의 손목을 잡고) 여보, 성식이. 내 아들
도 있어. 무쇠 골격이래, 내 아들이.

　　인민군대의 행진하는 소리, 북소리와 웅장한 군가소리가 들려온다.
　　일동 의논이나 한듯이, 언덕으로 올라간다.

성 식　아- 저것을 좀 보지. 씩씩들도 하다. 여보, 마누라. 우리들의 아들
들이란 말요.

삼 룡　내 아들도 있어, 성식이. 내 아들도 있어. 씩씩하게 살어 있어. (두
손을 높이 들고) 쏘련 나라 만세!

성 식　인민군대 만세! (크게)

　　인민군대 노랫소리 더 커진다.
　　일동 감격과 흥분이 고조될 때, 저녁 노을 더 붉게 빛난다.

-막-

---

28) 저 혼자 스스로의 바람에.

인민은 조국을 지킨다

(3막 7장)

송영

때

　1930년-1947년

곳

　북조선

인물

　윤소담

　김익주　　그의 남편

　명국　　　그의 아들

　명옥　　　그의 딸

　홍연순　　명국의 처

　이성수　　단천농민사건의 투사, 흥남공장 직맹위원장

　(이상 전막의 인물)

　이호　　　단천7월사건 지도자

　허병익　　단천사건 관계 투사

　최혁　　　단천사건 관계 투사

　염백준　　단천사건 관계 투사

　염수원1)　단천사건 관계 투사

　이기찬　　단천사건 관계 투사

　심우현　　단천사건 관계 투사

　근우회원　단천사건 관계 투사

　외 일인 경관 갑, 을, 조선인 형사들

　(이상 제1막의 인물)

　김병용　　공장경비대장

　김용진　　경비대원

　권상룡　　경비대원

　권원룡　　경비대원

　문대길　　경비대원

　박준섭　　경비대원

　조선민　　경비대원

　황영식　　경비대원

　주순성　　경비대원

　은다복　　경비대원

　최영락　　경비대원

---

1) 본문에는 염수길(廉壽吉)로 표기됨.

외 남녀 노동자들(이상 제2막의 인물)

최순창　　기능자
중년 사나이　남조선에서 온 반동파
변　　　　기술자
오　　　　기술자
박　　　　기술자
홍　　　　기술자
박채경　　기능자
윤영숙　　기능자
북술　　　전위요의 사환, 야학생
(이상 제3막의 인물)

장면
　　제1막 1930년 7월 20일
　　　　제1장 단천읍
　　　　제2장 단천읍
　　제2막 1945년 8월 27일
　　　　제1장 흥남공장
　　　　제2장 흥남공장
　　　　제3장 흥남공장
　　제3막 1949년 7월중
　　　　제1장 전위요
　　　　제2장 전위요

제1막 1930년

북조선에서 농촌도시 단천(端川)에서 일어난 일이다.

제1차 대전 이후 전승국의 하나로 득세한 일본의 제국주의는 1928년경에 이르러 더 한층 강화되었으며, 그 독아(毒牙)는 조선에 대한 심각한 식민지적 착취제의 확립강화에 미쳤다.

당시의 조선의 인민들은- 더욱이 농민들은 토지조사, 동척2), 불이3) 등등으로 빈사에 이르렀고, 더욱히 놈들은 최후로 삼림까지 통으로 집어 삼키기 위해서 삼림조합령을 내리었다.

여기에서 참지 못해서 일어난 것이 1930년 7월 사건인 단천 농민봉기이었던 것이다.

무대 군청 소재지인 장터거리

이곳은 농민 김익주의 집 후정(後庭). 높은 지대이며, 또는 군청 등의 측면에 위치했기 때문에 군청의 뜰과 또 각처에서 뚤려온 왕래가 부각 되는 곳. 왼편 정(丁)자로 수수울타리. 울 안에 무궁화나무 한 나무, 오른편으로 이 집 웃방 두 간 있다. (뒷벽 횡단) 방마다 앞뜰에서 들어오는 외짝 방문. 오른편 방 오른편 벽에는 아랫방으로 통하는 적은 장치, 울타리 넘어로 멀리 군청이 보이는 장터거리. 더 멀리로는 송림 우거진 얕은 산.

1930년 7월 20일 오전 8시.

몇일 동안 오던 비가 새로 끝이여 새로운 아침 해빛에 무궁화꽃 유난히 밝다.

개막(開幕)

무대 암흑

환등(幻燈) 혹은 네온을 이용하여 아래와 같은 자막.

1930년 7월 20일.

음악-

---

2) 東拓, '동양척식주식회사'의 준말.
3) 不二농장, 평안도 용천의 대규모농장을 지칭하는 듯. 50%의 고용소작료로 인해 1920년대 소작쟁의가 발생함.

조선의 농민들은 일제를 반대하며 봉기하였다.
함성(음악과 같이)-
조국을 찾기 위하야.
더 큰 함성. (조선 독립 만세 소리)

사이

종용하여지며 무대 밝아온다.

제1장 오전 8시

김익주 방문턱에 걸터앉고, 이호 팔짱끼고 무겁게 뜰로 왔다갔다 한다.

이　호　나는 참으로 마음이 아프오. 부끄럽소. (사이) 수많은 동지들은 놈
　　　들에게 모두 검거가 됐소. 무고한 농민들까지도- 그러나 나만- 나
　　　만은 이대로 무사하게 남아 있구료.
김익주　이선생, 이선생이 무사하지 않으면 이 뒷일은 누가 지도를 하겠소.
　　　물론 같이 일하던 동지들이 희생들이 된 것을 보고 마음이 편안할
　　　수는 없는 거요. 그렇나 몸이 무사한 이선생의 책임은 더- 크고도
　　　남소. 이제까지 피흘린 동지들을 뺏어내오고, 우리 삼천의 농민들
　　　의 원한을 풀어줄 큰 책임이 있지 않소.

　　　사이

이　호　(익주의 손을 탁 잡으며) 그렇소. 우리들의 책임은 크오. 끝까지 싸
　　　와 봅시다. 그여코 이기고 맙시다.
김익주　(굳게 잡은 손을 흔들며) 목숨을 내겁시다.
이　호　그런데, 익주 동무.
김익주　예.
이　호　내가 이렇게 여기 있는 것이…
김익주　이게 또 무슨 말씀요?

이　호　무슨 체면 때문에 하는 말이 아니요. 만일 나중에라도 놈들이 내가
　　　　- 우리들이 여기서 모였다는 것을 알게 되면- 반드시 알게 될 거
　　　　요. 그러면은 공연히 동무네가 고생을 하지 않겠소. 집안이 망하지
　　　　않겠소.
김익주　다시는 그런 샌님 같은 답답한 소리는 마슈. 내가 선생을 우리 집
　　　　에 모셔온 것은 선생 한 개인의 안전을 위한 것이 않이요. 삼천농
　　　　민의 사활문제가- 나아가 우리 조선동포들의 커-다란 투쟁을 위해
　　　　서요.
이　호　그건 나도 잘 아오. 알기 때문에 이렇게 와 있지 않소.
김익주　알면은 다시 그런 군말은 고만둡시다. 지금 선생은 그런 사소한 걱
　　　　정을 할 때가 아니요. 이 한 개의 무력한 김익주가 화를 당하느냐
　　　　무사하느냐가 문제가 아니라, 이번 투쟁을 어떻게 승리를 거두느
　　　　냐?가 문제라고 생각하오.
이　호　옳소. 그럼 내가 잘못했소.

　　　　이성수 조심스럽게 등장.

이　호　어떻게 됐소.
이성수　성공요. 내가 어제밤 나간 이중면(利中面), 광천면(廣泉面)은 전부
　　　　출근이 되었소. 처음에는 겁들을 집어먹었지만, 나종에는 도로혀
　　　　흥분들이 되어서 군수와 다시 담판을 하자- 잡혀간 동무들을 우리
　　　　손으로 탈환하자-고 소리들을 쳤소. 자- 보시오. 저기서 몰려오는
　　　　군중이 바로 그들요.

　　　　농민들의 들레는 소리.

이　호　한 천명은 되는구료.
이성수　그럴거요. 그리고 참, 다른 면에 나간 동무들은 어찌됐소.
이　호　아즉 소식이 없소.
이성수　반드시 성공들을 할 거요. 그런데 익주 형님- 아즉 허동무 아니
　　　　왔소.
김익주　허라니? 아니 하다면(何多面)에서 훈장질하는 허병익 동무 말요.
이　호　예- 아즉 안 돌아왔는데-
이성수　반드시 올 거요. 소식 드르니가 오늘 새벽 세시에 정상(井上)경부

166

보가 인솔한 무장경관 40명이 농민동맹 사무실을 위시해서 전 부락마다 돌아다니며, 농민동맹, 청년동맹 간부들은 물론, 왼만큼 말마듸나 한다는 사람들은 총검거를 당하였다고 합니다. 어- 저기 허동무가 올라오.

허병익 등장.

허병익 늦어서 미안합니다.
이 호 애쓰셨소.
이성수 어찌나 됐소.
허병익 오늘 새벽에 총검거가 있었습니다. 그리고 동리 어구 각처 길목에 거믜줄을 늘어놨습니다.
김익주 그럼 큰일 났군
허병익 그러나 낙망할 것 없습니다. 노인네, 부인네까지도 이번에는 그냥 아니 있겠다고, 무서운 결기4)들을 내고 있습니다. 오늘 낮 두시까지 한 사람 두 사람씩 분산해서 군청 앞으로 모여들도록 됐습니다.
이 호 수고했소. (허와 악수)

군중들의 함성.

김익주 아- 군청으로 몰려 들어가려고 한다.
이 호 성수 동무. 급히 좀 나가보시오. 전체가 다 모이기 전에 먼저 저렇게 서둘으면, 힘이 분산이 되어서 실패가 될 거요. 얼른 가서 모두들 헤어저서 이곳 저곳에 있다가 낮 두시기 되거든 모여들라 하시오.
이성수 예, 그럼 갔다오겠소. (다름박질 퇴장)
이 호 동무들도 다- 알겠지만, 이번 일은 비단 우리 한 군의 국한된 적은 일이 아니요. 전조선 인민이 다같이 싸와야 할 전체적인 일요.
김익주 그렇소. 삼림조합을 반대하는 것이 아니라, 왜놈 제국주의를 반대하는 투쟁인 것이요.
허병익 옳소.
이 호 그러니까 우리들은 침착하게, 가장 조직적으로 투쟁을 전개해야겠

---

4) 못마땅한 것을 참지 못하고 성을 내거나 왈칵 행동하는 성미. 혹은 곧고 바르며 과단성 있는 성미.

소. 그러기 위하야서는 우리 지금이라도 곧 강력한 조직을 해야겠소.

김익주 좋소.

허병익 의견을 말씀해 보시오.

이 호 이제까지 우리들의 동지들은 수없이 검거가 됐소. 그리고 농민들은 사흘 동안이나 폭풍우 속에서 싸왔지만, 조그만한 성과를 거두기만 못할 뿐 아니라, 도로혀 왜놈 경찰들의 의기(意氣)만 도와주고 말었소.

허병익 놈들이 처음에는 당황하다가, 지금에는 도로혀 더 살기를 띄우고 있소.

김익주 그러니까–

이 호 그러니까 우리 오늘 두시의 싸훔을 올바르게 지도하기 위해서, 지금 당장 남아 있는 동지를 모와서 삼림조합 반대 투쟁위원회를 조직하십시다.

김익주 좋소.

허병익 장소는?

김익주 여기가 좋소. 놈들은 우리 집을 모르오. 사실도 그렇지만, 놈들은 나를 한 개 선량한 대서(代書)쟁이로밖에 아니 보고 있으니까–

이 호 그럼 좋소. 허동무, 지금 곧 중외일보 지국으로 연락을 해주시오. 아마 거기 몇 동무들이 있을 거고– 또 아즉까지 놈들은 언론기관이라면 좀 거리끼여서 로골적으로 강압은 못하니까–

허병익 예. 그럼 곧 갔다 오겠습니다.

김익주 조심하우.

허병익 괜찮소. 아즉 놈들은 내 얼골을 모르니까– (퇴장)

뜰로 방문이 열리며, 익주의 처, 윤소담 디려다 본다.

윤소담 명국 아버지. 나 좀 나가겠소.

김익주 이리 잠깐 왔다 나가우.

윤소담 네. (방문을 닫는다)

김익주 우리 집사람 좀 구경하슈.

이 호 ……

윤소담 (등장)……

김익주 인사 디리유. 이 선생님이시유

윤소담 애쓰십니다. 많이 싸와 주십쇼.

이　호 괴로움을 끼처드리려서-

윤소담 별말씀을 다 하세요.

김익주 여보, 어련할 건 아니지만, 절대 소문 내지 마루.

윤소담 나도 그만한 것쯤은 다 알아요.

김익주 그래도 말이지- 그런데 어드로 나가는 거요?

윤소담 좀 나갈 일이 있어요- 선생님, 저이들은 정말 아모 것도 몰읍니다. 그렇나 옳고 그른 것만은 짐작들을 하고 있읍니다.

이　호 별말슴을 다 하십시다.

윤소담 어련하실 것은 아니지만, 이번 싸홈은 반드시 이기시여야 합니다. 저이들 근우회원들은 직접 싸홈들을 못하나마, 싸호시는 농민들을 위해서 뒷배5)는 끝까지 보고말 작정들입니다. 농민들은 밤새도록 찬 비를 맞어가며 총 가진 왜놈들 앞으로 달겨들오고 있읍니다. 비록 한술 죽이나 쑤여서 골고로 노나 올리도록, 지금 이렇게 모두들 나슨 것입니다.

이　호 고맙습니다.

김익주 명국6)이도 그래서 나갔소?

윤소담 그애들같은 팔팔 뛰는 처녀들은 직접 식사들 너나 주는 일을 맡고, 우리들같은 한풀 시드른 패들은 집집으로 돌아다니며 식량거리를 거두는 뒷배 일을 보게 됐다우.

김익주 됐소- 됐소. 어서 가보오.

윤소담 나가보겠습니다. (퇴장)

이　호 수고들 하십니다- (익주의 손을 쥐고) 익주 동무, 훌륭한 부인이슈. 됐소. 놈들이 아모리 횡포하드래도, 우리 조선은 얼마 더- 눌르지 못할 거요. 우리 조선의 인민들은 죽지 않었소. 살았소- 살었소.

김익주 정말 살었소.

　　　허병익 앞을 서고, 최혁, 염백준, 염수길 등 뒤딸아 들어온다. (농민동맹원들이다-)
　　　서로들 은근히 인사들을 한다.

이　호 동무들, 모두 지국에들 있었소?

---

5) 겉으로 나서지 않고 뒤에서 보살펴 주는 일.

6) 등장인물표에 익주의 딸은 명옥으로 표기된 것으로 보아, 명옥의 오식임.

최　혁　아니요. 나하고 수길 동무만 있었소.

허병익　염백준 동무는 길에서 만났소.

이　호　고생들 하십니다.

최　혁　고생보다 분해 죽겠소. 오늘에는 항복 받든지 쳐부수든지 좌우간 결단을 내야겠습니다.

염수길　그까진 것 피를 빨려서 말라 죽나 싸호다가 맞어 죽나, 죽기는 마찬가지요. 고 군수놈 임조재란 녀석브터 골통을 부서 놉시다.

김익주　너무들 서둘르지 맙시다.

이　호　옳습니다. 점 더 침착들 해주시오. 그저 흥분된 대로만 하면, 어제 실패를 되푸리만 하게 될 것입니다.

염백준　옳소. 차근차근하게, 계획성 있게 싸홉시다.

　　　익주의 큰 아들 김명국(13세) 등장. (소학생이며 소년동맹원이다)

명　국　아버지. (모든 사람들을 둘러본다) 모두들 오셨네.

김익주　왜 그래?

명　국　저기 기찬 아버지들이 오시는데-

이　호　기찬이라니?

김익주　복귀면(福貴面) 사는 이기찬 동무 말요.

이　호　네? 그 동무가? 혼자 오시든?

명　국　또 두분 계서요.

이　호　최혁 동무, 좀 나가보오.

최　혁　예! (퇴장)

명　국　아저씨들이 회(會)들을 하실 모양인가 보다. (미소)

김익주　무슨 소리야. (노려본다)

명　국　나도 다 알아요.

김익주　까불지 말아

명　국　아버지, 우리들이 망 봐드릴게. 개놈들이 오나 안 오나- (나가려고 할 때)

이　호　애.

명　국　네?

이　호　(익주에게) 소문내지 않을까요?

명　국　힝, 아저씨들은 우리들을 아이들이라고 업신여기기들만 하신단 말야- 아저씨, 나도 조선 소년이예요 적어도 소년동맹원이에요.

이　호　(머리를 쓰다듬으며) 용하다- 암, 그래야지.

명　국　아저씨, 우리 소년동맹에서도 아까 회를 했이요. 아저씨들이 왜놈
　　　　들하고 싸우시는데 도와 드리자고- 우리들도 싸우겠다고!

이　호　알았다. 악수하자, 꼬마 동지. (손을 내민다)

명　국　(악수한다) 삼림조합을 해산해라, 잡혀간 아저씨들을 금방 내놔라.

　　　　일동 미소. (가만히 악수)

이　호　그럼 정말 개가 오나 안 오나 좀 봐다오. 조심해서-

명　국　네.

김익주　덤비지 말고-

명　국　패니. (퇴장)

염백준　요새 소년들은 어른들 이상인 걸.

　　　　이기찬, 심우현 등 최혁과 같이 등장.
　　　　서로 인사.

이　호　동무들, 욕 보오.

이기찬　우리는 괜찮소만, 선생야 말로 욕 보슈

김익주　그런데 어떻게들 오는 거요?

심우현　성수 동무 만나서 여기 이선생 게신단 소리를 듣고.

이　호　참 성수 동무는 어떻게 됐나.

김익주　(멀리 바라보며) 아이구, 어느 틈엔지 다 헤쳤네.

이　호　성수 동무는 한번 책임 맡은 일이면 꼭꼭 하고야 마니까요.

　　　　이성수 등장.

이　호　수고했소.

이성수　잘됐습니다- 두시까지 모이도록 됐습니다. 그런데 참 기찬 동무,
　　　　보고했소?

이기찬　아직 못 했소- 이선생, 군중동원은 순조(順調)요. 우리 복귀면에서
　　　　약 육백명, 그리고 파진면(波進面)에서도 한 4,5만명7)은 돌더 올
　　　　거요.

_____

7) 4,5백명의 오식인 듯.

이 호 애쓰셨소.

심우현 그런데 수하면(水下面)은 이번 비에 물이 나서 길이 막혔소,

김익주 내, 동8)이 터졌군 그래.

이성수 그런데 이선생, 감격된 사실을 보고하겠습니다. 지금 보통학교 앞
과 금곡공원 앞 두군데에 근우회의 여성동무들이 길가에 큰 가마를
걸어놓고 죽을 끄린다- 국을 끄린다 해서, 모든 농민들의 고픈 배
를 채워주며, 한편으로 격려하는 연설들까지를 하고 있소.

일동, 감격된 환성.

이성수 그리고 익주 형님, 형님 따님 명국9)이 말요. 애, 아- 정말 영악합
되다. 어떻게 연설을 잘 하는지 농민들이 모두 '옳다' 고함들을 치
고 있소.

김익주 아니, 그까진 거 뭘 안다고-

최 혁 익주 동무 댁은 집안식구가 모두 다 혁명가란 말야.

김익주 자, 그럼 동무들, 지금 우리들의 사세는 아조 급박했습니다. 그러기
지금 그 대책을 의론하기 위해서 잠간 이렇게 모인 것입니다.

일동 긴장.

김익주 그럼 이선생, 회를 진행시켜 주시오.

일 동 좋소.

이 호 그럼 제가 잠간 동무들과 같이 의론하는 심부름꾼이 되겠습니다.
뭐- 길게 말할 거 없이, 이번 하다면에서 시작되어서 전군적으로
대중화가 된 조합반대운동은 비록 몇일 동안이 안 되었지만, 대단
히 그 투쟁한 힘은 크고 정당했습니다. 그러나 유감스럽고 좋은 성
과를 거두지를 못 했고, 뿐만 아니라 백여명 이상의 검속자까지 내
고 말았습니다. 동무들, 이번 일은 다만 한 군에 한한 일이 아니라,
전민족적 투쟁이란 것을 새롭게 인식하면서, 어제의 실패를 오늘의
승리로 보복해야겠습니다.

일 동 옳소.

이 호 먼저 이러기 위해서는 이제까지의 투쟁이 어떠한 약점과 단점이

---

8) 垌, 크게 쌓은 둑.

9) 명옥의 오식.

있었나? 하는 것을 과학적으로 재비판을 하지 않고서는, 새로운 투쟁의 당면과제가 나서지 않으리라고 생각하는 바입니다.

최　혁　옳습니다.

이　호　그러면 제가 먼저 말씀하겠습니다. 첫째는 군중들의 단결력도 약했습니다. 그러나 그보담도 군중들의 지도급에 있는 전위(前衛)들이 너무 기분에 떠서 계획있는 투쟁을 하지 못한 데 있습니다. 만일 조금이라도 더- 조직적이었고 기획적이었다면, 전후 세 차례의 걸친 대량 검거를 당하지 않았을 것입니다. 그러니까 결론지어 말하자면, 전위들이 너무 군중에서 떨어졌기 때문에, 전위는 전위대로 희생이 되고, 군중은 군중대로 약체화가 되어서 분산이 되어버렸던 것입니다.

이성수　옳습니다. 그리고 또 한 가지 원인이 있습니다. 그건 왜놈들의 충견인 도회의원 심형섭이 놈이 순진한 농민들에게 '헤여저들 가서 있으면, 내가 책임지구 무사 원만하게 해결해 주겠다'고 달큼한 말로 가진말을 해서, 거기에 넘어간 것도 큰 원인의 하나라고 생각합니다.

염백준　그것도 역시 전위와 군중과 떨어져 있었던 까닭이 아닐까요?

이　호　옳습니다.

　　　윤소담과 다른 젊은 부인(신여성. 근우회 회원) 들어 오다가 멈춧하며, 다시 나가려고 한다.

이성수　잘들 오셨습니다. 나가지들 마십쇼.

윤소담 등　(고개 숙여 인사하며, 한편에 섰다)

이　호　그러면 우리들은 다시 그런 전철을 밟지 않기 위해서 강력한 조직을 가집시다. 내 의견은 이렇습니다. 삼림조합 반대투쟁위원회를 급속히 조직하되, 각층 단체의 일꾼들을 망라할 일입니다.

일　동　찬성입니다.

이　호　그럼 먼저 역원(役員)을 선정합시다.

최　혁　사회, 복안 있거던 말씀해 주시오.

이　호　내 생각에는 위원장 1인, 상무위원 두사람, 그리고는 모두들 위원들이 되어서 각각 부서를 분담하는 게 어떨가 합니다.

일　동　좋습니다.

이　호　그럼 선거 방식을 말씀해 주십시오.

김익주　사회, 위원장으로는 지금 사회하시는 이호 동무를 호천(呼薦)10)합니다.

일　동　찬성입니다. (박수)

이　호　여러 동무들의 의향대로 하겠습니다. 그럼 상무위원 두 분은 근우위원 위원장께서 자벽11)을 해 주십시오.

일　동　좋습니다.

이　호　그럼 제가 자벽하겠습니다. 김익주씨, 심우현씨.

일　동　좋습니다.

염백준　의장, 지금 시간은 절박합니다. 회의 진행에 있어서 형식을 찾을 거 없이 급하게, 그리고 과학적으로 하는 방법을 가져야 할 것입니다. 그런 의미로써 지금 조직된 반대투쟁위원회가 할 일에 대해서, 위원장의 복안이 게시건 발표해 주십시오. 그래서 가부간 결정하도록 하는 게 좋으리라고 생각합니다. 의견입니다.

최　혁　그 의견에 재청합니다.

이　호　이의가 없으십니까?

일　동　없습니다.

이　호　그러면 새로운 투쟁 과제를 간략하게 말씀하겠습니다. 첫째 군중에게 해설 사업을 지금 곳 실천할 일입니다. 즉, '조합을 반대하자', '붓뜨려간 농민을 내여다오'라는 두 가지 테제-를 깊이 인식시켜야 할 것입니다. 이 연설은 이성수 동무가 책임저 주십시오.

이성수　하겠습니다.

이　호　둘째 연설하는 도중에 검거될 염려가 있으니까, 만일 검거가 된다면은 곳 그 뒤를 이여야 할 동무가 있어야겠습니다. 그 동무들로서는 염백준, 이기찬 동무.

염백준　그러니까 내가 또 검거가 되면, 기찬 동무가 뒤를 잇는단 말이죠.

이　호　그렇습니다.

염백준 · 이기찬　좋습니다.

이　호　세째 연설하는 장소는 금융조합 앞 토담 위나, 보통학교라면 정문 돌층대 맨 꼭대긴. 네째 연설이 끝난 뒤 군중 속에 군중 대표를 선정하여, 군수와 경찰서장과 담판을 하도록 하되, 그 선출 방법은 구두호천으로 합니다. 그럴 때에는 반드시 우리 편 동무가 쁘락치가 되어서, 염백준 동무가 당선되도록 할 것.

---

10) 이름을 불러 추천함.
11) 自辟, 회의에서 회장이 자기 마음대로 임원을 임명함.

일　동　좋습니다.

이　호　다섯째 교섭이 결렬될 때에는 군청으로 홍수같이 돌입할 일. 그 돌입하는 순서로는 맨 선두가 대표단, 다음으로 부인네와 노인들, 그 다음이 청년층입니다. 물론 간격을 두지 말며, 반드시 굳게 스 끄람12)을 지을 것입니다. 여섯째 만일 놈들이 부인네나 노인들에게 도 총을 놓는 잔학한 것을 하게 된다면, 뒤에 있던 청년들이 앞장 을 서서 결사행진할 것.

최　혁　그거 좋습니다. (주먹을 높이 든다)

이　호　일곱째 그래도 군수가 우리들의 요구에 응치 않는 때에는, 직접 폭 동을 이르킬 것. 그때 고함 칠 동무는 최혁 동무.

최　혁　'군청을 부셔라', '군수를 죽여라', '애국자를 석방하라' (고함)

김익주　쉬- 너무 떠들지 말게.

이　호　여덟째 그런 때를 대비하기 위해서 별도 별동대를 조직해서 군청 뒤 금곡공원 송림 속에 잠복시켰다가, 앞뒤로 협공케 할 것. 별동 대 책임자는 염수길 동무, 레퍼-는 심우현 동무.

염수길　책임지겠소

이　호　시간은 오후 2시 정각.

일　동　오후 2시!

명　국　(급히 등장) 어머니, 누나가 머리를 비여 들고.

윤소담　뭐? 머리를 비여 들고?

명　국　누나가 촌아저씨들에게 죽을 노나주면서… 그러드니만 별안간 적 은 칼로써 딴- 머리를 비여 들고, 울면서 연설을 하다가-

김익주　그래, 어찌나 됐니?

명　국　순사놈들이 잡으려니가, 도망을 쳐서-

　　김명옥 등장. (한 손에 딴 머리를 쥐었다. 당홍단기가 나부낀다)

윤소담　어쩐 일이냐?

명　옥　(아모 대답도 없이, 어린 듯이 방문턱에 올아서며) 여러 선생님들, 아모 것도 모르는 저이들은 저이들의 전 명예와 전 생명을 이번 싸 홈에 받이겠다는 맹세로, 이 머리딴을 비여 들었습니다. 선생님들, 아저씨들! 오늘 싸홈에는 이겨주십시오. 수천명 농민들도 굳은 결 의로써 단단히 뭉쳐 있습니다. 유치장 속에 있는 혁명가들을 구해

---

12) 스크럼(scrum), 여럿이 팔을 바싹 끼고 횡대를 이루는 것.

내셔야 합니다. 저이들 건우회원13)들도 끝까지 싸홀 군량(軍糧)을 대고 말겠습니다. (사이) 어머니, 아주머니, 왜놈들의 총 끝도 무딀 날이 오고야 말 것입니다. (눈물을 씻으며 실내로 내퇴)

일동 감격. (눈물들이 어린다)

이 호 오후 2시 정각.
일 동 오후 2시 정각. (윤소담과 근우회원, 이호만 남고, 모두 전후좌우로 분산이퇴)
명 옥 (머리에 수건 쓰고 행주치마 가라 입고 나온다) 어머니. (치다본다)

사이

윤소담 어서 가 봐라- 아우님, 우리들도 어서 나가봅시다.

윤소담과 근우회원 오른편, 명옥 윈편으로 다-각각 퇴장.
이호 (돌아서서) 감격에 잠겨 울타리 너머로 바라볼 때.
군중들의 떠드는 소리.
용암(溶暗).

제2장 오후 3시

무대 동상

1장보다 수시간 뒤.
군중들의 웅성거리는 소리와 같이, 명(明).

이호 한손에 회중시계 꺼내들고 군중의 동향을 바라보며 초조한다.
김익주 주위를 삶이며 바뻐한다.

이 호 허- 큰일났소. 왜 대표단이 나오지를 않소.

---

13) 근우회원의 오식?

김익주   그리기 말입니다. 우리들의 뜻대로 염백준 동무들이 대표가 되었으
        니까, 철저하게 군수를 공박할 것같은데요.
이 호   말 들으니, 군수 임창재란 놈은 교활하기 짝이 없다는데, 이말 저
        말 길-게 꺼려가지고 군중들의 사기를 저상(沮喪)[14]시키려는 모양
        이요.
김익주   그럴 지도 모릅니다. 더욱이 경찰놈들이 잠잠하고들 있는 것을 보
        면, 무슨 계책이 있는지도 모르겠소.
이 호   옳은 말이요. 내일이 월급날이라, 촌순사 녀석들이 말쩡 모여들
        있을 터인데, 반드시 무슨 폭거를 계획하고 있을 거요. (시계를 보
        며) 아, 벌써 3시가 훨씬 넘었는걸.
김익주   저것들 보슈. 군중들은 반 이상이나 풀들이 죽어 있소. 이것 저것
        다 귀찮어서 보담도 쌓아도[15] 승산이 없겠다고 하는 실망하는
        기색들이 보히요. 아- 저것 보. 맨 뒤에 섯는 사람들이 뒤도 미적
        미적 물어 스고 있지 않소.
이 호   (더- 초조하여) 경찰들이 나스기 전에, 얼른 판단들을 왜 못낼가.
        익주 동무, 백준 동무가 왜 저모양요.
김익주   그 사람은 상당히 괄괄한 사람인데요. 쇠같은 사람인데요.
이 호   그런데 왜 한번 들어가서 종무소식이란 말요. 시간이 늦일수록 군
        중들은 동요하지 않소. 아- 이러다가는 또 실패하겠는 걸. 검속자
        를 탈환하기는 커냥, 또 다시 많은 희생자만 나겠는 걸.

        심우현 당황이 등장.

심우현   큰일났소.
김익주   무슨 일요.
심우현   나남(羅南)에 있는 왜놈들 재향군인 40명이 함흥으로 가는 길에
        이곳 경찰놈들의 연락을 받어가지고 오늘 3시 50분에 이곳에 도착
        된다오.
이 호   뭐, 3시 50분! (시계를 보며) 지금이 3시 35분. 어, 이거 큰일났소.
        15분 뒤면 도착되겠구료.
김익주   오, 그래서 놈들이 총만 메고, 겉으로 빙빙 돌고만 있구료.
심우현   그렇소. 당장 군수놈들과 서장놈의 확답을 받지 않으면 않이될 거

---

14) 기운을 잃음.
15) 내용상, '싸워도'일듯.

요.

김익주 오라, 그래서- 저놈들이 응원대가 오기를 기다려 가지고, 대량으로 검거를 할 모양이로군.

이 호 익주 동무, 지금 군중 속으로 뛰여들어가서, '대표단을 속히 내보내라'고 고함을 치시오. 그리하여 전 군중을 격동하시오. 우리들의 싸홈은 늦일면 늦일사록 불리합니다.

김익주 옳소. (급히 뛰여서 퇴장)

이 호 우현 동무, 신문지국에는 변한 일이 없소.

심우현 그대로 연락이 잘 되고 있소. 놈들이 한 놈도 조사를 않 들어옵니다.

이 호 (잠간 생각을 하다가) 그렇면 위험하오. 냄새 잘 맞는 개놈들이 모를 일이 없소. 길러서 잡겠다고, 그 근처에 거미줄을 느렸을 거요. 동무, 얼른 내려가서 연락장소를 옮기도록 하시오.

심우현 네.

이 호 동무가 직접 들어가지 마시오, 소년동맹원을.

심우현 있소. 신문배달하는 아이 중에 소년동맹원이 있소. (나가려고 할 때)

군중들의 함성.
와글와글하여 잘 안 들리나, '대표단울 속히 내보내라', '옳소', '않 내보내면 우리들이 들어가겠다, '부서라', '처라' 하는 군성(群聲). (격분된 소리들)

이 호 야! 군중들의 기세가 대단하오.

심우현 저것들 보오. 경관들이 총 끝에 칼까지 끼여 들고-

함성소리 더- 커진다.

이 호 군중들이 군청으로 처들어갈가 봐서 위협들을 하는 모양요.

더- 큰 군중.

심우현 저것 보슈. 나왔소, 나왔소. 대표단들이- 염백준 동무가 뭐라고 연설을 하는구료.

점점 잠잠하여진다.
'여러분-' 하는 연설소리. 소리만은 멀-리 들리나, 언사는 안 들린다.
군성(群聲) '안 된다', '군수야, 나오너라' 등등.

이　호　실패를 한 모양요. (시계를 보며) 허어- 큰일났군. 왜 군수를 껄고
　　　　나오지를 못하고 혼자들만 나왔나.
심우현　또 저번 심기도 평의원놈한테처럼 속아 떠러졌나 보오.

　　　더- 큰 군중의 함성.
　　　이기찬 등장.

이　호　어찌나 됐소?
심우현　대표단이 나와서 뭐라고들 하는 거요?
이기찬　(격분된 어조로) 한참동안 싱갱이 끝에 군수놈이 '나로서는 할 수
　　　　없다'고 딱 잡아띄었답니다.
이　호　음. (입을 앙문다) 강경하게 거절을 했다-
이기찬　처음에는 군수놈도 당황해서 좋은 말로 나오다가, 무장경관들이 작
　　　　고 모혀드는 것을 보자 태도가 일변해졌답니다. '조합을 해산해래'
　　　　하는 말에 '그건 상부의 명령이니가 나는 할 수 없소', '검속자 석
　　　　방해달라'니까 '그건 사법에 관계된 일이니가 경찰서에 가서 말해
　　　　라'-
심우현　아니, 그놈도 조선사람인가. 그저 한 칼로 목을 비여야 해- 그따위
　　　　놈들은, 왜놈의 종녀석들은, 음. (주먹을 휘둘르며 나가려고 할 때)

　　　멀니서 기적 소리.

이기찬　이선생, 저게 용강역에서 나는 소립니다. 남행차가 발차를 한 모양
　　　　입니다.
이　호　그럼 8분 뒤면 도착되겠구료.
심우현　그렇소.
이　호　우현 동무, 사태는 급박했소. 급히 장터거리로 나가서 점방(店房)들
　　　　을 폐쇄하고, 모두 모히라고 선동을 하시오. 삼림조합 문제는 농민
　　　　들의 문제뿐 않이라, 우리들 전 조선사람의 사활 문제라고-
심우현　예- (퇴장)

고함 소리.

이기찬　야- 군중들이 군청 안으로 돌입들을 합니다. 순사놈들도 막지들을
　　　　못 하는군. 에구, 놈들이 칼들 빼여 들었다- 야아, 농민들도 용감하
　　　　다. 벌써 층계에까지 올어간다. 앗.
이　호　저게 누구요. 문을 막고 섰는 순사를 뙤다 동댕이를 친 사람이-
이기찬　모르겠소. 야, 그 친구 힘이 항우같구나. 또 한 놈, 또 한 놈, 야아
　　　　- 단꺼번에 다섯놈식이나 걱구로틔리는고나.

더 큰소리, 유리창 깨지는 소리. 파궤되는 소리, 와우정16) 소리.
총소리.

이　호　놈들이 그렇고-
이기찬　이선생, 저것 보. 야아- 저 노인 좀 봐라. 총을 빼서서 두 동강을
　　　　내는구나.
이　호　그런데 별동대는 어찌 됐나.

다른 한 떼의 규성(叫聲), 습격하는 소리.

이기찬　별동대가 움직였습니다. 군청 뒤 송림 속에서 허옇게 쏟아져 내려
　　　　옵니다. 야아- 눈사태 같구나. 장마물 같구나.

또 한방 총소리.
명국소년 다름박질 등장.

명　국　아저씨, 기차가 도착되었음니다. 왜놈 병정들이 수없이 쏟아져 내
　　　　렸습니다.
심우현　큰일났군. 움, 이 원수를 언제나 갚나. (퇴장)

총성 자저진다.

명　국　아저씨, 저걸 어떻해요. 놈들이 총들을 막는데, 괭이와 삽들만 가지
　　　　고 어떻게 총을 당하나- (울 듯이 되어서) 우리들한테도 총만 있었
　　　　으면-

---

16) 아우성?

총성 콩볶듯 난다.
군중들의 함성, 규취(叫吹)17), 파괴되는 소리.
'조선독립 만세' 소리.

명　국　앗, 총에 마저서 쓰러진다. (이호한테 매달리며) 아저씨, 저걸 어떻
　　　하나. 앗, 또 넘어진다. 아이구, 한꺼번에 둘식이나 층계에서 걱구
　　　로 떠러지네.
이　호　……

　　　소간(小間)
　　　군중 소리 차차 적어진다.

명　국　앗, 달아나는 사람까지 막 쏘고 있다. (입을 앙물고 나가려고 한다)
이　호　어디로 가는 거냐. (붓잡는다)
명　국　놓세요.
이　호　않된다. 위험하다.
명　국　아버지도, 어머니도, 누나도, 모두모두 다 나갔는데.
이　호　기대려라. 돌아오실 거다.
명　국　놓세요. 나갔다가 죽어도 좋와요.
이　호　(더 꼭 붓잡는다)
명　국　(할 수 없어서 우름이 터진다. 느낀다)

　　　김익주 침통한 얼골로서 등장.

명　국　아버지.
김익주　(이호에게) 또 실패요. 수없이 죽었소. 야만 녀석들, 독한 녀석들,
　　　빈손 들고 정당한 요구를 하는 무고한 양민에게 총을 논다- 음, 어
　　　디 두고 보자. 왜놈들이 언제까지나 견디여나나.
이　호　성수 동무랑 모두 어찌나 됐습니가.
김익주　죽지 않으면 잡여갔을 거요. 남녀노유 할 것 없이 잡이기만 하면
　　　역거 갔소. 고놈들이, 벼락을 맞일 악독한 놈들이- 저것 좀 보오.
　　　눈들이 싯빨애서 미친 개처럼 쏘단기지 않소. 집집마다 뒤지려는
　　　모양요.

---

17) 울부짖고 부는 소리?

이 호 ……

명 국 어머니.

윤소담 (풀이 죽어 들어온다. 그렇나 비장한 안색이다) 이 원수를 언제나 갚나.

명 국 어머니, 누나는 어디 갔소.

윤소담 모르겠다. (귀찮은 듯이)

김익주 닷친 데나 없소?

윤소담 우리만 이렇게 살아서 뭘한단 말요.

　　　일동 침묵.

윤소담 (나즌 목소리나 복수의 불타는 목소리다. 조희[18] 조각을 이호에게 준다) 선생님, 이건 지금까지 우리들이 조사한 즉사자의 명부올시다.

이 호 (받아든다) 모두- 18명. 음, (쥐인 주먹이 부들부들 떨린다)

윤소담 또 얼마 되는지 모르겠습니다. 놈들이 통행까지 금지를 시키기 때문에 어쩌는 도리가 없었습니다. 이 죽은 사람 가운데도 가원골 사는 김득수는 총에 맞어쓰러진 걸, 또 칼로 찔러서. (목이 민다)

김익주 듣기 싫소. (더- 크게) 듣기 싫소.

　　　사이
　　　피흘린 염수길 절뚝어리며 등장.
　　　일동 놀랜다.

염수길 선생, 미안하오. 힘대로 싸왔지만, 강약(强弱)이 부동(不同)이다[19]. (씨근거린다)

이 호 제가 면목이 없습니다. 이렇게 혼자만 안전한데 있으면서…

김익주 그건 그렇지 않소. 싸홈에는 부서(部署)가 있지 않소.

염수길 (가슴을 친다) 이 원수를 언제나 갚나? (사이) 이선생, 사세가 그 모양이 되니가, 우리들은 할 수 없이 퇴각들을 했소이다. 그리고 다시 제2단의 책으로 죽은 동무들의 시체나 거두자고, 청년동맹 젊은 패들과 근우회 아주머니들이 중심이 되어서 적십자대를 조직하

---

18) 종이.

19) 둘 사이의 힘이나 역량이 한편은 강하고 한편은 약하여, 서로 상대가 되지 못하다.

여 가지고, 동지들의 시체를 거두다가 그만 그것마저 놈들에게 모두 빼앗기고 말었쇠다. (입을 앙문다) 그래 할 수 없이 우리들은 또 다시 중상을 당한 동무들의 구호에 착수했소. 몹시 닷처서 거의 죽게 된 사람만 해도 15,6명, 머리가 터지고 다리를 닷친 정도의 경상자는 수없이 많었소. 그래서 우리들은 우선 중상자들만 성재관 앞뜰에다 수용을 했소. 그중에 어떤 젊은 친구 한 사람 어깨에 총을 맞고- 또 배에 칼을 마저서 오장이 쏟아져 나오는데…

소담 얼굴을 가린다. 몸서리를 친다.

염수길 그런데 그 친구가 한손으로 자기의 오장을 부둥켜 쥐고 빗쓸빗쓸 일어스드니만, 나중에는 성난 사자같이 왜놈 병정 있는 데로 달려가면서 목이 터지게 부르지것소. '너이들은 총을 가졌지만, 내 총은 이것이다' 그러드니 그냥 땅에 가 쓰러집듸다. 그러나 그는 최후로 숨이 끊어질 때에 이렇게 크게 불렀소. 크게 불렀소. '조선독립 만세'를.

일동 눈물을 흘린다.
명옥 등장.

명 옥 선생님, 어서 몸을 피해 주십시오. 지금 왜놈 경관놈들, 조선놈 형사놈들과 여러 패를 지여가지고 집집마다 뒤저옵니다.
김익주 선생, 어서 피하슈.
이 호 싫습니다. 일도 성사를 못하고, 동무들만 죽이고- 그런데 어떻게 나만 몸을 피한답니까.
김익주 그렇지 않소.
이 호 아니올시다. 수없이 잡혀간 동무들과 같이 나도 잡여가겠습니다. 죽어도 같이 죽고, 고생을 해도 같이 하고-
이기찬 옳지 못한 말슴요. 죽은 동지를 생각하고 잡여간 동지들을 생각할수록 선생은 몸을 피해야 하오. 누구넌지 다 피해야 하오. 뵐 수 있는 대로 잡여가지 않고 땅밑에 숨어서라도, 우리들의 싸홈을 계속해야 할 것이 아니요.
염수길 옳쇠다. 선생은 지도자라는 것을 잊어서는 않 되오.
윤소담 여러분 말슴이 옳습니다.
이 호 고맙습니다. 잘 알겠습니다. 우리들은 맹세합시다. 오늘의 이 원억

(冤抑)20)을 반드시 승리로써 복수하겠다는 것을-
일 동 (소담 이외에는 주먹들을 들며) 맹세합시다.
이 호 자- 그럼.

　　　악수들을 한다.

김익주 어듸로 가시겠소.
이 호 요다음 다시 만날 때 말합시다. (퇴장)
윤소담 아즈바니들도 피하슈.
이기찬 그럼 우리들도 헤집시다.
염수길 형님은?
김익주 나야 시침이 띄고 들어 앉었으면 고만이지.
염수길 그래도 조심을 하세야죠.
김익주 내 염녀말고 자네들이나-

　　　이기찬, 염수길 좌우로 퇴장.

윤소담 자- 그럼 임자는 방에 들어가서 들어 누어 계슈, 병난 것처럼.
김익주 그렇지 않으면 어떻소.
명 국 (멀리 바라보며) 아이구, 아버지 저기 수길 아저씨가 형사놈들한테 붓잡이었쏘. 아이구, 다리까지 닷친 아저씨를 막 두들겨 주는구료.
김익주 어듸 두고 보자.
명 옥 이선생님은 어떻게 됐을가? 아버지, 내가 좀 가보고 올게요.
윤소담 아서라.
명 옥 괜찮어요. 먼- 밭으로 돌아보고 오겠어요. (퇴장)
김익주 (담배를 피운다. 뻑뻑 빤다)
소 리 어듸로 가는 거야.
명옥의소리 아니예요.

　　　명옥 조선형사한테 껄리여 들어온다.
　　　뒤따라 총 들은 일경 갑 등장.

────────────────

20) 원통한 누명을 써서 억울하다.

184

형　사　어디로 또 연락을 하러 가지.

윤소담　저녁 장거리 보러 나가는 길에요.

형　사　듣기 싫여! 오늘도 거리에 장이 섯나. 점방까지 모두 닫처 버렸는데- 흥, 나쁜 색기들- 저이들 암만 그래 봐. 조선이 독립이 되나.

일경갑　암만해도 이 집이 이상하지.

형　사　그렇습니다.

일경갑　누가 쥔 놈이야.

김익주　내가 쥔요. 왜 그러우.

일경갑　이 자식도 공산주의자지.

형　사　평소에는 얌전한 대서쟁인데요

일경갑　암만해도 이상해. (총을 이리 대며) 너 이 자식아, 오늘 왼 종일 어디 가서 무슨 질알이 했니.

김익주　몸이 좀 불편해서 들어앉었소.

일경갑　거진말이 하지 말아.

명　옥　정말입니다.

형사관　가만있어, 요년아. (따귀를 치는 바람에 머리수건이 떨어진다) 오, 바로 네년이 네년이로고나. 요년아, 네까진 게 머리꽁댕이를 비여 들고 선동을 하면, 삐뚜러진 세상이 바로잡일 듯하냐.

일경갑　너도 근우회냐.

명　옥　그렇다. 왜? 그러니.

일경갑　뭐야. (총을 겨눈다)

명　옥　조선녀자 처놓고 근우회 아닌 여자는 없다- 저 개놈같은 것의 (형사를 가리키며) 에미네만 빼놓고는.

형　사　뭐야. (명옥이를 네동댕이치려고 할 때)

김익주　(형사를 휘여잡어 내동댕이친다) 엑키, 이 개같은 자식아.

형　사　(나가떨어진다)

일경갑　(총 닥아리21)로 익주를 친다. 너머진 익주에게 형사 이러나서 발길로 막 찬다)

　　　녕옥 모녀 익주를 가루막는다.

윤소담　이 개같은 놈들, 하늘도 무섭지가 안으냐.

일경갑　(소담이를 총 닥아리로 밀친다)

---

21) 다가리, 대가리(머리의 비속어).

명　국　(부엌에서 식칼을 가지고 나왔다. 미친 듯이 일경 갑에게 달겨들어
　　　　서 총 든 손을 친다)

　　　　일경 갑 비명을 치고 총을 떨어뜨린다.
　　　　명국 또 높이 칼을 들어 형사를 치려할 때, 울타리 넘어로 일경을 나타나
　　　　서 방총(放銃).
　　　　명국 비명을 치고 쓰러진다.

윤소담　아- 명국아. (쓰러진 명국이를 끼여안는다)
일경을　(뛰여들어온다) 이 집이 확실히 연락 장소다. (쓰러진 명국이를 쳐
　　　　다보며) 나쁜놈의 조고만 색기!
명　옥　(형사에게) 너 이놈, 너도 조선사람이냐? 독사 같은 왜놈의 충견이
　　　　되어서, 같은 조선사람을 못 살게 굴고-
형　사　닥처라. (갈긴다)
명　옥　죽여라. 우리들은 당장 죽는다. 그러나 우리들의 시체를 뛰여 넘어
　　　　서 수천 수만의 조선의 애국자들이 뒤를 이여 나올 것을 알아라!
형　사　아모리 철없는 게집애로서니, 세상이 어떻게 돌아가는 줄이나 알
　　　　아.
일경을　그까진 가지고 시간보낼 게 없네. 위선 갔다 집어넣고 밥을 내야
　　　　지22).
일경갑　이자식아, 일어나. (익주를 잡어간다. 익주 실신 상태로써 일어슨
　　　　다) 흥, 이자식이 왜 이래. 배가 곱하 그러나. 염려마라. 설넝탕도
　　　　주고, 목 말르면 사이다도 줄게. 히…
일경을　데리고 가자.
윤소담　명옥아.
명　옥　절낭은 걱정마세요. 명국이나 잘 봐 주세요.
윤소담　여보. (익주에게) (울려고 한다)
김익주　(낄려 나가며) 못 낫게 울지 마루. 밤이 아모리 지루한다 한들, 언
　　　　제든지 밤대로만 있겠소.
일경갑　(잡아 껄며) 잡말이 마라.
김익주　(크게 침통하며) 조선은 우리들의 조선이다.

　　　　일경, 형사들에게 익주 부녀 끌려나간다.

_____

22) 밥을 내다, 죄인에게 심한 형벌을 가하여 저지른 죄상을 불게 하다.

윤소담 (잠시 절망에 빠졌다가 다시 명국이를 내려다본다) 명국아, 명국아.
　　　　(느낀다)

　　　사이

명　국 (정신이 나서) 어머니.
윤소담 오, 명국아. (일희일비 광란이 되며) 명국아.
명　국 (고개를 쳐들고 소담에게 기대 앉으며) 어머니, 나 아모렇지도 않
　　　　소.
윤소담 (느끼기만 한다)…
명　국 (돌아보며) 아버지는?
윤소담 ……
명　국 누나도 잡여갔구료. 모두 잡여갔구료.
윤소담 그 쥑일 녀석들이…
명　국 어머니, 왜 우루. 울지 마루.
윤소담 오냐, 울지 않으마. 언제 내가 울었니. 명국아, 아버지도 누나도-
　　　　죄없이 많은 아저씨 아주머니들도- 모두 죽고, 잡여가고- 그러나
　　　　아버지가 없으며 너, 너도 않 되면 네 아들 반드시 우리 조선은 우
　　　　리 손으로 독립이 되고 만다- 명국아, 봐라. 내가 어디 우니. 이렇
　　　　게 웃는다. (우는 듯이 웃는다) 이렇게 웃는다.
명　국 어머니, 나도 이렇게 웃소.

　　　모자 허공을 쳐다보며 미소들을 할 때
　　　무대 어두어지며 하막.

제2막 1945년

1막으로부터 15년 뒤.
북조선 공도(工都) 흥남 인민공장에서 일어난 일이다.
역사적 해방의 날 8월 15일이 지난 뒤.
10여 일 뒤, 오늘은 8월 27일-
인민공장의 하나인 모 공장 정문 내정(內庭)
정면 해서 높고 넓은 철문(쇠창살 문)과 좌우로 좁은 협문, 왼편 협문은
보이지 않는다. 문주는 네모진 흰 대리석. 왼편으로는 내부가 보이는 자
위데 사무실과 전화교환대. 사무실 앞으로 통한 길은 남제감시소로 가는
길. 그길 넘어가 공사사무실이 있으나 보이지 않는다. 정문밖은 능영천,
그리 건너오는 대성교 다리, 정문 창쌀 사이로 다리 난간이 보인다. 더-
멀리로는 붉은 벽돌집(학교)들이 보이는 풍경.
자위대 사무실 입구에는 '인민공장 자위데 본부'라는 간판.

무대 암흑

아래와 같은 환등. (혹은 네-온)
1945년 8월 27일
소리(마이크) 1945년 8월 15일, 아- 우리 조선은 일제의 질곡 밑에서 해
방이 되었다.
음악 (만세 소리, 노래 소리)
소리 15일이 지난 뒤 몇일 안 되는 오늘은 8월 27일- 이곳은 흥남인민
공장.
음악.
소리 조선의 노동자들은!
음악
소리 찾은 조국을 지키기 위하여-
음악 (노동자의 합창 소리)

사이

조용하여지며 무대 밝아진다.

제1장 오후 4시

자위대장 김병룡의 지도 밑에 젊은 대원들 이열횡대로 서서 총 부리는 교련을 받고 있다. 그 중에는 김명국도 전열에 끼어 있다.[23]

대　장　(총을 들고 시범을 해주며) 겨누어.

일　동　(돌격 자세로 겨눈다)

대　장　돌아서.

일　동　(돌아슨다. 돌격방향 급변)

대　장　겨누어. (처음 행동) 돌아서. (다시 돌아슨다) 됐서, 됐서- 자, 그
　　　　럼 자세히 보시오. 하나. (총을 든다) 둘. (겨눈다) 셋. (돌아슨다)
　　　　넷. (돌격 태세) (이상과 같이 또 한번 시범) 다-들 아시오.

일　동　네.

대　장　자-그럼 시-작. 하나. 둘. 셋. 넷.

일　동　(호령에 따라서 동작) (여러 번 중복)

대　장　번호를 불러가면서-

일　동　(크게 소리쳐 가면서 용감스럽게 훈련. 중에 혹간 잘못된 자는 대
　　　　장이 정정을 하여준다)

사이

대　장　곳처. 휴식- (웃는 낯으로) 일주일 동안 배흔 것으로는 퍽 잘 되었
　　　　소- 어- 그런데 동무들, 우리들의 책임은 참으로 무겁소. 쏘련 군
　　　　대의 덕택으로 우리 조선은 이렇게 해방이 되지 않었소. 다시 생각
　　　　할수록 똑 꿈만 같구료.

일　동　그렇소. (모두들 높은 감격에 어리여서 어쩔 줄들을 모른다. 잠깐
　　　　동안 웅얼웅얼한다)

대　장　산도 우리 산, 강도 우리 강, 모두모두 우리 조선사람의 조선이 되
　　　　었소- 이 공장도, 동양에서 제일 간다는 이 흥남공장도, 우리들의
　　　　공장이 되었소. 그러니가-

명　국　우리들의 공장은 우리들이 지켜야 하오.

---

23) 원래 본문에서 참고하라는 의미로 "고(考) 자위대의 복장은 8. 15 직후임으로 소위 왜놈들
　　의 국방복과 전투모 그대로요. 다만 모자에 붉은 테를 둘르고 태극으로 모장(帽章)을 하
　　고, 　　청색지에 백서로 자위대라고 쓴 완장들을 둘르고 있었다"라는 부분이 있는데, 이를
　현 총　　서의 형식에 맞게 각주로 돌렸음.

일　동　옳소.

대　장　그러나 아즉까지 우리들에게는 우리들의 정부도 아니 스고, 체계
　　　　있는 치안기관도 스지 못했소. 그러니가 우리들 공장 로동조합원들
　　　　은 림시조치로써 이렇게 자위대를 조직해서 그 공장의 기계가 완전
　　　　히 돌아갈 때까지, 우리들의 공장을 사수하자는 것은 동무들도 이
　　　　미 잘들 알고 있고, 또는 그러기 때문에 우리들의 임무가 크다는
　　　　것이요.

일　동　옳소.

대　장　더군다나 요앞 학교 마당에는 일본포로가 8,000여명이나 있지 않
　　　　소. 무장해제는 하였다고 하나, 그대로 무기들은 뜰에다 산같이 싸
　　　　놓고 있으니, 고놈들이 약이 밧짝 올아서 최후로 어떻한 발악을 할
　　　　는지도 모르오. 지금 당장이라도, 오늘 밤에라도 패전은 하고 나라
　　　　는 망하기는 맛찬가지니, 심사나 한번 놀자 하고, 습격을 해올는지
　　　　도 모르겠소. 그것을 막아낼 책임이 우리 공장 전체 노동자들에게
　　　　있고, 더욱이 경비의 책임을 진 우리들에게 있소.

일　동　옳소. ('죽어도 좋소', '공장을 지킵시다' 하는 젊은 대원들의 피끓
　　　　는 절규들이 난다)

대　장　그러나 문제는 총이오. 총으로 막아야지, 애국심만을 가지고는 막
　　　　기 어렵소. 그래서 우리들 이렇게 벼락으로 훈련들을 하는 게 아뇨.
　　　　정말 전심전력으로 잘 배홉시다.

일　동　좋소.

대　장　(보통 이야기조로) 그럼 일반태세는 그만큼 결만 쳐놉시다. 그리고
　　　　이제부터는 직접 사격하는 법이나 배홉시다. 이론 모두 빼놓고, 지
　　　　금이라도 당장 많이 달겨둘면 쏘을 법이나 배홉시다- 자, 그런데
　　　　동무들 중에 총 노와 본 동무 손들어 보시오.

　　　　김용진, 주순성 손 처든다.

대　장　40명 가운데 두 사람, 나까지 세 사람, 문제요- 그러나 (자신있게)
　　　　두려울 건 없소. 당장 배와서 쏴- 넹겨트리기만 하면, 고만 아니요.
　　　　허… 그런데 동무들은 어듸서 배왔소.

김용진　부끄럽소.

대　장　말해 보-

김용진　그 더러운 지원병 나간 일이 있소. 그때 훈련받을 때 좀 배왔소.

190

정말 전쟁은 못 해 봤소.

주순성   나도 그렇습니다. (고개를 숙인다)

대 장   그건 조금도 부끄러운 일이 아뇨. 말이 지원이지 동무들이 조선의 청년들이 누구 한나나 진심으로 지원을 했겠소. 왜놈 제국주의가 강제로써 우리 청년들을 쇠사슬로 엮거서 갔지.

대원중 몇 사람   옳소

김용진   엥히, 그때 다라나지 못한 게 한(恨)야.

주순성   아버지를 잡아 가둔다는 바람에, 울며 겨자를 먹었지.

대 장   그럼, 그 다음 총을 단 한번이라도 맞어 본 동무 손들어 보오.

문대길 손든다.

대 장   어디서 무슨 총이었소.

문대길   야마모도상, 아니 왜놈 주임 집이 볼일이 있어 갔다가, 산양총 있는 거 한번 만저본 일 있소.

일동 미소.

대 장   그 외 동무들은 봐 보지도 만저 보지도 못한 동무들뿐이구료. 문제요. (대장의 말버릇이다) 그러나 좋소. 자, 먼저 서서 사격하는 것. 준비. (대원 태세를 지운다) 몸 더- 비스듬이- 30도 각도마는 잊지 마시오. 더- 돌리면 조준 맞기가 어렵고, 덜- 돌리면 적탄에 명중되기 쉽소. (시범을 하며) 자, 이렇게. 됐소. 됐소. 다시 준비. (몇번 중복한다) 이번엔 앉어서 사격- 자, 준비. 됐소. 역시 30도요- 그리고 말요, 이 왼팔을 세운 무릅에다 꼭 부치고- 그런데 명국 동무, 왜 동무는 바른팔을 붓치는 거요. 왼팔잡이요?

명 국   아닙니다.

대 장   그런데.

명 국   못 잡는건 관계없으나, 나종 사격할 때에- (오른손을 들어보이며) 이렇게 손구락들이 없습니다.

대 장   그랬소. 그런 줄 몰랐구료. 왜? 그랬소. 닷쳤섰소?

명 국   어려서 왜놈 총에 맞어서 부러졌습니다.

대 장   엥. (놀래며) 어찌된 일요.

명 국   내 12살 때, 그때가 1930년입니다. 우리 집은 단천이었습니다. 그때 일본제국주의를 반대해서 단천의 3천 농민들이 들고 이러난 일이 있습니다. 놈들은 이 사건을 농민폭동사건이라고 합니다.

대　장　그런데 동무는 그때 어린 소년이었을 텐데-

명　국　네, 그렇습니다. 그러나 우리 집은 그 대사건의 총참모부였습니다. 이선생이라는 이가 우리 집에 숨어 있었고, 우리 아버지도 지도간부의 한사람이었고, 우리 어머님과 누님은 근우회원이었고.

김용진　근우회라니.

명　국　그때 여성단체의 이름이었소.

　　일동 감탄들을 하다.

대　장　그래서

명　국　놈들은 할 수 없으니가, 나중에 실탄사격을 하였습니다. 많이 죽고, 많이 잡여갔습니다.

문대길　나쁜 자식들, 고로든 자식들이 지금 조 모양들이 됐다-

명　국　그때 놈들은 우리 집으로 습격을 해와서, 우리 아버니와 누님을 잡아갔습니다. 그때 내가 마진 데가 여깁니다- 하마트면 죽을 뻔했으나, 불행중 다행으로 내 목숨대신에 손가락 두 개만 놈들한테 뺏겼습니다.

일　동　야아-

주순성　인제 알았드니, 우리 명국동무도 혁명투사였고나.

김용진　그래, 아버니와 누님은 어찌 되였소?

대　장　시간이 없으니, 자세한 이야기는 나중에 차차 듣기로 합시다. 자, 그럼 동무는 그대로 그렇게 하오. 그대신 이편 끝으로 스오. 중간에 있으면 옆에 사람들한테 헷갈릴 터이니.

명　국　네. (김용진과 밧구어 슨다)

대　장　자, 그럼 다시 준비. 됐소. (몇번 그 태세를 중복한다) 이번에는 사격연습. 첫번으로는 앉어서요. 자, 준비. (대원들 앉는 태세를 취한다) 이번에는 방아쇠를 당겨 봅시다. 자, 주의들 하오. 총머리를 여기에다 (자기 바른편 어깨를 가르키며) 꼭 부치시오. 조금이라도 느슨하면 총신이 흔들려서 탄환도 제대로 안 갈 뿐 않이라, 억개를 닷치기가 쉽소. 자- 준비. 사격. (일제히 공포(空砲). 그중 두어 대원 한 사람 뒤로 나가자빠지고, 또 한 사람 넘어지지는 않었으나 어깨들을 닷치었다. 두 사람 어깨들을 만지며 '아얏' 소리들을 친다. 다른 대원들 미소)

192

대　장　내 뭐라고 했소. 그따위로 사격을 하다가는 적을 물리치기는 커녕, 적의 밥이 되겠소. 자, 다시 여기다 이렇게 아조 있는 힘을 다- 들여서 밀착들을 해보시오. 자. (모두 밀착) (대장 돌아단기며 총신을 건드려 본다. 좀 흔들리는 대원에게는 주의를 준다) 됐소- 자, 이번에는 부복(俯伏) 사격요. 자세만 달랐지, 놓는 법은 맞찬가지요. 자, 엎듸렷. (일동 부복) 왼팔굽을 땅 위에다 직각으로, 즉 꼿꼿하게 세우시오. 힘을 듸리오. 어깨에다 꼭 붓치고- 자, 사격요- 사격! (일동 사격) 됐소. 잠간 쉽시다.

이성수 (단천사건 때 활약타가 5년 증역을 하였다. 출옥후 신약(身弱)으로 향리에서 몇해 지내다가, 흥남비료공장의 로동자로써 숨어 들어와서 역시 지하운동을 하다가 한번은 2년, 두 번째는 5년 복역하다가, 이번 8.15에 석방되어 나왔다. 그래서 곧 흣터졌던 동지들과 임시조치로써 흥남로동조합을 조직하고, 그 간부의 한 사람으로써 활약하고 있다. 지금 42세. 야윈 얼굴이나 단천사건 때의 청년 전위로써의 당일은 그대로 약여(躍如)[24] 한다) 등장.

성　수　욕들 보슈.
대　장　욕보외다.
성　수　그런데 대장 동무, 오늘 밤엔 더- 경계를 해야겠습니다. 정보가 들어왔습니다.

　　일동 긴장.

성　수　오늘 오후에 일병 포로를 간시[25]하고 있던 쏘련병의 일부가 무슨 일인지 함흥 방면로 단길러 간 모양인데- 만일 오늘밤 안으로 쏘련 동무들이 돌아오지 않는 경우이면, 패잔병의 일부가 그 틈을 타가지고 어떤 거조[26]를 할지 모르겠다는 추측이-
대　장　그건 추측으로 보담 확실하게 각오를 해야 하오- 그렇지 않아도 우리 자위대에서는 오늘 밤부터 무교대 전원경비로 들어갈 작정으로, 지금 모-든 준비를 하는 중요. 일사(一死)를 각오하고-

────────────

24) 눈앞에 생생하게 나타나는 모양.
25) 看視, 감시의 뜻인 듯.
26) 擧措, 말이나 행동 따위를 하는 태도. 혹은, 어떤 일을 꾸미거나 처리하기 위한 조치. 혹은, 큰일을 저지름.

성 수 고맙습니다. (대장과 악수) 우리 조합 사무실측에서 그러한 태세로 나가겠음니다. 만일을 염려해서 외부와의 전화 연락, 밤찬 준비도 모두 유감 없도록 하겠습니다. (대원들에게) 동무들, 동무들의 책임은 과연 중합니다. 우리들의 공장을 지킨다는 것은, 우리 조국을 지킨다는 것입니다. 동무들, 잘- 들 싸화 주십시오.

대원들 잘 싸호겠소.

명 국 (아까부터 유심히 바라보다가 앞으로 나스며) 선생님, 고향이 어듸심니까.

성 수 왜 그러우.

명 국 혹시 단천 게섰든 일 않 게십니까.

성 수 (눈이 번쩍 하며) 그렇소, 동무는?

명 국 네, 그렇습니가. 역시 제 눈이 틀리지를 않았음니다. 저를 몰라 보시겠음니가.

성 수 글세요.

명 국 이것 좀 봅쇼. (손구락 잘나진 손을 내보인다)

성 수 어- 그럼, 바로 동무 명국이 않인가.

명 국 네, 아저씨.

성 수 아니, 이게 웬일야. 대관절 언제 여기를.

명 국 네, 벌써 이곳에 온 지도 사년째 됩니다.

성 수 어- 그래. (손을 쥐여 흔들며) 이거 참 꿈같군. 죽지 않으면 만나보는군- 그래, 어머니께서는.

명 국 모시고 있음니다. 그리고 얼마 전에 장가까지 들었음니다.

성 수 응. (감개무량한다) 명국이, 인제는 됐어. 손구락 이러버린 앙가품도 됐어. 도라가신 아버님섯경 모두들 놈들에게 희생된 우리들의 선열들은 지금쯤은 기쁜 얼골들을 하실 거야.

대 장 어찌된 일이십니까.

성 수 네, 말하자면 장황합니다. 한말로 말하면, 나는 이 동무 아버님들과 같이 젊었을 때- 더 정확하게 말하면, 지금부터 15년 전에 일제를 반대해서 같이 싸와왔단 말입니다.

대 장 네, 그러십니가. 그러니가 바로 동무께서도 단천사건에-

성 수 네, 한 개의 병졸로써 그 싸홈에 참례를 했었습니다. 정말이지 동무, 그리고 동무들, (대원들에게) 이 명국 동무의 집안은 모두가 혁명가였소.

김광준 선생님, 그럼 그때 명국 동무의 아버님께서도 한때 증역을 가셨겠죠.

성　수 예.

은다복 그런데 지금은 어디 게십니가.

대　장 어디 명국 동무가 그런 약이를 해 줬서야 말이죠. 그런 약이도 아까에야 겨우 (손을 내보이며) 이것때문에 말이 좀 낫섰죠.

김광준 젊은 친구 처놓고는 상당히 입이 무겁거던-

성　수 이 동무 아버님은 우리들하고 같이 5년을 받고 고생을 하다가, 그만 3년만에 옥사를 하셨소

대원들 (감심들을 한다)…

성　수 그때 우리 동지들은 모두들 울었소. 주먹들을 쥐고- 반드시 죽은 동무의 높은 뜻을 이여서 다시 살어만 나가면 최후까지 싸호겠다고들.

명　국 (복수와 비장이 교차된다)…

성　수 그런데 명국이, 그뒤 누이 소식은 없지.

명　국 네.

강정임 참, 그 어른은 어찌나 됐습니가.

성　수 그때 이 동무 누이는 17인가 18 된 처녀이였쇼. 그러나 자기의 머리를 비기까지 하면서 왜놈들과 싸왔던 용감한 애국청년이였소. 내 감옥에서 나오니까 해외로 나갔단 소리만 듣고-

명　국 만주인지 소련인지로 가버렸습니다. '나쁜 누이를 용서해다오. 어머님은 너만 믿는다. 조국을 찾을 때까지 싸호겠다. 너도 잘 싸와다우.' 이것이 내 누이가 남겨놓고 간 편지였습니다. 그때는 눈날리는 겨울 새벽녘이었습니다. 그때 어머님은 '암, 그래야지. 그래야 내딸이지.' 아조 이렇게 태연하게 말슴하시면서, '명국아, 너는 사내다. 아버지나 누이한테 지면 않 된다.' 이러시면서 몰래 눈물을 고씨스시었소.

대　장 동무. (감격해서 명국의 손을 잡는다)

　　　사이

명　국 그런데 아저씨는 어떻게 이 공장에-

성　수 나도 벌서 여기 온 지는 10여년이 넘지. 그때 통에 5년 증역사리를 하고서 출옥된지 얼마 않 되여서 이리로 왔지. 로동자가 돼서- 고향에서는 놈들의 눈들 때문에 꼼짝도 할 수가 없으니가.

명 국 그런데 어떻게 맞나뵈옵지를 못했읍니가. 저도 4년 동안이나 있었 는데요.

성 수 그러니가 몰랐지. 내가 이 공장에서 놈들에게 또 잡여간 것이 5년 전이었으니까-

명 국 그럼, 아저씨게도 저 적색로동조합사건에-

대 장 그렇다우. (성수에게) 원래 그렇셨읍니다그려. 저이도 동무들게서 로동운동을 하시다가, 증역을 하시다가 이번 해방되자 출옥되신 줄 은 알았지만- 그 예전에 농민투쟁을 하시었다는 것은 몰랐었읍니 다 그래.

대원들 감심한 듯이, 서로 수군거린다.

대 장 (성수의 손을 잡으며) 동무, 고개가 숙으러집니다. 역시 끊임없이 일제와 싸와오신 여러 선생님들의 피끓는 애국심에 저이들은 높은 존경을 디립니다. (대원들에게) 동무들, 우리들은 젊소. 그러나 우 리들에게는 이와 같은 우리들 부조(父祖)들의 빛나는 전통을 갖었 다는 자랑과 행복이 있소.

대원들 (박수)…

성 수 자- 그럼- 명국 동무, 나종에 천천히 약이합시다. 우리 내일 아침 에 어머님 뵈오러 갑시다. (명국과 악수를 한다)

명 국 네.

성 수 그럼 대장 동무, 믿소. (퇴장)

대 장 자, 집합. (일동 정열) 그럼 지금부터 다 각각 부서에 나가도록 합 시다. 그런데 아까도 주의해 뒀지만, 첫째 총이 모자라니가 총 갖 이지 못한 동무들은 총 갖인 동무를 도와도 주고, 연락도 하고- 총 분배는 아까 그대로.

대원들 네-

대 장 그리고 제일 명심할 것은 탄환이 모자라니가 애껴 쓰시오. 허둥대 고 함부로 쓰지 마시오.

대원들 네.

대 장 그리고 제일 방어하는데 중점을 둘 때는 저 남쪽 감시소요. 그 다 음이 이 정문 앞이요. 이곳은 이런 철문이 있고, 또 몸을 가려서 총 놀 때도 있으니까, 비교적 막아내기가 쉽지만, 남쪽 감시소는 막은 데가 없고, 더욱이 건너오는 다리가 있으니가, 여간 위험하지

　　　　　　않소. 그펜27) 마튼 동무! 정신차리시오. 책임을 지시오.
김용진　(나스며) 나와 김명국 동무, 문대길 동무, 모두 세 동무요.
대　장　명국 동무.
명　국　(자신있게) 네.
대　장　자- 그럼 다 각각 부서로 나가시오. 그리고 30분 만에 한번식 전
　　　　　화연락, 2 시간에 한번식 구두보고, 일이 날 때에는 침착하여 대담
　　　　　할 것. 모-든 것은 모-두 해방된 조국의 완전한 독립을 위하겠다는
　　　　　충성심으로!
대원들　예. (경례한 뒤 이리저리 헤진다)

　　　　김명국, 김용진, 문대길 왼편 퇴장, 그 외 대원들 좌편으로.
　　　　정문에 남아 있는 대원중 황영주, 은다복, 주순성, 김광준 등 사무실에는
　　　　조선민, 전화교환대에는 강정임)

대　장　동무들 나 사무실에 좀 갔다 오겠소.
대원들　예-

　　　　대장 퇴장.

김광준　동무들, 이렇게 매일매일 고놈들이 습격을 오면 어떻게 막자, 공장
　　　　　을 지키자 하고만 있으니가, 좀 숭겁단 말야.
은다복　그럼?
김광준　(헷 용기를 내며) 정말 한번 닥드라닷스면 좋겠단 말야. 그냥 팽팽
　　　　　쏘아서, 툭툭 쓰러듸려 버리면- 어, 그 참 가슴이 확 터질 텐데.
주순성　혼자 각(脚)쟁이가 큰소리는 잘 텃듸리는고나- 탕 소리 나면 먼저
　　　　　쥐구녕을 찾을 위인이-
김광준　흥, 괘니. 나도 조선남아다. 나라를 사랑할 줄 아는 떳떳한 로동자,
　　　　　아니 대장부다. 봐라. 만일 적이 저기 있다고 하면, 척 여기에부터
　　　　　슨다. (문주 뒤에 슨다) 반드시 몸은 30도 비스듬이래야 한다. 그리
　　　　　고 한번 땅.
은다복　너 틀렸다. 그러다가 총알 맞기 똑 알맞다. 이렇게 해야 한다. (다
　　　　　른 문주 뒤에 선다) 땅. 땅. 땅. 자, 어때-
황영식　그것보담도 이것이 더 효과적이다. 자, 봐라. (창쌀 밑에 부복　자

---

27) 그편.

세로 업듸려서) 그냥 어깨에 종머리를 꼭 대고, 조준을 잘 마처서 땅.

세 대원 서로 땅,땅, 땅 할 때.

대　장　(등장) 이것들이 뭐요.

김광준 등　주춤한다. 다른 대원들 미소.

대　장　이렇게 웃고 떠들 때가 아니요. 귀의 신경을 날카롭게 할 때가, 눈의 신경을 뾰죽하게 할 때가, 방아쇠 잡아단기는 손끝 신경까지도- 모두가 지금부터요. 벌서 야심(夜深)이 되었소.

대원들　네- (각각 부서에 벨너질 때)

암(暗).

제2장 오후 10시

무대 동상
가는 비가 시름시름 내린다. 으스름 달밤.
명(明)
대장 이하 쥐 죽은 듯한 침묵으로써 긴장들이 되어 있다.
멀-리서 물새 소리.
사이
멀리서 총성. (들릴 듯 말 듯)

대　장　지금 난 소리가 뭐요.
김광준　아모 소리도 않 났는데요.
은다복　글세, 무슨 소리가 난 듯도 한데.
대　장　확실한 총소린데.
주순성　대장동무, 너무 신경과민요. 총소리가 만일 났다면은
대　장　아니요, 멀리서 들려온 소리요.
김광준　그러면 전화연락이라도 올 게야요.

198

더 큰 총소리, 일동 놀랜다.

대　장　봐요. 자, 전투준비. 놈들은 한쪽으로만 올 게 아뇨.

대원들 제자리에 배치된다.
전화 벨- 소리.

강정임　네, 네. 여기가 본부요. 네, 남쪽감시소요. 적이 나타났다. 응원을
　　　　보내라. 네, 알겠음니다.
대　장　내 상상이 맞었다. 그렿고 남쪽부터고나. 조동무, 흥남으로 보고하
　　　　시오. 그리고 강동무는 사무실에-

조, 강 양편에서 전화를 건다.

대　장　동무들, 침착하시오. 총알을 아끼시오.

대원들 겁들을 집어 먹는다.

대　장　안전장치들을 벳겨 노시오. (단총을 꺼내든다)

대원들 안전장치를 틀어놓는다.
자조 나는 총소리.

강정임　사무실입니가. 남쪽 감시소 편에 적이 나타났습니다.
대　장　본궁(本宮)과 흥남, 연포, 여러 곳에 전화로 연락해 달라고-
강정임　보십쇼. 본궁, 흥남, 연포, 모두 연락을
대　장　급히 응원대를 보내라고-
강정임　급히 응원대를 보내달라고요. 네, 네, 부탁합니다.
대　장　끊지 마슈.
강정임　잠간만 게십쇼.
대　장　사무실 동무들도 만일을 염녀해서, 작댁이 하나식이라도 모두 준비
　　　　하고 있으라고.
강정임　여보십쇼. 사무실 동무들도 부지갱이, 아니 큰 몽둥이 하나식 준비
　　　　하고 게십시오. 네, 네, 네, 부탁합니다.

조선민 전화를 거나 나오지 않는다.

대　장　않 나오?
조선민　않 나옵니다.
대　장　끊어졌소?
조선민　아고- 네, 네, 나왔습니다. 거기 흥남입니가. 여기는 운성리 공장입
　　　　니다. 패잔병의 습격입니다. 여기 무기, 사람, 모두 부족입니다. (끊
　　　　어진 모양이다) 여보십쇼. 어- 어- 네, 네, (다시) 응원대 좀 보내
　　　　줍쇼.
대　장　다른 데로도 좀 연락을 해달라고.
조선민　다른 데로도 좀- 여보십쇼, 어- 어- 네, 네, 이리로 좀-
대　장　다른데로 좀 (크게)
조선민　여보십쇼. 다른 데로도 좀 연락을 바랍니다.
대　장　덤비지 마슈.
조선민　급하니까 전화도 잘 않 되는데-
대　장　자, 각처 감시소에도- 강동무도.

두 사람 이곳저곳 공장 구내 각처 감시소에 연락 전화.

주순성　광준 동무, 떨지 말어.
김광준　내가 언제 떨었어.
대　장　군소리들 말어-

총소리 잠잠, 죽은 듯한 정적.

대　장　이상하오? 전화 연락. (강정임 전화 건다)

조합 간부와 사무원 권용원 외 1인 등장, 사무원들은 목도들을 들었다.

조합간부　어찌됐습니까?
대　장　아즉 자세한 보고가 없습니다.
조합간부　총소리 끝인 게 수상스럽소.
대　장　그래, 지금 연락중입니다.
강정임　불통입니다.
대　장　그럼 모두 전사를 했는지도 모릅니다. 그래서 혹시 적병이 넘어 들

어오는지.

　　일동 놀랜다.

대　장　자, 우리 여기 동무들 나눕시다.

　　김용진 급히 등장.

김용진　대장 동무, 보고요.
대　장　어찌되었소.
김용진　조금 전 10시 15분 총소리가 났습니다. 그때 우리들은 응전을 했
　　　　습니다. 그렇나 탄환이 세방씩 밖에 없기 때문에, 적이 보이기 전
　　　　에는 놓지 않었습니다- 그랬드니 그옇고 강 건너 갈대 속에서 적
　　　　들이 나타났습니다. 어두서 몇 명인지 몰났습니다. 그러자 적
　　　　병들은 4,5명이나 대담하게 다리 위로 건너왔습니다. 그래서 우리
　　　　들도 발사를 했습니다.
대　장　그런데?
김용진　(침통하게) 김명국 동무가-
일　동　엥?
김용진　전사를 했습니다. (일동 놀랜다) 총소리가 나자마자 명국 동무는
　　　　용감하게 대리 위로 뛰여 나갔습니다. 우리들도 뒤에서 응전을 했
　　　　습니다. 명국 동무는 다리 위로 넘어오려는 적병을 둘이나 쏘아 넘
　　　　어띄렸습니다. 그럴 때에 바로 명국 동무가 엎된 다리 밑으로부터
　　　　적병이 기여 올랐습니다. 명국 동무는 총 쏠 사이도 없이 총머리로
　　　　적병의 골통을 부셔서 물 아래로 떨어티렸습니다. 그리는 통에 명
　　　　국 동무는 흉탄에 쓰러졌습니다. 용감하게 싸왔습니다.
조합간부　존귀한 희생요.
김용진　그러는 통에 적들도 잠잠해졌습니다. 그래서 나와 문 동무는 급히
　　　　뛰여나가, 명국 동무를 잡아 일으키였습니다. 명국 동무는 머리와
　　　　가슴, 두 곳에 적탄을 맞고 숨이 거이 넘어가고 있었습니다. 우리
　　　　들은 ‘동무, 정신차려!’ 하니가, 명국 동무는 고요히 피무든 손을 내
　　　　저으면서, ‘나를 그냥 내버려 다오. 어서 가서 공장을 지켜주오’ 힘
　　　　있게, 힘있게 (목이 미여서) 이렇게 마즈막 말을 남기고 그만 운명
　　　　이 되어 버렸습니다. (주먹으로 눈물을 씻는다)
일　동　……

김용진　대장 동무, 지금 문대길 동무 혼자 남어 있습니다. 얼른 응원대가
　　　　가야겠습니다.
대　장　옳소. 동무들, 우리 결사대를 조직합시다. '죽엄으로써 공장을 지켜
　　　　달라'는 김명국 동무의 높은 뜻을 본받읍시다. 사실 남쪽 언덕은
　　　　위험한 곳요. 사러서 돌아올 사람은 가지 못할 곳요. 자- 여기 우
　　　　리들 중 반만 갑시다.　자진하고 나오시오.

　　　　대원들 고개들을 숙인다.

대　장　자원합시다. 우리 공장을 온전히 보전하고 모하는 오늘밤 이 시각
　　　　에 달렸소. 동무들의 애국심도, 용기도 모두가 거즛말이었구료-
　　　　(사이) 그럼 내가 가겠소.

　　　　총 소리.

김용진　않되오. 대장 동무는 책임이 중하오. 내가 가겠소.
대　장　고맙소.
김용진　나는 명국 동무의 뒤를 따라가오. 가면 못 올 것을 각오하고 있소.
　　　　(눈물을 흘리며) 대장 동무- 여러 동무들, 마즈막 부탁이 있소. 내
　　　　가 죽은 뒤에 우리집 앞뜰 방공호가 있는데, 그 속에 내가 남몰래
　　　　파묻어돈 돈 2천원이 있소. 그것을 파내서 우리 집안 남은 식구에
　　　　전해 주시오. (주먹으로 눈물을 씻는다)
권원룡　나도 가겠소.
황영주　나도 가겠소.

　　　　대원들 모두- 비장한, 그러나 용감한 목소리로 '나도 가겠소' '나를 보내
　　　　주오' 하면서 나슨다. 모두들 눈물들이 흐른다. 강정임 수건으로 얼굴을
　　　　가리고 느낀다.

대　장　(눈물 어린 얼굴에 웃음을 띄우며) 좋소. 좋소. 그러나 모두 다-가
　　　　면 여기는 누가 지킨단 말요.

　　　　대원들 '나만 보내주오' '나는 갈 테요' 등등 소리들을 질른다.
　　　　총소리 자저진다.

대 　장　그럼 명령요. 먼저 자원한 순대로 합시다. 김용진 동무. ('예' 하고
　　　　한편으로 용약(勇躍)28)하며 나슨다) 권원룡 동무. 황영식 동무. 주
　　　　순성 동무. 최 동무- 모두 5동무- 즉시 출발 !

　　　　김용진 등 경례들을 하며, 대장들도 답례. 함성치며 퇴장.
　　　　총 소리 더- 자저진다.

대 　장　동무들도 자기 부서에!

　　　　대원들 전투 태세.

대 　장　(조합간부에게) 김동무, 사무실편짝 공장안 내부는 조합 동무들한
　　　　테… 믿습니다.
조합간부　다-들 배치되어 있소.
대 　장　그리고 외부연락도- 만일 여기도 전투가 버러지면, 여기 전화가
　　　　어찌될 줄 모르고-
조합간부　알겠소. 동무들, 잘 싸호시오. 우리들이 우리 공장을 지키지 못하
　　　　게 되면, 우리 새조선의 큰 손실인 것이요. 믿소. (다름박질 퇴장)
대 　장　동무들. (조, 강에게) 또 응원을 청하시오.

　　　　조, 강 전화들을 건다-
　　　　정문 밖 정면에서 총 일성.

대 　장　왔다, 왔다. (대장도 엎드린다. 좌태세)

　　　　제2성 정문 위의 외등에 명중. 정문 밖 어두워진다.
　　　　이여서 콩봇는 소리.
　　　　멀리 남쪽, 또 이 정문 양편에서 격전 개시.

대 　장　총을 함부로 쏘지 말아. 적이 보인 뒤에 쏴라. 모두 백발이다. 침
　　　　착, 침착. 겁낼 것 없다.

　　　　'팽', '팽' 하면 탄환들이 오는 소리.

────────────────────────

28) 용감하게 뛰어감.

대　장　전화는 땅에 엎드려서 연락. (더- 크게) 전화기를 마루바닥에-

강과 조, 마루에 엎드리기도 하고, 데불 밑에 고프리고 앉어서 백열적(白熱的)[29]으로 연락 전화.

강정임　사무조합 본부와 외부 간의 전화 불통. 외부 연락은 여기서 하라는 전화가 왔습니다.
조선민　흥남에서 연락 왔소. 응원대 30분 뒤 도착.
대　장　동무들, 용기를 내시오. 흥남에 응원대 30분 뒤에 도착.

대원들 힘들을 낸다.

대　장　광준 동무, 고개를 더 숙이시오- 조동무, 본궁은?
조선민　아까는 통했는데, 지금에는 않 나오.
대　장　강 동무! 다른 감시소에도 주의를 주시오.
강정임　앗, 전화 불통!
조선민　대장, 큰일났소. 모두 불통요.
대　장　낙담할 게 없다. 싸이렌을 울려라. 싸이렌을- 싸이렌을.
조선민　(전화기를 내던지고 나온다) (총알 머리 위로 지나간다) 잇키. (앉는다. 머리를 만저 본다)
대　장　조심하오- 자, 동무- 싸이렌을, 싸이렌을.
조선민　않 됩니다. 여기에는 쉬윗치가 없소. 놈들이 소위 방공 태세를 취한다고 5대 공장의 싸이렌의 쉬윗치가 흥남 본사에 한데 모와 났소.
대　장　움, 깍쟁이들같으니- 그럼 어떻하나. 전화 대신에 비상 싸이렌이라도 울렸으면 좋겠는데-
조선민　이편으로 돌릴 수는 있소. 그러나 저 지붕 위에 쉬윗치가 있소.
대　장　어, 지붕 위는 큰일나지. 놈들의 발사 목표가 됐는데.
은다복　앗. (쓰러진다)
대　장　동무!
강정임　(뛰여 나온다)
대　장　위험하오.
강정임　(은다복을 일으키며) 동무, 동무.

---

29) 힘의 정도나 열정이 극도에 다다른 상태를 이르는 말.

은다복 (일어나면서) 괜찮소. 저리 가슈. 위험하오. 위험하오. 닿인 데는
        다리요. 생명에는 관계 없소. (다시 용기를 내여 엎드려 사격을 한
        다)
강정임 아앗, 피. (치마를 찌저서 다리를 동인다)

        그럴 때 조선민 결심을 하고 입을 앙문다. 옥상으로 올아가려고 한다.

대 장 동무, 위험하오.
조선민 괜찮소. (성큼 성큼 기여 올아간다)

        대장 초조한다.

대 장 아, 조놈 봐라. (발사)
김광준 담박에 쓰러지는고나. 우리 대장 만세.
대 장 떠들지 말고 한눈팔지 마시오- 조 동무, 조심하오.
조의 소리 괜찮소, 괜찮소.

        긴장된 사이
        싸이렌 소리. 대장 이하 모두 환성.
        총소리 들린다.

대 장 놈들이 놀랜 모양이다- 그래도 방심하면 않 되오- 아, 그런데 조
        동무는? (집웅들을 치여다볼 때)
조선민 (집 뒤로 뛰여 나온다. 뺨에 피가 흐르고 있다)
대 장 욕봤소. (악수)

        모두들 치하의 말들을 한다.

대 장 앗, 그런데 이 피는?
조선민 (그제야 만져보며) 나도 모르겠소.
대 장 (자세히 둘려다 보며) 괜찮소. 스처 지나갔소.
강정임 이것으로라도 좀 처매서야죠. (치마쪽 남은 것을 준다)
조선민 괜찮습니다. (소매 자락으로 피를 훔처버린다)

        김용진, 다름박질 등장.

대　장　전황은 어떻소?

김용진　모두- 무사합니다. 놈들도 우리 편의 허실을 잘 몰라서 침입치는 못합니다. 그러든 차에 싸이렌 소리가 나니까, 쥐죽은 듯 종용해졌습니다.

대　장　그래도 안심을 하면 않 됩니다.

김용진　그런데 대장 동무, 탄환이 끊어졌습니다.

대　장　가만있자, 여기 비상용으로 20발 남었소. (꺼내주며) 이건 15방요. 애껴 씁시다.

김용진　예-

대　장　어서 가보슈. 불원해서 어듸서든지 응원대가 올 게요.

김용진　네. (퇴장)

대　장　동무들 탄환들은?

　　　　대원들 '나는 1방요', '나는 2방요' 하며 한사람식 보고들을 한다.

대　장　동무는. (광준에게)

김광준　한방도 않 남었소.

대　장　너무 막 쏴서 그렇소. 응원도 않이 오고 적이 가까이 오면 어쩔 테요.

김광준　꼭 필요할 때만 쐈는데도-

대　장　듣기 싫소.

강정임　앗, 저것 보오.

대　장　적이다. 준비!

　　　　대원들 전투위치에, 강정임 사무실로 들어간다. 조선민도 그대로 엎드린다.

은다복　두놈이다.

김광준　쏴라.

대　장　쏘지 말아. 더- 가까이 오도록 내버려 둬라.

　　　　사이

김광준　대장 동무, 총들은 번쩍들고들 오-

은다복　항복하러 오나 보다.

206

대　장　떠들지 마시오.

소　리　우리들요.

김광준　조선사람들요. 응원댄가 보오.

대　장　계략인지도 모르오. 견양30)을 단단히 대시오.

소　리　운성리 사택에 사는 권상용이요.

대　장　앗, 권동무다.

김광준　하마터면 우리편 쏘을번했다.

대　장　옆문 열어라.

　　　　은다복 협문을 얼른 여러 주고 도로 닫는다.
　　　　권상용 외 1인 등장, 총들을 갖었다.

대　장　이렇게 위험한데 어떻게들 들어오셨소.

권상용　총소리 나는 소리를 듣고 왼 몸이 부등부등 떨리었소. 놈들에게 우
　　　　리 공장이 파괴되면 어떻하나 해서 그대로 뛰어 나왔소. 이동무와
　　　　같이-

대　장　(그들과 악수들을 하며) 정말 갸륵하오.

김광준　왜병 있는 데를 어떻게 지내왔소?

권상용　그래 저 뒤 풀밭으로 돌아서 왔소. 만일 적병을 만나면 한번 해보
　　　　려고 이것들을 가지고 나왔소. (뒤허리춤에서 식도를 꺼내든다. 다
　　　　른 한 사람은 낫을 꺼내 보인다)

대　장　참 담들이 크오. 용맹스럽소.

은다복　그런데 그 총들은?

권상용　오다가 가만히 생각하니, 빈 손으로야 싸홀 수가 없다-그래서 용
　　　　성 공장으로 찾어 들어갔소. 그 공장에서도 총소리를 듣고서들 엄
　　　　중히 경계들을 합디다. 이리 응원을 나오고들 싶으나, 그 공장 지
　　　　키는 동무 수도 적으니가 잘못하다가는 두 공장이 불행하기 쉬울
　　　　테니, 나오지들은 못하고 모-두들 주먹들을 쥐고서 가슴들을 조립
　　　　디다.

대　장　그럴 거요.

권상용　그래서 총 한자루식 얻고, 탄환도 좀 얻고!

대　장　몇 발요!

권상용　50발요.

---

30) 겨냥, 목표물을 겨눔.

대　장　됐소. 인젠 살았소. 인주시오.

권상용　(주면서) 그래 다-들 무사하오- (돌아보며) 인제는 죽어도 한이 없
　　　　겠소. 다시 이 눈으로 우리 공장의 성한 모양을 보게 되니. (안도의
　　　　한숨) 그래 동무들은.

대　장　한 동무만 전사를 하고-

권상용　엥, 누구요?

대　장　김명국 동무요.

권상용　에- 김명국 동무-

　　　총소리 전보다 더- 격렬하게 난다.

대　장　자 놈들의 재습(再襲)이다.

　　　대원들 전투 개시, 권상용들도 적당한 위치에서 응전.

대　장　(탄환을 여러 대원에게 던져서 노나 준다) 애껴 씁시다.

김광준　(유난스럽게 큰 목소리로) 예-

대　장　박동무, 이건 남쪽 감시조로 갔다 주시오.

강정임　내가 갔다오겠습니다.

대　장　동무는 않 되오.

강정임　(홱 빼서가며) 전화도 안 통하는데, 가만이만 있으란 말에요. (토끼
　　　　처럼 기어서 퇴장)

　　　격전.
　　　달이 구름 밖으로 나온다.

대　장　(소리 질은다) 됐다. 적의 동정을 잘 보게 됐다. 보이는 대로 정확
　　　　하게 쏘시오.

　　　무대 어두어진다. 어두운 중에 대격전.
　　　사이
　　　차차 총소리 떠진다.
　　　다시 무대 밝아진다. 날이 밝았다. 건너편이 똑똑히 보인다.
　　　대장 이하 탄환이 또 진(盡)하였다. 대원들 당황한다.
　　　역시 탄환은 날러오나, 속도는 더듸다.

대　장　할 수 없다. 놈들이 달겨들기 전에 우리들 먼저 처들어 가자. 백병전(白兵戰)[31]이다. 동무들, 어떻소.
대원들　좋소.
대　장　자, 칼들을 꽂으시오.

대원들 일제히 총 끝에 칼을 뀐다. 햇빛에 번뜩인다.

대　장　맹세하지.
대원들　(총들을 번쩍 들며) 죽엄으로 공장을 지키자.

문을 열려고 할 때.

김광준　동무들, 응원대요.
대원들　야아-
대　장　본궁 편에서 두 도락꾸[32].
권상용　하나, 둘, 셋, 흥남에서 세 도락꾸-

일동 바라볼 때.

조합간부 (등장) 동무들, 공장의 동무들이 흥남에 나가서 총과 탄환들은 싫고, 공장 뒤 성천강을 건너서 지금들 오.

남녀 로동자들 총과 탄상을 지고 일어서들 등장.
서로 감격에 넘치며 악수 인사.
해빛 더- 빛난다.

대　장　자- 문을 열어라. 돌격이다. 섬멸전(殲滅戰)[33]이다.
대원들　야아- (악들을 쓰며 문을 열고 돌진)

자동차 소리와 저편에서도 호응해서 악 쓰는 소리.
암(暗)

31) 칼이나 창, 총검 따위와 같은 무기를 가지고, 적과 직접 몸으로 맞붙어서 싸우는 전투.
32) 트럭(truck)의 일본식 발음.
33) 적을 남김없이 무찔러 없애는 싸움.

제3장 익조(翌朝)34).

무대 동상
사무실 앞에 고 김명국의 영구(靈柩)35)를 안치해 왔다. 관은 태극기로 덮어 놨다. 생화도 놓여 있다. 영구 뒤에는 붉은 명정36)이 달려 있다.
"애국자 고김명국동지지구(愛國者 故金明國同志之柩)"
한편에 자위대원 담총(擔銃) 정립(整立). 다른 한편 이성수 급 남녀 로동자 대표들 참렬.

윤소담   (1막보다 아조 노파가 되었다. 나이에 비하야 백발이나, 냉철하민서도 고귀한 품격은 그대로 양미간(兩眉間)에 굳세게 어리고 있다)
홍연순   (명국의 처, 19세의 소부(少婦), 현숙하게 생겼다)

일동 묵상들을 하고 있다.
영구 앞 조금 늙은 단 위에는 이성수 서 있다.
아츰 해빛 유란히 찬연하다.
명(明)

성   수   (고요히) 고만-

일동 고개들을 처든다.

성   수   하로밤 동안 모-진 폭풍우는 우리들의 전위 김명국 동지의 붉은 피로써 맑게 개었습니다. 그리하야 풍전의 등화같았던 우리들의 이 공장은 해방을 예찬하여 주는 찬연한 아침 햇빛 속에, 완전하면서도 엄연한 자태로써 만족한 미소를 띄우고 이렇게 있습니다. 물론 우리들의 공장을 우리들이 지키었다는 것은, 우리들 핏속에 넘처 흐르고 있던 조국애의 발로라고 생각합니다. 그러나 우리들의 조국애도 만일 김명국 동무가 왜탄(倭彈)에 쓰러져 절명이 되어 가면서도, '나를 그냥 내버려다오. 공장을 지키여다오-' 하는 가장 영웅적이며 애국적인 유언이 않이었다면, 우리들의 용감력도, 전투력도

---

34) 다음 날 아침.
35) 시체를 담은 관.
36) 죽은 사람의 관직과 성씨 따위를 적은 기.

주저되었을는지 모르며, 동시에 이 공장을 보전치도 못했을는지도 모릅니다. 이와 같이 우리들의 젊은 영웅, 애국적인 노동자 김명국 동무의 높은 희생정신은 우리들을 우리들의 실력 이상의 용사들을 만들어 주었으며, 초인적 전투력으로써 완적(頑敵)37)을 물리어치게 해 주었습니다.

명국 동무- 동무는 갔으나, 동무의 높은 뜻은 우리 전흥남 로동자 가슴속에 꽃피며 열매져서, 반드시 멀지 않은 날에 이 거대한 공장을 순전히 우리들의 힘으로 복구하여 생산하게 될 것입니다. 우리들은 더- 굳게 맹세합니다. 해방된 우리나라가 하로 바삐 민주주의적인 부강한 독립국가를 이루기 위해서 명국 동무의 뒤를 따르겠다고- 완전 독립의 기초가 되는 경제부흥의 힘있는 일꾼으로써, 가장 높은 애국심을 발휘하겠다고-

일동 주먹들만 처든다. (묵연(默然)히)

김용진 (추도 연설) 명국 동무, 우리들은 지난 8월 15일날 서로 부딩키여 안고, 얼마나 뛰였으며 얼마나 울었었소. 이게 꿈이냐? 생시냐? 어린 듯 취한 듯 모-든 것이 새롭고 기쁘게만 보이는 눈으로, 아- 저 산도 우리 조선의 산, 아- 저 강도 우리 조선의 강, 이 공장도 우리 조선인민의 공장- 이러는 감격 속에도 동무는 솔선해서 '공장을 지키자'고 우리들의 손목을 잡아낄며, 총을 잡고 나스지를 않었었소. 동무- 동무는 항상 우리들에게 장차 세워질 우리들의 정부는 인민의 이익과 행복을 위한 인민의 정권이 될 것이라는 것을 말하여 주었으며, 이러한 인민의 나라를 이룩하는 데에는, 우리들 로동자들과, 또는 농민들과 근로 지식인들이 한데 굳게 단결된 전조선 근로인민들이 가장 선봉이 되며, 애국자가 되어야 한다는 길을 자세히 아르켜 주지 않었소. 이렇게 우리들의 앞날은 가장 평화스러우며 자유스러운 인민 조선의 나라로써, 세계에 드높이 우리 나라 인민공화국의 빛나는 기를 휘날리면서, 부하고 강하게 잘 살 수 있게 되지 않었소. 그런데 동무는 이렇게 먼-저 가버리고 말렀구료. 왜? 이제까지 가시덤불로만 거러오면서, 오늘이란 오늘을 바라고만 오다가- 오늘에 와서-

오- 생각만 하여도 왼 몸이 다 떨리요. 이가 갈리요. 악독한 일본

---

37) 완강하게 버티는 적.

제국주의의 최후의 발악이 우리들의 형이며, 우리들의 전위인 동무를 쓰럿트린 생각을 하면- (목이 민다)

그렇나 동무, 동무가 흘린 피는 조국의 주초돌이 되었소. 해방된 우리 조국이 다시는 어떠한 폭우에도, 유혹에도 쓰러지지 않고, 넘어가지 않는다는 확고한 신념을 우리들 전인민에게 굳게 다저 주었소.

동무여, 지금 비록 동무와 우리들 사이에는 유명(幽冥)38)으로 갈리여 있지만, 그렇나 동무의 높은 정신은 우리들의 건국 정신이 될 것이니, 동무, 안심하시오.

멀-지 않은 날, 이 공장의 모터-가 다시 돌아갈 때, '부로와'가 울리고, '콤푸렛샤'가 소리칠 때, 우리들은 그 속에서 똑똑히 듣겠소. 동무의 웃음소리를! 동무! 동무! (느낀다)

　　여공들 얼굴을 가린다. 남자들도 혹제혹읍(或啼或泣)39).
　　윤소담 천천히 거러서 내 아들 관 앞으로 가까이 간다. 너무나 엄숙함에 일동 도취되고 만다.

윤소담　(한손으로 관을 짚으며) 울지들 마슈.

　　일동 숙연-

윤소담　왜들 운단 말요! 왜들 운단 말요? 내 아들은 죽었지만, 공장은 사렀소. 잘 죽었소. 떳떳하게 죽었소. 이렇게 죽은 동무를 왜 웃고들 보내지를 않고, 이렇게 운단 말요.

　　여공들 더- 느낀다.

홍연순　못 견듸여서 쓰러져 느낀다.
윤소담　아가- 네 남편은 훌늉하다. 훌늉한 남편 앞에서 이게 무슨 짓이냐?

　　홍연순 소리쳐 느낀다.

윤소담　이놈이 못난 놈이지만, 내게는 하나밖에 없던 놈요. 그러나 오늘에

---

38) 깊숙하고 어두움, 혹은 저승(사람이 죽은 뒤에 그 혼이 가서 산다고 하는 세상).
39) 어떤 이는 소리내어 울고, 어떤 이는 눈물을 흘린다.

야, 지금에야, 이놈은 제 할 일을 했소. 너무나 과(過)한 죽엄을 했소. 잘못 했드면 아뭏게나 살다가, 아뭏게나 시드러 버렸을 줄도 모르는 우리네가, 그래도 자기 나라를 위해서 조그만한 한 몸을 받었다는 것은- 나는 정말 기쁘오. 지금 죽어도 한이 없소. 나라 없던 우리들이, 성명 3자까지 빼앗겼던 우리들이, 이렇게 나라를 찾어가지고 나라를 위해서 죽다니, 이런 영광이 또 어디 있겠소.

　　일동 더-한층 비읍(悲泣).

윤소담　(허공을 쳐다보며) 보오- 저 해를 보오. 겨울밤이 아모리 긴-단한들, 아츰 되면 저러한 빛나는 해가 뜨고 마는 거요. 저- 해는 우리들의 해요. 우리 나라는 비바람도 없고, 거문 구룸도 없는 광명천지 새아츰이 되었소. 울지들 마슈. 울지들 마슈. 웃고 보내주시오. 내 아들을, 우리 명국이놈을 웃는 낮으로 보내들 주시오. (관에 엎드려 느낀다)

　　사이

윤소담　(다시 맹연(猛然)히40) 이러난다. 눈물 어린 눈이나, 빛나는 눈동자다) 울지들 말고, 그놈이 좋와하던- 노래들이나 불러 주슈.
　　"동해물과 백두산이 마르고 닳도록
　　우리 인민 단결하야 우리나라 만세."

일　동　(느끼며 목 민 소리로)
　　"무궁화 삼천리 화려한 강산
　　조선 사람 조선으로 길이 무궁하게."

　　막.

---

40) 굳세고 용맹스럽게.

제3막 1949년

2막으로부터 2년 뒤-

인민의 정권이 서고, 온갖 민주 과업이 완수되고 있는 북조선. 흥남 인민 공장 사택 거리에 있는 독신자료(獨身者療)[41]. 주로 기술자, 또는 기능자만이 합숙하고 있는 '전위료'.

때는 소미공동위원회가 속개되어 있고, 이곳 흥남시에는 능령천 개수공사가 전시민 총참가리에 완수된 뒤.

무대

료내 문화구락부의 내부. .

정면엔 큰 유리창, 그 가운데는 출입구. 창 밖으로는 낭하(廊下)[42] 길. 그 넘어로는 모두가 프른 바다, 한편 돌출면에 공장 건축의 일부. 왼편은 식당으로 통한 문. (식당이라 써 있다) 바른편은 도서실 입구.

낭하 바른 길은 밖으로부터, 또는 2층으로부터 통해오는 길. 왼편 길은 정원, 또는 주방으로 통하는 길.

실내 김장군 초상화, 쓰딸린, 레-닌, 이순신 초상화, 금강산 풍경 유화, 조선 지도, 생화 (벽에 꽂기도 했고, 또는 분(盆)에, 혹은 화병에 꽂아 났다) 생산 구라부[43] (특히 2,4반기 예정 수자와 또는 완수된 비교지향표), 한편에 연단, 그 앞에 풍금 (오루강)[44] 1대, 한 구석에 신문 급 잡지 괴여 매단 것. 장기판, 바둑판- 오루강 근처에 조선 장구, 빠요링[45] 등.

(표어)
「민주·단결·생산·학습」
「민주주의 조선인민공화국 수립 만세」
「우리 민족의 영도자 김일성 위원장 만세」
「기술자·기능자들이여! 연구창작으로써 건국의 주초가 되자!」
「인일능지 오십지(人一能之吾十之)[46]」

연단 벽에 큰 태극기!

---

41) 결혼 안한 독신자들을 위한 숙소?
42) 복도.
43) 그래프.
44) 올갠.
45) 바이올린.
46) '남이 하나를 하면, 나는 열을 한다.'

214

길다란 의자, 원탁, 적은 의자, 이곳저곳에 질서있게 배치되어 있어, 눕고 앉고 뛰고 쉬일 만큼 모든 것이 정연하다.
실내 앞은 뜰 왼편(무대 앞)은 뒷문으로 통하는 길, 주방의 적은 문, 그 옆은 적은 들창.

개막

무대 암흑
음악 "승리의 5월"
환등, 혹은 네온-
1947년
소리   조선은 북과 남으로 갈리여 있으나, 조국의 완전독립을 위하여 싸우는 인민의 힘은 오즉 '하나'일 뿐이다, 오즉 '하나'.
음악
민주과업을 완수한 북조선의 근로 인민들은
음악 (점점 적어지며, 싸이렌 소리)

사이

제1장 저녁

북술 (단발에 에포롱47)을 입었다. 하밍그48)로써 노래를 불르며, 실내 소제를 한다. 매우 명랑하며, 영리한 16세 소녀)
명(明)

저녁 노을. 비 뒤에 개인 노을이다. 더- 한층 선연하다.

북 술 (창문을 활짝 열고 진다홍빛 된 수평선을 바라보며) 아- 바다- (감격해 하는 뒷모양. 흥에 겨운 노래 처음에는 적게, 차차 커-진다)
       "끝없는 수평선 금물결 철-석
       날려라 갈매기 금빛날개 너훌훌
       두둥실 일엽편주 다홍돗대 펄-펄"

---

47) 에이프런 (apron), 어깨에 거는 서양식 앞치마.
48) 허밍(humming), 입을 다물고 코로 소리를 내어 노래를 부르는 창법.

윤소담 (행주치마 입었다. 부엌편에서 나와서 본다. 미소를 띄우고 그대로 바라본다) 독창 잘 한다.

북 술 에그머니나. (돌아보며) 할머니, 저것 좀 보세요. 어쩌면 바닷물이 똑 다홍물감을 푸러는 것 같습니가- 아이구, 고와라.

윤소담 참 고웁니다.

북 술 (손을 잡어 껄어서 앞으로 가며) 글쎄, 저것 좀 보세요- 아이구, 저런 빛갈로 치마나 한감 해 입었으면 좋겠네.

윤소담 어련히 해 입게 될라고-

북 술 어디 저런 빛갈 듸릴 수가 있어야죠- 참 할머니, 인제는 날이 아주 개었죠. 비 끝에 노을이 섯스니가요.

윤소담 개야지- 비도 그런 비가 어디 있니.

북 술 그리기 말이죠- 할머니, 만일 이번에 능령천 공사를 아니 했드면 큰일날 번했죠.

윤소담 그럼, 그전에는 올보담도 덜- 온 비에도 왼통 벌판이 물판이 되고.

북 술 공장에까지 물이 차서 기계까지 못 쓰게 될 뻔했다죠.

윤소담 그럼- 참 사람의 힘이란 무서운 것이지.

북 술 (연설조로) 다른 것은 다- 고만두드라도, 이번 능령천 제방 공사를 예정인원으로써 예정 날짜 이내에 훌륭히 완수한 것만 보와도, 우리들 북조선의 민주역량이 얼마나 강고하다는 것을 알 수 있습니다. 노동자, 농민, 어- 그리고 모든 우리 근로인민들의 뭉친 힘이야 말로, 민주주의 부강 조선의 완전독립의 밑바탕 힘이 되고도- 어-

윤소담 (손벽을 치며 미소를 한다)…

북 술 (더- 신이 나서) 어-

윤소담 어-고, 아-고, 고만 입 좀 닥처라- 가만 있자, 야학시간 다 되지 않었니?

북 술 네- 그런데 모두들 왜 안들 나올까.

윤소담 아마 또 무슨 회가 있는 거지.

북 술 뭐- 난지가 반시간이나 지냈는데-

윤소담 어서 먼저 한술 떠먹고 야학에 가거라.

북 술 가긴 해야할 텐데, 저녁 심부름은 어떻하고요.

윤소담 그건 염려말고, 어서-

북 술 노- 할머니께만 맡기고-

윤소담 에구, 또 무슨 '채변'49) 채리니, 어서 가- 그래서 네말대로 우둥으

---

49) 남이 무엇을 줄 때에 사양함.

216

로 졸업을 해가지고, 영숙이나 채경이보담도 더- 높은 기술자가 되

야지 않겠니.

북　술　두고 보세요. 정말이지, 입을 앙물고서 남자 기술자보담도-

윤소담　암 그래야지. 그럼, 얼른 가봐라.

북　술　네.

윤소담　식당은 다- 정돈됐지-

북　술　내- 참 그리고 저 족그만 '곤로' 위에 윗층 병난 동무가 먹을 밥

끓이는 남비가 언쳤어요.

윤소담　오냐.

북　술　(다름박질, 부엌 편으로 나간다)

윤소담　(식당 문을 열고서 살펴본다)

북　술　(책보 들고 나오면서) 할머니, 갔다오겠습니다.

윤소담　저녁은?

북　술　갔다 와서 먹겠어요. (오른편으로 나간다)

윤소담　물은?

북술의소리　펄펄 끓어요.

기술자 변 독서와 연구를 다 지내치게 함으로써, 동무들 사이에 학자라는
별명을 가진 신약(身弱)한 청년이다. 몇일 동안 병으로 결근 휴양 중이다.
얼골은 간열픈 편이나, 두 눈동자는 반짝인다. 문설주를 붙들고 조금 빗
슬거리면서 등장.

윤소담　(깜짝 놀래며) 아니, 왜 내려오는 거요.

변　　　괜찮습니다.

윤소담　괜찮은 게 뭐야, 빗슬거리면서-

변　　　안냐요. (뚜벅뚜벅 거르려다가, 빗슬하며 의자에 걸터 앉는다. 빙긋

이 웃는다) 어디 어떱니가.

윤소담　정- 필 하건 입원하시구료.

변　　　뭘요. 내일쯤은 출근을 할 텐데요.

윤소담　않 되오. 몸이 첫재요. 인제는 자기 한 개인의 몸이 않노. (엄숙하

나 인자한 목소리다)

변　　　압니다.

윤소담　그러니까 몸을 소중하게 역여야 않아요.

변　　　네!

윤소담　그런데 왜 내려왔소?

변　　　좀 거니러보려구요.

윤소담　뭘? 거짓말!

변　　　정말입니다.

윤소담　책 보러 내려왔지- 보는 것도 좋지만- 불편할 때에는 머리도 쉬여
　　　　야 하오.

변　　　네.

윤소담　그럼 잠간 그냥 앉았다가 올아가오.

변　　　네.

　　　　소담 부엌으로 퇴장.

변　　　(부엌편을 살펴보다가 도서실로 들어간다. 책 한권을 가지고 발소리
　　　　를 쥐겨 가면서 나와서 윗층으로 올아가려 할 때, 소담에게 들킨다.
　　　　얼른 뒷손에다 감추고 빙긋이 웃는다) 고만 올아가서 푹 쉬겠습니
　　　　다.

소　담　뒷손에 든 건 뭐요.

변　　　아모 것도 않아요.

윤소담　어듸 봅시다.

변　　　(할 수 없이 보이며 껄껄대고 웃는다)…

윤소담　엥이, 사람도-

변　　　인젠 다- 낫습니다. 그냥 눈만 멍- 하니 뜨고 들어 누었는 것보담
　　　　은 한자라도 읽어주면 좋지 않습니까.

윤소담　물론 좋소. 그렇지만 당신 병이 뭣 때문에 낫소. 너무 연구에 골몰
　　　　해서 지처서 생긴 병이 아뇨. 그렇니가 쉴 때는 푹 쉬여야 하지
　　　　않소. 그렇지 않으면 결근한 보람이 없지 않소.

변　　　잘 알겠습니다. (머리를 긁는다)

윤소담　낼부터 보슈. 인주. (변의 책을 빼서서 도서실로 가지고 들어간다)

변　　　엥히. (속이 상해한다)

윤소담　(나오며) 나 욕했소.

변　　　(두 손으로 머리를 붓잡고 고개를 숙인다)

윤소담　그런데-

변　　　할머니 정말 왜 이런 때에 병이 납니가. 1947년도 인민경제 계획수
　　　　자를 넘처 완수해야 하지 않습니까? 할머니, 무슨 일이 있드래도 24
　　　　만 양천 돈(屯)50)이란 비료를 우리 손으로 생산해 놔야겠습니다. 더

218

욱이 우리 공장에서 금년도 책임 수자를 11월 말까지 완수하고 말
겠다고, 북조선노동자들에게 호소까지 하지 않았습니까? 그런데 하
필 허잘 것 없는 저같은 놈일지라도, 이런 때 병이 나느냐 말씀입
니까. 에구, 화나.

윤소담　　그럴 수록 몸조심을 잘 해야 하는 거요.

변　　　　네- 그런데 오늘은 어찌나 됐을고. 적어도 하로 1000돈은 나와야 할
텐데- 깃것 소리친 게 700돈, 800돈이라. 허, 이거 큰일났는 걸.

　　　부엌 편에서 전화 뻴- 소리.

윤소담　　무슨 전활가. (퇴장)

변　　　　(생산 구라부를 처다본다)

　　　여자 기능자 윤영숙 (20세 처녀, 어깨가 버러지고 골격이 큰 남성적인 체
격. 성격까지 쾌활하며 호뇌(豪磊)51)하다) 박채경 (19세 처녀, 조그마하
나 기개가 추상같다. 어여쁜 얼골에 영롱한 눈동자, 정중동이다) 두 처녀,
직공복에 밥찬합 끼고, 생화 한 묵금식 들었다. 두 처녀 모두가 선반공들
이다. 콧노래에 발들을 맞추며 명랑하게 등장. (왼편으로 들어서서 뜰을
건너서, 뒷편 낭하 바른편으로 나타나게 된다) 영숙 뜰에 들어스자 거름
이 빨라진다.

박채경　　왜 이렇게 줄다름박질이냐. 같이 가자.

윤영숙　　따라 오렴으나.

박채경　　다- 알았다.

윤영숙　　(우뚝 스며) 뭐?

박채경　　사랑하시는 청년학자님의 병환이 어찌 됐나.

윤영숙　　그렇다. 왜 그러니.

박채경　　너무 유난을 피-지 말란 말이다. 설마 하로 낮 동안에 죽었을라고.

윤영숙　　아니, 이게- 그래, 넌 그 동무가 죽기만 바라니. (주먹을 든다)

박채경　　애개개, 이건 권투선순가! 툭하면 주먹을 처들게.

윤영숙　　그럼 꼭 사랑하는 사람의 병이라야 궁금하겠늬? 같은 공장에서 같
이 일하는 동무가- 더군다나 같은 합숙소에서 한 솟에 밥을 먹는
동무가-

---

50) 톤(ton).
51) 호방뇌락(豪放磊落), 기개가 장하고, 도량이 넓고 큼.

박채경　더군다나 같이 백년을 해로할 장래의 남편이-

윤영숙　그렇다. 왜 그러니. 무슨 흉이냐.

박채경　누가 흉이랬서. 겉으로는 않 그런 척 하니까 말이지.

윤영숙　그럼 북을 치구 구호를 외치란 말이냐.

박채경　그럼 이 꽃은?

윤영숙　식당에도 꽂아 놓고-

박채경　양심대로 말해- 먼저 변동무 머리맡에 꽂아 놓는다고-

윤영숙　그렇다. 왜 그러니. (덤빈다)

박채경　(물러스며) 이것도, 게집애야-

윤영숙　(성을 내며) 뭐? 게집애-

윤소담　(부엌창으로 내다보며) 개하고 고양인가.

　　　　두 처녀 멈칫하며 뱅긋이들 웃는다.

박채경　아니요.

윤소담　아모리 작란이래도 언성들을 높여야서들 쓰나.

윤영숙　제 목소리가 원악 커서 그래요.

윤소담　다른 동무들은?

박채경　곧들 올 거예요.

윤소담　무슨 회가 있었지.

윤영숙　직장대회예요.

윤소담　목간 물도 끓는데. (창문을 닫는다)

두처녀　네. (서로 쳐다보고 미소들을 하면서 집안으로 들어온다. 낭하 원
　　　　편으로 나타난다)

박채경　(아래를 보고) 아이구, 내려와 계시군.

변　　　오늘은 몇돈 났습니까.

박채경　오늘 것은 잘 모르겠어요. 한 800돈 났을가요.

변　　　아니, 어제도 800돈, 오늘도 800돈- 야, 이거 큰일났군. 적어도
　　　　1000돈은 나야겠는데.

윤영숙　본궁에서 옴겨온 질소분리기가 제대로 돌아간다면야.

변　　　왜 어제부터 돈다면서요.

박채경　그러나 봐요.

변　　　남의 일입니까. "그러나 봐요"게요 게-

윤영숙　계가 틀리니가 구체적인 것을 잘 알 수 있습니까- 이 꽃 어떻습니

가?

변　　　참 고웁군요.

박채경　동무 방에 꽂아 드리려고 영숙 동무가 정성스럽게 꺾어온 거랍니다. (영숙에게) 이왕이면 갖다 꽂아 드리지.

윤영숙　물론이지. (성큼성큼 2층으로 올라간다)

변　　　참, 저 동무는 남자 이상이거든. 허…

박채경　학자님, 마음에 드십니가.

변　　　인젠 채경 동무도 남을 곧잘 놀린단 말야.

박채경　부러워 그런답니다. 호… (구락부 안에 꽃을 바꾸어 꽂는다)

윤소담　(들어오며) 색씨들, 목간 들어가지.

박채경　괜찮습니다.

윤소담　영숙인 어듸 갔누.

윤영숙　(시들은 꽃을 가지고 들어오다가 얼굴이 좀 붉어지며) 네.

윤소담　(미소를 띄운다. 항상 미소는 떠나지 않는다) 문화생활은 집안의 미화로부터.

　　　변과 두 처녀들 악수들을 한다.

윤영숙　북술 동무는 벌서 야학에 갔구뇨.

윤소담　그러나 색시들한테 지지 않겠다고- 아조 펄-쩍 다랐는데-

변　　　정말 그 처녀 대열성이거던.

박채경　열성도 좋지만, 저녁 때면 언제나 할머니께서 혼자 애를 쓰시게 되시니 어떻한담.

윤소담　그런 소리는 하는 게 아냐.

박채경　네.

윤소담　옷들이나 갈아 입어. (두 처녀의 밥찬합을 거돈다)

윤영숙　인주세요. 저이들이 할 테뇨.

윤소담　어서 헌 옷들이나 갈아입고. (부엌으로 퇴장)

박채경　성은 안 나셨지만, 무섭드라.

변　　　동무들도 저런 어머니가 되세야 하오.

박채경　걱정 집어칩쇼. 미안합니다. (2층으로 퇴장)

변　　　저 동무는 여간 신경질이 아니거던.

　　소간(小間)

윤영숙 그만 올아가 둘어누세요.

변 괜찮소- 그런데 한 이틀 쉬인 것이 몇해 동안 많큼이나 지루하구료. 빌어먹을 것. 하필 이렇게 바쁜 때 병이 난담. 1000돈이나 1200돈이라…

윤영숙 너무 초조하지 마세요. (변을 잠간 동안 유심히 쳐다보다가, 고개를 숙이고 2층으로 퇴장)

오 (건장한 청년, 공작기계기술자, 스포츠맨. 매우 수선을 잘 떤다. 23세의 청년) 박 (지성적으로 생긴 화학기술자, 침착하면서 정중한 성격. 나이에 비해서 점잖어 보이는 27세의 청년. 평생 말이 없어서 동료간에 '벙어리'란 소리를 듣는다) 홍 (오와 박이 대학 출신인 것과 대비되는 순연한 독학으로 연마해 온 화학기술자. 낭만적이며 낙천적인 성격. 따로히 문재(文才)가 있어서 습작시도 잘 쓰는 25세의 청년. 공장문학동호회 위원장) 세 청년 다소 피로한 빛들이 도나, 그래도 원기왕성하게 등장. 모-두들 공장복에 밥찬합들을 들었다. 그중 오는 설계도 같은 것(청색도)을 마러서 들었고, 박은 적은 손가방을 들었다.

오 (괄괄한 목청으로) 어머니 만세. 청년들 만세.

그때 방안에는 이층에서 조선옷들을 가라입은 영숙과 채경.

박채경 모두들 오나보다. 식당이 어떻게 됐나. (식당으로 들어간다)

윤영숙 저녁에도 죽을 잡숫나요.

변 당초에 된밥52)을 않 주시는구료.

윤영숙 몰래 좀 갔다 듸릴까요,

변 싫소, 노인을 속히면 죄 되요,

윤영숙 누가 갔다주긴 하는데요. (부엌으로 퇴장)

오, 박, 홍 방안으로 들어온다.

변 몇돈인가.

오 9백60돈이다. 내일부터는 1000돈은 걱정없네.

변 앞세.

홍 역시 해서 않되는 일은 없네. 처음에 질소분리기를 옴겨올 계획을

---

52) 물기가 적게 지은 밥.

세웠을 때, 그까진 헌- 기계, 내버렸던 기게를 갔다 될 일이냐? 그
것을 옮겨온다는 것은 노력과 시간의 낭비다. 하고 좀 떠들어댔다.
그러나 보게. 우리들에게 개가는 올랐네. 인제는 걱정 없네. 24만
양천 돈은 11월까지- 만세.

일 동 만세.

윤소담 (나오면서 영문도 모르면서) 만세.

오 할머니, 승리했습니다. 비료가 하로 천돈 나오게 됐습니다.

윤소담 응, 그렇다면 정말 만세. (손을 처든다)

오 할머니, 오늘같은 날은 더- 특별나게 저녁을 주시여야겠습니다.

윤소담 저육(豬肉) 뎀뿌라 했소.

변 요샌 저육이 자조 나오네.

오 나는 쇠고기보담 돼지고기가 더 좋드라.

홍 돼지가 돼지고기 먹게 생겼군.

오 뭐던지 좋다. (변에게) 동무도 입맛 없는데 잘 됐군.

윤소담 저 사람은 안직 일러-

변 나는 간장에 흰죽 먹겠네-

윤소담 따로 조려됐으니가, 내일 자슈.

변 네. (강잉(强仍)53)히 웃는다)

오 식당 준비 다 됐죠.

윤소담 목욕들 먼저 해야지.

홍 먼저 먹고 하죠.

윤소담 싀장들도 하겠지만, 음식을 정-하게 먹어야 안하오. (홍 멀쑥해진
다)

오 네, 그렇습니다- 그런데 어머니, 여성동무들 왔죠.

윤소담 응.

오 그럼 먼저들 목간엘 들어갈게요.

윤소담 못 쓰나.

오 그래도 남자가 먼-저 들어가야죠.

윤영숙 (나오며) 그런 법이 어듸 있담.

오 잘못했소, 영숙 군.

윤영숙 군이 뭐야요.

오 성별로는 여성이지만, 체격섯경, 성격섯경, 남자 이상이니가.

윤영숙 어쨌단 말예요.

---

53) 억지로 그대로 따름.

오   그만둡시다.

윤영숙   너무 지내치십니다. (웃는다)

홍   실물이 증명하는데야, 허…

윤영숙   맘대로들 하세요. 현대의 여성이란 건강미가 제일이니가요.

홍   아이구, 실례했소. 동무, 허… 그런데 변 동무, 최 동무 안 들어왔
        소.

변   글세.

윤소담   누구? 순창 동무 말요?

홍   네.

윤소담   안 들어왔는데-

홍   어딜 갔나. 회의중에 몸이 앞으다고, 훨-신 먼저 나왔는데.

윤소담   그럼 색시들, 모두 다- 옴겨다들 놉시다.

윤영숙   네.

        소담 등 부엌에서 식당으로 왕래들을 한다.

변   동무들. 요새 가만히 보니가, 순창 동무가 좀 열이 없어져가는 것
        같습니다.

오   나도 그렇게 생각하오- 각금 고향에 게신 어머님도 모시고 올 수
        없느니, 어쩌니 하는 게라는 게.

홍   왜 모시여 오면 사택도 생기고 할 텐데. 왜 그래.

박   오늘 돌아오건, 우리 충고 좀 합시다.

변   옳소. 서로의 결점은 서로가 일께 줘야 하오.

오   자- 우리 탕에 들어갑시다.

        변 이외에 오 등 퇴장.

윤영숙   (변에게) 한데 잡수시죠.

변   네.

윤영숙   그럼 식당에 먼저 들어가 게세요. 제가 죽 갔다가 듸릴 게요.

변   고맙소. (식당으로 들어간다)

        영숙 채경 부엌에서 식당으로 왔다갔다 하며 음식 등등을 옴긴다.
        목간통에서 오의 하나 둘 혜는 소리, 곡조가 신곡도 되고, 목소리는 점점
        더 커진다. 다른 사람들의 웃는 소리.

224

영숙 등도 웃는다.

최순창 (간얇으게 생긴 32세의 청년. 영리하나 경박하게 생겼다. 고민하는 빛이 얼굴에 나타난다. 그러나 억제로 침착해지려 노력한다. 공장을 중도 퇴학하고, 대판(大阪) 철공소의 다년간 기능자로 있다가, 해방 전 1년쯤 되어 이 공장에 취직되었다가, 해방 뒤 기능자로써 근무하는 자다) 뜰 왼편으로부터 등장. 부엌 들창 앞까지 왔을 때, 뒤따라서 남조선서 온 사나이 등장. (돈에 팔려서 북조선의 기능자(기계공)들을 돈으로 매수하러 온 중년의 사나이)

중년의 사나이 (이하 중년으로 약칭한다. 가만한 목소리로) 순창씨.
최순창　(반기나, 놀래며) 아이구. (주위를 살핀다)
중　년　왜 그렇게 만나기가 어렵소.
최순창　그러지 않아도 내가 여관으로 갔다 오는 길인데요.
중　년　음, 그럼 길이 어긋나군 그래.

　　소담 부엌 들창으로 내다본다.

최순창　(불안에 싸힌다) 그런데?
중　년　대관절 모두 몇 사람이나 모았소.
최순창　나까지 넷입니다.
중　년　애개- 아니 선금을 사만원식이나 주는데도, 모두 싫다고 그러우.
최순창　원악 단결들이 되어서, 웬만한 사람에겐 말을 붓쳐볼 수가 있어야죠.
중　년　그거 정신빠진 자식들이로군 그래. 아니 여기서 단돈 천원에 매달려서 증산이니, 뭐니 하고 군색하게 사는것보담 좀 좋와. 서울 용산공장에만 들어가면, 적어도 한달에 5,6천원 수입은 된다, 특배(特配)받는다, 집 그저 생긴다-
최순창　쉬-
중　년　그럼 나는 순창씨만 믿소.
최순창　네.
중　년　그런데 어느날 떠나기로 다 일러났소.
최순창　왜 요전 약속한 대로 모래 저녁때-
중　년　그래 순창씨는 그 돈 고향에 보냈소.
최순창　네.

중　년　였소. 모자랄 것 같으니, 두장만 더- 쓰시오. (돈뭉치 내준다)

최순창　(조심스러히 받으며) 이렇게 작구.

중　년　괜찮소. 이까진 돈이 뭐요.

최순창　(고민하는 빛)…

중　년　그럼 모레 차로 원산까지만 나오시오. 나는 내일 아츰에 먼저 떠나
　　　　가 있을 테니.

최순창　네.

소담의 놀래는 얼굴 사래진다.

중　년　조심하슈.

최순창　저는 관계없습니다. 공장에서 신용도 얻었고- 또 그전부터 고향에
　　　　좀 갔다 온다고, 휴가 좀 달라고 말을 해왔던 길이니까요

중　년　그럼 난 순창씨만 믿소. (퇴장)

　　　　최 돈을 품속에 넣는다. 매우 고민을 한다. 그러나 억제로 진정을 한다.
　　　　오, 박, 홍들 등장.

홍　　　인제부터는 자네하고는 (오에게) 한데 탕에 안 들어가겠네. 귀가 앞
　　　　아서 견딜 수가 있어야지.

박채경　무대에 나서라면 쥐구멍을 찾는 양반이, 물만 보면 명창이 되나.

윤영숙　그러게. 다음 회합부터는 무대 위에다 더운물 한통만 떠놓면 되겠
　　　　군 그래. 호…

오　　　딴은 그건 묘안인 걸. 허… 그런데 (박에게) 동무는 정말 벙어리같
　　　　구료.

박　　　(띄엄띄엄한 목소리로) 할 말도 없는데, 뭐라고 떠든단 말요.

　　　　일동 웃는다. 최순창 들어온다.

오　　　순창 동무. 먼저 나오드니, 왜 인제 오슈.

최순창　어떻게 골이 내쏘는지 거름이 안 걸려서, 해변가에 좀 들어눴다 왔
　　　　소

박채경　참 얼굴빛이 좋지 않으시군요.

홍　　　그럼 목욕이나 한 탕 들어가시지.

최순창　아이구, 아모 것도 다- 귀찮소.

226

윤소담　(나온다) 오셨소. (유심히 쳐다본다)

최순창　네.

윤소담　늦어구료.

최순창　아마 몸살이 나는 모양에요. 기운이 어떻게 없는지 말도 하기가 싫
　　　　습니다 그려.

윤영숙　저녁이나 잡수세요.

최순창　아모 것도 싫습니다. (이층으로 올아간다)

오　　　암만해도. (최의 윗모양을 바라본다)

윤소담　뭐?

오　　　아닙니다. 자- 저녁들 하십시다.

　　　　오, 박, 홍, 채경 식당으로 들어간다.

윤소담　(영숙에게) 학자님도 식당에 들어갔나.

윤영숙　네. (식당으로 들어가며) 할머니도 같이 드시죠. (식당으로 입장)

윤소담　아니 난 천천히 먹을 테야.

　　　　달이 뜬다.
　　　　이성수 (직업동맹 위원장, 직공복 바지에 회색 신사복 저고리, 손가방을
　　　　들었다) 등장.
　　　　홍연순 (흰 소복을 입었다. 더- 한층 청초하다. 모범로동자로써 주을(朱
　　　　乙) 휴양소에 갔다오는 길이다) 등장.

이성수　그래 좋습디까.

홍연순　뭐 말할 수 없었어요. 끼니마다 똑 생일상 받은 것 이상이었으니가
　　　　요. 그동안 어머니, 안녕하셨겠죠.

이성수　그럼 정말 이 합숙 뿐 아니라, 공장의 모든 젊은 동무들은 모두
　　　　'우리들의 어머니'라고들 한다오…

홍연순　(쓸쓸하게 웃는다) 그래서 제가 같이 계시자고 해도 싫다고 그러시
　　　　나 봐요.

　　　　사이

홍연순　그런데 그 말슴을 차마 어떻게 전하나요.

이성수　그래도 알려드리려야 하지 않소.

홍연순　(가벼운 한숨)

　　성수, 연순 방으로 들어간다.

홍연순　어머니.
윤소담　아이구, 그래 잘 갔다왔느냐- 위원장님도 오셨군.
이성수　그동안 바뻐서 못 와 뵈왔습니다.
윤소담　바쁘셨죠.
이성수　네-그런데 동무들 어듸들 갔습니까?
윤소담　인제들 와서 식사중들이라우- 거기들 앉이우.
이성수　네. (앉으며) 아이구, 방안이 상당히 미화됐군.
윤소담　방 모양 뿐입니까? 원통 저녁이면 노래를 한다, 춤을 춘다- 나도
　　　　각금 낄러 나가는데. 흐…
이성수　놀 때는 유쾌히- 일할 때는 열심히- (구호 외이듯이 방백) 허…
윤소담　그래, 휴양소가 어떻든?
홍연순　뭐 말할 수가 없어요. 그런 호강은 생전 처음이었어요.
윤소담　참 좋은 세상이 됐다- 아이구, 왜놈 시절 같으면, 왜놈 도지사나
　　　　큰 회사 사장들이나 기생들이나 끼고 질량거리든 데가 (사이) 우리
　　　　들 로동자들의 휴양소가 되다니-
홍연순　정말예요. 농촌에서 온 동무들도 있는데, 말할 수들 없이 감격들해
　　　　해요. 땅님자 되고, 새집 짓고, 휴양까지 다니게 됐다고들…
윤소담　어서 남조선도 여기같이 돼야 할 텐데-
이성수　되고 맙니다. 되도록 싸와야죠.
윤소담　그럼은요.
홍연순　그런데 어머니. (말을 못 한다)
윤소담　무슨 말인데 그러니.
홍연순　저어- (차마 말이 않 나가서 고개를 숙인다)

　　사이

이성수　(용기를 낸다) 아주머니, 어떤 말씀을 드리시드래도-
윤소담　괜찮습니다. (연순에게) 무슨 말이냐. (연순에게)
홍연순　(손보(褓) 속에서 종이에 싼 것을 준다. 울 듯이 된다)…
윤소담　(펴 본다. 다홍 단기 나온다. 명옥이가 듸리든 단기다. 어린 듯 취
　　　　한 듯 된다. 편지 한쪽 떠러진다. 집는다. 펼쳐 본다)

228

조명 소담에게 집중.

소　리　(마이크에서 나오는 명옥54)이의 목소리)

"어머니, 그동안 소식 않 듸린 불초를 용서해 주세요. 저는 그동안
독립의용군에서 총을 잡고 왜놈들과 싸왔습니다. 반드시 일제가 패
망하고 우리 조국이 해방되리라는 굳은 신념을 갖고, 여러 선배와
동무들과 같이 씩씩하게 싸와 왔습니다.

그옇고 우리 나라는 해방이 되었습니다. 저는 늙은 어머님과 어린
동생이 가진 고생을 다- 하면서 살고 있는 우리 조국을 향하여, 힘
있는 행진을 시작했습니다. 모두들 눈물어린 얼굴에 기쁨과 희망을
띄우고, 만세, 만세. 목청 높여 부르면서, 남으로 남으로 행군을 했
습니다.

그리다가 저의 부대는 불의에 내달으는 일제의 패잔병과 마조치게
됐습니다. 그러나 어림이나 있습니까. 해방된 우리의 의기를 망해
가는 왜병들이 당할 수가 있겠습니까.

하르밤 사이 싸홈에 우리들은 우리들의 원수를 섬멸했습니다. 그러
나 저는 불행히도 적탄에 왼편 아랫배를 맞었습니다.

오늘 1945년 9월 30일. 여기는 태행산(太行山) 기슭 아래 어느 병
원입니다. 의사에게 하로도 더 견디기가 어렵다는 최후의 선언을
받었습니다. 저는 옆에 있는 동무에게 이 마즈막 편지를 불러 주었
습니다. 제가 지니고 단기던 제 처녀때의 붉은 단기, 바로 1930년
9월 20일 날 삼천 농민 앞에서 비여 들었던 제 머리 끝에 달렸던
바로 그 단깁니다. 언제나 고향 생각이 날 때면, 그리고 혹시 마음
이 약해질 때마다 꺼내서 보던 단깁니다.

보내오니 저대신 마저 주십시오. 이 편지 가진 동무가 언제 귀국할
지는 모르오나, 어느때나 이 편지와 단기는 어머님 슬하에 제대신
안기려니 하는 생각을 하니가, 마음이 든든합니다. 그럼 어머니, 안
녕히 게십시오.

씩씩한 청년이 된 명국이와 같이 해방된 조국의 기쁨의 물결속에
서 새로운 부강한 나라를 세워 주십시오. 그때에야말로 아버지의
옥사(獄死)도, 단천 농민들의 분사(憤死)도, 수천 수만의 애국 선열
들의 남은 한이 맑게 개이고 말 것입니다.

어머니, 저는 항상 조국을 지키고 있겠습니다. 어머님 곁을 떠나지

---

54) 본문에는 명국으로 표기되었으나, 내용상 명옥으로 바로잡음. (아래 두 건도 동일)

않겠습니다. 조선독립 만세."
불초녀 명옥이는
"명국아, 너도 잘 있거라."

　사이

성　수　며누님께서 이번 휴양 갔을 때에, 이 편지 가진 동무를 만났담니
　　　다. 그 동무도 역시 명옥 동무와 같이 총 가지고 싸호던 여병사이
　　　었답니다. 그동안 맡은 과업 때문에 나오지를 못했다가, 몇 달 전
　　　에 귀국을 하였는데, 다른 바쁜 일도 있었고, 또 주소도 몰나서 그
　　　냥 가지고 있다가- 일이 되느라고 몸이 약해져서 얼마동안 휴양하
　　　러 주을에 들어갔다가 우연히 서로 만나서-

　연순 느껴 운다. 달 구름에 가려진다. 해풍이 일어난다.

윤소담　울지마라. 괜찮다.
홍연순　어머니, 누님까지 마저-
윤소담　언제든지 한번 죽을 것을- 값있게 잘 죽었다. 위원장님, 정말 제
　　　맘이 기쁩니다.
이성수　……

　식당에서 웃는 소리. 오의 수건 떠는 소리.

윤소담　위원장님, 이 소문 내지 말어 주세요. 아가, 너도 저사람들한테 아
　　　모런 기색을 보이지를 말어라.
홍연순　네…
윤소담　왼종일 피곤해서 몰아온 젊은 사람들에게 청승마진 꼴을 보여서야
　　　쓰겠니-
홍연순　그럼 어머니, 저는 그만 가보겠어요.
윤소담　오냐, 가서 푹 잘 쉬어라.
홍연순　(우름을 억제하고) 네- (퇴장)
이성수　아주머니, 마음을 너그러히 잡수십시오.
윤소담　아모렇지 않습니다.
이성수　그렇나 역시 섭섭은 하실 것입니다.
윤소담　에미된 마음이야 어디 가겠어요.

230

사이
영숙과 채경 빈 그릇들을 가지고 나온다.

박채경 아이구, 위원장님 오셨어요.
이성수 애들 쓰오.
윤영숙 일 좀 합니다.
이성수 넘처 완수합시다. (미소)
오 (나오며) 암만 그래도 차 하나는 띄여야 할 걸.
홍 (나오며) 둬 봐야 알지.
오 물늘내기 아닐세.
홍 장부일언이 중천금이라- 아이구, 위원장님 오셨어요.
오 언제 오셨습니까.
이성수 네, 욕들 보오.
오 전쟁 한판 합니다.
이성수 허슈.
오 놀 때는 놀아라, 내일에는 일천돈.

두 사람 대국한다.

박 (나와서 성수에게 인사하고, 장기구경한다)
변 (책을 들고 나온다) …
이성수 좀 어떻슈.
변 아, 오셨습니가. 인제 다 낫습니다. 정말 미안합니다. 제일 중요한
때에 이렇게 태(怠)그을 해서요.
이성수 병난 거야 할 수 있소. 정말 동무 너무 지내치게 골을 써서 퍽 피
로했소. 몸 조심합시다.
변 네.

채경 소담 부엌으로 내퇴.

윤영숙 (식당에서 나오며) 홍, 또 전쟁이 버러졌군. 여러분, 지금부터 우루
강 독주가 있겠습니다. 새로 제정된 애국가올시다. (섯투르게 친다)
이성수 인제 아니가, 우리 여장군도 음악가일세.
윤영숙 그럼은요. (더 크게 뚜들긴다)
홍 장야. (더 크게) 장이로구나.

오   가만있어. 어느 틈에 이렇게 됐서.

홍   여기서 이렇게 정정당당히 들어갔습니다. 장이로구나, 벼락같은 장
         이야.

오   아냐, 이거 봐.

홍   일소(一所)불퇴(不退)요.

오   아냐. 여보, 동무. (어름댄다)

윤영숙   동무는 무슨 동무예요. 젖스면 다시 두시지. (판을 헤쳐 버린다)

         모두 손벽.

오   (성이 난 것을 스스로 눙치며) 허허, 그참.

윤영숙   실례했습니다. 그대신 제가 정말 풍금 독주나 하나 하겠습니다.
         ("산업전사의 노래")

         채경 나오면서 소대 부른다.

이성수   최동무는 어딜 갔소.

박   아픈다고 둘어 눴습니다.

이성수   어디가 그리 아프구. (2층으로 올아간다)

         모두들 손변(손벽)들을 친다. 홍, 창 앞에 서서 바다를 내다본다.

이성수   (최를 끌고 내려온다) 좀 찌부스스하다고 외따로 들어눠 있으면
         어떻하오.

최순창   정말 몹시 아픈 걸요.

이성수   좀 유쾌하게 노라 보아요. 왼만한 병이면 달아날 테니.

최순창   (한편에 가 강잉하게 앉으며) 그 참 골이 몹시 쑤시는 걸.

박채경   (노래를 끝내고 나서) 이번에는 누구십니까.

오   나요. (올아서서 거센 목소리로 사발가를 불른다)

         소담 미소를 띄우고 한편에 앉는다.

오   자, 이번에는

윤소담   학자님, 한 마듸 불러 보시지.

변   (활발하게 연단에 올아서며) 하겠습니다. 소린 소리나, 별난 소립니

다. 어험, 왜놈때 우리 공장의 싸이렌 소리는 사람 잡어먹는 소리
로 (의음(擬音)) '요놈들아, 잡아먹자. 응'- 그러드니, 인제 우리 나
라 우리 인민의 공장이 되드니만, 싸이렌 소리도 '조국 창건을 방
해하는 반동파를 박멸하자. 응-' (하단)

일동 박수.

오   이번엔 벙어리 박동무!
박   괘니 내가 벙어리야. (상단) 나는 동무들이 아시다싶이, 소리는 못합
니다.
일 동   않 되오.
박   어 동무들, 우리들 소위 기슬자들은 남달으게 높은 우대를 받고 있
습니다. 첫째 우리 합숙소에서만 말해도, 특별히 잡곡 안 섞인 하
얀 이밥만 먹여 주지 않소.
오   노래하시오.
박   (정색을 하면서) 종용하시오. 끝까지 말을 시켜 주시오- 어 그런데
요킨대 말하자면, 우리들의 노력이! 열성이 부족하단 말요. 우리들
은 이렇니 저렇니 해도, 전문적인 고등학문을 배운 인테리들이요.
그런데 실제에 가서는 어떻냐? 소학교밖에, 아니 소학교도 못 단게
본 순전한 로동자들이, 순전한 자기의 오래 동안의 체험을 살리어
서, 왜놈 기술자까지들도 발명을 못 하였던 모든 것을 창의고안도
하고, 새로 발명도 하고들 있지 않소. (더- 열을 낸다) 그러나 우
리들에게는 그게 부족하오. 우리, 더- 분발합시다- 그리고 동무들,
우리 더 정신 차릴 일이 있소. 남조선의 반동파들은 가진 발악들을
다- 해가면서, 우리 북조선의 이미 이루어진 민주과업을 파괴하려
시도를 해도 다 않 되니까, 요사히 와서는 많은 돈을 가지고 잠입
해서 마음 약한 기술자, 또는 기능자들을 꾀여 가려고 한다는 소문
이 돌고 있소. 더욱이 우리 인민공장의 중대성에 비초여서, 그런
마수가 안 뻐친다 방심할 수 없소. 우리들 경각심을 더 높입시다.
일 동   옳소. (박수)
오   참 시인 선생, 요새 꿍꿍거리고 짓든 시 좀 드르십시다 그려.
일 동   (박수)
오   자- 어서 (잡어끈다)
홍   잘 않 됐소.

윤영숙   시인이여! 활발하소서.
홍   (억제로 연단에 올아슨다. 소담을 치다보고 주저한다)…

    또 박수들을 한다.

홍   할머니, 듣기 싫여 마세요.
윤소담   별소리를 다- 하오.
홍   (시고(詩稿) 끄낸다)
        "아- 생각만 하여도 살이 떨리는
        그때는 1945년 8월 27일
        가랑비 나리는 어두운 밤이었다
        그때-
        기나긴 억압의 쇠사슬은 끊어지고
        화려한 새 강산엔 새 기쁨 넘치었다
        전인민 모두 다- 감격 찬 목청으로
        만세 만세로 목들이 쉬었을 때"
        (끄치며) 다 됐습니다.
오   남었는데 마저 읽소.
홍   아뇨.
오   뭘 않 된다고 그래. (홱 빼서서 크게 읽는다) "젊은 노동자 김명국
        동무는" (움칠하며 어름어름한다) 응, 다 맞치지를 못했군 그래.
윤영숙   (크게) 이번에는 위원장 아바이께서 한마디 부르시겠답니다.

    일동 박수.

이성수   해 봅시다. (상단)
        "오늘의 팔백돈은 흥, 내일엔 천돈이라 흥
        새빩안 애국심 흥, 하얗게 쏟아진다 흥
        비료 산봉어리에 흥, 깃빨은 헛날린다 흥
        인민의 깃빨이다 흥, 독립의 깃빨이다 흥

    영숙은 풍금, 오는 장기판 뚜들긴다. 모두들 손뼉을 친다. '흥' 소리는 같
    이들 부른다. 소담 춤을 춘다. 채경 대무(對舞)한다. 한사람 한사람식 추
    기 시작해서 군무(群舞)가 된다. 노래들도 서로 주고 받는다. 나중에는 혼
    성합창이 된다. 변만은 앉어서 책을 뚜들기기도 하고, 어깨춤도 춘다. 최

순창 오가 잡어 끄는 바람에 억제로 일어난다. 춤은 같이 추나 불안에 싸여 있다.
음산한 해풍소리, 물결소리.
북술 야학으로부터 돌아온다. 이 광경을 보다가 책보를 든 채로 뛰여들어 춤춘다.
소낙비 오는 소리. 점점 어두어진다.

무대 암흑. (노래 소리 사라진다)
소리   아, 또 비가 쏟아진다.
폭풍우 소리, 천둥 소리, 번개는 번쩍.

사이

더- 급한 폭풍우 소리.
비상 싸이렌-소리.
무대 밝아진다. 창외는 암흑이다.
비소리, 바람소리, 파도 소리.
가끔 번개는 번쩍.
남녀 합숙원들 우장들을 하고서 황망이들 나온다.

이성수 동무들- 나가봅시다. 갓 쌓은 제방이 돼서, 아모래도 위험하오.
변   갑시다.

비상 싸이렌-

이성수 자 먼저 공장으로 나가 봅시다. 만일 제방만 터지는 날이면, 능령 시 벌판은 바다가 될 것이다. 공장도 위험하다. 자- 갑시다. (퇴장)
오   여성동무들하고, 순창 동무, 변 동무는 합숙을 지키십시다.
변   나도 가겠소.
윤소담 몸도 성치 않으면서.
변   아니올시다. 다- 낫습니다. (먼저 뛰여 나간다)
윤영숙 우리들도 나가겠소.
박채경 북술 동무, 할머니 잘 모시고 있소.

영숙, 채경 다름박질 퇴장.

오   그럼 할머니, 단겨들 오겠습니다.
윤소담   조심들하오.
일 동   네. (오, 변, 다름질 퇴장)
최순창   아이구, 나도 몸만 않이 앉았드면 나가볼 걸 그랬는데.
윤소담   만일이 염녀돼서 그렇는 게지, 설마 어떻겠소. (유심히 보살핀다)
최순창   그럼은요.

      큰- 천둥소리.

북 술   아이구머니나.
윤소담   남들은 뛰여들도 나갔다.
북 술   (상긋이 웃으나 성난 목소리로) 어쩐지 무서워요.
최순창   저 올아가 쉬겠습니다. 아조 갱신을 못하겠어요.
윤소담   쉬슈.
최순창   참 미안한데, 같이 나가보지를 못해서- (이층으로 올아간다)

      길에서 웅얼거리는 소리, 도랏구 소리.
      사이

윤소담   들어가 자지.
북 술   어디 잠이 옵니가. (하품을 한다)

      더- 커진다, 폭풍우 소리.

윤소담   (유리창으로 내다본다)
북 술   (식당으로 들어간다)
윤소담   (한편에 앉는다. 명상에 빠진다. 실내등을 끈다)

      사이
      비소리 차차 적어진다. 최순창 우비 입고 캡을 푹 눌너 썼다. 가만가만히
      등장, 몇 번 입구를 돌아보다가 발소리를 죽이면서 나가려할 때-

윤소담   (내등의 스윗치를 넣는다. 무서운 눈으로 쏘아보면서 엄연히 섰다)
최순창   (깜짝 놀래며) 엇. (다시 천연스럽게) 주무시는 줄 알았습니다 그
        려.

윤소담 ……

최순창 암만 몸이 아파도 그냥 둘어뉘 있을 수가 있어야죠.

윤소담 ……

최순창 좀 나가봐야겠습니다. 정말 궁금해요. 아즉까지 무사한 모양같습니다만은.

윤소담 ……

최순창 단겨 들어오겠습니다.

윤소담 (가는 길을 막으며, 낮으나 엄연한 목소리로) 안 되오.

최순창 (놀래나 웃으며) 몸 아프지 않습니다.

윤소담 어딀 가는거요.

최순창 뚝으로요.

윤소담 38도선 말요

최순창 네?

윤소담 서울 용산공장말요.

최순창 엥!

윤소담 한때 동안 남의 종노릇은 했을 만정, 그래도 우리 민족은 돈에 팔려 지조를 흐리던 그러한 비겁한 무리들은 않이였소.

최순창 ……

윤소담 퀴퀴한 냄새를 맡고, 이리 몰리고 저리 몰리는 파리떼가 않이였소.

　　　　북슐 식당문을 열고 내다본다. 놀래나 잠잠하다.

최순창 이게 모두 무슨 말씀이십니까?

윤소담 뜨거운 애국심을 품고 있는 젊은 가슴 속에 불의의 돈뭉치를 품고 있어야 옳단 말요.

최순창 엥. (당황한다)

윤소담 아모리 마음이 뒤집히로서니, 왼- 전 인민이 왼통 한 뭉치가 되어 조국 창건의 눈물겨운 분투를 하고 있는 이때, 다시 해방된 조국을 남의 식민지로 파러 먹으려는 반동파의 음모에 호응해야 옳단 말요.

최순창 (강력하게) 할머니, 그런 게 아닙니다.

윤소담 말 마슈. 당장 돈 몇 만원에 눈이 어두어서, 민족 백년의 대계를 깨트리려 이 세상에 태여난 당신은 않이였을거요.

최순창 (얼굴빛 무서워진다. 주위를 살핀다)…

윤소담　물론 지금 우리들은 여유있게, 호화롭게 지내가는 것은 않요. 이보
　　　담 더-한 고난과 싸와 나가야 할 우리들요. 이렇하므로써 비로소
　　　우리들은 가장 행복되게 살 수 있을 게 않요.

최순창　……

윤소담　돈을 받어 고향에 보냈다죠. 몰라 해도 고향에는 늙은 어머님이 게
　　　실 거요. 주소(晝宵)55)로 내 아들의 명예와 행복을 암축(暗祝)56)하
　　　고 게실 거요. 그러한 어머님이 그러한 돈을 받으시면, 좋와하실
　　　것같소.

최순창　……

윤소담　돈 받자 뒤따라 들어오는 소문은 무엇이겠소. 돈에 팔려 남쪽 매국
　　　적(賣國賊)에게 팔려갔다-

최순창　……

윤소담　이것이… 겨우 이만큼이나 길러주신 늙은 부모님께 듸리는 효도란
　　　말요.

최순창　……

윤소담　나도 남의 어머니이기 때문에, 다른 어머니의 심경을 잘 알고 있
　　　소. 만일 당신 어머님이 바로 이 자리에 나대신 당신과 마조 셔스
　　　섰다고 하면, 이런 말슴을 하겠을 거요. '이놈아, 너는 내 자식이
　　　않이다. 내가 너를 길늘 때에 금이야 옥이야, 상할세라 병날세라,
　　　고히 고히 길늘 때에, 조국을 배반하고 민족의 적이 되라고 길느지
　　　는 않었다.' 이렇시며 복장57)을 치시며, 대성통곡을 하셨을 거요.

최순창　(고개를 숙인다)…

윤소담　이거 보. (명옥이의 단기를 보인다. 침통하며 간절한 목소리다) 씩
　　　씩한 애국자가 되어서 돌아오려니 하고, 은근히 기다리던 내 딸의
　　　유언요. '죽사오나 나라를 위하여 죽사오니 기쁩니다.' 이러한 내
　　　딸의 목소리가 역력히 메저 있는 이 단기요. 나는 이 단기를 받고
　　　아들놈 죽었을 때보다 더 울었소. 그러나 내 우름은 기쁨에 넘치는
　　　우름이었었소. '오냐, 나도 인제야 남의 어머니로써 부끄럽지 않다.
　　　아들과 딸은 죽었으나 살았다. 나는 기쁘다.' (목이 민다)… 이것이
　　　우리들 어머니들의 가인 한결같은 한마음요.
　　　이러한 어머니를 등 뒤에 두고, 수천의 동무들을 배반하고, 조국에

---

55) 밤낮.
56) 마음으로 축하함.
57) 가슴의 한복판.

반역하고- 않이 이래야 옳단 말요. 저- 빗소리를 들어보- 저 속에
는 '내 공장을 지키자.' '내 땅을 지키자'고 필사적으로 거센 물결과
싸호는 수천 수만의 인민들이 있소.

최순창　(얼굴을 가리고 느낀다)

윤소담　때는 늦이 않소. 사내답게 자기 비판을 하시오. 그리고 철없이 움
　　　　직이고 있는 일부 어리석은 동무들을 바로잡아 놀 책임을 느끼시
　　　　오.

최순창　(크게 울며) 어머니. (소담 앞에 꾸러앉는다)

윤소담　(눈물 어린 눈으로 단기를 바라보며) 명옥아.

　　　암(暗).

제2장 익조(翌朝)

무대 동상
아침밥이 지낸 직후다. 모두 출근복들을 입고 밥찬합, 혹은 손가방들을
들었다. 밤새동안 방수작업에 철야들을 했으면서도, 원기들 왕성하다. 최
한편에 진심으로 참회하는 빛이 도는 얼굴을 숙이고 섰다. 이성수 한편
다리를 닷처서 집팽이 집고 섰다.

명(明)

우후(雨後)청청(晴晴). 수평선은 붉게 찬란하다.
거리에서 출근하는 노동자들을 (가족과 주민들이) 환송하는 주악(奏樂) 소
리.

이성수　자, 그럼 동무들. 위선 이렇게 결론들을 지어봅시다. 내무서에 연락
　　　　은 했읍니가. 남쪽에서 온 반동파는 이미 숙청이 되었을 것요. 남
　　　　은 문제는 최동무의 대한 문제뿐이요. 적어도 남보다 뛰어난 기능
　　　　을 가지고 있으면서도, 그것으로써 보담 더-한 열성으로 건국을 위
　　　　하여 진력하여야 할 처지에 있으면서도, 그러한 유혹에 빠졌다는
　　　　것은 크게 비판도 받아야 할 일이며, 또는 어떠한 처단이라도 받어
　　　　야 하요. 그러나 이건 여기서 우리들끼리 할 일이 아니오. 오늘 공

장 안에서 직장대회를 열고, 그 자리에서 모-든 것을 결정하도록 하십시다.

일　동　옳소.

이성수　자, 그럼 어서들 출근들을 하십시다. 그리고 최동무, 부끄러워말고 대답하십시다. 잘못한 죄보다 깨닫고 곳치지 않는 것이 더 큰 죄요.

최순창　어떠한 처단이라도 달게 받겠습니다. (소담에게) 어머니, 어머니께서- 만일 어머님이 않이시었드라면-

윤소담　어서 가보시오.

이성수　(소담에게) 아주머니, 기뻐해주십쇼. 딸님의 슲은 소식은 이렇게 아름다운 꽃을 피워놓고 말었습니다- 동무들, 이 어머님의 높은 뜻을 우리들은 우리들의 가슴속에 색여 색여 간직하십시다. 자, 갑시다.

　　　일동 나가려고 할 때, 연순 다름박질 등장.

홍연순　어머니.

　　　일동 놀랜다.

홍연순　누님이, 누님이,

윤소담　응?

홍연순　누님이 죽지 않었습니다. 사러서 도라옵니다.

이성수　아니, 뭐요.

홍연순　누님.

　　　김명옥 (건강한 중년 부인이 되었다. 단발하고 남장을 했다) 등장.

명　옥　어머니.

윤소담　웬일이냐?

　　　모녀 포원(抱援)58).

이성수　명옥이.

명　옥　아, 아저씨.

---

58) 포옹(抱擁, 사람을 품에 껴안음)의 뜻인 듯.

이성수 어찌된 일요.

명　옥 그때 꼭 죽을 줄 알고 동무에게 유서까지 써 줬습니다. 그 동무는
　　　 내가 죽게된 것만 보고, 자기의 공작 때문에 먼저 길을 떠나갔습니
　　　 다. 그 동무 떠나간 뒤 몇 번이나 죽을 뻔했다가, 천행(天幸)59)으로
　　　 다시 소생이 됐습니다. 아저씨, 얼마나들 애들을 쓰셨어요.

이성수 야아- 이런 일도 있나.

오　　 어머니, 정말 기쁩니다. 동무들- (크게 구호를 외친다) 우리들의 어
　　　 머니 만세.

일　동 만세.

　　　 밖에서 군중의 만세 소리 크게 난다.

이성수 동무들, 축하는 이따 하고 어서 갑시다. 시간 늦어가요.

일　동 어머니, 단겨 오겠습니다.

　　　 일동 노래 ("승리의 오월"을 부르며 퇴장)
　　　 북술 눈물을 씻는다.

명　옥 어머니, 명국이가 그저-

윤소담 네 오빠가 없다는 말이냐. 봐라. (창외(窓外)를 가르킨다)

　　　 노래 소리 커진다.

윤소담 좀 많으냐. 좀들 씩씩하냐? 저렇게 많지 않으냐.

　　　 노래 소리, 음악 소리 더 커진다. 멀리 태극기 휘날리며 지내간다. 적게
　　　 또 크게.

막.

(1947년 8월 12일 밤. 수정완필(修正完畢)60))

---

59) 하늘이 준 큰 행운.

60) 수정하여 완전하게 끝마침.

자매

(4막 6장)

송영

때

1944년~1948년

곳

흥남 공장 지대

인물

서정옥　　공장 로동자, 후에 최고 인민 회의 대의원, 23세
김하일　　그의 남편, 모범 로동자, 28세
서경옥　　정옥의 언니, 26세
임수영　　경옥의 남편, 상인, 35세
서승남　　정옥들의 동생, 20세
최 　씨　　그들의 어머니, 51세
서삼룡　　그들의 아버지, 50세
박용진　　로동자, 뒤에 직맹 위원장, 27세
고분녀　　박의 안해, 29세
백대성　　공장 사무원, 30세
엔진공　　35세
녀선반공　19세
그외 마감공, 차체공, 전기공, 제관공, 주물공 등

제 1 막

때 해방 전 (1944년)
곳 흥남 공장 지대 근처에 있는 '군자교' 건너에 있는 빈민촌, 빈농과 령세한 공장 로동자들이 섞이여 사는 곳.
무대 양철 지붕 3칸짜리 집. '판장 없는 집', 집 앞으로는 길, 뒤로 '군자교'가 보이고, 그 너머로 공장 굴뚝들이 보인다. 길 건너로 조그마한 널판자 문, 이 집은 서삼룡의 집이다.

제 1 장

어느 날 석양
최씨(성미가 괄괄한 중에로 변덕스러우며 완고하다)가 뽕나무 잎 말린 것을 장죽에 피여 물고 있다. 정옥이(온순하며 지성적으로 생긴 새아씨다)가 감자를 깎고 앉았다.
막이 오르면,

최 씨 또 맨 감자만 삶아 먹을 판이로구나…
서정옥 글쎄요. 아무 것으로나 국이라도 끓여야겠는데요.
최 씨 맨 소금국? 흥, 빌어먹을 집안이 어째 점점 요 꼴만 돼 가는지 모르겠다. 명색이 셋씩이나 번다면서…
서정옥 차차 나아지겠지요.
최 씨 다 굶어 죽은 뒤에 말이냐? 첫째, 네 남편으로 말해도 그렇게 벌이 잘 하고 얌전하다는 게 장가 온 뒤부터는, 일하는 날보담도 노는 날이 더 많고 게다가 술 망태가 돼 가고… 어떻든 우리들이 눈이 멀었어.
서정옥 지난 얘기는 해 뭘 하세요.
최 씨 그래도 남편이라고 역성을 든다…
서정옥 남편 역성 좀 들기로 무슨 흉됩니까? (더 온화하게) 그런데 어머니, 그렇다고 저도 그 사람만 덮어놓고 두둔하는 것은 아닙니다.

아무리 남편이라도 잘못을 분별 못 하겠어요.

최 씨 그래서 밤낮 꿀 먹은 황소 노릇만 하고 지내가는구나…?

서정옥 그럼 맞장구를 쳐야 합니까? 집안만 더 소란해지게요. 그리고 가뜩이나 성미가 불같은 사람을 덧드려만 놓게 되지요.

최 씨 아주 요조숙녀로구나.

서정옥 (미소) 그러문요. 어머님의 딸인데 범연하겠어요1).

최 씨 (웃으며) 너하고 말하다간 귀구녕 막히겠다. 너같이 성 안 내는 건 보길 첨 봤어!

서정옥 정말 성낼 때가 돼 봐요. 여간 무서워지나…

최 씨 그럴는지도 모르지, 무뚝뚝한 아버지의 피가 흘렀으니까… 애, 정말 나도 하필 네 남편만 별따루 미워서 그러는 건 아니다. 하도 답답해서 그러는 거지.

서정옥 그건 저도 그래요. 그러나 저는 그 사람을 이렇게 봐요. 얼른 겉으로만 보면 술군이고 싸움패 같지만, 그래도 그 사람은 정직한 사람예요. 그리고 나쁜 것은 싫어하는 사람예요. 아무리 왜놈 회사의 로동자 노릇은 하지만, 제 성미에 틀리기만 하면 먼저 올라가는 게 주먹이거든요. 어떻든 그 사람의 주먹은 겁 모르고 법도 없어요. 당장 목이 달아나드래도 보기 싫은 놈이면, 더군다나 왜놈들이나 순사 놈이나 그저 처박아 놓고 마니까요.

최 씨 그게 병이란 말이다. 글쎄, 이런 세상에서 저 혼자 그랬다고 안 될 일이 될 리도 없고 - 결국에 가선 저만 앵하지2) 않으냐. 글쎄 뭐냐, 왜놈 때리고 몇 번이나 류치장을 갔었느냐 말이다. 그리고 쫓겨 나고, 몇 달씩 놀고 끼니를 굶고…

서정옥 저도 너무 지나치지 말라고 노 말을 해서, 인제는 퍽 달라졌어요. 보세요, 요새 새 회사 들어간 뒤부터는 좀 얌전해졌나요.

최 씨 두고 봐야지, 인제 한 보름밖에 안 됐는데. 가만 있자, 그럼 첫 월급 날도 다 됐겠구나.

서정옥 오늘예요.

최 씨 그런데 웬 일이냐. 뛰 - 소리 난 지가 오랜데… 또 병폐가 생겼나 보다.

서정옥 그럴 리가 있습니까?… 이거 정말 야단났네. 승남이서건 시장들 해서 나올 텐데…

---

1) 범연(泛然)하다, 차근차근한 맛이 없이 데면데면하다.
2) 기회를 놓치거나 손해를 보아서 분하고 아깝다.

최　씨　할 수 있니, 그냥 삶어라. 그런데 이 늙은이는 입때 뭘 하는 거야. 앵히, 너의 아버진지 뭔지도 늙어 갈수록 더 꼬장꼬장하지. 글쎄, 미장이 노릇 하는 데도 왜 그렇게 가리는 것이 많으냐?

서정옥　정하게 사시려고 그러시는 거죠.

최　씨　그럼 이렇게 배 속에서 쪼르륵 소리를 내고 살아야만 정한 것이냐?학교도 못 다닌 게 건방진 소리만 늘어 간다.

서정옥　아이, 어머니두. 저는 건방지다는 말을 모르고 살았어요… 가만 있자… (나가려 한다)

최　씨　어델 가니?

서정옥　좀 나가 보죠.

최　씨　이 거지 동네서 뭐 꿜 거나 있다고.

　　　　정옥, 용진의 집으로 들어가려 할 때, 고분녀 마주 나온다. (로동자 박용진의 안해다. 젖먹이 아이를 업었다. 고생에 찌들어서 나이보다 더 늙어 보인다. 유순하며 무던하며 고지식하다)

고분녀　웬 일이요?

서정옥　혹시 잡곡이라도 있나 해서요.

고분녀　(웃으며) 아이구, 어떡하나, 앵히, 참 기가 막혀서… 우리도 저녁거리 때문에 집으로 가는 길이라우. 혹시나 하고…

서정옥　에구, 어쩌나. 집엔 배급쌀 며칠 먹소?

고분녀　기껏 소리쳐야 나흘이지. 깍쟁이 녀석들 같으니, 대두박이나마 열흘치며는 다 채워 먹게나 줘야지.

서정옥　뭐 살라는 것을 살우. 개자식들, 실컷 부려 먹다가 나중엔 시들려 죽일 작정이지 – 그럼 가만 있자, 좀 기다리우… (집으로 들어가서 감자 한 바가지를 들고 나온다)

최　씨　그건 뭐냐?

서정옥　저 집에 잡곡이 좀 있나 해서 갔더니만 –

최　씨　혹은 붙이고 오는고나. 아니 공장엘 7년씩이나 다닌 사람 집도 그 모양인가…

서정옥　(모른 척하고 지나간다) 이거래도… (고분녀에게 준다)

고분녀　아이구, 미안해라.

서정옥　별말을 다 해요.

고분녀　그런데 참 동생한테도 징병 통지 나오겠구려.

서정옥　정말 큰일났어요. 불원간 나올 것도 같은데…

고분녀 그냥 생으로 데려다가 쥑이려고들 그러는군, 고 새끼들 벼락 맞는
　　　　날이 언제나 오누.
서정옥 이번 전쟁에 지는 날이지… 고것들 지긴 질 거요.
고분녀 어떻게 그렇게 잘 아우?
서정옥 애 아버지께서도 노 그러지 않아요. '놈들이 날뛰여도 망하고 말지,
　　　　우리들은 죽지 않는다. 싸운다'고. (미소)
고분녀 아-주 야학 좀 다니셨다고.
서정옥 형님도 그때 다녀 보시지 않고설랑.
고분녀 예끼, 여보. 아무리 공부도 중하지만 어떻게 제 남편이 선생 노릇
　　　　하는 데를 다닌단 말요.
서정옥 누가 뭐래나. 호호호… 정말이지 그때 그 어른은 여간 열성이 아니
　　　　시었지. 공장에 다니시면서도 밤이면 틈틈이…
고분녀 그 바람에 공장에서 내쫓길 번도 하고, 그래 이날 입때까지 놈들의
　　　　주목을 받고, 월급도 안 오르고 -
서정옥 정말 그래도 기술자니까 붙여 뒀지.
고분녀 당신 댁은 안 그렇소?
서정옥 그이는 그저 이것뿐인 걸… (주먹을 보인다)
고분녀 사내답지 뭘.
서정옥 그러게 이렇게 살지 않소.
고분녀 여간내기가 아닐세…

　　　　서삼룡(강직하며 활달한 성격임) 등장. 미장이 노릇은 하나, 로쇠한 관계
　　　　로 가끔 쉬는 때가 많다. 흙손들이 들어 있는 망태를 지었다.

서정옥 아버지 들어오세요.
서삼룡 오냐. (불쾌한 목소리다. 집으로 들어간다)
고분녀 역정이 나신 모양요.
서정옥 뭘요. 노 그러신 어른이신데… (집으로 들어간다)
고분녀 (대문 안으로 들어간다)
최　씨 얼마 벌었소?
서삼룡 한푼도 안 벌었어.
최　씨 왜 이렇게 야단요?
서삼룡 화가 나니까 그렇지.
최　씨 또 그 유명한 성미를 부렸군.

서삼룡　못난 소리 좀 작작하오. 난 굶어 죽으면 죽었지, 그따위 놈 집구들
　　　　은 안 고치지.

　　　　서정옥 감자 함지 걷어 가지고 부엌으로 들어간다.

최　씨　잘 했소. 소금 감자 맛 좋겠소.
서삼룡　아니 그럼, 그 개놈의 구장새끼 집구들을 놓란 말요? 수 천 명의
　　　　생사람을 죽을 구멍에다 넣은 자식인데, 더군다나 돈들 있는 자식
　　　　은 슬슬 빼놓고 – 아니, 고런 놈의 개새끼가 뜨뜻하게 잘 자라고
　　　　구들을 놔준단 말야. 불이라도 놀 판인데 –
최　씨　점점 작은사위님을 닮아 가는군.
서삼룡　작은사위? (악을 쓴다)
최　씨　귀청 떨어지겠소.
서삼룡　난 그럴 줄 몰랐어.
최　씨　무슨 일이슈?
서삼룡　악아, (대단 화가 난다)
서정옥　네? (나온다)
서삼룡　하일이가 확실히 기계공장에 다니겠다?
서정옥　웨 그러세요?
최　씨　오늘 첫 월급날이 안요.
서삼룡　놀러 돌아다닌 것이 어디서 월급을 받는단 말요.
서정옥　무슨 말씀이신 줄 모르겠네…
서삼룡　너도 속힐 모양이냐, 못된 것들 같으니라구… 아니 사내 녀석이 제
　　　　수에 틀려서 직장쯤 옮기는 거야 '보통지사'지. 그리고 더군다나 그
　　　　애는 남 보게는 싸움패 같지만 속이 산 놈인지라, 더욱이 젊은 혈
　　　　기에 왜놈들쯤 패주고 쫓겨나는 것도 아무 흉도 아니지. 오히려 속
　　　　시원한 짓이지. 그리고 설사 그렇게 돼서 얼른 다른 일자리가 안
　　　　나서서 놀고 있는 일도 하는 수 없는 일이지. 그런데 아니, 거짓말
　　　　을 할 게 뭐 있느냐 말야.
최　씨　그게 무슨 소리요. 아침마다 나다닌 지가 벌써 얼만데…?
서삼룡　그게 다 연극이거던…
서정옥　아버지 잘못이겠나 보세요. 저 집 노마 아버지가 소개를 해 줘서
　　　　같이 다니는 것은 아버지도 아시지 않아요.
최　씨　대관절 어떻게 된 노릇요?

서삼룡 허 그참, 내 고놈의 집일을 거절하고 울화가 나서, 장터 거리 다모
       토리3)집을 들어가지 않았겠소. 그런데 그집 쥔 령감이 '댁의 사위
       는 또 놀고 있드군요. 우리 집에 가끔 들린다오' 그래 나는 딱 잡
       아뗐지, 그렇지 않다고… 그랬더니 자꾸 사실이라고 우기는구려.
서정옥 아마 그 령감이 잘못 알았을 것입니다.
최 씨 할 일이 없어서 없는 말을 했겠니? 흥, 나중에는 거짓말까지…
서정옥 좀 있으면 들어올 테니, 물어 보시면 되질 않아요. (부엌으로 들어
       간다)
서삼룡 하긴 그렇다.
최 씨 뭬 그렇단 말예요?
서삼룡 본인하고 진가4)를 갈라야지.
최 씨 그런데 왜 그렇게 펄쩍 뛰었소?
서삼룡 싫은 사람 귀에 그런 소리가 들리니까, 화가 불곤 치밀어 올라서
       그랬지.
최 씨 (신경질적으로) 도대체 임자가 잘못했어요. 딸자식을 아뭏게나 내
       놓고…
서삼룡 또 쓸데 없는 소리… 저희들끼리만 의좋게 지내면 고만이지.
최 씨 '의'만 제일요? 아니, 어린 것을 호강은 못 시키나마 이날 입때 속
       만 썩히는 걸 임자는 못 봤소. 차라리 따로 떨어져 살기나 해도 낫
       지, 이건 뭔지를 모르겠단 말요. 데릴사위도 아니고 그저 흐지부지
       한데, 복대기를 치고5) 지내게만 되니…
서삼룡 돈 잘 벌어 올 땐 아들보담 낫다고 하지도 말고…
최 씨 듣기 싫어요.
서삼룡 사람이란 곧이 곧대로가 제일야. 변덕으로 죽을 쑤느라고 저렇게
       머리가 더 흰 모양이지.
최 씨 다 누구 때문인데…?
서삼룡 타고난 팔자지.

       서경옥(주제 넘고 허영심이 많은 여자, 비단옷에 핸드백을 들었다) 등장.

---

3) 큰 잔으로 소주를 마시는 일. 또는 큰 잔으로 소주를 파는 집.
4) 진가(眞假), 진실과 거짓.
5) 복대기다, 복대기를 치다, 많은 사람들이 복잡하게 떠들어 대거나 왔다 갔다 움직이다. 혹
   은. 정신을 차릴 수 없을 만큼 일이나 사람을 서둘러 죄어치거나 몹시 몰아치다.

서경옥 　어머니.

최　씨 　아이구, 너 웬 일이냐?

서경옥 　아버지, 그동안 안녕하셨습니까.

서삼룡 　(딴 대답을 한다) 끼니 때 나다니니?

서경옥 　어떤가요. 식모가 있는데요. 아버지 이거 피세요. (봉지 담배를 내
　　　　놓는다)

서삼룡 　마침 잘 됐다. 잘못하면 오늘 밤엔 굶을 판인데…

서정옥 　(나온다) 언니 왔수.

서경옥 　잘 있었니. 아이구. 얼굴이 점점 말이 안 되어 가는고나! 젊은 애
　　　　얼굴이 화색이 하나도 없고… (혀를 찬다)

서삼룡 　넌 밤낮 얼굴 타령이냐?

서경옥 　동생지간에 하도 보기에 답답하니까 말이죠. 어머니 이것 참.

최　씨 　이건 뭐냐, 아이구 소고기야!

서경옥 　'야미' 고기 좀 사왔어요.

최　씨 　이래서 일부러 왔구나.

서경옥 　겸사겸사해서 왔어요. (정옥에게) 애, 저녁 지어 놨니, 이것 갖다
　　　　국이라도 끓여 드려라. 아이 참, 아버지께서는 구운 것을 좋아하시
　　　　죠?

서삼룡 　맨감자에 군고기는 목이 멜 걸…

서경옥 　왜, (정옥에게) 밥 못 했니?

최　씨 　감자만 삶어 놨단다. 식구마다 벌이들을 잘 해 와서…

서경옥 　그걸 어떻게 먹냐… 나는 하얀 흰쌀밥만 먹어도 찬이 맞지 않으면
　　　　배탈이 나는데.

서삼룡 　올챙이적 생각은 아주 잊어 먹었고나.

최　씨 　고생시켜 길른 게 무슨 자랑요? 그러게 시집이란 잘 보내라는 게
　　　　안요. 팔자를 고치는 것이니까.

서삼룡 　옳소. 임자도 좀 젊었더면 팔자를 고칠 걸 그랬지.

최　씨 　에구 주책도 없이…

　　　서정옥 고기를 가지고 부엌으로 들어간다.

서경옥 　그러시지들 마세요. 저희 같은 젊은 것들도 입때 한번 얼굴을 붉힌
　　　　일이 없이 지내왔는데요. 정말 그 사람같이 꼬장꼬장한 사람이 어
　　　　쩐지 저한테는 너무한단 말이죠.

최 씨 원래 그 사람이 경우가 밝고 막갈스러우니까6).

서경옥 그런데 어머니 제가 왜 왔는고 하니요.

최 씨 그래?

서경옥 승남이 때문에 왔어요.

최 씨 왜?

서경옥 그럼 언제든지 저렇게 공장에만 처박아 두시렵니까?

서삼룡 어떤가?

서경옥 장래 희망이 있어야 말이죠. 저희 3남매 중 사내라곤 그애밖에 더 있습니까? 그러니까 어떻게든지 발전을 시켜줘야죠.

최 씨 그렇지.

서경옥 딸이란 것은 잘 살든 못 살든 역시 출가외인 아니예요. 정말 저도 인제는 남부끄럽지 않을 만큼 살게는 됐지만, 저로서는 어떻게 할 수가 없단 말이죠. 정말이지 문득문득 친정 생각이 나지만도 – 그렇다고 해서 뭘 해보세요. 시부모님들이 가만히 계실가…

최 씨 그렇구 말구…

서경옥 그래서 생각해 낸 것이 승남이를 성공시켜 보겠다는 것이었어요.

최 씨 어떻게?

서경옥 제 남편도 책임지겠다고 그랬답니다. 다른 게 아니라 낮에는 저희 상회에서 일을 시키고요.

최 씨 참, 너희 상회는 어쩌면 점점 그렇게 더 커지기만 하니!

서경옥 그런 게 안야요. 원래 자동차 부속품 상회라는 것은 지금 같은 전쟁 중에는 그중 리익이 많이 나는 영업이니까요. 그리고 원래 그 사람이 정직하고 량심적으로 하니까 그렇죠. 여북해야 일본 사람들까지 신용을 하겠습니까. 그래도 그 사람은 그 사람들한테 알랑거리지는 않아요. 그저 영업상으로 거래만 있을 뿐이지.

서삼룡 그 장한 자랑은 고만해 두고. 그래, 승남이는 어떻게?

서경옥 네, 그러니까 말이죠. 낮에는 일을 시키고 – 물론 월급은 줍니다 – 밤에는 부기 학교나 보내고 하면, 몇해 안 가서 큰 회사 주임 서기라도 될 게 안야요.

서삼룡 그건 돼서 뭘 하냐…?

서경옥 그럼 아무러기로서니 로동판 일 같겠어요. 로동자란 10년이나 20년이나 지나가도, 밤낮 한 모양이지 뭡니까. 빤한 월급에 굶기를 밥 먹듯이 하고, 옷 한 가지 없어 점잖은 출입 한 번 못하고. 게다

---

6) 맛깔스럽다. 입에 당길 만큼 음식의 맛이 있다. 혹은, 마음에 들다.

　　　　가 사회에서 하대7)를 받고.

최　씨　그럼 여북해야 로동자가 되니…

서경옥　그러니까 아버지, 제 말씀대로 하세요. 그렇게 몇해만 꿀떡 참고 넘어가서 큰 회사 주임 서기만 되면, 거기서 점점 발신8)이 돼서 조 그만 영업이라도 시작하게 될 게 안야요. 저희 상회도 처음에는 오 죽 적었습니까? 그래도 지금 보세요. 영업이란 저만 경우 바르게 하면, 장마통의 냇물같이 부쩍부쩍 늘어 나가는 거니까요. 정말 승 남이가 그렇게만 되어 보세요. 아버지 어머님의 후복은 늘어지십니 다. 그럼 첫째 저희들도 좋구요. 누구든지 데리고 와도 친정이라고 뽐낼 수도 있고요.

서삼룡　별 소리를 다 듣겠군.

최　씨　창피해서 그렇지 뭐요.

서삼룡　제 힘 들여 제 벌이 해 먹고 사는 게 뭐 창피하단 말요.

서경옥　어떡하실 테예요?

서삼룡　그애의 의향을 들어 봐야겠지만, 내 생각 같애서는 찬성 못한다.

최　씨　무슨 리유요?

서삼룡　딸자식도 부자 남편 얻었다고 친가에 오는 것까지 창피하다는 판 인데, 하나 밖에 없는 아들 녀석까지도 장사꾼이나 되면 제 애비가 로동군이라고 남 보기에 창피하다고 할 테니, 그야말로 창피하지 않나…

서경옥　(불뚱해진다) 다 알았어요. 아버지 마음은 저만 나쁜 년이란 말씀 이죠. 아니, 그럼 남의 딸이 되어 가지고 친가 잘 되기를 바라는 것이 나쁘단 말씀예요? (눈물을 씻는다)

최　씨　글쎄, 왜 이러니, 너는 네 아버지 성미를 모르니… 그리고 여보, 오래간만에 찾아 온 것한테 그게 뭐란 말씀요.

서삼룡　(입맛을 다시며 밖으로 나간다)

최　씨　어델 가는 거요?

서경옥　뭘, 나 보기 싫으니까 나가시는 거지.

최　씨　못난 소리 말아.

서경옥　나 못난 것 인제 알았소. 못났으니까 아뭏게나 처치해 버려도 좋다 고, 거의 내다 버리듯이 남의 후취로 내줬지. 겨우 열여섯 먹은 것 을… 정말 그땔 생각하면 지금도 죽고만 싶어. 내 처음 시집 들어

---

7) 하대(下待), 상대편을 낮게 대우함.
8) 발신(發身), 천하거나 가난한 처지를 벗어나 앞길이 훤히 트임.

갔을 때 시부모들이 로동군의 자식이라고 좀 업신여긴 줄 알우. 그러나 다행히 남편을 잘 만나서 이만큼이나 지내게 됐지. 그런데 무슨 큰 소리들야.

최 씨 쓸데없는 소리 좀 말아. 아버지가 어디 그래 그러시는 거냐. 원래 성미가 그러신 걸…

서경옥 흥, 그럼 나도 당신의 작은따님처럼 남편을 잘 만나서 앞치마 하나 없이 친정 구석에 박혀 있었더면 좋을 걸 그랬지.

서정옥 (나온다) 너무 심하지 않우…?

서경옥 사실이지 뭐냐. 그럼 너는 지금 네 생활을 행복되다고 생각하니?

서정옥 부끄럽지는 않다고 생각하우.

서경옥 아니, 새파란 젊은 애가 이런 누데기 옷을 입고도 말이지? 애, 우리들이 어려서부터 어떻게 고생들을 하고 자라났니. 치마가 하나밖에 없어서 둘이서 돌라 입고 나다닌 때도 있었지. 그러니까 문제는 시집이나 잘 가야 하는데, 그러나 너는 네 손으로 오는 복을 밀쳐 내고 말았다. 하도 많은 훌륭한 혼처를 다 물리치고, '사람이란 마음이 제일요' 하였지?

서정옥 그랬소, 지금도 그렇소.

서경옥 참, 너 사상가로구나. 흥, 다 소용없어. 어떻게 사무송하게9) 한평생 잘 지내다가 죽으면 고만이다.

최 씨 왜들 이러니.

서경옥 네 남편은 툭하면 일본 사람 잘 두들겨 준다니까 훌륭할는지도 모르겠다마는, 내 남편은 사실 일본 사람하고 친하다. 장사를 하기 때문이다. 그러나 일본 사람한테 쓸데없이 알쩡거리지도 않는다. 정말 가끔 술도 같이 먹기는 한다. 그러나 자기 할 말 이외의 말은 아니 하는 그다. 경우에 어긋나는 일이나 량심에 벗어나는 일은 한 일도 없고, 하지도 않는다. 뭐 다른 사람만 같았어 보지.

서정옥 상대하지 않고 부엌으로 들어간다. 서경옥 더 불퉁해진다.
김하일, 박용진 등장.
김하일(성격은 소박하면서도 강의하다10). 고아로서 류랑 생활을 많이 한 데서 생긴 분방성도 있다)
박용진(침착한 성격에 사상이 높다. 키는 작고 어깨는 딱 바라졌다)

---

9) 사무송(使無訟)하다, 서로 의견을 조율하여 시비가 없도록 하다.
10) 강의(剛毅)하다, 의지가 굳세고 강직하여 굽힘이 없다.

김하일	자네 때문에 나는 공연한 거짓말을 했단 말야, 엉이, 불쾌해…
박용진	오늘 결정됐으니까 래일부터 출근하면 정말이 되지 않나.
김하일	오늘 월급은 어떡하고…
박용진	우물쭈물 하게 그려.
김하일	허, 그 참…
박용진	그리고 인제 몸조심 좀 하게. 자네의 심경은 우리도 아네. 그러나 한두 놈 때렸다고 근본이 흔들릴 것도 없고 - 공연히 자네만 앵하지 뭔가.
김하일	나도 알어. 그러나 이놈의 성미가 워낙 불같어서… (주먹을 쳐든다)
박용진	저녁 먹고 건너오게. (들어가려 한다)
김하일	(붙잡으며) 안 되겠네. 같이 좀 들어가세. 나 혼자는 용기가 안 나.
박용진	이 사람이 왜 이래. 불같은 성미는 뒀다 뭘 해.
김하일	성미가 나올 때가 있지… 자, 어서… (들어선다) 어머니, 다녀왔습니다. 아이구, 처형도 오셨군.
서경옥	(고개만 숙여 대답한다)
최 씨	(눈이 샐쭉해진다)
박용진	아주머니, 진지 잡수셨어요?
최 씨	저 사람 때문에 자꾸 신세만 져서 미안하오.
박용진	뭘요.
최 씨	아무리 가까운 친구 간이라도 한두 번이지, 툭 하면 일터를 주선해 준다는 게 보통 일이겠소.
박용진	그야 이 사람이 워낙 가진 기술이 있으니까 쉽사리 되죠. 소개만 한다고 고놈들이 잘 들어 먹습니까.
서정옥	(나오며) 시장하시겠어요.
김하일	괜찮우.
최 씨	(비꼬는 어조다) 왼 종일 공장에서 시달렸을 텐데, 시장치 않을 리가 있나.
김하일	……
서정옥	월급 타 왔죠?
김하일	월급?
서정옥	지금 어머님서껀 오해들을 하고 계세요.
김하일	오해는 무슨 오해?

서정옥 어머니, 보세요. 아버지께서 잘못 아신 게 아니세요. (용진에게) 글
       쎄, 노마 아버지 그 이가, 공장 다니는 것을 거짓말이라고 - 아이
       구, 당치도 않은 헛소문도 잘 퍼지거던 -
김하일 그게 헛소문이 아니오.
서정옥 네?
김하일 실상 그 동안에 공장에 못 다녔소. 그러나 일부러 거짓말을 한 것
       은 아니었소.
최 씨 거짓말이란 따로 있나?
김하일 꼭 돼서 나갔다가 안 되었길래, 앞으로 된다고 그랬죠. 어떻든 잘
       못했습니다. 그러나 인제는 정말로 됐습니다. 래일부터는 출근합니
       다. 앞으로는 어머님 말씀대로 분이 치밀어 올라도 꿀꺽꿀꺽 참겠
       습니다.
박용진 그렇습니다. 래일부터는 정말 저하고 한 공장 한 계(係)에 다니기
       로 결정했습니다.
최 씨 언제는 정말이라구 안 그랬수? 흥, 나중에는 별일들이 다 많군. 친
       구도 중하지만, 동네 집 늙은이까지 놀림감을 만든다…?
박용진 아주머니 - 실상은 제가 잘못했습니다. 이번에는 사실이고, 또 접
       번 일도 제가 그러라고 했습니다. 어떻든 인제부터는 착실하게 공
       장도 잘 다니고, 살림도 잘 할 것입니다. (나가며) 여보게, 놀러 오
       게. 건너갑니다. (퇴장)
서경옥 어머니, 가겠습니다. (정옥을 흘겨보며 간다. 나가며) 나는 어떤 것
       이 부끄럽지 않은 생활인가 했더니만, 흥… (퇴장)
최 씨 꼴좋게 됐다.
서정옥 이게 무슨 모양예요.
김하일 다시야 이런 일이 있을라고 - 엥히, 시시한 일에 거짓말군이 됐지.
최 씨 도대체 자네가 틀렸어.
김하일 어머니, 고만 둡쇼. 인젠 저도 '날 잡아 잡수' 하고 한 군데 꼭 박
       혀 있겠습니다.
최 씨 그야 자네 맘대로지 뭐, 개천 나무랄 게 뭐 있나. 눈 먼 게 탓이
       지… (한숨)
서정옥 자꾸 왜 이러세요. 어머님은 가끔 이러시는 게 병이시거든.
최 씨 에미 꼴 보기 싫거든, 너희들끼리 나가 살렴.
김하일 (볼멘 소리로) 배고파, 밥이나 좀 줘. 없건 고만두고…
최 씨 (소릴 치며) 어쩔 텐가…?

256

김하일 제가 뭘 어쩐댔어요. 단 두 량주가 몸 붙일 곳이 없을라고요.

서정옥 이건 또 무슨 소리요.

김하일 나는 로동군야. 싸움패야. 돈 잘 버는 사위 같지는 못할 테지. 그래도 사위는 사위가 안야.

최 씨 아주 - 사내라고 호기가 만장일세 그려. 아니, 같은 딸 사원데 편을 갈라서 말했겠나. 나도 너무나 분해서 그랬네. 저애가 저의 형한테 걸핏하면 업신여김을 당하니까, 보기에 좋겠느냐 말야. 그건 결국 누구 책임인가? 젊은 것 하나도 변변히 못 건사하는 바로 자네야. 그것도 남보다 못났다면 할 수 없는 일이겠지만 - 그러나 자네는 로동판 10여 년에 남보담 투철한 재주를 가져서 왜놈들이 얻어맞으면서도 '옵쇼, 옵쇼' 하는 판이 아닌가. 그리고 벌이도 남보다 세 배, 네 배 받지를 않어? 이런 사람이 왜 계집 하나도 똑똑히 거느리지 못 하고… 그건 커녕 생걱정이나 시키지 말어야지… 이래서 내가 더 화가 나는 걸세.

서삼룡, 잔뜩 흥분이 되어서 들어온다.

서삼룡 왼 동네를 뒤집는군.

최 씨 글쎄 여보, 거짓말 했다고 하니까.

서삼룡 그까진 게 문제가 안요. 안 다닌 거 다녔다고 하다가 정말 다니면 마찬가지 아닌가.

최 씨 아니 누가 먼저 펄쩍 뛰였는데 -

서삼룡 (버럭 소리를 지른다) 승남이한테 징병 통지가 나왔어.

최 씨 네?

서삼룡 낼모레 신체 검사 나오라고, (사이) 그 자식 체격이 좋으니까 담박 끌려 갈 거야.

최 씨 이게 웬 일요…

서삼룡 이럴 줄 몰라서 - 새삼스럽게 웬 일인가…? 깍쟁이 자식들, 아이구, 글쎄… 애들아, 구장 녀석서건 이걸 가지고… (통지서를 쳐든다) '아 령감, 이런 영광은 없습니다 -'

김하일 아니, 고 자식들을 그냥 두고 오셨어요?

서삼룡 그럼 어떻게 하니.

김하일 어디 보자, 요 새끼들… (나가려고 한다)

서정옥 (붙잡으며) 왜 이러는 거요.

김하일　(붙잡힌 채로) 아이구, 그저… (씨근씨근한다)
최　씨　아이구, 그럼 어떡하오. 글쎄… 그 자식을 어떻게 기른 자식이라
　　　구…
김하일　보내지 맙쇼.
서삼룡　어떻게?
김하일　도망을 보내죠. 고놈들의 대포밥을 만들 수는 없지 않습니까…

　　　승남 등장.

최　씨　(달려들어 승남이를 붙잡고) 아이구, 승남아… (느낀다)
서정옥　징병 통지 나왔다.
승　남　나도 듣고 왔다우.
최　씨　승남아, 이 노릇을 어떡하니. 갖은 고생 속에서 학교도 못 다니고
　　　자라난 네가… 우리들한테는 다만 하나인, 남의 열 아들 못지 않은
　　　네가… 이만큼이나 자란 네가… 아이구, 어떡한단 말이냐.
서삼룡　(소리를 지른다)　산 자식 붙들고 울지 말어.

　　　김하일 별안간 뛰어서 나간다.

서삼룡　애, 하일아! 하일아!
서정옥　(뛰여나가며) 여보! 여보!
서삼룡　허 - 또 큰일났군…

　　　무대 어두워진다.

제 2 장

　　　같은 곳
　　　1장에서 며칠 지난 뒤 (징병 신체검사를 하는 날 저녁)

　　　서삼룡 홧술에 취해서 자고 있다. 초조해 하는 최씨와 어린애 업은 고분
　　　녀 서로 이야기를 할 때, 무대 밝아진다.

고분녀 따님이 웬일입니까?

최 씨 누가 알우. 한 보퉁이를 싸 가지고 나갔으니까-

고분녀 류치장에 차입[11]을 하러 간 모양이군요.

최 씨 그렇다면 제 남편 옷이나 가지고 나가야지. 제 단벌 나들이 치마까
        지 싸 가지고 나갔으니, 무슨 영문인 줄을 모르지.

고분녀 아마 그것은 팔아서 사식을 들여보내려는 거죠.

최 씨 그저 속만 썩는구려. 아이구, 이런 년의 팔자도…

서삼룡 (자면서 소리를 친다) 애, 이 놈들아! 이 개놈들아!

최 씨 왜 그러우?

        서삼룡 다시 코를 곤다.

고분녀 몹시 취하셨군요.

최 씨 식전부터 자셨으니 안 그러우. 생자식 죽게 됐다고…

고분녀 그러실 게 안야요.

최 씨 그야 말할 나위가 있소. 그렇지만 우리 승남이만은 어찌 될는지 모
        르겠소.

고분녀 참 큰사위님이 운동을 한다죠?

최 씨 그렇다우. 아까도 우리 큰애가 와서 아무 념려말라고 하고 갔소.
        저희 두 내외만 믿으라고. 이런 때 큰누이 노릇을 하지 언제 하겠
        느냐고, 어떻든 돈이 제일입니다. 염라대왕도 돈 앞에는 한편 눈을
        감는다고 - 글세, 결국 징병 검사에 뽑히고 떨어지는 것은 의사에
        게 달렸는데, 우리 큰 사위가 일본인 의사하고, 즉 이번에 신체검
        사 하는 원장 의사하고 퍽 친하지 않소. 그래서 아마 2,3천원 쥐여
        주고, 단단히 부탁한 모양입디다. 글세, 요새 돈에 2,3천원이면 얼
        마요.

고분녀 그러면 꼭 떨어지겠군요.

최 씨 여부가 있소. 원래 우리 큰 사위가 '경위'만 찾는 꼬장고장한 이지
        만 - 그렇지만 아무리 그렇더라도 저희 단 하나밖에 없는 처남 하
        나 빼돌려 주지 않겠소. 더군다나 우리 큰애가 어떻게 졸라댔길
        래…

고분녀 정말 불행 중 다행입니다 그려.

---

11) 차입(差入), 교도소나 구치소에 갇힌 사람에게 음식, 의복, 돈 따위를 들여보냄. 또는 그
    물건.

최　씨　　그런데 저 어른이 그것도 믿을 수 없다. '돈만 아는 녀석이 처남이
　　　　　눈에 보이냐' 글쎄 이러시면서, 저렇게 취하시지를 않았소. 웬일인
　　　　　가, 정말 올 시간이 넘었는데⋯ 떨어져서 좋다고 제 누이 집에서
　　　　　저녁이나 해 먹이지 않나⋯ 그랬으면 자히나 좋을가⋯ 뭐 그렇게
　　　　　될 테지 ‑ 그렇지, 노마 엄마?

고분녀　　그럼요. 그런 훌륭한 매부가 있는데, 뭐 한시름 잊으셨습니다. 아이
　　　　　구, 참 지금쯤은 울고불고 하는 집 천지겠네, 엥히.

박용진　　(등장, 자기 집으로 들어가려다가 고분녀 목소리를 듣고 들어온다)
　　　　　여기 와 있군.

고분녀　　궁금해서 좀 왔다우.

박용진　　참 승남이는?

최　씨　　아직 안 왔소.

박용진　　뭐 무사하겠죠.⋯ 그런데 아주머니, 하일이 또 29일 먹었습니다.

최　씨　　그 참 ‑

박용진　　그래도 징병 반대로 몰리지 않은 게 다행입니다. 그냥 때린 죄로
　　　　　됐죠. 그 사람은 경찰 놈들도 그냥 싸움패로만 보니까요. 보통 사
　　　　　람이 그랬더면 징역감입니다.

최　씨　　그 사람, 너무 괄괄해서 정말 큰일인 걸⋯

박용진　　그런 것도 긴히 쓰일 때가 오겠죠. (미소) 여보, 저녁 줘야지.

고분녀　　갑시다. 너무 념려마세요.

최　씨　　자연히 되는구려.

박용진　　(대문 편에서 나직이) 승남이 누이 안 들어왔소?

고분녀　　응.

박용진　　나 밥 얼른 주우.

고분녀　　왜 그러우.

박용진　　공장에 또 들어가야 하우. 어서.

고분녀　　왜 이렇게 야단인가.

　　　　　박용진, 고분녀 문안으로 들어 간다. 정옥 등장.

최　씨　　아니, 넌 네 동생 일이 궁금하지도 않으냐. 반나절씩이나 나돌아
　　　　　다니다 오게.

서정옥　　사식을 안 받는 것을 억지로 넣고 오느라고 ‑

최　씨　　물론 남편이 더 중하지. 그러나 오늘 같은 날에⋯

서정옥 속히 온다는 게, 자연히…

최 씨 (나가려고 한다)

서정옥 어딜 가세요.

최 씨 속에서 불이 난다. 형 집에 좀 가봐야겠다.

서정옥 어련히 올가 봐 그러세요.

최 씨 그래도 견딜 수가 없는걸… 뭐, 네 형이 그렇게 힘을 썼으니까, 어
     련할 것은 아니겠지만… (나가려고 할 때)

     승남 잔뜩 흥분이 되어 등장.

최 씨 아이구, 승남아! 그래 떨어졌지?

승 남 갑종 합격예요.

최 씨 아니, 뭐? 아니, 너의 매부가…

승 남 그 사람은 우리 나라 사람이 아니예요.

최 씨 이 자식아, 자세히 좀 말을 해 봐라.

승 남 자세히는 무슨 자세히, 당당히 뽑혔다면 고만이지.

최 씨 아니, 매부가 정말 너를…

     박용진 나와서 이 집을 잠간 쳐다보고서, 바삐 퇴장.

승 남 글쎄, 그 매부가 잘 안다는 왜놈 원장 의사 앞으로 갔더니만, '음,
     오마에까 (너냐?)' 하겠지. 그래서 아마 매부의 청을 듣고 내 이름
     을 유심히 기억해 뒀나 보다 했지. 그랬더니 자식이 나를 다른 사
     람보다 더 유난하게 자세히 보고, 뭐라고 뭐라고 적고 고개를 까딱
     거리고 생글생글 웃겠지. 그래 나는 일부러 남한테 눈치를 채이지
     않기 위해서 속으로만 됐고나 그랬지. 그랬더니만 정말 됐구려, 갑
     종 합격으로 -

최 씨 아니, 어떻게 된 일이냐?

승 남 뭬 어떻게 된 일야. 매분지 뭔지가 어떻게 한 줄 알우. 아이구, 그
     따위한테 누이를 줬소. 어머니 나뻐요. (눈물을 씻는다)

최 씨 그러면 네 매부가 청을 안 했단 말이냐.

승 남 돈이 아까와서 청을 할 수 있나.

최 씨 큰누이가 꼭 그런다고 그러든데…

승 남 큰누이, 나는 누이가 하나밖에 없소. 속 시원히 들어 보겠소. 나도

하도 어이가 없고 분해서, 그냥 그 길로 상회로 뛰여갔지. 마침 매분지 뭔지가 있습디다. 그래 붙었으니, 어떻게 된 셈요 – 했더니만, 하는 말이 '어허, 돈 2천원만 손해 났구나. 역시 왜놈들이란 할 수 없어' 그리고 입맛만 짝짝 다시겠지. 그래 나도 그 이상 말하기도 싫어서 나오니까, 그 상회 심부름하는 성식이 있지? 그애가 나한테 귀띔을 해주기를 – 그 의사한테 돈은 커녕 청한 일도 없데. 어떤 친구하고 이런 말을 하는 것을 들었데. '아무리 처남애의 일이라도 이런 시국에 있어 그런 청을 했다가 나중에 발각이나 나면 영업도 못 하게 되게. 그리고 돈 2천원이면 얼만데, 땅을 열 길을 파 보지 고린전 한 푼이나 나오나.' 흥. 글쎄, 이러드래.

최 씨 (심각한 표정이 된다. 돌발적으로) 망할 년놈의 새끼들, 아니, 이래야 옳아… (자는 삼룡에게) 여보, 임자 말이 맞았소. 역시 내 눈보다 밝소. 아이구, 분하고 원통해라. (나가려 한다)

서정옥 어델 가세요?

최 씨 내 그년의 자식의 상판대기에다 침을 뱉고 오겠다. 그리고 그 년 경옥이년 – 네 형년 – 그년의 새끼도 엥히… (허둥지둥 나간다)

서정옥 생각한 바 있어서 어머니를 붙잡지 아니 한다.

승 남 작은누나, 어떡하우?

서정옥 달아나라.

승 남 엣, 그게 무슨 말요. 못 달아나오.

서정옥 달아나야 한다.

승 남 나도 그렇수. 놈들에게 잡혀가서 개죽음하기는 싫소. 그렇지만 집안은?

서정옥 누나가 있지 않니.

승 남 안 되오. 내가 달아나면 놈들이 아버지서껀, 뭐 작은누나네서껀 가만 둘 거요? 어떻게 내가 달아난단 말요.

서정옥 그래도 – 너는 내 동생이지?

승 남 누나,

서정옥 내 벌써 이렇게 될 줄 알았다. 자, 이건 로잣돈이다. (돈을 준다)

승 남 (흐느낀다)…

서정옥 지금 떠나가거라. 그리고 저 삼평 가는 길 수변가에 가면, 저 집 용진네 형님이 너를 기다리고 있을 거다.

승　남　이게 어떻게 된 일요.

서정옥　용진네 형 만나면 자세히 말할 거다. 그 형이 너 어디로 갈 것을 가리켜 줄 거다. 우리들이 네가 이렇게 될 줄 미리 알고, 다 준비해 놓고 기다렸다.

승　남　누나, 어머니는…?

서정옥　안 계시다. 만나 뵈올 것도 없다. 도리여 네 결기12)가 약해질 뿐이요, 또 어머님은 너를 안 놓으실지도 모른다.

승　남　아, 아버지!

서정옥　너 때문에 취해서 주무신다. 깨우지 말아.

승　남　(주저한다. 비통한 얼굴)…

서정옥　모든 것은 모두 내가 맡는다. 아무 념려 말아.

승　남　작은누나, 나는 누나 때문에 야학 공부나마 했소. 아버지가 병들어 누워 계실 때도, 누나는 품팔이로 우리 집을 끌어 왔소 시집을 간 뒤에도 따로 나가 살지 않던 누나가 아니요.

서정옥　지금 우리는 지난 이야기를 할 때가 아니다. 오직 앞날이다. 너는 용진 형님이 어데든지 보내 줄 것이다. 어데로 가 있든지 군세야 한다. 오늘의 이 원통한 설움은 기어코 설치13)해야 한다.

승　남　하겠소. 나도 사내요. 조선 청년요. 그럼 가겠소.

서정옥　첫째가 몸조심이다.

승　남　누나!

서정옥　어서 떠나라!

승　남　아버지, 안녕히 계십쇼. (활발하게 례를 한다. 주먹으로 눈물을 씻는다) 누나, 그럼…

서정옥　우리들이 다시 만날 때에는?

승　남　음! (퇴장)

　　　정옥 멀리 바라본다. 고개를 파묻고 느낀다.
　　　사이.
　　　멀리 개 짖는 소리.

막.

---

12) 곧고 바르며 과단성 있는 성미
13) 설치(雪恥), 부끄러움을 씻음.

제2막

때 1945년 11월 (해방 직후)
곳 로동자들의 손으로 지켜져 있는 룡성 공장
무대 공장 사무실(인민 공장으로 발족하기 전 임시 조치로 된 관리 위원
회 시기) 왜놈 때 중역실. 정면 창으로 바다가 내다보이고 한 편으로 공
장들의 건물들, 왼편으로는 뜰로 통하는 문, 바른편 문은 큰 사무실로 통
한 문, 테블, 의자, 쏘파 등 (의자 씌우개는 모두 없다) 탁상 전화 세 개
(그중 하나는 지령 전화) 특히 벽 우에 없애버린 소위 '가미다나'14)의 흔
적이 눈에 띈다. 풍경화와 공장 략도(일제 때에 걸렸던 것 중 무방하다고
생각해서 남겨 둔 것)
'우리 공장은 우리의 손으로-', '조선 완전 독립 만세!' 등의 당시의 표어
들이 여기저기 붙어 있다.

제1장

어느 날 이른 아침.
공장 운영에 대한 림시 조치를 취하고저 공장 관리 위원회가 열리었다.
관리 위원 이외에 각 부의 책임자와 열성적인 로동자들도 참가하였다. 회
의 형식은 원탁식 좌담 형식이다.
박용진 (로동 조합 위원장으로서 관리 위원)
김하일 (공장 자위 대장)
백대성 (왜놈 공장 때 준사원질 하던 놈, 해방 후에 일변 열성자가 되어
관리 위원까지 된 가면 쓴 자. 별명 여우. 다리 하나를 절뚝거린다. 해방
후 다친 것)
그외의 로동자들 - 엔진공, 주물공, 제관공, 전기로 운전공, 차체공, 여자
선반공(다만 하나인 녀성)들이 혹은 섰고, 혹은 걸터앉았다.
박용진 중앙 의자에 앉았으며, 김하일은 테블 한 구석에 걸터앉았다.

막이 오르면, 회의를 시작하기 직전이다.

---

14) 神棚, 집 안에 신위(神位)를 모셔 두고 제사 지내는 선반.

김하일   고만 시작합시다.

박용진   정옥 동무 오거던 하지.

김하일   언제 올 줄 알고… 밤을 새고 나갔으니까 곯아 떨어졌을 걸…

녀선반공 그게 무슨 말씀에요. 오래 동안 사시던 두 분 지간인데도 그렇게
          모르십니까?

김하일   왜? 모릅니까? 그러나 -

박용진   동무, 말 잘 못했소.

녀선반공 그러문요. 정말 정옥 동무 같이 모범적인 사람은 없어요. 정말 나
          도 해방이 됐으니까, 지긋지긋한 일을 면했고나 해서 안 다닐 맘을
          먹었어요. 그런데 정옥 동무는 '이제부터 정말 공장 다닐 때요'하
          지 않았어요. 그리고 자기까지 자진해서 공장엘 나와서 - 정말, 그
          동무는 남자 이상으로 애국적이여요.

마감공   옳은 말씀요. 그러나 우리들도 애국적이요. 더군다나 하일 동무같
          이 목숨을 내걸고 공장을 지키던 동무도 있지 않소.

차체공   참 벌써 옛날 같이 생각되는구려 - 왜놈 패잔병들이 우리 공장들
          을 파괴하려고 습격하던 일이 - 엥히, 죽일 놈들.

백대성   정말 그때 조마조마했지. 여기 하일 동무, 용진 동무서껀 그리고
          모두들 다같이 용감하게 놈들을 물리치고 우리 공장을 이만큼 지켜
          왔지만, 아마 그래도 그때 통에 부상을 당한 사람은 뭐 조금 다친
          정도이긴 하나, 그러나 그래도 나하고 정옥 동무밖에 없지.

김하일   김장원 동무는 순사(殉死)하지 않았소.

백대성   죽은 사람 말고 말요.

마감공   운중리 권상렬 동무는 어떠하오.

백대성   다른 공장 말인가, 우리 공장에서만 말이지.

박용진   쓸데없는 소리 걷어칩시다. 어떻든 백 동무도 욕 봤지.

백대성   뭘요. 그런 걸 자랑키 위해 한 말이 아니요. 그냥 얘기 끝에 나왔
          지.

김하일   동무 장하스나 - (혼잣말같이) 다친 건 사실이겠지만, 왜놈을 쫓아
          가다가 그랬는지 쫓겨 가다가 그랬는지 누가 봤나.

백대성   그게 무슨 말요.

김하일   동무한테 한 소리가 나는 그때 말요. 왜놈들의 총 소리가 나자, 모
          두들 맨주먹들이래두 쥐고서 '내 공장 지키자'고 결사적이었소. 그
          러나 개중에는 '걸음아, 날 살려라' 하고 삼십륙계를 놓다가 늪에
          빠진 자식도 있지 않았소.

백대성 (성을 낸다) 빗대 놓고 중상요?

김하일 남의 말에 동무 일 같이 대들 건 뭐요. 량심상 찔리는 데가 있소?

백대성 뭐요?

김하일 어쩔 테야.

박용진 동무들, 이게 뭣들요?

녀선반공 고만들 두세요. 그간 일에 공연히 오해들을 하실 건 뭐 있어요.

백대성 그 참.

박용진 (하일에게) 동무도 말을 막 하지 말우.

김하일 난 거짓말을 한 일 없소.

박용진 그래도.

김하일 (담배를 붙인다)…

　　　　정옥 등장. (왼팔을 걸어 매였다)

서정옥 늦어서 미안합니다.

녀선반공 모두들 기다렸다우. 아침 잡숫고 왔소.

서정옥 집에 못 들린 걸.

김하일 그럼?

서정옥 운중리 좀 갔다 왔어요. (용진에게) 아무렇게 해도 녀동무들이 더 있어야 할 게 안야요. 그래서 -

박용진 수고하시었소.

서정옥 뭘요.

마감공 아주머니 정말 열성적이거든, 팔도 성치 않으시면서.

서정옥 인제 다 나아갑니다.

녀선반공 퇴원을 일쩍 해서 더 더디 낫지 뭐요. 정말 그때 안개가 자욱해서 지척을 분별할 수 없는 밤에, 탄환 상자를 이고 줄달음치던 언니는 - 총알이 스치고 지나가는 것도 모르고. 정말 언니 같이 -

서정옥 쓸데없는 소리들 고만 두.

박용진 자 그럼, 우리 오늘 회의를 시작하십시다.

　　　　일동 숙연해진다.

박용진 시간 관계도 있고 하니, 우리 아주 간단히 - 그리고 신속히 진행하십시다.

김하일 좋소. 쓸데없는 리론은 늘어놓지 않는 게 좋소.

박용진 우리들은 이제까지 쏘련 군대의 방조로 우리 나라, 우리 공장이 된 이 공장을 그냥 지키고만 왔습니다. 그러나 우리 공장은 우리들의 손으로 비록 미약한 정도이지만 돌게 되었습니다. (박수) 얼마 아니 있으면 다른 나라와 같이 유난히도 크게 들릴 싸이렌 소리와 함께, 우리들의 선반 공장의 첫 기계소리가 나려는 지금 이 순간이야말로 참으로 문자 그대로의 감격일 뿐입니다. 그래서 지금 우리는 짧은 시간이나 뜻 깊은 이 시간을 리용해서 앞으로 어떻게 하면 본격적으로 공장 전체를 돌리겠느냐 하는 데 대해서 구체적인 의논을 할가 합니다. 우리들은 그동안 모든 곤난을, 즉 해방 직후의 가지가지의 혼란과 무질서를 능히 뚫고 나왔으며, 또는 이만큼이나 본 궤도에까지 오르지 않았습니까?

로동자들 옳소?

차체공 참, 그때 왜놈들이 공장 주위에 다이나마이트를 묻어 논 것을 모두들 파내노라고, 어른 아이 할 것 없이 펄쩍 뛰던 생각을 하면 지금도 아슬아슬하거든 –

마감공 것보다도 해방됐으니 모두들 제 세상이라고 왜놈 것은 아무나 가질 수 있다고 공장 물건을 막 가져 가려고들 할 때, 정말 용진 동무나 하일 동무들이 아니였다면 큰일날 뻔했지. 목이 쉬도록 연설을 하여 알아듣도록 타이른다, 밤을 새여 야경을 돈다 –

녀선반공 그건커녕 정옥 동무가 수건으로 목을 매면서 ‘정 이런다면 나는 죽겠소. 우리들이 이래서 씁니까?’ 하고 웨치니까, 그때 모두들 정신없이 날뛰던 일부 자각치 못했던 사람들도 눈물들을 흘리고 잘못을 깨닫고 말지 않았어요.

차체공 그땐 모두들 정신들이 나갔었던 모양이지.

김하일 사담 맙시다.

마감공 네.

박용진 그러나 우리는 이제까지보다도 더 높은 희생정신으로써 우리 공장의 부흥 발전에 전력하여야 합니다.

모두들 옳소!

박용진 (더 힘있게) 더욱이 지금은 우리 민족의 절세의 애국자시며 민족적 영웅이신 김일성 장군께서 지난날, 즉 10월 14일에 평양에서 전국 동포들 앞에 우리 나라의 완전 독립을 위하여 민주주의적인 림시 정부를 수립하여야겠다는 로선을 제시하심으로써, 우리 민족의 나아갈 길을 밝혀 주신 이때가 아닙니까. (요란한 박수) 동무들, 우리 공장도 이미 자동차 수리계는 일을 해 왔고, 그러고 오늘부터 선반 계통의 공장도 돌게 된 이때에, 우리들은 더 높은 성과를 얻기 위한 토론을 해야겠습니다. 그러니까 요저음 토론할 것은, 첫째 자동자 수리계를 강화하는 문제, 둘째 선반 공장을 돌리는 데 있어서 기능자, 그중에도 녀성 동무를 많이 획득할 문제, 이러기 위해서는 책임자를 보강할 문제 이것들입니다. 자, 좋은 의견들을 내놓아 주십시오.

차체공　나는 차체공이기 때문에 자동차 수리계에 대해서 한 말씀을 드리겠소. 지금 우리 수리 공장에는 다행히 기계부속품 철판들, 즉 자재 문제는 비교적 곤난치 않소. 물론 얼마 동안만 말이지만 - 그러나 문제는 기능공들이오. 그래도 나 같은 차체공이나 또는 제판공들은 여럿이 있으나 그중에 문제는 엔진공이오. 그러나 이제 김하일 동무같은 선수 기능자가 있으니까, 퍽 도움이 된다고 생각하오. 그러니 하일 동무는 공장 경비대 대장 그만두고 우리 계로 내려와야겠소.

박용진　알겠습니다.

녀선반공　우리 선반이 이렇게 급작스레 돌게 되니까, 정말 눈물겨운 일입니다. 그중에도 제가 있는 부품공장은 우리들 녀성 동무들이 넉넉히 할 수 있습니다. 여기에 대해서 이미 정옥 동무가 많이 애썼습니다. 그동안 정옥 동무는 그전 일정 때 다니다가 학대에 못 이겨 고만둔 동무들을 찾아 다니면서 일깨워준 결과, 당장 인원이 보장되었습니다. 우리들은 못 하나라도 우선 많이 생산하겠습니다.

모두들　옳소.

백대성　나도 근본에 있어서는 찬성이며, 그러고 정말 감격할 뿐입니다. 그러나 우리들은 감격감격하고서 일을 경솔히 시작하는 것도 금물이 아닌가 생각합니다. 선반이 돌리려면 주물계 - 그러고 주물계는 전기 용광로가 제대로 운전되는 때라야만 가능합니다. 그러니까 문제는 급하다고 해서 공연히 허투루 기계를 파손시키는 일을 삼가고, 서서히 모든 것을 다 준비해가지고 근본적으로 시작하는 게 좋지 않을가 생각합니다.

김하일　그럼, 동무는 오늘 일 시작하는 데 대해서 반대란 말요.

백대성　반대가 아니라 모험 같애 말이요.

녀선반공　아닙니다. 선반 중에도 지금 돌리려고 하는 우리 부품계는 전기로가 복구되기 전에라도 넉넉합니다. 더욱이 깎을 재고품이 있지

않습니까. 그러니까 못이나 볼트, 낫트 같은 것은 얼마든지 생산할
수 있지 않아요.

전기공　그렇소. 그리고 우리들도 기어코 우리들의 손으로 전기로는 복구시
키고 말겠소.

백대성　그 의기만은 좋습니다. 나라를 사랑하는 마음에서 나오는 그런 의
기는 누구나 마찬가지요. 그러나 의기만 가지고, 즉 마음만 가지고
는 과학을 해결 못 할 거요. 정말이지 동무들이나 나나, 뭐 나는
서무 계통에 있었으니까 별문제지만, 어떻든 우리들이 무슨 기술이
있소. 과학의 ABC나 알우. 그러니 어떻게 왜놈 기술자도 쩔쩔매던
것을 그냥 의기만 가지고설랑 -

서정옥　그러면 누가 해주기를 기다리겠어요. 하다 안 되더라도 애초부터
고만둔단 말입니까? 그리고 해서 안 되는 일도 없을 것입니다.

백대성　그런 게 아니라, 우리들의 실력도 참작해야 한단 말입니다.

서정옥　그건 왜놈들이 하던 소리가 아니예요? 조선 사람은 원래가 못난
인종이라고 -

마감공　이르다 뿐요. 고 자식들이 우리들을 여간 업신여겼나.

백대성　나는 그런 의미로서가 아니라.

박용진　동무, 가만히 계십쇼. 도대체 동무들의 토론들이 방향이 틀렸습니
다. 지금 우리들은 선반 공장을 돌리는 게 옳으냐 그르냐를 의논하
는 게 아닙니다. 조금 있으면 기계가 돕니다 - 우리들의 힘으로.
그러니까 앞으로 잘 해 갈 의논을 하자는 것입니다.

모두들　옳소!

　　백대성 안색이 좀 변해진다.

박용진　그럼 나도 의견을 말하겠습니다. 지금 전기로 복구를 위하여 연구
하고 수리하는 사업이, 이 동무(전기공)가 중심이 되어서 열성적으
로 진행되고 있습니다. 반드시 급속한 시일 안에 해결이 되어서 어
떠한 주물이라도 일정 때 이상으로 녹여 내리라고 생각합니다.

전기공　어떤 일이 있든 우리들은 꼭 하고 말겠소. 우리 수리반 동무들은
지금 몸은 각각이지만, 마음만은 하나가 됐소.

김하일　그냥 '하나'가 아니라, 강철같이 뭉쳐진 '하나'가 되어야 하오. 우리
가 모두 -

전기공　그렇소, 선기로에 들어가도 녹지 않는 상철이 되어야 하오.

모두들   옳소!

마감공   기술에 대한 연구 사업은 전 공장적으로 다 해야 할 것이요. 그런
데 지금은 그냥 각 계마다 닥치는 대로 급한 것에만 매달려 있는
형편인데, 그걸 그렇게 말고 더 철저하게 했으면 좋겠소. 그리고
연구 뿐만 아니라, 새로 들어 온 사람을 양성하는 야학 같은 것도
만들고 -

박용진   좋습니다.

서정옥   기술에 대해서 그런 방도를 취하는 건 저희도 찬성입니다. 그러면
서 저는 다른 급한 것이 있다고 생각하는데, 그건 첫째 눈뜬 장님
을 없애야겠다는 것입니다 - 그중에도 우리 녀성들에게, 그래서 공
장 안에도 한글학교 같은 것을 만들었으면 합니다.

녀선반공 그건 저도 찬성입니다. 우선 그 선생으로는 정옥 언니 같은 이가
있으니까 더욱 좋습니다.

박용진   좋습니다. 참 모두 좋은 의견들입니다. 그러면…

마감공   인제 고만 토론하고, 위원장이 결말을 내 주시오.

모두들   좋습니다.

박용진   그럼 말씀하겠습니다. 기술 문제를 해결하기 위해서, 첫째 각 계의
연구반을 더 강화할 일, 또는 이것을 통일시키기 위하여 공장적으
로 새 기구를 설치할 일, 여기에 대한 것은 백 동무와 윤 동무(전
기공을 가리킨다)가 책임질 일, 둘째 기술 야학교와 한글학교를 설
립하되, 거기에 대해서는 나하고 정옥 동무가 책임질 일, 이외에
없습니까?

모두들   좋소!

박용진   김하일 동무는 엔진공으로 전임되며, 동시에 수리계의 책임자가 될
것.

김하일   싫소. 나는 경비대 더 하고 싶소.

박용진   그 일은 다른 동무도 할 수 있소. 동무는 기술이 있소.

제관공   옳소. 다음으로 내려갑시다.

박용진   그뿐요. 그리고 뭣보다도 교양 사업입니다. 아직 일부에는 우리 공
장 일을 남의 일같이 생각하며, 또는 월급이나 타가면 고만이지 하
는 경향이 있습니다. 이것은 오직 왜놈 때 착취당하던 때에 생겨진
노예 근성입니다. 먼저 우리는 이것을 물리치고 민주주의적인 애국
사상으로서 새 사람들이 되어야겠습니다.

모두들   옳소!

박용진   거기에 대한 구체안은 제가 동무들과 의논해서 수일 내로 만들겠
        습니다.
모두들   좋소!
박용진   자, 그럼 저의 결론을 그냥 결정지어도 좋겠습니까?
모두들   좋소!
박용진   그럼 박수로써 결정집시다.
모두들   박수.
박용진   자 그럼 이것으로 폐회합시다.

        박수.
        박용진, 김하일, 녀선반공만 남고, 모두 헤여져 나간다.

박용진   (나가려는 백에게) 백 동무, 동무는 그전부터 이 공장 사무 계통에
        오래 있었던 만큼, 이 공장 실정을 잘 알고 있겠소. 우리 그것을
        옳게 잘 살립시다.
백대성   (열성적으로) 말할 게 있소. 내 힘을 다 내겠소. 내가 일정 때 준
        사원까지 했다고 일부 동무들은 색다르게 보고들 있소. 사실 나는
        먹고 살기 위해서 놈들의 심부름꾼 노릇은 했지만, 내 진심은 아니
        었소.
박용진   그건 누가 모르오.
백대성   (웃으며) 그런데 하일 동무는 툭하면 남의 가슴 아픈 소리만 한단
        말야.
박용진   그건 이 동무의 천성요. 장점도 되면서 단점도 되는 ─
서정옥   단점이 되는 때가 더 많은 걸요.
김하일   (한번 흘겨본다)
박용진   그럼, 우리 정말 힘써 봅시다.
백대성   그립시다. 사무실 일은 걱정 마슈. 자 나가 봐야겠소. (사무실로 퇴
        장)
김하일   암만 해도…
박용진   두고 봅시다.
서정옥   (어쩔해서 쓰러질 뻔한다)
녀선반공 (붙잡으며) 왜 이러우?
서정옥   안야… (기운을 차린다)
녀선반공 뭘, 시장해서 그러지.

박용진 집에 나갔다가 좀 쉬고 오시지.

서정옥 괜찮아요. (생기를 낸다. 녀선반공을 끌면서) 동무, 가 봅시다. 나
      는 동무만 믿어요. (하일에게) 이 동무가 내 선생님이라우. 그렇지
      만 나도 몇달 안 가서 선생님을 따라잡을 걸. 호호호… 갑시다. (녀
      선반공을 잡아 끈다)

김하일 여보, 열성도 좋지만 몸도 돌보아야 할 게 안요. 가뜩이나 약한 사
      람이.

박용진 그러슈.

녀선반공 정말요. 언니.

서정옥 왜들 이래요. 곤하지 않다는데.

김하일 밥은 먹어야지, 나도 시장기가 나는데.

서정옥 한끼쯤 안 먹는다고 죽겠어요. 지금이 끼니를 또박또박 찾아 먹을
      때에요. 동무, 갑시다. 오늘 새로 한시오. 선반이 돌 때가 - 모터가
      소리를 칠 때가… (녀선반공의 손목을 끌고서 퇴장)

박용진 정말 우리들이 부끄럽네.

김하일 그러는 게 좋긴 좋은데, 걱정이거던… 글쎄, 밤에도 잘 자지도 않
      고, 그저 책일세. 그리고 나더러 쿨쿨 잔다고 바가지야.

박용진 어름어름 하다가는 뚝 떨어지네.

김하일 나는 가만 있나, 나도 죽을 내기를 대지.

박용진 그러기 위해서는 자네 고칠 것이 있네. 언제든 말이지만 자네는 너
      무 격하단 말야, 지금이 어느 때라고 툭하면 주먹을 드나.

김하일 그것 때문에 나도 걱정일세.

박용진 일제 시대에는 그것도 어느 정도 통했네. 비록 개인적이었지만, 하
      여간 일제를 미워하는 감정에서 나온 일이니까. 그러나 지금에 와
      서는 그건 큰 잘못이란 말야. 자네는 정말 열성적으로 나서고 있고,
      또는 우리 공장의 공훈 있는 선진 로동잘세. 그러나 자네는 지금
      모든 동무들 사이에서 유리되어 있네. 그들은 자네의 하는 일을 옳
      다고 보면서도 싫어를 하며, 심지어는 미워도 하네. 그것은 오직
      자네 성격 때문일세.

김하일 알어. 그러면서도 실상 무슨 일을 하면 그 놈의 종자가 고개를 처
      들고, 처들고 해서… (입맛을 다신다)

박용진 그러나 성격이란 고칠 수 없는 것이 아니거던. 고칠 수 없다는 것
      은 사상적으로 약하다는 것을 말하는 것일세. 해방 직후는 물론 지
      금까지도 아직도 일부 로동자들이 우리 로동 조합을 싫어하며 나아

272

가선 비방까지 하는 것은, 물론 그들이 계급적으로 덜 깨인 것들이
원인들로 되지만, 그보담도 한때는 우리들 간부층이 좌경적 오유[15)
를 범한 데에도 큰 원인이 있다고 생각하네. 이건 지금도 아직 일부
에 남아 있는 결점일세. 급히 고쳐야 할 일일세 - 실천을 통해서.

김하일　잘 알겠네. 우선 내 오늘부터라도 내가 맡은 부서에 충실하고, 무
슨 일이 있든 통 말만 아니 하면 되겠지.

박용진　(웃으며) 그래서야 쓰나. 비판할 땐 하고 지적할 땐 하되, 왜놈 때
리던 식으로만 말라는 말이지.

김하일　내 말이 그말이란 말야. 그런데 자네는 아무나 붙잡고 좋다고 하고
신용하는 게 흠이란 말야.

박용진　내가?

김하일　그럼 왜 그 백가 자식을 두둔하나. 고놈은 양의 털 쓰고 다니는 여
우 녀석야. 고자식 왜놈 때 준사원질 할 때 어땠는지는 자네도 잘
알지. 그런데 해방되자마자 제일 먼저 발벗고 나서지 않았나. 그러
나 진심은 하나도 없네. 약차하면[16) 돌아설 자식야.

박용진　쉬 - 나도 아네.

김하일　뭘 다 알어? 그 놈 초기에 얼마나 귀한 기계 부속품을 살살 내다
팔아 먹었는지 아나. 저 구룡리에 있는 기계 상회 있지. 그게 우리
동서(同壻) 녀석이 하는 건데 - 웨 임수영이 말야 - 모리배.

박용진　(고갯짓)

김하일　암만 해도 그 새끼하고 서로 연락을 하는 모양야. 내 확적한 증거
를 잡지 못해서 그러는데. 그저 그 자식을…

박용진　다 안다니까 그래.

김하일　그런데 웨 그냥 두나.

박용진　자네 말마따나 첫째는 확증을 잡지 못 했고, 또 하나는 그 놈의 기
술을 잠시 리용하자는 거야. 난 병신인 줄 아나. 로동자들에게 로
동 조합에 들지 말라고 은근히 선동하는 자도 그자야. 그자는 종일
같은 날 저의 집에서 노 술잔치를 벌리네. 그리고 웬만한 기능자들
은 다 청해다가 술도 먹이고 독(毒)도 먹이네. 그건 다 알지? 그러
나 지금 탁 치여 버리면, 다른 기능자들도 동요할 념려가 있거던…
더군다나 자네가 책임 맡은 곳에 있는 엔진공들은 대부분 그자 편
일세.

---

15) 그릇되어 이치에 맞지 않는 일. 오류(誤謬)의 북한어.
16) 약차(若此)하다, 이렇다. (상태, 모양, 성질 따위가 이와 같다)

김하일   응. 그래.

박용진   그러니까 자네 책임이 더 중하단 말야.

　　　　서삼룡 로인 등장. (연장 망태 속에는 밥곽이 담겨 있다)

서삼룡   들어와도 괜찮소?

박용진   어서 오십쇼.

서삼룡   애들 쓰네. 밥 가지고 왔다.

김하일   아이구… (황송스러워 한다) 밥 먹으러 갈 새가 없었어요.

박용진   아저씨, 오늘 선반이 돈답니다.

서삼룡   아이구, 좋아라, 왜놈들이 달아날 제 이 공장은 조선사람들이 돌리
　　　　지 못한다고 그랬겠다 ─ (좀 감상적으로 되며) 그 자식이 돌아왔다
　　　　면 좀 좋아했을가. 정말 제 누이 이상으로 열성을 내었을 텐데…

김하일   인제 차차 돌아올 것입니다.

서삼룡   무슨 차차야. 그 자식 떠날 때에 취해 자는 나한테 절하고 갔다던
　　　　데. 그게 아마 마지막인 모양야. 망할 것들 같으니… 이왕이면 나
　　　　를 깨워서 간다고나 하고 가지.

박용진   고만 둡쇼. 곧 돌아올 것입니다. 제가 그때 황초령 은신골로 보냈
　　　　으니까요.

서삼룡   거기 갔던 애들은 모두 돌아오지 않았나? 그런데 못 봤다던데.

박용진   여러 골짜기니까 못 만날 수도 있지요. 그리고 다른 데로 더 깊이
　　　　들어갔는지도 모를 일이 아닙니까. 어떻든 꼭 올 테니, 좀 더 기
　　　　립쇼.

서삼룡   그래. (마음을 잡는다. 다시 활기를 내며) 그러게 여보게, 나 오늘
　　　　작정했네. 나 여기서 일 시켜 주게.

박용진   네?

서삼룡   나만큼 늙어도 들어올 수 있지?

박용진   그러문요. 기술을 가지셨으니까요.

서삼룡   나 오늘 들어오다가, 애들이 시장할 것을 알면서도 한 바퀴 돌아
　　　　왔네. 깍쟁이들 원래 집을 날림으로 진데다가, 전쟁통에 손 대지
　　　　못해서 말이 아니네 그려. 참 고칠 데가 많아. 나는 기와도 올릴
　　　　줄 아네. 그리고 목수 일도 좀 하지.

김하일   넉넉하지요.

서삼룡   이놈이. (주먹으로 가슴을 치며) 나쁜 놈이란 것을 오늘에야 깨달

274

앉어. 나 언젠가 정옥이가 공장일 하자는 거 싫다고 했지. 첫째는 그 늙은이 쨍쨍대는 게 성가시었고 - 글세, 말 들어 보게. 그 늙은 이는 지금도 말끝마다, '해방이 됐는데도 또 뇌동판엘 다녀' 글쎄, 그 따위란 - 엥히.

두 청년 빙긋이 웃는다.

김하일   망령의 말씀 좀 그만둡쇼.
서삼룡   내가 왜 망령야? 너 정말 네 장몬지 뭔지가 해방되면서부터 너희 두 량주를 더 미워한다. 그저 그 늙은이한테는 큰 딸 량주가 제일 야. 무슨 일을 하든지 돈만 벌려고 드는 녀석이 제일 귀해 보이는 모양야. 더군다나 그 녀석이 남들은 모두 건국 사업에 발벗고 나서 는 판에 저는 기계 장사 하느라고 눈이 노랗게 됐어.
박용진   영업도 정당하게만 하면 일없습니다.
서삼룡   그 자식 모리배 노릇할 건 뻔하지. 그런 자식의 계집 노릇을 하면 서 유똔 치마만 휘감고 다니는 년이 더 보기 싫단 말야. 제 아우에 게 다 대면 똥이야, 똥!
박용진   고만해 둡쇼. 둘째는 뭡니까.
서삼룡   아 참. 그래 공장 안 들어오겠다는 둘째 까닭인즉슨, 내 골이 나빴 단 말일세. 나 그냥 이렇게 생각했지, 그냥 나대로 벌이를 다니면 자유스럽기도 하고, 생기는 것도 많은데 하필 공장 들어가서 아침 저녁 시간 맞춰 다니고 월급도 적고 - 정말 나쁜 놈의 심보였지. 이런 판에 그런 생각이 당했나, 인젠 그런 생각 다 씻어 버렸으니 까, 월급 안 받아도 좋으니까, 내 손으로 우리 공장 좀 고쳐 보겠 네. 아주 훌륭히, 튼튼히, 내 늙어도 재주는 있으니까…
박용진   감사합니다. 서무부에 말씀해 드리겠습니다.
서삼룡   (춤을 출 듯이) 정말인가? 그럼 나 오늘부터 일 하겠네. 아이구 참, 너희들 배고프겠다. 네 처는 어디 있니?
김하일   제가 갖다 주겠습니다.
서삼룡   내가 가면, 공장 규칙에 안 되나?
박용진   괜찮습니다.
서삼룡   그럼 같이 가자. 무슨 일을 어떻게 하나, 내 눈으로 좀 보고 싶다.

    녀선반공 급히 등장.

녀선반공 큰일 났어요. 정옥 동무가 기절을 했어요.
서삼룡 아니 뭐, 아주 죽었어?
녀선반공 안요 그냥 까무라쳤어요.
김하일 너무 피곤해서 그런 모양이군.
박용진 그럼, (하일에게) 먼저 가보게. 나는 의사에게 전화를 걸 테니… (사
　　　　무실 쪽으로 퇴장)
김하일 갑시다.
녀선반공 어떡하나…
서삼룡 괜찮어. 내 딸년은 쓰러졌다가도 금방 일어나는 애야.

　　　무대 어두워진다.

　　　2막 1장에서 연극 진행하는 동안에 가끔 토건과 로동자들이 지나다닌다.
　　　이것으로 공장 부흥 공사가 진행되는 것이 엿보인다.

제2장

　　　얼마 후 싸이렌이 날 무렵.
　　　백대성과 임수영 이야기하고 있다.
　　　임수영 (경옥의 남편, 30대의 교활한 수전노, 해방 후에는 모리배가 됐다)

　　　밝아지면,

백대성 인젠 이리로 찾아오지 맙쇼.
임수영 하도 소식이 없으니까 그랬소. 그리고 '근경'도 좀 볼겸 해서… 그
　　　　런데 인젠 제법 규칙이 섰거던. 자위대가 여간 엄중하지 않던데.
백대성 점점 더할 것입니다. 오늘도 공장 한쪽을 돌린다고 저렇게들 벌컥
　　　　뒤집고 야단들입니다. 어떻든 자식들 보기는 싫어도 로동조합이 열
　　　　성은 대단하죠.
임수영 하일이도 거기 들었지?
백대성 정말 그 자식은. 아이구, 실패했습니다. 그 사람과 동서지간이 되시
　　　　죠.

276

임수영 말이 동서지, 해방 전이나 지금이나 통 교제가 없이 지냈소. 직업들도 다르지만 -

백대성 그러시겠죠. 원래 상대가 되지를 않으실 테니까. 그러나 지금에는 아주 대단합니다. 제가 제일인 척하고 하면서도 역시 열성은 무서워요. 그의 부부가 다 그렇죠. 뭐 그 사람 처 되는 사람은 더합니다. 글쎄, 조금 전만 해도 너무 피로해서 혼절까지 해서 의사가 와서 주사를 주어서 겨우 깨여났는데도, 또 집으로 나가지를 않지 않습니까. 나가서 쉬일 때 쉬더래도 첫 기계 도는 거나 보겠다고요.

임수영 하긴 그렇소. 그 여자 그전부터 제 형과는 딴판이었소. 만일 우리 집 사람이 그랬어 보지. 무슨 큰 병이나 만난 듯이 사람을 들볶고 야단법석이 났을 텐데. 어떻든 그 부부와 우리 부부와는 그전에도 그랬지만, 지금도 아주 딴판요. 서로 지내가는 처지가 다르니까. 그런 중에도 더군다나 처남애 징병 문제가 있은 뒤부터는, 아주 그 부부뿐 아니라 원처가가 모두 우리를 미워한다우. 그러나 난들 어떻게 - 돈도 돈이지만 - 그런 청을 한들 들어줄 리도 없고, 다른 일과 달라서… 그러니 공연히 돈만 없애지 않소. 정말 나도 속으로는 좀 미안쩍지만, 그때는 때가 때인 만큼 내 할 일만 하면 고만이 안요. 다른 거 있소. 장사군이니까 리익 남길 생각이나 하면 고만이지.

백대성 그렇습니다. 그런데 임 주사, 승남이는 나도 잘 알지만, 그 훌륭한 작은누이가 도망까지 시켜 줬는데 왜 이제까지 소식이 없을가요.

임수영 (좀 생각하다가 미소를 한다) 도망을 제대로 갔으니까 그렇지요.

백대성 네?

임수영 이건 절대 비밀요. 만일 이 소리가 났다가는 그 집에서 제 딸을 도로 뺏어갈는지도 모르오. 저어… 그때 그애가 도망치다가 신상 쪽에서 붙잡혀서…

백대성 저런.

임수영 그 길로 바로 끌려 나갔다오. 그땐 그랬으니까요. 합격자가 도망치다 잡히면, 본집에 알리지도 않고 그냥 바로 전선으로 끌어갔으니까요. 어떻게 됐는지 알겠소.

백대성 음, 그렇게 됐군.

임수영 절대로…

백대성 천만에.

임수영 그런데 어찌할테요. 저 분 말한 대로 그대로만 하면…

백대성 지금 일은 다 꾸며 놨는데, 사실 좀 어렵습니다 그려. 그러나 속히
　　　 해 보긴 해 보죠.
임수영 뭐 조금도 꺼릴 것은 없소. 우리들은 누구나 할 것 없이 왜놈한테
　　　 눌려 지냈기는 마찬가지가 안요. 그러니까 실상은 왜놈의 물건은
　　　 우리가 누구나 다 차지할 수가 있지 않소. 나라도 제가 살고 봐야
　　　 나라지.
백대성 꼭 약속대로 하시겠소?
임수영 여부가 있소.

　　　 사무실에서 전화 받는 소리, 사람들의 두런거리는 소리.

백대성 그럼 얼른 나가세요. 수상하게 보이기 쉽습니다.
임수영 겁도 많소. 무슨 죄졌소?… 그러나 역시 서로 몸조심합시다.
백대성 그럼 혹시 나중에 임 주사가 왜 공장에 들어 왔나 하는 말이 나면,
　　　 그전처럼 기계속 좀 봐 달라구 청했다고 그러겠습니다.
임수영 그야 모두 그렇게들 알고 있지를 않소. 그런 게 문제가 안요. 만일
　　　 약차하면 남으로 뛰면 고만이지, 룡산이나 인천에만 가면 기계 장
　　　 사가 천질텐데 - 어떻든 믿소. 문제는 속한 것, 그러면 진짜만 골
　　　 라서 - 그럼… (퇴장)

　　　 백대성 배웅하러 나간다.
　　　 적은 사이.
　　　 백대성 투덜투덜하는 엔진공을 데리고 들어온다.

백대성 좀 들어오슈.
엔진공 (불평 찬 얼굴이다)
백대성 무슨 일이슈?
엔진공 (입맛만 다신다)
백대성 모두들 저렇게 야단인데, 왜 당신은 혼자 동떨어져서 상을 찡그리
　　　 고 섰었수?
엔진공 정말 속상해 죽겠어요. 뵈기 싫은 놈이 많아서…
백대성 누구하고 싸웠어?
엔진공 싸운 게 아니라, 그 참 눈꼴이 시어서 못 보겠단 말요. 글쎄, 하일
　　　 이가 계장이 되다니.
백대성 되면 됐지, 뭘 그러우?

278

엔진공　제기랄 것 ─ 글쎄, 그 자식이 뭐냐 말야. '도가다'17)판 싸움패로 돌아다니던 것이 아주 제가 젤인 척하고… 가뜩이나 사람을 막 휘두르고 주먹 버릇이 사나운 자식이 계장까지 되어 놨으니 범에게 날개 돋친 셈이 안요. 글쎄, 벌써 첫마디 말이 뭔고 하니 '나도 엔진공이지만 그전때 엔진공이란 것은 근성이 나빴다. 그러니 우리는 예전 버릇은 버리자' 온 참.

백대성　옳은 말이 안요.

엔진공　말이야 옳지요. 그러나 저는 그전에 안 그런 듯이 말하는 게 밉살스러우니까 말이 안요.

백대성　좀 앉으슈.… 그러게 말요. 문제는 단순하지 않소. 그런 사람과 같이 있지 않게 되면 그뿐 안요?

엔진공　그렇지만 ─

백대성　어쨌단 말요? 그리고 말요, 해방까지 만났는데, 당신 그냥 일정 때 모양으로 월급쟁이 로동자 노릇만 할 모양요? 공연히 망설이지 말고 저번 나하고 얘기한 대로 한번만 끔쩍해 봅시다. 그러면 한평생 늘어지게 살게 되지 않소.

　　　정옥 창밖에 나타난다. 한편에 서서 엿듣는다.

엔진공　……

백대성　요새 며칠 새가 그중 기회가 좋소. 어느 날이든 야밤중에… 뭐 간단하지 않소. 공연히 더 끌다가는 꼼짝 못하오. 늦으면 늦을수록 더 어렵게 되오. 벌써 지금만 해도 처음보담 꼼짝을 못 하겠는데, 좀 더 공장 기구가 째여만 보구려. 생각이 있어도 그림의 떡일 텐데…

엔진공　대관절 그 물건은 어디 있소.

백대성　저 해변가 제1호 창고 뒷면 모래판에 묻혀 있소. 그때 왜놈들이 웬만한 것들을 바다 속에 집어넣고, 그것만은 거기다 묻어 뒀던 거지. 어떻든 깍쟁이들야. 끝까지 고따위 심보를 내는 것을 보면… 그런데 그건 나만 알거든. 내가 그때 서무과 창고 계통에 있었던 만큼.

엔진공　무슨 물건들요?

백대성　저어 메다루 모터에 쓰는 바베트가 한 상자, 그리고 보링구.

---

17) dokata[土方] '막일(이것저것 가리지 아니하고 닥치는 대로 하는 노동)'의 일본어.

엔진공 아이구!

백대성 보링구라도 조그만한 것이요. 어떻든 그걸 공장 밖까지만 내가면 말요. 다 연락이 되어 있소. 저 기계 상회와 벌써 약속이 됐소. 그냥 내가면 당장 돈 더미에 앉게 되오.

엔진공 ······

백대성 뭘 그러우. 어떤 세상에서든지 먼저 제 앞만 차려 놓면 고만이지, 다른 거 생각할 게 뭐 있느냐 말요. 결단하시오.

엔진공 일없소.

백대성 아니, 그럼 당신네 같은 식구 많은 집안이 어떻게 살아갈 작정요? 더군다나 -

엔진공 (좀 크게) 못 하겠소.

백대성 아니 뭐? 그럼 왜 저번에 그러자고 그랬소?

엔진공 제 정신은 누굴 내주고 그랬나 보오.

백대성 이건 무슨 어린애 같은 수작요. 저번 날 우리 집에서 한잔 먹을 때 뭐라고 그랬소? 로동조합 간부놈 보기 싫어 죽겠다고 그랬지. 그중에도 용진이가 일정 때 같은 로동을 했는데, 다만 비밀 사상단체에 조금 관계했다고 제가 제노라 하고 -

엔진공 그랬소.

백대성 그리고 또 지금도 당신은 하일이가.

엔진공 그건 그거고, 이건 이거요. 나 하나의 감정 때문에 나라를 배반하기는 싫소.

백대성 뭐야? 아니, 정말 이럴 모양야? 나중에 후회할 생각을 해야지.

엔진공 나중에 아니라, 후회는 지금 했소. 정말 나는 나쁜 놈이었소. 당신 같은 사람이 지껄이는 걸 마음이 솔깃해서 듣고 있다니.

백대성 흥, 장하군.

엔진공 나는 모두 자백하겠소.

백대성 해 보지, 어떻게 되나. 그들이 모두 부처님들이 되어서 '오 - 그러냐. 개과천선했으니 훌륭한 사람이다' 할 줄 알고?

엔진공 (흥분된다) 예끼.

백대성 공연히 서두르지 말고 내 말을 들어 봐.

엔진공 안 듣는다.

백대성 좋아 보안서에 잡혀 갈 때도 큰 소리를 칠 텐가? 당신 자백한댔지? 그럼 나도 물론 재미없지. 그러나 나보다 더 큰 불똥은 당신야. 그전에 한 일은 죄가 안 되는 줄 알아. 엔진을 내다가 팔아먹은 사람은 누구지?

엔진공　(고민한다)…

백대성　맘대로 해도 좋아. 그러나 생각을 잘 해 봐.

엔진공　예끼, 나쁜 녀석 같으니라고… (백대성의 먹살을 쥐며) 너도 사람
　　　　녀석이냐?

백대성　어쩔 테냐?

　　　서정옥 태연하게 들어온다.

서정옥　왜들 이러세요?

백대성　아무 것도 안요. 동무, (엔진공에게) 아무리 흥분이 됐기로서니 이
　　　　게 무슨 짓요.

엔진공　(씨근씨근한다. 고민한다)

백대성　(웃으며) 아이구, 사람도. 그깐 일에 남의 먹살까지 쥘 것이 뭐 있
　　　　소. 글쎄, 정옥 동무. 이 동무가 두서너달 안으로 새 자동차 하나
　　　　만들고 말겠다 길래, 나는 그건 공상이라고 그랬죠. 그랬더니 그저
　　　　덤벼 들어서. 온, 성미도…

서정옥　정말 그런 말다툼은 아름답습니다. 다 우리 나라, 우리 공장이 하
　　　　루 바삐 잘 되기를 기다리는 마음에서 나온 싸움, 그야말로 사랑싸
　　　　움이였군요. 호호호… 저걸 보세요. (창밖을 가리키며) 첫 기계소리
　　　　가 나기를 기다리고 섰는 저 많은 동무들을, 정말 저 동무들 가슴
　　　　속에도 서로 먹살을 붙잡고 싸울 만치 격해진 애국심들이 솟음칠
　　　　거예요. 저는 여자가 되어서 그런지 저런 것을 보면 눈물만 자꾸
　　　　나요.

백대성　그러문요. 우리들도 그런데요… (엔진공에게) 동무, 고만두우. 내가
　　　　말 잘못 했소.

서정옥　(엔진공에게) 그만한 일에 뭘 그러세요. 정말 먹살은 쥘 때에 쥐셔
　　　　야 합니다. 모두들 밝은 앞길을 향해서 걸어가는데, 저 혼자만 어
　　　　두운 지름길로 뒤걸음을 치려고 하는 그런 놈의 먹살을 쥐셔야 해
　　　　요.

　　　서삼룡 로인 등장.

서삼룡　난 또 한참 찾아 다녔구나. 좀 앉아서 안정을 하랬는데, 이렇게 돌

아다니니. 온, 사람도.
서정옥 공연히 다녔나요. 다닐 만하게 다녔지요.

싸이렌 소리. 정옥 부녀 펄쩍 뛴다.

백대성 (평범한 목소리로) 시간이 됐군.
서삼룡 (창밖을 바라보며) 아 - 저 소리 좀 들어 봐라.
서정옥 첫번 나는 기계소리! 왼 공장의 기계가 모두 돌라는 첫 신호 소
리!!

엔진공 주먹으로 눈물을 씻는다. 군중들의 만세 소리. 서삼룡 부녀도 만
세를 부른다.
막.

제3막

무대 제1막과 같다. 다만 1막보다 집이 새롭게 수리되었으며, 새로 도배
도 했으며, 매우 정갈스럽고 희망이 넘쳐 보인다. 특히 김일성 장군의 20
개 정강과 김장군. 쓰딸린 대원수의 초상화가 눈에 띈다. 그리고 정옥의
방에는 새로이 테블 하나(하일의 것), 책상 하나(정옥의 것)가 더 놓여 있
다.
제2막보다 4개월 뒤. (1946년 3월 중) 북조선 림시 인민위원회가 창립되
었으며, 김일성 장군의 20개 정강이 발표된 직후. 서삼룡이의 생일날. (저
녁 때)

최씨 머리를 동여매고 있다. 방에는 식지18)를 엎어놓은 큰 상이 놓여 있
다. 고분녀 어린애를 업고 책보를 들고 대문을 밖으로 잠글 때 막이 오른
다.

풍로 위에는 찌개 남비가 끓는다. (그릇들도 새 것이 많은 게 눈에 띈다)

---

18) 밥상과 음식을 덮는 데 쓰는 기름종이.

282

최　씨　(부채질을 하다가) 아니, 입때들 뭣들을 하는 건가…? 이런 날엔
　　　　좀 일찍들 나오지들을 않구.
고분녀　(최씨에게 열쇠를 주며) 미안합니다.
최　씨　정말 열심들이로구려.
고분녀　그럼 어쩝니까. 그전에 못 배웠던 것도 한이 되는데요. (식지를 열
　　　　어 보며) 아이구, 굉장히 차리셨네. 혼자들 잡숫지 마시고 좀 남겨
　　　　났다 주세요.
최　씨　남겨 놓으나마나, 또 야단만 날는지 모르겠소. 아까 식전에도 큰
　　　　호통을 치고 나갔는데… '지금 같은 때 생일 안 차리면 어때. 완전
　　　　독립된 뒤에 천천히 차려 먹지' 이렇게 말요. 그 늙은이는 점점 더
　　　　극성만 늘어 간다니까. 젊은 것들이 그러니까 공연히 덩달아서…
　　　　한술 더 뜬단 말야.
고분녀　말씀이야 옳은 말씀이죠.
최　씨　그래도 너무 그러니까 보기가 싫단 말요.
고분녀　그럼 갔다 오겠습니다.
최　씨　(업은 애기를 보며) 이 녀석을 주고 가.
고분녀　괜찮아요.
최　씨　뭘 공부하는데 빽빽 울기나 하면 방해가 되지 않우. (억지로 어린
　　　　애를 끄른다) 자, 나한테 업혀 주오.
고분녀　번번이 이러시면 -
최　씨　별소리가 다 많지. 에구 자식도, 어쩌면 형놈 탈을 이렇게 썼을가?
　　　　자 - 어서…
고분녀　(어린애를 업히며) 따님도 얼른 하나 낳아야 할 텐데…
최　씨　틀렸소. 그것들 무슨 아이 '점지'할 새나 있는 줄 알우. 집이라고
　　　　들어와서들도 공분지 연군지들 하느라고, 밤새도록 등을 맞대고 앉
　　　　았는 걸. 저것 좀 보오. 책상들이 어떻게 놓였나?
고분녀　(웃으며) 아무리 그래도 설마…
최　씨　그것들은 열성들이 지나쳐서 반은 미쳤소.
고분녀　그래야죠. 정말 따님 같은 사람은 없어요.
최　씨　너무들 그러니까 보기가 싫습니다. 어서 가보오. 시간이 늦으리다.
고분녀　네.
최　씨　그리고 우리 정옥이더러 오늘 선생은 다른 사람한테 맡기고 일찍
　　　　좀 오라고 해 주오. 아마 야학으로 바루 간 모양이오.
고분녀　네. (퇴장)

서삼룡 로인 등장 (희색이 만면하다)

서삼룡　차렸소 안 차렸소? (큰소리로)

최　씨　끔찍이도 야단요.

서삼룡　(식지를 열어 보고) 이게 뭐야?

최　씨　다소곳하고 젊은 것들이 하는 대로 그냥 있구려. 아무리 나라 일에 바쁜 때로서니, 그야말로 그애들 말마따나 해방 후에 처음 만난 생일인데… 맨밥이나마…

서삼룡　차린 것을 말한 게 아니라, 차린 꼴을 말하는 거요. 이게 뭐냐 말요. 오늘 같은 기쁜 날에…

최　씨　너무 이러지도 말구, 차리지 말라고, 고집도 부리지 말고…

서삼룡　내 생일날이 되어서 기쁘다는 게 안야. 이 숭맥아! 오늘 우리 공장 전기 용광로가 돌았단 말야. 음, 들었어? 백가 도적 녀석이 우리 조선 사람은 재주가 없어서 안 된다고 하던 그 열톤짜리 전기 용광로가…

최　씨　어이구, 신통해라.

서삼룡　여간 이만저만 신통이야! 그리고 여보.

최　씨　또 뭐요?

서삼룡　우리 하일이가 말요. 그 참 왜놈이 헐어서 못 쓴다고 파쇠로 내버렸던 자동차를 새 차로 만들었단 말요. 벌써 오늘 것까지 세 번째요. 이번에는 커다란 소방 자동차요. 어떻소? 술망나니 싸움패라고 넌더리를 내던 둘째 사위가…

최　씨　말끝마다 오금만 박지19) 마슈. 그땐 그때고, 지금은 지금이지. 정말 사람이 변한다고는 하지만, 그 사람같이 아주 딴 사람처럼 되기는…

서삼룡　그야 하일이 뿐인가. 모두들 변했지. 눌려서 기죽들을 못 피우다가 해방이 돼서 새 나라를 세우게 되는 판에, 예전 생각을 그대로 갖다니 될 말인가? 그래도 혹간 있기는 있거던. 첫째 우리 집으로 말해도 임자 같은 사람.

최　씨　뭐요?

서삼룡　아주 안 변하진 않았지. 여자 글 배우는 것을 '변괴'로 알던 사람이

---

19) 오금을 박다. 큰소리치며 장담하던 사람이 그와 반대되는 말이나 행동을 할 때에, 장담하던 말을 빌미로 삼아 몹시 논박하다. 혹은, 다른 사람에게 함부로 말이나 행동을 하지 못하게 단단히 이르거나 으르다.

284

　　　　　옆집 아이를 매밤 봐 주는 것을 보면…
최　씨　그 참. (웃는다)
서삼룡　가만 있자. 모두들 올 텐데…
최　씨　차린 것도 없이…
서삼룡　있는 대로 하지.
최　씨　술은 넉넉하지만. 참, 큰애 집에서 두 병을 가져 왔습니다.
서삼룡　그런 놈의 술은 왜 받았소.
최　씨　그러지 마우. 그러지 않아도 가뜩이나 큰애가 속으로 울상인데. 꺼
　　　　　림해서… 그렇지만 실상 말하면 제 남편이 한 일이지, 저야 무슨
　　　　　죄가 있소. 그리고 그 사람도 노상 그것때문에 우리들 볼 면목이
　　　　　없다고 걱정을 한다던데…
서삼룡　입에 침이나 바르고 그런 소릴 하라고 그래. 그런 녀석이 해방이
　　　　　된 후에 모리배로 나섰느냐 말요. 정말 내가 얼굴이 뜨뜻하단 말요.
　　　　　나보담도 정옥이네 량주는 더 하지. 글쎄, 그 잡혀간 백가 도적 녀
　　　　　석하고 속으로 배가 맞은 놈이 누군데… 임자 눈에 제일 얌전하고
　　　　　훌륭했던 큰사위야.
최　씨　고만해 두우… 엥히 이런 데는 그저…
서삼룡　흥… (술을 따라 마신다) 참 좋군!
최　씨　먼저 취하시지 마슈.
서삼룡　상관있나, 오늘 같은 날에… (큰 탕끼20)로 마신다)
최　씨　저런 -
서삼룡　괜찮어.

　　　　　어린애 운다.

최　씨　오, 벌써 깼나. 오, 착한둥이. 더 자라. 엄마 글 많이 배우고 온다.
　　　　　(달랠수록 더 운다) 안 되겠군. 배가 고픈 모양인데, 잠깐 갔다 오
　　　　　리다.
서삼룡　달래질 않우. 가는 데는 어디요. 남 공부 방해 되게.
최　씨　달랠수록 더 우는 걸… (나가려 한다)
서삼룡　공연히 가서 모두 끌고 오지 마우.
최　씨　내 걱정 말고, 약주나 더 자시지 마슈. (퇴장)
서삼룡　한잔만 더 먹을가… (한잔 따라 들고) 동무들, 우리 나라 민주주의

─────────────────
20) 탕기(湯器), 국이나 찌개 따위를 떠 놓는 자그마한 그릇. 모양이 주발과 비슷함.

자유 독립을 위하야 이 잔을 듭시다… 옳소. (자문자답하면서 마신다) 캬 - 이러단 정말 취하겠다. (상보를 덮는다)

서경옥과 임수영 등장. (최씨 나간 길 반대편에서) 서경옥 역시 사치스런 몸치장이다. (다만 1막 때와 달라진 것은 몸뻬 대신에 긴 치마다)

임수영 왜 사택도 들지 못했누.
서경옥 열성자들이 되어서 그렇다우. 이왕 아무 집이라도 쓰고 있으니, 우선 급한 사람들부텀 들어야 한다고. (용진 집을 가리키며) 저 집도 그렇지.
임수영 거지 팔자들이로군.
서경옥 그리고 더군다나 이사할 틈이 없대. 어떻게들 바쁜지.
임수영 대단하군, 들어가기가 싫은걸. 반가와할 사람 하나도 없는데.
서경옥 그럼 예까지 왔다가 도루 갈 테요?
임수영 신경질 부리지 말어.
서경옥 (들어서며) 아버지!
서삼룡 오, 너희들 왔니.
임수영 그동안 안녕하셨습니까?
서삼룡 잘 있었다… 어떻든 해방이란 신통한 거다. 그전엔 길에서 만나도 망태 멘 노동자라고 외면까지 하고 지내던 장인의 집을 찾아까지 오게 되니…
서경옥 아버지. (눈을 흘긴다)
임수영 그럴 리야 있었겠습니까. 언제나 영업에 쪼들리는 몸이라, 노 - 거기에 정신이 빠져서 잘못 뵈와서 그런 거죠.
서삼룡 그럴 법하다. 장사꾼 눈에는 사람보다 돈이 더 크게 보인다니까.
임수영 (불쾌하나 참는다)
서경옥 왜 그런 말씀만 자꾸 하세요. 왜 장사하는 게 나쁩니까. 장사도 량심적으로만 하면 좋지 않아요?
임수영 사실 그렇습니다. 저는 경우에 어긋나는 일은 해본 적도 없고, 또 그런 생각조차 없습니다. 아마 장인께서는, 그리고 모두들 저번에 백대성이 사건을 가지고 저를 오해하시는 모양이십니다만…
서삼룡 오해?
임수영 네 그렇습니다. 그건 제가 훔쳐내오란 것도 아니고, 그 놈이 훔쳐내서 팔려다가 발각이 되니까, 할 말이 없어서 저희 상회의 이름을 끌고 들어갔을 뿐이죠. 즉 '어디 갖다가 팔려고 했니?' 하니까 '아무개 상회'라고 그랬죠. 그러니 그건 제 혼자 생각한 것이지, 저하고는 아무 상관이 없던 것입니다.

서삼룡 그래, 통 안 샀니?

임수영 그때는 못 샀죠. 그러나 그전에는 약간 사기는 샀죠. 그러나 집어 왔는지 훔쳐왔는지 알겠습니까.

서경옥 정말예요. 그런 걸 가지구 공연히들. 도대체 남의 말 하는 것들을 좋아들 하니까… (말끝을 돌리며) 그런데 이런 날에도 애는 공장에서 늦게 나오나.

서삼룡 인제 나올 때도 됐다. 그러나 너 정말 여간 굉장한 게 아니다. 저 방 좀 봐라. 저 작은 책상은 정옥이가 공부하는 책상 - 어떻게 머리를 싸매고 덤볐든지 지금은 웬만한 건 다 쭉쭉 내리 읽는다. 저 20개 정강도 횡 하니 외다싶이 한다. 뭐 그걸 가지고 연설까지 하는걸.

서경옥 그애는 어려서부터 한 번 하겠다고 맘만 먹으면 하고 마는 성질인 걸요. 하여간 무척 변했어요. 그애는 -

서삼룡 너도 변한 것 있다. 몸빼 대신 긴 치마…

서경옥 그런 말씀만 하시어… (뾰죽해진다)

최 씨, 고분녀(어린애를 업고 있다), 서정옥 등장. 정옥은 품이 있어 보이며 더욱이 두 눈이 반짝인다. 고분녀 자기 집으로 들어간다.

최 씨 아이구, 왔나보다. 어떡하나? 옷꼴이 이래서…

서정옥 무슨 상관예요. 왜 왔누.

최 씨 그런 소리 말어. (들어서며) 아이구, 왔나. 어떻게 왔나.

임수영 그동안 안녕하셨습니까?

서정옥 언니 왔소.

서경옥 너 정말 대단하다더구나. 이제까지 아버님께서 입에 침이 마르시도록,

서정옥 (자기 책상을 정리하고 앞치마를 입는다)

최 씨 (정옥에게) 어떡하냐?

서정옥 차린 대로 하죠. 뭘 그러세요.

최 씨 그 참. (매우 걱정스러워한다)

서경옥 너 어느 틈에 남까지 가르쳐 주게 됐니?

서정옥 아직 아무것도 모르지만, 아는 만큼 가지고 하는 거지 뭐요. 모두 급하지만 우선 문맹은 퇴치해야 해요. 더군다나 여자들은 세상이 어떻게 돌아가는지도 모르고, 또 아는 것을 큰 병으로 알고 지내만 가서야 쓰겠소?

서경옥 하긴 그래. 그런데 살림이 좀 크면 생각은 있어도 꼼짝달싹을 할 수가 있어야 말이지.

서정옥 녀맹은 들었수?

서경옥 아니.

최 씨 나도 들었는데.

서경옥 저 사람이 오죽하는 줄 아세요. 회라면 펄쩍 반댄데요.

임수영 남한테 들씌우기는.

서삼룡 어떻든 여자가 녀맹에 안 드는 것은, 로동자가 로동조합에 안 드는 것보다 더 나쁘다.

최 씨 나쁘나마나 고만두… 시장하겠네.

임수영 아니올시다. 먹고 왔습니다.

최 씨 그런 법도 있나. 맨밥이라도 같이 먹어야지.

김하일 (등장) 웬일이십니까?

임수영 오래간만입니다. 소문을 들자하니 매우 수고하시드군요.

서삼룡 어째 너 혼자냐?

김하일 바빠서들 올 수 있습니까… 그러나 좀 늦어서나 몇 사람쯤은 올 것 같습니다.

최 씨 저 집 위원장두?

김하일 그 동무는 수직21)입니다. 아버지를 못 뵈어서 죄송스럽다고요.

서삼룡 별소리도 다 많다. 그럼 여보, 어서 내놓으우. 시장들 하겠소. 어찌됐던 간에 오늘은 희한한 날이다. 모두들 모였고나. 승남이 녀석만 빼놓고…

김하일 래년 이날에는 그렇게 됩니다.

서삼룡 그렇게 될가? 될 테지. 애들아, 내가 바로 그때 이 자리에 굻아떨어졌었지. 그런데 그 자식이 나한테 절을 하고 갔대. 나쁜 녀석 같으니라고, 자는 사람이 뭘 안다고…

최 씨 고만두슈. (상보를 벗긴다)

상 우에 차려 놓은 음식은 보잘것없는 차림이다. 사과를 그냥 놓았다.

---

21) 수직(守直). 건물이나 물건 따위를 맡아서 지킴. 또는 그런 사람.

서경옥 이건 벗겨서 접시에다 담아 놔야지. 양접시도 없나…

최 씨 뭔 있니, 그때나 지금이나…

서정옥 양접시가 문제가 안요. 얼른 경제를 부흥시키면 모두들 문화 주택
       에서 살게 될 걸…

서삼룡 수영아. 너흰 아마 모를 게다. 오늘은 정말 기쁜 날이다. 우리 공장
       용광로가 우리 손으로 도는 날이다.

임수영 네, 그래요.

서삼룡 뭐든지 하면 안 되는 일이 없지.

김하일 그러나 아버지, 아직도 멀었읍니다. 앞으로 나갈수록 더욱 곤난할
       것입니다.

서삼룡 그야 그렇지, 그러니까 이기고 나가야지.

임수영 정말 애들 쓰슈.

김하일 물론 많이 씁니다. 그러나 쏘련 군대가 우리들에게 그만한 조건을
       유리하게 지어 주지 않았다면, 이만침이나마 우리들은 안 되었으리
       라고 생각합니다. 정말 그 동무들은 백방으로 원조를 아끼지 않고
       있습니다.

서삼룡 참 그 쏘련 사람은 그 공장 사람들이 모두 아바이라고 부른다드라.
       정말 그 사람들처럼 '체'가 없는 사람들은 첨 봤다. 그저 아무런 차
       별도 없이 친형제 만난 듯이들 한단 말야.

서경옥 그래도 보기에는 무섭든데요.

최 씨 그래.

서삼룡 무슨 그래야. 그 친구들 같은 '진국'들은 없어.

최 씨 어떻든 세상에는 별 나라 사람들도 다 있거던.

서경옥 남쪽에 와 있는 미국 군대는 아주 옷들도 잘 입고.

서정옥 어쨌단 말요? 그 놈들은 해방된 우리 나라를 다시 집어 삼키려 드
       는 제국주의 군사놈들이야요.

서경옥 어째서?

서정옥 남조선을 보구려. 놈들이 들어와서 첫째 한 일이 인민위원회를 해
       산시킨 게 안요. 그리고 왜놈 정치를 그냥 간판칠만 다시 해서 군
       정청으로 고치고 친일파 녀석들을 두둔해서 한데 얽어 놓려고 하
       고. 그렇지만 어림없는 짓이지, 첫째 우리 인민들이 예전 때와는
       달라졌으니까… 그리고 쏘련 대표가 - 언니, 신문 보오?

서경옥 어디 보게 되나.

서삼룡 볼 새도 없지, 워낙 살림이 바빠서.

서경옥 눈을 흘긴다.

서정옥　쏘런 대표가 지난 말 서울에서 쏘미 회담 때에 한 달 안으로 조선
　　　　림시 정부를 세우자고 제의한 것이 합의가 되어서 성명서까지 내지
　　　　않았소. 쏘런이 그렇게 성심껏 우리 나라 독립을 위해서 노력하고,
　　　　또 우리를 전체 민족이 한데 뭉쳐 나간 담에야 미 제국주의가 제
　　　　아무리 흉계를 꾸민다고 해도 어쩔 수 없을 거요.
서삼룡　그렇구 말구.
김하일　그러니까 요컨대 우리는 자기 능력껏 맡은 일을 충실하게 하여, 오
　　　　직 완전 독립을 위해서 바쳐야 할 것입니다. 그러나 아직까지 혹은
　　　　겉으로 내놓고 반대를 하거나, 혹은 속으로 모든 것이 안 되기만
　　　　바라는 자각 못한 사람들도 없지 않아 있습니다. 우리들은 이 따위
　　　　것들은 단연코 뿌리채 뽑아 버려야 합니다. 내가 지금 어떤 기계고
　　　　안에 대해서 연구중에 있습니다. 물론 나는 높은 학교에 다녀 보지
　　　　도 못했고, 또 그러한 전문 서적을 읽어보지 못했습니다. 그러나
　　　　오직 경험만 가지고, 그리고 우선 해보고 말겠다는 마음으로 착수
　　　　했습니다. 아직 막연은 하지만 해보고 말겠습니다. 그러나 일부에
　　　　서는 비웃는 사람들도 있는 모양입니다.
임수영　그건 비웃는 사람이 옳지 못 하죠. 물론.
서삼룡　그런 놈들일수록 나쁜 놈 아닌 놈이 없지. 우리 공장 백가 도적 녀
　　　　석 모양으로 그 자식도 그 자식이려니와, 그런 놈의 도적 물건을
　　　　사려고 들었던.
서경옥　지금 말씀 드리지 않았어요. 이 사람은 그것을 몰랐다고…
임수영　하여간 영업이란 것을 하면 별 일이 다 많고, 더군다나 그 영업이
　　　　란 건 더 까다로운 중에도 요새 같애선 잘 되지 않습니다. 그래서
　　　　참, 인제 말씀이지, 저는 그것 얼마 전에 걷어 치웠습니다. 우선 아
　　　　뭏게나 지내다가 나중에 어떻게든지 하려고요.
최　씨　그래도 놀아서야 쓰나.
임수영　뭐 그럭저럭 지내죠.

　　　　녀선반공 등장. (더 건강해지고 명랑해졌다)

녀선반공　언니.
서정옥　어서 와, 웬일야.

서삼룡 마침 잘 됐다. 오늘은 참 기쁜 날이다.

녀선반공 정말 기쁜 소식은 제가 가지고 왔어요.

서정옥 무슨 일인데, 또 요러누?

녀선반공 한 턱 내셔야 해요. 할머니. 저어… 승남이가 살아 있어요.

최 씨 아니, 뭐… (울 듯이 된다)

서삼룡 아니, 그 자식이…

서정옥 어떻게 알았어?

녀선반공 우리 오빠가 징병으로 나가서 입때 안 돌아온 것은 언니도 알지.

서정옥 그래.

녀선반공 그 오빠가 조금 전에 돌아왔어요.

서삼룡 그 정말 반가운 일인 걸…

녀선반공 그런데 승남 동무하고 같이 있다가 왔대요.

김하일 아니, 어떻게 된 일야. 그때 도망을 쳤는데.

서정옥 그러기 말요. 어서 좀 말을 해요.

녀선반공 도망가다가 잡혔대요. 그러면 집에도 알리지 않고 바루 군대로
        끌어간다나요. 저희 오빠도 그런걸요.

김하일 그런데 어디 있다가…

서삼룡 그리고 왜 네 오빠만 혼자 왔어.

녀선반공 같이 오려다가, 승남이가 병이 나서 오빠만 먼저 왔대요. 지금
        제주도에 있대요.

최 씨 제주도?

김하일 거기까지 어떻게 갔나.

녀선반공 듣고 온 대로 죄다 말할 테니 자세히들 들으세요. 소식 전해 드
        리기가 바빠서 자세한 것 못 들었지마는요. 오빠도 달아나다가 잡
        혀 끌려간 게 일본 대판22) 부대거든요. 아마 거기서 몇 달 지내면
        남방으로 보내려고 했는지도 몰랐다고 하드군요. – 글세, 그때 만
        났대요. 한 부대에서 한 자리에서 지냈다나요. 정말 갖은 고생을
        다 했대요. 툭하면 왜놈 하사관에게 두들겨 맞고…

서정옥 그런 얘기는 빼고 말해.

녀선반공 응, 그래서 (좀 급한 템포로) 둘이 서로 의논키를 '이래 죽으나
        저래 죽으나 죽긴 마찬가지니 우리 도망가자. 그러기 위해선 놈들
        에게 잘 보이자' 이렇게 몇 달 동안 벼르다가 언제 기회를 타서 제
        주도 가는 목선을 타고 –

---

22) 대판(大阪) 오사카?

서삼룡 그러니까 해방 전에 도망을 쳤구나.

녀선반공 그래 도망치느라고 고생하던 전 사실은 빼놓구요. 그러니까 그게
         올봄쯤 된 때 일이죠. 그래 거기서 한라산 두메 속에, 거기도 화전
         민 사는 데가 있다는데요. 거기 숨어 있었대요. 거기 청년들도 여
         럿이 같이들 있었다든데요.

김하일 참 잘 됐군. 어머니, 이제는 우실 일이 없어지겠습니다.

서정옥 그런데 왜 입때까지?

녀선반공 해방을 만나자 올 수가 없드래요. 어느덧 그 동리 사람이 다 된
         터이다. 거기서 일들을 했대요. 청년동맹 일이랑, 인민위원회 일이
         랑 —그래서 이제까지 있었대요. 그래 얼마간 바쁘게 지내 가자 고
         향으로 돌아가겠다는 승낙을 받았대요. 그런데 승남 동무가 병이
         나서, 그래 먼저 왔대요. 또 자꾸 먼저 가서 소식이나마 전해 달라
         고 해서요.

최 씨 무슨 병이라던?

녀선반공 자세한 몰라도 좀 시일이 걸릴 것 같다고요. 그러니까 먼저 가라
         고 그랬죠. 그러나 역시 위험하거나 한 병도 아니래요. 오빠 말이
         아마 한달짝 내외로는 올 것 같대요.

서삼룡 나도 그 자식이 아뭏게나 죽어 버리지는 않을 줄 알았다.

녀선반공 그런데 오빠 말 들으니까, 남조선이 말이 아니래요. 언니, 신문에
         난 것보다 몇 곱절 더하답니다. 글쎄 미국 놈들이 어떻게 돼먹은
         놈들인지, 인민위원회는 물론, 모든 정당, 사회 단체, 어떻든 애국
         자나, 민주주의자나, 량심 있는 사람들이 모인 단체며는 모조리 해
         산, 아니면 테로를 보내고, 그리고 왜정 때 순사, 형사질 하던 놈이
         모두 다시 경찰놈들이 되고, 뭐 이루 말할 수가 없대요. 그리고 미
         국 군대 놈들이 조선 사람을 총련습으로 쏘아 죽이기가 일수고, 뭐
         정말 분해서 못 보겠드래요. 사실 제국주의 군대들이니까, 그따위
         개짐승들이지 뭡니까. 그래 오빠 말이 3.8선을 턱 넘어서자, 별안간
         딴 세상이 되니까 그냥 울었대요. 그따위 놈들은 당장 내쫓아 버려
         야 해.

김하일 그럴 새 있나. 그저 당장 죽여 버려야 해.

서정옥 편지도 안 써 주드래?

녀선반공 응, 그냥 말로 전해 달라드래. 곧 오게 될거라고… 그리고 참 할
         머니, 특별히 이런 부탁을 하드래요. 큰누나 잘 있느냐고. 얼마 아
         니 있으면 만나볼 테라고, 그리고 매부가 해방 뒤에도 병원엘 가느

냐고?

서경옥 (흐느낀다. 뉘우치면서도 원통해서)

녀선반공 (멈칫하고 모두를 쳐다본다)

서삼룡 고맙다. 일부러 와서 소식을 전해 주니. 마누라, 오늘은 나 혼자 생
       일날이 아니라, 온 집안 식구의 생일날이로구려. (술을 마신다)

서경옥 왜 날 만나자는 거야. 내가 저를 어쨌나. 나도 저를 발신을 시켜
       주려고 어떻게 애를 썼는데.

임수영 그런 말 하는 게 안요. 어떻든 내가 잘못했었소. 적극적으로 청하
       지도 않았고, 또 청한댔자 될성스럽지도 않고, 나만은 영업하는 놈
       이라 어쩔 수가 없었고, 하여간 내가 지금까지 가슴이 아픈걸요.
       아버지, 그리고 하일 형, 내가 이번 영업을 걷어친 것도, 첫째가 그
       전 일이 모두 후회가 돼서. 인제는 정말 량심적으로 새로웁게 살아
       가려는 때문입니다.

서삼룡 정말 그렇는 걸…?

임수영 정말이올시다. (일어서) 보십쇼. 저도 어느 모로든지 힘껏 건국 사
       업에 도움이 되는 일을 할 터이니까요. 그럼 아버지, 저는 먼저 가
       보겠습니다. 좀 일이 있습니다.

최 씨 먹지도 않고?

임수영 아니올시다. 잘 먹었습니다. 그럼 당신은 천천히 있다 오지.

       임수영 모두에게 단정히 인사를 하고 퇴장.

녀선반공 나도 가야겠소. 언니.

서삼룡 가다니, 한턱 먹고 가야지.

녀선반공 안야요. 오빠 애기 좀 더 들어야겠어요. 지금 저희 집은 왼통 야
        단입니다. 갑니다. (퇴장)

최 씨 애들아, 글쎄 이런 일도 있니.

서삼룡 여보, 인젠 울 일이 없어졌소. 더군다나 수영이 말이 진짜라면.

서경옥 아버지, 그럼 그 사람이 무슨 말로 거짓말을 하겠어요.

최 씨 너무 그러지 좀 마슈.

엔진공 (좀 거나해서 등장) 계장 동무, 계시오.

김하일 어서 오슈. 기다렸소.

서삼룡 어서 오게. 술 많네.

엔진공 고맙습니다… 그런데 아저씨. 미안스럽게 됐습니다. 사위님 좀 데

리러 왔습니다.

서삼룡　그건 무슨 소리야?

엔진공　네 그렇게 됐습니다. 오늘 저희 계 동무들이 오늘 계장 동무의 공
　　　　적과, 또는 앞으로의 성공을 축하하기 위해서, 조그만치 한 잔 준
　　　　비를 해놨습니다… 저희 집에다가… 갑시다. 계장 동무!

김하일　그거 재미 없소.

엔진공　무엇, 우리들의 성의요. 발의자는 나요. 아저씨도 한데 가셔도 좋겠
　　　　지만…

서삼룡　우리야 안 끼면 어때.

김하일　가도 술도 먹을 수 없고요.

최　씨　왜 못 먹나. 요새 같이 먹는 술은 매일 먹어도 좋겠네.

서정옥　가시구려. 모두 기다릴 텐데.

김하일　내 그럼 잠간 다녀오리다.

서삼룡　(엔진공에게) 가만 있게. 서서라도 한잔 들고 가게. (따라준다)

엔진공　에구, 이런… (받으며) 그럼 먹겠습니다. (먹고나서) 잘 먹었습니다.
　　　　그런데 참 하일 동무, 역시 개꼬리 삼년 묵어도 황모가 안 된다[23]
　　　　는 말이 옳습니다. 글쎄, 그 영업 고만 둔 기계 상회 말요. 그게 실
　　　　상은 정말이지, 나는 그 기계 상회를 생각하면 지금도 가슴이 아프
　　　　단 말요. 정말 그때 첫째 이 아주먼네(정옥)가 일깨워 주지 않았더
　　　　면, 그리고 용진 위원장이나 계장 동무를 위시해서 모든 동무들이
　　　　관대하게 용서해 주고 나갈 길을 가르쳐 주지 않았더라면 -

김하일　지난 건 그만두고, 그래 어쨌단 말이요.

엔진공　글쎄, 겉으로만 걷어치우고 속으로는 아직도 장사를 한답니다.

김하일　어디서 들었소?

엔진공　무얼 서호 사택에 쫙 하든데.

서삼룡　정말인가?

엔진공　정말입니다. 그럼 갑시다. 갑시다.

　　　　엔진공과 하일 퇴장.

서삼룡　(화를 낸다) 할 수 없어. 음, 그러고 뭐 어짜고 어째? 량심대로 살
　　　　아 가겠다고…?

---

23) 본바탕이 좋지 아니한 것은 어떻게 하여도 그 본질이 좋아지지 아니함을 비유적으로 이르
　　는 말.

서경옥 아버지, 너무 심하시지 않으세요. 어떻게 떠돌아다닌 소문을 들으시고 그렇게 못된 놈을 만드세요.

최 씨 그렇지, 그 사람이 당장 제 입으로 한 말이 있는데…

서경옥 무어 그전부터도 똑 나만 못된 년, 쥑일 년 같으만 여기고… 그리고 정말 (포탈을 부린다) 정말 그 사람이 그전은 그전이지만, 요사이 어떻게 량심적으로 지내는데 그래. (가려고 한다)

최 씨 애, 왜 이러니.

서경옥 못된 년이 못된 놈 집으로 가는데 왜 그래. 왜 그런 데로 시집을 보내랍니까. 정옥이처럼 로동자한테 보내지.

서정옥 (정중하면서도 온화하게) 언니.

서경옥 왜 그래. 흥, 장하다. 그렇게 모범적으로 일들을 한다, 뭐를 발명한다 하는 집 꼴 정말 좋구나. 해방이 돼도 해방 전 그 꼴…

서정옥   왜 이렇게 흥분이 됐소.

서경옥 알고 싶으냐? 너무나 분해 그런다. 남 량심적으로 살아가는데 모리배로 몰려고만 하는 것이. 더군다나 지나가는 술 취한 사람의 얘기만 듣고…

서정옥 문제는 거기 있는 게 안요.

서경옥 그럼 어딨니?

서정옥 그게 거짓말이고 아니고 간에 내가 보기에는, 나쁜 간판만 떼었지. 간판 뒤에 숨어 있던 정말 나쁜 것은 그대로 가지고 있는 듯싶소. 즉 다시 말하면, 아재가 말하는 그 량심이라는 것은 뭣인지 모르겠단 말요.

서경옥 어째?

서정옥 일정 때는 하여간 해방 후로 말해도, 아재는 건국 사업에 이바지할 대신에 모리배 노릇을 했소. 뭐든지 마음대로 남이 어찌 됐던 간에 나만 잘 살자 – 이것이 아재의 량심이란 말요.

서경옥 좋다. 썩었든 헐었든 남편은 남편이다. 수전노니 모리배니 하지만, 내게는 둘도 없는 내 남편야. 왜 그래.

최 씨 글쎄, 왜들 이러니.

서경옥 글쎄, 그런 말이 있소. 소위 형이라고 명색을 해놓고…? 어머니, 정말 그 사람은 나한테는 여간 끔찍한 게 아니었소. 시부모들이 '아무리 로동자집 자식이로서니, 시집오는 데 발가벗고 와. 얼굴은 이쁘장해도, 하는 짓은 쌍스러워' 그럴 때마다 그 사람은 나를 위해 더 위해주고, 그리고 다른 사람 같애 봐요. 벌써 나를 버렸을 테야.

그만큼 살림이 풍성해져도 첩도 안 얻고.

서정옥 그게 틀렸소. 그건 안해로서의 할 말이 안요. 안해라는 것은 덮어 놓고 남편만 따라 가는 게 아니라, 남편이 그른 길로 가면 바로 이 끌어야 하는 거요. 그저 어린애 모양으로 졸라대서 좋은 옷감이나 사오면 그만 – 좋아라, 내 남편 제일이다 – 하고, 또 그러면서도 정당히 할 말도 못 하고, 마치 계집종 모양으로 고개만 숙이거나 해도 그건 안해가 아니요. 그보담도 여자가 아니요. 남편 되는 쪽 도 역시 마찬가지요. 보오. 지금은 모두 우리 나라를 완전하게 우리 손으로 독립시켜서 참다운 민주주의 국가를 이룩하는 것이, 우리들 모두 다만 하나인 임무인 것이요.

서경옥 내가 그런 걸 어떻게 아니, 흥, 형이라고 발살에 낀 티눈만도 못하 게 알고… 옳지, 너 장하다, 뭐 말할 게 있나. 이 집에서는 너만 딸 이니까… (울 듯이 되어서 달음박질로 퇴장)

최 씨 애, 악아. 애, 악아!

서정옥 어머니, 가만 내버려 두우. 지금 언니는 날이 밝았는데도, 어둔 밤 길로 되돌아가려고만 하오. (사이) 그러나 모두들 앞으로만 나가는 데, 언니인들 언제까지 뒷걸음만 치겠소.

막.

제4막

무대 공장 사택. (일정 때의 소위 고급 사택)
벽돌 양옥 주택의 뒤뜰, 베란다 달린 응접실의 일부 베란다에는 넝쿨장미 가 바야흐로 만개되었다. 상록수로 울타리가 되고, 과일나무 몇 그루와 작은 화초밭이 있다. 과일나무 옆에 강냉이 그루가 보인다. 베란다 위에 는 둥그런 나무 원탁, 둥그런 의자 몇 개, 응접실 안은 (정옥 부처의 서재 로 겸용되어 있다) 테블, 책들(주로 팜프레트), 김장군 초상화, 설계도(청 사진)들이 눈에 띄우며, 정옥과 하일이 탄 표창장들이 벽에 걸려 있다. 통 로는 뜰 좌우, 집 앞 베란다에서 응접실에서 마루(복도)로 나가는데, 울타 리 사이에 있는 작은 문들이다. 울타리 너머로는 같은 모양의 여러 집 사 택들이 보인다. 새로 만든 공화국기가 나붓긴다.

때 1948년 8월 중. (8.15 3주년 기념 경축 직후인 대의원 립후보자 결정된 때) 립후보 된 서정옥의 환영 대회가 열리고 있는 저녁 나절, (오후 여덟시 전) 여름날이다. 락조의 무렵이다.

막이 오르면,

서삼룡 로인(새 공장복에 새 로동화를 신었다. 대단히 화가 나서 담배만 연신 피우며 안절부절을 못 한다)

서삼룡 엥히, 정말 불이 나는고나 - 음, 이 늙은이들아, 와만 봐라.

멀리서 취주악 소리 은은히 들린다.

서삼룡 (화색이 돈다. 다시 화가 복받쳐서 왔다갔다 한다) 이런 날 나를 집을 보인다. 엥히.

엔진공 등장. (새 공장복을 입고 얼굴빛이 윤택하여졌다)

엔진공 아저씨.
서삼룡 오래간만일세. 언제 왔나?
엔진공 지금 오는 길이올시다.
서삼룡 그래 이번에도 휴양 잘 했나.
엔진공 말할 게 있습니까 체중이 4키로 반이나 늘어 왔습니다. 아저씨, 얼마나 기쁘십니까. 따님께서 대의원으로 립후보가 되셔서.
서삼룡 뭐 꼭 꿈만 같네 그려.
엔진공 엥히, 참 아침 차에만 내려도 오늘 환영회에 참가할 걸 그랬습니다. 글쎄도 직종에 좀 다녀오느라고 함흥에 내렸다가 지금 막 내렸습니다 그려. 달려라도 가려고 했는데, 시간이 다 됐으니 공연히 헛걸음만 칠 거고 - 정말 유감스러운데요.
서삼룡 내게다 대면 아무것도 안야, 엥히.
엔진공 집을 보십니다 그려.
서삼룡 집을 보게 돼서 보고 있는 게 아니라, 속아 넘어갔단 말일세. 마누라인지 뭔지 한 망할 늙은이한테 - 글쎄, 여보게. 우리 대의원 될 사람은 더군다나 자기 딸인데, 유권자들이 들끓어서 환영 대회가 열리는 마당에 있어서 소위 애비가 되어 가지고 참석을 못 한다는 것이.

엔진공　그런데 아주머니 혼자만 가셨군요.

서삼룡　어떻든 집을 홀랑 비여 놓을 수는 없으니까, 둘 중 하나는 남아야 할 것이지만. 그렇다면 내가 가야 할 것이 아닌가.

엔진공　역시 어머님 되시는 마음은 더 - 하실 게 아닙니까.

서삼룡　더 - 하긴 뭘 더 - 해. 마찬가지지. 그러나 저러나 나를 속인 것이 괘씸하고 분하단 말일세. 글쎄, 이 문제를 가지고 아침부터 싸움을 했네. 그러나 결국 보고 싶은 마음은 마찬가지여 우리 돌려 가자고 - 보담도 제가 먼저 그랬네. 나는 회의를 시작하는 것만 보고 우리 얘기가 주석단 한 가운데에 떡 앉아 있는 것만 보고 올 테니, 그담엔 임자가 가시구려. 그러면 얘기가 정말 연설하는 것을 보게 되실 게 안요. 이 바람에 내가 넘어갔지 첨만 보고 곧 온다는 게 다 필 할 때가 돼도 아니 오니, 이런 법도 있나, 봐라. 아무리 기쁜 날이지만 귀쌈을 한 대 올려 줄 테니.

엔진공　(미소한다) 별말씀도 다 - 하십니다.

서삼룡　그럼 자네 같으면 화가 안 나겠나.

엔진공　나기야 하죠. 그렇지만 곧 오실가 하고 가셨다가도 조금 더, 조금 더, 해지셨을 것입니다.

서삼룡　그래도 약속은 지켜야지.

엔진공　너무 좋은데, 약속이 생각납니까. 아저씨는 안 그러실 테예요.

서삼룡　십상팔구 그렇게 되지. 그렇지만 엥히. (입맛을 다신다)

엔진공　(물부리를 주며) 아저씨, 이거 휴양소의 기념품으로 사온 것입니다. 값은 적은 것이지만, 금강산 잣나무로 만든 것입니다.

서삼룡　고마우이. 어디 한 대 피워 볼가.

엔진공　참 잘 가꾸어 노셨습니다 그려. 이거 참. (장미 넝쿨을 만지며) 잘 자라거든요. 작년에 댁에서 한 포기 갖다 심은 것이 인제는 제법 떡 엉키었습니다. (응접실을 들여다보며) 아주 이 방도 더 어울렸는 걸요. 책도 많이 늘었습니다 그려.

서삼룡　그애들은 아주 책에들 미쳤네.

엔진공　같은 모범로동자의 집이지만, 댁 같이 부부가 똑같이 모범 로동자들이 되어서 표창장이 저렇게 나란이 붙은 집은 없습니다.

서삼룡　래년쯤 보게. 셋이 나란이 붙을 테니.

엔진공　넷이 붙겠죠. 또 하나씩라며요.

서삼룡　저희들 것 말고, 다른 사람 것 말야.

엔진공　네, 알겠습니다. 아저씨께서도 표창을 받으실 것이란 말씀이지요.

서삼룡　왜 나는 못 하나. 재주나 학문 대신에 부지런한 것으로 한 몫 보겠네, 허…

엔진공　아저씨, 일제 시대 같으면 발도 못 들여 놓던 이런 사택에서, 우리들 로동자들이 살 줄이야 꿈엔들 생각을 했습니까? 더군다나 해방이 갓 되던 때만 생각해도 - 정말 어떡할 수가 없어 서로 얼굴만 쳐다보던 그때, 그중에도 저 같은 어리석은 녀석이 못난 짓을 하던 그 때, 모두가 꿈같습니다 그려.

서삼룡　여부가 있나. 정말 작년 섣달 그믐께 47년도 인민경제계획을 넘쳐 완수해서 비로산 위에서 경축 대회를 하던 광경이 - 그런데 이젠 대의원이 선거되고, 인민회의가 열리고, 인민공화국이 서고 - 자네들은 말할 게 없지만, 우리 같은 것은 정말 병나지 말고 몸이 튼튼해져서, 늙은 몸이지만 새파란 열성을 나라에 바치겠네.

　　　소년단들의 선거 선전의 노래 소리 들린다.

서삼룡　아, 조것들 좀 봐. 트럭 위에서 춤을 추며 지나가네. 정말 아이구. (감격)

　　　소년단의 구호 소리.

서삼룡　(거기에 호응해서) 만세.

　　　노래 소리 작어지다가 사라진다. 최씨와 고분녀 등장. (모두 좋은 옷들을 입었다. 웃고 떠들며 들어온다)

최　씨　글쎄, 여보.

서삼룡　(상을 잔뜩 찡그린다)

엔진공　얼마나 기쁘십니까.

최　씨　뭐 정말. (말문이 막힌다)

서삼룡　(악을 쓰며) 듣기 싫어.

최　씨　이런 날에도 언성을 높인단 말야.

서삼룡　이게 잠간야. 아무리 늙고 무식해도 약속은 지켜야지. 아니 혼자 다 보고 오는 법이 어디 있어.

최　씨　어떻게 사람이 많은지 옴짝할 수나 있습디까?…

서삼룡　누가 결박을 지어 놨어?

고분녀　그만두세요. 아주머니께서도 오시려곤 하셨는데 사람도 많고, 또 그리고,

서삼룡　오기도 싫드란 말이지.

고분녀　그럼요. 안 갔으면 몰라도 어떻게 끝을 안 보고 그냥 발이 떨어집니까.

서삼룡　똑같군.

고분녀　(웃으며) 아이구, 아저씨도 -

최　씨　이왕 그런 걸 자꾸 론의하기만 하면 뭘 하슈. 이번엔 내가 잘못했소. 그러나 어디 올 수가 있습디까. 글쎄, 이거 보. 시간이 되자 녀맹 위원장에게 안내가 되어서 우리 정옥이가.

서삼룡　흥.

최　씨　그럼 이야기 그만두리까?

서삼룡　할려거던 얼른 자세히 좀 하란 말야.

최　씨　(웃으며) 글쎄, 우리 정옥이가 떡 오르니까 정말 깜짝 놀랐소. 어떻게 손뼉들을 치는지, 아마 한 시간 동안이나 쳤나봐,

서삼룡　회의는 몇 시간을 했는데.

고분녀　어떻든 여간 오래 친 게 아니었어요.

최　씨　내 말이 그 말이란 말요. 그런데 그 무척 큰 의자에 떡 앉았는데, 붉은 융보를 덮은 책상 앞에 - 어쩌면 그렇게 딴 사람 같으우. 얼굴이 달보다도 더 - 훤하게, 그리고 꾹 다문 엄전스런 입, 반짝이는 눈, 내 정말 눈을 몇 번을 씻고 봤소. 저게 정말 우리 정옥인가? 해서.

서삼룡　개천 속에서 용 나왔지.

최　씨　그러고도 남소. 회가 시작되는데 먼저 환영하는 말을 합디다. 그리고 로동자 대표, 청년 대표, 모두들 나와서 우리 정옥이 칭찬만 하는데 - 말 끝마다 동무들 서정옥 선생, 서정옥 선생께서 로동자의 따님으로 어느 때 탄생되셨는데, 해방 전에는 약차 이만저만 하시였고, 해방 후에도 모범로동자까지 되신 애국자시라고 하고. 어떻든 자초지종 이야기를 다 하고 우리 인민의, 우리 인민의 뭐라드라.

고분녀　대표로서-

최　씨　옳지, 그렇지. 대표로서 대의원 되는 것이 저어 - 어떻든 모두 절대 찬성한다고. 그러니 유권자 여러분, 모두 투표하십시다. 그러든가, 그냥 왼통 연설들을 하는데 -

서삼룡　그것 하나 못 옮기는 게 (혀를 찬다)

최　씨　그대로 옮길 수는 없어도 속으로는 다 아는 걸. 그러고나서는 인제 정말 서정옥 선생이 연설 종이를 펴들고, 턱 마이크 앞에 나섭디다 그려.

서삼룡　그건 확성기란 거야.

최　씨　어떻든 목소리 커지는 거 말요. 그런데 자세히 보니까 그애 눈에 눈물이 글렁글렁 했습니다 그려. 그래 나도 눈이 서먹어려졌다우.

엔진공　그런 것입니다.

서삼룡　그래, 정옥이는 뭐라고?

최　씨　뭐 이렇게 모두 하시니 감사하고 눈물이 난다고, 있는 힘을 다해서 나라를 위해서 잘 해서 여러분이 맡겨 주신 큰 일을 잘 할 것을 맹세합니다. 그리고 나는 로동자이기 때문에, 더욱 힘을 내서 인민 경제 계획을 수행하는 데 죽을내기 하겠다고, 어떻든 말끝마다 손뼉입디다.

고분녀　정말 저 오늘 가슴이 아팠어요. 너무나 부끄러워서요. 살림 바쁘다는 핑계로 신문 한 장 씨원히 못 보고 ─ 글쎄, 모두 와작와작 변했는데 정옥 동무는 말할 것 없지만, 글쎄 그 처녀가 녀맹위원장 된 것을 보며는요.

서삼룡　(어느덧 성이 다 풀렸다) 그런데 왜들 아니 올가.

고분녀　아마 뒤 끝에 또 무슨 회의가 있는지 모르죠 ─ 그럼 가보겠습니다.

최　씨　왜 좀 더 놀다 가구려.

고분녀　다음에 또 오죠 ─ 일을 버려 놓고 그냥 나와서요. 갑니다.

서삼룡　위원장 혹시 들어왔거든 놀러 오라고 하죠.

고분녀　네 ─ (퇴장)

서삼룡　한 상 챙기구려.

최　씨　핑계 김에.

서삼룡　그럼 이런 날을 그냥 보내요.

최　씨　안 돼지. 나도 한잔 먹을걸, 오늘은…

　　자동차의 경적 소리. (군중들의 웅성거리는 소리)

서삼룡　왔다, 왔어.(나가려고 할 때)

　　서정옥 등장. (양복을 입었다. 미색 저고리에 검정 스카트, 꽃다발을 들었

다) 녀선반공(지금은 녀맹 위원장이다), 김하일 등장. (넥타이를 맨 회색 양복을 입었다)

엔진공　아주머니, 축하합니다. - 하일 동무. (악수) 동무, 지금 막 돌아온 길요.

김하일　얼굴이 좋아지셨구려.

서삼룡　말할 게 있나. 네 키로도 더 늘어 왔다는데 - 그런데 용진이는 아니 오나.

김하일　좀 일이 있어서 공장으로 들어갔어요.

서삼룡　너 정말 책임 중하다. 인젠 정말 네 몸은 너 개인의 몸이 아니로구나.

서정옥　정말 어쩔 줄을 모르겠어요.

고분녀　어쩌면 그렇게 연설을 잘 해요.

녀선반공　정말 명연설이었어요. 그럴 게 안야요. 자기 생활에서 즉 진정에서 우러나온 소리니까요.

서삼룡　여보, 어서 좀 들어가 보오. 여보게들, 오늘 우리 집에서 작은 잔치 한번 버리세. 우리 애가, 아니 우리 대의원 선생이 오늘 연설한 것처럼 우리 나라를 위하여, 빛나는 앞날을 위하여…

엔진공　좋습니다.

최　씨　인제 제법 말을 잘 하네.

서삼룡　아무려면 자기 같을가.

　　　　최씨 집 뒤로 들어간다. 서정옥과 녀선반공 응접실로 들어간다. 꽃을 테블 우 꽃병에 꽂는다. 김하일, 엔진공 베란다 우 의자에 앉는다. 서삼룡 못 견디어 뜰로 왔다갔다 한다.

엔진공　인젠 8.25 선거만 끝나면 곧 최고인민회의가 열리고, 거기서 곧 우리 공화국의 중앙 정부가 서게 되지 않소.

김하일　물론요. 정말 이때야말로 이제까지 애국적인 전체 인민들이 통일과 독립을 위한 우리 민족 투쟁 력사에서 빛나는 단계로 되는 거요.

서삼룡　정말 그렇지. 남조선에서 그 악착 같은 놈들의 탄압 밑에서도 선거들을 하고 있다니까. 진짜 인민 정권이 서게 될 게 아닌가.

김하일　그렇습니다 -

서삼룡　그런데 대관절 남조선에서는 선거를 어떻게 할가. 그 참, 생각할수록 회한한데 -

302

서정옥과 녀선반공 안으로 내퇴.

엔진공 몰래 하거든요. 즉 지하 운동으로요.

서삼룡 어떻든 장한 일야. 신문에 보면 그 총칼 든 경찰놈들이 우글우글하
        는 정거장 대합실에서까지 선거 연설 한다면서.

엔진공 뭐 동대문시장 속에서는 테로놈들을 물리쳐 가면서 한다는데요.

서삼룡 정말 우리 동포들은 용감하단 말야, 허어 - 그것을 생각하면 우리
        북쪽은 얼마나 행복한가. 새 옷 입고 음악하면서, 마치 단오놀이처
        럼 하니, 모두 희희낙락하면서.

엔진공 남조선도 여기 같이 될 날도 얼마 아니 남았습니다.

서삼룡 여부가 있나 - 그런데 뭘 이렇게들 꾸물꾸물하나. (안으로 들어가
        며) 여보, 어떻게 됐소. (안으로 들어간다)

엔진공 동무, 인제 동무도 보통 부인의 남편이 아닌데, 정말 몸 처신하기
        가 더 어렵겠소.

김하일 그것보다도 나는 나대로 생각이 있소. 안해가 대의원 된 이상으로,
        나는 더 노력을 해야겠소.

엔진공 그야 언제 안 그랬소. 만일 동무가 자동 시동기를 창의 고안 아니
        했다면, 우리 자동차 수리 공장이 지금 같이 높은 성과를 올리지
        못 했을 거요. 어떻든 동무는 재주보다도 열성요. 그리고 정말 용
        진 동무 말마따나 사람의 성질이란 사상만 높아지면 고쳐지는 겁니
        다. 동무 성질이 변해진 것을 보면… 허…

김하일 성질야 어디 가오. 그놈이 제멋대로 발동을 못 하니까 그렇지.

엔진공 글세, 그렇단 말요. 인제 이만하면 우리 나라도 제대로 돼 가지 않
        소.

김하일 그렇다고 해서.

엔진공 승리에 도취하지 말아.

김하일 그렇소. 앞길은 더 험하오. 참새도 죽을 때는 쩍 한다고, 비록 한
        줌도 못 되는 놈들이라도 최후로 발악이 심할 거요. 더 경각심을
        높이고 철석 같이 단결이 돼서 미국 군대와 소위 유엔 조선 위원단
        을 내쫓고 리승만 도배를 무찔러 버려야 하오.

엔진공 옳소 - 그런데 동무 동서는?

김하일 그까진 개새끼가 무슨 동서란 말요.

엔진공 아니, 글쎄 말요. 그 자식 지금쯤은 뭘 하고 있을가? 하여간 원바
        탕이 나쁘면 할 수가 없는 모양이지 - 왜 마음을 바로잡고 영업을

했어봐 - 지금쯤 좀 좋았을가. 국가가 개인 상업을 원조해 주는 지금에 - 그게 무슨 천당이나 갈 듯이 달아나서 무슨 꼴을 하고 있는지.

김하일 모리간상배가 됐든지, 거지가 됐든지 했겠지 - 그 자식커녕 내 처형이 문제란 말야. 그까진 녀석이 이왕 내버리고 갔으면, 자기는 자기대로 새로운 생활을 하는 게 아니라 - 그저 그 모양이지. 언제 데리러 올지 그것만 기다리고 있단 말야.

엔진공 왜 따라가지는 못 할가요.

김하일 오라는 소식만 기다리는 모양입니다. 더군다나 늙은 시어머니하고 자식 새끼까지 둘씩 있으니까, 떠날 '생심'이 못 나는 모양이지.

엔진공 지금은 어디서 어떻게 살아가오.

김하일 누가 아오. 내 원, 어딘지 아는 집 방 한 칸 얻어 가지고 사는데, 말이 아닌 모양입니다. 자기 동생이 몇 번 일깨워 줘도, 그대로 머리가 세멘트거던 - 그래서 가끔 자기 동생이 고민하지 않소. 역시 형제지간인지라 할 수 없나 보드군.

엔진공 그럴 테죠. 참, 나 잠깐 실례하겠소.

김하일 왜?

엔진공 내 요 앞에 잠간만 다녀오리다. 한 5분간요. 늦어야 10분간요. (황황히 퇴장)

김하일 별안간에 어딜 가는 거야.

서정옥24) (나간다)

김하일 여보. (손목을 쥔다)

서정옥 정말 눈물이 나서 혼났어요.

김하일 그럴 거요.

서정옥 내가 이런 영광스런 립후보자가 되다니 - 외람스럽기도 하고, 책임을 생각하면 몸이 천근같이 무거워지고 -

김하일 그렇소. 그러나 문제는 앞에 있소.

서정옥 꼭 하고야 말겠어요 - (눈물을 흘린다. 허공을 쳐다본다)

김하일 고만두우 -

서정옥 모두가 꿈, 꿈에도 생각지 못 했던 일, 아버지가 지주한테 소작을 떼우고 우리 삼 남매를 거느리고, 아버지는 나를 업고 어머니는 승남을 업고 언니는 몽둥바리 치마에 맨발 벗고 앞을 서고, 해 넘어가는 까치 고개를 넘던 생각을 하면 -

---

24) 내용상, 엔진공이 맞을 듯.

김하일 ……

서정옥 열여섯 살 난 언니가 돈 오백량 잔칫돈에 팔려서 가마 타고 떠날
때 느끼 울던 모양이, 그때 어머니는 소리쳐 울었지. 나는 못 견디
어서 버드나무 선 수변가로 그냥 달려 갔소. 그래서 혼자 울었소.
그런데 멀리서 약주 취한 아버님의 큰 웃음소리가 들려왔수.

김하일 ……

서정옥 당신과 결혼하던 날 제 며느리 안 되었다고 비웃고 지랄하던 구장
녀석의 볼멘 소리, 로동군한테 시집간다고 수군거리던 동리 녀편네
들 - 맨처음 왜놈 때리고 잡혀 가는 당신의 뒤를 따라가다가 순사
한테 걷어째던 일 - 이러던 것이 - 모두가, 모두가,

　　엔진공 술병 들고 달음박질로 등장.

엔진공 하일 동무, 아 아저씨, 승남이가.

최 씨 뭐, 승남이가.

엔진공 위원장 동무한테 들으세요. 저기 옵니다.

　　박용진 등장.

서삼룡 어찌된 일인가?

박용진 아저씨 - 아주머니, 기쁜 소식입니다. 승남이가 남조선인민대표로
지금 해주에 와 있습니다.

최 씨 뭐야 - 애, 악아. (정옥 붙잡고 울려고 한다)

녀선반공 (행주치마를 입었다. 부엌 일을 거들다가 나왔다) 아주머니 만두
는 어떡할가요?

서정옥 승남이가 왔어, 남조선인민대표로.

녀선반공 응, 승남 동무가요.

김하일 아버지 제 말이 맞지 않았습니까?

서삼룡 내 귀에는 아무 소리도 안 들리네. 지금이 꿈은 아니지, 확실히 -

서정옥 자세히 좀 말씀하세요.

박용진 조금 전에 해주에서 온 동무가 전해 주어서 알았습니다. 공적으로
왔기 때문에 아직 여기까지는 못 오나, 대회가 끝나면 찾아 올 것
이랍니다.

엔진공 어떻게 인민대표까지 됐을가? 참 희한한 일이로군.

녀선반공 뭬 희한해요. 뻔하지 뭡니까. 병이 난 뒤에도 거기 조직에서 놓
        지를 아니 하니까, 그냥 활동을 하고 있다가 항쟁 대렬로 들어 갔
        든지 그랬겠죠.
박용진 바로 그렇소. 소식 듣고 온 동무도.
서삼룡 그 사람이 직접 만나 봤나. 소식만 들었나.
박용진 어떤 공교한 기회에 잠간 만났었답니다. 그런데 역시 비공식이고
        해서 자세히는 듣지 못하고 - 그저 즉, 제주도 인민항쟁대에서 활
        동하다가 인민들에게 추천이 되어서 온 것만은 알게 되고 - 어떻
        든 아저씨 이건 댁의 기쁨뿐이 아니올시다.
서삼룡 됐어, 됐어. (최씨에게) 여보, 울기는 왜 울우.
최 씨 내가 어디 우오. (눈물을 씻는다)
서삼룡 자식이 많아야 맛인가? 제대로 돼야지 - 그 자식, 인제 못 알아보
        게 됐을 거다. 눈에 선 - 한 걸. 그 반짝반짝하는 동자가 - 지금
        더 - 해졌을 테지. (엔진공에게) 여보게 이왕이면 한 병 더 - 사오
        게, 허… (최씨에게) 정말 여보, 우리도 남의 부모 된 낯이 났구려
        - 그런데, (한숨을 쉬며) 못된 년 하나 때문에 -
김하일 생각해선 뭣 하십니까, 이왕 그렇게 된 것을 -
서삼룡 분하니까 말야, 정말 분해. 그년만 마치 - 뭐 투철하게 더 잘 되란
        것도 아니지. 그냥 보통만 돼도 좀 좋았을걸. 그래, 그간 놈을 서방
        놈이라고 아직까지 소식 오기만 기다리고 - 따라만 가면 큰 수가
        날 줄 알고 - 박쥐나 두더지 모양으로 해살이 쨍쨍해 섰는데도, 어
        둠 구석으로만 기어들려고 하고 - 엥이, 참.
최 씨 그런 말은 해서 뭘 하오. 깨진 파기가 된 지 오랜데 -
서삼룡 속이 상하니까 말요. 그년이 그 꼴이 되어 갈수록, 미워 못 견디겠
        단 말요. 그렇지만 그 자식도 자식은 자식이거든.
최 씨 ……
서삼룡 또 술채비 차리지 말고 우리들 잔치나 합시다. 자 - 마누라 말대
        로 들어갑시다. 자 - 들 들어가세. 자 - 어서들. (술병을 든다)
녀선반공 인주세요.
서삼룡 괜찮다. (퇴장)
김하일 들어들 갑시다.
엔진공 아저씨 취하시면 우시지 않을가.
박용진 우시면 좋지. 역시 자손에 대한 부모의 마음은 같으시니까.

306

최씨 울 듯이 퇴장.

서정옥　똑 언니 때문에
김하일　오늘은 인제 언니 이야기는 하지 말기로 합시다. 자 - 한잔들 하
　　　　게. 실컷 먹세. 오늘은 장모님까지 승낙을 하셨으니까 -

　　　　김하일, 엔진공, 박용진, 서정옥, 녀선반공 등 퇴장.
　　　　사이.
　　　　서경옥 등장, 매우 초췌하며 애수와 고민에 싸여 있다. 옷도 수수하게 차
　　　　렸으나 역시 이전 날 맵시는 남아 있다. 뜰로 들어 서서 몇 번이나 망설
　　　　이다가 결심을 하고 안으로 들어가려 할 때, 안에서 웃고 떠드는 소리,
　　　　레코드 음악 소리, 손벽 소리. 서경옥 주저하면서 다시 나가려고 한다. 최
　　　　씨 베란다에 나타난다. 눈물이 어렸다. 우두커니 허공을 쳐다 본다. 서경
　　　　옥은 한편에 숨어 선다.

최　씨　경옥아, 이 못된 년아. 이 세상에 살면서도 딴 세상 꿈만 꾸는 이
　　　　맹추 년아, 너는 눈도 없고 귀도 없니. (한숨) 그리고 너도 불쌍한
　　　　년이다. 하루 죽 한 끼도 얻어먹지 못하고 노랑꽃25)이 되어서 배틀
　　　　배틀하고26) 자란 너다. 부자 남편은 얻었지만 시부모한테도 손가락
　　　　질을 받고, 그래도 너는 비단옷을 휘감고 다녔다. 그랬지만 너도
　　　　혼자서는 많이 울었겠지 - 음, 그래도 너는 못된 년야. (더 크게)
　　　　못된 년아, 저 소리도 안 들리니. (더 - 크게 웃고 노래하는 소리
　　　　들려온다) 모리배의 계집 노릇이 그렇게도 좋단 말이냐. 너 이년,
　　　　벌써 우리 집에 발 끊은 지가 일 년 넘지. 올 면목이 없는 모양이
　　　　지. 그래도 찾어오면 설마 누가 너를.
서경옥　(소리 내어 흐느낀다)
최　씨　누구냐?
서경옥　어머니.
최　씨　왜 왔니?
서경옥　(흐느낀다)
최　씨　모두 웃는 이때에 혼자 울고 섰는 것이란.
서경옥　……
최　씨　알았다, 그래도 핏줄이 켱겨서 마지막 인사 하러 온 모양이로구나.

25) 영양 부족이나 과로, 병 따위로 인하여 얼굴이 노랗게 된 상태.
26) 힘이 없거나 어지러워서 몸을 잘 가누지 못하고 계속 요리조리 쓰러질 듯이 걷다.

서경옥　넷?

최　씨　기다리던 소식이 왔지. 못된 짓 하다가 달아난 녀석이 더 못된 짓
　　　　을 잘 한 모양이지. 그러게 눈이 뒤집혀서 버리고 달아난 처자식을
　　　　데려 가려고 하는 것을 보면. 그래서 가서 잘 살 자랑하러 왔지.
　　　　미국놈 물건으로 번쩍번쩍하게 차리게 될 생각을 하니, 지금부터
　　　　신바람이 나겠다.

서경옥　(억울한 듯이) 어머니…

최　씨　그럼 내가 못 할 말을 했니. 그럼 소식이 안 왔단 말이냐?

서경옥　왔어요.

최　씨　그런데?

서경옥　(운다)…

최　씨　인제 누가 말리지도 않는다. 동생이 총 들고 싸우는 데에 가서 못
　　　　된 놈들에 끼여서 맞어 죽어도 좋겠지.

서경옥　넷.

최　씨　말하기 싫다. 썩 가거라.

서경옥　가겠어요.

최　씨　간다?

서경옥　가더라도 마지막으로 어머니께만…

최　씨　들으나 마나 하지.

서경옥　아닙니다. 저는 남쪽으로 가지 않습니다. 절연장을 보냈습니다.

최　씨　절연장?

서경옥　올 봄까지도 남편에게서 소식 올 것만 기다리고 있었습니다. 정옥
　　　　이 말마따나 날이 밝았는데도 어둠으로 뒷걸음질만 쳤습니다. 이러
　　　　니저러니 해도 역시 오래 같이 살던 정분이란 어쩔 수가 없었던 것
　　　　입니다. 남이야 뭐라든 무슨 욕을 하든 그래도 내 남편인데, 저는
　　　　이렇게만 생각해 왔습니다. 세상이 어떻게 돌아가든 나라가 흥튼
　　　　망튼 그저 옷이나 잘 입고 아이나 잘 길러 내띄리면 고만이지 -
　　　　남편이 무슨 일을 하든 호강만 시켜 주면 고만이지 - 여자로서, 더
　　　　욱이 안해로서 끈에 매달린 작은 돌같이 끌리는 대로 끌리기만 하
　　　　고, 그리고도 제딴은 좋아라 하여… 도리어 남을 원망까지 하고…

최　씨　……

서경옥　정말 저는 눈 있는 장님, 듣는 귀머거리… 그보담도 사람 년이 아
　　　　니였습니다. 못된 년이 아니라 못된 개였습니다. 그러나 어머니, 제
　　　　눈에는 차차 모든 것이 똑바로 보이기 시작했습니다. 모든 것이 나

가는데, 혼자만 뒷걸음질을 치고 있는 더럽고 초췌한 나의 꼴이 똑똑히 보이기를 시작하였습니다. 그래서 - 저는 기다리고 기다리던 소식을 절연장으로 대답해 버렸습니다, 어머니. (흐느낀다)

최 씨 경옥아, 너 정말.

서경옥 저는 이미 남의 딸도 아니었고, 남의 형도 아니였습니다. 그렇다고 예전 동생들과 함께 놀던 옛날 경옥이로 돌아갈 수도 없습니다. 어머니. 나는 -

최 씨 잘 생각했다. 아버지도 좋아하실 거다. 아직 너는 나이가 젊다. 정말 험점 없는 삼 남매의 형 노릇을 할 수도 있다. 애, 들어가자. 지금 모두들…

서경옥 싫습니다. 정옥이도 만나보고 모든 것을 다 털어놓고 실컷 야단이라도 만나보고 싶습니다마는 - 그렇게도 못하겠습니다. 나같은 것이 지금같이 된 동생 앞에 나선다는 건 용기도 아니 나지만, 보담도 동생을 욕되게 할 뿐입니다. 정말 지금 이대로는 그럴 수 없습니다. 그러나 앞으로는 만나보겠습니다. 멀지 않은 날에 - 어머니, 갑니다.

최 씨 가다니.

서경옥 저도 새 생활을 시작하겠습니다. 이제까지의 때묻은 흰 옷을 벗어 버리겠습니다. 보세요들, 어머니.

웃고 떠드는 소리.

소 리 이번에는 정옥 동무 차례요.
소 리 어서 하오, 언니.

경옥 달음박질로 나간다.

최 씨 애, 악아. (따라 가려고 할 때)
서정옥 (달음박질로 뛰어나간다) 왜 이래, 할 줄 모른다니까.
녀선반공 (쫓아 나오며) 안 되우. 돌아가는 차롄데, 언니 혼자만 안 한다니.
서정옥 글쎄, 목소리가 나빠서.
녀선반공 안 돼요. (최씨에게) 글쎄 이런 법도 있어요.
최 씨 ……

서삼룡, 김하일, 박용진, 엔진공 따라 나온다. 서경옥 담 밖에 서서 바라본다.

엔진공　이건 비겁한 행동입니다.
서삼룡　그렇구 말구 - 이왕 나온 김이니, 여기서 해라, 봐라, 달이 떴다.
모두들　좋소.
서삼룡　(최씨에게) 또 우는군. 실컷 울어라. 기뻐서 우는데, 누가 말리겠니.
녀선반공　그러문요 - 자, 어서 언니.
서정옥　에그, 참 난 몰라요 아뭏게나 할 테야요.
엔진공들　박수, (김하일, 최씨만 앉힌다)
서정옥　(노래)
　　　　벅찬 희망 물결치는 동해를 안고
　　　　여기 솟은 우리 공장 인민의 공장
　　　　세차게도 생의욕에 나아가나니
　　　　생산목표 눈부시게 여기서 간다.
일　동　(최씨만 빼놓고, 손뼉 장단을 치면서 후렴을 같이 부른다)
　　　　우리는 로동자 애국 선봉대다.
　　　　힘차게 나가자. 창조해 나가자.
　　　　조국의 자랑인 흥남 인민 공장

최　씨　(고개를 숙인다)
서경옥　(고민과 새 결심. 흐느껴 우나, 새 결의로 군세게 퇴장할 때)

　　　노래 소리 고조된다.

막.

1949년 3월.

들꽃

신고송

때

1946년 6월 하순에서 7월까지 일어난 일

곳

38도선의 접경지인 강원도 어느 농촌

나오는 사람

조장곤　　농민(69세)

최씨　　　그 안해(65세)

갑선　　　그 딸, 향선이라 부르던 전 작부(20세)[1]

갑준　　　그 아들, 왜놈의 전쟁에 뽑혀갔다가 남방에서 돌아온 귀환병
　　　　　(23세)

강진만　　보안서장, 갑선의 옛 애인(32세)

강상히　　농민(65~6세)

필순　　　그의 딸, 갑준의 약혼녀(21세)

김광필　　남선에서 침입한 테로단

보안서원 4,5명

만주에서 돌아오는 귀환민 남녀, 동네 사람들

---

1) 본문 내용상, 갑선이 갑준의 누나로 나오는데, 인물인식표의 20세는 오식인 듯.

제1막

무대
조장곤의 집이다. 왼편 뒤로 언덕길이 있고 언덕에서 낮은 경사진 길이 마당으로 통해 있다. 바른편에 세간집이 좌정해 있는데, 농촌 반농가로서 판에 박은 듯한 안방, 건넌방과 마루, 부엌이 제자리에 있다. 언덕 넘어로 행로2)가 있는 듯. 마당에는 한여름을 맞인 몇 가지의 화초가 우거져 있고, 마당 한편에 보리집이 쌓여져 있다. 유월 하순의 한낮 더운 볕이 나려 쪼인다.
막이 열리면 언덕 넘어 행길로 달구지가 요란하게 지나간다. 아직도 옷맵시라든가 얼골이 말쑥한 거라든가, 작부질하던 흔적이 남아 보이는 갑선이 마루에 앉아 권연을 피고 있다. 이윽고 집 뒤에서 최씨가 호미와 삼태기를 들고 나온다.

최 씨 (딸이 권연 피는 것을 좀 못마땅해하면서) 이애야, 아버지 보는 데서는 담배 좀 피지 말아라.

갑 선 (연기만 뿜고 대답은 없다)

최 씨 여태 피어 버릇한 게니 당장 끊기야 힘이 들겠지만, 어데 이런 시골바닥에서 새파란 젊은 여자가 담배 피는 꼴이 그리 보기 좋지는 않지…

갑 선 담박에 끊어져요, 어데… 아버지 서만3) 필 테니 걱정 마세요!

최 씨 이 에미야 네 속을 다 알아… 아버진들 어데 몰라서 그러는 건가.

갑 선 그럼 왜 내 얼골만 보면 역정을 내고 미워하는 게요? 내가 누 때문에 칠년이나 긴 세월을 작부 노릇을 했어요.

최 씨 누가 그걸 모르나.

갑 선 나는 팔려 가면서도 내 한 몸 버리구라도 집안이 잘 살기를 바랐어요.

최 씨 글세, 그걸 다 안다니까.

갑 선 딸자식을 팔아 먹구두 집안이 잘 되기는커녕 더 망해 가지 않았어요.

최 씨 딸자식을 팔아먹은 부모의 속은 어떠했겠니

---

2) 행로(行路).
3) (안 계신 데)서만?

갑 선 딸을 팔아먹구두 조선 사람은 못 살게만 되두룩 마련인 걸요… 나
        도 하로 바삐 빗을 갚겠다고 이를 악물고 애를 썼지만은, 빗은 더
        늘어만 가게 마련일 걸요…
최 씨 인제 왜놈들이 다 물러갔으니 잘 살게 됐다지 않나.
갑 선 잘 살게 됐는데두… 땅이라곤 한 뽐도 없던 우리 집에도 땅이 생
        겼는데두 아버지는 왜 ○○○○[4]세요. ○○○○[5] 물러가지 아니했드
        래면 나는 일평생 진흙 속에 썩어지고 말 것이 아니었어요…
최 씨 네 아버지가 저렇게 되신 것두 갑준이 때문이 아니냐. 아들 자식
        하나 있던 게 생사를 알 수 없으니…
갑 선 베틀고[6] 앉아서 트집만 부리면 안 올 사람이 오는지요? 누구의 덕
        력인지는 몰라도 우리 조선 사람이 잘 살게 된 것은 틀림없는데,
        왜 얻은 복을 아버지는 고마워할 줄 몰라요… 이런 고마운 세상이
        올 줄 우리가 언제 꿈엔들 생각해봤어요? 나는 서울서 북선에서는
        땅 없는 농삿군들이 땅을 얻었다는 소문을 듣고 눈물을 흘리면서
        좋아했어요! 해방 이후 북선서는 나 같은 팔린 계집들이 다 풀려나
        갔다는데, 남선에서는 아모 소식이 없어 얼마나 애를 태웠는지 몰
        라요! 그러다가 이번에 이렇게 풀려오지 않았어요… 이만하면 해방
        된 보람이 있지 뭐예요!
최 씨 그렇구 말구, 네 말이 저저히 다 옳다…
갑 선 나두 인젠 그 더럽게 살아온 지긋지긋한 작부살이에서 풀려났으니,
        사람 구실을 해 보겠다는 욕심이 나서 내딴은 기뻐서 돌아왔는데,
        아버지는 무엇이 못마땅해서 그러는 거예요!
최 씨 아버지가 왜 너를 미워서 그러겠니. 그이가 본시 어데 말이나 잘
        하는 인가. 갑준이가 병정이 되어 남방으로 간 뒤부터 아주 딴 사
        람이 됐지… 그러니 너두 깝게는 생각지 말아.

        이때에 조장곤 들어온다.

최 씨 비뇨(비료) 배급은 얼마나 준대유.
조장곤 (퉁명스럽게) 몇 가마니 나올 줄 알았어… 그까짓것 나오나마나…
최 씨 얼마나 나왔기에 그러우.

---

4) 4자 확인 미상.
5) 4,5자 확인 미상.
6) 배틀다, 바싹 꼬면서 틀다.

314

조장곤 준다는 말뿐이지 고까짓 걸 뿌리나 마나 반 가마도 못 되는걸…

최 씨 여보, 그만큼 나온 것두 고맙지 않수. 왜놈의 때에는 삼년 동안 비료 배급이라곤 통이 없었던 걸, 반 가마라두 나온 건 다 해방된 덕이지 뭐유.

조장곤 듣기 실여! 여편네가 뭘 안다구 잔소리야. 밭은 다 매구 야단이야?

최 씨 지금부터 가는 길이여유.

　　　갑선이 수근 쓰고 앞서 나가고, 최씨 뒤딸아 나간다. 조장곤 마루에 걸쳐 앉아 담배를 핀다. 조금 있다가 만주서 오는 귀환민 남녀 언덕길로 마당에 들어선다.

귀환민남자 그 미안합니다만, 물 한그릇만 얻어먹읍시다.

조장곤 부엌에 있으니 떠 잡수시우.

귀환민남자 네, 고맙습니다. (안해에게) 여보, 좀 쉬다 갑시다.

귀환민여자 그러지오. (이고 오던 짐을 내려 놓는다)

귀환민남자 (짐을 내려놓고) 어! 더워!

귀환민여자 (부엌에서 물을 떠내와서) 자, 자시우.

귀환민남자 (마신다) 어이구, 시원하다… (조장곤에게) 여기서 38도선까지 몇이나 남았습니까.

조장곤 지름길로 가도 30리는 된다우.

귀환민남자 30리요. 아이구, 인제 다 왔나보군! 그런데 경계선 넘기가 어렵다는데… 어떻게 가면 쉽게 넘을 수 있습니까.

조장곤 … 못 넘어봐, 잘 모르겠수. (좀 퉁명스럽다)

귀환민남자 네… 만주서 농사하다가 빈털터리가 되어 고향엘 돌아갑니다. 고향에 간들 별 수도 없지만, 댁에도 토지 분배를 받았습니까.

조장곤 받았다우.

귀환민여자 아유. (부러워한다)

귀환민남자 좋으시겠습니다.

조장곤 좋긴 뭘 좋단 말이유.

귀환민남자 그럼 좋지 않구요. 땅 없던 사람이 땅을 얻었는데…

조장곤 좋거던 당신들도 여기 와서 사시유.

귀환민남자 땅만 준다면 살구말구요 그렇지만 우리네야 얻을 권리가 있습니까.

조장곤 남선 나려 가거던 북조선 농민들은 토지를 얻어 잘 살게 되었드라는 이야기나 하시유. (비꼬는 소리다)

귀환민남자 (이러나며) 잘 쉬고 갑니다. 저 길로 줄곳 가면 경계선이 나옵
　　　　　니까.
조장곤　　가다가 나루를 건너서 물어 가시유.
귀환민여자 (짐을 지고 나서며) 안녕히 계십시오.
조장곤　　(대답 없다)

　　　　　귀환민 남녀 나가자 이와 스쳐 강상히 들어온다.

강상히　　조첨지 있나.
조장곤　　잘 오게. (냉정히)
강상히　　이 바쁜데, 더구나 손이 모자라면서 왜 집에만 들어 앉아 있나. 밭
　　　　　이나 매지 않구…
조장곤　　알뜰히 하면 뭘 해…
강상히　　이건 아직도 생각을 못 돌렸나.
조장곤　　내 걱정말구 네나 알뜰히 하려무나.
강상히　　그러지 말구 마음을 돌리게. 이런 좋은 세상이 또 다시 오겠나. 우
　　　　　리가 그 화적놈들 같은 왜놈들한테 눌려 안 살게 된만 해도 고마운
　　　　　데, 꿈에도 생각지 아니한 땅 생겨, 빼앗아 가는 지주놈이 없어
　　　　　져…
조장곤　　흥. 지주가 안 빼앗아 가면 빼앗길 때는 없는 줄 알아?
강상히　　누가?
조장곤　　이 맹추. 괜히 덤벙대지 말구 정신 차려. 성출은 없는 줄 알아.
강상히　　허… 이 사람은 땅을 얻었으니, 성출은 내야 도리지.
조장곤　　다 빼앗아 가도?
강상히　　누가 다 빼앗아 간대여.
조장곤　　당해 봐야 알지.
강상히　　이건 괜히 지레짐작이야. 우리 백성, 옳지. 요새 말로 우리 인민을
　　　　　위하는 정부가 북조선에 있는데, 우리 인민을 못 살게 할 게라구.
조장곤　　흥… 너두 땅바닥을 준다니까 허패가 좀 늘어난 모양이로구나. 허
　　　　　풍 떨지 말고 정신 차려라.
강상히　　자네나 정신을 바꾸어 넣게. 네가 오늘날까지 어떻게 살아왔나 생
　　　　　각을 좀 해봐. 자네 집 할애비때부터 정참봉댁 작인으로 얼마나 쪼
　　　　　들리고 살아왔나. 그 진저리 나던 지난 일을 생각해 봐라. 그런 무
　　　　　거운 고리에서 버서난 것만도 고맙지 않나.

조장곤 꿀 바른 떡인 줄 알고! 넘적넘적 주서 먹다간 배탈 나지, 배탈 나.

강상히 허허. 이 사람의 속은 내 도무지 모르겠다니까. 토지 증명서까지 나왔는데 무얼 더 못 믿어워할 게 있단 말이야.

조장곤 토지 증명서를 백번 내주면 소용 있어. 나종에 성출로 다 내노랄 때 못 내겠다고 버틸 장사가 있어…

강상히 그렇지 않다니까… 그런 쓸데없는 걱정일랑 말고 우리 인민위원회를 믿고 살아야지… 설령 성출을 내놓으라는 일이 있드라도, 설마 우리 먹을 것까지 남기지 않고 깡그리 다 가져갈 리도 없겠지만, 그 왜놈들 밑에서 살던 때를 생각해 보아, 곡식 공출… 짚, 가마니, 새끼, 풀, 피마자, 나종에는 나무 껍질까지 공출로 배껴대라지 않았나… 그 시절의 그 악착스럽게 고되던 것을 생각해 본대면야, 우리나라를 위해 우리 다같은 동포를 위해 성출쯤 내놔도 나라를 찾고 권리를 찾고 땅을 찾은 고마움을 생각해서 좀 참아야지. 그렇지만 성출이 나와도 그렇게 많지는 않을 걸세! 두고보아…

조장곤 자네나 믿고 잘 살게나.

강상히 자네가 정 그렇게 못 믿어워 할 바엔야, 얻은 땅을 도루 내놓고 남조선으로 가려무나.

조장곤 구라장 둬런[7] 말따위 봐라. 자네 언제부터 그렇게 큰 소리 뱄니 그래.

강상히 자네 병을 고쳐야 하네… 그런데 그건 그것이고, 오늘 자네를 만나려 온 것은 긴히 할 이야기가 있어 왔네.

조장곤 무슨 이야기가 있어?

강상히 자네 내 말 듣고 과히 섭섭하게는 생각지 말게.

조장곤 뭘 말이야.

강상히 응, 지금부터 이야기하겠네… 저… 자네 집 병정 나간 갑준이하구…

조장곤 갑준이가 어떻단 말이야?

강상히 … 글세, 내 말을 듣게… 갑준이하구 내 딸년 필순이하구는 전자에 혼인을 약조하지 않았나.

조장곤 (말소리를 높여) 그래 내 자식이 전쟁에 나가 죽고 안 도라오니, 파혼을 하잔 말이로구나!

강상히 허허, 이 사람이 역정부터 내는군… 내가 어데 갑준이를 죽었다고 그러나.

7) ??

조장곤 그럼 뭐란 말가. 전쟁이 끝난 지 1년이 다 돼가두록 안 도라오니 다 죽은 걸로 치부하지 않나.

강상히 누가 그래… 자네가 그렇게 마음을 먹으니, 어데 말을 내놀 수가 있어야지.

조장곤 그럼 뭐란 말가.

강상히 자네도 아다시피, 내 딸년이 벌써 나이 스물하나 아닌가. 게집아이를 과년투록 집에 두어 두기가 흉하단 말이야… 물론 자네하구 한 번 언약한 것을 내가 먼저 깨트리는 것은 사내장부로서 더 부끄러운 일이 없네마는… 갑준이가 죽었다는 말이 아니라, 지금 같아서는 언제 돌아올 줄 기약할 수 있어야지…

조장곤 누가 뭐래나. 네 자식 네 맘대로 보낼 데 있거든 보내려무나.

강상히 글세, 그러기에 자네한테 상의해 보는 게 아닌가…

조장곤 상의가 당했어… 하구픈 대로 해.

강상히 … 자네가 섭섭하게 생각할 줄은 나도 알아… 그렇지만은 사정이 그렇지 않은가. 처지를 바꾸어 생각을 해 보게나.

조장곤 이건 웬 성화야. 맘대로 하라니까…

강상히 … 금년 가을이면 내 것이라구 곡식 섬이나 생기게 되었으니, 이 틈에 딸년 출가를 시켜야 하겠네… 그걸 자네가 양해를 해 달란 말일세.

조장곤 ……

강상히 과히 섭섭하게는 생각지 말게.

조장곤 … (한참 동안 말이 없다가 몹시 뾰족한 소리로) 할 말 다 했거던, 가거라!

강상히 응! 자네와 나 사이에 이걸로 해서 틈이 벌어져서야 하겠나. 여보게… 자네 마음 섭섭할 줄 나도 잘 알아. 지난 일은 다 시처 버리기루 하구 나하고 같이 가세. 개똥이네 집에 좋은 소주가 들어왔다는구나. 섭섭풀이로 우리 한잔 먹세.

조장곤 ……

강상히 자, 일어나게…

조장곤 좋거던 자네 혼자 먹으려무나! (서실이 퍼렇다)

강상히 (위압을 느끼어) 음! 같이 갔으면 좋을텐데… 그럼 나는 가겠네. 과히 섭섭하게 생각일랑 말게. 응.

조장곤 ……

강상히는 안 떨어지는 발을 옮겨 겨우 나간다. 조장곤 혼자서 울분을 참
지 못하고 이리저리 설래다가 밖으로 휭 나가 버린다. 한참 동안 무대는
빈다. 또 달구지가 지나간다.
필순이 언덕 위에 나타난다. 그리 멀지 아니한 곳에서 '필순아! 내 갈 테
니 기다려!' 하는 갑선이 소리 들린다. 필순이 그 소리를 듣고 발을 멈추
고 기다린다. 이윽고 갑선이 밭에서 돌아와 언덕 위에 나타난다.

필　순　언니 밭에 게셨어유.
갑　선　필순이 오는 걸 보구 내 뛰어 왔지…
필　순　밭일 하는 줄 알았으면 밭으로 갈 것을…
갑　선　아녀 잘됐어… 밭도 다 맷고 필순이하구 조용히 이야기할 것두 있
　　　구… 자, 집에 들어가잣구나. 아버지가 게신지…

　두 사람 마당으로 들어선다.

갑　선　마침 아버지도 안 게시군. (마루에 앉으며) 이리 앉아.
필　순　네. (앉는다)
갑　선　오빠한테서는 소식 자주 오니.
필　순　네, 자주 와요. 어저께도 편지가 왔드군유.
갑　선　언제 마친다지?
필　순　구월 달에 마친대유.
갑　선　마침 농사철에 뽑혀가서 아버지가 힘이 고되겠군.
필　순　오빠는 아주 나랏일로 나섰으니 아버지는 혼자서 다 해낸대유. 땅
　　　도 전보다는 훨신 많아도 아버지는 인제야 우리 농삿군도 농사하는
　　　보람이 있다구 좋아하시며 어떻게 부즈런히 하시는지 보기에 애초
　　　러울 때가 많아유.
갑　선　오빠는 멀지 아니해 보안서에 간부가 돼 올게구, 아버지는 즐겁게
　　　일 잘 하셔… 필순이네 집은 정말 인제 자미나겠군…
필　순　어디 우리 집 뿐이라구유. 우리 조선 사람은 다 그런데유.
갑　선　그렇구 말구… 필순아 -
필　순　네?
갑　선　내 언제든지 필순이한테 한번 조용히 물어 볼랴구 했는데…
필　순　뭘요?
갑　선　필순이하구 우리 집 갑준이하구 말이야…
필　순　(고개를 떠러뜨린다)

갑 선 … 약혼을 했다는데, 그건 아버지들끼리만 정한 겐지… 너이들 사
　　　이두 서루 가끈히 지냈는지…

필 순 (얼골이 붉어진다)

갑 선 한 동네에서 가까이 자랐으니까 남같지야 않겠지마는… 우리 갑준
　　　이가 필순이를 좋아했었니?

필 순 (가늘게) 네…

갑 선 음. 그래. 필순이두 우리 갑준이를 좋아하구?

필 순 … (얼굴을 더욱 붉힌다)

갑 선 부끄러워할 게 뭐람. 그만하면 다 알았어… 부모도 승낙할 테고 너
　　　이들도 서로 좋아하는 터이면 더 말할 나위 없지만, 내 동생이라
　　　그리는 게 아니지만 우리 갑준이를 두고 말하면 남한테 빠지지 않
　　　는 청년이구, 필순이두 얼굴이나 마음씨나 다 어여뿌니 훌륭한 배
　　　필이지 뭐야… 그렇지만 생사를 모르니… 필순이 심사도 안타까울
　　　거야…

필 순 (갑자기 갑선의 무릎에 얼골을 파묻고 느껴 운다)

갑 선 (우는 것을 그대로 한참 두고 보다가 어깨를 어루만지며) 울지마.
　　　갑준이가 아주 죽은 게 아니니까… 아직두 남방에로 간 병정들이
　　　다 돌아오지 아니했으니까 멀지 아니해 우리 갑준이는 돌아올 게
　　　야… 그애는 만만히 죽을 애가 아니야… 자… 그만 진정해라, 응…
　　　마음을 굳게 먹구 갑준이 돌아오기를 기다리자!

필 순 (더욱 소스라치게 느낀다)

갑 선 … 왜 이래… 자, 진정해라, 응!

필 순 언니… 난 어떻게 하문 좋아유. (말을 더 잇지 못하고 울어버린다)

갑 선 필순이 마음 하나에 달렸지, 갑준이를 진정 사랑한다문…

필 순 언니… 우리 집에서는 날 다른 데로 시집 보내겠다구…

갑 선 아니, 다른 데로 시집을 보내…

필 순 네… 난 어떻게 하문 좋아요… (또 운다)

갑 선 … 갑준이가 아주 안 돌아온다면… 갑준이가 돌아온다고 믿어지지
　　　아니하면, 다른 데로 시집을 가야지… 필순이 마음 하나에 달렸
　　　어… 필순이는 갑준이가 돌아올 것이 믿어져?

필 순 나는… 나는, 갑준이는 꼭 돌아올 사람이라고 믿어유.

갑 선 음… 그럼 돌아올 때까지 기다려야지ㅡ.

필 순 기다리라니, 아버지가 들어줘야지유…

갑 선 아버지하구 싸워야 해… 우리 아버지들이 시키는 일이 우리를 좋

320

게 해주는 일이 별루 없드라… 나를 보아. 오늘 내가 이 꼴이 되고
만 것이 모두 아버지 때문이야… 우리 부모는 오늘까지 저이들 좋
은 데로만 해왔어. 그러기 때문에 일생을 지내는 자식들이 얼마나
많으냐. 내 마음에 좋은 길이라구 짐작되는 그 길이 바른 길이야.
그 길이 잘 사는 길이야…

필　순　나 같은 게 다 어떻게 무슨 힘으로 아버지를 거역해유…

갑　선　필순아, 싸우자! 나도 거들어 줄 테야… 진정 필순이가 갑준이를
사랑한대면, 갑준이를 위해서 언약을 지켜야지… 나두 내 동생한테
필순이 같은 좋은 안악을 마지두룩 싸와야지… 필순아, 싸우자. 응.
내 도울 테니…

필　순　네… 언니만 믿겠어유.

갑　선　그래… (손목을 쥐며) 나를 보아. 우리 집 아버지가 나를 술집에다
팔아먹을 때… 내가 좀 더 뭘 알았다면 싸왔을 게다… 그러나 그때
우리 집은 너무도 살림살이가 군색했기 때문에, 어린 내 마음에도
내 몸 하나 버리고 집안 식구를 살리자 허고, 아무 말 없이 팔려
갔었단다… 그러나 나를 팔아 먹구 우리 집 형편이 피인 줄 아니…
형편이 피기는 커녕 점점 더 어려워만 갔지… 나만 내 몸만 버리고
내 일생만 망쳤지… 지금 생각하면, 왜 그때 내가 좀 더 군세게 싸
우지 아니했나 몹시 뉘우처진다… 그때 내가 좀 더 싸왔던들… 이
렇게 쓰라린 변은 안 당하겠지… 필순아, 요새 내가 마음으로 얼마
나 괴로워하는지 몰으지… 이렇게 괴로울 줄 알았으면, 차라리 몸
이 풀려나지 않구 맻 십년이던지 늙어 죽을 때까지 팔려다녔으면
싶다… 처음 풀려 올 때는 장 속에 가처 있던 내가 오래만에 노여
저서 마음대로 하늘을 날러 다니는 것이 몹시 기뻤다만은, 멫날 안
지나니 기쁨은 다 어데로 가고, 쓰라림이 한 가지씩 한 가지씩 생
겨나더라… 필순아… (한숨을 쉰다)

필　순　언니… 언니 마음을 나두 짐작해유… 참, 언니. 사춘 오빠가 언니
만나려 한번 오시겠대유…

갑　선　(반가워하며) 아니, 진만씨가?

필　순　네… 어저께 만났을 때 그래유.

갑　선　진만씨가 나를 찾아 오시겠다구… (쓸쓸하게) 필순아… 진만씨가
나를 찾아오시겠다니 무척 반갑기도 하다만은, 나는 무슨 얼굴루
진만씨를 대하겠니… 나 같은 게… 칠년 동안 작부 노릇을 해온 더
러온 게집이 어찌 진만씨 앞에서 얼골을 들 수 있겠니… 진만씨는

나 같은 게집에게선 너무도 먼 곳에 있는 사람이야…

필　순　그래두 내가 보기에는 언니두 무척 훌륭해진 것 같아유… 아는 것이 퍽두 많아유…

갑　선　흥… 내가 훌륭해… 내가 아는 것이 많아… 설령 그렇다 해두… 진만 씨 앞에 어떠케 나설 수 있겠니… 나는 벌서 작부라는 더러운 물이 칠년 동안을 두고 왼 몸에 저저 잊이 않니…

이때에 강진만 언덕을 넘어 기침을 하고 마당에 들어선다.

필　순　언니! 사춘 오빠가 오서유.

갑　선　(저윽히 당황하며) 아니… 사춘 오빠가? (일어선다)

필　순　(일어나 맞으며) 오빠 오셔유.

진　만　필순이 왔었니… 갑선씨!

갑　선　진만씨… (고개를 숙인다)

진　만　돌아 오셨단 말을 들고 한번 찾아오겠다면서 일에 휘몰려 늦었습니다.

갑　선　네… 좀 앉으세유.

진　만　(마루에 앉으며) 필순아, 너두 앉아라.

필　순　네. (한편에 앉는다)

진　만　정말 오래간만입니다. 그동안 얼마나 고생하였습니까.

갑　선　……

진　만　몰라 보겠군요.

갑　선　(자격지심으로 고개가 몹시 숙어진다)

진　만　칠년만이지오.

갑　선　……

진　만　오래간만에 집에 돌아 오셔서 반가우시겠습니다. 아버지 어머니두 무척 좋아하시겠군요.

갑　선　네…

진　만　갑준군이 아직 안 돌아와서 좀 섭섭하실 테지요.

갑　선　아버지가 제일 마음을 태우시고 계세요.

진　만　좀 하시겠습니까. 늦막에 얻으신 외동아들인데. 병정으로 잡혀나갈 때만 해도 얼마나 심통을 하는지… 집에서 보아낼 수가 없었답니다.

갑　선　진만씨도 짐작하시는지 몰라도, 이때까지 눌려만 살던 우리 농삿군

도 북조선에서는 잘- 살게 되었는데두, 아버지는 기뻐하시지두 않
구 날마다 역정만 네신답니다.

진 만　네! 나두 잘 알고 있습니다. 그러나 걱정할 건 없습니다… 외아들
의 생사를 몰으시니 그 답답한 마음에 모든 것에 귀천이 없어 그런
것입니다. 아버진들 오래동안 종사리같은 농삿군이 아니었습니까.
누구보다도 더 쓰라림을 많이 당해온 사람입니다. 맻해로 농사를
해도… 지주에게 빼앗기기만 했고, 외아들은 왜놈 때문에 뜻 아닌
전장에 나갔고, 딸은… (갑선의 얼골을 쳐다보고 말을 뛴다.8)) 누
구보다도 우리 조선이 이렇게 붉은 군대의 힘으로 해방이 된 것을
기뻐할 사람입니다. 그런데도 아버지는 기뻐하실 줄 모르고, 토지
분배를 받아도 고마운 줄도 모르고, 아들 생각에만 젖어있습니다.
그러나 갑준군만 돌아오면 다 풀어질 것입니다.

갑 선　그가 빨리 돌아와야 될 텐데… (필순의 얼골을 건너다본다)

필 순　(갑선의 시선에 부대치자 고개를 수긴다)

진 만　아직 남방 간 면 사람들이 다 돌아오지 아니했으니, 차차 돌아오겠
지오. 걱정마십시오. 갑선 씨가 잘 위로해 드리십시오.

갑 선　아버지는 저를 보기만 해도 역정을 내시며 못마땅해 해요.

진 만　네…

필 순　(이러서며) 오빠, 이야기하구 계세유. 난 먼저 가겠어유. 언니, 난
가유.

갑 선　왜 더 놀다 가지 않구.

진 만　좀 더 놀다 나하구 같이 가지.

필 순　저녁밥을 지어야 하겠어유.

진 만　그럼 먼저 가.

필 순　언니, 또 오겠어유.

갑 선　응, 잘 가!

　　필순이 간다.

갑 선　소중한 일을 맡으시어 얼마나 바쁘세요.

진 만　바쁘기야 조선 사람은 매일반이 아닙니까.

갑 선　인제는 진만씨가 전부터 소망하시던 세상이 왔어요.

진 만　아직도 길이 멉니다. 이제 겨우 우리 조선 사람이 잘 살 수 있는

---

8) 뛰다, 순서 따위를 거르거나 넘기다.

길이 열렸을 뿐이지. 그 길에는 발에 채이는 돌부리도 많고 잡초도 많이 우거져 있습니다. 이 돌부리고 잡초를 뽑아버리는 싸움이 아직도 우리에게는 남아있습니다. 이 싸움은 하루 이틀에 끝나지 아니합니다.

갑　선　그래요!

진　만　갑선씨가 이번에 돌아와 보시기에, 우리 조선이 어떻습니까.

갑　선　제가 뭘 압니까.

진　만　보시기에 말입니다.

갑　선　무식한 제 눈에 비치는 것만으로 봐서, 북선은 정말 살기 좋게 되었어요. 땅 없던 농삿군이 땅도 있는 대신에 남선에는 아직두 왜놈 시대와 별 다른 게 없어요.

진　만　잘 보셨습니다.

갑　선　서울서는 대낮에 작당9)을 해가지고 집을 부신다, 사람을 죽인다, 수라장판이 일어나요. 다같은 동포가 동포를 죽이고, 욕하고, 찌저발기고, 야단들이예요. 오월 언젠가 제가 거리에 나갔다가 제 눈으로 보았어요. 뭐 독립전취 국민대횐가를 서울운동장에서 마치고 수백 명이 작당을 해서 거리를 쓸고 다니며, 때려 부시고, 치고 야단이드군. 이런 걸 순사는 보구도 못 본 척 내버려 두는데… 저는 떨려서 못 보겠도군요…

진　만　그게 모두 이승만, 김구가 조종을 하는 반동분자들의 파괴행진입니다.

갑　선　네! 저도 그렇다는 이야기를 들었어요.

진　만　갑선씨, 세상을 바루 보실 줄 아십니다그려.

갑　선　제가 뭘 알아요.

진　만　그걸 바로 볼 줄 모르는 사람이 아직 많기 때문에, 싸움이 필요하다는 겁니다.

갑　선　그렇겠어요… 제가 팔자 소관으로 술집에서 천한 생활을 하면서 해방 이후에 달은 데서는 듣지 못하고 보지 못할 것도 많이 봤어요.

진　만　그걸 좀 이야기해 주십시오.

갑　선　별일이 다 봤어요. 차차 다 이야기해 드리겠지만, 지금 서울서 빠-니 카페니 요리집을 경영하는 건, 모두 북선서 도망질처 온 민족반역자나 그 토지를 몰수당한 지주들이예요. 이런 반동분자를 김구나

---

9) 작당(作黨).

이승만이가 매수해서 이런 영업을 경영합니다. 그런 집 드나드는 사람들을 감시하고 하는 말들을 엿듣는 답니다. 여급이나 기생들에게 술 따르고 노래 하는 틈에도 늘 손님들의 거동과 말에 주의를 하게 해서 일러 바치라구요… 그래서 손님조차 정치 이야기나 북선 이야기가 나와서 저희들 편이 아닌 것을 알면, 그 자리에 나타나 때리기도 하고 뒤를 따라가 잡아가기도 해요.

진　만　최후발악입니다.

갑　선　남조선은 어데던지 다 그렇겠지만은, 더구나 서울 장안은 살판10) 같아서 살수가 없어요.

진　만　갑선씨도 잘 돌아오셨습니다. 우리 북선은 정말로 인민의 나라가 되었습니다. 북선이 이렇게 농민 노동자를 위하는 정치가 실시되어 가는 한편에, 남선에서는 나라를 팔아 먹으랴는 이승만 김구 같은 반동분자들 때문에 혼란만 해지니, 남선 있는 인민들이 불상합니다.

갑　선　그래요.

진　만　갑선씨도 인제는 고향에서 농사도 짓고 고향을 위해서 일도 좀 해 주십시오.

갑　선　제 같은 것이 무슨 일을 할 자격이 있어요?

진　만　그런 것이 문제 아닙니다. 우리가 다 같이 잘 살기 위해 누구나 일을 해야지요… 갑선씨두 오랜 고생두 하고 서름도 받았으니, 그만큼 일을 할 권리도 있고, 자격도 있습니다.

갑　선　저는 지난 날이 더러워 얼골을 들고 다닐 수가 없어요.

진　만　그런 생각을 버립시다.

갑　선　저 같은 것을 상대해 줄 사람이 없어요.

진　만　아닙니다. 우리 고향 사람이, 아니 북조선 전 인민이 쌍수를 내밀고 당신을 잡아줄 것입니다.

갑　선　곧이 들리지 않아요.

진　만　그럼 그 증거로 내가 먼저 갑선씨의 손을 잡아 들이지오.

　　　　진만이 일어나서 덥슥 갑선의 두 손을 잡는다. 갑선이 어쩔 줄을 모르다가 감격과 추억에서 복잡한 감정이 복바친다. 가늘게 느껴 운다.

진　만　(그대로 손을 잡고) 왜 우십니가. 울지 말고 내 이약기를 들어 주십시오. 나는 지금 갑선씨의 손을 쥐고 칠년 전 일을 생각합니다.

10) 무시무시하고 스산한 판의 북한말.

이 손을 통해 칠 년 전 갑선 씨가 나에게 주던 그애정이 다시금 더 듬어집니다. 칠년 전에 쥐어보던 그때와 같이, 지금도 갑선씨의 손은 따뜻하고 부드럽군요… 나는 이 변함없는 갑선씨의 손과 같이 마음도 변함없을 것이라고 믿습니다.

갑선은 참을 수 없다는 듯 진만의 손을 뿌리치고 마당에 있는 나무에 기대어 흐느껴 운다. 진만이 따라가서 우는 갑선의 어깨를 손으로 잡는다.

진　만　갑선씨, 왜 울기만 하십니까.

갑　선　저는 더러운 게집이예요. 진만씨 같이 훌륭하신 분의 곁에도 있을 수 없슨 게집이예요.

진　만　갑선씨, 그런 말은 맙시다. 나는 갑선씨를 그렇게 만든 그때의 사회를 미워하고 왜놈을 미워할 뿐이지, 갑선씨를 아무렇게도 생각지 않습니다.

갑　선　저는 진만씨를 먼 발치에서 우러러 볼 수는 있어도, 이렇게 가까이서는 대할 수 없는 게집이예요.

진　만　갑선씨, 우리는 순진하여집시다. 나는 칠년 전에 갑선씨에게 대하던 애정을 지금 그대로 가지고 싶습니다. 모든 것은 새로워졌습니다. 낡은 것, 때문은 것은 차차 물러가고 있습니다. 땅도 새롭고, 사람도 새로워졌습니다. 이런 새로운 환경에서 우리도 새로운 도덕과 윤리관을 가지고 살아갑시다… 갑선씨, 과거는 조금도 생각지 말고, 내 가슴 속으로 뛰어들어 오십시오.

갑　선　그래두, 그래두.

진　만　(돌아선 갑선의 어깨를 두 손으로 잡아 바로 세우며) 자! 나를 믿어주십시오. 칠년 동안 서로 멀리 떠러져 있었을 뿐이지, 칠년 전 마음은 항상 가까이 있었습니다. 칠년 전 우리들의 애정이 너무도 컸고 순진했기 때문에, 거리와 시간의 힘으로는 우리들의 애정을 깨뜨리지 못했습니다. 갑선씨. (갑선의 어깨를 잡고 있던 두 손이 갑선을 가까이 끌어들인다)

갑　선　(얼골을 진만의 가슴에 파묻고 다시 감동에 느낀다)

진　만　(한참동안 우는 것을 그대로 두고 보다가 어루만지며) 갑선씨의 울음의 뜻을 나는 잘 알겠습니다. 갑선씨의 나에게 대한 애정이 전과 같다는 존귀한 표적인줄 나는 잘 압니다…

갑선의 느끼는 소리가 고요하게 무대를 한동안 차지하다, 별안간 언덕 위로 보안서원 한 사람이 뛰어들어 온다. 이 바람에 진만은 갑선을 잡았던 손을 놓고, 갑선은 마루로 간다.

보안서원 　서장 동무… 보고, 선촌 분주소에서 긴급정보가 들어왔습니다.
진　만 　응.
보안서원 　38도 이남에서 침입한 권총 가진 테로단 1명을 체포, 방금 취조 중. 이외에 일단 수명이 침입한 흔적이 있으므로 경계를 요한다고 합니다.
진　만 　응! 그럼 박동무, 명령을 전달해 주시오. 서원 전원을 비상소집해 주시오. 나도 곧 가겠습니다.
보안서원 　네! (뛰어 돌아간다)
진　만 　(갑선에게 가까이 가선) 갑선씨, 지금 들으신 바와 같이 긴급합니다. 까다롭게 생각을 가지지 말고 단순해 주십시오. 자! 난 갑니다.

뒤도 안 돌아보고 진만은 뛰어 나간다. 갑선이 진만의 간 곳을 바라보다가 다시 두 손으로 얼골을 가리고 마루에 쓰러져 어깨를 들먹거리고 운다. 한참 사이…
조장곤이 술에 취해 노래 부르고 비틀거리며 언덕에 나타난다. 갑선이 이 소리를 듣고 방으로 들어가 버린다.

조장곤 　(노래) 세상사 쓸 곳 없다. 이 뭐 뭐라구, 잘 살 수 있는 세상이라구. 다른 놈들은 다 잘 살아보아… 내가 어찌… 뭘 바라고… 자식도 없는… 내가… (비틀거리고 마루에 가 앉는다) 자식도 없는 내가 뭘 바라고 잘 살 수가… 있어… (울며) 갑준아! 내 자식 갑준아! (마루를 치며) 너는 죽고 말았느냐! 으응…

조장곤의 울음과 방에서 다시 들리는 갑선의 느낌이 교착될 때, 고요히 막이 나린다.

제2막

무대는 1막과 같다. 1막에서 수일 뒤.
막이 열리면 저녁때이다. 최씨 혼자 부엌에서 일을 하고 있다. 필순이 들어온다.

필　순　아주머니 게서유.
최　씨　(부엌에서 얼굴만 내놓구) 필순이 왔니?
필　순　언니 집이 안 게서유.
최　씨　응, 어델 갔는지 아까 나갔구나.
필　순　언니가 무슨 말 안 하서유.
최　씨　무슨 말?
필　순　서울로 도루 가겠다는…
최　씨　(놀라며 부엌에서 나온다) 뭐! 서울로 도루 가다니.
필　순　못 들었어유?
최　씨　아니, 그애가 서울로 도루 간단 말이냐.
필　순　네.
최　씨　그건 또 금시초문이다.
필　순　어저께 저더러 그러는데… 암만 해두 집에서는 살 수가 없으니 도루 서울루 가야겠다구 그래유.
최　씨　그게 정말이냐?
필　순　네.
최　씨　음! 그애가 그여쿠 그런 맘이 들었구나. 제 아버지가 여북해야 집안에 정이 붙지… 부모를 잘못 만난 탓으로 올은데 시집도 못 가고, 칠년 동안이나 하지 못할 고역사리를 하다가 겨우 풀려서 집구석이라구 돌아오니, 아버지가 저 모양이 아니냐. 그래 정말이라면 저걸 어떡거나.
필　순　아즈머니가 잘 타일러 주서유.
최　씨　글쎄, 도루 보내서야 되겠니. 어떻게 하던 잡아야지… 그렇지만 한사하고 가겠다고 고집을 피우고 아무 말 없이 횡 가버리면 어쩌겠니. 말이 자식이지 칠년이나 서울 바닥에서 술집사리를 하고 왔으니, 맘 속을 알아먹을 수도 없다니까… 후유. (한숨을 쉰다)
필　순　우리 사춘 오빠한테 이야기를 해서 못 가두록 하레시유.

328

최 씨 진만인들 별 수 있겠니.

필 순 사춘오빠 이야기면 언니도 들을 것 같애유.

최 씨 제 아버지가 바른 정신이 들어야지, 그렇지 않구는 집구석에 정이
　　　붙을 수 없어.

필 순 내가 사춘 오빠한테 가서 이야기해 놀 테니, 나종에 아즈머니도 말
　　　해 보서유.

최 씨 오냐, 좀 그래 봐라. 어떻게든지 잡아 두어야지…

필 순 그럼 가유.

최 씨 오냐.

　　　필순 퇴장. 최씨 혼자서 멍하니 섰다가 한숨 쉬고 부엌으로 들어간다. 조
　　　장곤 들에서 돌아온다.

최 씨 (부엌에서 나오며) 여보, 임자는 갑선이가 가엾지도 않수.

조장곤 집구석에 들어서자마자, 또 그 소리는 왜 하는거야.

최 씨 당신이 그애 보는데 못마땅히 구니, 그애가 집구석에 붙어 있을 수
　　　없어 서울로 도루 간대유.

조장곤 (말없이 마루에 걸처 앉는다)

최 씨 글세, 우리가 그애한테 부모 구실을 했수… 부모 구실은 커녕 자식
　　　을 팔아먹기까지 아니 했수. 우리가 그애한테 얼골을 들고 대할 염
　　　치가 어디 있어유. 돈을 들여 그애를 찾아오기는 커녕, 어쩌다 물
　　　려온 그애를 왜 그렇게 두오.

조장곤 부모를 잘못 만나 그런 게지.

최 씨 오랜만에 돌아온 애를 당신이 마음을 말해 주지 아니 하니, 그애
　　　마음이 오작이나 섭섭하겠수. 지금부터 호광[11]이야 못 시켜 줄지언
　　　정, 제 따는 집에 락을 붙이고 살아 볼까 하구 논일 밭일 알뜰히
　　　하는데, 그것마저 정 붙기도 전에 내가 내쫓아 버린대야 될 말이유.

조장곤 내가 언제 나가라 그랬나!

최 씨 누가 임자를 나가라구 그랬다우. 말로는 나가라지 않더라두 임자가
　　　자식을 정다히 대해 주지 않으니까, 그 앤들 집안에 있기가 가시방
　　　석에 앉은 것 같을 게 아니유.

조장곤 임자두 내 맘을 몰라!

최 씨 왜 내가 임자의 맘을 몰을 줄 아우. 다 알아유… 갑준이 때문에 다

────────────────

11) 호강.

그런 게지 뭐유. 그애가 안 돌아오니 임자가 그러는 겐 줄 나두 잘 알아유.

조장곤 알거든 잠자코 있어.

최 씨 여보, 임자만 자식을 생각하는 줄 아우. 밖앝 부모보다 안부모 맘이 더 하다우… 아들자식이라 생사를 물으니 나는 하루 밤도 맘을 놓구 잠을 못 잔다우.

조장곤 부모 맘은 매일 반이지.

최 씨 그렇지만 임자는 남자가 아니우. 남자면 겉으루라도 좀 대범해지우. 그런다구 안 돌아올 자식이 당장 돌아오는 수가 있수. 괜히 짜증만 내니까 갑선이까지 집구석에 붙어 있질 못하구, 도루 서울로 간다지 않수. 칠년이란 긴 세월을 그 고생시킨 것만두 뼈가 걸리는데, 도루 보내다니 그게 될 말이유.

조장곤 그래, 임자더러 서울로 간다구 그래?

최 씨 나두 몰랐드니, 지금 막 필순이가 와서 그러지 않겠우.

조장곤 그 필순이란 게집아이는 왜 우리 집에 드나드는 게야.

최 씨 갑선이한테 오는 걸 어쩌겠우.

조장곤 못 오게 해라… 우리 집에 무슨 상관이 있다구 왔다갔다 하는 게야.

최 씨 그애는 갑준이를 생각하구 오는 게 아니유.

조장곤 내 자식 죽은 걸루 치고 딴 데루 시집보내겠다는 게집애가 왜 우리 집에 드나들어… 나는 간이 뒤집혀질 것 같아, 못 보겠다… 발을 끊두록 해!

최 씨 여보, 필순이는 그래두 갸륵한 생각을 가졌대유. 강첨지가 과년한 딸자식을 그대루 두고 우리 갑준이 돌아올 날을 무작정하고 기다릴 수 없으니 다른 데로 시집보내겠다지만, 필순이는 갑준이 돌아올 때까지 죽어두 달은 데로는 시집을 안가겠다고 갑선이한테 그러더라우.

조장곤 애비가 보내는데도 제 안 가구 배겨내.

최 씨 아무리 부모기로서니 제 가기 싫다는 걸 어떻게 하우.

조장곤 다 쓸데없는 소리야. 자식 없다구 날 없이녀겨 그런 거야.

최 씨 그럼 갑준이를 아주 죽은 걸로 치구 하는 소리유.

조장곤 그럼 뭐야. 강가가 그러기에 정혼을 깨뜨리자는 게 아닌가.

최 씨 (쓸쓸하게) 설마, 설마 갑준이가 죽었을라구.

조장곤 왜놈들한테 어떻게 원수를 갚아야 한단 말야.

한참 침묵이 흐른다.

최　씨　여보, 갑선이를 못 가게 하시유.
조장곤　베라 먹을 년! 가기는 어데로 가!
최　씨　임자가 맘을 고쳐가지구, 그애 보는데 못마땅한 눈치를 뵈이지 말
　　　　아유.
조장곤　흥!

갑선 돌아온다.

최　씨　이애야, 어데로 갔다 오니.
갑　선　밭에 가보구 와요. (방으로 들어간다)

잠깐 침묵이 지나간다. 최씨는 남편의 눈치를 넌즛이 살핀다. 갑선이 손
가방을 들고 방에서 나온다. 최씨 그것을 보고 쏘스라치게 놀란다.

최　씨　이애야!
갑　선　전 서울루 도루 가겠어요.
최　씨　(눈물이 핑 돈다) 그게 무슨 소리냐.
조장곤　서울은 왜 가는 거냐.
갑　선　저는 서울서나 살아야 할 인간이예요.
최　씨　네가 그게 무슨 일이냐. 아무리 집구석에 정이 안 붙는데두 돌아온
　　　　지 몇날도 안 되어 도루 간다면, 부모 맘이 뭐이 좋겠냐.
조장곤　이년! 내가 귀천이 없어 네한테 좀 서운하게 했기로서니, 이 애비
　　　　맘을 몰라주고 오자마자 간다니.
최　씨　(가방을 빼앗으랴 한다) 이애야, 못 간다. 가기는 어데로 가!
갑　선　아버지 맘을 저두 잘 알아요. 아버지가 그러신다고 갈랴는 게 아니
　　　　예요. 저는 분 바르고, 담배 피고, 늦잠자기 버릇해 온 더러운 몸이
　　　　라, 이런 시골에 들어 배겨서 살기는 힘이 들어 못 있겠어요. 장독
　　　　은 장독대로 가고, 오줌독은 뒷간으로 가야 해요. 저같은 건 기껀
　　　　가야 역시 술집밖에 갈 곳이 없어요.
최　씨　이애야, 안 된다. 입때까지 겪어온 고생만 해도 원통한데, 또 그
　　　　고생을 무엇 때문에 해야겠니. 안 된다, 안 돼. 죽어도 안 된다.
갑　선　고생이 왜 고생이예요 인제는 빚도 없는 몸이라 맘대루 살 수 있
　　　　어요. 좋은 옷도 있고, 돈 대주는 사랑도 얼마던지 있어요. 하루 밤

에 우슴만 잘 팔면 몇 천원도 생긴답니다. 잘 입구 잘 먹고 잡놈들의 사랑에 얹히어 호탕스레 살던 내가, 어떻게 이렇게 흙내 나구 빈대 나오는 집에 버리밥 먹구 살겠어요.

조장곤 이년이 애비 가슴에다 못을 처박는 거야!

최 씨 아가, 한술 밥이라두 같이 한 집에서 나눠 먹구 살자!

갑 선 (가방을 도루 빼앗으려 한다) 이리 줘요. 갈 사람은 가야 해요. 바람맞은 거릿개를 집안에 매달아둘 수 없어요.

최 씨 (가방을 빼앗기지 아니하고) 안 돼. 못 가… 아이, 이걸 어떠게나. 여보, 이 가방 좀 받아유.

조장곤 (가방을 받는다) 못 간다.

갑 선 (우름 썩긴 소리로) 왜 이래요. 왜 막는 거요.

최 씨 여보, 가방을 주지 말아유. (급히 뛰어나간다)

갑 선 (마루에 업디어 운다)

조장곤 이년아, 네가 아직 철이 덜 났구나… 진정 네가 있기 싫여 가려는 거냐. 내가 너를 반가워하지 않는다고 가랴는 거야, 응…

갑 선 ……

조장곤 내가 너를 미워 그러는 줄 알았느냐. 내가 너를 미워하고 못마땅해 할 처지가 돼야지… 자식을 팔아먹고도 뻔뻔스레 고개를 들고 이 날까지 살아 온 것이 신기하나, 내가 즘생의 탈을 쓰지 아니했으니, 칠년 만에 돌아온 너를 내가 무슨 까닭으로 미워하겠니… 딸자식도 자식은 자식이다마는, 여느 때 가도 남의 집 식구가 돼 갈 사람이 아니냐. 그래서 아들자식 하나 있던 것 아주 안 도라오면, 이 애비는 뭘 의지하고 살아간단 말이냐… 이 애비의 속을 너는 왜 짐작 못 하느냐. 응.

갑 선 (일어나며) 아버지, 나는 아버지 맘을 잘 알아요… 내가, 내가 서울로 도루 가랴는 것을 내 마음이예요. 나를 아버지는 벌서 팔아먹는 자식이 아니예요. 그러니 아무 말도 하시지 말고, 내 하구 싶은 대로 버려두세요.

조장곤 그럼 그여히 서울로 가겠단 말이냐?

갑 선 네, 가겠어요.

조장곤 (가방을 내밀며 소리를 좀 높이어) 네 맘대로 가거라.

갑 선 (절연히 가방을 쥐고 일어선다) 아버지, 안녕히 계세요.

조장곤 인젠 이 집엔 아주 안 올 작정으로 떠나느냐.

갑 선 아버지, 멀지 아니 해 다시 돌아오겠어요. 이 집에서 부모를 무시고 살 수 있도록 나는 버리장머리를 다 씻어 버리고 오겠어요.

조장곤　오냐, 갔다 오너라.

갑　선　오기는 꼭 돌아와요. 너무 걱정을 마세요.

조장곤　음!

갑　선　안녕히 계세요.

갑선이 터질 듯한 울음을 억지로 참고 나간다. 조장곤도 무한히 북바치는 감정을 억누른다. 무거운 순간이 잠간 지난다. 진만이 앞서고 최씨 뒤딸아 들어온다.

최　씨　아니, 갑선이가 어디 갔수.

조장곤　……

최　씨　왜 말이 없어유. 그애가 어딜 갔어유.

조장곤　갔다.

최　씨　(놀라며) 가다니?

조장곤　서울로 갔다.

최　씨　여보, 왜 잡지 않구 보냈어유.

진　만　떠난 지 오랍니까.

조장곤　지금 막 갔다.

진　만　그럼 내가 뛰어가 다리고 오겠습니다. (뛰어 나간다)

최　씨　아유, 이걸 어쩌나. (뒤따라 나간다)

조장곤 한동안 말없이 앉아 있드니, 힘없이 언덕으로 올나가 사람들이 간 편을 바라보고 도리켜서 다른 편 길로 퇴장한다. 조금 지난 뒤 진만이 손에 가방을 들고 갑선을 데리고 들어온다. 최씨 뒤로 따라온다. 갑선이 마루에 쓰러진다.

최　씨　이 냥반 어디를 갔나. (혀를 차며) 또 술집에 간 게로구나.

진　만　마음이 상하시니, 술을 자시러 간 게지요.

최　씨　아유, 요새는 걸핏하면 술이지. 이 사람 진만이, 이애를 좀 알두룩 잘 타일러 두게. 나는 개똥이네 집에 가서 영감을 데리고 와야겠다.

진　만　네, 염녀마십시오. 갑선씨는 내가 못 가게 할 테니, 아저씨가 너무 술 취하기 전에 모시고 오십시오.

최씨 나간다. 잠시 어색한 순간이 지나간다.

진　만　갑선씨, 서울은 왜 도루 가시랴고 했습니까.

갑　선　……

진　만　오랜만에 돌아와서 농사에 자미를 붙이고 알뜰히 일한다는 소문을 들었는데, 왜 갑자기 서울로 가시랴고 했습니가… 이번 시골 집에는 있을 수가 없으니 도루 그전 생활을 하러 간다구 그런 말을 하셧다면요… 아모리 생각해도 갑선씨가 도루 서울로 가시겠다는 이유를 알 수 없습니다. 아버지가 갑준이 때문에 갑선 씨한테 덜 정답게 하신다고, 그 때문에 집에서 나가겠다고 마음먹을 갑선씨는 아니라고 나는 믿습니다. 갑선씨, 무슨 특별한 이유가 있습니가.

갑　선　… 너무 캐고 이유를 물어 주시지 마세요.

진　만　저한테는 이야기 못 해 줄 그런 이유입니가?

갑　선　……

진　만　어떠한 이유를 불문하고 서울로 도루 가는 것만은 잘못입니다. 갑선씨가 겪어온 그 생활에 미련을 가질만치 갑선씨는 타락한 사람이 아니라고, 나는 믿고 있습니다. 그렇다면 무엇 때문에 한번 빠져나오기가 무서운 그런 진흙구뎅이 속에 다시 들어가야 합니가. 갑선씨, 모든 것이 새로워지랴는 이때에 그런 경솔한 자포자기는 삼갑시다.

갑　선　……

진　만　내가 아직 변변치는 못하나, 갑선씨가 믿어주고 의지를 해도 과히 실수는 없을 것입니다… 갑선씨, 오늘까지 제가 만주로 감옥으로 쫓겨 다니노라고 결혼이란 문제를 깊이 생각해 본 일이 없었습니다. 해방 이후에 고향에 돌아와 지금 보안서장이라는 중책을 지고 있기 때문에, 그동안 몇 군데서 들어온 혼담도 돌볼 만한 여가가 없이 그대로 팽개쳤습니다. 그렇게 된 것을 저는 다행으로 생각합니다. 갑선씨가 돌아오고, 나 갑선씨의 마음에는 칠년 전과 조곰도 다름이 없는 순진함을 그대로 지니고 있는 것을 알았을 때, 나는 잃었던 보배를 도루 찾은 것 같이 기뻤고, 제가 맡은 일에 전보다 더 정력이 쏟아지는 것 같았습니다… 이 마당에 갑선씨가 서울로 도루가 버리는 것은, 제게 다 켜준 등불을 도루 꺼버리고 가는 것입니다.

갑　선　(또 한참 느낀다)

진　만　(갑선의 두 손을 쥐고) 지! 갑선씨. 오랜만에 켜진 이 등불을 지킴시다.

갑　선　… 저는… 저는… 암만해도 가야 할 사람이예요.

진　만　안 됩니다. 갑선씨 자신을 위하여, 나를 위하여 가서는 안됩니다.

갑　선　진만씨를 위해서 저는 가야할 사람이예요.

진　만　그건 무슨 말입니까… 나를 위한다면 안 가야 합니다.

갑　선　아니예요. 진만씨를 위한다면 저 같은 더러운 계집은 가야 해요.

진　만　(비로소 갑선이가 가겠다는 이유가 어데 있는지를 알아차리고 무한
　　　　이 고상한 애정을 느낀다) 갑선씨! 알았습니다. 갑선씨가 그여히 가
　　　　야겠다는 그 이유를 이제야 알았습니다. 갑선씨! 그것을 알면 알수
　　　　록, 나는 갑선씨를 못 가게 하겠습니다. 갑선씨의 정신이 그렇게
　　　　고상할 줄을 나는 지금 더욱 깊이 알았습니다.

갑　선　아니예요. 진만씨가 그런 말씀을 해줄 수록, 제 마음은 더 괴로워
　　　　지고 한시도 더 머무르고 있을 수 없어요.

진　만　왜 자꾸 그렇게만 생각을 하십니까.

갑　선　저를 좀 더 자서히 알아주세요. 저는 칠년 동안 뭇 사나이의 조롱
　　　　을 받고 우슴을 팔아온 게집이예요. 진만씨 같은 그런 훌륭한 분의
　　　　사랑은 꿈에도 생각해 볼 수 없는 그런 더러운 게집이예요.

진　만　그건 공연한 자격지심입니다. 갑선씨가 그 이상의 생활을 했다 하
　　　　더라도 나는 갑선씨를 미워할 수 없습니다. 미워할 것은 그때의 환
　　　　경과 제돕니다.

갑　선　아니예요. 아무 말도 말아주세요. 저를 이 위에 더 괴롭게 해주시
　　　　지 말아주세요. 저 같은 것이 있어서 진만씨의 빛날 앞길에 더러운
　　　　물을 드린다면, 저는 차라리 죽어버리는 것만 같지 못해요. (괴로워
　　　　한다)

진　만　갑선씨나 나나 다같이 행복하게 살 수 있는 길이 열렸는데… 왜
　　　　그 길을 안 걸어가시려고 고집을 합니까. 자! (손을 더 힘드려 쥔
　　　　다) 아모 말 없이 나 따라만 오십시오.

이때에 땀에 젖인 병정 옷을 입고 갑준이 언덕에서 나타난다. 집안 동정
을 잠간 살피다가 인기척을 내고 마당에 들어선다. 두 사람 돌아본다.

진　만　야! 이게 누구냐?

갑　준　저예요. 갑준이예요.

진　만　갑준이냐.

갑　선　(한참 쳐다보다가 덥석 껴안고) 아! 갑준아! (반가운 울음이 터진
　　　　다)

갑　준　누님… 누님이세요?

갑　선　갑준아, 네가 살아 돌아왔군!

갑　준　누님! 누님은 언제 오셨어요.

갑　선　(대답을 못 한다)

진　만　보름 전에 돌아오셨다… 그래, 얼마나 고생했냐?

갑　준　네! 형님두 잘 계셨어유.

갑　선　갑준아… 이렇게 돌아올 줄 알았다… 아버지는, 아버지는… (말을
　　　　못하고 운다)

갑　준　아버지는 어데 가셨어요. 그리고 어머니두.

진　만　네가 안 돌아오니 생사를 몰라 아버지는 늘 상심을 하시고 계신다.

　　　이때에 언덕 위에서 술 취한 조장곤을 최씨가 끌다싶이 데리고 온다.

조장곤　예펜네가 왜 이래 방정이야… 술 좀 먹었기로, 어때 왜 내가 술을
　　　　못 먹는단 말야…

진　만　(달려가며) 아저씨, 갑준이가 돌아왔습니다.

조장곤 · 최씨　……　(놀란다)

조장곤　아니, 갑준이라니.

갑　준　(아버지에게 뛰어간다) 아버지!

　　　조장곤과 최씨 양편에서 갑준의 손을 각각 잡는다.

조장곤　갑준아! (목이 메인다)

최　씨　이 녀석이 살아 왔느냐. (울음으로 변한다)

조장곤　(우는 소리로) 이게 정말 내 자식 갑준이냐… 이 자식아… 진정 살
　　　　아 왔느냐…

　　　아버지와 어머니 두 늙은이의 반가운 울음과 갑준이의 어쩔 줄 모르는 표
　　　정, 마루에서 복잡한 감정에 또한 울고 있는 갑선, 이 모든 것을 배관12)
　　　하는 진만의 감정… 이렇게 착잡한 감정이 무대에 찼을 때 천천히 막이
　　　나린다.

---

12) 배관(拜觀),　남의 글, 편지, 작품, 소중한 물건 따위를 공경하는 뜻을 가지고 바라봄.

제3막

무대는 전막과 같음. 2막의 다음날 아침, '농업현물세' 결정의 발표가 실린 신문이 이 동네에 전해 오던 날.

막이 열리면, 최씨는 부엌에서 아침 먹은 설거지를 하고 있고, 조장곤은 아들이 살아 돌아온 기쁨이 어제까지의 우울을 일소하고 참지 못하겠다는 듯이 마루에서 마당으로, 마당에서 언덕으로 설레이고 돌아다닌다.

조장곤   (언덕에 서서 아들과 딸의 간 곳을 찾노라고 한참 바라보다가 마당으로 나려와서) 그애들은 일찍이도 어데를 갔고나.

최 씨   (부엌에서) 갑준이가 제 누이를 끌고 들에 나간 게지유.

조장곤   밭에는 없는데…

최 씨   논에 있는 게지유.

조장곤   들에는 뭣이 그리 바빠, 그렇게 불이 나게 간담…

최 씨   갑준이가 이번에 새로 얻은 논과 밭이 보구 싶다고 제 누이를 끌고 갔대유.

조장곤   차차 보면 못 봐서… 오자마자 쉴 새도 없이 그 야단이야…

최 씨   토지 얻은 게 기쁘지 않겠수… 임자두 인제는 바로 말해 봐유. 토지 생긴 게 좋은지 나쁜지.

조장곤   똑바루 말하면, 나는 좋은 줄도 몰랐어… 늙은 내가 단지 하나 의지하고 살던 자식을 사지에 보내 놓구, 금이면 내게 무슨 상관이며 옥이면 무슨 상관이랴… 그러나 갑준이가 살아서 돌아온 이 마당에, 인제야 해방된 게 기쁘고 땅 생긴 게 기쁜 것 같다. 더구나 갑준이가 제 살아온 것보다도 토지 분배 받은 걸 더 반가워하고 좋아하는 걸 보니, 낸들 어찌 안 좋겠니… 그저 춤이라두 추고 싶다…

최 씨   추구 싶거던, 춤을 추시구려…

조장곤   언제 출 때가 있겠지… 여보, 그 설거지는 왜 그리 오래 하우.

최 씨   인제 다 했어유.

조장곤   그럼 빨리 달근네 집에 좀 건너갔다 오구료.

최 씨   내가 닭 마리나 기르자고 얼마나 그랬어유. 그때 길러 두었더라면, 그애를 좀 흠뻑 보신시키는 걸…

조장곤   허어, 지난 일 지금 와서 말썽하면 뭘 해… 몇 마리든지 임자 마음대로 사다가 맥이려무나.

최 씨 (부엌서 나오며) 그럼 나는 달근네 집엘 다녀오겠어유. (나간다)
조장곤 가는 길에 그애들이 논에 있거던 곧 드려 보내오…

　　　최씨와 스쳐 강상히 들어온다.

강상히 조첨지 있나.
조장곤 (별로 못마땅해 한다)
강상히 갑준이가 돌아 왔다면서…
조장곤 살아서 돌아 왔으니, 자네 배알이 틀리겠지.
강상히 이 사람이 그게 무슨 소린가.
조장곤 내 자식은 살아서는 못 올 줄 알았지.
강상히 하하하. 이 사람… 그때 내 말을 그렇게 고깝게 들었나… 이 사람, 용서하게… 내가 벤벤치 못한 인간이래서…
조장곤 듣기 싫여… 그렇게 도도하게두 날 괄세를 하드니…
강상히 그때는 내가 망녕을 했어… 지난 일은 다 씻어 버리게… 갑준이가 돌아왔으니, 만사는 바로 잡히지 아니했나…
조장곤 왜 이래… 사내가 한갓 되지 못하구… 지금 와서 알랑댄다고 내 자식은 자네 사위로는 못 준다…
강상히 허허, 그저 할말이 없네. 그때 내가 망녕을 했다니까. 그런 말을 해 놓고 내 딸년의 맘을 떠보니, 죽어도 다른 데로는 시집을 안 가겠 다는구나. 그 말을 듣고 실상 말 났던 혼처에도 별로 더 말을 주고 받은 일이 없었네…
조장곤 장부일언을 중천금이라 그랬다. 자네는 말을 이리 팔아 먹고, 저리 팔아 먹는 사람이니, 나는 그런 사나이와는 상관하지 않겠네. 자네 딸은 따로 보내게.
강상히 내가 망녕이라고 그러지 않나… 다… 른데 (고개를 수기고) 내가 이렇게 잘못을 사과하네… 용서하게…
조장곤 몰라…
강상히 내 소위[13]야 자네에게 뺨을 맞아도 나는 할 말이 없어… 그러나 자네나 나나… 우리 늙는 것들의 고집은 그만 두세… 젊은 그애들 의 마음을 우리는 쫓이세… 내 딸년은 죽어도 다른 데는 안 간다는 것을 들어도, 자네 아들 마찬가질 겔세… 저이들이 좋다는 걸 부모 가 어떻게 하겠나.

---

13) 소행(所行), 이미 해 놓은 일이나 짓.

조장곤 인제 겨우 그것을 알았나.

강상히 내가 벤벤하지 못해서 그렇다고, 그러지 안했나. 자… 내가 요전에 한 말은 못 들은 걸로 치고 갑준이한테는 아무 말 말게. 전에 언약대로만 하세… 그래서 올 가을에는 성례를 해버리세…

조장곤 내 자식은 그걸 모르는 줄 알아…

강상히 (몹시 낙담하며) 아니… 그게 정말이냐… 아, 이를 어쩌나…

조장곤 제 누이가 다 이야기했을 거야.

강상히 내가 미쳤어… 갑준이가 얼마나 섭섭하게 생각하구, 날 원망하겠나… 나 같은 건 죽어야 옳아…

조장곤 늙은 게 너무 덤벙대기 때문이지… 사람이 체신머리없게…

강상히 … 할 말이 없네. (풀이 죽는다)

      갑준과 갑선이 돌아온다.

갑 준 아저씨, 안녕하셨어유.

강상히 (좀 당황하다) 오냐, 얼마나 고생을 했나…

갑 준 아니라두 지금부터 아저씨 댁엣 문안 가랴던 참이예유.

강상히 음… 고맙다… 이 사람, 나를 고연 놈이라고 생각했겠지.

갑 준 그건 또 갑자기 무슨 소리세유.

강상히 내가 필순이를 딴 데로 시집 보내겠다고 그래서 말일세.

갑 준 네! 그 말씀이세유… 아저씨가 그렇게 생각하시게 한 것은, 제가 빨리 돌아오지 못해서 그린 겐데… 제 잘못이지, 아저씨께서야 무슨 잘못이 있어유.

강상히 (감동하다) 음! 정말 훌륭하이. 그 말을 들으니, 나는 얼골이 더 수겨지는구나…

갑 준 아저씨께서 아모리 필순이를 다른 데로 시집을 보내시겠대도, 필순이가 순순히 갈 게라구유.

강상히 음!

갑 준 필순이는 어떤 일이 있어두 제가 돌아올 때까지 기다리고 있겠다고, 떠날 때 군이 약속을 했어유. 이 약속은 아저씨가 아모리 해도 깨뜨리지는 못 하실 걸유.

강상히 오냐, 내가 벤벤치 못 했서를…

갑 준 저는 왜놈들 때문에 전쟁에 불려 나갔어두, 왜놈을 위해서는 개주검을 않겠다고 이를 악물고 살랴고 했어요. 고향에는 부모가 기다리고 계시고 필순이가 기다리고 있고 독립될 아름다운 조국이 있다는 것을 생각할 때, 개주검을 해서는 안 된다고 몇 번이나 맹서를 했어유.

강상히 (감격한다) 조첨지 자네는 정말로 훌륭한 아들을 두었네.

조장곤 그게 어디 내게만 아들인가. 자네에게도 사위가 아닌가.

강상히 (조장곤의 손목을 쥐고) 그게 정말인가. 그렇지, 그렇구말구. 내 사위구 말구.

조장곤 내가 언제 일구이언을 하던가.

강상히 나는 그저 자네나 갑준이를 쳐다볼 면목이 없네.

조장곤 이애, 갑준아.

갑 준 네!

조장곤 강첨지가 필순이를 다른 데로 시집 보내겠다 한 건 망녕으로 한 소리니까, 한번 언약대루 네 안악으로 주겠다고 아까 그랬다.

강상히 하하, 그저 내가 한때 망녕을 부렸으니 너무 허물 말게.

갑 준 아녀요. 저는 아무렇게도 생각하지 아니해유. 누가 뭐래두 필순이는 저하고 한 약속을 지킬 줄 믿고 있으니까유.

강상히 하하… 그러고 보니 나만 헛되이 굴었구나… 하하.

조장곤 (오랫만에 웃는다)… 자네도 다시는 그런 망녕을 말게.

강상히 응! 두 번 다시 이런 망신은 안 하겠다… 자! 자네는 오랫동안 무던히도 걱정과 상심으로 살았느니라. 인제는 만사가 바로 풀렸으니, 우리 개똥이네 집에 가서 한잔 잔뜩 먹세.

조장곤 오냐. 오늘은 내가 한 턱 쓰지.

강상히 안 돼. 오늘은 내가 쓰겠네.

조장곤 아니야. 죽은 줄 알았던 자식이 돌아 왔으니, 내가 쓰지.

강상히 안 돼. 내가 망녕한 값으로 한 턱 쓰겠네.

조장곤 압다. 그래라 아무가 쓰면 상관있나.

강상히 그렇구 말구. (데리고 나가려 한다)

갑 준 그럼 다녀오세요.

강상히 오냐, 그럼 나종에 집에 좀 오너라.

갑 준 네!

강상히 (나가며 조장곤에게) 그런데 자네는 지금도 토지 분배 받은데 대해서는 그닥지 달갑게 생각지 아니하느냐!

조장곤 그 말엔 또 내가 항복하겠네. 내가 어떻게 토지 때문에 구박을 받아 온 사람이기에, 나라에서 그저 땅을 준다는 걸 반가워하지 않겠

340

나.

강상히   그럼 왜 여태까지는 좋지 않은 소리만 해왔나.

조장곤   허허… 자식 소식을 몰라 만사에 귀천 없어 그랬지.

　　　진만이 오다가 나가는 두 노인을 만나다 손에 신문을 들었다.

진　만   두 분이 어데로 가시는 길입니까?

강상히   진만이 오느냐. 우리 사둔끼리 술 한잔 하라 가네.

진　만   네? 도루 사돈이 되시었쑵니다 그려.

강상히   아니, 네까지 그 일을 아느냐.

진　만   알구말구요. 필순이한테 다 들었습니다. 그 소리를 듣고 작은아버
　　　　지가 망녕하시는 줄 알고 아무 말도 아니했습니다.

강상히   그래, 내가 망녕을 좀 했어. 그러나 인제는 망녕일랑 아주 그만 두
　　　　었다네.

조장곤   자네는 놀다 가게. 우리는 한잔 하고 오겠네.

진　만   그런데 잠간 제 이야기 듣고 가세요… 아주 반가운 소식이 신문에
　　　　났습니다.

강상히   무슨 소식이냐?

진　만   성출이 아주 없어졌습니다.

조장곤・강상히   … 아니. 그게 정말이냐.

진　만   네, 북조선인민위원회서 법률로 발표했습니다.

강상히   법률로!

진　만   네 이 신문에 있습니다. 이걸 지금 막 받아보고 이 소식을 전해 드
　　　　릴랴고 왔습니다.

조장곤   어데 빨리 신문을 읽어봐라.

　　　갑선과 갑준도 모여든다.

진　만   (신문을 펴여 읽는다) 북조선임시인민위원회 결정서 제28호 농업
　　　　현물세에 관한 결정… 이 법률을 농업현물세라고 합니다.

조장곤   농업현물세!

진　만   모두 11 조목인데, 첫째 조목만 보면 농업현물세가 묏인지 알 수
　　　　있습니다.

강상히   이애야, 빨리 읽어 봐랴.

진 만 (읽는다) 제1. 북조선 농민들에 대하여 토지에 관한 세금… 을 면
제하고…

조장곤 아니, 면제하다니.

진 만 안 받는단 말입니다.

강상히 다음을 읽어 봐라.

진 만 세금을 면제하고, 다만 매 농호로부터 각종 곡물… 벼, 잡곡, 콩,
감자 등속을 수확고[14])의 25퍼센트에 해당한 농업현물세를 증수한
다. 일체 공출제는 폐지한다.

강상히 무슨 소리냐.

조장곤 25피세가 얼마냐.

진 만 논이나 밭에서 나는 곡식을 얼마나 나던지 소출한 25퍼센트… 25
퍼센트는 1/4입니다. 그러니 총수확에서 1/4만, 베면 베로, 콩이면
콩으로, 감자면 감자로, 정부에다 바치면 된다 말입니다.

강상히 1/4만 바치고 3/4은 농삿군이 먹는단 말이지.

진 만 네, 그렇습니다. 토지에 관계있는 세금은 지세던지 수익세던지 그
밖에 왜놈시대에 맨드러 놓은 여러 가지 세금을 뭐던지 받지를 않
고, 공출도 성출도 없어졌습니다.

조장곤 그게 정말이냐?

강상히 법률로 낸 것인데, 정말일 테지.

조장곤 나는 꿈같아서 곧이 들리지가 않는다.

강상히 3/4이나 우리가 차지하면 먹구두 남을 텐데.

진 만 네… 먹구도 남구 말구요. 그런데 제3조에 1/4을 완납하고 남은
것은 마음대로 팔 수가 있다고 했습니다.

강상히 토지를 공짜로 분배를 받지 아니했나, 곡식은 3/4이나 우리가 가지
다니, 하나 이런 고마울 데가 어데 있나.

진 만 현물로 바치는 1/4은 도회지에 사는 로동자나 사무원들의 양식으
로 내주는 것입니다.

조장곤 또 뭐라고 쓰여 있나.

진 만 그 다음 것은 언제까지 어떻게 현물을 바치라는 규정들입니다.

강상히 과연 인민위원회가 우리 농민을 위하는 정부이기는 틀림없구나. 토
지 분배를 받고 과히 탐탁히 생각하지 않는 놈들이나 땅을 몰수당
한 놈들이, '이놈들아, 토지를 얻었다고 마음을 놓지 말라. 가을만
되면 성출로 모조리 다 빼앗아 간다'고 비방들을 하드니, 인제는

---

14) 수확고(收穫高).

수둥이가 쑥 들어가고 말았겠구나.

진　만　그렇습니다. 이 현물세의 발표 실시로 말미암아, 그런 반동분자들의 역선전이 거짓말이라는 것이 증명되었습니다.

조장곤　응… 그렇게 되구 말구. 나도 한동안 그놈들의 말에 귀가 소긋해서15) 그런 소리를 믿고 내 입으로도 했지만은, 인제야 어데서 감히 그런 소리가 나오겠느냐.

강상히　이래도 우리 북조선이 살기 좋은 데가 아니고 뭐냐?

진　만　네, 농민들이 차지하는 3/4을 자유판매하게 되면, 그 대신에 도시에서 생산되는 물건이 농민의 손에 잘 들어오게 됩니다. 그러면 물가도 안정되고 농민들이 주머니도 불러집니다.

강상히　이거 기쁜 일이 한 두 가지가 아니고 꼬리를 달고 나타나니, 어쩔 줄을 모르겠다.

조장곤　암만 해도 꿈같다.

강상히　어떻게 좋은지 춤이라도 덩실덩실 추고 싶구나.

조장곤　자! 만 가지가 다 좋은 것뿐이다. 어서 가서 이판저판16)에 한 잔 먹자.

강상히　그러자!

진　만　어서 다녀오십시오.

　　　두 노인 나간다. 세 사람 집으로 들어온다.

갑　준　진만 형님! 우리 북조선은 정말로 살기 좋은 나라가 되었어유.

진　만　그렇다! 그러나 북조선이 민주주의 건설이 이렇게 착착 진행되어 가는 한편에, 남조선에서는 이승만 김구 같은 반동분자, 매국노들 바람에 인민들은 도탄에 빠져있다.

갑　준　제가 오는 길에 보아도 남조선의 농민들은 해방된 기쁨도 없어 보여유.

진　만　갑준이! 우리 북조선이 이렇게 민주주의적으로 발전해가면, 반동분자들의 지위와 생명이 위태하기 때문에 그놈들의 반동은 더 심해갈 것이며, 38도선을 뚫고 넘어와서 북조선의 민주건설을 깨뜨리려고 온갖 책동을 할 것이다. 그러니 경계선을 지키는 우리들의 임무는 더욱 커지고 중대해진다. 김구 이승만이가 보내는 테러단을 벌

---

15) 솔깃하다?
16) 이런 일 저런 일.

써 수없이 우리는 잡았다. 너도 이 행복한 북조선을 지키고, 우리 조선의 완전한 민주주의화를 위해서 힘을 써야 하겠다.

갑　준　저야 무얼 알아유. 형님이 시키는 대로 하겠습니다.

진　만　갑준이도 누님도 돌아왔고, 여러 가지 우리 농민을 위해 기쁜 일을 정부에서 만들어 주었으니, 이제는 정말 자미난 살림을 하겠다. 아까 아버지가 무척 기뻐하는 것을 보니, 나도 마음이 놓이더라. 아버지는 한동안 너때문에 걱정을 많이 하시어, 이런 좋은 세상을 기쁜 줄 모르고 지내왔다.

갑　준　형님한테 많은 걱정을 끼쳤어유.

진　만　인제는 갑준이도 필순이하고 결혼을 해야지.

갑　준　저 걱정은 말고 진만 형님이나 빨리 결혼을 하셔유.

진　만　응, 나 말이냐. 나도 멀지 아니해서 결혼을 하게 될 것이다. (갑선을 뜻있게 바라본다)

갑　선　(고개를 수긴다)

진　만　갑선씨, 갑준이와 힘을 합쳐 저렇게 기뻐하시는 아버지를 도와드리시오.

갑　선　……

진　만　자! 또 나는 바빠서 가겠네,

갑　준　더 노다 가시지유…

진　만　또 놀러 오겠다. (나간다)

갑　선　(따라 나간다)

갑준은 진만을 따라 나가는 갑선을 유심히 바라본다. 마당을 거닐며 "동해물과 백두산…"을 불러본다. 진만과 갑선이 나간 반대쪽으로 필순이 넘어선다. 마당에 있는 갑준을 발견하고, 반갑기는 하나 수집어서 걸음을 머무르고 한참 서 있다.

갑　준　(한참 만에 필순을 발견하고) 아! 필순이… (뛰어간다)

필　순　(얼굴을 붉히고 고개를 수긴다)

갑　준　(손목을 쥐고) 필순이! 잘 있었니… 자! 집에 들어가… 아무두 없어… (손목을 잡아끌고 마루로 간다) 아까 아버지가 다녀가셨어. 우리 집 아버지하고 개똥이네 술 먹으러 지금 막 가셨어… 정말… 반갑다… 아니라도 너이 집으로 지금 갈라고 했지.

필　순　나두 왔다는 이야기를 듣고 몹시 만나고는 싶어도 빠져 나올 수 있어야지…

갑　준　날 몹시도 기다렸지.

필　순　응! 그래 얼마나 고생했니.

갑　준　고생이야 말 할 것 있나… 필순이도 내가 오래 안 돌아오니 죽은
　　　　줄 알았을 테지?

필　순　아녀… 난 꼭 돌아올 줄 믿었어…

갑　준　그래… 나두 무슨 일이 있어두 살아 돌아가야 너를 만나겠다구 애
　　　　를 썼지. 왜놈들 때문에 가기 싫은 전쟁에 끌려나가 너도 못 보구
　　　　개주검을 죽어야 되겠던… 그래 아버지가 너를 다른 데로 시집보내
　　　　겠다고 그랬다면서…

필　순　그랬어… 그런다고 누가 간다고, 뭐…

갑　준　그래, 나한테 아니면 죽어두 안 가겠다고 막 버티었다지…

필　순　너를 두고 어떻게 다른 데로 시집을 가.

갑　준　(다시 필순의 손을 쥐고 가까워지며) 올치, 나는 네 맘을 알기 때
　　　　문에 꼭 나를 기다리고 있을 것을 믿었지… 내가 돌아왔을 때 만약
　　　　네가 다른 데로 시집을 가버리고 없었다면… 그때 내 맘이 어떻겠
　　　　니?

필　순　아버지가 한동안 망녕을 하셨어…

갑　준　아까 나더러 그런 망녕한 것을 용서해 달라고 하시면서, 내가 돌아
　　　　온 것을 무척 반가워하시더라. 두 늙은이가 지금 잔뜩 좋아서 술을
　　　　주고 받을 게야.

필　순　우리 아버지가 날 다른 데로 시집보내겠다고 그랬기 때문에, 너의
　　　　아버지는 한동안 몹시 서운하게 생각하시어, 서루 말도 안 하고 지
　　　　냈어.

갑　준　너의 오빠는 평양 가서 훈련을 받고 있다면서.

필　순　응.

갑　준　훌륭한 일군이 됐겠군…

필　순　언니 어데 갔어?

갑　준　지금 막 진만이 형님하구 같이 나갔어.

필　순　그래…

갑　준　필순아… 진만이 형님하구 우리 누이하구 새가 어때?

필　순　우리 사춘 오빠는 그 언니가 돌아온 것을 무척 반가워 그러더라.
　　　　사춘 오빠는 언니에게 장가를 드시겠다고 그러는 모양이야…

갑　준　응! 그게 정말일까. 그렇지만 진만이 형님은 오랫동안 왜놈하구도
　　　　싸왔고 지금 보안서장까지 마타보고 있는 훌륭한 사람인데, 우리

누이는 칠년이나 작부질하다가 놓여온 여자가 아니야. 그러니 두
사람이 어데 어울려야지…

필　순　그래두 사춘 오빠는 장가를 드시겠다는 걸.

갑　준　옛날부터 누이를 좋아하기는 했지만두…

　　　갑선이 돌아오다가 두 사람이 정다히 이야기하는 것을 보고 잠간 주저하
다가, 인기척을 하고 들어온다.

필　　순　(좀 놀라며 갑준이에게 쥐이었던 손을 뿌리치고 일어선다) 언니,
　　　　　어데 같이 오셔유.

갑　선　둘이 자미나게 이야기하는 걸 내가 들어와 훼방을 쳤구나.

필　순　(얼골을 붉힌다)

갑　준　누님이 있다고 우리가 자미난 이야기를 못 할 게라구…

갑　선　필순아! 우리 갑준이를 만나니 무척 반갑지.

필　순　(수집어 말을 못한다)

갑　선　올 가을에는 잔치를 하자고 아까 아버지들끼리 약조를 하더라. 너
　　　　이들은 좋겠다.

갑　준　누님도 시집을 가게 됐으면서…

갑　선　내가 어데 시집갈 자질이 있어야지.

필　순　난 가겠어유.

갑　선　왜 더 놀다가지 않구. 내가 괜히 들어와서 자미나게 노는 걸 깨뜨
　　　　려놨구나.

필　순　일하다가 왔어유.

갑　선　그럼 나중에 또 놀러와, 응.

필　순　네! (나가려 한다)

갑　선　갑준아, 너두 필순이 따라가서 그 집 아주머니를 뵙고 오너라.

갑　준　네! 그러겠어유.

　　　필순과 갑준이 나간다. 갑선은 두 사람의 가는 것을 바라보고 있다가 한
숨을 쉬고 방에 들어가 권연을 피어 물고나와 마루에 앉는다. 침묵이 지
나간다. 갑선은 담배 몇 모금을 빨다가 꺼버리고 마루에 들어눕는다. 조
금 뒤에 언덕에서 김광필이 나타난다. 왜병들이 남기고 간 군복에 지까다
비를 신었다. 언덕에서 아래위를 살핀 뒤 마당에 들어선다.

김광필　(나직한 소리로) 여보세요.

갑　　선　(일어난다. 김광필의 얼굴을 보고 소리를 내어 놀란다)

김광필　(역시 놀라며) 아니… 이게 향선이 아니야.

갑　　선　아! 김선생이 아니에요.

김광필　향선이 고향이 여기 었났나?

갑　　선　네… 그래, 김선생이 북선에 웬일로 오셨어요?

김광필　나 말인가, 응! 볼 일이 좀 있어서 왔지.

갑　　선　언제 건너 오셨어요?

김광필　지금 오는 길인데, 배가 고파 밥을 좀 지어달랄까 하구 들어왔드
　　　　니, 향선이를 만날 줄은 꿈에도 몰랐네…

갑　　선　저두 북선에서 김선생을 만날 줄은 꿈에도 생각지 못했어요.

김광필　이렇게 만나게 되는 것두 무슨 인연인가 보다… 그런데 향선이는
　　　　그래 남의 속을 그렇게 태여놓구, 온다간다 말 한마디 없이 사라지
　　　　고 말았니?

갑　　선　제가 김선생한테 무슨 상관이 있어야 말이지?

김광필　그런 섭섭한 소리를 또 해…

갑　　선　신사양복을 쪽 빼 입으시던 분이 웬 병정양복을 다 입고.

김광필　길을 걷자니 할 수 있나.

갑　　선　대관절 어데까지 가시는 길이예요?

김광필　그건 알아 무얼 해?

갑　　선　소용이 있어야 묻나요. 당신이 그렇게두 나를 알뜰히 생각한다니까
　　　　물어보는 게 아니예요.

김광필　흥! 말이야! 철원까지 간다.

갑　　선　무슨 일로 가세요.

김광필　왜 그러케 캐고 묻는 거야?

갑　　선　그렇게두 북선 욕을 하기에 북선에는 평생 오지 않을 줄 알았지.

김광필　욕은 해도 볼일은 봐야지.

갑　　선　볼일요?

김광필　8.15 전에 장사하던 나머지가 있어, 그걸…

갑　　선　8.15 전에 하던 거래가 지금 무슨 소용이 있어서.

김광필　그런 건 몰라도 괜찮아… 배가 고프니 밥 좀 줘라.

갑　　선17)

김광필

갑　　선

---

17) 이하 누락.

김광필

갑　선　당신은 38도선을 넘어온 반동분자니까, 우리 집에 그런 걸 살피는
　　　　사람이 있는가를 겁내는 것 아니예요?

김광필　향선이! 그런 소리를 함부로 하지 말아! 내가 왜 반동분자야.

갑　선　김선생! 서울서 하신 일이 뭔데요?

김광필　(더욱 긴장하며) 음! 향선이는 나를 서울에서 나를 너무도 자세히
　　　　아니까. 그러나 그래 나는 아무것도 모르고 덤볐어… 요새 와서 겨
　　　　우 세상이 어떻게 되어야 바로 된다는 것을 알았어…

갑　선　정말이예요. 당신 같은 우익이 좌익이 됐다구요. 곧이 들리지 않는
　　　　데요.

김광필　향선이는 곧이 안 들을지 몰라. 그러나 사람은 경우에 따라 변할
　　　　수도 있어…

　　　　최씨 닭 두 마리를 안고 돌아온다. 김광필 긴장한다,

최　씨　갑준인 어데 갔니?

갑　선　강첨지 아저씨 댁에 갔어요.

최　씨　웬 손님이냐.

갑　선　김선생, 우리 어머니예요…

김광필　실례합니다.

최　씨　(딸의 술집 시대에 관계있는 사람인 줄 알고 좀 못마땅해 한다)

갑　선　이분은 저 철원 사시는데, 장사하러 서울 갔다가 지금 오시는 길에
　　　　우연히 들리었어요. 아침을 못 자서 시장하시는데, 어머니 밥 좀
　　　　지세요.

최　씨　(닭을 집 모퉁이에 맨다) 찬거리가 있어야지. 닭을 잡아야 할 텐데.

갑　선　(마루에서 최씨에게 가까이 가며) 닭은 내가 (누락)18)

갑　선　네. (부엌으로 들어간다)

김광필　향선이 수고하네.

갑　선　(부엌에서) 저더러 알뜰히 해주셨는데, 밥 한끼쯤 안 해 드릴라구
　　　　요.

김광필　향선이. 이런 시골에 무처 살지 말고, 나 따라 서울로 가자… 내
　　　　큼직한 집 하나 살 테이니, 나하고 살자꾸나.

갑　선　어데 김 선생의 꼬임에 한번 빠져볼까요.

_____

18) 이하 누락.

김광필　꼬임이 뭐냐. 나는 진정으로 향선이한테 반해서 그러는데…

갑　선　진정이라도 첩이 되기는 싫여요.

김광필　하하… 누가 첩으로 들어오랬나.

갑　선　그럼 아들자식은 다 어떻게 하고.

김광필　그게 문제냐. 계집은 쫓고, 자식은 향선이가 맡아야지.

갑　선　계집을 꼬일 때는 다 그런 사탕 발림 쏘리를 한답니다. (나온다)
　　　　(누락)19)

갑　선　○○것없이 저하구 이 길로 바로 서울로 올라가실까요?

김광필　향선이만 간다면.

갑　선　또 김선생 덕택에 호강을 좀 해볼까.

김광필　이게 뭐냐. 향선이 같은 이뿐 여자가 무엇 모자라 이런 시골에 들
　　　　어앉아 고생할 게 뭐란 말가. 서울 살림을 해야 돼. 때때로 극장
　　　　출입도 하고, 땐스 홀에도 다니고… 좋은 요리도 먹고, 여행도 하
　　　　고…

갑　선　그 소리를 들으니 서울 생각이 불쑥 나는군요. 정말이지 7,8년을
　　　　서울에서 살다가, 갑자기 이런 데 들어와 앉았으니 갑갑해서 못 살
　　　　겠어요. 이게 도무지 사람 사는 덴가요. 찻집이 있나, 전기가 있나,
　　　　라디오를 들을 수 있나… (마루에 가 앉는다)

김광필　(가까히 다가앉아 갑선의 어깨 위에 손을 얹으며) 그렇고 말고…
　　　　우리 서울로 가기로 하자… 역시 내가 향선이를 늘 심중에 생각하
　　　　고 있으니 하늘이 도운 모양이야! 배가 고파 우연히 이 집엘 들어
　　　　온 것도, 그래서 향선이를 만난 것도 다 인연이지.

갑　선　압다, 김선생은 내가 아주 꾀인 줄 아나봐.

김광필　그건 또 왜 이래. 남의 속을 태우라고!

갑　선　그럼 진정 그 길로 서울로 도루 가시겠어요.

김광필　응! 그런데 철원까지는 꼭 갔다 와야 해. 이틀이면 다녀올 테니까!
　　　　다녀 와서 같이 가기로 하지.

갑　선　잔뜩 남의 맘을 달게 해놓고 이틀이 뭐예요.

김광필　입때까지도 이런 곳에 들어앉았으려니, 단 이틀을 못 기다려…

갑　선　말이 철원이지. 평양을 가는지, 함흥을 가는지, 누가 알아.

김광필　(평양이란 말에 가슴이 뜨끔해진다) 아직도 나를 못 믿어 그래.

　　이때에 진만 이하 보안서원 3,4인이 집 뒤로 숨어든다. 진만이는 마루 마

---

19) 이하 누락.

당으로 들어선다. 김광필이 경계한다.

진　만　(김에게) 동무, 어데서 왔소?
김광필　(눈치를 채고) 철원서 왔소!
진　만　신분증명서를 좀 보여주시오.

김광필은 호주머니에서 증명서를 끄내는 척하며, 권총을 끄내서 진만을 쏘라 하는 순간, 갑선이가 몸으로 방패막으로 대신 맞아 쓰러진다. 다시 쏘라는 순간에 진만이 호주머니에 넣고 있던 손이 나오자 쥐었던 권총으로 김광필의 권총 든 손을 쏜다. 갑선이는 '앗' 소리를 지르고 쓰러지고 김광필의 피스톨은 손에서 땅에로 떨어지는 순간 손을 움켜쥐고 분해한다. 또 다음 순간 집 뒤로 숨어들어 대기하고 있던 보안서원들이 홱 뛰어 들어 김광필을 묶는다. 진만은 갑선을 부축한다. 최씨 뛰어 들어온다.

김광필　(발악을 하며) 이년, 향선아. 네가, 네가… 죽일 년.
보안서원　닥쳐.
진　만　여보, 갑선씨. 정신 차리시오.
최　씨　갑선아, 이게 웬일이냐. 아이구, 갑선아!
김광필　이 죽일 년, 개 같은 년!
갑　선　(신음하며) 저놈은, 저놈은 김구 이승만이가 보낸 놈이예요.
진　만　알았소. (서원들에게) 동무들, 그놈을 끌고 가시오. 그리고 한 동무
　　　　는 의사를 빨리 보내시오.
보안서원　네!

　　　　보안서원들 김광필을 끌고 나간다.

김광필　(끌려가며) 이놈들! 나를 끌고만 가면 그만일 줄 아나… 내 뒤를
　　　　따르는 우리 동지가 수천, 수만이 기다리고 있다.
보안서원　임마, 닥치지 못해. (끌고 간다)
김광필　이년, 향선아. 이 원수는 갚고야 말 게다. (끌려간다)

　　　　이와 스쳐 갑준과 필순이 뒤따라, 조장곤, 강상히, 동네 사람들 뛰어 들어
　　　　온다

갑　준　누님, 정신 차리세요.

필　순　언니, 이게 웬일이유.

갑　선　(신음하며 대답을 못 한다)

조장곤　갑선아! 네가 이게 웬일이냐.

최　씨　(운다)

진　만　갑선씨! 정신을 차리시오. 상처가 대단하지는 않습니다.

갑　선　(다시 정신이 혼돈해진다)

필　순　언니, 언니… (운다)

최　씨　아이고, 우리 갑선아. (운다)

진　만　갑선씨, 갑선씨!

갑　선　(마지막 정신을 차리고 눈을 뜨고, 한편 손이 쥐여진 진만의 손을 딴 손으로 만지며) 진만씨! 저는 갑니다. 부디 훌륭한 부인을 만나 잘 살아 주세요.

진　만　갑선씨의 공로는 큽니다. 갑선씨는 우리 민주 북조선을 파괴하려는 반동분자를 잡게 한 공로자입니다. 이 공로는 영원히 우리 조선에 남아 빛날 것입니다…

갑　선　(주의[20]를 차례로 돌아보고) 갑준아, 필순아. 부모 모시고 잘 살아라…

필　순　언니… (운다)

갑　선　아버지, 어머니, 불효한 여식을 용서해 주세요… 진만씨, 저는 이렇게 당신의 품에 안기어 죽는 것을 저의 일생 가장 행복으로 생각해요…

갑선의 마지막 숨이 넘어간다. 여러 사람의 울음이 여기저기서 일어나고, 최씨와 필순의 통곡 더욱 크다. 진만이 갑선을 고요하게 눕히고 주먹으로 눈물을 씻을 때 고요히 막이 나린다.

『문화전선』 1946.11

---

20) 주위.

결실(結實)

(1막)

신고송

(금무단상연, 상연시는 민성사 혹은 조선푸로연맹에 연락을 요함)

 1945년 10월 어느 날 미군의 군정은 한가지식 한가지식 38도 이남에 침투되어가고 인민정치를 요망하는 조선 민중의 부르지즘은 자못 높은 가운데도, 일부의 반동세력은 자기권익을 옹호하기 위하야 진영을 가다듬는 등 자못 혼란한 가운데에 빠저 잇스나, 진보적 경향은 공연히 방방곡곡에 이러나고 잇다. 이리하야 경기도 어느 농촌, 서울서도 그리 멀지 아니한 곳인 대성동에도 자주적으로 이러나는 농촌운동은 농민에게 새로운 각성과 결속을 자아내게 하였다. 이 대성동1)이라는 동리는 50여 호에 300명이 넘지 아니한 적은 인구가 사는 곳이다. 이 동리에 군림하고 사는 이대감은 귀족앗치2)로 왕족 이씨의 일파로서 이 대성동의 전지의 전부와 가옥의 대부분을 소유하고 잇다. 이대감이 이 동리에 토착한 지는 벌서 40년래의 일임으로 이 동리의 주민 대부분은 이대감의 작인이며, 전일 비복(婢僕)3)으로 살던 연고자들이다. 그럼으로 자연히 이 동리 주민과 이대감의 관계는 주종의 관계가 은연이 있어 봉건적인 잔재는 뚜렷이 나타나 있다.

 그러나 8월 15일이란 대변혁은 자연발생적으로 이 대성동의 전보적 청년으로 하여금 모든 봉건적 잔재에 대하야 감연히 쟁투가 이러낫다. 이 희곡은 대성동의 농민운동의 일단을 기록한 것이다. 전문적인 극단에서

---

1) 大成洞.
2) 귀족아치, 귀족 일에 종사하는 사람.
3) 婢僕, 계집종과 사내종을 아울러 이르는 말.

상연되는 것도 좋겠으나, 자립적으로 이러나는 농촌청년들의 소인극(素人劇)4)용으로 이용되기 위하야 밧치는 바이다.

---

4) 전문적인 배우가 아닌 아마추어들이 하는 연극.

나올 사람들

유관호	빈농, 32세
차호	관호의 아우, 25세
차씨	그들의 어머니, 65세
정씨	관호의 안해, 28세
이대감	토지주인(왕족), 60세
박상진	동리청년, 26세
최순용	동리청년, 23세
이귀자	동리처녀, 19세
이경종	그의 오빠, 28세

무대는 유관호의 집이다. 바른편으로 삼간 집의 일부가 잇고 왼편에 좁은
마당, 마당에는 붉은 감 멫개 달린 감나무가 잇고, 울타리에는 희고 붉은
코스모스가 피여 잇다. 10월 중순 맑게 개인 날. 정오때 닭소리가 이웃에
서 들려온다. 미군 비행기의 편대로 날러가는 폭음이 들려온다. 방에서
암식으로 누어 잇는 차씨의 기침소리가 때때로 들려온다. 코스모스 핀 울
타리 가에 파마넨트한 이귀자와 차호의 두 사람이 이야기를 하는데서 막
이 열린다.

차 호 너 요새 모양만 내고 도라다니는 걸 보니 바람낫구나!

귀 자 남의 뭇는 말에는 대답도 하지 않고 딴청만 피여!

차 호 사내 대장부가 뭘 하고 다니든 게집애가 참견할 것이 아냐!

귀 자 압다, 대단하시군 그래. 갑자기 무슨 사내 대장부가 되엇다고 남을 업신역인담. 순용이허구 상진이허구 얼러 다니면서 요새 무슨 공론들 하구 있어.

차 호 너같이 몸치장이나 하고 돌아다니는 게집애를 잡어다 미국 병정한테 팔아먹을 공론을 헌다네.

귀 자 (샐쭉해지며) 누가 어듸 농지거리 하자나 뭐…

차 호 하하하. 또 토라젓다. 토라지면 어느 놈이 쩔쩔맬 줄 알고… 이애, 정말 너 요새 몸치장이 심한 것같애. 바람이나 나지 않엇나 시퍼 나는 걱정이야.

귀 자 주제에 샘이야. 어지간하군…

차 호 그래. 생각을 해봐. 이러케 이뿌게 꿈여가지고 사흘에 한번식은 서울 출입을 하니 웨 내가 맘을 노켓서.

귀 자 누가 서울을 다니면, 뭐 할 일도 업시 다니는 줄 알어. 앗가도 내가 그러지 않앗서. 오늘은 회사에서 잠간 나와 달나구 기별이 왔다고…

차 호 그 놈의 회사에선 웨 작구 나오라니 들어가라 허는 거야. 한번 사직하고 퇴직금까지 타 먹었으면 이제는 남이 아니야. 나오래도 안 가면 그만이지.

귀 자 임때까지 다니든 정리를 보아 어찌 안 나가 볼 수 있어야지.

차 호 나오란다구 번번이 나가지 말구, 오늘은 가서 마지막으로 딱 잘러 버리고 와요.

귀 자 압다, 남의 일에 참견은 웨 참견이야. 저는 저 하는 일에 입도 떼지 말나면서.

차 호 하하하. 그러케 나오면 내가 할 말이 업군. 이봐! 그러면 내 아리켜 주지. 우리가 요새 의론하고 잇는 건 말야… 우리 동리에도 농민조합을 맨들자는 것이여.

귀 자 농민조합?

차 호 응. 농민조합을 맨들고 잇서.

귀 자 농민조합이 뭐야. 노동조합 같은 것 아니야. 그런 건 공산주의자가 하는 것 아니여. 너 요새 공산주의자가 됏니.

차 호 이건 밋첫나. 누가 공산주의자가 됏다고 그랬어? 나는 그런 걸 몰

　　　　나. 너는 노동조합이니 공산주의자니 하는 걸 다 어듸서 듯고 알엇
　　　　나, 제법이군.
귀　자　누구는 귀도 업고 눈도 업는 줄 아남.
차　호　그러기에 제법이라 그러지 않어.
귀　자　내가 다니든 회사에도 요새 노동조합이란 것이 됐대여.
차　호　너도 그까짓 타이피스트 같은 걸 배호지 말고 여직공이나 될 거지.
　　　　그랬으면 노동조합에나 들게.
귀　자　이애, 난 실혀. 우리 회사 지배인의 이야기를 들으니, 노동조합이란
　　　　공산주의자가 맨들어낸 것이래여… 멀정한 직공들을 공산당들이 추
　　　　추겨서 그릴 걸 맨들어 내엿다나…
차　호　그래. 그 노동조합에서는 뭣들을 한다든…
귀　자　뭐. 노동시간을 여들시간으로 하라는 등, 공장시설을 더 좃케 하라
　　　　는 등, 별것이 다 많어…
차　호　그럼 너는 그 사람들이 요구하는 걸 어떻케 생각하니?
귀　자　입때까지 하로 열두시간식 일을 시켯는데, 일하다가 넘어지는 사람
　　　　이 더러 잇는걸 보니 노동시간이 좀 긴 것 같애… 일하다 긔게에
　　　　치고 윗층에서 떠러진 일도 잇엇는데, 그런 걸 설비를 곳처서야 될
　　　　것 같애…
차　호　그 봐. 그러니 너도 노동자들의 요구가 무리한 것은 아닌 것은 알
　　　　겟지. 그러니 공산주의자가 노동자들을 추추겨서 맨들엇다니 뭐니
　　　　하는 것은 회사 사람들이 괜이 그리는 소리야. 그런 요구는 노동자
　　　　로서 당연히 할 소리가 아니야. 오늘날까지 죽도록 일을 하는 노동
　　　　자들을 생활이 조곰도 조와지지 아니하고, 가만이 책상머리에 안저
　　　　잇는 공장주의 생활은 날로 부해가지를 아니하니. 그것이 틀린 일
　　　　이거든…
귀　자　그러치만은 공장주는 만흔 돈을 드려서 공장을 짓고 긔게를 채렷
　　　　으니, 그만한 이익을 봐야 옳지 안켓서?
차　호　그게 틀린 일이거든. 한 사람의 배를 불리기 위해서 여러 사람을
　　　　못 살게 하는 것은 불공평한 일이야. 우리 조선이 독립되였으니 그
　　　　런 잘못된 데를 곳처서 다같이 잘 살아야지.
귀　자　그래서 너이들은 요새 농민조합을 맨드는 것이로구나.
차　호　그렇치. 나는 공산주의자가 뭔지 그런 것도 몰나. 그러치만은 우리
　　　　가 입때까지 못 살아왔고, 아모리 잘 살랴고 애를 써도 점점 더 군
　　　　색해지기만 했어. 일본놈들이 잇을 동안은 우리는 다 할 수 없이

그러케 마련이라고 단넘하고 살아왔지만은, 인제 큰 도적놈이든 일본놈들이 물러갓스니 우리는 무서울 것이 하나도 업서. 우리 손으로 잘못된 데를 곳치고 바로 잡어야지.

귀　자　그러치만은 우리 동리는 당이고 집이고 모두 이대감 댁 것이고, 이대감 덕으로 살아왔는데 곳칠 것이 잇서야지.

차　호　웨 곳칠 것이 업단 말이야. 우리가 농사진 것 절반은 대감이 빼앗어 가지 않았나. 그리고 대감집에서 무슨 일이 있으면 우리 소작인들을 불러다 마음대로 부려 먹엇지. 이런 걸 다 곳처야 해?

귀　자　잘못하다간 이 동리에 살지도 못하고 쪼겨나고 말 걸. 이 동리에서 대감한테 거역하고는 한 사람도 백여난 사람이 없엇는걸.

차　호　그건 다- 어제 일이야. 조선이 독립되기 전 일이야. 인제는 우리들에게 자유가 차저왓는 걸… 조선이 독립되어서도 그전 같은 살림을 해야 한다면, 우리는 독립이 된 보람이 어듸 잇겟서. 어제와 오늘이 달은게 뭐 잇는야 말이야. 우리는 어제보다는 더 조흔 생활을 해야 해…

귀　자　흥! 네가 증용을 갓다오드니, 생각하는 것이 만히 달라젓서.

차　호　그런지도 몰나. 증용이란 것이 나를 만히 달게 해 주엇는지도 몰나. 일본서 조선 공장에 있을 때 나는 그 곳 노동자들한테 듯고 배혼 데가 만허. 일본 사람들이면 누구나 업시 나라를 위하고 전쟁을 이기기 위해서 일하는 줄 알엇드니 그러치가 안트군. 일본 젊은이들 가온데는 전쟁에 반대하는 사람도 많고, 정치와 제도에 대해서 불만을 갖진 사람들이 만트군. 그 사람들한테서 나는 배혼 데가 만헛는지 몰나. 그러치만은 나는 조선 독립이란 것이 그중 만히 개처 주엇서. 나뿐 아닐 테야. 조선 사람이면 다 그럴 테야. 이때에 깨치지 못한 사람이 잇다면, 그는 조선 사람이 아닐 거야.

귀　자　난 그런 어려운 건 몰나.

차　호　그럴 테지. 너야 뭐, 그런 걸 생각이나 허나. 퇴직금 받은 걸로 요새 잘 쓰고 다니노라고… 제발 좀 쏘도라다니지만 말고, 그런 거나 좀 생각해 봐.

귀　자　게집애가 그런 걸 생각하면 뭘 해.

차　호　게집애는 밥만 먹고 아이나 낳고 살림이나 살라는 긔게가 아녀. 여자도 좀 깨닷고 여자의 권리와 평등을 부르짓고 나설 때가 왔서.

귀　자　난 몰으겠서.

차　호　그래, 갑자기 그런 걸 너한테 요구하는 내가 좀 조급한 짓이야. 그러치만은 좀 노력을 해 봐.

귀　자　넌 재조도 잇구. 아는 것도 많으니, 아모 것도 몰으는 나를 버릴지도 몰나. 버림을 받으면 나는 죽을 테야.

차　호　미첫나, 누가 버린다구 그랬어.

귀　자　지금 버린다고 안 해도, 버림을 받을 날이 올지 누가 알어.

차　호　내가 너를 버리겟니. 내가 그러케 천박한 사나힌줄 알어. 한번 언약한 건 나는 죽는 날까지 지킬 테야. 걱정 말어. 내가 너를 버릴 리 잇나.

귀　자　그럼 몰나도.

차　호　그대신 너도 요새 모양으로 들떠서 몸치장만 하고 쏘도라다니지만 말고, 세상이 어떠케 도라가는 것이나 좀 알랴고 애를 써 보아.

귀　자　응! 나도 오늘만 갓다와서 회사도 딱 잘러버리고. 너헌테 배홀 테야.

차　호　그래야지. 그럼 다녀와.

귀　자　내 오늘 서울 갓다 선물 사다 주께.

차　호　선물도 나는 실흐니, 돈 좀 애껴 써.

귀　자　압다. 걱정도 만허. 그럼 난 가요.

차　호　저 아래까지 같이 가지. 나도 상진이 집에 가는 길이여.

두 사람 나란이 퇴장한다. 잠간 사이 방에서 차씨의 기침소리 또 들려온다. 관호가 손에 탕약 첩을 들고 들어온다.

관　호　(집안을 휘둘러보고 방안의 동정도 살펴본 뒤에 부엌을 향해서) 여보, 여보. 어듸 갓나.

차　씨　(소리만) 관호 들어왓니.

관　호　네!

차　씨　(방문을 열고 마루로 나온다)

관　호　웨 나오서요. 그냥 누어 게서요.

차　씨　괜찬어. 좀 기동을 해봐야겟다. 인제는 추수때도 가까워젓는데, 어찌 늘 누어 있겠니.

관　호　(마루에 안즈며) 어머니는 누어 게서도 괜찬어요. 차호가 도라와 있으니 우리들 손으로 바뿔 것 없어요. 날이 차젓는데 잘못하시다 병이 덧나면 큰일나요.

차　씨　내가 아모래도 금년 가을을 넘기기 어려울 것 같다. 죽기 전에 독

립이 된 것을 보앗스니 원한은 업다만은, 차호 장가드는 걸 보고
죽어얄 텐데…

관　호　웨 그런 소리를 하서요? 차호 장가드는 것도 보시고, 손주 나는 것
　　　　도 보서야지오. (부엌을 보며) 어듸 갓나요. 약을 지여왓는데 다려
　　　　들여야지.

차　씨　내 먹을 약이냐.

관　호　네.

차　씨　팬스런 일이지. 돈만 갓다 버리는 거지… 이 모양에 약이 소용잇
　　　　나. 인제는 죽을 날이나 기다리는 수박게… (또 한바탕 콜녹거린다)

관　호　(어머니를 부축하며) 그것 보세요. 팬이 이러나세서 또 기침이 심
　　　　해지지 안헛서요.

　　　관호는 어머니를 자리에 도루 누이고 문을 닫는다. 정씨 둥지리5)에 쌀
　　　찐 것을 담어 이고 들어온다.

정　씨　벌서 다녀왓군.

관　호　어듸 갓다오는 거요.

정　씨　(둥지리를 내리며) 복순네 집 절구에 쌀을 찌어 오는 길이우.

관　호　(들어다보며) 어이쿠, 꽤 만히 쌀이 낫군. 한 말은 되겠군 그래…
　　　　저 빨리 숫불을 피여, 저 약을 다려들이오.

　　　정씨는 둥지리를 마루 구석에 옴겨노코 거긔 잇는 약을 들고 안으로 들어
　　　간다. 이대감이 점잔은 기침을 한번 하고 들어온다. 관호는 뛰여 나려가
　　　서 공손히 절하고 마지한다.

대　감　관호 잇나.

관　호　나려오십니까, 마루에라도 좀 안즈시지요. (굽신굽신한다)

대　감　(마루에 안즈며) 오늘은 자네에게 할 이야기가 좀 잇서 왔네.

관　호　네! 일부러 누추한 데까지 차저오시다니, 심부름을 보내시면 제가
　　　　올러가서 뵈일 텐데…

대　감　(주머니에서 권연을 끄낸다)

관　호　(재빠르게 석냥을 주머니에서 끄내서 불을 붓처 올린다)

대　감　자네 모친 병환은 좀 어떻하냐.

---

5) 둥우리(짚이나 댑싸리 따위로 바구니와 비슷하게 엮어 만든 그릇)의 방언.

360

관 호 네. 늘 한 모양입니다.

대 감 빨리 이러나야지. 조흔 세상을 맛낫는데, 늘 방구석에 누엇서야 되 겟나.

관 호 걱정을 해주서서 황송합니다. 늘 신세를 지고, 제 집 일은 누구보 다도 걱정해주서서 흔감합니다6).

대 감 허허. 신세랄 것 잇나! 자네로 말하면 우리 동리에서는 제일 똑똑 할 분더러, 내 집과는 별 인연이 없어도 내 작인이 되어 내 일을 잘 보아주기에 그런 게지 뭐야. 다- 오는 것이 잇스면, 가는 것도 잇는 법이지.

관 호 감사합니다.

대 감 그런데… 자네한테 오늘 긴히 물어볼 말이 잇네.

관 호 무슨 말슴이신지오.

대 감 자네 동생 차호란 놈이 요지음 거동이 어떻드냐.

관 호 네? 거동이라뇨.

대 감 좀 수상스런 데가 업드냐 말이다.

관 호 글세요. 별로 그런 걸 몰으겠는뎁쇼.

대 감 자네는 눈치를 채지 못한 모양이로구나.

관 호 그 놈이 무슨 일을 저질럿습니까?

대 감 오늘 새벽에 나한테 와서 일러주는 말을 들으니, 그게 정말이라면 자네 동생놈이 아주 발칙스러운7) 짓을 저질르고 잇는 모양이야.

관 호 네? 무슨 일을 그 놈이 잘못했습니까.

대 감 차호란 놈하고 상진이 놈하고 순용이란 놈이 농민조합을 만들어, 나한테 거역을 할 작정이라는구나.

관 호 그게 정말오니까.

대 감 정말이니까 내 귀에 들어왓지.

관 호 저런 죽일 놈이 어듸 잇겟서요. 그놈이 정신이 뒤박겻나 바요.

대 감 고약한 놈들이지. 내가 누구라구. 내한테 거역을 꾀하다니… 더구 나 그놈 순용이란 놈은 제 할애비부터 내 집 종으로 내 밥 먹고 자 란 놈이 아니냐. 아모리 세상이 뒤박엿기로서니, 비천한 놈이 상전 한테 감이 거역을 하다니. 그 놈들을 발발이 찌저 죽여야 올지…

관 호 황송합니다. 제 동생놈이 정말 그런 짓을 저질럿스면, 제 손으로 그 놈을 죽여 노켓습니다. 대관절 농민조합을 맨들어 어떻게 하자는 거

---

6) 欣感하다, 기쁘게 여기어 감동하다.
7) 하는 짓이나 말이 버릇없고 막되어 괘씸한 데가 있다.

야.

대　감　도대체 총독이란 자가 잘못해서. 독립이 되면 됐지, 웨 그 못된 놈
들 공산당을 감옥에서 풀어 내놓는단 말야. 그놈들이 나와서 멀정
한 젊은 놈들을 추추겨서 공산 세상을 만들랴는 거지… 아마 차호
란 놈과 순용이란 놈들이 그놈들에게 꾀여 넘어간 모양이지. 글세,
농민조합을 맨들어 소작료를 나추고자 한다는고나.

관　호　네! 죽일 놈들이로군요.

대　감　이 동리가 어떤 동리인 줄 알어. 그놈들이 오늘까지 누구 덕에 살
아온 줄 알어. 내 땅을 지어 먹고 살고, 내가 지어준 집에 살아오
지 않엇나. 이런 은혜를 이저 바리고 소작료를 낮추어, 고연놈들
같으니… 어듸… 내가 그리 쉽게 낫춰줄 줄 알고… 논을 떼고 내
집에서 쫓처내고 말 걸…

관　호　대감 분부에 거역하는 놈이 있으면, 마당히 그래야지요.

대　감　그래. 자네 동생 차호란 놈은 설마 그럴 리야 업겠지만은… 순용이
니 상진이니 하는 못된 놈들에게 꼬여, 그런 생각을 햇슬는지 몰
나… 자네가 잘 타일러서 그런 당돌한 생각은 아예 말고 하게.

관　호　네! 더 말슴 않하서도 그놈을 두 번 다시 그런 생각 못하게 하겠습
니다. 그놈이 혼이 뒤바겻나 봅니다.

대　감　(소리를 낮추어) 이 사람 관호. 그런데 나는 자네만은 철석같이 밋
네.

관　호　황송합니다.

대　감　밋기 때문에 자네에게만 하는 이야길세. 꼭 명심해서 들어주게. 실
인즉 요새 신문을 보거나 소문을 들어봐도, 왼 조선 천지가 공산당
의 세상이 되는 것 같구나. 이놈들 세력이 붓적 늘어가는 걸 보니
안심할 수가 업네. 들으니 우리 면만 해도 동리마다 농민조합이러
는 것이 조직이 되고 단결이 되어 잇는 모양이야. 뭐, 우리 동리야
땅이 모조리 내 땅이니, 내가 버틔면 꼼작 못한 일이지만…

관　호　그야 그러치요.

대　감　그러치만 일이 그러케 용이하게 되지 않엇네. 이 동리로 말하자면,
내가 부리는 비종들이 많어. 나한테 눌려온 놈들 중 젊은 놈으로는
나한테 반감을 가진 놈이 만타고 나는 보고 잇네. 그러니 이놈들이
만약 결속을 하고 일어나면, 내가 좀 곤난한 형편일세. 모조리 한
덩어리가 되어 버틔고 이러나면, 여러 힘에는 내 힘이 아모리 강해
도 당적을 할 수 잇겠나. 이 점을 자네가 잘 생각해 보게.

관　호　잘 알겠습니다.

대　감　이놈들이 이러나는 것을 미리 막어야 하고, 만약 이러나더라도 이
　　　　놈들의 단결을 깨트려야 하는데, 그리는 데는 누구보다도 이 동리
　　　　사람들에게서 신용이 두터운 자네 힘을 빌지 아니하면 안 되겠네.
　　　　그러니 첫째 차호를 잘 타일러 농민조합 맨드는데 가담치 말게 하
　　　　게. 한편 자네가 농민조합을 반대하고, 기어코 버틔는 놈이 잇으면
　　　　그런 놈은 돈을 멕여서 매수를 해달란 말일세. 어떻겠나, 자네는
　　　　내 생각을 거역치는 않겠지.

관　호　네! 대감한테 밧은 은혜를 갑자면, 이놈의 적은 힘이라도 짜내야
　　　　하겠어요.

대　감　응! 고마웨! 나는 자네만 밋네. 그리고 이 집은 오늘부터 자네 소
　　　　유로 해주겠네.

관　호　네? 이 집을 제 것으로 주신다구요. 그러케 안하서도 어련히 대감
　　　　을 위해 노력하겠습니다.

대　감　아니야. 이건 벌서부터 내가 생각해 오든 일일세. 그리고 차호란
　　　　놈을 하로라도 빨리 결혼을 식히게. 비용은 내가 감당을 함세. 차
　　　　호가 장가를 들면 신혼생활에 자미를 붙여 그런 당돌한 생각을 내
　　　　버리게 되는지도 모르니까…

관　호　차호놈 혼인은 대감께서 비용을 내시지 않어도, 이 가을에 치루겠
　　　　습니다.

대　감　(이러나며) 다- 나한테 맛기게. (주머니에서 백원짜리 한뭉치를 내
　　　　주며) 자, 이걸 밧어 두엇다가 아까 말한 대로 쓰게.

관　호　(받으며) 네. 그럼 안녕히 가세요.

　　　　대감 퇴장. 관호는 배웅을 해주고 들어온다. 뒤이어 차호가 도라온다.

차　호　성, 대감이 우리 집에 뭣 하러 왓서.

관　호　차호야! 이리 좀 오너라. 그러지 않어도 지금 너를 찻으러 갈랴고
　　　　햇섯다. (먼저 마루에 앉는다) 너 요지음 뭘 하고 도라단니나.

차　호　(안즈며) 뭘 하다니…

관　호　상진이란 순용이란 놈들허구 얼러 다니면서 무슨 일을 꾸미고 도
　　　　라단니는 거야.

차　호　무슨 일을 꾸미다니…

관　호　시침이를 데면 내가 물을 줄 아나. 너 요새 농민조합을 만들고 잇

다는구나.

차　호　아! 농민조합 말이어. 그러지 않어도 그 일에 대해서 성허구 오늘 이야기 좀 할랴고 했서.

관　호　이놈아, 입구녁으로 밥알이 제대로 들어가거든, 잠자코 들어 안저 잇서. 뭣이 어쩌고 어찌해. 누가 너더러 그따우 농민조합이니 하는 불한당을 맨들나고 했어.

차　호　뭐? 농민조합이 불한당이라고? 어째서 불한당이라는 말이야. 성은 그래 농민으로 지금 처지보다 좀 잘 살어 보자고는 생각지 못해.

관　호　글세. 이 뻔뻔스러운 놈아, 불한당이 아니고 뭐야. 뭐 소작료를 감하자, 밧치지 말자! 도적놈의 소리도 유분수지. 그래, 우리가 이 동리에서 누구 덕으로 살아왓다고 그따우 끔직한 생각을 하는 거야.

차　호　성은 그러케도 쑥인 줄 나는 몰낫서.

관　호　뭐이라구! 너는 이놈아, 정신이 뒤바뀐 게로구나. 우리가 짓고 잇는 땅이 누구의 땅이고, 우리가 살고 잇는 이 집이 누구의 집인 줄 아느냐.

차　호　모두 대감집 것이란 말이지. 그래, 성은 이날 입때까지 우리가 대감한테 빨아 먹히고 살아온 줄은 몰으고, 대감집 덕택으로 살아왓다고 생각하는 게지. 그런 생각, 그런 날근 생각을 내던지지 아니하고는 우리는 언제까지든지 이런 군색한 생활에서 버서날 수가 업서.

관　호　우리가 대감의 땅을 지어먹고 사는 바에야 땅값으로 소작료를 밧치고, 대감의 집에서 살고 잇는 한 집세를 내는 것이 당연한 일이지 뭐야.

차　호　대감이란 도대체 뭐란 말이야. 우리와 같은 사람이 아니야. 다같은 사람인 바에는 우리는 일년 삼백육십일 죽자사자 일을 해도 먹을 것도 제대로 못 먹고 입을 것도 제대로 입지 못하는데, 대감이란 한 사람은 아모 것도 않고 가만이 안저서 우리가 지은 벼를 절반이나 빼아서 가고 잘 먹고 잘 입고 사니, 그런 불공평한 짓이 어데 잇서. 우리는 인제부터는 좀 사람같이 살아 보아야 할 것 아니야.

관　호　그러치만 답답한 것은 아모 것도 업는 우리 아니냐. 남의 논을 갈고 남의 집에 사는 한 어찌한단 말야. 그것이 실타면 논을 내놋코 집을 내노와야지.

차　호　누가 소작료를 안 내자는 거야. 집세를 안 내겟다는 거야. 입때까지 지주 한 사람만 잘 살자는 생각으로 맨 소작료를 소작인도 좀 잘 살 수 잇도록 새로 매자는 것이 아니야. 대관절 이 동리에 잇는 집까지 모두 대감의 집 소유란 것이 무어야. 웨 마음대로 집까지 못 짓게 하다나 말이야. 제 땅이니까 마음대로 짓지 말라고 해놋코 제가 돈을 듸려 집을 지어 들어오고 십흔 사람은 세주고 들어오라 니, 그게 다 우리를 빨아먹자는 교묘한 수단이야. 오늘까지 우리는 깨닷지 못해서 그대로 속아 왓지. 아니야, 속을 줄도 알기는 알앗 지만, 잇는 놈들을 편들어주고 업는 놈을 다 못살게 하는 일본놈들 이 무력으로 눌러왓기에, 아모 말도 못하고 벙어리가 되어 살아 왓 지. 그러치만은 인제야 우리가 꺼릴 것이 뭐야.

관　호　너 암만해도 요새 큰일 낫구나. 너도 요새 공산당 물이 들엇는 모 양이로구나. 웨 그따우 짓을 본을 보라는 거냐. 그짓 안 하면 먹을 것이 입으로 안 들어 간다든? 너도 철이 좀 나거라. 어머님 생전에 내가 변변치 못해 집 한간 작만 못햇스니 나는 큰소리 못 하겟다만 은, 그래도 대감 덕택으로 넉넉지는 못하나 배 골치 않고 지붕 밑 에서 살 수 잇는 것만 해도 고마운 일이 아니냐. 그런 의리를 저바 리고 되려 대감님한테 화살을 겨눈다는 것은, 배은망덕도 심하다 할 것이야.

차　호　흥! 성은 나를 큰일 낫다고 그러지. 내 생각에는 성이 큰일 낫다고 십흐이. 아마 성은 대감한테 얌전이 약을 엇어 먹은 게로구나!

관　호　(좀 뚝끔해서) 그건 또 무슨 소리야.

차　호　내가 몰을 줄 아나. 아까 대감이 여긔 왓다간 속을 나도 대강 짐작 할 수 잇서. 성은 대감의 꾀임수에 빠진 게지. 다시 말하면, 대감한 테 매수 당했는지도 몰라.

관　호　뭐 어쩌구 어째. 내가 매수를 당해.

차　호　그렇치 않고야 무엇 때문에 성이 그러케 대감 편을 들어대낸 말이 야. 뻔한 속이지… 더러운 짓을 말어요.

관　호　(벌컥 이러서며) 더러운 짓이라니. 이놈아, 뭐이 더러운 짓이냐.

차　호　(도라 안즈며) 그게 더러운 짓이지 뭐야. 다같은 소작인인 성이 웨 지주를 옹호하고, 우리가 당연이 해야 할 일을 막을랴는 거야.

관　호　아는 사람이라면 그런 짓을 못한다고 말햇지.

차　호　내가 다 알어요. 대감이 무엇때문에 제 발로 여기까지 왓슬나고… 우리 하는 일을 대감한테 고자질한 놈이 잇스니까… 우리는 그런 것 까지 다 알어요. 우리 하는 일을 일일이 염탐을 해서 대감한테 고 자질 하는 놈이 잇서. 그러닛까 대감이 제 발로 걸어와서 대감한테 제일 순종하고 동리에 제일 얌전한 축이라는 성을 매수하랴 했지.

관　호　그래. 내가 매수를 당햇단 말이야.

차　호　성이야 훌륭히 매수 당햇을 테지. 매수 당하지 않고야 그따우…

관　호　(차호의 멱살을 잡으며) 이놈아! 주둥아리 좀 닥처.

차　호　웨 이러는 거야. 이런다고 내가 할 말을 못할 줄 알어… 성이 대감
　　　　놈의 복심[8])이 될 테면 되어 보아. 나는 끝까지 싸흘 테니…

관　호　(동생의 따귀를 한 대 갈긴다) 이놈이 죽고 십퍼 이래.

차　호　웨 때려?

　　　　차씨 문을 열고 나와서 싸흠을 말리려고 한다. 정씨도 뛰여 나온다.

차　씨　이애들아. 이게 무슨 짓이냐.

관　호　(어머니 출현에 무색해서 물러슨다)

차　호　대감놈에게 매수되여 더러운 짓을 한다면, 성보다 더한 사람이라도
　　　　나는 얼골에다 침을 뱃고 싸흘 테야.

관　호　이놈아, 그래도 지껄이고 잇서.

차　씨　차호야, 성한테 그 말버릇이 뭐냐.

차　호　우리 농민들이 잘 살아가기 위해서 한다는 일에 방해를 하는 놈이
　　　　잇스면, 그놈은 우리 농민의 적이야.

관　호　(마루에 노여잇는 빨내 방망이를 들고 때리려 한다) 이걸 당장 죽
　　　　여 놀 테다.

차　씨　(둘을 중재하랴고 애를 쓴다) 이게 웬일이냐. 그만둬라.

정　씨　(남편을 말리며) 여보, 이게 무슨 짓이오. 어머니 앞에 이게 무슨
　　　　꼴이여요.

　　　　이때에 상진과 순용이 뛰여 들어온다. 두 사람의 중재로 관호 자리에 안
　　　　고, 차호는 마당으로 내려슨다.

관　호　너이들 마침 잘 왓다. 젊은 것들이 모여 철업는 짓을 작작하고 다
　　　　녀… 농민조합은 무어 말라죽은 농민조합이여.

순용·관호　형님, 우리가 농민조합을 맨들랴는 것이 누구 때문인 줄 아세
　　　　요.

관　호　헛튼 수작 말아.

___

8) 腹心, 심복(心腹, 마음놓고 부리거나, 일을 맡길 만한 사람)과 비슷한 말.

상 진 우리가 오늘날까지 못 살아온 원인이 뭣이란 말이에요. 당신은 그런 생각하실 줄 몰으세요.

관 호 제가 못나서 그런 거고, 제가 가진 게 없어 못 살아왔지 뭐야.

순 용 무엇대문에 못나게 되고, 아모 것도 가지지 못했나요.

관 호 대관절 그래. 너이들 하랴는 대로 농민조합을 맨들어 놓고 소작료를 내리자 하면, 대감이 그래라 하고 선선히 대답할 줄 아느냐.

상 진 선선히 대답 안하면 싸호지, 별 수 잇서요.

관 호 싸호다니, 논이 다 떨어지고 집에서 쪼겨나도 싸홀 재주가 잇나.

순 용 우리 농민이 다같이 단결만 해보십시오. 대감이 배겨낼 수 잇는가.

관 호 그런 어리석은 수작하지 말고, 입에 들어오는 밥이나 노치지 말고 바더 먹고 살어.

상 진 그래, 당신은 지금 생활에 만족하신단 말이에요. 이 생활보다 좀 더 잘 살아보자는 욕망은 없으세요.

차 호 남이야 잘 살든 못 살든, 제 하나만 대감놈한테 매수당한 돈으로 잘 살면 그만이겟지.

관 호 (또 뎀비며) 이놈이 또 주둥아리를 놀려.

상 진 (관호를 막으며) 그만 두세요.

관 호 너이들 두 놈도 여긔에 오지 말라.

차 호 흥! 웨 량심에 걸리는 모양인가. 대관절 얼마나 받어먹고 매수를 당한 거야.

차 씨 차호야, 너 웨 작구 형의 분긔를 돗구는 거냐. 이리 오너라. 관호야, 너도 여긔 와서 좀 안저라. 내 말 좀 들어 보아라.

관 호 (안는다)

차 씨 (그대로 서 잇는 차호한테) 차호야, 이리 온. 이 어미의 말을 좀 들어 봐라.

차 호 (마루에 가서 안는다)

차 씨 관호야. 너는 네 아우가 하는 일을 뭇대고[9] 나물하지만 말어라. 또 차호는 형한테 버릇이 그 무엇이냐. 모두 내 이야기를 들어 봐라. 늙은 내가… 언제 죽을지 몰으는 내가, 너이들을 늘 이 가난한 살림에다가 매달어놓고 누엇으니, 이 에미의 마음이 비할 데가 업다. 그러나 우리 농삿군은 늘 가난한 것을 면치 못햇다. 한때는 웨 우리가 이러케 못사나 하고 생각도 해봣고, 어떤 때는 이것도 팔자라고 단념도 해 봣다. 그러나 우리들 밤낮업시 이를 악물고 먹을 것

---

9) 무턱대고?

입을 것 제대로 찻지 못하고 농사를 지어 가는데도, 잘 살기는커녕 갈수록 더 못 살아가니, 대관절 이것은 어떻게 된 일이냐, 무슨 까닭이 있을 듯도 하다. 차호와 거긔 잇는 저 사람들이 우리들이 좀 더 잘 살아 보겟다고 하는 일을 웨 눌러 막을랴고만 하느냐. 잘못된 것을 곳치고 잘 되도록 해보겟다는 것은 부축을 해주고 도아주지는 못할지언정, 웨 막아 없앨 수가 잇느냐. 늙은 내가 알겟나만은, 저애들의 생각하는 짓이 남 앞에 내세워 칭찬을 바들지 몰라도, 욕 들을 일은 아닌 듯하구나.

관호야! 아까 대감이 여긔 와서 너한테 하는 이야기는 내가 방에 누어 대강은 들엇다. 네가 마음이 순하고 겸손해서 그 능글능글한 대감의 꼬임수에 빠저 넣다는 줄을 너는 몰랏다. 대감은 이 집을 주겟다 햇지. 차호 장가 밋천을 내겟다 햇지. 그런 것은 불의의 제물이다. 천만금을 주어도 불의의 재물은 탐내지 말아. 그런 집에는 나는 하로도 살 수가 없다. 관호야. 네가 물욕에 탐을 내서 대감의 말에 꾀인 것이 아닌 줄 나는 잘 안다. 네가 마음이 조아 그러케 된 줄은 안다. 너는 대감한테 대한 조고만한 의리를 갚을랴고, 젊은 여러 사람의 크게 뻗어나랴는 으긔10)를 잘르지 말어라. 내가 너이들이 고대광실에 잘 사는 것을 못 보고 죽어도 원한이 없다. 그러나 형제간에 올흔 의리를 위해서 손을 잡지 못하고 서로 상격하는 것을 보고, 어찌 내가 눈을 감고 죽겟느냐.

관　호　(조곰 전부터 울고 잇섯다) 어머니! 용서해 주세요. 제가 못 낫드랬어요.

차　호　(눈물을 씻는다) 어머니는 정말 훌륭하서요.

상진·순용　(두 사람도 감격에 운다)

차　씨　관호야. 이 에미의 마음을 알아주엇느냐. 고맙다. 네 손을 이리 내놔라. 차호야. 너도 손을 내놔라. (두 사람이 내민 손을 서로 쥐게 해주며) 내가 살면 얼마나 살겟니. 내가 살아 잇는 동안에야 말할 것도 업지만, 내가 죽고난 뒤라도 너이 형제는 의조캐 살아 가거라. 올흔 일에 손을 잡고 나아가거라. 글흔 일에는 눈도 뜨지 말어라. 이것만이 늙은 에미의 소원이다.

모두 한동안 감격의 눈물에 젓는다.

---

10) 의긔(義氣)

순 용 아즈머니, 정말 훌륭하세요.

상 진 자네는 참 훌륭한 어머니를 가지섯네. 나는 부러워이.

관 호 이 사람들, 나는 뵈일 낫치 없네. 용서하게.

순 용 별 말슴을 다하세요. 형님만 우리 일을 알어주신다면, 우리 조합은
       절대로 익인 거야요.

상 진 지금 우리는 우리 농민조합 결의서를 대감한테 내밀어 놋코서 왓
       서요.

순 용 대감이 새팔아케 질려서 말을 못 하드군요. 대감이 들어주든 안 들
       어주든, 우리는 우리 결의대로 하겟다는 말만 해두고 도라왓어요.

관 호 음!

       이때, 이대감이 헐레벌덕거리고 온다.

대 감 이놈들 다 여기 잇고나. 독기로 목을 베여도 션치가 아니할 것 같
       다. 이놈들아! 제 주제를 생각지 못하고, 비천한 너이놈들이 감이
       대감 앞에다 이런 당돌한 짓을 할 수가 잇나. 이놈들이 호랑이 무
       서운 줄 몰으느냐. 그래 배은망덕도 유분수지. 너이놈들이 뭣을 먹
       고 누구 덕으로 자라난 줄 아느냐. 이놈, 순용아. 네 집은 너의 할
       애비때부터 내 집 종놈의 신분이 아니냐. 그래 상전한테 이게 감히
       할 짓이냐.

순 용 대감은 지금이 어느 시절인 줄 아세요. 대감집 종이면 세세손손이
       종으로 잇스란 법은 어듸 잇서요. 우리 할아버지와 아버지는 당신
       을 상전으로 모섯는지는 몰으나, 나는 당신을 상전으로는 생각지
       아니하오. 당신이나 나나 다같은 사람이오.

대 감 (펄펄 뛰며) 이런 발칙한 놈 봐라. 이놈을 능지처참을 해도 시언치
       가 않겠다. 이 사람 관호, 그래 이런 불한당 같은 놈들을 집안에
       붓처두는 거냐.

관 호 대감, 아까 대감허구 저하구 한 이야기는 없었든 걸로 알아주세요.

대 감 그건 또 무슨 소리냐.

관 호 대감 분부대로는 저는 못 딸으겟어요. (돈을 도로 내주며) 이걸 도
       루 받으세요.

대 감 그럼! 그럼, 이놈. 너도 농민조합에 가담하겟단 말이냐.

관 호 그야 말할 것도 없지요.

대 감 아! 이놈들이 모주리 환장을 햇군 그래. 이놈들아. 논을 다 떼여도

상관말어라. 그리고 추수가 끝나는 대로 집을 다 비여내고, 이 동리에서 한 놈도 남지 말고 물너가라. 너이놈들 같은 불한당놈들의 요구는 하나도 들어줄 수가 업다.

순　용　그것은 요구가 아니고, 우리 농민조합에서 결의한 것을 통첩해 들엿슴에 지나지 안습니다. 대감이 들어주고 안 들어주고 간에 우리는 그대로 실행할 테니, 그러케 아세요.

대　감　(분이 머리끝까지 치밀엇다) 응! 이놈들 내가 그대로 두고 볼 줄 알어! 이놈, 관호야. 난 네놈 하나는 사람다운 줄 알엇드니, 똑같은 불한당이엿고나.

관　호　대감님 분부에 거역해서 죄송합니다. 대세는 벌서 틀렷서요. 농민조합 결의를 승낙해 주는 것이 어떻해요.

대　감　흥! 이놈이 아까는 가장 내 편이 되겟다든 놈이엿는데, 이제 와서는 나를 도루 설복하랴는 수작이군. 너이놈들 맘대로 해봐라. 나종 불상하기는 너이놈들 뿐일 테니.

관　호　대감님은 웨 그리 쓸데업시 버틔세요. 아까 저더러 하신 말슴을 잊으섯세요. 소작인이 모두가 단결이 되어 일어나면, 그 힘에 당적을 할 수가 없다고 하섯지요. 당신 입으로 그런 말슴을 하섯스니 일이 어떻게 될 것쯤이야 잘 아시고 하신 말이겟지요. 그러니 괘니 동리만 소란케 하시지 말고 한 말에 조합결의를 좋다고 해주시면, 대감 명성이 한번 더 높아지지 않겟습니까.

대　감　듣기 실여. 내가 죽든 너이놈들이 죽든 싸화볼 테다. 에이 도적놈들! (분해서 떨며 나간다)

일　동　하하하.

순용·대감　꼴 묘하게 됐다.

관　호　인제는 농민조합이 절대로 승리야. 대감이 아모리 것흐론 뼈튀여도, 대세가 기우러진 줄은 저도 잘 알고 잇네.

　　　　이때에 귀자와 경종이 들어온다.

경　종　이 사람들, 어떻게 됐나.

순　용　자넨 벌서 다녀오나.

경　종　우리 농민조합 일이 궁금해서 빨리 도라왓네. 대관절 어떻게 됐나.

차　호　대감 집에 결의서를 갓다 내밀엇지.

상　진　그랬드니 대감이 노발대발해서, 지금 여기 와서 발악을 하고 갓섯

370

지.

경　종　내가 저기서 만났는데, 가는 꼴이 심상치가 않기에 대강 짐작은 햇지. 발악만 햇지, 승낙은 않 했어.

순　용　승낙 여부가 잇나.

경　종　그야 물논 그러치만, 대감 꼴이 어떻드냐 말이다.

순　용　히비극이지 뭐야.

관　호　걱정 말게. 승리는 절대로 우리 손에 잇네.

차　호　귀자, 넌 그동안 벌서 서울 갓다 왓나.

경　종　내가 중간에서 잡아 왓네. 차호, 갑작스런 말일세만은, 자네 내 누의를 사랑하느냐.

차　호　(얼굴이 붉어진다) 뭐…

경　종　뭐. 부끄러울 것 잇나. 나도 아는 일이지만은, 서로 연애만 하고 지낼 게 아니라 결혼해 버리도록 하세. 내가 오는 도중에서 맛나 서울 가는 걸 못 가게 하고 다리고 왓네. 요지음 회사를 그만두엇는데도 불구하고, 패니 서울 출입을 하며 몸치장에나 힘을 쓰니 못 쓰겠네. 바람나기 전에 자네가 맛터 주게.

귀　자　오빠는 밋첫나 봐. 패니 쓸데없는 소리야.

경　종　웨 쓸데업는 소리야. 차호, 어떻게 하겠니. 래일이라도 결혼을 해서 아주 잡아두게.

차　호　글세 뭐, 그리 빨리 서둘를 게 업네. 래년에나 하지.

경　종　그게 무슨 소리야. 래년까지 두엇다간 큰일나네.

차　호　그러치만 아무 준비도 업시 어떻게.

경　종　준비가 무슨 준비야. 비용 걱정이야? 걱정말어. 저 애가 밧아 나온 퇴직금이 아즉도 몇 천원 남아 잇서. 그만하면 훌륭하지 않어. 아주머니, 어떻세요. 제 누의를 변변치 못하지만, 며누리로 맛허주시겠어요.

차　씨　아이구, 이 사람아. 우리한테는 너무도 과만해서11)…

경　종　그럼 빨리 날자를 택해서 혼인식을 하기로 하지오.

순　용　그러케 하지. 그래야 우리도 빨리 국수 한그릇 으더 먹지.

상　진　그러치. 그러치.

경　종　그럼 택일이고 뭐고, 지금 여기에서 작정합세다. 조흔 일은 서둘러 해야 해요. 모래쯤 어떻겠어요.

차　씨　허허허. 그 사람은 성급하기도 하지. 래일 모레라니 어떻게 그리

---

11) 과만(過滿)하다, 과분(過分)하다

빨리 되나.

관　호　모레는 너무 급박하겟네. 준비할 날자는 갖어야지.

경　종　준비가 무슨 준비에요. 입은 옷에 술이나 좀 사오고 먹을 것이나 좀 맨들어, 한잔 잘-난 화먹으면 안되겠어. 순용이, 자네 집에서는 인절미나 좀 부조하게.

순　용　오냐, 그리함세.

경　종　상진이 자네 집에서는 시루떡이나 좀 쩌 오게.

상　진　그러게.

경　종　자! 이만하면 준비는 다 됐지오. 아주머니 모래로 정합시다.

차　씨　압다, 그 사람은! 맘대로 허게!

경　종　자! 어머니 승낙은 받엇다. 차호, 그러케 하겠네. 귀자, 너도 딴 말은 없겠지.

차　씨　내가 차호 장가 드는 걸 보고 죽겠다는 것이 소원이엿는데, 이 소원도 인제는 풀게 되엿고나. 애들아, 저 감나무를 좀 봐라. 저게 우리 차호 낳은 해 심은 게다. 저애 아버지가 서울서 사다가 심은 게다. 저 감나무가 자라서 결실하는 것도, 우리 차호가 장가 드는 것도 못 보고, 그이는 도라가시엿다. 땅속에서 이 소식을 듯고 오작 기뻐하겟나!

　　　차씨는 눈물을 씻는다. 여러 사람들 말업는 가온데 서서히 막이 나린다.

　　　막.

1945.10.12.

『신건설』(1945. 11)

위인의 초상

윤두헌

때

1948년 9월 초순

곳

남반부 서울시

사람들

김승후   세브란스 출신의 의사, 맹목적인 미국 숭배자, 크리스챤, 미국식
         가정을 표방하여, 가정에서는 이해가 깊은 아버지로서 자녀들과
         곳잘 논쟁을 한다. 자유주의자이고, 성미가 매우 경쾌하다.
상규   그의 아들. 선처(先妻) 소생으로, 중학교 박물선생이였으나
         동료요 동창생인 화가가 쓰딸린 초상을 그렸다는 이유로 면직되
         는 것을 보고 분개하여 사표를 내었다. 성미가 우울하여 말이
         적으나, 말을 시작하면 웅변이다.
경애   승후의 후처 소생인 딸. 음악을 전공하고, 여학교에서 음악을
         가르킨(친)다. 이지적이고, 깔끔한 성미다.
황정홍   상규와 동창생. 같은 학교에 근무하다가 빨갱이라고 쫓겨난 사
         람. 진보적인 교원이다.
최씨   승후의 후실(後室). 경애의 생모.
손태실   신문기자. 경박하고 믿음성이 없다. 그러나 역은(약은) 덕에 세
         파에 곳잘 타는 편이다. 상규와 동창이다.
철도노동자 갑, 을

무대

김승후네 집. 양풍으로 꾸민 방. 후문 유리창문에는 카-텐. 하수 쪽에는
현관으로부터 드러오는 문. 상수 쪽에는 랑하1)를 지나 안과 진찰실 등으
로 통하는 문. 그 문 곁 벽에는 피아노가 놓여 있다. 중앙에는 원탁이 있
고, 그 주위에 의자 몇 개. 후면 쪽 창밑에는 장의자가 놓여 있다. 가구나
방차림이 호화롭기는 하지만, 조화가 잘 되지 않아 서재인지 응접실인지
거실인지 구별하기 어렵다.

---

1) 廊下, 건물 안에 다니게 된 통로, 복도.

상규와 경애

경 애 (피아노에서 악보 책을 뒤지면서 보지도 않고) 오빠 미역국 먹었다
        지요.

상 규 (책을 보면서) 넌 그게 무슨 말버릇이냐?

경 애 옳아요. 제 표현 방식이 좀 서툴렀어요… 그렇지만 사실은 사실이
        지요?

상 규 너 그 말은 어디서 들었니?

경 애 왜 못 들어요? 세상이 다 아는 소문을…

상 규 ……

경 애 오빠 후회허지 않아요? 남의 일에 괜히 참견하구, 목대가 된2) 것
        을…

상 규 ……

경 애 아버지와 어머닌 여간 걱정이 아니라우. '남이야 쓰딸린을 그리구
        학교에서 면직을 당하든지 마든지, 오지랖 넓게 나설 필요가 어디
        있는가. 그녀석이 환장을 한 모양이다.' 하면서 아버지가 떠들면,
        어머니는 '여보, 아무 말도 마우. 그애도 빨갱이가 됐다우' 하구 맞
        장구를 쳤다우.

상 규 넌 뭐라구 맞장구를 쳤니?

경 애 저 말이요? 전 '아버지, 어머니, 걱정할 건 없어요. 당신들이 크리
        스챤인 것처럼, 우리는 당신들이 떠드는 빨갱이가 될 테니까… 그
        렇지만 아버지는 자신의 명예에 얼3)이 미칠까 봐 염려하실 것은
        없습니다. 사상은 자유니까.' 해줬지요.

상 규 그래?

경 애 그래 두 분이 간이 콩알만 해 벙어리 냉가슴을 앓다가, 아버지는
        시방 문교부장 만나러 갔지요. 오빠 만일 학교에서 사표를 수리하
        지 않는다면, 어쩔 테야요? 또 학교에 나가겠어요?

상 규 이애, 시세없이4) 굴지 말고, 입 좀 다치렴(닥치렴). 넌 말을 내면,
        입에서 구렁이가 나오는지 독새가 나오는지 모르더라5)…

---

2) 목대가 되다, 목이 잘리다?
3) 얼룩?
4) 실없이, 말이나 하는 짓이 실답지 못하게. (함경도 방언)
5) 입에서 구렁이 나가는지 뱀이 나가는지 모른다. 아무 말이나 가리지 아니하고 하면서도 깨
   닫지 못하는 사람을 비꼬는 속담.

경 애 　내가 그 끝을 말할까요? 계집애가 왜 고렇게 주접이 없느냐 말이
　　　지요? 그리구 좀 교양있는 얌전헌 티가 조금도 없느냐 말이지요?
　　　전 그런 위선은 싫어졌어요. 오빠는 아직 그것에 염증이 나지 않아
　　　요. 만날 아버지 어머니의 그 지긋지긋한 허례허식이…?

상 규 　싫어만 해서 뭐 하니? 싫으면 싸워야지. (힘을 넣어) 거짓은 폭로
　　　하고 쳐야지.

경 애 　그런 용감성이 왜 벌써부터 나오지 못했죠?

상 규 　넌 왜 아직 학교 안 가니?

경 애 　가기 싫으니까 안 가지요.

상 규 　싫다니? 왜 무슨 병통이 생겼니?

경 애 　그저 괜히 싫어졌지요.

상 규 　괜히 싫어졌다?

경 애 　나두 오빠와 같은 빨갱이 병이 전염됐나 봐요. 자기의 하찮은 교원
　　　의 자리를 안전허게 할려구, 속없는 소리를 해가면서 아첨하구, 천
　　　진한 아이들을 속여야 하는 학교가 싫어졌어요. 똑똑허구 바른 말
　　　허는 사람은 선생이나 아이나 헐것없이 죄다 몰아내구, 팔삭둥이
　　　같은 병신들만 남겨두는 학교가 무슨 매력이 있어요? 어저께두 젤
　　　똑똑허구 얌전헌 아이들이 30여 명이나 쫓겨났다우. 그러구두 학원
　　　의 자유야요? 난 알 수 없으니까, 알 때까지 학교에는 안 나가기로
　　　작정했어요.

상 규 　잘했다. 통쾌허다. 그놈들의 상판에다 가래침을 뱉아주고 나오지
　　　못허구.

　　　황정홍 들어온다.

황 　　마침 있었군. 잘됐네. (상규의 손을 잡으면서) 장하네.

경 애 　황선생님은 어디서 소문 들으셨나요?

황 　　나야 사방에 다 전화줄을 늘이고 있으니까…

상 규 　앉게. 천천히 이야기할 일두 있네. 자네가 오기를 기다리든 참일세.

황 　　나를 기다려? 그건 왜?

경 애 　동맹조약을 맺자구요… 저도 자칫허면 가맹할지 몰라요.

황 　　경애씨는 참, 왜 학교에 안 나가셨소?

경 애 　괜히 안 나갔지요.

황 　　괜히 안 나갔다?

상 규   그애두 이제 내부 혁명이 일어났나 보네.

황   그거 장하우. 그래야지.

상 규   (정색을 하면서 넌즛이) 난 인제야 내 태도를 결정했네. 인제는 자
       네 마음두 똑똑히 알 것같네. 좀 늦었지만, 나를 자네 대열에 참가
       시켜 줄 수는 없는가?

황   (생각하다가) 고맙네. 난 자네에게서 오늘을 기다려 왔네. 개인적 이
       익에 청맹관이6)가 된 놈 이외에는, 눈앞에 사실을 보고 의분을 느
       끼지 않을 사람은 없을 거네. 그렇지만 김군, 자네는 지금 심경에
       만족해서는 안 되네. 어려운 문제는 앞에 있으니까. (침중하게) 나
       뿐 것을 보고 싫어하거나 미워하는 것쯤은 누구나 할 수 있는 일이
       지만, 그것과 싸우고 그것을 이기는 것은 필요하면서도 어렵네. 나
       뿐 것은 선을 사랑하는 행동만으로는 없어지지 못하네. 그것을 부
       셔야 하니까.

경 애   내 주먹에 맞아선 부서질 상싶지가 않은 걸요.

황   한주먹에는 부서지지 않지만, 여러 주먹이 합쳐서 때리면 되지요.
       첫 번 해서 안 되면 두 번, 세 번, 이길 때까지 거듭해야지요.

상 규   싸움 없이 평화는 얻을 수 없다는 것을 인제야 알았네. 나 같은 것
       두 자네 대열에 받아줄 수가 있는가?

황   우리가 대열에 받지 않아도, 그렇게 생각하고 행동하는 순간부터 자
       네는 우리 편일세. 남은 것은 자네가 우리 뜻같은 사람이 다수가
       약속한 규율을 지킬 각오가 있는가 하는 문제뿐일세.

상 규   알았네. 지도해 주게. 나는 무엇이든지 할 작정이네.

       최씨 외출차림으로 밖에서 들어온다.

황   어디 다녀오십니까?

최 씨   황선생이요? (딸에게) 넌 왜 학교 안 가니? 왜덜 모두 그 모양이
       냐? 끌끌

경 애   어머닌 또 염려가 되셔요. 어서 들어가 계셔요. 우리 일은 우리가
       헐 테니까.

최 씨   (비꼬는 어조로) 음, 그래서 느의들은 부모가 느이들 때문에 남헌
       테 머리를 숙이게 허는구나.

---

6) 청맹과니, 겉으로 보기에는 눈이 멀쩡하나 앞을 보지 못하는 눈. 또는 그런 사람. 사리에 밝
   지 못하여 눈을 뜨고도 사물을 제대로 분간하지 못하는 사람을 비유적으로 이르는 말.

경　애　누가 가 달라는 걸 가 가지구 그래요?

최　씨　(안으로 들어가면서) 나두 모른다.

황　　　(일어서면서) 내 잠깐 다녀올 데가 있네. 다녀와서 천천히 얘기허세.

상　규　(시계를 쳐다보고) 군중 시위에 참가하러 갈 테지? 나두 나가겠네.
　　　　가치 나가세.

경　애　(황에게) 가세요? 저두 황선생 시간을 좀 빌구 싶은데요.

황　　　(은근하게) 뭐요?

경　애　(샐쭉해지며, 그러나 교태있게) 그렇게 바쁘세요.

황　　　(시계를 보면서) 한 5분 동안은 여유가 있는데…

경　애　5분 동안? 아이, 싫어요. 다녀오세요.

황　　　(애무 하듯이) 그래요. 곳 다녀 올 테니까, 다녀와서 천천히…

황정홍과 상규 나간다.
경애 혼자 그들의 뒷모습을 바라보고 무엇을 생각하다가, 태연히 일어서
피아노에 간다. 피아노 소리 처음에는 난조7)로 들리다가, 차츰 탬포가 빠
르고 감정이 앙양되고 폭발되는 소리를 낸다.

최　씨　(손에 털실로 뜨던 것을 들고 나온다) 이애는 또 어디로 갔니. 잘
　　　　못했으면 근신이나 하구 있잖구 어디로 몰려다니니. 불안해서 견딜
　　　　수가 없구나.

경　애　(피아노에서 손을 떼지 않고) 오빠가 무엇이 잘못이란 말이요. 어
　　　　머닌 그럼 자기 친헌 동무가 부당한 처분을 받는 걸 보구두, 모르
　　　　는 체해야 옳겠단 말이요?

최　씨　아는 체하면 무슨 소용이냐. 발 벗구 바위차기8)지… 그리구 제 앞
　　　　가림두 똑똑히 허지 못허는 주제에, 오즈랖 넓게 남의 일에 참견이
　　　　겠니? 남이야 쓰딸린 초상을 그리구 학교를 쫓겨나건, 집을 쫓겨나
　　　　건, 제게 소관 않는 일에 발벗구 나서는 놈이 글지 않구.

경　애　그건 개인주의구 이기주의라는 거야요. 어머닌 곁집9)에 불이 붙는
　　　　다면 모르는 체 헐래요, 안 헐래요. 펄쩍 뛸 테지요? 오빠두 곁집
　　　　에 불이 붙으니까, 뛴 것이지요. 그게 뭐가 잘못이요?

최　씨　그게 강 건너 불10)이지, 왜 곁집에서 붙은 불이란 말이냐. 남이야

---

7) 亂調, 정상에서 벗어나거나 조화를 잃은 상태.
8) 맨발로 바위 차기, 되지도 아니할 것을 하여 도리어 자기에게 손해만 돌아오게 하는, 어리
　석고 소용없는 짓을 이르는 속담.
9) 이웃하여 붙어 있는 집.

불온한 사상을 품고 학교를 쫓겨나건 말건, 자기 헐 일이나 하구 잠잣구 있을 게지, 저와 아무 소관 없는 일에 지팽이를 짚구 나섰다가 사표를 내면, 누가 용타구 헌다드냐.

경　애　이번에 화가인 박선생이 쓰딸린 초상을 그렸다구 학교를 쫓겨났으니, 요다음에는 우리 오빠가 빨갱이라구 쫓겨날 텐데, 그래도 곁집에서 붙는 불이 아니란 말이요.

최　씨　그런 묘한 사상들을 가지구 있으니까 그렇지? 하라는 일이나 했으면야 누가 싫다겠니…

경　애　왜 묘한 사상이란 말이요? 그렇게 자유를 숭상한다는 미국식 학원에서, 개인의 사상이나 언론에 무엇때문에 그리 극악스럽게 간섭허느냐 말이요

최　씨　너두 정홍이랑과 어울려 다니드니, 차차 붉은 물이 들어가는구나. 말솜씨가 어째 상스럽지 못허다.

경　애　난 공산주의자두 아니구, 또 그걸 알지두 못허지만. 인간이 사는데 사상의 자유가 필요허다는 것과, 오빠나 정홍씨의 사상이 결코 인간에게 해독을 주는 사상이 아니란 것만은 알고 있어요. 어머니는 크리스챤이 아니요. 바른 것을 위해 희생되는 것은 예수도 나무라지 않았지요. 만일 그가 그것을 나무랄 수 있었다면, 가시관을 쓰고 십자가에 못박히지 않았을 것이지요. 내 생각엔 어머니가 제 사상이 빨개진다구 걱정허기보단, 자기가 크리스챤으로서 타락허구 있다는 걸 깨달아야 할 것같은데요.

최　씨　(아픈 데를 찔린 듯이 펄쩍 뛰면서) 무어가 어때. 이년아, 대학까지 나온 년이 제 어미 보구 허는 수작이냐?

경　애　(더욱 냉정히, 그러나 일어서면서) 어머니, 성낼 필요는 없어요. 어머니 권리로써 내리 누른다면 잠자코 있을 수도 있으니까요. 그렇지만 그건 우리 집 가풍과는 좀 어긋나는 것 같아요. 아버지가 늘 말씀허시잖았어요. 부모의 권리를 가지구 자식들을 누르는 것은 옳지 못한 봉건사상이라구. 그리구 가정은 누구에게나 자유스러운 곳이 되어야 한다구. 어머니두 그걸 찬성허시구요. 어머니, 왜 이년 저년 허구 야단이세요. 그건 독재자들이나 쓰는 말이지, 우리 같은 민주 가정에서야 필요 없잖아요.

최　씨　(약간 말소리를 낮추면서, 그러나 되알지게[11]) 네가 정홍에게 마음

---

10) 자기에게 관계없는 일이라고 하여 무관심하게 지냄.
11) 되알지다. 힘주는 맛이나 억짓손이 몹시 세다. 또는 힘에 겨워 벅차다. 또는 몹시 올차고

을 두구 있지? 모르는 줄 아니? 다 알구 있다. 그렇지만 그건 잘 안 될 게다. 부모의 권리로서 승인허지 않을 게다.

경 애 어머니 그건 좀 이상해요 자식들이 어려서 부모들의 사상감정대로 무개성허게 살 때는 자유스러운 가정을 표방허드니, 자식들이 각각 자기 사상 감정을 가지구 개성적으로 살 수 있게 되니까 갑자기 봉건적인 전제가정을 만드실려우? 부모들에게는 전제와 방종까지 허락되는데 자식들에겐 왜 조그마한 자유조차 있으면 못쓰나요?

최 씨 듣기 싫다. 너더러 그런 주둥이 까는 재간 배우라고 대학까지 보낸 줄 아니? 그렇잖아도 빨갱이들은 부모를 공경헐 줄도 모른다더라.

경 애 어머니, 성은 내지 마시오. 한마디만 더헐 테니까. 이 말만은 꼭 해야 하겠어요. 어머니, 그것은 부모들의 이기주의야요. 자식들은 언제까지나 자기들보다 진보된 인간이 되지 말고 자기들보다 지능이 낮은 사람이 돼서, 부모들의 시키는 대로 부모들의 의사대로 명령대로 움직이는 저능헌 인간을 만들어서, 부모들의 전제하는 권리를 영구히 유치하려는 부모들의 이기주의 이외에 아무것도 아닙니다.

저는 부모들을 존경합니다. 제가 부모들이 살아온 시대보다 나아간 시대에 살 수 있는 능력을 제게 길러 주었다는 의미로서 몹시 존경합니다. 그렇지만 그런 존경과 부모들이 살던 낡은 시대에 물려와 살라는 요구를 접수허지 못허는 것과야 엄연히 구별해야지요. 다시 말하면, 부모들을 존경하는 것과 부모들의 이기주의에 타협허는 것과는 다를 것입니다.

저는 빨갱이도 아니고 공산주의자도 아닙니다. 그렇지만 오빠들의 사상이 옳다는 것은 알구 있어요. 그리구 저두 그것때문에 같은 행동을 헐 수도 있다고 생각해요. 그것이 빨갱이라면 빨갱이두 좋아요. 어머닌 우리들을 낳고 기를 때에, 낳고 기른 값으로 내 말을 들어야 한다고 요구할 생각은 안 했을 테지요.

최 씨 응. 그러구 빨갱이가 돼서, 부모두 모르는 불한당이 돼라구두 생각허지 않았다.

경 애 그런데 빨갱이가 되었으니 원통허단 말씀이지요. 만일 빨갱이라는 것이 어머니가 생각허시는 것보담 매우 값있고 존경헐 수 있는 것이라 한다면, 그래두요? 그렇다면 어머닌 상상 못하였던 소득인 셈 아니야요? (어머니한테 와서 팔을 등 뒤로 돌려 몸을 끌어안으면서 갑자기 어리광조로) 어머니, 제 말에 성이 났어요? 성 내실 건 없

─────────

야무지다.

어요. 그렇지만 오빠는 결코 어머니가 생각허시는 것처럼 나쁜 사람이 아니야요. 훌륭한 일을 했어요. 아버지가 문교부장을 찾아가신 것이 오히려 비굴했어요. 오빠의 떳떳한 행동을 무가치허게 만드는 것이야요.

최 씨 그럼 제 자식이 빨갱이라구 잡혀가게 됐는데, 명색이 부모가 돼가지구 모르는 체허구 있어야 되겠니.

경 애 (팔을 놓으면서) 아버지가 문교부장을 찾아간 것은 순전히 오빠 때문이 아니지요.

최 씨 그건 무슨 소리냐?

경 애 유명한 의사 김승후씨 아들이 빨갱이로 지목되어 면직을 당했다든가 잡혀갔다든가 하면, 아버지 자신의 명예와 관계되니까 체면유지를 할려는 것이 아니야요. 만일 그렇지 않다면, 그냥 두는 것이 오빠를 위해서는 떳떳한 일이야요. 그리구 어머니는 선처자식이니까 잡혀가두 심상허다는 세상 사람들의 입이 싫으니까, 아버지가 가시는 것을 찬성허시구…

최 씨 넌 못 해보는 소리가 없구나. 내가 선처자식이라구 그앨 털끝만치나 미워한 적이 있니. 없다, 없어.

경 애 그건 알아요. 정말 미워한 적은 없어요. 허지만 사랑허지는 않았어요.

최 씨 사랑허지 않았다구? 네가 무슨 큰일날 소릴 하구 있는 게냐?

경 애 사랑은 했지만 그건 한 개의 인간으로서지, 어머니로서가 아니었어요. 만일 어머니가 오빠의 진정한 어머니일 수 있었다면, 오빠의 성격은 그렇게 우울하게 되지는 않았을 것이야요.

최 씨 제 성격 우울한 것이야 타고난 성미지, 그것까지야 내가 어쩌니?

경 애 옳아요. 어머닌 오빠를 때린 적도, 꾸지람한 적도 없어요. 그리구 나와 싸우는 경우에도, 어머닌 저를 꾸지람했어요. 그런 때 오빠는 어머니에게서 모성애를 느끼는 것보다 오히려 고독을 느꼈을 것입니다. 차라리 꾸짖고 때리고 하여도, 어릿광을 부릴 수 있는 어머니가 오빠는 그리웠을 것이야요.

그때 김승후가 들어온다. 최씨 일어나 맞으면서,

최 씨 수고하셨소. 그래 갔던 일은 무사하게 됐소?

승 후 말은 했지만 원체 시기가 나빠놓니까, 어떻게 되는지 두고 봐야 알지. 시내에 있는 어느 학교를 물론하구 찍허면 동맹휴학이다, 삐라 사건이다 허는 통이니, 일이 순탄할 수가 있나. 문교부장이 말허는데, 어저께도 이백여 명이 빨갱이로 지목되어 검거되었다누만… 학생놈들두 점점 주위가 소란해 놓으니까, 빨간 물이 들어서 학교 당국에서두 어쩔 도리가 없다는데. 거기다 선생들꺼지 수십 명이 검거되다누만…

최　씨　인저두 이 앞으루 숱한 사람들이 만세를 부르면서 데모행진을 허구 지나갔는데, 상규두 정홍이두 끼어 갔나 보우.

승　후　일은 참 잘 돼 간다. 애비는 빌러 다니구, 아들은 제멋대로 일만 저즐르구.

밖에서 군중의 데모하는 소리가 들린다. 일동 들창을 열고 밖을 내다 본다.

최　씨　저걸 보시오. 저기 상규가 있잖소.

승　후　(입맛 쓴 듯이 돌아서면서) 두구 봅시다. 일은 결말을 봐야 아는 법이니까. (경애에게) 넌 학교에 안 나갔니?

경　애　오늘은 제가 맡은 음악시간은 없어요.

승　후　시간 없다구 안 나가서야 쓰나. 있건 없건 나가 봐야지.

경　애　나가기 싫은 걸요.

승　후　싫긴 왜?

최　씨　(가로 채어 가지고) 기애도 병이 돌기 시작하나 보우.

승　후　아버지가 의사겠다, 병 들어두 무서울 게야 없지.

경　애　아버지 의술로는 진단 못 할 것이야요.

승　후　집맥만 해보면 알 수 있지.

경　애　건강한 생리를 병이라고 생각허는 의사들로는, 제 건강진단은 못 할 것입니다.

승　후　유행성 역질이 전염된 게로구나. 그거 참 안 됐다.

경　애　염려마세요. 노쇠헌 분들에게는 건강한 생리가 병으로 착각될 수두 있으니까요…

승　후　신경계통의 환자들은 가끔 자기의 고장난 정신 상태를 정상적인 것으로 오해하는 일이 많은 법이다. 가만있어라. 내 틈이 나는 대로 어디 진단해 보자. 너두 머리가 괴히 나쁜 편은 아니었는데…

경　애　저를 진단허실려면 아버지가 생리학, 병리학을 다시 공부하셔야 할

겝니다.

손태실 들어온다.

손   안녕들 하십니까?

승 후   오… 손군인가. 어서 오게.

손   싸움꾼은 아직 안 돌아 왔습니까? 아니면 어디 나갔습니까?

승 후   신문기자의 신경은 다르군. 벌써 어디서 소식을 들었나?

손   그게 직업인 걸 별 수 있습니까? 사건 발생한 뒤에 아는 수도 있지만, 발생할 만한 곳을 알 수도 있으니까요.

최 씨   손선생은 언제나 명랑하셔서 좋아.

손   건강은 명랑성을 동반하는 것이니까요.

승후 일어서 상수 쪽으로 나가면서.

승 후   그럼 얘기들허게. 환자들이 기다리고 있을 테니, 난 나가 봐야겠네.

손   네, 어서 나가 보십시오. 전 상규군을 기다려서 좀 만나보고 가야겠습니다. (경애에게) 경애씨는 오늘 학교에 안 가셨군요. 어디 편찮으십니까?

최씨 나간다.

경 애   (냉담히) 염려해 주셔서 고맙습니다. 별일 없습니다.

손   낯이 좀 상허신 것같은데요.

경 애   손선생은 지나치게 세련되어서, 저같은 솔직한 인간은 응대를 할 수 없습니다.

손   네, 남성답게 억세지 못 하단 말씀이지요. 그렇지만 문명한 사람들은 예절을 사랑하는 법입니다.

경 애   어떻게 허면, 그 문명헌 사람들의 예절을 손선생처럼 빨리 배울 수 있습니까.

손   허, 공격이 너무 심합니다. 저같은 섬세한 신경은 견뎌내기가 어렵습니다. 그건 그렇구, 경애씨는 상규군의 이번 일을 어떻게 생각하십니까.

경 애   글쎄요. 어떻게 생각해야 될까요.

손   전 설교하려는 것이 아니라, 경애씨의 자유스러운 견해를 좀 들으려는 것입니다.

경　애　전 아직 거게 대해서, 별달리 자유스러운 견해를 가지고 있지 못한 데요.

손　　　미안합니다. 그럼 화제를 바꿀 것을 제안합니다. 동의하십니까?

경　애　그 제의에 반대하지는 않습니다. 그럼 의미있는 화제를 내시지요.

손　　　오늘은 전례 없이 좀 차신 것 같습니다.

경　애　관찰이 매우 정확하십니다. 열을 올릴 수 있는 화제를 꺼내 주시지요.

손　　　저 자신은 언제나 고열이 지속되고 있는데, 경애씨는 늘 차십니다. 아마 열의 전도체12)가 좀 약한가 봅니다. 워낙 제 표현력이 약해 놔서 죄송합니다.

경　애　천만에요. 지나치게 세련되었습니다. 제가 무감각헌 탓이겠지요. 말하자면, 감수성이 약하다고나 할까…

손　　　전 그것이 퍽 안타깝습니다. 괴롭기까지 합니다.

경　애　그러실 테지요.

한참 사이

손　　　(통사정하듯) 경애씨는 왜 사람을 괴롭히기만 하십니까. 아직 제 성의가 부족합니까. (경애의 손을 잡는다) 우리가 사랑하는 길에서 장애가 되는 온갖 것을 용감히 차 물리칠 나이트(기사)13)로서, 제가 부족합니까.

경　애　(말끔히 조롱하는지 연민하는지 모를 표정으로 손을 쳐다보다가, 손을 뽑으면서) 웬걸요. 선생님은 농이 너무 과하십니다.

손　　　(여전히 지긋지긋하게) 농이라구요? 내 진정이 경애씨에게는 농으로만 들립니까? (몸짓을 해가면서) 오! 나의 여왕, 나의 심장, 나의 행복, 당신은 나의 생의 기쁨입니다.

경　애　(조롱으로) 호호, 그건 지나간 세기 옛사람들이 많이 쓰던 수사가 아닙니까. 소설 같은데서 많이 읽은 것 같은데요.

손　　　(모욕을 느끼면서) 경애씨는 황정홍군을 좋아하시지요. 그렇지만 그것은 좀 힘이 들 것입니다.

경　애　올라가기가 힘이 들 테니까, 내려가란 말이지요. 당신이 인제는 남

---

12) 傳導體, 전기 또는 열을 잘 전도하는 물질.

13) knight.

의 내면 세계까지 간섭하려구 드십니까. 전 아직 당신이 우리 집 가정교사로 초빙된 줄은 몰랐는데요.

손　간섭이 아니고 친절한 충고입니다. 당신이 바라는 나무는 유감이지만, 벌서 달이 돌기 시작했습니다. 아직 소문을 못 들었습니까. 그는 아마 유치장에 가게 될 것입니다. 빨갱이 아시지요. 빨갱이!

경　애　어디를 가든지 그가 당신 같은 사교가가 못 되고 속물이 아닌 것을 다행으로 생각합니다. 다른 일이 바쁘실 텐데, 제 일에 대해선 과히 염려말으시구, 가보시지요.

손　고맙습니다. 당신이 생각을 돌릴 때까지 가 있겠습니다. (손 현관쪽 문으로 나가려다가, 들어오는 상규와 맞우친다)

손　야! 싸움꾼, 인제 오나. 지금꺼지 자네를 기다리고 있었네.

상　규　(냉담히) 고맙네. (쏘파에 앉으면서) 무슨 일인지 말허게.

손　어제 있은 일 말이네. 그 일은 자네가 실수헌 것같네. (경애 한 쪽 가에서 말없이 보고 있다)

상　규　무슨 말인가. 구체적으로 말허게.

손　학교에서 생긴 일 말이네.

상　규　그래서 자네가 충고하러 온 셈인가. 후의는 고맙네. 그렇지만 그 일은 자네 충고를 듣기 전에 충분히 생각허구 있네. 자네 헐 일두 바뿔 텐데, 그만 가보게.

손　자네는 그게 흠이란 말이야. 목이 곧은 것도 존경받을 수 있지만. 경우에 따라서는 돌아갈 수도 있지 않은가. 자네 부친님을 보아서 라도 제 고집만 부릴 수가 있는가?

상　규　제발 안 갈려건 잠잣구나 있게. 신경을 건드리지 말구…

손　자네 신경두 튼튼헌 편은 못 되네그려. 그만 일에 흥분하는 걸 보니까…

경　애　(보다 못해 화를 내면서) 손선생, 재담은 그만두시오.

손　(능청맞게) 전 경애씨와 말을 한 적은 없는데요. 왜 그리 흥분하십니까. 오늘은 날세가 이상합니다.

상　규　(경애에게) 경애야, 냉수 한 그릇 떠 오너라.

손　옳네. 냉수가 해롭지 않을 걸세.

상　규　(말없이 언짢은 눈초리로 쳐다만 본다)…

경애는 안으로 들어간다.

손　상규! 듣기 싫겠지만, 잠깐만 귀를 빌리게. 빨갱이로 지목돼서는 자네 부친에게두, 경애씨에게두, 그리구 자네 자신에게두 이로울 것이 없단 말이야. 알겠나? 학교 당국에 사과를 허게. 그게 영리한 일이네. 자, 그럼 가겠네.

상규 들은 척도 않고 딴청을 하고 있다.

손　(나가려다가) 자네 부친이 벌써 문교부장을 만나구 왔네. 자네가 한마디만 '잘못했습니다' 허구 머리만 숙이면, 모든 문제는 해피엔드가 되네.
상　규　(화를 내면서 죽일 듯이) 이 속물아! 삽살개야! 철면피야! 너두 인간이거던 양심을 좀 가져라. 네가 타락한 것을 부끄러워 하지두 않구, 인제 와서는 날더러 되려 너겉은 강아지가 되란 말이냐?

손태실 나가려할 때, 승후 들어온다.

승　후　손군, 벌써 가는가? 나두 틈이 났으니, 얘기 좀 더 허구 가게. 오, 우리집 정의파 선생두 와 있구면… 손군! 자 어서 앉게… (경애가 물병을 들고 들어오는 것을 보고) 음, 경애 너두 앉아라. (손은 의자에 앉고, 경애는 물병에서 물을 따라 상규에게 준다)… 어머니는 어디 갔니? 어머니두 좀 오라지… 모두 한데 모여 하나님 앞에 맹서하구, 공정한 심판을 받아야지. (일어서 안을 향하여 소리친다) 정홍군도 왔더면 좋았을 걸… (최씨 들어온다) 당신두 앉으시오. 지금 하나님 앞에서 무신론자들의 심판을 할 테요. (수선을 떤다) 자 그럼 피고로부터 말을 시작할까? 하나님두 듣고 계실 테니까…
경　애　하나님은 오빠를 심판할 자격이 없어요.
승　후　그건 또 웬 소리냐? 우리의 양심은 하나님이 간직하구 계시다.
경　애　여기가 법정이라면, 이 법정에서는 오빠네들을 모욕한 사람들이 심판을 받아야 할 게야요.
승　후　음, 경애 네가 변호사냐. 그렇지만 사건 심리두 있기 전에, 변론은 좀 빠르다. 상규, 네가 말해라. 네가 피고자니까.
손　옳습니다. 그것이 순서일 거 같습니다.
상　규　자네두 재판관이 됐는가. 출세 속도가 너무 빠르네. 그리구 아버지, 우리는 아버지가 만든 법정에서 재판받을 것을 거부합니다. 차라리

될 수만 있다면, 우리가 법정을 만들어 놓고 당신네들을 심판할 것입니다. 아버지, 우리 가정에서는 아직 언론의 자유가 보장되어 있지요? 무슨 말이든지 마음대로 할 수 있지요? 그렇다면 말하겠습니다. 당신들은 매우 몽매합니다. 당신들의 머리로는 지금 예수의 교의14)보다도 현재 주권 앞에 잘 부치우는 것이 중요할 것입니다. 당신들의 머리에는 예수의 교의 대신에 아메리카 사람들의 횡포한 요구에 순응할 생각만 가득 차 있습니다. 쓰딸린을 좋아하고 쓰딸린을 존경했기 때문에 쓰딸린의 초상을 그린 화가가 벌을 받아야 할 이유가 무엇입니까? 그 부당한 처벌을 반대하여 싸운 나에게 무슨 잘못이 있습니까.

승　후　너무 말하는 솜씨가 신앙이 차차 엷어지고, 붉은 물이 점점 짙게 들어가는구나. 너두 한때는 경건한 신도의 한 사람이었던 일도 있다. 너야말로 머리에는 교의 대신에 빨간 물만 가득하다. 네가 말하드시 성경에는 아메리카를 믿으라는 말은 씨어 있지 않다. 그렇지만 오늘까지 기독교의 명맥은 아메리카 사람들에 의해서 유지되어 왔다.

상　규　그렇습니다. 아메리카 사람들에 의하여 교회의 형식은 유지되었습니다. 그렇지만 그것은 당신들에게도 치욕의 역사는 될지언정, 자랑이 될 수는 없습니다.

승　후　왜 그렇단 말이냐?

상　규　왜 그런가고요? 그것은 아메리카가 왜 오늘까지 기독교를 옹호해 왔으며, 지금도 그것을 정치적 목적에 이용하고 있는가를 알면 족할 것입니다.

승　후　신앙이 실천의 안내자가 되는 것이 무엇이 나쁘냐?

상　규　아메리카와 기독교의 관계에 있어서는 신앙이 실천의 안내자가 되는 것이 아니라, 침략적 기회를 은폐하는 수단이 되어 왔습니다. 오늘도 역시 기독교는 아메리카 사람들의 침략 전쟁을 도와주고 있습니다. 조선 기독교도들의 일부에는 아버지처럼 종교와 신앙을 빙자해 가지구 나라를 팔고 있는 사람들이 많습니다. 이것이 역사적 사실이 증명하구 있구, 오늘 아메리카 딸라가 작용하는 세계 각국에서 생겨나는 일이 그것을 증명하고 있습니다.

　1866년 대동강에 대포를 싣고 왔던 미국배 샤-만호에는 선교사가 타고 왔었습니다. 오늘날 빠치칸의 승려들은 미국 딸라를 받아먹고,

---

14) 敎義, 어떤 종교의 신앙 내용이 진리로서 공인된, 종교상의 가르침.

그 대신에 그들의 침략을 도와주고 있습니다. 오늘 조선의 기독교도들 중에도 종교를 빙자하고 나라를 팔아먹는 사람들이 있습니다. 그렇지만 당신들이 무서워하는 빨갱이들은 무엇을 하고 있습니까. 조국을 위하여 목숨을 걸구 싸웁니다. 당신들의 가슴에는 한 토막의 민족적 양심도 없습니다. 민족의 운명이 어떻게 되든지, 아메리카 사람들이 우리들을 어떻게 모욕하구 있든지, 그런 것은 상관없이 미국사람들의 종이 되어 자기들의 특권만 유지하면 그만이지요? 당신들은 조선민족이 잘 사는 것보다 자기들 개인적 향락이 더 중요할 테지요. 당신들은 시민들이 매일거치 떠들고 일어나는 기사가 신문에 보도될 때, 그 진정한 민족의 소리에 귀를 기울일 대신에 그것 앞에 공포를 느끼고 있는 것입니다. 그러나 우리는 민족을 예수교보다 더 사랑하기 때문에, 종교가 아메리카의 침략도구이기를 고집한다면, 그것과 결연히 갈라져야 할 것입니다. 아버지는 신앙을 빙자하지만, 까놓구 말허면 이속 때문입니다. 그 하찮은 '국회의원'의 자리가 아깝지요? 결국 그것이 조선민족을 미국사람들에게 파는 흥정에 참가하는 것이고, 그 대신에 딸라의 부스러기를 얻어먹는 것인 줄을 모릅니까? 거리에 나가 길을 막고 물어 보시오. 무어라 말하는가…

승　후　(경애에게) 너두 그렇게 생각하니?

경　애　그렇게 생각합니다.

승　후　오! 하느님. 당신의 어린 양들을 용서하여 주십시오. 이 무서운 모독적인 말들을 듣지 않게 해주시오.

상　규　무서우실 것입니다. 그러나 아무리 무서워도, 이 엄연한 사실 앞에 눈을 감을 수는 없을 것입니다. 보십시오. 오늘 남반부 시민들이 들고 일어나는 것이 무엇을 말합니까. 그들은 다시 남의 종이 되지 않겠다고 외치고 있습니다. 자유와 독립을 요구하고 있습니다.

승　후　무엇이 엄연한 사실이란 말이냐? (태도를 고치면서) 네가 미쳤느냐? 이런 무서운 소리가 어디 있단 말이냐?

상　규　그렇게 수선스럽게 구실 필요는 없습니다. 사리는 따져 봐야 알 것 아닙니까. 아메리카 사회의 어느 구석에 평화와 민주주의가 살아 있습니까. 향락하는 육십[15] 가족이 있는 반면에는, 기아와 빈궁에서 허덕이는 수천 수백만의 실업 군중들이 있습니다. 오만한 백인이 있는 대신에, 백색 인종들이 들어가는 식당에도 극장에도 들어

---

15) 60만?

가지 못하며 한 차에도 못타는 이천여 만 명의 흑인종들이 있습니다. 아메리카 사람들은 지구상에는 이십억의 인구가 살 수 없으니, 칠억 오천만으로 줄 때까지 강육식16)의 침략과 약탈과 압박을 계속하여야 한다고 설교합니다. 이것이 인류를 문명으로 안내하는 교의입니다. 평화와 민주의 길입니다. 오늘 공산주의의 위험을 방지하는 구세주로 자칭하고 나선 이면에는 무엇이 숨어 있습니까. 그들은 전쟁에 피폐해진 나라들을 어떻게 구원하고 있습니까. 불란서는 마-샬 안17)의 혜택을 가장 두텁게 받은 나라입니다. 그 나라는 어떤 꼴을 하고 있습니까? 제2차 대전 전 세계시장에 화장품을 팔고 있던 불란서 여성들이 아메리카 화장품을 수입하여 쓰고 있습니다. 세계에서 영화 제작에 손꼽는 자리를 차지하고 있던 불란서 영화관들이, 오늘은 아메리카 영화를 상영하고 있습니다. 그 대신에 불란서 화장품 공장과 영화 제작소는 문을 닫고, 노동자들은 기아에 허덕이고 있습니다.

중국, 희랍, 화란 같은 나라에 내전을 도발시켜 놓고는 무기를 팔아먹고 있습니다. 그것도 부족하니까 세계 전쟁을 도발하여 인류를 또 다시 대규모적인 도살장으로 몰아내려고 합니다. 이것이 당신들이 말하는 예수의 정신인가요. 당신들이 그렇게 위험시하는 쓰딸린을 인류의 구원자로 받드는 나라 어느 곳에 이런 참변이 벌어졌습니까? 오늘의 인류를 전쟁의 참화로부터 구원하고, 억압과 기아로부터 구원해낼 사람은 쓰딸린과 쏘련인민바께 없습니다 그이는 1917년에 제정 로씨아(러시아) 영토 내에 있는 수억만의 인간들을 구출했고, 2차 대전에서는 팟쇼 독일과 일본 제국주의를 쳐부수고 구라파와 아시아 민중들을 구원했습니다. 오늘 세계는 그의 힘으로 평화가 유지되며, 오늘의 인류는 그의 지도 밑에서 자유와 민주와 해방을 얻을 것입니다. 쓰딸린은 인민들의 동지요, 인류의 태양입니다. 쓰딸린을 존경하고, 그를 좋아하는 것이 왜 잘못입니까.

승 후 너두 어느 사이에 연설이 퍽 늘었구나. 그것은 공산주의자들이 선전할 때 쓰는 말이다. 쓰딸린이 평화를 유지한다구? 그것을 사실이라구 믿는 것은 너이 빨갱이들 뿐이다. 세계 어느 나라에 가보던지 말썽쟁이요 싸움꾼은 공산주의자들뿐이더라. 쩍 하면 파업이다 스

---

16) 약육강식(弱肉强食).

17) 마셜 플랜, 제2차 세계대전 후, 1947년부터 1951년까지 미국이 서유럽 16개 나라에 행한 대외원조계획이다. 정식 명칭은 유럽부흥계획(European Recovery Program, ERP).

트라이크다, 수틀리면 시위운동이다 하구 질서를 문란케 하는 놈들이 누구냐? 그건 공산주의자들이다. 공산주의자들만 가만있다면, 세계에는 싸움이 없을 것이다.

경　애　네, 우리 집에서 오빠와 제가 아버지 사상에 맹종만 한다면, 가정의 평화가 유지될 수 있는 것처럼 말이지요?

최　씨　그렇잖구. 가정의 질서를 교란하게 만드는 것이 너이들이지, 누구냐?

경　애　천만에요. 우리가 가정의 평화를 깨트린다구요? 얼른 보면 그렇게도 보일 것입니다. 그렇지만 그 본질은 아버지 어머니의 이기주의에 있습니다. 자식들을 자기 사상에 맹종시키고, 가정의 전제권18)을 유지하려는 부모들의 이기주의 때문인 것입니다.

승　후　이기주의라구? 그럴까? 너이들은 그렇다구 생각허니. 상규도 그러냐?

상　규　물론입니다. 파업이나 시위가 무섭습니까? 싫습니까? 그렇다면 그들에게 자유와 빵을 주어야 할 것입니다. 일과 자유와 빵을 요구하는 사람들이 무엇이 잘못입니까. 굶주리고 눌려서도 가만있기를 요구하는 것이 박애입니까. 노동자들과 전체 가난한 사람들은 손을 벌리고 허리를 굽히면서, 부자들의 박애심과 자비심에 호소를 하라고 예수는 가르쳤습니다. 그러나 박애심이나 자비심에 호소한 가난한 사람들이 얻은 것이 무엇입니까? 그들은 싸움으로써 빵과 자유를 전취하는 길바께 없다는 것을 알았습니다.

승　후　눈 앞에 꼴을 보렴으나. 먼데 일을 말할 것이 있니? 오늘 우리나라가 통일되지 못하고 혼란 상태에 있는 것이 누구 때문이냐? 너이 빨갱이들이 5·10 선거를 반대하지 않고, 쏘련이 유엔 결정을 반대하지 않았던들, 한국은 통일된 지 오랬을 것이다. 책임도 미국 사람들이나 크리스챤들이 져야 하니?

상　규　네. 통일되지 못한 원인이 어디 있는지를 말해 볼까요. 그것이 좋을 것입니다. 모쓰끄바 외상회의 결정을 배신한 것이 누구입니까? 조선 독립에 있어서, 조선 인민의 요구와 의사를 유린하고 자기들의 말만 듣는 정권을 만들어 놓은 것이 누구입니까? 쏘, 미 두 나라 군대가 동시에 철거하고 조선 사람들 자체가 조선 문제를 해결

---

18) 전제권(專制權), 다른 사람의 의사는 존중하지 않고 제 생각대로만 일을 결정하려는 권한, 혹은 국가의 권력을 개인이 장악하고 그 개인의 의사에 따라 모든 일을 처리하려는 권한.

하게 하려는 쏘련의 주장을 반대한 것이 누구입니까.

승 후   넌 그것을 모두 믿니? 그것은 공산주의자들의 선전이라는 것이다. 쏘련 군대가 진주해 있던 북조선 사람들이 얼마나 불행헌가를 보아라. 그것은 4월에 가서 직접 눈으로 보고 온 손군에게서 들어두 잘 알 것이다.

일동의 시선이 손태실에게 쏠린다.

손   (어색하여 말이 없다)

상 규   손군은 말허기가 거북할 것입니다. 어차피 거짓말을 한 마디는 해야 할 사정이니까. 북한 사람들이 불행하드라고 말하자면 사실을 속이는 것이 되고, 그렇지 않드라고 말허면 그 전에 거짓말하고 돈 받은 것이 탄로되니까… 그렇지만 손군은 자기에게 이로우면, 사실을 속일 수도 있는 사람이니까… 땅을 받은 북한 농민들이 불행하고 공장 기업소 임자가 된 북한 로동자들이 불행하거나 정권의 주인이 된 북한 인민들이 불행하다면, 그것을 곧 들을 것은 아마 아버지 같은 맹목적인 미국 숭배자들뿐일 것입니다.

승 후   두구 봐라. 쏘련이 무슨 짓을 하나.

상 규   두구 봐야 그렇지요. 조선의 산업을 발전시키거나 문화를 향상시킨다는 것이 미국 사람들처럼 산업을 파괴하고 자기 상품을 팔아먹는 것보다 그들 자신에게는 이익될 것이 없지만, 조선 사람들에게는 이로울 것입니다. 두구보시오. 며칠 전에 열렸던 인민회의는 두 나라 정부에다 각기 그 군대를 철거하여 줄 것을 요구했습니다.

승 후   두구 봐라. 쏘련 군대는 결코 물러가지 않을 것이다.

상 규   쏘련 군대는 물러갈 것입니다. 틀림없이 물러갈 것입니다.

황정홍이가 신문을 들고 들어온다. 손은 귀찮은 자가 온다는 태도다. 여러 사람의 시선이 정홍에게 간다.

손   (황을 보고) 야! 말썽꾼 또 하나 온다. 황군, 어서 들어오게.

황   실례합니다. 오, 손군도 여기 있었군…

손   벌써 온 지가 오랬네. 자네가 좀 늦었네. 여기서 세계 대세를 논하는 대논쟁이 벌어졌네.

경 애   손선생이 오늘은 도꾸다네19) 신문 특보자료를 얻느라구…

황   손군은 신문기사 자료될 사실보다두, 거짓말을 꾸밀 건덕지가 더 중할 텐데.

손 그건 무슨 실례의 말인가.

황 실례는 될지 몰라두, 정직한 사실이기는 하네. 자네처럼 없는 사실
을 만들어 보도하는 재조를 못 배웠으니까…

손 자네는 무슨 물증을 가지고 사람을 모욕하는가.

황 손군, 모욕을 느끼는가? 그러면 아직두 좋네. 난 자네가 그만한 양
심의 끝으머리마저 잃어버린 줄만 알았네.

손 (화를 내면서) 자네가 무엇을 오해하고 나를 모욕하는 것인가?

황 공개하기를 요구하는가? 그렇다면 말하지. 자네가 4월 연석회의 때
에 북조선에 갔다 와서, 북조선을 비방하는 기사를 쓰는데 거짓말
값으로 십만 원을 받아먹은 것을 부인하는가?

손 (얼굴이 붉어진다) 난 영문을 모를 소린데…

황 여태 영문을 몰라?

상 규 이 강아지 같은 자식. (손에게 접어든다)

최씨와 경애 뜯어 말린다.

최 씨 이게 무슨 신사답지 못한 짓이냐.

승 후 자네들은 그게 탈이란 말이야. 그렇게 조급헌 사람이니까 실수가
많지. 자, 앉게. 앉아서 자초지종을 이야기허세.

황 별일 없습니다. 손군이 지난 4월에 평양 갔다 와서 쓴 기사는, 돈
받아먹고 쓴 거짓말이었다는 것이 탄로된 것뿐입니다.

승 후 손군, 이 사실을 시인하는가?

손 (말이 없다)

승 후 손군, 이 자리를 피하는 것이 좋겠네. 그리구 하나님께 용서를 빌
게. (상규를 보면서) 얘기가 어디까지 진행됐든가?

손 말없이 나간다.

황 무슨 말씀을 하시는 중입니까?

승 후 괜찮네. 자네가 있는 편이 유리할 게네… 옳지, 쏘련 군대는 북조
선에서 절대 물러가지 않을 것일세.

황 물러가지 않을 것이라구요? 왜 그렇게 생각하십니까.

---

19) とくだね [特種], 특종.

승　후　그 이유는 아까 벌써 설명했네.

황　　　만약 물러간다면 어찌하겠습니까.

승　후　그렇지, 자네두 물러갈 줄 아는 편일 테지. 우리는 우리가 싸우지 않고 남의 덕에 해방됐으니까, 해방시킨 사람들에게 싸운 것만한 대가를 갚아야 할 것이지. 또 그들도 그것을 요구할 것이지…

황　　　만일 요구하지 않는다면? (신문을 승후에게 내어 준다)

승후는 신문을 받아 읽는다. 경애도 가까이 와 본다.

경　애　(읽는다) "쏘련 군대는 12월 말일까지 북조선지역에서 철거할 것을 발표"

승　후　(신문을 원탁 위에 놓는다. 일동의 시선이 그에게 집중한다)

경　애　아버지, 아직두 모르겠습니까. 그래두 두구 봐야 알겠습니까. 쓰딸린은 이런 분입니다.

승　후　이거 봐라. 생각해 봐야 알겠다.

황　　　(책상 위에 놓은 신문을 펼쳐들면서) 자, 이걸 보시오. 쏘련 군대가 물러간다는 기사가 있는 바로 그 신문의 이면(裏面)에, 한미군사협정의 기사가 실려 있습니다. 북조선의 산업계획이 150% 이상 장성하였다는 사실의 반면에는, 남조선 산업이 파괴되어 가는 것을 걱정하는 기사가 있습니다. 선생님… 아마 이 신문은 빨갱이들의 신문은 아니라고 기억합니다. 이것은 빨갱이들의 선전이 아니고, 당신들 자신의 고백입니다.

상　규　아버지, 더 말할까요? 쌀창고라고 자랑하는 남조선이 오늘 왜 그의 식량까지 미국에서 갖다 먹어야 합니까? 자! 이렇게 된 뒤에 당신들은 무엇을 자손들에게 남겨주렵니까? 그래도 모르겠습니까? 그래도 미국이 구주로만 생각되십니까? 그래도 쏘련을 의심하십니까?

승　후　쏘련을 믿을 놈은 믿어라, 그것은 너이들의 자유니까. 그렇지만 내 손으로 지은 이 지붕 밑에 빨갱이들을 둘 수는 없다.

상　규　그럴 것입니다. 아버지는 인제야 탈을 벗고 정체를 들어내 놓으십니다. 결국 당신들이 자랑하는 미국식 자유가 여기서 막혔습니다. 당신들은 어데까지나 미국사람들을 위해서 봉사하시오. 우리는 우리 민족을 위해서 싸울 테니까… 당신들에게 남은 수단은 폭력바께 없습니다. 민주니 평화니 허구 떠들든 가면은 벗겨졌습니다.

승　후　듣기 싫다. (거센 목소리)

상 규 아버지, 비겁합니다. 사실을 왜 무서워하십니까?

승 후 너이들이 별 짓을 다해 봐라. 우리는 조선이 빨갱이 소굴이 되는 것을 허가하지 않을 것이다.

상 규 미국 사람들의 힘을 빌어 가지구요?

승 후 빨갱이를 막기 위해서는 수단을 가리지 않을 것이다.

상 규 빨갱이가 무섭습니까? 그것은 당신들의 허물어져 가는 지반에 불안을 느끼기 때문이지요. 좋습니다. 침략자들과 매국노들을 반대하기 위해서는 친분을 가리지 않을 것입니다. 당신들이 빨갱이라고 말허는 것은 자유와 민주를 위하여 싸우는 인민을 가르치는[20] 것이며, 그것이 무서워서 꾸며낸 말에 불과합니다. (옷을 주어 입는다)

최 씨 (일어서 상규를 말리면서) 이애가 이게 또 무슨 짓이냐. 부모헌테 꾸중 듣기가 상사지.

경 애 (화를 내면서) 어머니, 그냥 두세요. (따라 나가면서) 오빠, 나두 갈 테야요.

최 씨 (경애에게) 너까지 왜 이 모양이냐?

승 후 내버려 두오. 갈 놈은 가게. 그렇지만 가두, 빨갱이 나라에나 가서 살아라. 남한에서는 너걸은 것들을 용납할 수 없다.

상 규 네, 마음 편하겠소. 당신들의 마음대로 될 성싶습니까. 안 됩니다, 안 돼. 당신들의 시대는 벌써 지나갔습니다. 진정한 조선의 주인들이 왜치고 일어나는 소리가 들리지 않습니까? 우리는 당신들의 무덤을 팔 것입니다. (상규 나간다. 경애도 따라 나간다)

최 씨 (황에게) 황선생, 저애를 좀 잘 달래주시오.

황   안 될 것입니다. 그들은 굽히지 않을 것입니다.

철도로동자 복장을 입은 부상자를 역시 철도로동자가 들고 들어온다.

로동자갑 의사 선생님 계십니까?

승 후 나요. 웬 환자요?

로동자을 경성역에서 근무허는 조역인데, 영등포에 볼 일이 있어 기차가 발차한 뒤에 뛰어 올랐는데, 오르노라고 오른 것이 미군전용차에 탔습니다. 올라가서 다른 차실로 가겠다고 사정해도 듣지 않고, 차문을 지키고 섰던 미국놈이 발길로 차서 달리는 차에서 떨어졌습니다.

---

20) 가리키는

승　후　저쪽 처치실로 옮기시오.

　　　두 로동자는 들것을 들고 나가려 한다. 그때 승후 무엇을 생각하고,

승　후　잠깐 놓으시오. (달레가 집맥21)을 해 본다) 처치실로 옮기지 말고,
　　　그의 집에 운반하시오. 살아날 가망이 없습니다.
황　　　(보고 섰다가) 여기두 아메리카 민주주의와 예수의 정신이 또 하나
　　　표현되었습니다.

막.

(1949. 12. 8)

---

21) 집맥 (執脈), 병을 진찰하기 위하여 손목의 맥을 짚어 보는 일. 진맥과 같은 말.

해방기 북한 희곡의 제 양상

-국립극장 공연작을 중심으로-

이재명 (명지대 문창과 교수)

Ⅰ. 서론

　해방기 북한에서는 어느 시기보다 유례를 찾을 수 없을 정도로, 희곡 창작
과 연극 공연이 활발하게 전개되었다. 필자가 진행하고 있는 해방기 남북한
극문학 작품을 수집, 정리하는 작업1)에서 보면, 남한보다 북한에서의 창작이
활발하게 이루어진 것을 확인할 수 있었다. 또한 북한 측 자료를 살펴보아도,
이 무렵 단편소설과 같은 여타 문학 장르에 비해 희곡 창작 실적이 월등함을
보여주고 있다.2)

　이 시기 북한에서는 1947년 최고의결기구인 인민위원회의 결정에 따라, 국
립극장의 설립과 함께 각 도립극장과 직능단체 예술단 등 11개의 전문극단과
10개의 이동예술대, 그리고 수천 개의 연극 서클이 조직 운영될 정도로, 연
극을 적극적으로 권장하고 있었다. 이러한 연극 장려책은 대다수 민중들에게
쉽게 접근할 수 있는 장점을 지닌 공연예술이 그들의 사회주의 이념을 선전
선동하는 데에 가장 효과적인 방편임을 북한의 지도층이 간파했기 때문일 것
이다. 본문에서 본격적으로 다루겠지만, 김창만의 <북경의 밤>과 같은 작품
이 연안 지역 해방구의 중국인들과 조선인들에게 실시한 선전 선동의 실례인
것처럼, 마오쩌둥의 중국 공산당과 김일성의 항일연군에서도 연극은 선전 선
동의 효과적인 도구로 활용돼 왔다.

　필자는 이처럼 해방기 북한에서 활발하게 창작된 다양한 희곡 작품의 특질
과 경향, 새롭게 등장하는 극작가군 등에 주목해 왔다. 그동안 자료 미비로
남한 연구자들에게 제대로 알려지지 않았던 수많은 작품을 검토하면서, 북한
의 연극사에서 늘 칭찬해 마지않는 작품들(예를 들어, 남궁만의 <하의도>와
한태천의 <바우> 등)이 있는 한편, 북한의 평단에서 그리 주목받지 못한 작
품들(임하의 <항쟁의 노래> 등)이 공존하고 있는 실태를 눈여겨보았다. 북한
의 연구자들의 성향과 발표 시기 등에 따라 많은 극작가들의 이름과 작품명

---

1)『해방기 남북한 극문학 선집』 1, 2(평민사, 2012)에 이어서 『해방기 남북한 극문학 선집』
　3, 4, 5권이 근간 예정임.
2)「조선중앙연감 1949」에 따르면, 해방 이후 1947년 말까지 북한에서 발표한 문학 작품의 수
　효는 5천 편에 조금 모자라는데, 그중에서 시 2,369편, 아동 문학 767편, 가요 679편, 평론
　298편, 단편소설 295편, 그리고 희곡이 402편으로 집계되어 있다. 조선중앙통신사 편
　(1949)『조선중앙연감』 1949, 조선중앙통신사, 141쪽.

이 오르내렸는데, 이는 정치적인 환경에 따라 예술가들의 운명도 급변한 결과가 아닐 수 없다. 해방기 이후 한국전쟁을 거치면서, 북한에서는 여러 차례의 정치적 파동 (전쟁 책임론 차원에서 거론된 박헌영의 남로당파 숙청과 연안파와 소련파, 갑산파의 제거)을 겪으면서, 북한의 주도층으로 살아남은 극작가 중심으로 연극계가 재편되었음을 확인해 볼 수 있었다.

이에 본고에서는 당대에 발표된 극작품 자체의 신선함과 작품성에 주목하여 연구하고자 한다. 하지만 임의적으로 작품을 선정하기 어려운 난점을 해결하기 위해, 북한의 국립극장/단의 공연 작품을 연구 대상으로 삼고자 한다. 최근까지도 북한의 국립극장에 관한 문헌이 부족한 상태이며, 창작극 전문이 온전히 전해지지 못하는 경우도 비일비재하다. 이러한 과정에서 필자가 선정한 극작가와 작품은 다음과 같다. 김창만 작 <북경의 밤>, 김사량 작 <뇌성>, 남궁만 작 <하의도>, 한태천 작 <바우>, 임하 작 <항쟁의 노래>, 송영작 <나란이 선 두 집>.3)

여섯 작품을 창작한 극작가 가운데에는 월북 극작가 송영처럼 이미 잘 알려진 인물도 있지만, 해방 이후 본격적으로 극창작에 매진하던 중견 한태천과 이제 막 주목받기 시작한 남궁만, 소설 창작을 잠시 미루고 새롭게 극창작에 재능을 발휘한 김사량, 그리고 항일연극의 산증인 김창만과, 소련출신 고려인 극작가 임하의 존재는 당시 북한 연극계의 다양한 양상을 확인시켜 주는 주요 인물이 아닐 수 없다.

그러므로 본고에서는 송영을 제외하고는 작가의 면면에 대해 기존에 알려지지 않은 현실을 감안하여, 그들의 약력과 작품 활동을 본격적으로 소개하고자 한다. 또한 본고에서는 상기한 6작품의 극구성과 갈등 양상에 주목하고자 한다. 얼마나 견고하게 이야기를 짜 맞추어 전개하였는지 여부는 극 형상화의 첫 번째 과제가 아닐 수 없기 때문이다. 또한 긍정적인 주동인물과 부정적인 반동인물 사이의 갈등, 혹은 신구 세대 간의 대립, 혹은 낡은 것과 새

---

3) 앞의 자료 143쪽에서 1947년 말까지의 국립극장 대표작으로는 창작극 <봉화>(한태천 작), <뇌성>(김사량 작), <홍경래>(남궁만 작), <바우>(한태천 작), <백두산>(조기천 원작 한태천 각색), <춘향전>(김승구 각색), <심청 전>(김일용 각색), <노비의 동란>(김일용 각색), 번역극 <그 여자의 길>과 <흑인 브레트 중위>를 꼽았다. 또한 작자 미상의 북한연극사에 의하면, 월북 연출가 나웅이 주도하던 중앙예술공작단 시절의 <뇌성>과 소련계 연극인 김일룡이 주도한 국립극단 시절의 <노비의 동란>, <춘향전>, <백두산>, <흑인 브레트 중위>를 대표작으로 꼽았다. 38사 편(1949), 『북한연극사』, 이북통신, 14~18쪽.

것 사이의 투쟁 등 다양한 갈등 양상 속에서 극작가가 그리고자 한 목표(더 나아가 북한 사회가 요구하는 이상)가 어떻게 구현되는지 역시 극작품 평가의 주요 관건이기 때문이다.

II. 해방기 북한공연 현황 및 국립극장 공연작 분석

해방기 북한의 연극의 흐름을 정리하는 과정에서 1945년부터 1950년까지를 '평화적 민주건설 시기의 연극'으로 칭하는데, 이 시기 연극의 변천 과정과 그 과정상의 주요 공연 극작품을 일람하면, 대체로 다음과 같다. 자료를 정리함에 있어 참고한 문헌은 ① 서연호·이강렬이 지은 『북한의 공연예술 1』(고려원, 1989)과 ② 신고송이 기술한 "연극동맹 4주년의 회고와 전망", ③ 조선중앙통신사가 펴낸 『해방 후 10년 일지』의 사회문화편, ④ 기타 문헌 자료들이다.

해방 이후 1950년까지의 연극운동의 발전과정을 크게 3단계로 볼 때, 첫 번째 시기는 해방 직후부터 1946년 상반기까지로, '초창기'라 할 수 있다. 해방과 함께 북반부 전역의 도시와 공장 등지에서 자연생장한 형태로 보고 있으며, 예술적 수준이 낮은 편이었으나 소련군대가 주둔함으로 문화예술적으로 발전할 기틀을 마련해 주었다고 한다. 또한 과거의 상업주의적 저속한 인정극과 왜곡된 역사극의 신파조 잔재가 남아 있어서, 연극예술의 사실주의적 발전을 더디게 만든 암적 존재였다고 한다. 이 무렵의 공연작품으로는 김창만, <북경의 밤>과 <강제병>, 그리고 남궁만, <복사꽃 필 때>를 대표작으로 꼽을 수 있다.

두 번째 단계는 1946년 5월 중앙예술공작단의 창립과 각 도예술공작단의 조직을 통한 예술적 성과가 구현되던 1947년 4월까지의 시기를 든다. 물론 이 시기는 북한에서 토지개혁을 비롯한 민주개혁이 실시되었지만 남한에서는 미소공위 파탄과 10월항쟁 등의 투쟁이 날로 격화되는 가운데, 연극을 통한 선전계몽 사업을 적극적으로 펼치던 때였다.

이 무렵의 큰 성과로 드는 것이 중앙예술공작단에서 상연한 김사량 작 나웅 연출의 <뇌성>과 남궁만 작 <하의도>였다. 이후 국립극장으로 개편된 다음,

고전극 <심청전>과 토지개혁과 농민들의 성장발전을 그린 3편의 창작극으로 한태천 작 <바우>와 <봉화>, 백인준 작 <묘향산맥>이 높은 예술적 성과를 거두었다. 도시예술공작단 공연작으로 학병사건을 그린 박혁 작 <눈보라>, 평북 예술공작단의 공연작으로 김일성 장군의 빨치산 투쟁을 그린 김영근 작 <조선 빨찌산>을 당대의 공연 성과로 꼽았다. 그밖에 황해도 예술공작단의 <격양가>가 공연되었다.

또한 이 시기에는 일제말기의 퇴폐적인 형식을 답습하던 악극단도 상존해 있었는데, 대표적인 악극단으로는 평양의 건국좌와 신생극단, 삼천리악극단, 평양가극단, 그리고 동방가극단 등과 신의주의 청춘무대, 원산의 신성가극단이 여전히 활동하고 있었다. 1946년 5월과 6월에 걸쳐 평양시 소련군대 구락부에서는 '조쏘 친선 교환연극의 밤' 행사가 열렸는데, 여기서 대가무극 <봉산탈춤>(전 5장)을 공연하였다. 그해 11월 황해도 사리원극장에서 고전무용 봉산탈춤 보존회가 결성되었으며, 이 단체에 김일성이 표창금을 전달하였다.

세 번째 단계는 1947년 5월 극단의 정비개편이 단행되어, 60여 개에 이르는 극단과 악극단을 재편성하여, 국립극장4)을 위시한 11개의 전문극단(각 도립극장과 교통성예술단, 인민군예술극장, 노동자예술단, 농민극장, 청년예술단 등)과 10개의 이동예술대로 재편성되기에 이르렀다. 또한 북조선직업총동맹에서는 4월부터 각 직장에 문화 서클의 조직을 시작하여, 수천 개의 직장, 농촌, 학교 등지의 연극 써클이 조직되었다. 같은 해 5월에 착공한 모란봉 야외극장이 7월에 준공되어, 대규모 공연 장소로 활용되기 시작하였다. 이때부터 연극운동은 비약적인 예술적 상승기에 접어들었다.

역시 이 시기에 북조선국립영화 촬영소가 설립되어, 평남 대동군에 2만 평 규모의 영화촬영소 건설공사가 착수되었다.(3월) 또한 영화예술가 및 기술자 양성을 위해 영화연구소를 신설하고, 연구생과 시나리오를 모집하기에 이르렀다.(5월)

이 무렵 시립예술극장에서 상연한 박태영 작 <갱도>는 광산노동자들의 증산투쟁과 애국적 헌신을 극화하면서, 노동계급의 면모를 형상화한 척 작품으로 꼽는다. 이어서 8.15 해방 2주년 기념으로 평양에서 개최된 문학예술축전에는 8개 전문극단의 참가하여 민족적 성전을 장식하였는데, 강원도전문극단의 박

---

4) 북조선임시인민위원회의 결정에 따라 국립극장을 설치하기로 한 시기는 1947년 1월이었다. 『해방 후 10년 일지』(조선중앙통신사, 1955?), 75쪽.

영호 작 <홍수>, 시립예술극장의 송영 작 <인민은 조국을 지킨다>, 함북전문극단의 서만일 작 <불꽃>, 그리고 국립극장의 고전극으로 김승구 작 <춘향전> 등이 공연되었다. 하지만 8편 중 나머지 4편에 대해서는 알려지지 않았다. 이후 국립극단에서는 러시아 극작품 <그 여자의 길>을 공연하였는데, 북한 연극의 수준을 한 단계 끌어올린 수작이었으며, 배용, 박영신, 이재덕, 최예선, 엄미화, 한진섭 등의 열연을 선보였다.

한편 소련 태평양함대 연극단에서는 국립극장에서 <로씨아 사람들>을 상연하였다. 1948년 초에 국립극장에서 상연한 조기천 원작 한태천 각색 이석진 연출의 <백두산>과 시립예술극장에서 상연한 김태진 작 나웅 연출의 <이순신 장군> 역시 남다른 성과를 거두었는데, 배용과 이단 등의 원숙한 연기와 정순모의 무대장치가 작품의 성공에 크게 기여하였다.

8.15 해방 3주년 기념 예술축전에는 전체 전문극단과 이동예술대들이 참가하여 성황을 이루었다.5) 평북도전문극단의 백문환 작 <성장>과 함남도전문극단의 박영보 작 고기선 연출 <태양을 기다리는 사람들>과 같은 우수한 창작극이 높은 평가를 받았다. 그리고 평북이동예술대가 공연한 박혁 작 <나룻가에서>, 인민예술극단의 오정삼 작 <한라산>, 국립극단의 한민 작 <백무선>, 교통국예술극단의 남궁만 작 <기관차>가 무대에 올려졌다. 그런데 박영호 작 <열풍>과 함북전문극단의 <조국을 위하여>는 기대에 미치지 못한 실패작이 되고 말았다.6)

축전 이후 창작극의 빈곤 때문에 국립극장은 임하 작 <항쟁의 노래> 한 편을 무대에 올리고, 번역극으로 <흑인 브레트 중위>와 <외과의 크레체트>를 상연하였다. 시립예술극장에서는 신인 류기홍 작 <원동력>과 번역극 <로씨아 사람들>을 상연하였다.

1949년의 해방 4주년 기념 예술축전에는 16개의 중앙 및 각 도 전문극단과 가극단이 참여한다고 하였으나, 전체 출품작과 단체 등의 내용을 제대로 확인하기는 어렵다. 국립극단의 송영 작 <나란히 선 두 집>과 내무성극단의 이기

---

5) 북조선문학예술축전 규정 중에서 연극부문을 보면, 문예총 각 도위원회가 추천한 여섯 단체와 평양 대표 단체, 그리고 국립(중앙예술)극단과 북조선가극단, 총 아홉 극단이 참가하기로 하였다. 8월 5일부터 30일까지, 각 극단이 3일씩 35명 이내의 인원으로 공연하는데, 대부분의 극단은 모란봉 야외극장에서 공연하되 평양시립극단과 북조선가극단은 삼일극장에서 공연하기로 하였다. 『문화전선』 5집 (1947.7.)
6) 작품성이 떨어진 <열풍>과 <조국을 위하여>는 결국 『8·15 해방 3주년 기념 예술축전희곡집』에 수록되지 못하였다.

영 원작 윤세중 각색 <땅>이 수상작의 영예를 차지한 가운데, 함남도립극장의 송영 작 고기선 연출 <자매>, 함북도립극장의 류기홍 작 <원동력> 강원도립극장의 박영호 작 <비룡리 농민들>, 조선인민군예술극장의 번역극 <장갑열차> (이와노프 작), 그리고 국립극장의 송영 작 <금산군수> 등이 공연되었다.

1950년도에는 국립극장의 신고송 작 김순익 연출 <불길>과 내무성극단의 류기홍 작 맹심 연출 <은파산>이 공연되었다. 그밖에 <눈보라>와 <어머니>, <폭풍지구>는 작가와 공연단체가 알려지지 않았지만, 해방 이후 5년 사이에 공연된 극작품으로 분류되었다.

한편 앞선 조선중앙연감이 지적한 국립극단 대표작 10편(1947년 말까지)은 다음과 같다.[7]

한태천 작, 이석진 연출 <봉화>
김사량 작, 나웅 연출 <뇌성>
남궁만 작, 주영섭 연출 <홍경래>
한태천 작, 전권영(영권?) 연출 <바우>
조기천 원작, 한태천 각색, 이석진 연출 <백두산>
김승구 각색, 주영섭 연출 <춘향전>
김일용 각색, 연출 <심청전>
김일용 각색, 연출 <노비의 동란>
드레노프 작, 김일용 연출 <그여자의 길>
전영권 연출 <흑인 브레트 중위>

1. 항일무장투쟁의 의지, <북경의 밤>

<북경의 밤>을 창작한 김창만의 생애는 그동안 잘 알려지지 않은 편이다. 작가보다는 정치가로 더 유명한 그의 생애와 이력을 간략히 정리하면 다음과 같다. 1914년 함경남도에서 출생한 김창만은 1935년 중국으로 망명한 후, 광동 중산대학과 남경군관학교를 마치고 화북조선청년연합회에 합류하여 항일무

---

7) 『조선중앙연감 1949』143쪽.

장투쟁에 직접 투신했던 인물이다. 이후 그는 연안에서 활동한 화북조선독립동 맹의 중앙위원 겸 선전부장으로 있으면서 주로 문예 선전과 정치 공작 활동을 전개하였다. 조선의용군의 선전책임을 맡은 그는 1943년 <강제병>(2막)[8]과 1944년 <북경의 밤>(1막)을 창작하고 연출하였다. 이 과정에서 그는 조선의용 군 소속의 김학철과 김위, 최채, 그리고 후일의 김사량과 함께 조선의용군 무 장선 전대 항일연극을 이끌었다.[9]

해방 이후 그는 북조선인민위원회 상임위원을 시작으로 조선노동당 중앙위 원회 선전부 부부장(과 부장) 등의 직책을 거치며 김일성 숭배 작업에 앞장섰 다.[10] 한국전쟁 이후 그가 속한 연안파 정치인들이 한국전쟁의 책임을 물어 제거되는 상황에서도 건재하였던 그는, 내각의 교육상과 부수상을 역임하였으 며, 이어서 조선노동당 중앙위원회 상무위원 겸 부위원장, 최고인민회의 대의 원 등의 요직을 계속 맡았다. 하지만 1966년에 이르러 실각[11]한 이후, 그의 최후에 대해서는 지금까지 잘 알려진 바 없다.

김창만의 희곡 <북경의 밤>[12]은 북경 감옥에서 일제의 간악한 고문과 회유 끝에 순국한 항일투사의 실화를 극화한 작품으로, 연안의 태항산 조선의용군 진영에서 초연된 후 항일투쟁 의지를 고취시키려는 목적 하에 해방 전 여러 지역에서 공연된 레퍼토리 중의 하나이기도 하다. 중국 연안지역에서 일제와 맞서 투쟁하던 조선의용군 내에서 다양한 문화 활동을 통해 항일투쟁 의식을 고취하면서 일제의 고문에 희생당한 순국열사를 기리려는 의도를 십분 발휘한 이 작품은, 1946년 국립극단의 전신인 중앙예술공작단이 공연하였으며,[13] 같

---

8) 이 작품도 1946년에 공연되었다는 설이 있으나, 신뢰도가 떨어지는 출전으로 부터의 지적 이다. 이기봉(1986), 『북의 문학과 예술인』, 사사연, 162쪽.

9) 김창만과 최채를 비롯한 항일연극 활동에 대한 연구는 이재명(2015), 「일제 말 중국체류 조 선인의 연극/영화 활동 연구(2)-서안과 연안을 중심으로-」, 『인문과학연구논총』 36권 1호, 명지대 인문과학연구소, 85~117쪽 참조.

10) 그는 1946년 6월부터 '우리 민족의 위대한 영도자 김일성 장군 만세'라는 구호를 내세웠 으며, 1947년 2월 인민위원회 대회를 통해 김일성 숭배에 열을 올린 바 있다. 와다 하루끼 (서동만·남기정 옮김)(2002), 『북조선』, 돌베개, 82쪽과 87쪽.

11) 그는 1966년 10월 노동당 11인 정치위원에 들지 못하면서 권력에서 밀려나 게 되었다. 와다 하루끼(2002), 앞의 책, 125쪽.

12) 그는 "이 글은 작년 적의 유치장에서 끝까지 혁명 절개를 직히고 돌아간 ** 동지의 영전 에 삼가 올리나이다. 1944년 7월 1일 김창만"이라는 작품 머리말에서 실화임을 강조하고 있다. 실제로 그는 김위, 조련, 진동명 등과 함께 북경에 잠입해 비밀공작원 활동을 펼친 바 있다 鐸木昌之(1986), 「잊혀진 공산주의자들-화북조선독립동맹을 중심으로-」, 『항전별곡』, 거름, 62쪽.

13) 서연호·이강렬(1989), 『북한의 공연예술』 1, 고려원, 168~169쪽. "1946년 5월 조선예

404

은 해 8월 8.15 해방 1주년 기념 희곡집14)에 수록되었다.

<북경의 밤>15)은 전체 2장으로 구성되어 있는데, 1장은 해골이 나뒹구는 한밤중 무덤가에서, 한 달 전 체포되어 내내 고문을 받던 조선의용군포로 김철로부터 동료 여전사 김영16)의 은신처와 그들 집단 북경책임자의 신원을 알아내려고 살해 협박하는 일본 경찰 高橋의 악독한 모습을 두드러지게 형상화하였다. 그에 맞서서 온갖 고문에도 굴하지 않고 당당하게 죽음을 맞이하겠다는 김철의 결의에 찬 의지를 확실하게 보여준다. 이처럼 1장에서는 포로에게 살해협박을 서슴지 않는 간악한 일본 경찰과 그에게 굴복하지 않는 조선 청년의 기개를 극단적인 대비로 그려냈다.

2장은 그로부터 일주일 후 경찰서 지하 유치장에서 최후의 수단으로 물과 음식을 제공하지 않는 고문으로 극단적인 한계에 봉착한 김철의 상황을 전경으로 배치하였다. 그를 상대로 일제의 순사와 조선인 변절자 장영택, 그리고 고문기술자 高橋가 차례대로 그를 회유하고 핍박하는 과정이 극화되었다. 간사하고 몰염치한 회유와 잔인한 고문의 과정, 하지만 죽음으로 지켜낸 최후의 승리를 극적으로 그려냈다. 일제의 간악한 만행과 그것을 극복해내는 조선의용군의 의연함을 보여주기 위한 2장에서는 각종 고문도구들이 가득 찬 음습한 지하 유치장의 시각적 장치들, 옆방에서 들려오는 고문을 가하는 소리와 그에 따른 비명 소리와 같은 청각적 장치를 적극적으로 활용하여, 긴장감 넘치는 극적 분위기를 조성해 냈다.

이 작품의 극적 구성은 결국 의식마저 혼미해진 김철로부터 결정적인 정보를 알아내기 위한 일제의 3단계 책동으로 이루어져 있다. 먼저 바보 같은 유치장 간수의 입을 통해, '왜 어린 청년이 혁명에 충실한가, 모든 것을 희생하며 조선 독립을 꿈꾸는가' 하는 근본적인 질문을 던지게 하고, 김철로 하여금 '눌릴 대로 눌리고, 짓밟힐 대로 짓밟힌 조선사람'은 누구나 치열한 독립정신

술좌와 인민극장 등을 통폐합하여 만든 중앙예술공작단의 첫 작품이 <북경의 밤>이며, 그 밖의 몇몇 레퍼토리를 가지고 지방 순회 공연을 떠났다."라고 한다.

14) 북조선예술총연맹 편(1946), 『8.15 해방 1주년 기념 희곡집』, 북조선예술총연맹출판사에는 김사량의 <호접>과 김창만의 <북경의 밤>, 그리고 남궁만의 <복사꽃 필 때>가 수록되어 있다. 하지만 문화전선의 책 예고에 나오는 한태천의 <형로>와 서만일의 <김구 삽화>는 수록되어 있지 않았다.

15) 본 텍스트는 이재명(2012), 『해방기 남북한 극문학선집』 1, 평민사, 439~456쪽에 수록되어 있으며, 김창만의 또 다른 희곡 <강제병>도 수록되어 있다.

16) 북경 책임자이면서 주인공 김철의 애인으로 나오는 김영은 실존인물 김위일 가능성이 높다.

을 지녔음을 당당하게 대답하게 한다. 이어서 변절자 장영택이 '청춘, 생명, 희망'을 노래하는 시로써 회유 공작을 펼치는데, 김철은 일제와 조선 사이에는 타협과 응부(應付)가 아닌 피할 수 없는 대결과 싸움만이 존재한다면서, 타협과 자백을 단호히 거절한다. 끝으로 극도의 갈증으로 혼미해진 김철에게 마실 물을 이용한 高橋의 마지막 고문이 이어진다. 김철은 고통과 절망의 한계를 지나 최후의 운명의 순간을 맞이하면서 동지들에게 끝까지 싸워서 조선독립을 이뤄달라는 유언을 남기고 장렬하게 순국한다.

특별히 이 작품은 주동인물과 반동인물 사이의 극단적인 갈등 대립 관계를 치열하게 보여줌으로써 극적 의도를 잘 발휘하고 있다. 사경을 헤맬 정도로 고문을 당한 자와 정신적, 육체적으로 고문을 가하는 자 사이의 외형적 우열 관계는 분명하겠지만, 오히려 육체적인 한계를 뛰어 넘는 정신적 승리로 귀결됨으로써 주동인물의 고결한 영웅적 행위를 감동적으로 전할 수 있었다. 절정에서 보여준 주동인물 김철의 죽음은 당대의 관객(중국인들과 중국내 조선인)들에게 커다란 카타르시스를 느끼게 하였다.

<북경의 밤>을 창작한 김창만은 항일무장투쟁 과정에서 선전선동을 책임진 인사였지만, 그 스스로가 전문적인 극작가와 연출가는 아니었다. 이 작품 역시 조선의용군의 항일의식을 고취시키기 위한 아마추어 선전 극이었기에, 작품의 문학적 품위와 예술적 감동을 느낄 수는 없었다. 하지만 일제와 맞서는 전장에서 조선인들이 펼친 몇 안 되는 항일연극의 일면을 확인케 한 점은 이 작품의 가장 중요한 의의라 할 수 있다.

2. 신출귀몰한 영웅상, <뇌성>

작가 김사량[17]은 조선의용군의 호가장 전투 실화를 극화한 <호접>을 앞서 소개한 『8.15 해방 1주년 기념 희곡집』에 발표함과 동시에, 김일성이 이끈 항일연군의 보천보 전투를 극화한 <뇌성>(3막5장)을 김일성 장군 찬양 특집 우리의 태양[18]에 발표하였다. 이 작품은 월북 연출가 나웅에 의해 평양 삼일

---

17) 김사량의 극작 활동에 대한 논의는 이재명(2011), 「김사량의 희곡 <호접> 연구」, 『현대문학의 연구』 45집, 한국문학연구학회, 107~147쪽 참조.
18) 한재덕 편(1946), 김일성장군 찬양 특집 우리의 태양, 북조선예술총연맹에는 한재덕의 <김일성장군 유격대 전사>와 이찬과 박세영 등의 시, 한설야 의 소설 <혈로>, 그리고 김사량의

극장에서 중앙예술공작단의 공연작으로, 8월 15일을 전후해서 25일 간 대대적으로 공연되었다.[19]

<뇌성>[20]은 소위 혁명전통 주제의 첫 공연작으로서, 이후 김영근의 <조선빨찌산>, 조기천의 장시를 한태천이 각색한 <백두산>, 박영보의 <태양을 기다리는 사람들>로 이어져 짧은 기간 동안 김일성의 항일혁명 전통을 무대화하는 데에 선봉적인 역할을 하였다. 특별히 김일성의 부인 김정숙이 1946년 7월 <뇌성> 연습 과정에 나타나 창작가와 예술인들에게 작품 내용에 대한 가르침을 줌으로써, "창작가들은… 항일의 혈전만리를 진두에서 헤쳐오신 위대한 수령님의 불멸의 로고와 수령님 의 위대한 혁명사상, 신출귀몰한 탁월한 전법, 고매한 덕성과 풍모를 더욱 깊이 체득하게 되었으며 이를 작품에 담기 위해 온갖 정열과 노력을 기울였다"[21]고 자랑하기까지 하였다.

3막 5장의 구성을 지닌 <뇌성>은 1937년 6월초 항일연군의 습격이 잦은 만주 동변도 장백현을 배경으로 한 1막과 김일성의 항일연군 제6사가 머물면서 일본군과 격전을 벌이고 있는 낭암산을 배경으로 한 2막 1장, 다시 1막의 장백현 19도구 보안대 본부를 배경으로 한 2막 2장, 보천보 근처의 야외를 배경으로 한 3막 1장, 그리고 보천보 경찰관 주재소를 배경으로 한 3막 2장으로 나뉜다. <뇌성>은 이처럼 다양한 장소를 배경으로 역동적인 사건이 펼쳐지게 극화하였다. 이 작품의 극적 구성을 간략히 요약하면 다음과 같다.

1막은 小林 대좌와 市川 경부, 于 만군 상좌 등이 모여 김일성의 동북항일연군을 토벌하기 위해 온갖 전략을 세우는 과정을 극화하였다. 이 과정에서 김일

희곡 <뇌성>이 수록되어 있다. 이 선접의 의미에 대한 연구는 김승환(1993), 해방 직후 북조선노동당의 문예정책과 초기 김일성주의 문학운동, 『개신어문』 8집, 개신어문학회, 249~272쪽 참조.

19) 김승환(1993), 앞의 글, 265쪽. 布袋敏博(2007), 「초기 북한문단 성립과정에 대한 연구-김사량을 중심으로-」, 서울대 대학원 박사학위 논문, 54쪽. 이 두 글에서는 <뇌성>이 중앙예술공작단의 제1회 공연작이라고 언급하고 있다.

20) 본 텍스트는 이재명(2012), 『해방기 남북한 극문학선집』 1 , 평민사, 75~130쪽에 수록되어 있으며, 김사량의 또 다른 희곡 <더벙이와 배뱅이>, <무쇠의 군악>, <봇똘의 군복>, 그리고 <호접>이 같이 수록되어 있다.

21) 작자미상(2005), 첫 수령형상연극 <뇌성> 창조에 깃든 사연, 『조선예술』, 2005년 9월호 국립중앙도서관 원문 복사 자료. A4 용지 2쪽 반 분량의 자료 결론 부분은 다음과 같다. "실로 연극 <뇌성>은 항일의 여성영웅 김정숙 동지의 불멸의 자욱이 어린 첫 수령형상 연극으로서 우리나라 문예사에서 무대 우에 처음으로 전체 인 민들의 염원을 담아 위대한 수령님의 형상을 숭엄한 화폭으로 창조한 것으로 하여 자못 그 의의가 크다." 이 글 전체에는 극작가 김사량이나 연출가 나웅의 이름은 전혀 나오지 않은 상태에서 특정인이 아닌 "창작자와 예술인"으로 지칭하였는데, 구체적인 실상을 믿기에는 신빙성이 떨어진다고 여겨진다.

성부대에게 타격을 입히기 위한 전략이란 것이 기껏해야 여포로 김혜란을 통한 투항권고와 포로 박금철의 심문, 그리고 김일성의 노조모를 이용한 투항권고일 뿐이다. 이는 김일성부대의 수십 배가 넘는 일군과 만군의 소탕전은 늘 허탕을 치고 있다는 반증이다. 게다가 일본 토벌군의 계획은 그들 조직에 잠입해 있는 항일연군 스파이 '노왕'과 '꾸리'에게 늘 염탐 당하고 있으며, 그들을 통해 여포로 김혜란과 김일성의 조모에게 김일성이 반드시 구원하러 온다는 희망의 메세지를 은밀히 제공하면서 낙관적 전망을 제시한다.

이어지는 2막 1장에서는 사나운 날씨 속에 항일연군과 일본군 사이에 치열한 전투가 벌어지는데, 그 상황은 부상한 최연장22)의 '조망 보고'로 진행된다. 끝내 최연장이 죽음에 이르자, 김일성은 피의 복수를 맹세한다. 이어서 꾸리로 위장했던 임배장이 김일성 귀순 공작을 위해 파견된 이종락을 제압하여 김일성에게 끌고 오면서 놀라움을 선사한다. 이 과정에서 비밀리에 추진 중인 보천보 습격계획이 탄로 날 위기에 처했음이 드러나면서, 위기가 조성된다. 김일성은 변절자 이종락에게 일장연설을 한 후 일본군에 잡혀있는 김혜란을 구출하기 위해 직접 적진으로 나가려 하면서, 인민을 아끼고 신의를 지킬 줄 아는 지도자상을 구축한다.

우레와 번개, 모진 바람이 이는 악조건 속에서 항일연군의 습격에 대비하기 위해 군중들을 강제동원해서 보안대 본부 흙포대 쌓는 공사판의 혼란 속에서 2막 2장은 시작된다. '노왕'이 첩자로 의심받는 상황 속에서 또 다른 위기감이 조성되지만, 김일성이 투항을 거절했다는 부관의 보고가 뒤따른다. 바로 이때 김일성이 등장하여, 일본군 토벌대 사령관 小林 대좌를 살해하고 김혜란을 구출한다. 또한 보천보 침공계획이 누설되지 않게 하기 위해, 포로로 잡은 국경경비대장 市川을 앞장세워 김일성은 보천보로 진격하려 한다.

3막 1장에서는 보천보 습격 사건이 있던 날 새벽, 김일성부대가 압록강을 건너와 대기하고 있던 중, 김혜란의 가족을 비롯한 국내 조직원 17명이 체포되어 있다는 사실을 알게 된다. 이에 김일성은 치밀하게 침공 계획을 세운 후, 구체적인 작전 내용을 부하들에게 하달한다. 3막 2장에서 경찰 본부의 齊藤경시와 함남도 경찰부의 박찬석 경부보는 박금철 가족을 고문하여 김일성의 국내 조직망을 알아내려 한다. 모진 고문을 당하고 있는 박금철 일행을 구출하

---

22) 원작에는 사장(師長), 연장(聯長), 배장(排長) 등의 직책이 나오는데, 연장은 소대장급, 배장은 분대장급으로 추정된다.

기 위한 김일성부대의 보천보 습격이 성공리에 전개되고, 끝까지 발악하는 박찬석과 市川을 사살하면서 극은 절정에 이르게 된다. 김일성의 첫 국내 진공 작전이 성공한 가운데, 보천보 주민들이 해방된 기쁨을 만끽하는 감격 속에 막이 내린다.

이처럼 <뇌성>에서는 각 막의 시작부에서 긴박한 위기의 상황을 먼저 제시하고 이어서 위기가 극복되는 과정을 거듭한 끝에, 감격적인 절정의 순간- 보천보의 해방을 맞게 된다는 극적 구조를 이루고 있다. 하지만 이 작품에는 제대로 설정된 갈등이 없다. 외형적으로 김일성 일개인 대 조선인 경찰 이종락과 박찬석, 일본군 小林 대좌, 일본 경찰 市川경부와 齊藤 경시 사이의 대립이 그려져 있다. 또한 소규모 김일성부대를 제압하지 못해서 쩔쩔매는 대규모 일본군 토벌대와 일본 경찰의 모습을 우스꽝스럽게 그려놓기까지 하였다. 그러므로 이 작품 안에는 제대로 된 내외적 갈등 없이 순간적인 위기 상황만 제시되어 있을 뿐이며, 신출귀몰한 영웅이 그 위기를 모두 극복하고 만다는 식이다.

또한 이 작품의 한계로는 김일성의 항일업적 중에서 제일 유명한 보천보 전투 실화를 바탕으로 했다는 점과는 달리, <뇌성>에는 역사적 사실보다 과장된 내용이 다수 있으며, 다른 시공간에서 펼쳐진 에피소드에 끼워 맞추기 식 전개가 상당수 있음을 확인할 수 있다. 김일성을 귀순시키기 위해 김의 할머니를 귀순 공작에 이용하려는 변절자 이종락23)의 계략은 작품의 전반부에서 상당히 큰 비중으로 다루어진 에피소드였다.

그런데 이 사건은 극중 시간인 1937년 6월이 아닌, 그로부터 1년 반 뒤인 1938년 11월의 사건으로 알려져 있다. 김일성 연구가 와다 하루끼의 연구24)에 따르면, 실상은 다음과 같다. '1938년 11월 몽강현 남패자 회의에서 김일성의 제6사는 제2방면군이 되고, 김일성이 제2방면군의 총지휘를 맡게 되었다. 이 회의 기간 중에 이종락이 김일성에게 투항을 권유하기 위해 찾아왔다가 체포, 처형되었다. 이때 이종락은 김일성의 조모를 무송과 몽강까지 데려왔지만 결국 조모에게 김일성의 귀순을 권유시킬 것을 단념하고 자신이 유격대로 김

---

23) 김일성은 이종락과 1929년경부터 관계를 맺기 시작하여 조선혁명군 지린성 이종락부대의 일원이 되었으나, 1931년 이종락부대가 일본측에 완전 궤멸되고 이종락도 체포되었으나, 김일성은 체포를 면하고 동만 지역으로 피신하였다 고 한다. 와다 하루끼(2002), 앞의 책, 141~143쪽. 와다 하루끼는 다른 책에서 이종락이 김일성에게 최초의 군사훈련을 베푼 인물로 보았다. 와다 하루끼(이종석 옮김)(1992), 『김일성과 만주항일전쟁』, 창작과비평사, 54쪽.
24) 와다 하루끼(1992), 같은 책, 171~172쪽.

일성을 직접 찾아왔다.' 실제로 이종락이 벌인 회유책은 보천보 습격 사건 다음해에 일어난 일이지만, 극중에 끌어들여 극적 효과를 높이려 하였던 것이다.

또한 극중에서 제시된 일본군과 경찰이 김일성비(匪)를 토벌하기 위한 작전은, 극중 시점보다 대략 1달 정도 이후인 1937년 7월경의 일이라고 한다. 7월 7일 중일전쟁의 개시 이후 일제는 만주에서 토벌 작전을 늦추지 않았으며, 동변도 지구 특별귀순공작이 실시되어 양정우부대와 김일성부대를 목표로 토벌과 귀순 공작이라는 양면작전[25]을 전개한 바 있다. 그러므로 박금철의 보천보 지도 강탈 장면이나 일제의 전면적인 토벌작전과 항일연군과의 전투, 특별히 극중에서 적의 지휘관격인 小林 대좌와 국경특별경비대장 市川 경부, 조선인 경찰간부 박찬석 등의 사살[26]은 극적 효과를 높이기 위한 의도적인 차용이거나 허구에 불과하다.

또한 <뇌성>에는 김사량의 이전 작품 <호접>의 극중 내용이 중복되어 사용된 부분이 있다. 2막 1장에서 최연장이 전투 중 부상당한 몸으로 무대밖 사건을 실황 중계하듯 하는 '조망 보고' 장면과 간호부 백아영의 헌신적인 보살핌에도 최연장이 사망하자 대장이 절규하는 장면은 그의 이전 작품 <호접>에서 그대로 차용한 부분이다. 또한 연안에서 김사량의 극창작을 도와준 김창만의 작품 <북경의 밤>으로부터도 변절자를 통한 일제의 회유책과 일본경찰의 잔인한 고문으로 독립 운동가들로부터 자백을 강요하는 장면을 빌려온 것으로 보인다.

3. '당랑재후(螳螂在後)'의 상황, <하의도>

평양을 중심으로 활동한 극작가 남궁만(1915~?)의 생애와 이력에 대해서는 그동안 잘 알려지지 않은 편이다.[27] 하지만 해방 이후 북한연극계에서 그가

---

25) 와다 하루끼(1992), 같은 책, 168~169쪽.
26) 보천보 습격사건에서 실제로 주재소에 근무하던 5명 모두 몸을 피해 사망자는 발생하지 않았다고 한다. 와다 하루끼(1992), 같은 책, 156~160쪽.
27) 극작가 남궁만에 대한 본격적 논의는 1993년 필자에 의해서 처음 제기된 바 있다. 1930년대 중후반 신예극작가로 남궁만이란 존재가 처음 알려진 것은 1936년 조선중앙일보 신춘문예에 희곡 <데릴사위>를 통해서였으며, 이후 같은 지면에 <산막>을 연재하였고, 같은 해 문학 7월호에 <청춘>을 연이어 발표하면서 주목을 받았다. 이후 1941년 매일신보 신춘문예에 <전설>이 당선되었는데, 이 작품은 유치진의 지도로 국민연극연구소에서 8월과 10월

차지하는 위치는 상당히 높았다. 해방기 동안 그가 창작하거나 공연한 극작품[28]만 열거해도, <복사꽃 필 때>(1946년), <가을>(1946년), <하의도>(1946년)[29], <제주도>(1947년), <봄비>(1947년), <홍경래> (1947년), <산하유정>(1947년), <결혼문제>(1948년), <노동자>(1948년), <기관차>(1948년), <산의 감정>(1949년), <토성랑 풍경>(1949년), <소낙비>(1949년), <아름다운 풍경>(1949년), <임산철도 공사장>(1950년), <또 전투가 일어나는 날>(1950년) 등 16편이 넘는다.

이 시기 그의 대표작이라 할 수 있는 <하의도>(1막)[30]는 1946년 8월 전남 무안군 하의도에서 신한공사와 섬주민들 사이에서 발생한 소작쟁의 사건을 소재로 하였다. 이 작품의 중심인물[31]은 가난한 소작농 김장에와 그의 아내, 그의 딸 꼴지, 그리고 꼴지의 약혼남 박종창으로, 그중에서도 곧 혼인을 앞두고서 비극적인 최후를 맞이한 청춘남녀 꼴지와 박종창에게 초점이 맞추어져 있다. 극중에서 박종창은 병든 어머니를 봉양하면서 열심히 농사를 짓고 새로 땅을 개간하는 등 고군분투하지만, 소 살 돈 만원을 마련하는 데에는 역부족인 형편이다.[32] 하지만 장인이 될 김장에는 딸에게 가난을 대물림하지 않겠다는 뜻으로 사위 될 종창에게 소를 사와야지 혼인을 성사시켜 주겠다고 무리한 요

두 차례에 걸쳐서 공연되었다.
이재명(1993), 「남궁만 희곡작품에 대한 분석적 연구」, 한국연극학회, 『한국연극학』 5호, 63~68쪽.
이재명(2004), 『해방전(1940~1945) 공연희곡집』 4 , 평민사, 127~172쪽.

28) 해방 이후 남궁만 희곡에 대한 연구로는, 김향(2013), 해방 직후 남궁만 희곡에서 구현되는 멜로드라마적 특성 연구, 『한국극예술연구』 42호, 한국극예술학회, 149~186쪽이 있다.

29) 남궁만의 <하의도>가 게재된 지면은 남궁만(1961), 남궁만 희곡집, 공산주의자, 조선작가동맹출판사인데, 이에 따르면 <하의도>의 창작 시기는 1946년이다. 또한 같은 해 중앙예술공작단에서 나웅 연출로 공연되었다. 그런데 사회과학원 문학연구소(1978), 『조선문학사(1945~1958)』, 과학 백과사전 출판사, 135쪽에서는 1949년 작으로 기록되어 있다. 이를 인용하는 대부분의 자료가 1949년도 창작이라고 기록하는데, 이는 명백한 오류라고 여겨진다.

30) 본 텍스트는 이재명(2012), 『해방기 남북한 극문학선집』 2, 평민사, 168~200쪽에 수록되어 있으며, 남궁만의 또 다른 희곡 <복사꽃 필 때>, <봄비>, <홍경래> 등 총 6편이 같이 수록되어 있다.

31) 중심인물(central character)에 대한 논의는 이재명(2004), 『극문학이란 무엇인가』, 평민사, 84~85쪽 참조.

32) 그의 초기작 <데릴사위>에서도 분이와 혼사를 치르지 못하는 석삼의 처지는 과도한 소작료와 수세 등의 농촌 수탈 정책에 기인한 것으로 그렸는데, 일제하 가난한 소작농들이 아무리 열심히 일해도 극심한 궁핍을 벗어날 길이 없는 현실과, 해방이 되었지만 가난을 벗어날 길이 없는 하의도 농민들의 삶은 서로 맞닿아 있다고 볼 수 있겠다. 이재명(1993), 앞의 글, 71쪽.

구를 일삼는다.

이때 그런 형편을 잘 알고 있는 꼴지가 신한공사 직원 남가에게 온갖 수모와 희롱을 참아 가면서 생선을 팔아 소 살 돈을 마련하려 애쓴다. 이처럼 이 작품은 일제시대에 비해 나아진 것이 없이 가난을 대물림하는 소작농들 사이에서 혼사를 둘러싼 부모/자식 갈등과 남/녀의 대립 구도가 근간을 이루고 있다.[33] 이 작품의 전반부 설정은 막무가내 아버지를 설득할 수 없는 딸과 예비 사위, 어떻게 돈을 마련할 것이냐로 대립하는 남녀의 견해 차이를 매우 리얼하게 그려냈다.

하지만 이들 중심인물들은 개인적인 한계와 무력함을 넘어서 구조적 한계에 직면해 있다. 그들은 섬의 토지 소유권을 주장하며 비싼 소작료를 요구하는 신한공사의 횡포에서 일제시대처럼 자유스럽지 못하다. 이런 불합리를 타개하기 위해 가장 김장에는 전남도와 미군정청에 섬 주민들의 딱한 사정을 하소연해 보지만 아무런 대책을 듣지 못한다. 마을의 유지이자 지주인 김목사에게 부탁을 청해 보지만, 그도 농민의 편이 돼 주질 않는다. 그 결과 하의도 전체 농민들은 폭동이라도 일으킬 상황을 극구조상 위기부에서 제시하고 있다.

중심인물의 대척점에 서 있는 반동인물군은 극의 후반부에 가서야 비로소 등장한다. 공권력을 행사하는 신한공사 김계장 일행, 무력으로 소작인들을 제압하려고 출동한 목포경찰서의 공안과장, 그리고 다수의 경찰관들이 극중에서 반동인물의 역할을 맡고 있다.

하지만 이 작품은 무대 위에 드러난 반동인물들보다 더 큰 세력들이 극중 세계를 지배하는, 보이지 않는 거대한 권력이 자리 잡고 있음을 은연중에 제시하고 있다. 즉 가난한 농민들로서는 도저히 극복할 수 없는 거대한 세력이 그들을 짓누르고 있다는 것이다. 자신들의 이익을 위해 그들 편의로 만든 법령과 무기로 농민을 탄압하려는 신한공사와 경찰 세력보다 더 큰 세력은 바로 남한 정부와 그를 후원하는 미군정이 뒤를 받치고 있다는 현실 구도를 명확히 보여준다. '당랑재후(螳螂在後)'의 상황, 즉 '가난한 소작농 < 신한공사 < 경찰 < 남한 정부 < 미군정'의 현실 인식을 드러내고 있는 것이다.

위기 상황은 결말부에 가서 폭동으로 이어지는데, 소작농들과 경찰들의 팽팽

---

33) 이렇듯 극심한 가난을 헤쳐 나가려고 몸부림치는 남녀의 모습은, 초기작 〈청춘〉에서 돈에 팔려 남성의 노리개로 전락한 아내 두리와 끝내 가난을 벗어날 대책을 마련할 길이 없는 무기력한 남편 업동이의 비극적 형상과 매 우 유사하다.

한 대치 끝에 박종창과 김전배와 같은 청년의 비극적인 죽음으로 끝맺음을 한다. 아무도 가난한 소작농들 편을 들지 않는 상황에서 그들이 선택할 수밖에 없는 유일한 대안은 김전배가 전해주는 북조선에 대한 기대밖에 없어 보인다. 소작쟁의에 앞장선 김전배는 토지개혁과 같은 민주개혁을 통해 북조선의 농민들 처지가 좋아진 것은 바로 김장군의 통치 덕분임을 역설하면서, 박종창과 꼴지, 그리고 하의도 소작농들에게 깨우침을 주고 변화시키는 역할을 담당하고 있다. 즉, 그는 '촉매적 인물'[34]과, 극중 주제를 작가 대신 드러내는 '레조네'로서 극중 역할을 겸하고 있는 것이다.

<하의도>는 실제로 폭동이 일어날 수밖에 없었던 남한의 농촌 현실을 북한 관객들에게 보여줌으로써, 민주개혁을 실현한 북한의 현실이 대조적으로 우위에 있음을 형상화하였다. 더 나아가 가난한 서민들의 편이 되지 못하는 남한 정부와 미군정을 비판하면서 노동자 농민의 삶을 개선시킨 김일성의 영도력을 찬양하려는 작품의 의도를 효과적으로 형상화하였다고 볼 수 있겠다.

4. 새 조국 건설의 인재상, <바우>

<바우>를 창작한 극작가 한태천(1906~?)[35]은 1935년 동아일보 신춘문예에 희곡 <토성랑>이 당선되면서 이름이 알려지게 되었으며, 이 작품은 같은 해 11월 재일 조선인 연극단체인 조선예술좌에서 고향 친구 안영일의 연출로 축지소극장에서 공연[36]되어 호평을 받은 바 있다. 그는 같은 해 단막극 <수수떡>과 <산월이>를 발표하였으며, 계속해서 해방 전까지 <매화포> 등의 희곡

---

34) 촉매적 인물(catalystic character)이란 중심인물들로 하여금 변화할 수 있는 계기를 마련해 주는 보조적 인물을 말한다. 이재명(2004), 앞의 책, 평민사, 94쪽.
35) "한태천은 1906년 11월 26일 평안남도 남포시 자유노동자의 가정에서 출생하였다. 그후 평양으로 이주하여 20세까지 고학으로 평양 광성고등보통학교 를 졸업하고, 졸업 후는 재령, 안악, 평양 등지에서 교원생활을 하는 한편,… 8·15 해방 후는 국립극장의 전신인 중앙예술 공작단의 전속작가로서 장막 <바우>(1946년), 단막 <30년만의 외출>(1946년), 장막 각색 <백두산>(1948년), 상막 <대동맥>(1949년)을 발표하였고, 조국해방전쟁 시는 두 차례에 걸쳐 전선에 종군하면서 단막 <명령 하나밖에 받지 않았다>, 단막 <고향사람들>을 창작하여 조선인민군예술극장에서 상연하였다. 정진 후는 작가학원 부학원장으로 공작하였으며, 단막 <잃었던 애인>, 장막 각색 <유격대의 아들>을 발표하였다." 한태천(1958),『한태천 희곡집 화전민』, 조선작가동맹출판사, 265쪽.
36) 한때는 한태천의 <토성랑> 공연이 김사량의 동명소설 <토성랑>의 각색 공연으로 오해받은 적도 있다.

과 동극, 동화 작품을 창작하였으나 그리 주목을 끌지는 못했다. 해방 이후 전쟁 발발 이전까지 한태천이 발표한 극작품으로는 <봉화>(1946년), <바우>(1946년), <30년만의 외출>(1946년), <새날의 설계>(1947년), <백두산>(1948년), <대동맥>(1949년), <승리는 우리 것이다>(1949년), <상봉>(1950년>, <두 가정>(1950년) 등 9편이 있다.

<바우>[37]는 해방 1년 전인 1944년 여름부터 1946년 3월까지의 격변기를 지낸 평양 근처의 농촌을 배경으로 전개된다. 이 작품은 몰락하기 직전 상태로 몰린 농가를 지탱해 주던 머슴 바우가 친일지주의 계략으로 징용에 끌려가는 비운을 겪게 되지만, 해방 이후 귀국하여 농촌의 큰 일꾼으로 성장하기까지의 과정을 극화하였다. 3막 5장으로 전개되는 과정을 압축해서 서술하면, 다음과 같다.

젊고 우직한 바우는 친일지주 정구와 조선인 순사 金村의 계략에 말려 약혼녀 을순이를 의심하고 박첨지네 집을 나가려 한다.(1막 1장) 박 첨지 내외는 바우를 설득하려 하지만 요지부동이고, 배우지 못한 바우에 대한 을순의 태도 역시 바뀌지 않은 채, 바우는 3년간 일해 준 박첨지와 약혼녀 을순이 곁을 떠나고 만다.(1막 2장) 여기서는 바우/박첨지, 을순의 갈등이 표면화되어 있지만, 그런 갈등을 조장하는 친일 지주의 흉계가 근본적인 문제라는 사실은 내면화되어 있다. 잘 드러나지 않고 내면화되어 있던 반동인물의 흉계는 2막의 개막 전 사연, 즉 바우가 글을 익히며 배움에 대한 열의를 가지게 되고 을순이와의 관계가 점차 개선되어 갔지만 결국 정구의 흉계로 징용에 끌려가게 된 과거를 통해 분명히 드러나게 된다.

징용에서 다른 사람들보다 늦게 돌아온 바우는 징용 현장에서 만난 사상객을 통해 세상 이치에 눈을 뜨게 된 사실을 알려 준다. 바우는 그전보다 "무게가 있고 늠름한 기상"을 무대를 통해 보여 주면서, 정구의 친일 죄악을 파헤치고 응징하는 당당함을 드러낸다. 그뿐만 아니라, 을순이에게 혼수 치마 감을 선물하며 박첨지네 사위로서의 관계를 회복한다.(2막) 1막에서 갈등의 직접적인 원인을 제공하면서 영향력을 행사하던 친일 지주는 2막에서 현실 인식 능력을 갖추고 돌아온 바우에게 상대가 되지 않을 만큼, 상태가 역전되어 있음을

---

37) <바우>의 창작은 1946년이지만, 공연은 1947년 국립극장 개편 이후 전영권의 연출로 이루어졌다. 본 텍스트는 이재명(2015), 『해방기 남북한 극문학선집』 5, 평민사(근간)에 수록될 예정이다.

극명하게 보여준다. 징용 현장에서의 깨우침을 얻은 바우는 예전의 머슴 신분에서 벗어나, 감격적인 해방과 함께 맞은 새 조국의 어려운 상황을 타개해 나갈 수 있는 능력 있는 일꾼으로 성장하였음을 보여 주었다.

다시 세월은 흘러 1946년 3월을 맞아, 무상으로 토지가 분배되는 기쁨에 들떠 있는 마을 농민들 틈에 끼어든 친일 지주의 하인 용팔과 재순의 신분이 의심을 사게 된다. 바우와 을순이 마을을 위해 헌신하는 가운데, 그동안 소식을 전혀 알 수 없었던 박첨지의 아들 원도가 귀환하여 평양의 보안국 부장 직책을 맡고 있다는 사실이 알려진다. 하지만 마을에 하나밖에 없는 정미소에 불이 나면서, 커다란 위기를 맞게 된다. (3막 1장)

정미소 화재를 맨몸으로 진압하다가 큰 부상을 입은 바우[38]는 방화 사건의 범인 용팔이와 사건 배후의 주모자 재순의 죄를 다스리게 되고, 그 과정에서 재순이시 남한 한민당이 파견한 테러 단원이었음을 밝혀낸다. 테러를 수사해 온 원도가 등장하여 방화 사건을 마무리 짓고 바우가 훌륭한 지도자로 성장하였음을 확인하고는, 박첨지를 비롯한 마을 사람 들이 크게 기뻐하는 가운데 막이 내리게 된다.(3막 2장)

이처럼 <바우>의 구성은 한 인물의 성장사와 결혼 과정을 중심축으로 다양한 에피소드로 치밀하게 엮여져 있다. 이 작품은 젊은 남녀의 사랑과 결혼 이야기를 이야기의 기본 구도로 설정하여, 바우와 을순 사이의 관계가 원만하게 진행될 것인가에 대한 궁금증을 자아내면서 극을 이끌어간다.[39] 이 둘이 맞이한 행복한 결말은 마지막 장면에서 등장하는 원도와 그를 기다린 처녀 곱단이의 해후와 결합으로 이어지기까지 한다. 일반적으로 낭만희극의 결말에서 젊은 남녀의 결합으로 새로운 사회가 그들을 중심으로 형성되는 미래상을 보여주듯이, 이 작품도 주인공 바우와 을순, 원도와 곱단이의 결합을 통한 희망찬 내일의 설계를 약속하는 결말부를 제시함으로 낭만희극의 결말부를 보는 듯하다. 또한 <하의도>에서 남한의 가난한 남녀가 비극적 결말을 맺게 되는 상황과 극단적인 대비를 이루고 있다는 점을 주목할 필요가 있다.

---

38) 3막에 나타난 바우의 형상화에 대해 북한 자료는 다음과 같이 분석하고 있다. "희곡의 절정을 이루고 있는 이 첨예한 극적 정황에서는 착취와 억압에서 해방된 조선의 근로농민들이 발휘하는 애국적 열의와 혁명에 대한 주인다운 태도, 원쑤들의 파괴암해책동으로부터 혁명의 전취물을 굳건히 지키는 고상한 풍모가 감동적으로 그려져 있다." 사회과학원 문학연구소(1978), 앞의 책, 116쪽.

39) 이석만은 이런 설정을 "매우 신파적"이라고 부정적으로 보았다. 이석만(1995), 해방 직후의 북한 희곡 연구, 『한국극예술연구』 5호, 한국극예술학회, 204쪽.

<바우>에서는 성장해 가는 주동인물의 극적 형상화가 잘 이루어졌는데, 그와 동시에 대립적인 위치에 있는 반동인물의 형상화도 잘 이루어졌다. 한 인물이 반동인물의 역할을 도맡은 것은 아니지만, 1막에서 제 욕심만 챙기는 친일지주 정구와 일제의 하수인 金村 순사가 바우와 을순이를 괴롭히는 반동인물의 역할을 수행하였다. 2막 이후에는 북한 내에서 소수 불만분자인 용팔과 북한의 개혁을 방해하려는 남한의 테러 단원 재순이 반동인물의 역할을 충실히 수행해냈다. 하지만 이들 반동 인물과 세력은 각성한 주동인물에게 내쫓기고 마는 형국을 보여줌으로써, 갈등의 원만한 해결로 구성을 마무리 짓고 있다.

그 밖에 촉매적 인물의 활용 역시 이 작품에서 긍정적인 요소로 평가할 수 있는데, 무대 밖 인물로 형상화된 사상객과 극중에서 위기의 순간 중요한 발견을 이끄는 인물로 설정된 곱단이가 극의 진전에 큰 도움을 주는 인물로 그려져 있다. 또한 'deus ex machina'로 극의 결말부에 나타난 보안국 부장 원도는 극중에서 작가적 메시지를 전달하는 '레소네'로도 활용되고 있다. 이처럼 <바우>는 당대 사회를 대표할 만한 전형적인 인물들의 형상과 다양한 극적 기능을 무대에 구현시켰다.

또한 이 작품에는 서브플롯으로 명선과 명선모의 에피소드를 적절히 활용하고 있으며, 무대 안의 설정된 공간은 아니지만 무대 밖의 정미소를 극적으로 잘 활용하고 있는 점도 작가 한태천의 뛰어난 극작술의 일면으로 평가할 수 있겠다.

5. 예술가와 민중의 삶, <항쟁의 노래>

<항쟁의 노래>를 창작한 고려인 출신의 극작가 임하의 생애에 대해서는 그간 잘 알려진 바 없다. 작가 임하의 생애와 작품 이력의 단편은 해방기 평양의 문화예술계를 증언한 고려인 정상진의 회고[40]와 장막희곡 3인집(문화전선,

---

40) 정상진(2005), 『아무르만에서 부르는 백조의 노래』, 지식산업사, 162쪽 이하. 소련군과 함께 2차 세계대전에 참전하여 청진에 첫발을 내디딘 바 있는 정상진은 북한 문학 예술계 인사들과의 인연을 회상하면서, 신고송, 이갑기, 임하 세 사람과의 교류에 대해 다음과 같이 증언하였다. "이들은 너무나 아름답고도 정겨운 인간, 예술인, 작가들이었다. 나는 이들과 무척 친했으며, 또 만나면 좋은 이야기들이 너무 많았다. 이 세 친구들이 항상 국립극장 신고송 극장장실에 모여서는 극장 레파토리 문제를 중심으로 무엇이든 논의하곤 하였다."

1947) 약력 란에서 확인할 수 있다.

임하는 1911년 4월 러시아 원동의 세야 시에서 노동자 가정에서 출생하였으며, 1939년까지 전문학교 및 대학에서 수학하였다. 이후 소련 조선인 문단에서 활약하였으며, 그밖에 교육계와 연극예술운동에도 종사하였다. 해방 이후 북한으로 내려와 조기천 다음으로 유명한 고려인 작가로 알려졌는데, 희곡 <항쟁의 노래>와 단편 <불타는 키쓰>를 창작하였다. 그의 주된 업적은 러시아 문학의 번역에 있었는데, 번역한 작품으로는 끄노래 작 희곡 <어둠에 비치는 별>, 씨모노프 작 희곡 <로씨아 사람들>, 아놀드 쥬쏘 제임스 고우 합작 희곡 <브레트 중위>, 꼬로네츄크 작 희곡 <외과의 크리체트>, 글라드꼬브 작 소설 <쩨멘트>, 뻬르벤초브 작 소설 <소년시절로부터 영예를 지키라>, 희곡 <모스크바 성격>, 희곡 <어느 한 나라에서> 등이 있다. 이중에서 <로씨아 사람들>, <브레트 중위>, <외과의 크리체트>는 <항쟁의 노래>와 함께 국립극장에서 공연되었다. 그는 한국전쟁 직전 알코올 중독을 이유로 소련으로 돌아가, <레닌기치>(<고려일보>의 전신)의 문화부장으로 일하다가 1971년에 별세하였다.

작가 자신이 소련에서 태어나 소련에서 공부한 고려인이라는 점을 감안하지 않더라도, 이 작품은 러시아의 문학과 음악, 미술과의 직접적인 영향 관계를 우선적으로 검토하지 않을 수 없다. 먼저 이 작품의 소재와 인물 구조는 러시아 작가 고리키의 <어머니>에 상당한 영향을 받은 듯하다. <어머니>의 중심인물인 어머니 페라게야는 아들 파벨의 체포 소식을 듣고 법정 항의하는 당당한 어머니상으로 그려진 것에 비해, <항쟁의 노래>의 어머니는 항쟁을 이끌다가 죽음을 맞이한 아들을 통해 새롭게 각성하여 항쟁 대열에 앞장 서는 의연한 어머니상을 그려내고 있다.

이 작품에는 러시아 소설뿐만 아니라, 차이코프스키와 글린카의 음악작품들, 그리고 화가 레핀텐의 그림에 이르기까지 다양한 러시아 예술 작품을 직접적으로 인용 소개하면서, 민중의 삶과 예술의 연관성을 강조하고 있다. 그럼으로써 러시아 예술가들이 민중들의 삶에 깊은 애착과 영향력을 발휘한 점을 고려하여, 이 작품의 주동인물 박동철은 당시 남한의 현실과 민중들의 삶을 깊이 깨우쳐 "항쟁의 노래"를 작곡하기에 이르는 과정을 서사의 중심축으로 삼았던 것이다. 깊은 각성 뒤에 창작한 노래는 미군 철수 데모 현장에서 노동자, 농민, 시민들이 힘차게 부르는 3막의 시위 장면을 통해 울려 퍼지는데, 이를 통해 작가는 문학(예술)과 현실 문제의 밀접한 상관관계를 나타내려 하였다. 주동인물 동철의 다음 대사가 이를 입증한다.

동철　저는 챠이꼬브스키—나 글린카의 음악을 들을 때마다 로씨야 사람들에게는 동포나 민족의 척도로서는 도저히 잴 수 없는 그보다 더 커다란 인간의 사랑이 있다는 것을 느끼고 있지요. 그런 사랑이 없이는 어느 나라 민족에게나 다— 통할 수 있는 그런 감정을 가진 음악을 창작할 수 없단 말이지요. (피아노를 치면서) 이 '볼가의 뱃노래'를 들어보십시요. 이것은 한가한 자들이 뱃노래하누라고 부르는 노래가 아닙니다. 이것은 로씨야 화가 레핀뗀이 그린 '사공들'이란 그림과 같이, 헐벗고 굶주린 사람들이 강변에서 무거운 짐을 실은 배를 밧줄로 끌고 가는 사공들의 뱃노래입니다. 그들은 이 노래를 가지구 부르면서 흐터진 힘을 합쳤구, 새 힘을 북돋았으며, 마치 온 우주를 그들이 끌고 나가는 듯이, 앞으로 앞으로 전진하는 위대한 음향이 아닙니까? 이런 노래를 창작한 로씨야 사람들은 이번 세계대전에 있어서도 여러 민족의 선두에 서서 팟쇼 독일을 격멸하고, 동에서는 강도 일제를 때려부시고 빛나는 승리를 쟁취하지 않았습니까. 저는 공산주의라는 것은 잘 모르지만, 그들의 음악을 통해서 로씨야 사람들에게는 너그러운 마음과 커다란 인간의 사랑이 있다는 것을 알고 있습니다.

〈하의도〉와 함께 남한의 현실을 소재로 한 〈항쟁의 노래〉(3막)[41]는, 1947년 10월 '한반도에서 외국(미국) 군대의 철수와 조선인에게 조선통일정부 수립 문제를 맡길 것을 요구한' 소련 측의 주장을 적극 지지하는 남한 내 좌익 세력의 활약상을 극화한 작품이다. 〈항쟁의 노래〉는 주동인물 박동철의 자기 성찰 과정(1막)과 현실에 참여하는 예술가로서의 변모 과정(2막), 그리고 용기 있는 행동 끝에 안타깝게 희생당하는 과정(3막)을 순차적으로 극화하였다.

남한의 인텔리 집안의 둘째 아들인 박동철은 아버지와 형의 부재(형은 의전을 다니다가 학병에 징집되어, 아직 생사를 모름) 상태에서 결단력이 부족한 유약한 음악교사로 등장한다. 작품 도입부부터 반동인물의 역할을 맡은 그의 숙부의 횡포와 사촌의 막무가내에도 별다른 저항을 하지 못할 정도로, 세상 물정을 모른 채 남모르는 고민과 짝사랑에 빠져 있는 성격적 허약함을 보여주고 있다. 그에 비해 그의 숙부 원팔은 한민당원으로서 출세를 위해 동철네 집안

---

41) 본 텍스트는 이재명(2015), 『해방기 남북한 극문학선집』 4, 평민사(근간)에 수록될 예정이다.

재산을 함부로 처분하는 악행을 서슴지 않으며, 그의 사촌 갑송은 서북청년단 원으로서 노동자와 농민을 탄압하는 데에 앞장서는 만행을 일삼고 있다. 1막에서는 한민당의 열성분자와 서북청년단의 핵심 테러리스트로 활동하는 반동 인물들이 심약한 중산층 인텔리인 주동인물 박동철을 압도하는 구도를 형상화하였다. 하지만 1막 후반부에서 우익 테러단에 쫓기던 청년을 숨겨주고 그의 목숨을 구해주는 사건이 발생하면서, 극의 흐름에 변화가 일기 시작한다.

2막에서 그동안 박동철의 집에서 간호 받던 전평원 출신의 인쇄 노동자 영수가 생명의 은인 동철에게 남한 내의 부조리한 현실에 눈을 뜨게 일깨워 주었다. 점차 현실을 새롭게 인식하기 시작한 동철에게 의외의 인물 영희가 찾아와 "항쟁의 노래"를 작곡해 달라는 부탁을 남기면서, 작품 제목과 같은 동명의 노래 작곡을 유도하였다. 2막에서도 반동인물은 더욱 심한 행패를 부리고 있는데, 과도한 소작료에 시달리는 가난한 농민들을 탄압하며, 노동자들의 시위를 폭력으로 진압하고 테러를 일삼는 악행을 거듭한다. 그러므로 이들과 이들을 따르는 폭력배들, 그리고 배후에서 이들을 조종하는 미국(미군)의 존재가 주동인물 박동철로 하여금 각성케 하는 직접적인 요인이 되었고, 영수의 일깨움과 영희의 청탁이 그를 변화시키는 촉매적 요인이 되어, 그를 농민들이 탄압받는 현장으로 달려가게 만들었다.

반동세력들에 의해 박동철의 집안이 철저히 응징당한 가운데 시작된 3막에서 박동철이 작곡한 "항쟁의 노래"가 각종 시위 현장에서 울려 퍼질 정도로 박동철은 이미 민중의 편에 선 예술가로 우뚝 선 당당한 모습을 보여 주었다. 하지만 외국군대 철수를 주장하는 인민 항쟁의 현장에서 앞장선 그는 테러단의 총격에 쓰러지면서, 안타까운 죽음을 맞이하게 된다. 그의 죽음은 다시 그의 어머니의 각성을 유도하게 되며, 그의 어머니는 민중의 어머니가 되어 시위에 앞장서는 감동적인 결말부를 맺는다. 3막에서는 박동철과 민중들/우익 테러단과 미군의 기존의 갈등 구조를 넘어서, 박동철을 대신해서 어머니가 민중들편에 서는 것으로 결말부의 갈등 구조상의 변화로 이어졌다.

이 작품에서 극중 전경 사건 이외에 배경이 되는 사건들도 극 전개에 중요한 기능을 하는 구조로 형상화되었다. 각종 노동자들의 시위와 우익의 테러 사건, 평택의 소작 쟁의, 그리고 남산의 미군 철수 시위 등과 북한에 정착한 박동철의 형 박동수의 편지로 전해지는 북한 사회의 모습은 극중 '지금 여기'에 지대한 영향을 끼치게 하였다.

또한 여러 명의 촉매적 인물을 활용하고 있는데, 전평원 출신의 노동 자 영수는 박동철에게 남한의 부조리한 현실에 눈을 뜨게 해주었으며, 박동철의 짝사랑 상대 영희는 박동철로 하여금 "항쟁의 노래" 작곡을 유도하였다. 또한 외숙부와 외사촌의 존재는 소작료에 시달리는 농민들의 실상을 전하는 매개체로 활용되었으며, 학병으로 끌려갔다가 북한에 정착한 박동수의 존재는 작가를 대신하여 북한 사회의 우월성을 선전하려는 레조네의 기능을 담당하게 하였다.

이처럼 <항쟁의 노래>는 <바우>의 경우처럼, 주동인물의 지속적인 성장과 특별한 사명의 성취 과정을 치밀하게 그려냈으며, 다양한 인물들의 극적 기능을 효율적으로 활용하였다. 하지만 일부 장면에서 인물들의 우연한 등퇴장 장면을 연출하여, 극적 개연성 창조에 차질을 빚는 한계를 보이기도 하였다.

6. 소시민 소외계층의 포용, <나란이 선 두 집>

극작가 송영(1903~1978)의 생애와 연극 활동은 이미 잘 알려져 있는 편이다. 그는 1946년 6월 월북하여 "응향" 사건에 관계한 이후, 북한 문단과 연극계, 정치권에서도 지도적인 위치를 늘 유지하고 있었다. 월북 이후의 창작은 1947년 흥남 공장에 파견 작가로 지내면서 본격적으로 전개되었는데, <인민은 조국을 지킨다>(1947년), <자매>(1949년), <나란이 선 두 집>(1949), <금산군수>(1950년)로 이어졌다.

<나란이 선 두 집>(2장)[42]의 배경은 인민군 창건 1주년을 앞둔 시점 흥남의 공장지대로 설정되어 있는데, 이 작품은 인민군 창설의 의미와 북한의 공업 발전상, 그리고 이를 뒷받침하는 노동자들의 열의를 형상화하고자 하였다. 이 작품은 새로운 조국 건설에 매진하려는 젊은 공장 노동자들, 나라를 지키려는 젊은 군인들과 같은 긍정적인 인간상과 대조적으로 낡은 봉건사상을 고집하는 노년층의 부정적인 인간상을 대비시키고 있다. 더 나아가 이 작품은 진보된 세상의 훼방꾼 노릇을 하던 '알라존' 형의 인물들까지 결국은 깨우침을 얻어서 행복한 세상 건설에 합류하게 되는 결말을 맺고 있다.

그런데 이 작품은 윤씨 집안과 전씨 집안이 각각 아들이 부재한 상태 -한쪽

---

42) 본 텍스트는 이재명(2015), 『해방기 남북한 극문학선집』 3, 평민사(근간)에 수록될 예정이다.

은 아들이 인민군에 입대하였고, 다른 한쪽은 일제 징병에 끌려갔다가 아직 미귀환한 상태에서 극중 사건들이 펼쳐진다. 이 작품을 이끌어가는 중심축은 열성적인 공장 노동자인 며느리 오금옥과 김고분 대 그들 시부모 사이의 갈등·대립 구도에 맞추어져 있다.

그런데 노년 세대로는 부지런하고 인자한 시아버지 윤성식과 게으른 시어머니 김우순 부부와, 고루한 시아버지 전삼룡과 자상한 시어머니 박삼례 부부가 설정되어, 각기 상반된 처지에서 며느리들을 대하면서 극적 갈등이 유발되고 또 해결되기도 하는 구조를 이루고 있다. 즉, 두 가족 내에서도 청년 세대와 노년 세대, 진보와 보수, 새 것과 낡은 것이 대치하고 있으며, 두 가족의 가장은 가장끼리, 시어머니는 시어머니끼리 서로 갈등하고 대립하는 복합적인 갈등 양상을 지니고 있다.

결국 이 작품은 케케묵은 낡은 의식을 지닌 인물들이 순차적으로 하나씩 개조되어 가는 과정으로 구조화되어 있다. 먼저 여맹 활동에 열성적인 며느리에 대한 김우순의 봉건적인 의식이 해소되고,(1장) 아들의 생사를 모른 채 옆집 잘 돼가는 모습을 눈꼴 시려 하던 전삼룡의 완고한 의식이 해소되는 과정(2장)을 설득력 있게 배치하였다. 이 과정에서 불구자 윤성식의 공장 복직과, 인민군대와 모범 노동자의 가족이라는 명분으로 복구 주택으로의 이사, 문맹자 김우순의 성인학교 취학 의지 표명과 같은 긍정적 사건들이 순차적으로 연결 되면서, 윤씨 집안의 행복해진 모습을 노출시키고 있다.

반면, 전삼룡의 집안은 개선될 기미가 보이지 않는 상태가 한동안 유지된다. 그 원인은 일제에 빼앗긴 아들의 미귀환 상태가 공화국이 들어선 당시까지 해소되지 않은 데에 있었다. 아들이 죽었다고 여기던 전삼룡은 다른 인물들처럼 세상 물정이 급변하고 있음을 체험하지 못하는 신기료 장수로 머물러 있으면서, 공화국의 발전상에 대해 비관적이고 조소적인 태도를 유지하게 되었다. 하지만 그 스스로 옆집 아들 인민군 대 병사 윤태희를 자신의 아들 전대길이라고 투사하면서, 개심의 계기를 마련하였다. 그 결과 남몰래 옆집 아들에게 위문편지와 위문품을 보냄으로써 그가 변화했음을 자연스럽게 극의 후반부를 통해 드러내고자 하였다.

극의 후반부에서 윤태희의 편지를 통해서 전삼룡의 위문편지 내용43)이 소개

---

43) "나는 내 아들 생각이 나서 선사고 뭐고 아니하려고 했다. 그러나 나는 다시 내 아들을 생각하고 이 선물을 너한테 보낸다. 너는 내 아들이다. 내 아들 같은 젊은 인민군대들은 정말

되는데, 전삼룡의 의식이 크게 바뀌어 있음을 확인시켜 주었다. 극의 결말은 이렇듯 개과천선한 전삼룡에게 최고의 선물이 안겨지는데, 죽었다고 여겼던 아들이 4년 만에 귀환한다는 전언이 바로 그것이다. 그의 아들 전대길은 전승국 소련의 배려로 건강하고 씩씩하고 애국심 많은 청년 군인으로 거듭나서 귀환하게 되었다는 것이다. 인민들에게 돌아갈 다양한 경제 혜택에서 소외되었던 전삼룡마저 깨우침을 얻자, 기적처럼 그의 아들까지 생환하는 큰 기쁨을 얻게 되고, 그리하여 아웃사이더였던 전삼룡마저 공화국의 일원으로 거듭난다는 극적 의도를 잘 살릴 수 있었다.

이 작품은 서로 상반된 성격과 처지의 대비를 통해서 희극적 효과를 낸 바 있던 송영의 극작술을 다시 한 번 확인시켜 주었다. 하지만 극작가 송영은 1930년대 초반 프로 연극을 지향하던 당시 희극 작품에서 부정적인 기득권 세력인 알라존의 풍자에 초점을 맞추었던 것에 비해, <나란이 선 두 집>에서는 소시민 소외계층의 아픔을 끌어안으며 새 세상 건설의 동반자로 함께 나아가는 화합의 과정을 모색하였다. 이러한 극창작 상의 변화는, 뒤늦게 북한 문단과 연극계에 합류함으로써 공화국 건설에 뒤처져 있던 극작가 자신의 처지와 각오를 새로이 하려는 의도로도 읽힐 수 있을 것이다.

III. 결론

본고에서 필자는 1945년 해방 이후 1950년 한국전쟁 이전까지의 북한연극의 실상을 파악하기 위해, 국립극장을 통한 대표적인 작품 6편을 분석하였다. 남한의 정세 불안과 거듭된 혼란상 속에서 공연예술계 역시 방향 설정에 난맥상을 보인 것과 대조적으로, 북한의 경우 일사분란하게 일제잔재를 청산하고 토지분배와 같은 제도 정비를 통해 새로운 국가건설에 매진한 때에 그들의 연극 역시 발 빠르게 국가적 정책에 부응해 나갔다. 수많은 연극적 성과 가운데에서 현재 분석 가능한 극작품 6편을 선정하여, 집중 분석하고자 하였다.

내 아들들이다."

김창만 작 <북경의 밤>은 항일투쟁의 선봉에 섰던 조선의용군의 선전 선동을 목적으로 공연된 작품이었으며, 이후 해방을 전후하여 연변을 비롯한 만주 지역의 조선인들에게 큰 사랑을 받은 작품이기도 하였다. 항일무장투쟁의 정신을 연극적으로 미화하려는 의도는 곧 이어 발표된 김사량의 <뇌성>으로 이어졌다. 김일성이 이끌던 항일연군 제6사의 항일투쟁의 본보기 '보천보 전투'를 극화한 <뇌성>은 내용상 실화와 동떨어진 허구와 짜 맞추기 등으로 극적 효과를 높인 선전극으로서의 의미가 크다. 김사량은 조선의용군의 '호가장 전투'를 극화한 작품 <호접>을 통해 허구적 창작과 함께 실화와 고증 등을 통한 전투의 충실한 재현을 이루어낸 바 있으나, <뇌성>은 그렇지 못한 상태에 머물고 말았다.

남궁만 작 <하의도>는 "하의도 소작쟁의"를 소재로 남한의 농민 문제를 고발하면서, 북한 체제의 우월성을 강조한 작품이었다. 임하 작 <항쟁의 노래> 역시 1947년 노동쟁의를 내세워, 남한의 노동 정책의 문제점을 비판하고자 하였는데, 전체적인 구성과 인물 구도를 고리키의 <어머니>를 원용한 점이 이채롭다. 두 작품 모두 남한 정세를 비판하면서 북한의 토지분배 정책을 비롯한 민주개혁을 선전하려는 의도에 의해 창작되었다.

한태천 작 <바우>는 일제 말과 해방 이후 무식한 농민이 뛰어난 농촌 지도자로 거듭나는 과정을 현실감 있게 묘사하였다. 송영 작 <나란이 선 두 집>은 북한의 정책에 적극 동조하지 못하던 인물이 끝내 각성하여 새 조국 건설에 합류하게 된다는 의미를 되새기고 있다. 남한의 현실을 부정적으로 묘사한 앞의 두 작품과 달리, 이 두 작품은 북한의 현실을 긍정적으로 개선해 나가려는 의도를 충실히 잘 반영하였다.

이들 작품의 공통적인 특징은 하나같이 극단적으로 대비되는 주동인물과 반동인물을 설정한 것이다. 이들 작품은 일제에 맞서는 소수의 항일투사, 양식 있는 남한의 지식인과 힘없는 다수 농민 노동자 계층을 주동인물로 설정한 반면, 간악한 일제와 그 하수인들, 일제를 대신하여 군림하던 미군정과 남한의 반민족적인 성권, 그리고 사리사욕을 쫓는 간상모리배들로 반동인물을 설정하였다. 이러한 대립 구도 속에서 작품의 전개 양상은 <북경의 밤>과 <하의도>, <항쟁의 노래>처럼, 주동인물이 장엄하게 죽음을 맞이하는 비극적 상황으로 전개되기도 하였다. 이러한 작품에서도 비인간적인 폭력을 행사하는 반동인물은 구체적으로 묘사되어, 그들에 대한 반항의식을 고취하려는 의도는 충실히 구현되었다. 주동인물이 온갖 난관을 극복하고서 승리를 쟁취하는 희망적인 상황 전개(<뇌성>과 <바우>), 그리고 주동인물과 반동인물의 화해로 마무리되는 행복한 상황 전개(<나란이 선 두 집>)로 구분될 수 있다.

또한 이들 작품에서는 부수적인 인물 가운데에서 주동인물을 변화하게 이끄는 '촉매적 인물'의 활용이 두드러졌으며, 작가를 대신하여 주제를 전하려는 의도에서 '레조네'의 활용도 두드러졌다. 아무래도 이들 연극의 주 관객층인 노동자와 농민들을 배려한 극작술로 볼 수 있겠다.

본고에서 필자는 해방기 남북한 연극/희곡을 폭넓게 살펴보면서, 당시 북한에서 극작품의 양적 증가에 주목하지 않을 수 없었다. 당대의 대표성을 띤 국립극장의 6 공연작품들이 예술성에서는 다소 큰 차이를 보이고 있으나, 국립극장이 해야 할 사명-다양한 국가적 시책의 선전과 선동을 충실히 따르고 있음을 확인해 볼 수 있었다. 하지만 남북분단 상황을 비롯한 여러 특수한 여건상 어려움이 있지만, 더 많은 자료가 발굴·정리된 상태에서는 더 진전된 연구 결과를 기대해 볼 수 있겠다. 또한 동시대 남북한 국립극장의 레퍼토리를 비교하는 일도 앞으로의 연구 과제로 남겨 둔다.

[참고문헌]

<자료>
문화전선사(1947),『문화전선』 5집, 문화전선사.
조선중앙통신사(1949),『조선중앙연감』1949, 조선중앙통신사.
조선중앙통신사(1955),『해방후 10년 일지』, 조선중앙통신사.

<논문 및 단행본>
김승환(1993),「해방 직후 북조선노동당의 문예정책과 초기 김일성주의 문학운동」,『개
신어문』8집, 개신어문학회, 249~272쪽.
김향(2013),「해방 직후 남궁만 희곡에서 구현되는 멜로드라마적 특성 연구」,『한국극
예술연구』42호, 한국극예술학회, 149~186쪽.
남궁만(1961), 남궁만희곡집,『공산주의자』, 조선작가동맹출판사.
북조선예술총연맹 편(1946),『8·15 해방 1주년 기념 희곡집』, 북조선예술총연맹출판
사.
사회과학원문학연구소(1978),『조선문학사(1945~1958)』, 과학백과사전출판사.
38사 편(1949),「북한연극사」, 이북통신, 14~18쪽.
서연호·이강렬(1989),『북한의 공연예술』1, 고려원.
와다 하루끼(이종석 옮김)(1992),『김일성과 만주항일전쟁』, 창작과비평사.
와다 하루끼(서동만·남기정 옮김)(2002),『북조선, 돌베개.
유연주(2014),「해방기 북한연극의 대중성 연구」, 서울대 대학원 석사학위 논문.
이기봉(1986),『북의 문학과 예술인』, 사사연.
이석만(1995),「해방직후의 북한 희곡 연구」,『한국극예술연구』5, 한국극예술 학회,
185~219쪽.
이재명(1993),「남궁만 희곡작품에 대한 분석적 연구」,『한국연극학』5호, 한국연극학
회, 63~88쪽.
이재명(2004),『해방전(1940~1945) 공연희곡집』4, 평민사.
이재명(2004),『극문학이란 무엇인가, 평민사.
이재명(2011),「김사량의 희곡 <호접> 연구」,『현대문학의 연구 45집, 한국문학연구학
회, 107~147쪽.
이재명(2012),『해방기 남북한 극문학선집』1, 평민사.
이재명(2012),『해방기 남북한 극문학선집』2, 평민사.
이재명(2015),「일제 말 중국체류 조선인의 연극/영화 활동 연구(2)-서안과 연안을 중
심으로-」,『인문과학연구논총』36권 1호, 명지대 인문과학연구소, 85~117쪽.
임 하(1949),『장막희곡 3인집』, 문화전선.
작자미상(2005),「첫 수령형상연극 <뢰성> 창조에 깃든 사연」,『조선예술』9월호, 국

립중앙도서관 인터넷 자료.

정상진(2005), 『아무르만에서 부르는 백조의 노래』, 지식산업사.

鐸木昌之(1986), 「잊혀진 공산주의자들-화북조선독립동맹을 중심으로-」, 『항전 별곡』 (이정식·한홍구 엮음), 거름, 54~92쪽.

布袋敏博(2007), 「초기 북한문단 성립과정에 대한 연구-김사량을 중심으로-」, 서울대 대학원 박사학위 논문.

한재덕 편(1946), 『김일성장군 찬양 특집 우리의 태양』, 북조선예술총연맹.

한태천(1959), 『한태천 희곡집 화전민』, 조선작가동맹출판사.

해방기 남북한 극문학 선집 Ⅲ

초판 1쇄 인쇄일 · 2019년 7월 20일
초판 1쇄 발행일 · 2019년 7월 25일
지은이 · 박경창/ 백문환/ 서만일/ 송영/ 신고송/ 윤두헌
엮은이 · 이재명
펴낸이 · 이정옥
펴낸곳 · 평민사
주소 · 서울시 은평구 수색로 340, 202호
전화 · 02)375-8571
팩스 · 02)375-8573
등록번호 · 제251-2015-000102호
값 · 25,000원
http://blog.naver.com/pyung1976